배움의 발견

배움의 발견

나의 특별한 가족, 교육, 그리고 자유의 이야기

타라 웨스트오버 지음 · 김희정 옮김

일러두기

• 주석의 경우, 역자가 단 주는 옮긴이주로,
타라 웨스트오버 자신이 붙인 주는 별도 표시 없이 처리했다.

이 책은 실로 꿰매어 제본하는 정통적인 사철 방식으로 만들어졌습니다.
사철 방식으로 제본된 책은 오랫동안 보관해도 손상되지 않습니다.

타일러 오빠에게
이 책을 바친다.

과거가 아름다운 것은 우리가 경험을 하는 순간에 생기는 감정은 잘 감지하지 못하기 때문이다. 그 감정은 시간이 지나면서 확장된다. 그런 이유에서 우리는 현재가 아니라 오직 과거에 대해서만 완성된 감정을 지니게 된다.

— 버지니아 울프

마지막으로 나는 교육이 끊임없이 경험을 재구성해 가는 것으로 이해되어야 한다고 믿는다. 교육의 목적과 과정은 동일한 것이다.

— 존 듀이

저자의 말

이 이야기는 모르몬주의에 관한 것도, 어떤 다른 종교적 신념에 관한 것도 아니다. 이 이야기에는 다양한 종류의 사람들이 등장한다. 종교가 있는 사람도 있고, 그렇지 않은 사람도 있고, 친절한 사람도 있고, 그렇지 않은 사람도 있다. 나는 종교와 친절함 사이에, 그것이 긍정적이든 부정적이든 상관없이, 어떤 인과관계도 존재하지 않는다고 주장하고 싶다.

가나다순으로 열거한 다음 이름들은 가명이다.

로버트, 로빈, 바네사, 벤저민, 섀넌, 세이디, 숀, 수전, 에런, 에린, 에밀리, 오드리, 주디, 진, 페이, 피터.

프롤로그

나는 지금 헛간 옆 버려진 빨간 기차간 위에 서 있다. 머리카락이 세차게 부는 바람에 날려 얼굴을 때리고, 열린 셔츠 목 사이로 들어온 한기가 온몸으로 퍼져 나간다. 산에 이렇게 가까워지면 돌풍이 세다. 마치 산꼭대기가 숨을 내쉬는 것처럼. 저 아래 보이는 계곡은 바람의 영향이 미치지 않아 평화롭다. 그러나 우리 농장은 춤을 춘다──무거운 침엽수들은 천천히 기우뚱거리고, 산쑥 덤불과 엉겅퀴들은 조그만 바람에도 벌벌 떨며 고개를 숙인다. 내 뒤로 뻗은 언덕배기는 완만하게 올라가다가 산어귀와 만나 한 몸이 된다. 올려다보면 인디언 프린세스의 짙은 형체가 보인다.

언덕은 야생밀이 카펫처럼 깔려 있다. 침엽수와 산쑥 덤불이 솔로 발레리나라면, 야생밀은 군무단이다. 세찬 돌풍이 금빛 머리 위로 불어올 때마다 수백만 명의 발레리나들은 똑같은 동작으로 일사불란하게 몸을 움직인다. 바람이 지나가면서 밀밭이 움푹 패지만 그 모양은 순간적으로 나타났다가 사라지고 만다. 그러나 그렇게 팬 모양이야말로 우리가 바람을 볼 수 있는 제일 확실한 방법이 아닐까.

언덕 기슭에 있는 집 쪽으로 몸을 돌리자 또 다른 종류의 움직임이

11

눈에 들어온다. 바람이 만들어 내는 물결을 거스르며 뻣뻣한 동작으로 움직이는 키 큰 그림자들이다. 오빠들이 일어나서 날씨가 어떤지 살피고 있는 것이다. 엄마가 스토브 앞에 서서 밀기울 팬케이크를 만드는 동안, 아버지는 뒷문 쪽에 구부리고 앉아 앞코에 쇠가 대어진 부츠에 신발 끈을 꿰고, 굳은살이 박인 손에 용접 장갑을 끼고 있을 것이다. 저 아래 국도를 지나가는 통학 버스는 우리 집 근처에서는 멈추지 않고 쌩 달린다.

나는 일곱 살밖에 되지 않았지만, 바로 이 사실, 다른 어떤 것보다 이 사실이야말로 우리 가족을 다른 가족들과 다르게 만든다는 것을 알고 있다. 우리가 학교를 가지 않는다는 사실 말이다.

아버지는 정부가 강제로 우리를 학교에 가도록 만들지 않을까 걱정하지만, 그럴 일은 없었다. 왜냐하면 정부는 우리가 존재한다는 사실조차 알지 못하기 때문이다. 부모님의 일곱 자녀 중 네 명은 출생증명서가 없다. 가정 분만으로 태어나서, 한 번도 의사나 간호사에게 가본 적이 없기 때문에 의료 기록도 전혀 없다.* 교실이라는 곳에는 한 번도 발을 들여 놓은 적이 없기 때문에 학적부도 있을 수가 없다. 아홉 살이 되는 해에 사후 출생증명서를 받게 되긴 하지만, 아이다호 주정부와 연방 정부에게 일곱 살의 나는 존재하지 않는 아이였다.

물론 나는 존재했다. 나는 곧 닥칠 심판의 날을 맞을 준비를 하면서, 해가 빛을 잃고 달이 피로 물드는지 살피면서 자랐다. 복숭아 병조림을 만들며 여름을 보냈고, 저장해 놓은 것들이 썩지 않게 손질하면서 겨울을 보냈다. 인간이 다스리는 세상이 망한다 해도, 우리 가족은 아무런 영향도 받지 않고 계속 살아갈 수 있을 터였다.

• 어릴 때 팔과 다리가 모두 부러진 적이 있는 오드리 언니는 예외다. 언니는 깁스를 하기 위해 병원에 갔었다.

12

그때까지 내 교육은 산의 리듬 속에서 이루어졌다. 그 리듬 속에서 변화는 근본적인 것이 아니라 순환일 뿐이었다. 매일 아침이면 같은 해가 다시 솟아올라 계곡을 가로질러 산꼭대기 뒤로 넘어가곤 했다. 겨울에 오는 눈은 언제나 봄이 되면 녹았다. 우리 생활도 순환에 따랐다. 매일의 순환, 계절의 순환. 끊임없이 변화가 일어나는 듯했지만 순환의 원이 완성되고 난 뒤 돌아보면 아무것도 변화한 것이 없었다. 나는 우리 가족도 이 불멸의 패턴의 일부고, 어떤 의미에서는 우리도 영원할 것이라고 믿었다. 그러나 그런 영원함은 산에나 해당되는 개념이었다.

아버지가 산에 대해 해주던 이야기가 있다. 그 산봉우리는 웅장하고 품위가 넘치는 대성당과 같은 존재였다. 같은 산맥에 더 높고 더 큰 산들도 있었지만 벅스피크는 그중에서도 가장 잘 다듬어진 산이었다. 1.6킬로미터도 넘는 널찍한 산기슭을 딛고 짙은 색깔의 몸을 일으켜 흠잡을 데 없는 첨탑으로 솟아오른 것이 바로 벅스피크였다. 멀리서 보면 산은 얼핏 여자의 몸처럼 보이기도 했다. 물이 흐르는 거대한 협곡은 다리, 북쪽 등성이를 덮은 소나무는 그녀의 머리였다. 종종걸음이 아니라 성큼성큼 다리를 힘차게 앞으로 내딛는 듯한 그녀의 자세는 위엄이 넘쳤다.

아버지는 그녀를 인디언 프린세스라고 불렀다. 매년 눈이 녹을 즈음 다시 모습을 드러낸 그녀는 남쪽으로 얼굴을 향한 채 버펄로 떼가 계곡으로 돌아오는 것을 지켜봤다. 유목 생활을 하는 미국 원주민들은 그녀가 모습을 드러내는 것을 봄을 알리는 신호로 받아들였다고 아버지는 설명해 줬었다. 산이 녹고, 겨울이 끝났으니 집으로 돌아올 시간이라는 신호라고 했다.

아버지가 해주는 이야기는 모두 우리 산, 우리 계곡, 우리가 사는 아이다호의 황량한 작은 땅덩어리에 관한 것이었다. 아버지는 내가 산을 떠나 바다를 건너고 대륙을 지나 낯선 곳에 섰을 때, 지평선 끝까지 봐도 인디언 프린세스를 찾을 수 없는 곳에 섰을 때, 그때는 어떻게 해야 할지에 대해서는 한 번도 이야기해 주지 않았다. 집에 돌아올 시간이라는 신호를 어떻게 찾아야 하는지 아버지는 한 번도 이야기해 주지 않았다.

차례

1부

2부

3부

1부

1
선을 선택하라

내 머릿속에 가장 선명하게 새겨진 기억은 진짜 기억이 아니다. 상상으로 지어냈다가, 시간이 흐르면서 마치 실제로 벌어진 일처럼 기억하게 된 이야기다. 그 기억은 내가 여섯 살이 되기 직전, 그러니까 다섯 살 무렵 아버지가 해준 이야기를 바탕으로 태어났다. 아버지가 너무도 자세하고 생생하게 이야기해 주는 바람에 나뿐 아니라, 우리 형제자매는 모두 총성과 고함이 들리는 영화 같은 기억을 각자 만들어 냈다. 내 기억 속에는 귀뚜라미가 등장했다. 귀뚜라미 소리는 우리 집을 포위한 연방 정부 요원들로부터 숨기 위해 식구들 모두가 불을 끈 채 부엌에 모여 웅크리고 있을 때 들리던 소리다. 여자 한 명이 물잔으로 손을 뻗고, 달빛에 그녀의 실루엣이 드러난다. 채찍을 치는 것처럼 총성이 울리고, 그녀가 쓰러진다. 내 기억 속에서 쓰러지는 사람은 늘 엄마였고, 엄마의 팔에는 아기가 안겨 있다.

엄마가 아기를 안고 있는 것은 말이 되지 않는다. 엄마가 낳은 일곱 명의 자녀 중 내가 막내이기 때문이다. 하지만 앞에서도 말했듯이 그것은 실제 일어난 일이 아니다.

아버지로부터 그 이야기를 들은 지 1년쯤 지난 후 어느 날 저녁, 우리는 아버지가 임마누엘에 관한 예언이 적힌 이사야서를 낭독하는 것을 듣기 위해 모였다. 아버지는 무릎에 커다란 성경을 펴 들고 겨자색 소파에 자리 잡았다. 엄마가 그 옆에 앉았고, 우리는 낡은 갈색 카펫 여기저기에 옹기종기 앉았다.

「그가 악을 버리며 선을 택할 줄 알 때가 되면 엉긴 젖과 꿀을 먹을 것이라.」 하루 종일 고철과 폐기물들을 들어 나르는 일을 한 후 지친 아버지는 낮고 단조로운 목소리로 읽어 내려갔다.

아버지가 낭독을 중단하자 무거운 침묵이 흘렀고, 우리는 조용히 앉아 다음 말을 기다렸다.

아버지는 키가 크지는 않았지만, 방 전체를 휘어잡는 존재감이 있었다. 예언자 같은 엄숙한 분위기 말이다. 아버지의 손은 두껍고 거칠었다. 평생 열심히 일한 사람의 손. 아버지는 그런 두 손으로 성경을 움켜쥐었다.

그는 같은 구절을 다시 한번 소리 내어 읽었다. 그리고 한 번 더, 또 한 번 더. 한 번씩 반복할 때마다 목소리가 조금씩 높아졌고, 방금 전까지도 피곤에 찌들어 부어 있던 눈이 커지고 번쩍거렸다. 아버지는 이 구절에 신의 교리가 담겨 있으니 주님에게 직접 물어보겠다고 말했다.

다음 날 아침 아버지는 냉장고에 들어 있던 우유, 요거트, 치즈 등을 모두 없앴고, 저녁에는 트럭에 꿀 190리터를 싣고 돌아왔다.

「이사야는 엉긴 젖과 꿀 중 어떤 게 악인지 말해 주지 않지만, 주님께 물어보면 다 가르쳐 주시지!」 아버지는 오빠들이 꿀이 든 하얀 통들을 지하실로 옮기는 동안 씩 웃으며 그렇게 말했다.

아버지가 할머니에게 그 구절을 읽어 드리자 할머니는 대놓고 아버지를 놀리며 말했다. 「내 지갑에 동전 몇 개 있을 거다. 그거 너 가져라. 네 싸구려 상식 값이다.」

가늘고 각진 얼굴을 한 할머니에게는 모조 원주민 장신구가 엄청나게 많았다. 은과 터키석으로 된 그 장신구들은 늘 말라빠진 할머니의 목과 손가락에 풍성하게 매달려 있었다. 할머니는 우리가 사는 언덕 아래쪽, 국도 근처에 살았기 때문에 우리는 그녀를 〈언덕 아래 할머니〉라고 불렀다. 〈읍내 할머니〉라고 부르는 외할머니와 구별하기 위해서다. 외할머니는 우리가 사는 곳에서 25킬로미터 정도 떨어진 곳에 있는 근처 유일한 타운에 살았다. 그래 봤자 신호등 하나에 식료품점 하나 있는 것이 전부인 작은 읍이지만.

아버지와 할머니는 꼬리를 함께 묶어 놓은 두 마리 고양이 같은 사이였다. 두 사람은 일주일 내내 이야기를 해봤자 의견 일치는 단 한 번도 못 보겠지만, 산에 대한 헌신으로 묶인 관계였다. 아버지 집안은 벅스피크 어귀에서 반세기를 살아왔다. 할머니의 딸들은 결혼해서 멀리 떠났지만, 아버지는 거기 남아서 절대 완공할 일은 없을 허름한 노란 집을 할머니 집 위쪽 산어귀 언덕에 짓고, 정교하게 가꿔진 할머니의 잔디 정원 옆에 폐철 처리장 — 여러 개 중 하나 — 을 떡하니 만들어 놓고 살았다.

아버지와 할머니는 날마다 다퉜다. 폐철 처리장이 지저분하다는 문제도 있었지만 주로 우리들 때문이었다. 할머니는 우리가 〈야만인들처럼 산이나 헤매고 다니는〉 대신 학교에 가야 한다고 생각했지만, 아버지는 공교육은 아이들을 신에게서 멀어지게 하려는 정부의 음모라고 말했다. 〈아랫동네에 있는 그 학교에 애들을 보내는 건 악마에게 아이들을 통째로 넘기는 거나 마찬가지예요〉 하고 아버지는 말했다.

신은 아버지에게 그 계시의 내용을 벅스피크 아래 살면서 농사를 짓는 사람들과 나누라고 말했다. 일요일이면 거의 모든 사람이 교회로 모여들었다. 국도 바로 옆에 있는 히커리나무 색의 그 교회는 모르몬 교회에 흔한 수수하고 작은 첨탑이 있는 곳이었다. 아버지는 자리에서 일어나는 다른 가족의 아버지들을 몰아세우곤 했다. 제일 처음 찍힌 사람은 아버지의 사촌인 짐 아저씨였다. 짐 아저씨는 성경을 휘두르며 우유가 얼마나 죄로 가득한 물건인지 설파하는 아버지의 말을 온화한 표정으로 들어 줬다. 아저씨는 씩 웃으며 아버지의 어깨를 툭치고는 의로운 신이라면 더운 여름날 오후에 집에서 만든 딸기 아이스크림을 금지하시지는 않을 것이라고 말했다. 당숙모가 남편의 팔을 잡아끌었다. 아저씨가 지나가는데 두엄 냄새가 바람을 타고 살짝 풍겨 왔다. 그러자 기억이 났다. 벅스피크에서 1.5킬로미터쯤 북쪽으로 가면 나오는 낙농장이 바로 짐 아저씨네 농장이라는 사실이.

아버지가 우유를 마시면 안 된다는 설교를 시작하자 할머니는 냉장고에 우유를 가득 채우기 시작했다. 할머니와 할아버지는 무지방 우유만 드셨지만 얼마 지나지 않아 할머니네 냉장고에는 저지방 우유, 전지 우유, 심지어 초콜릿까지 즐비하게 들어찼다. 할머니는 그것이 꼭 방어해야 할 중요한 선(線)이라고 믿는 듯했다.

아침 식사 시간은 충성심을 시험하는 장이 됐다. 매일 아침 온 가족이 커다란 재활용 떡갈나무 식탁에 앉아 꿀과 당밀을 부은 칠곡 시리얼을 먹거나, 역시 꿀과 당밀을 부은 칠곡 팬케이크를 먹곤 했다. 식구가 아홉이나 됐기 때문에 팬케이크는 한 번도 속까지 다 익은 적이 없었다. 나는 시리얼도 괜찮았다. 우유에 말아 유지방이 빠은 곡물에 푹 스며들어 거친 감촉을 가리도록 해서 먹을 수만 있다면 말이다. 하지만 아버지가 계시를 받은 다음부터 우리는 시리얼을 물과 함께 먹을 수밖에 없었다. 꼭 진흙을 한 대접 먹는 느낌이었다.

할머니 냉장고에서 썩어 가고 있는 우유가 내 머릿속에 떠오르기까지는 오래 걸리지 않았다. 나는 날마다 아침을 거르고 헛간으로 바로 가는 습관이 생겼다. 돼지 사료를 주고, 소와 말의 여물통을 채운 다음에는 목장 담을 넘고 헛간을 돌아서 할머니 집 옆문으로 들어갔다.

그러던 어느 날 아침, 나는 부엌 카운터에 앉아서 할머니가 콘플레이크를 그릇에 붓는 것을 지켜보고 있었다. 갑자기 할머니가 물었다. 「학교에 가고 싶지 않니?」

「안 가고 싶어요.」 내가 말했다.

「어떻게 알아?」 할머니가 호통치듯 말했다. 「한 번도 가본 적이 없는데.」

할머니는 우유를 부은 그릇을 내게 건네주고, 부엌 카운터 바로 건너편에 앉아서 허겁지겁 시리얼을 먹는 나를 지켜봤다.

「우리는 내일 애리조나로 떠날 거야.」 할머니가 말했다. 나도 이미 아는 사실이었다. 할머니와 할아버지는 날씨가 추워지기 시작하면 항상 애리조나로 갔다. 할아버지는 아이다호 겨울을 견뎌 내기에는 이제 너무 늙었다고, 추위가 뼛속까지 아프게 만든다고 말하곤 했다. 「내일 아주 일찍 일어나는 거야.」 할머니가 말했다. 「새벽 5시쯤 일어나서 우리랑 함께 가자. 학교에 보내 줄게.」

나는 자세를 고쳐 앉았다. 학교라는 곳을 상상해 보려 했지만 할 수가 없었다. 대신 주일 학교를 떠올렸다. 매주 가는 곳이지만 정말 싫었다. 에런이라는 남자애가 여자애들을 모두 모아 놓고 내가 학교를 다니지 않아서 글을 읽지 못한다고 말한 후로는 아무도 나랑 말도 섞으려고 하지 않았다.

「아빠가 가도 된다고 한 거예요?」 내가 말했다.

「아니.」 할머니가 말했다. 「네가 없다는 걸 아빠가 알아차릴 즈음이면 우리는 멀리 가 있을 거야.」 할머니는 내가 비운 그릇을 싱크대에 넣고 창문 밖을 지긋이 바라봤다.

할머니는 거역할 수 없는 대자연과 같은 힘을 가진 사람이었다. 성마르고, 공격적이고, 자신감이 넘쳤다. 할머니를 보면 저절로 뒷걸음을 한 번 치게 되어 있다. 까맣게 물들인 머리는 이미 우러나오는 강한 인상을 한 번 더 강조했다. 할머니가 매일 아침 두껍고 까맣게 그리는 눈썹도 한몫했는데 늘 너무 크게 그려서 얼굴이 팽팽하게 잡아당겨지는 느낌이었다. 그리고 보통 눈하고 너무 떨어지게 높이 그렸기 때문에 모든 일에 지루해하는 듯하고 거의 냉소적인 분위기를 자아내기도 했다.

「넌 학교에 다녀야 해.」 할머니가 말했다.

「아빠가 할머니한테 절 다시 데려오라고 하지 않을까요?」 내가 말했다.

「네 아빠는 나한테 이래라저래라 하지 못해.」 할머니가 어깨에 힘을 주며 말했다. 「너를 되찾으려면 직접 와서 데려가야 할 거야.」 거기서 할머니는 잠시 말을 멈췄고, 순간적으로 살짝 부끄러워하는 것처럼 보였다. 「어제 이야기를 좀 해봤더니 한동안 너를 데리러 오지 못하겠더라. 읍내에 짓고 있는 헛간 일이 예정보다 늦어지고 있거든. 날씨가 괜찮아서 오빠들하고 함께 긴 시간 일할 수 있는 동안에는 모든 걸 버려 두고 애리조나까지 운전해서 올 수가 없을 거야.」

할머니의 음모는 잘 짜여 있었다. 아버지는 첫눈이 내리기 전 몇 주 동안은 항상 해가 뜰 때부터 질 때까지 줄곧 일했다. 부지런히 폐철을 모으고 헛간을 지어서 일거리가 많지 않은 겨울을 나기에 충분한 돈을 마련하려면 그렇게 해야만 했다. 자기 어머니가 막내딸을 데리고 도망갔다 하더라도 지게차가 꽁꽁 얼기 전까지는 하던 일을 멈출 수 없을 것이다.

「가기 전에 동물들에게 먹이를 줘야 해요.」내가 말했다.「목마른 소들이 물을 찾아서 담을 넘으면 아빠가 금방 제가 없는지 알아차릴 거예요.」

나는 그날 밤 한숨도 자지 않고 부엌 바닥에 앉아서 시간이 흐르는 것을 지켜봤다. 1시. 2시. 3시.

4시가 되자 나는 일어서서 뒷문 옆에 장화를 가져다 놨다. 장화에는 두엄이 잔뜩 묻어 있었다. 할머니가 그런 장화를 신고 차에 타게 할 리가 없었다. 나는 내가 맨발 바람으로 애리조나로 도망가는 사이에 할머니네 현관에 버려진 채 뒹굴 내 장화의 모습을 상상했다.

나는 내가 없어진 것을 식구들이 알아차린 다음 어떤 일이 벌어질까를 상상해 봤다. 리처드 오빠와 나는 하루 종일 산에 올라가 지내곤 했기 때문에, 해가 진 후 저녁 식사 시간에 오빠만 혼자 집에 오면 그때 모두들 내가 없어진 것을 깨달을 것이다. 오빠들이 나를 찾기 위해 문 밖으로 우르르 나서는 모습이 떠올랐다. 폐철 처리장부터 뒤질 것이다. 철판이 미끄러져서 그 밑에 내가 깔려 있지 않을까 걱정을 하면서 철판들을 들어 올리겠지. 그러다가 점점 바깥쪽으로 퍼져 나가면서 나무 위에도 올라가 보고 헛간 다락도 확인하면서 농장 전체를 이 잡듯 살필 것이다. 그리고 마지막으로 산으로 향할 것이다.

오빠들이 산으로 향할 즈음에는 이미 황혼이 지났을 때일 것이다. 밤 그늘이 완전히 내리기 직전, 사방이 검은 어둠과 살짝 덜 검은 어둠으로만 구분이 되고, 주변을 눈으로 보기보다는 느낌으로 파악하는 바로 그런 시간 말이다. 나는 오빠들이 산으로 흩어져서 검은 숲속을 헤매는 장면을 상상했다. 아무도 말하지 않을 테지만, 모두들 같은 생각을 하고 있을 것이다. 산속에서는 끔찍한 일들이 벌어질 수 있다. 절벽이 갑자기 나타나고, 할아버지가 키우던 야생마들이 무성한 독미나리 덤불을 예고 없이 뛰어넘어 돌진하기도 했다. 게다가 방울뱀들은 또 얼마나 많은가. 헛간에서 송아지가 없어졌을 때 산속을 찾아 헤맨 적이 있었다. 동물들이 계곡으로 가면 부상을 입지만, 산으로 가면 죽어서 발견되곤 했다.

엄마가 뒷문에 서서 어두운 산등성이들을 살피며 기다리다가, 나를 찾지 못한 채 돌아오는 아버지를 맞는 장면이 떠올랐다. 아마도 오드리 언니가 할머니에게 물어보자고 제안을 할 것이고, 그러면 엄마가 할머니는 그날 아침에 애리조나로 떠났다고 말할 것이다. 그 말이 허공에 잠시 떠 있은 후, 모두들 내가 어디로 갔는지 깨달을 것이다. 아버지의 얼굴을 상상해 봤다. 검은 눈이 점점 가늘어지고, 꼭 다문 입에 분노를 담은 채 엄마 쪽으로 얼굴을 돌릴 것이다. 〈가고 싶어서 갔을까?〉

아버지의 목소리가 슬픔에 젖은 채 낮게 메아리쳤다. 그러다가 그 목소리는 또 다른 상상의 기억 속의 소리에 파묻혔다 — 귀뚜라미 소리에 이어 총성이 들리고 침묵이 흘렀다.

그것이 유명한 사건이었다는 것은 나중에야 알게 됐다. 운디드 니*나 텍사스주 웨이코**처럼 세간을 떠들썩하게 했던 사건이었다. 하지만 아버지에게서 처음 들었을 때는 그 이야기가 우리 말고 이 세상 어

---

* 1890년 인디언 대학살이 있었던 곳 — 옮긴이주.

** 〈다윗파〉라는 사교 집단과 연방 정부 요원들과의 대치 상황에서 대규모 인명 피해가 발생했던 곳 — 옮긴이주.

느 누구도 모르는 사연처럼 느껴졌다.

그것은 통조림 철이 끝날 무렵 시작됐다. 다른 아이들은 아마도 〈여름〉이라고 부르는 시기일 것이다. 우리 식구들은 늘 더운 달은 내내 과일을 병에 저장하느라 바삐 보냈다. 아버지가 심판의 날에 필요하다고 했기 때문이다. 어느 날 저녁 폐철 처리장에서 돌아온 아버지는 굉장히 초조해 보였다. 저녁 식사 도중에도 부엌을 서성거리면서 음식은 거의 입에 대지도 않았다. 그러고는 우리에게 모든 것을 잘 정비해야 한다고, 시간이 얼마 없다고 말했다.

다음 날 하루 종일 우리는 복숭아를 끓이고 껍질을 벗겼다. 해 질 녘 즈음에는 압력솥에서 끓여 아직 식지 않은 복숭아가 담긴 병 수십 개를 가지런히 줄 맞춰 세워 둘 수 있었다. 아버지는 그날의 작업을 점검하고, 병 개수를 세면서 혼잣말로 중얼거리다가 엄마한테 얼굴을 돌리며 말했다. 「이걸로는 부족해.」

그날 밤 아버지는 가족회의를 열었고, 우리는 부엌에 있는 식탁에 둘러앉았다. 넓고 기다란 식탁에는 온 가족이 모두 앉을 자리가 있었다. 아버지는 우리의 적이 어떤 자들인지 너희들도 알 권리가 있다고 말했다. 아버지는 식탁 머리에 서 있었고, 우리는 떡갈나무 식탁의 나뭇결을 뚫어져라 바라보며 앉아 있었다.

「여기서 별로 멀지 않은 곳에 한 가족이 있다.」 아버지가 말했다. 「자유의 투사들이지. 공교육 같은 걸로 정부가 애들을 세뇌하는 걸 허락하지 않았어. 그래서 정부에서 그들을 잡으러 왔단다.」 아버지는 길고 천천히 숨을 내쉬었다. 「그 가족이 사는 집을 정부군이 포위하고, 몇 주 동안 아무도 못 나오게 했지. 그 집 어린 아들이 너무 배가 고파서 사냥이라도 하려고 집에서 살짝 빠져나오자 정부군이 쏘아서 죽여 버렸다.」

나는 오빠들의 얼굴을 살폈다. 그전까지 한 번도 루크 오빠의 얼굴에 두려움이 서리는 것을 본 적이 없었다.

「그 가족은 아직도 집에 갇혀 있다.」 아버지가 말했다. 「불을 끈 채 문과 유리창을 피해 바닥에 붙어서 기어 다니며 지내고 있지. 식량을 얼마나 가지고 있는지는 모르겠다. 정부군이 포기하기 전에 굶어 죽을지도 모르지.」

누구도 입을 열지 않았다. 마침내 당시 열두 살이던 루크 오빠가 우리가 도울 수 있을지 물었다. 「아니.」 아버지가 말했다. 「아무도 도울 수 없어. 자기 집에 갇혀 있으니까. 하지만 총은 가지고 있다. 분명히 그 덕분에 정부군이 쳐들어가지 못하는 걸 거야.」 아버지는 잠시 말을 멈추고 관절들이 뻣뻣해지기라도 한듯 천천히 낮은 장의자에 몸을 접듯이 앉았다. 내 눈에 아버지는 늙고, 지쳐 보였다. 「우리가 그들을 도울 수는 없다. 하지만 우리 자신은 도울 수 있지. 정부군이 벅스피크에 온다 해도 우리는 준비가 되어 있을 테니까.」

그날 밤 아버지는 오래된 군용 가방들을 지하실에서 한 더미 끌고 올라왔다. 〈산속 피신용〉 가방들이라고 했다. 우리는 필요한 물품들을 가방에 챙겨 넣으며 그 밤을 보냈다. 약초로 만든 물약, 정수기, 부싯돌, 쇠. 아버지는 바로 먹을 수 있는 군용 비상식량 몇 박스를 이미 사뒀고, 우리는 그것들을 가방에 넣을 수 있는 만큼 구겨 넣었다. 집을 버리고 도망쳐 계곡 옆 야생 자두나무 근처에 몸을 숨기고 비상식량을 먹는 모습을 상상하면서. 오빠들 중 몇몇은 총도 챙겨 넣었지만 나는 작은 칼밖에 가진 것이 없었다. 그래도 짐을 다 싸고 보니 내 가방은 내 키만큼이나 컸다. 나는 루크 오빠에게 가방을 내 옷장 선반에 올려 달라고 부탁했지만, 아버지가 언제라도 손에 닿는 곳에 놔둬야 한다고 해서 침대에 올려 두고는 가방 옆에서 잤다.

나는 가방을 빨리 등에 지고 뛰는 연습을 했다. 혼자 남겨지고 싶지 않았기 때문이다. 온 가족이 탈출하는 장면을 상상해 보았다. 한밤중에 도망쳐서 프린세스 봉우리의 안전한 곳까지 몰래 뛰는 장면. 산은 우리 편이라고 나는 믿었다. 산은 그녀를 잘 아는 사람들에게는 친절하지만 침입자들에게는 가혹하기 때문에 우리가 유리할 것이다. 하지만 정부군이 오면 어차피 산으로 도망칠 텐데 왜 그 많은 복숭아 병조림을 만드는지 이해가 되지 않았다. 복숭아 병조림 수천 개를 이고 지고 산꼭대기까지 올라갈 수는 없는 일 아닌가. 아니면 위버가 사람들처럼 집 안에 진을 치고 끝까지 싸울 때를 대비해서 복숭아를 준비한 걸까?

싸울 확률이 더 높아 보였다. 특히 며칠 후 아버지가 군대에서 흘러나온 라이플 열두 정을 들고 돌아온 것을 보면 말이다. 대부분 SKS 모델이었는데 가느다란 은빛 총검이 총신 아래로 단정하게 접혀 있는 것이 보였다. 총들은 좁은 양철 상자 안에 코스몰린에 덮인 채 도착했다. 코스몰린은 돼지기름 같은 감촉의 갈색 물질로, 완전히 닦아 내야 했다. 총을 다 닦고 나자 타일러 오빠가 그중 한 자루를 골라서 검정 비닐로 싼 다음 은색 덕트 테이프로 꽁꽁 동여맸다. 오빠는 그 꾸러미를 어깨에 메고 언덕 아래로 내려가서 빨간 기차간 옆에 던졌다. 그런 다음 땅을 파기 시작했다. 나는 오빠가 구덩이를 넓고 깊게 판 후 총을 거기 던져 넣고 다시 흙을 덮는 것을 지켜봤다. 힘을 줄 때마다 팔뚝이 불끈했고, 입은 앙 다문 채였다.

그로부터 얼마 지나지 않아 아버지는 다 쓴 탄피로 총탄을 만드는 기계를 사왔다. 그러고는 이제 정부군과 대치해도 더 오래 버틸 수 있다고 말했다. 침대에서 나를 기다리는 내 〈산속 피신용〉 가방과 기차간 근처에 묻힌 총을 생각해 보니, 총알 만드는 기계가 걱정되기 시작

31

했다. 부피가 큰 그 기계는 지하실에 있는 쇠로 만든 작업대에 고정되어 있었다. 기습 공격을 당하면 그 기계를 가져올 시간이 없을 것 같았다. 나는 그 기계도 총과 함께 묻어야 하지 않을까 생각했다.

우리는 계속해서 복숭아 병조림을 만들었다. 아버지가 이야기를 더해줄 때까지 며칠이 더 흘렀는지, 복숭아 병조림을 몇 개나 더 만들었는지는 기억나지 않는다.

「랜디 위버가 총에 맞았다.」 아버지가 가느다랗고 불안한 목소리로 말했다. 「아들 시신을 되찾아 오려고 집 밖으로 나갔다가 정부군 총에 맞은 거야.」 그때까지 한 번도 아버지가 우는 것을 본 적이 없었는데, 이제 눈물이 코끝까지 줄줄 흘러내리고 있었다. 아버지는 눈물을 닦지 않고 셔츠에 떨어지도록 그대로 뒀다. 「총소리를 들은 부인이 아기를 안은 채 창문으로 뛰어갔지. 그리고 두 번째 총알이 날아왔어.」

엄마는 팔짱을 긴 채 한쪽 손으로 입을 막고 앉아 있었다. 나는 어머니의 피로 범벅이 된 갓난아기를 위버 부인의 팔에서 누군가가 안아 올린 이야기를 들으며 점박이 무늬가 있는 리놀륨 바닥을 뚫어져라 쳐다보고 있었다.

그 순간까지만 해도 내 마음 어딘가에는 정부군이 왔으면 하고 바라는 구석, 모험을 하고 싶은 구석이 있었다. 하지만 이제 진짜 무서웠다. 어둠 속에 웅크린 오빠들이 땀범벅이 된 손으로 라이플을 쓸어내리는 장면을 떠올렸다. 피곤하고 갈증으로 타들어 가는 엄마가 유리창에서 몸을 피하는 모습도 떠올렸다. 바닥에 아무 말도 없이 납작하게 누워 들에서 들려오는 날카로운 귀뚜라미 소리를 듣고 있는 내 모습도 떠올렸다. 그리고 엄마가 일어서서 부엌의 수돗물을 틀려고 손을 뻗치는 것을 보았다. 흰 섬광과 함께 총성이 울려 퍼지고 엄마가 쓰러졌다. 나는 뛰어가서 아기를 받았다.

아버지는 그 이야기의 결말을 이야기해 주지 않았다. 집에 텔레비전이나 라디오가 없었기 때문에 아버지 역시 어떻게 끝났는지 몰랐을지도 모른다. 아버지가 그 이야기에 관해 마지막으로 한 말이 〈다음은 우리 차례일 수도 있어〉라는 건 기억한다.

그 말은 내 머리에서 떠나지 않았다. 그 말은 귀뚜라미 소리, 유리병으로 떨어지는 복숭아물, SKS 소총을 청소할 때 〈칭칭〉 하고 금속이 부딪히는 소리와 함께 내 귓가에서 메아리쳤다. 매일 아침 기차간을 지나다가 타일러 오빠가 총을 묻은 곳에서 자라나는 별꽃과 엉겅퀴 덤불을 보기 위해 발을 멈출 때마다 그 말이 들려오곤 했다. 아버지가 이사야서의 계시를 잊은 지 오랜 시간이 지나고, 엄마가 다시 〈웨스턴 패밀리 저지방 우유〉를 냉장고에 쟁이기 시작한 후에도 나는 위버가의 이야기를 잊지 않았다.

거의 새벽 5시가 다 되어 갔다.

나는 방으로 돌아갔다. 귀뚜라미 소리와 총소리가 머리를 가득 채우고 있었다. 이층 침대의 아래쪽에서 오드리 언니의 코 고는 소리가 들렸다. 낮고 만족스럽게 코를 고는 소리를 들으니 나도 그렇게 하고 싶어졌다. 하지만 나는 내 침대로 올라가서 책상다리를 한 채 창문 밖을 바라봤다. 5시가 지났다. 6시. 7시가 되자 할머니가 집에서 나왔다. 나는 할머니가 집 앞에서 서성이다가 몇 초마다 한 번씩 우리 집이 있는 언덕 쪽을 올려다보는 것을 지켜봤다. 그러다가 결국 할머니와 할아버지는 차를 타고 국도 위로 진입했다.

차가 떠난 후 나는 침대에서 내려와 밀기울을 물에 말아 먹었다. 집 밖으로 나서니 루크 오빠의 염소 가미카제가 반기듯 다가와 헛간으로 걸어가는 내 셔츠를 잘근잘근 깨물었다. 나는 리처드 오빠가 오래된 잔디 깎는 기계를 개조해서 만든 고카트를 지나쳤다. 돼지우리를 치운 다음 여물을 주고, 할아버지 말들을 새 풀밭 쪽으로 옮겼다.

일을 끝낸 다음 나는 기차 위에 올라가서 계곡을 내려다봤다. 객차가 움직여서 금방이라도 계곡을 뒤로 하고 달리는 상상을 하는 것은 전혀 어려운 일이 아니었다. 보통은 머릿속으로 그 상상을 하면서 몇 시간이고 놀곤 했지만 오늘은 영 필름이 돌아가질 않았다. 나는 서쪽으로 몸을 돌려 들을 등지고 산꼭대기를 바라봤다.

프린세스는 눈에 덮여 있던 침엽수들이 모습을 드러내는 봄에 가장 뚜렷했다. 짙은 초록색 바늘잎들이 황갈색 흙과 나무껍질과 대비돼서 거의 검은색으로 보였다. 이제 가을이었다. 프린세스가 아직 보이긴 했지만 점점 퇴색해 가고 있었다. 죽어 가는 여름의 붉고 노란 단풍이 그녀의 짙은 형체를 흐릿하게 만들었다. 얼마 지나지 않아 눈이 올 것이다. 계곡에서는 첫눈이 금방 녹겠지만 산 위쪽에서는 녹지 않고 프린세스를 묻어 버릴 것이다. 봄이 오면 그녀는 세상만물을 내려다보는 표정으로 다시 모습을 드러낼 것이다.

2
산파

「칼렌둘라 오일 있어요?」 산파가 말했다. 「로벨리아랑 해머멜리스도 필요해요.」

그녀는 부엌 카운터에 앉아서 엄마가 자작나무 캐비닛을 뒤적거리는 모습을 지켜보고 있었다. 두 사람 사이에 있는 카운터에는 전자저울이 놓여 있었고, 엄마는 이따금 그 저울로 말린 잎들의 무게를 쟀다. 봄이었다. 햇살은 밝았지만 아침에는 여전히 쌀쌀한 계절이었다.

「지난주에 칼렌둘라 오일을 새로 만들었어요.」 엄마가 말했다. 「타라, 가서 가져오렴.」

내가 칼렌둘라 병을 가져오자 엄마는 그것을 말린 향초들과 함께 비닐 쇼핑백에 담았다. 「또 필요한 거는요?」 엄마가 웃었다. 긴장이 담긴 높은 웃음소리였다. 산파는 위압감을 주는 사람이었고, 엄마는 위축이 되면 무중력 상태에 떠 있는 것처럼 행동했다. 상대방이 느리고 묵직하게 움직일 때마다 엄마는 바람에 낙엽이 구르는 것처럼 부산을 떨었다.

산파는 자기 리스트를 살펴보고 말했다. 「그게 다예요.」

작은 키에 몸집이 통통한 산파는 40대 후반쯤의 나이로, 자녀를 열한 명 뒀고, 턱에 팥색 사마귀가 나 있었다. 나는 그녀보다 더 긴 머리를 가진 사람을 본 적이 없다. 단단히 쪽진 머리를 풀어 헤치면 머리카락이 폭포처럼 쏟아져 무릎까지 닿았다. 강한 인상에 목소리에도 권위가 흘렀다. 산파 자격증도 증명서도 가지고 있지 않았지만, 자기가 산파라고 말하니까 모두들 그렇게 믿었고, 그걸로 충분하다고 생각했다.

엄마는 그녀의 조수로 일할 예정이었다. 첫날 두 사람을 지켜보면서 마음속에서 비교를 해보던 기억이 난다. 엄마는 장밋빛 피부에 굽이치는 웨이브 머리가 어깨 위로 찰랑거렸다. 눈꺼풀은 은은한 색으로 빛났다. 엄마는 아침마다 화장을 했지만 너무 바빠서 빼먹는 날이면 하루 종일 사과를 했다. 마치 화장을 하지 않아서 모든 사람들에게 불편을 끼치기라도 한 것처럼.

산파는 한 십 년 동안 자기 외모에 대해서는 한 번도 생각해 본 적이 없는 사람처럼 보였고, 그녀의 태도는 오히려 그런 사실을 알아차린 내가 바보 같다는 느낌이 들도록 만들었다.

산파는 엄마의 약초를 한 아름 들고 고개를 까닥여 인사를 하고 떠났다.

다음 번 우리 집에 오면서 산파는 자기 딸 마리아를 데리고 왔다. 아홉 살 소녀 마리아는 깡마른 몸에 아기를 안은 채 엄마 옆에 붙어 서서 엄마의 모든 행동을 따라했다. 나와 비슷한 소녀들을 만날 기회는 많지 않았다. 나처럼 학교를 가지 않는 여자아이들 말이다. 나는 조금씩 조금씩 그녀가 있는 쪽으로 다가가면서 주의를 끌어 보려고 했지만 마리아는 자기 엄마가 하는 말에 온 정신을 집중하고 있었다. 산파는 산후 자궁 수축에 백당나무 껍질과 익모초를 어떻게 써야 하는지 설명하고 있었다. 마리아는 산파의 말에 동의하듯 고개를 끄덕였다. 시선은 한 번도 자기 엄마의 얼굴에서 떠나지 않았다.

나는 혼자서 터벅터벅 내 방으로 걸어왔다. 그런데 문을 닫으려고 몸을 돌리니 마리아가 거기 서 있었다. 여전히 한쪽 팔로 아기를 안은 채였다. 무거운 상자처럼 통통한 아기의 무게를 상쇄하기 위해 윗몸을 반대쪽으로 많이 기울이고 있었다.

「너도 가니?」 그녀가 물었다.

나는 그게 무슨 말인지 이해할 수 없었다.

「난 언제나 가.」 그녀가 말했다. 「아기 태어나는 것 봤어?」

「아니.」

「난 봤어. 아주 많이. 역위 분만이라는 게 뭔지 알아?」

「아니.」 나는 사과하듯 대답했다.

처음으로 분만을 도우러 갔을 때 엄마는 이틀 동안 집에 돌아오지 못했다. 그러다가 휘청거리며 뒷문으로 들어선 엄마는 너무 창백해서 거의 들이비칠 것 같았고, 둥둥 떠가듯 소파로 가서 온몸을 떨며 잠시 거기에 앉아 있었다. 「끔찍했어.」 엄마가 속삭였다. 「주디마저도 겁난다고 하더라고.」 엄마는 눈을 감았다. 「겁이 난 것처럼 보이지는 않았지만 말이야.」

엄마는 안색이 좀 돌아올 때까지 몇 분 그렇게 쉰 뒤, 무슨 일이 있었는지를 이야기했다. 무척 길고 심한 산통 끝에 마침내 아기가 태어났지만 산도가 아주 심하게 찢어져 버렸다. 피가 사방으로 흘렀고, 출혈이 멈추지 않았다. 그때 아기 목에 탯줄이 감긴 것을 엄마가 발견했다. 아기가 너무 새파랗게 질려 있었고 꼼짝도 하지 않았기 때문에 엄마는 사산이라고 생각할 정도였다. 그 이야기를 자세히 하면서 엄마 얼굴에서는 다시 핏기가 사라져 갔고, 결국 달걀처럼 창백해진 채 두 팔로 몸을 감싸고 웅크렸다. 오드리 언니가 카모마일 차를 만들고 우리는 엄마를 침대에 눕혔다. 그날 밤 집에 돌아온 아버지에게도 엄마는 같은 이야기를 했다. 「못하겠어요.」 엄마가 말했다. 「주디는 할 수 있지만 난 못해요.」 아버지는 팔을 엄마 어깨에 얹었다. 「이건 주님의 부르심이야.」 아버지가 말했다. 「가끔 주님은 어려운 일을 요구하시곤 하지.」

엄마는 산파가 되고 싶지 않았다. 그 일을 하는 것은 아버지의 생각이었다. 자급자족하기 위한 아버지 계획의 일부였던 것이다. 정부에 의존하는 것보다 아버지가 더 싫어하는 일은 없었다. 아버지는 언젠가는 공공시설에도 전혀 의존하지 않고 독립적으로 살 수 있게 될 것이라고 말했다. 충분한 돈을 마련하기만 하면 산에서 물을 끌어다 쓸 수 있는 파이프를 설치하고, 그런 다음에는 농장 전체에 태양광 전지를 설치할 계획이었다. 그렇게 하면 종말의 날이 와서 다른 사람들은 모두 웅덩이에서 물을 떠 마시고, 암흑 속에서 살더라도 우리는 물과 전기를 쓸 수 있다는 것이었다. 엄마는 약초에 대해 잘 아니까 우리 건강을 돌볼 수 있고, 산파에게서 잘 배워 두면 손주들이 태어날 때 아기를 받아 줄 수 있을 것이다.

첫 분만에 참여하고 며칠이 지났을 때 산파가 엄마를 찾아왔다. 같이 온 마리아는 또 내 방으로 따라 들어왔다. 「너희 엄마가 처음 본 분만이 어려웠던 거라 참 안됐다.」 그녀가 웃으면서 말했다. 「다음번 일은 더 쉬울 거야.」

몇 주 후, 그 예언은 시험대에 올랐다. 자정이었다. 우리 집에는 전화가 없었기 때문에 산파가 언덕 아래 할머니에게 전화를 했고, 피곤한 할머니는 고약한 기분으로 우리 집까지 걸어 올라와서 엄마가 〈의사 놀이〉를 하러 갈 시간이 됐다고 외쳤다. 「너희들은 왜 다른 사람들처럼 병원에 가질 않는지 난 정말 모르겠구나.」 문을 쾅 닫고 나가면 서 할머니는 소리 질렀다.

엄마는 1박 2일 정도 지낼 수 있는 짐을 싸둔 작은 여행 가방과 물약을 담은 어두운 색 병들을 넣은 낚시 도구 상자를 꺼내 들고 느린 걸음으로 문을 나섰다. 나는 초조했고 잠을 설쳤다. 하지만 다음 날 아침 헝클어진 머리와 다크서클이 짙게 드리워진 눈을 하고 돌아온 엄마 얼굴에는 활짝 미소가 떠올라 있었다. 「여자아이였어.」 엄마는 그렇게 말하고 침대로 가서 하루 종일 잤다.

이런 식으로 몇 달이 흘러갔다. 엄마는 아무 시간에나 집에서 나갔다가 온몸을 떨면서 일이 끝났다는 사실에 깊은 안도를 하면서 집으로 돌아왔다. 낙엽이 지기 시작할 즈음까지 엄마는 이미 열두어 명의 아기가 태어나는 것을 도왔고, 겨울이 끝나 갈 무렵에는 엄마 손을 거쳐 태어난 아기들이 수십 명이 됐다. 봄이 되자 엄마는 아버지에게 세상의 종말이 오고, 꼭 해야 되는 상황이 되면 산파 노릇을 할 정도로는 지식을 익혔으니 산파 보조 일을 그만해도 될 것 같다고 말했다.

엄마가 그 이야기를 하자 아버지는 낙담하는 표정을 지었다. 아버지는 이 일이 주님의 뜻이고, 그 일을 하면 우리 가족이 은총을 받을 것이라고 말했다. 「당신은 산파가 되어야 해. 혼자서 아기를 받을 수 있어야 해.」

엄마는 고개를 저었다. 「못하겠어요.」 엄마가 말했다. 「게다가 주디를 부를 수 있는데 누가 나를 산파로 고용하겠어요?」

엄마의 말은 징크스가 됐다. 주님 앞에 술잔을 던진 것이나 마찬가지였던 것이다. 얼마 지나지 않아 마리아는 자기 아버지가 와이오밍주에 새로운 일자리를 찾았다고 말했다. 「우리 엄마가 그러는데 너희 엄마가 이젠 산파 일을 물려받아야 한대.」 신나는 이미지들이 내 머릿속에 떠올랐다. 내가 마리아의 역할을 물려받아 자신감 있고 뭐든지 다 아는 산파의 딸 노릇을 하는 모습이었다. 그러나 내 옆에 서 있는 엄마를 보려고 고개를 돌렸을 때 그 이미지는 연기처럼 사라지고 말았다.

아이다호주에서 산파 일을 하는 것은 불법은 아니었지만 인가가 난 직종도 아니었다. 분만이 잘못될 경우 산파는 자격증 없이 의료 행위를 한 것으로 간주되어 처벌받을 수도 있었다. 일이 아주 잘못될 경우 엄마는 과실치사로 형사 고발을 당할 수도 있었고, 심지어 감옥에 갈 수도 있었다. 산파가 드문 것은 그런 위험을 감수할 여자가 별로 없었기 때문이었다. 주디가 와이오밍으로 떠난 날 엄마는 반경 160킬로미터 이내에서 구할 수 있는 유일한 산파가 되었다.

배가 부른 여인들이 우리 집에 와서 엄마에게 분만을 도와 달라고 애걸하기 시작했다. 엄마는 아기를 받을 생각만으로도 진저리를 쳤다. 한 임산부는 눈을 내리깔고 우리 거실의 빛바랜 겨자색 소파 끝에 걸터앉아 남편이 일자리를 잃어 병원에 갈 돈이 없다고 설명했다. 엄마는 한곳을 뚫어져라 응시하면서 입술을 꼭 다문 채 조용히 앉아서 설명을 들었다. 얼굴에 잠깐 굳은 표정이 지나갔지만 바로 다음 순간 그 표정이 사라지면서 작은 목소리로 말했다.「난 산파가 아니라 산파 조수에 불과해요.」

여인은 몇 번 더 찾아왔고, 그때마다 소파 끝에 걸터앉아 이미 낳은 아이들이 모두 순산이었다는 설명을 반복하고 또 반복했다. 폐철 처리장에서 일하다가 돌아온 아버지는 집 밖에 세워져 있는 여인의 차를 발견하면 항상 뒷문을 통해 조용히 안으로 들어왔다. 물을 마신다는 걸 핑계 삼아 부엌에 서서 아무 소리도 내지 않고 천천히 물을 마시면서 두 귀를 거실 쪽에 집중했다. 그 여인이 왔다 갈 때마다 아버지는 흥분을 감추지 못했다. 그 여인의 절실한 사연 때문이었는지 아버지의 흥분 때문이었는지 알 수 없지만, 마침내 엄마는 뜻을 꺾었다.

분만은 순조로웠다. 그리고 그 여인의 친구 중에 임신한 사람이 있었고, 엄마는 그 사람의 분만도 맡았다. 그녀에게도 임신한 친구가 있었다. 엄마는 조수를 고용했다. 얼마 지나지 않아 엄마는 산파 일을 아주 많이 하게 되었고, 오드리 언니와 나는 계곡 전체를 차로 누비면서 엄마가 산전 검사를 하고 약초 처방을 내리는 것을 지켜보게 되었다. 집에서 수업할 기회가 거의 없었기 때문에 엄마는 우리에게 그전과는 전혀 다른 선생님이 되었다. 엄마는 치료제와 완화제를 모두 설명해주었다. 누구누구의 혈압이 높으면 콜라겐 수치를 안정시키고 심장 혈관을 확장시키기 위해 산사나무를 줘야 하고, 아무개 여사의 자궁이 조기 수축을 하는 것 같으면 목욕물에 생강을 넣어서 자궁에 산소 공급을 촉진하는 것이 좋다고.

산파 일은 엄마를 변화시켰다. 엄마는 일곱 자녀를 가진 성인 여성이었지만, 이전에는 한 번도 다른 사람의 의심이나 도전을 받지 않는 상태에서 책임자 역할을 수행한 적이 없었다. 가끔 분만을 한 후 며칠 동안 엄마한테서 주디한테서 느꼈던 무거운 존재감이 느껴질 때가 있었다. 머리를 고집스럽게 돌린다든지, 도도하게 눈썹을 추켜세운다든지 할 때 말이다. 엄마는 화장하는 일을 그만뒀고, 화장하지 않은 것에 대해 사과하는 일도 그만했다.

엄마는 분만 한 건당 500달러 정도를 벌었고, 그것은 산파 일이 엄마를 변화시킨 또 하나의 요인이었다. 갑자기 엄마에게 돈이 생긴 것이다. 아버지는 여자들이 직업을 가지는 것을 좋아하지 않았지만, 엄마가 산파 일로 돈을 버는 것은 정부의 권위에 도전하는 일이기 때문에 괜찮다고 생각하는 듯했다. 거기에 더해 우리에겐 돈이 필요했다.

아버지는 내가 아는 어느 누구보다도 열심히 일하는 사람이었다. 그러나 폐철을 모으고, 헛간을 짓고, 건초 창고를 짓는 것만으로는 충분한 돈을 벌 수 없었기 때문에 엄마가 지갑의 잔돈 주머니에 든 돈으로 일용품을 사는 것은 생계에 큰 도움이 아닐 수가 없었다. 간혹, 하루 종일 계곡 이곳저곳을 바삐 다니면서 약초를 배달하고 산전 검사를 할 때면 엄마는 그 돈으로 오드리 언니와 나를 식당에 데려가 주기도 했다. 내게는 읍내 외할머니가 주신 일기장이 있었다. 분홍 바탕에 캐러멜색의 아기 곰이 그려진 그 일기장에 나는 엄마가 처음으로 우리를 레스토랑에 데려간 사건을 기록했다. 〈메뉴도 있고 뭐든 다 있는 정말 멋진 곳〉이라고 적은 그날 일기에 따르면 내가 먹은 식사는 3달러 30센트였다.

엄마는 그 돈을 더 나은 산파 역할을 하기 위한 목적에도 썼다. 태어난 아기가 숨을 잘 쉬지 못할 때를 대비해 산소 탱크를 샀고, 분만 도중 회음부가 찢어졌을 때 필요한 봉합술 강좌를 들었다. 주디는 항상 산모들을 병원에 보내 봉합 수술을 받도록 했지만 엄마는 배우겠다는 결의가 컸다. 아마도 엄마는 〈자급자족〉이라는 단어를 떠올리며 그런 일들을 했을 것이다.

남은 돈으로 엄마는 전화를 설치했다.* 어느 날 하얀색 승합차가 나타났고, 어두운 색 작업복을 입은 남자 몇몇이 국도 옆 전신주에 오르락내리락했다. 아버지가 뒷문을 박차고 들어와 도대체 무슨 일이 벌어지고 있는지 물었다. 「당신이 전화를 원한다고 생각했어요.」 엄마가 말했다. 너무도 깜짝 놀란 눈이어서 의심의 여지가 없어 보였다. 엄

---

* 모두들 우리 집에 오랫동안 전화가 없었다는 사실에는 동의하지만 언제 전화를 놓았는지에 대해서는 가족 간의 의견 차이가 크다. 오빠들, 숙모들, 삼촌들, 사촌들에게 모두 물었지만 정확한 시기를 확인할 수는 없었다. 그래서 이 문제는 내 기억에 의존하기로 했다.

마는 빠른 속도로 덧붙였다. 「당신이 그랬잖아요. 누군가 산통을 시작했는데 어머님이 전화를 받을 수 없는 상황이면 큰일 나겠다고! 그래서 맞구나, 전화가 필요하겠구나 생각했지요! 아이고, 바보 같아라. 내가 잘못 알아들은 건가요?」

아버지는 벌어진 입을 다물지 못하고 그 자리에 몇 초 동안 꼼짝 않고 서 있었다. 그러고는 산파에게 전화가 필요한 것은 당연한 일이라고 말하고 폐철 처리장으로 돌아갔다. 전화에 대한 이야기는 그것으로 끝났다. 전화 없이 산 날들이 기억할 수도 없을 정도로 길었지만, 바로 그다음 날 노란빛이 감도는 초록색 전화기가 우리 집에 들어왔다. 침침한 색깔의 말린 코호시와 골무꽃 등이 든 병들 사이에 놓인 반짝이는 전화기는 생소하기 짝이 없었다.

루크 오빠가 엄마에게 출생증명서를 달라고 한 것은 오빠가 열다섯 살이 되던 해였다. 운전자 교육에 이름을 올리고 싶어서였다. 맏오빠 토니가 자갈 실은 트럭을 몰면서 꽤 짭짤한 수입을 올리고 있었는데 그게 모두 운전면허증을 가진 덕분이었다. 토니 오빠 바로 밑인 숀 오빠와 타일러 오빠도 출생증명서가 있었다. 출생 신고가 되지 않은 것은 아래 넷 ─ 루크 오빠, 오드리 언니, 리처드 오빠, 그리고 나 ─ 뿐이었다.

엄마는 서류 준비를 시작했다. 아버지와 미리 상의를 했는지 여부는 모른다. 만일 그랬다면 왜 아버지가 마음을 바꿨는지 모르겠다. 10년 내내 정부에 출생 등록을 하지 않겠다고 고집하던 정책을 아버지가 왜 아무 저항도 없이 포기했는지 확실하지는 않지만, 내 생각에는 전화의 영향이 있었을 것 같다. 마치 정부와 싸우려면 모종의 위험을 감수하지 않으면 안 된다는 사실을 아버지가 받아들인 느낌이었다. 엄마가 산파로 일하는 것이 의료 시스템을 전복시키는 일인데, 엄마가 산파 역할을 계속하려면 전화가 필요했다. 어쩌면 똑같은 논리가 루크 오빠에게도 적용이 됐는지 모른다. 가족을 부양하고, 종말의 날에 대비하기 위한 조달품을 사려면 수입이 있어야 하고, 그러기 위해서는 출생 증명이 필요했다. 또 다른 시나리오는 엄마가 아버지에게 물어보지도 않았을 경우다. 그냥 엄마가 혼자서 결정을 내렸고, 아버지가 엄마의 결정을 받아들였을지도 모른다. 혹은 어쩌면 아버지가 — 돌풍 같은 카리스마를 지닌 남자였지만 — 어머니에게 잠시 기가 눌렸을지도 모르겠다.

루크 오빠의 출생 증명을 위한 서류를 준비하면서 엄마는 이왕 시작한 김에 나머지 아이들의 출생 신고도 모두 하겠다고 결심했다. 그 일은 엄마 예상보다 훨씬 힘든 일이었다. 엄마는 우리가 엄마의 자식들이라는 것을 증명할 만한 서류를 찾기 위해 집안을 완전히 뒤집었다. 아무 증거도 찾을 수가 없었다. 게다가 내가 정확히 언제 태어났는지 확실히 기억하는 사람이 아무도 없었다. 엄마가 기억하는 날짜와 아버지가 기억하는 날짜가 달랐다. 언덕 아래 할머니는 읍내에 가서 내가 할머니의 손녀라는 사실을 진술하고 거짓이 없다는 선서를 하면서 또 다른 날짜를 댔다.

엄마는 솔트레이크시티에 있는 교회 본부에 전화를 했다. 그곳의 직원 한 명이 내가 아기 때 세례를 받은 증명서를 찾아냈다. 나는 갓난아기였을 때 세례를 한 번 받았고, 모든 모르몬교 어린이들과 마찬가지로 여덟 살 때는 침례를 받았다.* 엄마는 거기에 대한 증명서를 요청했다. 며칠 후 우편으로 서류들이 도착했다. 「내 참! 어처구니가 없어

---

* 기독교에 입교하는 공식적인 인증 의식에는 머리에 물을 붓거나 떨어뜨리는 〈세례〉와 온몸을 물에 적시는 〈침례〉 두 가지 형식이 있다 — 옮긴이주.

서!」 봉투를 열어 본 엄마가 외쳤다. 두 서류에는 각각 다른 출생일이 적혀 있었고, 두 날짜 모두 할머니가 진술서에 쓴 날짜와 달랐다.

그 주 내내 엄마는 매일 몇 시간씩 전화기에 매달려 있었다. 전화선을 길게 당겨서 부엌을 가로질러 어깨와 턱으로 수화기를 받친 채로 엄마는 밥도 하고, 청소도 하고, 히드라스티스와 엉겅퀴로 만든 물약을 걸러 내면서 계속 똑같은 대화를 반복했다.

「물론 아이가 태어났을 때 신고해야 했었다는 건 알아요. 하지만 안 했으니 지금이라도 해야지요.」

수화기 저편에서 뭐라고 하는 소리가 웅얼거리며 들려왔다.

「이미 말했듯이, 그리고 당신 부하 직원과 그 부하 직원의 부하 직원에게도 말하고, 이번 주 내내 한 오십 명쯤한테 말했듯이 우리 아이는 학교에 간 기록도 의료 기록도 없어요. 그냥 그런 기록이 없어요! 모두 다 분실됐습니다. 사본을 구할 수가 없어요. 존재하지 않는 서류들이에요!」

「생일이요? 일단 27일이라고 합시다.」

「아니요, 확실치 않아요.」

「아니요, 증명 서류는 없어요.」

「네, 기다릴게요.」

전화에 등장하는 목소리들은 엄마가 내 생일을 확실히 모른다는 사실을 인정하면 항상 기다리라고 하고, 상관에게 전화를 넘기곤 했다. 그들은 마치 내가 태어난 날을 정확히 모르면 내가 태어났다는 사실을 증명하는 서류를 받으려는 것도 합당하지 않다는 식으로 행동했다. 생일을 모르면 사람으로 존재할 수 없다고 말하는 듯했다. 나는 이해할 수가 없었다. 엄마가 내 출생 신고를 하겠다고 결심하기 전까지만 해도 생일을 정확히 모른다는 사실이 이상하지 않았었다. 나는 내가 9월 말쯤에 태어났다는 것을 알았기 때문에 매년 적당한 날짜를 생일로 골랐다. 생일날을 교회에서 보내는 건 재미가 없었기 때문에 늘 일요일이 아닌 날을 고르곤 했다. 가끔은 엄마가 내게 전화를 바꿔 주면 내가 직접 설명할 수 있을 텐데 하고 생각하기도 했다. 〈나도 아저씨와 마찬가지로 생일이 있어요.〉 나는 전화 속의 목소리에게 그렇게 말해 주고 싶었다. 〈내 생일은 해마다 바뀐다는 것만 달라요. 아저씨는 생일을 바꾸고 싶지 않으세요?〉

결국 엄마는 언덕 아래 할머니를 설득해서 내 생일이 9월 27일이라는 내용으로 다시 선서를 하도록 했다. 비록 할머니는 여전히 내가 29일에 태어났다고 믿었지만 말이다. 아이다호 주정부는 사후 출생 증명서를 발행해 주었다. 나는 증명서가 우편으로 도착하고, 내가 존재한다는 첫 법적 증거를 손에 쥔 날을 기억한다. 그 순간까지 증거가 필요하다는 생각을 나는 해본 적이 없었다.

결국 나는 루크 오빠보다 훨씬 먼저 출생증명서를 갖게 됐다. 내가 9월 마지막 주에 태어났다고 수화기 속의 목소리에게 말하면 침묵이 흐르곤 했다. 하지만 루크 오빠가 태어난 날이 5월인지 6월인지 잘 모르겠다고 말하면 수화기 저쪽은 완전히 웅웅거렸다.

내가 아홉 살이 되던 가을, 나는 엄마가 분만을 돕는 데 따라갔다. 그전 몇 달 동안 계속 졸라 대던 일이었다. 마리아는 내 나이가 되기 전에 열 번도 넘게 분만하는 데 따라다녔다는 말도 빠뜨리지 않았다. 「네가 젖먹이라 엄마한테서 못 떨어지는 것도 아니고.」 엄마가 말했다. 「너를 데리고 다닐 이유가 없지. 게다가 넌 좋아하지도 않을 거야.」

그러다가 엄마는 여러 명의 자녀가 있는 임산부의 출산을 돕게 됐다. 그래서 분만이 시작되면 내가 그 아이들을 돌볼 계획이 세워졌다.

한밤중에 전화가 왔다. 기계음이 복도를 타고 울려 퍼지자 나는 숨을 죽이고 잘못 걸려 온 전화가 아니길 빌었다. 잠시 후 엄마가 내 침대로 왔다. 「가야겠다.」 엄마가 말했고, 우리는 함께 차로 달려갔다.

　15킬로미터 넘는 거리를 차로 가는 동안 엄마는 최악의 상황이 돼서 정부에서 사람이 나오면 내가 어떻게 말을 해야 할지를 반복했다. 어떤 상황에서도 엄마가 산파라고 말해서는 안 된다. 우리가 왜 거기 있는지를 물으면 아무 대답도 해서는 안 된다. 엄마는 그것을 〈입 닥치기 기술〉이라고 불렀다. 「그냥 잠들어 있어서 아무것도 못 봤고, 아무것도 모르고, 왜 우리가 여기 있는지 기억이 나지 않는다고 말해.」 엄마가 말했다. 「그들한테 엄마 목을 조를 밧줄은 이미 충분하니까 더 갖다 주지는 말자고.」

　그런 다음 엄마는 아무 말도 하지 않았다. 나는 운전을 하는 엄마를 자세히 살폈다. 계기판에서 나오는 빛을 받은 엄마의 얼굴이 시골길의 깜깜한 어둠과 대비돼서 유령처럼 하얗게 보였다. 찡그린 이마와 꼭 다문 입술을 보니 두려움이 엄마의 온몸에 속속들이 스며들어 있다는 느낌이 들었다. 나 말고는 아무도 없는 차 안에서 엄마는 다른 사람들에게 보여 주기 위한 모습을 내려놓고 예전의 모습으로 돌아갔다. 연약하고 숨 가빠하는 엄마.

　작은 속삭임이 들려왔다. 나는 그것이 엄마한테서 나는 소리라는 것을 깨달았다. 엄마는 〈이렇게 되면 어떡하지〉를 혼자서 되뇌고 있었다. 뭔가 잘못되면 어떡하지? 이야기하지 않은 병력이 있으면, 합병증이 있으면 어떡하지? 혹은 흔히 벌어지는 아주 평범한 위기가 닥쳤는데 당황해서 몸이 얼어붙어 출혈을 제때 못 막으면 어떡하지? 몇 분 후면 도착할 예정이고, 그곳에 도착하면 엄마의 떨리는 손에 두 생명이 좌우될 것이다. 그때까지만 해도 나는 엄마가 감수해야 하는 위험이 무엇인지를 이해하지 못하고 있었다. 「사람들은 병원에서도 죽어.」 엄마는 유령 같은 손가락으로 운전대를 거머쥐고 속삭였다. 「주님 품으로 돌아오라고 부르시면 누구도 어쩌지 못해. 하지만 그런 일이 산파에게 일어나면……」 엄마는 고개를 돌리고 내게 말했다. 「실수 한 번이면 끝이야. 그럼 넌 감옥으로 면회를 와야 엄마를 볼 수 있을 거야.」

하지만 목적지에 도착하자 엄마는 변신을 했다. 아기 아빠에게, 아기 엄마에게, 그리고 나에게 줄줄이 명령했다. 나는 엄마가 하라고 한 일을 거의 잊을 뻔했다. 엄마에게서 눈을 뗄 수가 없었기 때문이다. 이제 와서 돌이켜 보니 그날 밤은 내가 엄마의 숨은 힘을 처음 목격하고, 진정한 엄마의 모습을 처음 만난 날이었다.

엄마는 거침없이 명령을 내렸고, 우리는 아무 말 없이 거기에 따랐다. 아기는 아무 문제없이 태어났다. 생의 순환 주기의 중요한 고비를 이렇게 가까이에서 목격하는 것은 신비롭고 낭만적인 경험이었지만, 엄마 말이 맞았다. 나는 그것을 좋아하지 않았다. 길고 힘들었고, 사타구니에서 나는 땀 냄새가 났다.

나는 다음 분만 때는 따라가게 해달라고 조르지 않았다. 엄마는 창백한 얼굴에 온몸을 떨면서 집으로 돌아왔다. 나랑 언니에게 그 이야기를 하는 엄마의 목소리가 떨렸다. 태중 아기의 심장 박동 수가 얼마나 위험할 정도로 낮아졌는지 미동만 느껴질 정도였고, 구급차를 불렀지만 차가 올 때까지 기다릴 수 없어서 엄마 차에 산모를 싣고 병원까지 가야 했던 이야기를 했다. 너무 빨리 차를 몰아서 병원에 도착할 즈음에는 경찰차의 에스코트를 받고 있었다. 응급실에서 엄마는 너무 잘 안다는 인상을 주지 않은 채 의사들에게 필요한 정보를 제공하려고 노력했다. 허가 없이 산파 일을 한다는 의심을 받으면 곤란했기 때문이다.

응급 제왕 절개 수술이 진행됐고, 산모와 아기는 병원에 며칠 더 입원했다. 그리고 그들이 퇴원할 즈음에는 엄마도 더 이상 몸을 떨지 않았다. 사실, 엄마는 사기가 충천해서 다른 식으로 이야기하기 시작했다. 특히 엄마는 차를 세운 경찰이 뒷자리에서 산통으로 신음하는 산모를 발견하고 얼마나 깜짝 놀랐는지 이야기하는 대목에서 즐거워했다. 「난 완전히 머리가 텅 빈 여자처럼 행동하기 시작했단다.」 나와 오드리 언니에게 그 이야기를 하는 엄마의 목소리가 점점 커지고 자신감이 깃들었다. 「남자들은 곤경에 빠진 바보 같은 여자들을 자기가 구하고 있다고 생각하길 좋아한단다. 엄마는 그냥 비켜서서 그 사람이 영웅 역할을 하도록 해주기만 하면 됐지!」

엄마한테 제일 위험했던 순간은 산모가 수술실로 들어간 지 몇 분쯤 지났을 때 왔다. 의사 한 명이 엄마에게 애당초 왜 분만 현장에 있었는지를 물은 것이다. 엄마는 그 순간을 회상하며 미소 지었다. 「엄마가 생각할 수 있는 것 중 제일 바보 같은 질문을 그 의사한테 했지.」 엄마는 평소 전혀 엄마답지 않은 교태가 흐르는 높은 목소리로 말했다. 「어머! 그게 아기 머리였어요? 아기들은 발부터 나오는 거 아닌가요?」 그 의사는 엄마가 절대 산파 노릇을 했을 리가 없다고 철석같이 믿었다.

와이오밍에는 엄마만 한 약초 전문가가 없었다. 그래서 병원 사건이 있은 지 몇 달 뒤, 주디가 필요한 약초를 구하러 벅스피크로 돌아왔다. 두 사람은 부엌에서 이야기를 나눴다. 주디는 높은 간이 의자에 걸터앉고, 엄마는 카운터에 몸을 숙이듯 기대고 선 채 편안하게 턱을 괴고 수다를 떨었다. 나는 주디가 필요하다고 적은 약초 리스트를 가지고 저장실로 갔다. 마리아가 따라왔다. 이번에는 전에 안고 다니던 아기와 다른 아기를 안고 있었다. 나는 선반에 놓인 말린 이파리들과 뿌연 액체들을 집어 담으면서 엄마가 그동안 해낸 일에 관해 떠벌렸다. 물론 가장 마지막 하이라이트는 결투 장면과 같았던 병원에서의 모험이었다. 마리아도 정부의 눈을 피해 벌인 모험 이야기가 있었지만, 이야기를 시작하려 하자 내가 말을 가로막았다.

「주디 아줌마는 유능한 산파야.」 내가 가슴을 활짝 펴며 말했다. 「하지만 의사랑 경찰을 상대해야 할 때, 우리 엄마처럼 바보 행세를 잘하는 사람은 아무도 없어.」

3
크림색 신발

　우리 엄마 이름은 페이이고, 우체부의 딸로 태어났다. 엄마는 작은 읍 규모의 타운에서 자랐다. 보라색 아이리스가 빙 둘러 피는 하얀 나무 담장이 있는 노란색 집이 엄마네 집이었다. 외할머니는 재봉사였는데 사람들은 인근에서 제일 솜씨가 좋았다고 전한다. 그래서 처녀 페이는 벨벳 재킷과 폴리에스터 바지, 모직 바지 정장, 개버딘 드레스 등 항상 완벽하게 몸에 맞는 아름다운 옷을 입었다. 그녀는 교회에 다녔고, 학교와 공동체 행사에 참여했다. 극도로 질서정연하고 평범하고 범접하기 힘든 점잖은 삶이었다.

　그 품격 있는 분위기는 모두 외할머니가 주도면밀하게 만들어 낸 것이었다. 라루라는 이름의 우리 외할머니는 1950년대에 성장기를 지나 성인이 되었다. 제2차 세계 대전이 끝나고 약 10여 년간 이상주의가 열병처럼 미국을 휩쓸던 시기였다. 외할머니의 아버지는 알코올 중독자였는데, 중독이라든지 공감이라든지 하는 개념이 생기기 전이라 그런 사람들은 그냥 주정뱅이로 불렸다. 외할머니는 〈평판이 그다지 좋지 않은〉 집안 출신이었지만 신앙심이 깊은 모르몬 공동체에 깊게 뿌리를 내리고 있었고, 많은 공동체와 마찬가지로 부모의 죄는 자식들의 죄가 되는 분위기 안에서 살았다. 읍내의 괜찮은 청년들 사이에서 외할머니는 결혼하기에 부적합한 상대였다. 외할머니는 해군에서 막 제대한 성격 좋은 청년인 외할아버지를 만나서 결혼한 뒤 완벽한 가정을 만드는 데, 혹은 그런 외양을 갖추는 데 혼신의 힘을 다했다. 그녀는 그렇게 하면 자신에게는 큰 상처가 됐던 사회적 멸시로부터 딸들을 보호할 수 있을 거라고 믿었다.

그런 노력의 결과 중 하나가 하얗게 칠한 나무 담장과 옷장을 가득 채운 수제 옷들이었다. 또 다른 결과는 큰딸이 새까만 머리와 관습에서 벗어난 일을 즐기는 취향을 가진 엄격한 인상의 젊은이와 결혼하게 된 일이다.

다시 말하자면, 우리 엄마는 자신에게 입혀지고 요구된 점잖음에 고의적으로 반항을 한 것이다. 외할머니는 자신은 한 번도 누리지 못한 것을 딸들에게는 주고 싶어 했다. 바로 〈평판이 좋은〉 집안 출신이라는 배경이었다. 하지만 그것은 엄마가 원하는 것이 아니었다. 엄마는 사회 혁명가는 아니었지만 — 심지어 반항이 극에 달했을 때에도 결혼과 가정에 대한 헌신을 내세우는 모르몬교 신앙을 유지했다 — 1970년대의 사회적 격변에 한 가지 영향을 받기는 했다. 하얀 나무 담장과 개버딘 드레스를 원치 않은 것이다.

엄마는 어릴 때 이야기를 아주 많이 했다. 외할머니가 큰딸의 사회적 평판에 대해 조바심을 내면서, 피케 옷감으로 만든 그녀의 드레스가 제대로 재단된 것인지, 벨벳은 정확한 색조의 파란색으로 늘어져 있는지를 걱정했던 이야기가 대부분이었다. 그런 이야기에는 대개 아버지가 엄마의 삶에 등장하고, 벨벳 옷 대신 블루진을 입게 된 것으로 결말이 나곤 했다. 그중 한 이야기가 특히 기억에 남는다. 일고여덟 살 즈음의 어느 날, 나는 교회에 가기 위해 옷을 갈아입고 있었다. 젖은 수건으로 얼굴이랑 손발에서 보일 부분만 닦고 있었다. 엄마는 내가 면으로 된 원피스를 입기 위해 머리부터 몸을 집어넣는 것을 지켜보고 있었다. 팔을 닦지 않기 위해 고른 긴팔 원피스였다. 그때 엄마의 눈에서 질투심이 반짝였다.

「네가 외할머니 딸이었다면 새벽부터 일어나서 머리 손질부터 시작했을 거야. 그런 다음에는 하얀색하고 크림색 중에서 어떤 신발을 신어야 좋은 인상을 줄지 걱정하느라 아침 내내 시간을 보냈을 것이고.」

엄마의 얼굴이 씁쓸한 미소로 일그러졌다. 웃어넘기기 위해 애를 쓰지만 절대 선선한 얼굴로 말할 수 있는 기억이 아니었다. 「결국 크림색 신발을 고른 후에도 교회에 늦었어. 마지막 순간에 당황한 외할머니가 도나 숙모네 집까지 차를 몰고 가서 숙모의 크림색 신발을 빌려야 했기 때문이지. 숙모의 크림색 신발은 굽이 더 낮았거든.」

엄마는 창문 밖을 바라봤다. 엄마만의 세상으로 침잠한 것이다.

「흰색하고 크림색 신발이요?」 내가 말했다. 「같은 색 아니에요?」 내게는 교회에 갈 때 신는 신발이 한 켤레뿐이었다. 검은색이었다. 아니, 내가 물려받기 전 언니가 신을 때만 해도 검은색이었다.

원피스를 입은 나는 거울을 보고 목에 딱지처럼 앉은 검은 때를 빡빡 문질렀다. 그러면서 흰색과 크림색의 차이가 그렇게나 중요한 세상, 그리고 루크 오빠의 염소를 몰고 아버지의 폐철 처리장을 헤집고 다니는 대신 그 좋은 아침 시간을 그런 문제로 골치를 썩이면서 낭비해야 하는 세상에서 탈출하는 데 성공한 엄마가 정말 운이 좋았다고 생각했다.

우리 아버지 진은 엄숙한 분위기와 장난기 넘치는 분위기를 동시에 풍기는 젊은이였다. 외모부터 강한 인상을 풍겼다. 흑단처럼 까만 머리와 엄격한 인상의 각진 얼굴, 화살처럼 날카로운 코와 깊은 눈을 가진 아버지는 세상을 맘껏 비웃는 듯한 익살스러운 미소를 늘 띠고 있었다.

나도 아버지가 자란 산에서 어린 시절을 보내고 아버지가 채우던 돼지 여물통을 채우며 컸지만, 아버지의 어린 시절에 대해서는 거의 아는 바가 없다. 아버지가 직접 어릴 적 이야기를 해주는 경우가 거의 없었기 때문이다. 엄마가 슬쩍슬쩍 내비친 이야기를 주워 모아 조각 그림처럼 맞추는 수밖에 없었다. 엄마에 따르면 아빠가 어렸을 때 〈언덕 아래 할아버지〉는 폭력을 휘둘렀고, 너무나 쉽게 화를 내는 사람이었다고 한다. 엄마가 〈예전에 그랬다〉는 식으로 표현을 하는 것이 나는 항상 우습다고 생각했다. 우리도 할아버지 성미를 건드리지 않기 위해 꽤나 조심하곤 했기 때문이다. 할아버지가 성미 급한 사람이라는 것은 엄연한 사실이었고 우리 계곡에 사는 사람이라면 누구나 아는 일이기도 했다. 할아버지는 모진 세월에 심신이 상해서, 직접 산에 풀어서 키우는 야생마들처럼 예민하고 거칠었다.

아버지의 어머니는 읍내의 농장 사무국에서 일했다. 어른이 된 아버지는 직업을 가진 여성에 대해 아주 강한 의견을 피력하곤 했다. 모르몬교인들 중에서도 과격한 편이었다. 「여자가 있어야 할 곳은 가정이야.」 아버지는 읍내에 나갔다가 직장에서 일하는 기혼 여성을 보면 늘 그렇게 말했다. 이제 나이가 들어 돌이켜 보니 나는 아버지의 신념이 어떤 독트린 때문이라기보다 할머니 때문에 생긴 것이 아닐까 짐작한다. 어쩌면 아버지는 할머니가 집에 있었다면 성질 급한 할아버지와 오랜 시간을 같이 보내면서 마음을 졸이지 않아도 되었을 거라고 생각하지 않았을까?

아버지의 아동기는 농장 일로 점철되어 있었다. 대학에 갈 기대는 별로 하지 않았을 것이다. 그럼에도 불구하고 엄마의 이야기에 따르면 아버지는 에너지와 웃음, 그리고 자신감이 넘치는 사람이었다. 하늘색 폭스바겐 비틀을 몰고, 요란한 색과 디자인을 한 양복을 입고, 두툼하고 멋진 콧수염을 기르고 다녔다.

두 사람은 읍내에서 처음 만났다. 어느 금요일 밤, 페이가 웨이트리스로 일하고 있던 볼링장에 진이 친구들 한 무리와 함께 들어왔다. 한 번도 본 적 없는 진을 보고 페이는 그가 계곡을 둘러싼 산에서 왔을 거라고 바로 알아차렸다. 농장 일로 잔뼈가 굵은 진은 보통 젊은이들과 달랐다. 나이에 비해 진지했고, 멋진 체격에 독립적이었다.

산에서 살면 뭔가 주체적인 인상을 풍기게 된다. 프라이버시와 고립감, 심지어 지배에 대한 감각이 몸에 배어서일 것이다. 산이라는 광대한 공간에서는 아무도 없이 혼자서 소나무와 덤불과 바위들 사이를 몇 시간이고 누빌 수 있다. 그곳에는 광대무변한 공간감에서 나오는 고요함이 있다. 그 엄청난 규모 앞에서는 차분해지고, 인간과 같은 하찮은 존재는 전혀 중요치 않아 보인다. 진은 그렇게 산이 거는 최면, 인간 세상의 드라마를 뛰어넘는 깨달음으로 만들어진 사람이었다.

계곡 지역에 형성된 읍내에서 살던 페이는 작은 마을에서 도는 끊임없는 소문에 귀를 기울이지 않으려고 애를 썼다. 그런 소문은 가만히 앉아 있어도 창문으로, 문틈으로 스며들어 오곤 했다. 엄마는 자신을 다른 사람의 비위를 맞추려 애쓰는 종류의 사람으로 묘사하곤 했다. 다른 사람이 엄마에게 기대하는 것이 무엇일까 추측하기 위해 안달하고, 그 기대에 부응하기 위해 자기도 모르게 집착적으로 노력하는 것을 멈출 수가 없었다고 했다. 읍내 한가운데 있는 점잖은 엄마의 집은 바로 옆에 네 채의 이웃집이 딱 붙어 있어서 아무나 맘만 먹으면 창문으로 들여다보고 홍을 잡을 수 있는 곳이었다. 페이는 갇힌 느낌을 지울 수가 없었다.

나는 진이 페이를 벅스피크 꼭대기에 처음 데려갔을 때, 난생처음 저 아래 읍내 사람들의 목소리가 들리지 않고 그들의 얼굴이 보이지 않는 경험을 맛본 순간의 엄마를 가끔 상상해 보곤 했다. 사람들은 아주 멀리 있었다. 산에 비해 보잘것없이 작고, 바람이 그들의 속삭임을 모두 날려 버렸다.

얼마 지나지 않아 두 사람은 약혼했다.

엄마는 결혼 전 이야기를 들려주곤 했다. 오빠인 린 삼촌과 가까웠기 때문에 엄마는 오빠에게 결혼하고 싶은 남자를 보여 줬다. 여름날 해 질 녘이었고, 아버지의 사촌들은 수확 후 늘 그렇듯 난투극을 벌이고 야단법석을 떨며 놀고 있었다. 약속 장소에 도착한 린 삼촌은 방 안을 가득 채운 촌놈 깡패들이 소리소리 지르면서 주먹으로 허공을 휘젓는 것을 보고 존 웨인식 서부 영화에서나 나올 법한 패싸움이 벌어진 줄 알았다. 삼촌은 경찰에 신고하려고 했다.

「내가 잘 들어 보라고 했지.」 엄마는 너무 웃어서 눈물이 맺힌 눈을 하고 말하곤 했다. 엄마는 항상 처음부터 끝까지 똑같은 이야기를 반복했고, 우리도 너무 그 이야기를 좋아했기 때문에 조금이라도 각본에서 어긋나면 우리가 지적을 했다. 「실제로 뭐라고 고함을 치고 있는지 잘 들어 보라고 했단다. 모두들 성난 벌들처럼 시끄럽게 소리를 질러 대긴 했지만, 정작 내용을 들어 보면 굉장히 정다운 대화였어. 어떻게 말하는지가 아니라 무엇을 말하는지에 귀를 기울여야 했지. 삼촌에게 저게 바로 웨스트오버가의 사람들이 말하는 방식이라고 가르쳐 줬단다!」

엄마가 이야기를 마칠 즈음 우리는 보통 모두 바닥에 쓰러져서 깔깔대느라 정신을 못 차릴 지경이 되어 있었다. 단정하고 점잖은 삼촌이 엉망진창 오합지졸 같은 아버지의 사촌들을 만나는 장면을 생각하면 갈비뼈가 아플 정도로 웃음이 나왔다. 린 삼촌은 그 장면이 너무 추잡해서 다시는 그곳을 방문하지 않았고, 나는 평생 삼촌이 산에 오는 것을 보지 못했다. 우리는 〈삼촌만 손해지 뭐〉 하고 생각했다. 남의 일에 간섭하고, 엄마를 다시 개버딘 드레스와 크림색 신발로 골치 아파해야 하는 그런 세상으로 끌어들이려고 한 삼촌은 산을 볼 자격이 없었다. 우리는 엄마 가족의 해체가 바로 우리 가족의 발족을 의미한다는 사실을 이해했다. 두 가족은 공존할 수 없었다. 한 가족만이 엄마를 가질 수 있었다.

엄마는 외가에서 아버지와의 결혼에 반대했다는 이야기를 한 번도 하지 않았지만 우리는 알고 있었다. 수십 년이 지나도 없어지지 않는 흔적들이 있다. 아버지는 읍내 외할머니 댁에 거의 발을 들이지 않았고, 혹시라도 가게 되면 뾰로통해져서 문을 노려보곤 했다. 어릴 때 나는 외가 쪽 이모, 삼촌, 사촌들은 거의 모르고 지냈다. 우리가 찾아가는 일도 거의 없었고 — 나는 외갓집 친척들 대부분이 어디에 사는지도 몰랐다 — 그들이 우리를 찾아 산에 오는 일도 거의 없었다. 유일한 예외는 엄마의 막내 여동생인 앤지 이모였다. 읍내에 사는 이모는 엄마를 만나는 것을 절대 포기하지 않았다.

부모님의 약혼에 대한 이야기는 대부분 엄마로부터 조각조각 들은 것을 퍼즐처럼 맞춰서 알게 되었다. 아버지가 2년에 걸친 선교 사업을 하러 — 독실한 모르몬교 남자들은 으레 거쳐야 하는 과정이다 — 플로리다로 가기 전에 엄마가 약혼반지를 받은 것은 알고 있다. 린 삼촌은 그 기회를 이용해서 로키 산맥 이쪽에서 찾을 수 있는 총각 중에 엄마에게 적합하다고 생각하는 인물은 모조리 소개했다. 하지만 누구도 자기가 사는 산의 주인인 그 엄격한 표정의 농장 청년을 엄마 머릿속에서 지울 수는 없었다.

진이 플로리다에서 돌아온 후 두 사람은 결혼했다.

라루 할머니는 웨딩드레스를 직접 만들었다.

내가 본 결혼사진은 단 한 장뿐이다. 부모님이 옅은 아이보리색 레이스 커튼 앞에 포즈를 취하고 있는 사진이다. 엄마는 구슬이 달린 실크와 손으로 뜬 레이스 장식에 쇄골 위까지 올라오는 목둘레선을 한 전통적인 웨딩드레스를 입고 있다. 수놓아진 베일이 엄마의 머리를 가리고 있다. 아버지는 검은색 넓은 라펠을 댄 크림색 정장을 입고 있다. 두 사람 모두 행복에 취한 표정이다. 엄마는 편안한 미소를 짓고 있고, 아버지도 너무 활짝 웃어서 콧수염 양쪽으로 입이 보일 지경이다.

사진에 보이는 태평한 젊은이가 우리 아버지라는 사실은 믿기 어려웠다. 내 머릿속에 박힌 아버지는 두려움이 많고 조바심을 치면서 식량과 탄약을 비축하느라 바쁜 중년 남자의 지친 모습이었다.

사진 속 그 젊은이가 내가 아는 아버지로 변한 것이 언제인지 나는 알지 못한다. 아마도 그 변화는 단 한순간에 벌어진 일은 아닐 것이다. 아버지는 스물한 살에 결혼을 했고, 첫째 아들인 토니 오빠를 스물둘에 낳았다. 스물네 살이 되던 해, 아버지는 숀 오빠를 낳을 때 약초 전문가를 산파로 고용하자고 제안했고 엄마는 동의했다. 그것이 첫 번째 징후였을까? 아니면 괴팍하고 비관습적인 진답게 자기를 못마땅해 하는 처갓집 식구들을 놀래 주기 위해 벌인 일이었을까? 생각해 보면, 22개월 후 타일러 오빠는 다시 병원에서 낳지 않았는가? 아버지가 스물일곱 살 때 태어난 루크 오빠는 집에서 산파가 분만을 도왔다. 아버지는 루크 오빠의 출생 신고를 하지 않기로 결심했고, 그 결정은 오드리 언니, 리처드 오빠, 그리고 내가 태어났을 때도 반복됐다. 몇 년 후 서른 살이 되던 즈음 아버지는 오빠들이 다니던 학교를 그만두게 했다. 나는 그때를 기억하지 못한다. 태어나기 전이었기 때문이다. 하지만 그것이 큰 전환점이지 않았을까 하는 생각이 든다. 그 후 4년 사이에 아버지는 전화를 없앴고, 운전면허 갱신을 하지 않겠다고 결정했다. 가족이 타고 다니는 차를 등록하거나 보험에 드는 것도 중단했다. 그리고 식량을 비축하기 시작했다.

마지막 부분은 딱 내가 아는 우리 아버지의 모습이지만, 나보다 훨씬 먼저 태어난 오빠들이 기억하는 아버지는 다른 사람이었다. 정부군이 위버가를 포위한 것은 아버지가 마흔 살이 되던 해였다. 그것은 아버지의 악몽이 현실로 증명된 사건이었다. 그 후 아버지는 줄곧 전쟁 속에서 살았다. 비록 아버지 머릿속에서만 벌어지고 있는 전쟁이었지만 말이다. 어쩌면 바로 이런 이유에서 같은 결혼사진을 보고도 토니 오빠는 아버지를 알아보지만 나는 거기 있는 사람이 모르는 사람이라는 느낌을 받는 것인지도 모르겠다.

위버가 사건이 벌어진 지 14년 후, 대학 강의실에 앉아서 수업을 듣던 나는 심리학과 교수가 조울증의 증상을 설명하는 것을 들었다. 그때까지만 해도 나는 정신병에 대해 한 번도 들어 본 적이 없었다. 사람들이 미칠 수 있다는 건 알고 있었지만─그런 사람들은 고양이 사체를 머리에 쓰고 다닌다든지, 순무와 사랑에 빠진다든지 했다─일상생활을 문제없이 영위하고, 명료한 정신에, 상대방을 설득시킬 수도 있는 사람이 어딘가가 잘못됐을 수도 있다는 생각은 한 번도 해본 적이 없었다.

교수는 단조롭고 평이한 어조로 조울증에 관한 사실들을 열거해 나갔다. 〈평균 발병 연령은 25세로 그전까지는 아무런 증상이 없을 수도 있다.〉

역설적이게도, 아버지가 조울증을 앓고 있었다 해도 — 혹은 아버지의 행동을 설명할 수 있을 만한 열 개도 넘는 정신 질환 중 한두 가지를 앓고 있었다 해도 — 그 질환의 증상인 피해망상증 때문에 병의 진단과 치료는 불가능했을 것이다. 밝혀질 수 없는 사실인 셈이다.

읍내 외할머니는 86세를 일기로 3년 전에 돌아가셨다.

나는 외할머니를 잘 알지 못했다.

내가 어릴 때 외할머니의 부엌을 드나들던 긴 시간 동안에도 그녀는 딸이 허상과 피해망상으로 만들어진 벽에 둘러싸여 점점 더 고립되어 가는 것을 보면서 어떤 심정이었는지 한 번도 이야기하지 않았다.

외할머니를 생각하면 떠오르는 이미지가 있다. 마치 환등기가 돌아가다가 사진 한 장에서 멈춰 버린 것처럼 변치 않는 장면이다. 외할머니는 쿠션이 놓인 벤치에 앉아 있고, 뒤로 빗어 넘긴 촘촘한 곱슬머리에 돌에 새기기라도 한 듯 변치 않는 정중한 미소를 띤 모습이다. 싹싹한 눈빛이지만 각본에 따라 움직이는 드라마를 관람하듯 별 관심이 없는 눈이다.

나는 그 미소가 지금까지도 잊히지 않는다. 항상 존재하는, 유일하게 영원한, 이해할 수 없는, 무심하면서도 냉정한 미소였다. 이제 좀 나이를 먹고, 주로 이모들과 외숙들을 통해 외할머니를 좀 더 알아보려는 노력을 하고 보니 외할머니는 그런 형용사와는 무관한 사람이었다.

나는 외할머니의 장례식에 참석했었다. 관을 열어 둔 채 진행되는 장례식이어서 나도 모르게 외할머니의 얼굴을 살폈다. 시신을 준비한 장의사들이 외할머니 입술을 잘못 처리했다는 생각이 들었다. 외할머니가 항상 철가면처럼 쓰고 있던 우아한 미소가 없었다. 미소 짓지 않은 외할머니의 얼굴을 본 것은 그때가 처음이었고, 마침내 나는 깨달았다. 외할머니야말로 내게 무슨 일이 벌어지고 있는지를 이해할 수 있는 유일한 사람이었을지도 모른다는 생각이 든 것이다. 피해망상과 종교적 원리주의가 내 삶을 어떤 모습으로 규정해 가는지, 그리고 그것들이 어떻게 사랑하는 사람들을 내 삶에서 앗아 가고 그 자리를 학위와 자격증 — 점잖은 외형을 갖추는 데 필요한 것 — 등으로만 채워 가도록 할지 외할머니라면 이해했을 것이다. 지금 일어나는 일들은 예전에도 일어났던 일들이다. 이것은 엄마와 딸 사이에 일어난 두 번째 절교였다. 테이프는 무한 반복 재생되고 있었다.

4
아파치 여인

아무도 차가 도로에서 벗어나는 것을 보지 못했다. 열일곱 살이던 타일러 오빠는 운전을 하다가 잠이 들었다. 아침 6시였고, 오빠는 밤새 침묵 속에서 우리 스테이션왜건을 몰고 애리조나, 네바다를 거쳐 유타까지 온 참이었다. 오빠가 몰던 스테이션왜건이 중앙선을 넘어 국도에서 벗어났을 때 우리는 벅스피크에서 남쪽으로 35킬로미터쯤 떨어진 코니시에 있었다. 차는 작은 도랑을 지나 굵은 향나무로 만들어진 전신주 두 개를 받고, 결국 작물 수확용 트랙터와 부딪치고야 멈춰 섰다.

그 여행은 엄마의 아이디어였다.

바짝 마른 이파리들이 떨어지면서 여름의 끝을 알리기 시작할 무렵인 몇 달 전만 해도 아버지는 기분이 좋은 상태였다. 아침 식사 때면 쇼 주제가들에 맞춰 발끝으로 박자를 쳤고, 저녁 식사 시간에는 반짝이는 눈으로 산을 가리키면서 어디 어디로 파이프를 놔서 집으로 물을 끌어들일지를 이야기하곤 했다. 아버지는 첫눈이 오면 아이다호주에서 제일 큰 눈덩이를 만들 것이라고 약속했다. 산등성이에 가서 작고 하찮아 보이는 눈덩이를 뭉친 다음 산 아래로 굴릴 것이라고 말했다. 언덕 하나 혹은 작은 협곡 하나를 굴러 내려갈 때마다 눈덩이 크기는 세 배로 불어날 것이라는 설명과 함께. 계곡이 시작되기 전 마지막 언덕 위에 서 있는 우리 집에 눈덩이가 도착할 즈음이면 할아버지의 헛간만큼이나 커져서 멀리 국도를 지나가는 사람들마저 놀라서 쳐다볼 것이라고 했다. 거기에 맞는 눈만 오면 됐다. 살짝 젖어서 잘 뭉쳐지는 눈이 많이 와야만 했다. 눈이 올 때마다 우리는 눈을 한 줌 퍼서 아버지에게 가져갔고, 아버지가 손가락으로 눈을 비비며 눈 상태를 감정하는 것을 지켜봤다. 「이 눈은 너무 가늘구나.」 「이 눈은 너무 젖었어. 크리스마스는 지나야 해.」 아버지가 말했다. 「그때가 돼야 진짜 눈이 온단다.」

하지만 크리스마스가 지난 후 아버지는 바람이 빠진 사람처럼 무너져 내렸다. 눈덩이에 대해서 말하는 것을 멈췄고, 얼마 지난 후에는 아예 말하는 것을 멈췄다. 눈 주변을 점점 메우던 어둠이 급기야는 눈을 모두 채웠다. 축 처진 팔과 잔뜩 웅크린 어깨를 하고 걸어 다니는 아버지의 모습은 마치 뭔가가 아버지를 붙들어서 땅으로 끌어내리는 느낌이었다.

1월이 되자 아버지는 침대에서 일어나지도 못했다. 똑바로 누운 채 천정에 발라진 회칠에 난 미세한 굴곡과 윤곽만을 멍하니 바라보고 있었다. 밤마다 저녁 식사가 담긴 접시를 내가 가지고 가도 아버지는 눈도 깜빡이지 않았다. 내가 거기 있는 것을 알아차렸는지조차 알 수 없었다.

우리가 애리조나에 갈 것이라고 엄마가 선언한 것은 그때였다. 엄마는 아버지가 해바라기와 같아서 — 눈에 파묻혀 있으면 죽을 것이라는 이야기였다 — 2월이 되면 있던 자리에서 옮겨 해를 받을 수 있는 곳에 심어야 한다고 말했다. 그래서 우리는 스테이션왜건에 차례로 올라탔고, 구불구불한 협곡을 돌아 어두운 고속도로를 질주하며 12시간 동안 차를 달려 바짝 마른 애리조나 사막에 도착했다. 할머니 할아버지가 겨울을 나는 트레일러가 있는 곳이었다.

우리는 해가 뜬 지 몇 시간이 지난 후에 도착했다. 아버지는 간신히 포치까지 움직여서 그날 내내 거기서 떠나지 않았다. 뜨개질로 짠 베개를 머리에 받치고 굳은살이 박인 손을 배에 얹은 채로. 그 후로도 이틀 동안 똑같은 포즈로 눈은 뜨고 있지만 말은 한 마디도 하지 않았다. 그런 채로 마르고 바람도 불지 않는 열기 속에서 덤불처럼 가만히 앉아 있었다.

셋째 날, 아버지는 제정신을 차리기 시작하는 것 같았다. 주변에서 벌어지는 일을 의식하고, 그냥 멍하니 카펫만 쳐다보고 앉아 있는 대신 식사 시간에 벌어지는 수다에도 귀를 기울이는 듯했다. 그날 밤 저녁 식사 후에 할머니는 전화에 남겨진 메시지를 들었다. 대부분 이웃과 친구들이 남긴 안부 인사였다. 그러다가 스피커에서 다음 날 할머니가 의사와 만날 약속이 되어 있다는 사실을 상기시키기 위해 어떤 여자가 남긴 메시지가 들려왔다. 그 메시지는 아버지에게 극적인 영향을 끼쳤다.

아버지는 처음에는 할머니에게 질문만 했다. 왜 의사를 보느냐, 어떤 의사를 보느냐, 엄마가 물약을 줄 수 있는데 왜 의사를 만나느냐 등등의 질문이었다.

아버지는 항상 엄마의 약초 효능을 절대적으로 믿었다. 하지만 그날 밤에는 뭔가 달랐다. 마치 아버지 안에서 모종의 변화가 생기고 새로운 교리가 신념이 되어 뿌리를 내리는 듯했다. 아버지는 약초는 밀과 독보리, 믿는 자와 믿지 않는 자를 구분할 수 있는 영적 독트린이라고 말했다. 그러고는 내가 한 번도 들어 보지 못한 단어를 사용했다. 〈일루미나티.〉 그게 무엇인지는 몰랐지만 이국적이고 강력하게 들렸다. 아버지는 할머니가 자기도 모르게 일루미나티의 요원으로 일하고 있다고 말했다.

그리고 주님은 믿지 않는 자를 용인하지 않기 때문에 가장 용서받지 못할 죄인들은 마음을 정하지 못하는 자들이라고 했다. 그들은 약초와 현대 의학을 둘 다 쓰면서, 수요일에는 엄마한테 오고 금요일에는 의사한테 가는 사람들이라는 것이었다. 아버지는 그들이 〈하루는 주님의 제단에서 숭배를 하고, 그다음 날에는 사탄에게 제물을 바치는 자들〉이라고 말했다. 그런 사람들은 진정한 종교가 주어졌음에도 불구하고 거짓 우상을 섬긴 고대 이스라엘 사람들과 다르지 않았다.

「의사들과 양약!」 아버지는 거의 소리 지르듯 말했다. 「그게 바로 저들의 신이에요. 창녀처럼 정조를 파는 거라고요.」

엄마는 앞에 놓인 음식만 뚫어져라 쳐다봤다. 〈창녀〉라는 단어가 나온 순간 엄마는 자리에서 일어나 아버지를 화난 눈으로 쏘아보고 방으로 들어가 문을 쾅 닫았다. 엄마가 아버지의 말에 항상 동의하는 것은 아니었다. 아버지가 없을 때 엄마는 아버지가 들었으면 — 혹은 적어도 이 새로 태어난 아버지가 들었으면 — 신성 모독이라 불렀을 말들을 많이 했다. 「약초는 보조일 뿐이에요. 심각한 문제가 있으면 의사와 상의해야 해요.」

아버지는 엄마가 일어난 빈자리에 전혀 개의치 않았다. 「의사들은 어머니를 구하려는 게 아니라……」 아버지는 할머니에게 말했다. 「죽이려는 거예요.」

그날 저녁 식사는 지금도 내 머릿속에 생생하다. 나는 식탁에 앉아서 다급한 목소리로 말하는 아버지를 보고 있었다. 할머니는 내 맞은

편에 앉아 아스파라거스를 계속 씹고 있었다. 턱을 염소처럼 비뚤거리며 음식을 씹다가 얼음물을 마시면서 가끔 짜증 난다는 표정으로 벽시계를 흘끔거리는 것 말고는 아버지의 말에 전혀 대꾸도 반응도 하지 않았다. 아직 잠자리에 들기에는 너무 이른 시간이었다. 「어머니는 지금 사탄의 계획에 알고도 참여하는 겁니다.」 아버지가 말했다.

　이 광경은 그 여행 내내 날마다, 어떨 때는 하루에도 몇 번씩 반복됐다. 모두 비슷한 시나리오로 진행됐다. 다시 열성에 불이 붙은 아버지는 한 시간도 넘게 이야기를 하면서 똑같은 말을 반복, 또 반복했다. 우리들이 모두 지쳐 인사불성의 냉동 인간처럼 되어 버린 후에도 아버지의 내적 열정은 오래오래 타올랐다.

　그런 긴 설교가 끝나고 나면 할머니는 기억에 남는 웃음을 짓곤 했다. 일종의 한숨 같기도 했던 그 웃음은 바람이 새듯 길게 숨을 내쉬다가 마지막에 어이없다는 듯 눈을 위로 굴리는 표정으로 끝났다. 마치 포기한다는 뜻으로 손을 번쩍 들고 싶은데 그마저도 너무 고단해서 대신 눈이나 굴리는 듯한 분위기였다. 그런 다음 할머니는 미소를 지었다. 다른 사람을 위로하는 미소가 아니라 자신을 위한, 우습고 당혹스러운 상황에 대한 미소였다. 나는 그것이 마치 할머니가 〈현실보다 더 우스운 게 어딨겠니, 내 참!〉 하는 말을 대신하는 것으로 보였다.

　타는 듯한 오후였다. 너무 뜨거워서 포장도로 위를 맨발로 걸어 다닐 수가 없었던 날, 할머니는 나와 리처드 오빠를 데리고 사막 드라이브에 나섰다. 우리가 한 번도 사용해 본 적이 없다고 버티는 안전벨트를 씨름 끝에 겨우 채운 뒤였다. 한참 차로 달리다 보니 오르막길이 시작됐지만 차는 멈추지 않았고, 아스팔트 도로가 끝나고 흙길이 시작됐는데도 계속 달렸다. 할머니는 태양에 바랜 언덕들 위로 점점 더 높이 올라가다가 흙길이 끝나고 걸어서밖에는 갈 수 없는 오솔길이 시작되는 지점에 도달하고 나서야 차를 멈췄다. 우리는 차에서 내려 걸었다. 몇 분이 지나자 숨이 차기 시작한 할머니는 넓적한 붉은 바위 위에 앉아서 멀리 보이는 사암으로 된 암반층을 가리켰다. 무너져 내리는 첨탑처럼 생긴 그 암반층은 하나하나가 폐허가 된 유적처럼 보이는 곳이었는데, 할머니는 우리에게 거기까지 가서 검은 돌들을 찾으라고 말했다.

「그 돌들을 아파치의 눈물이라고 부른단다.」 할머니는 주머니에 손을 넣어 검고 작은 돌 하나를 꺼냈다. 깨진 유리처럼 회색과 흰색 선이 들어간 울퉁불퉁하고 지저분한 돌이었다. 「잘 다듬고 나면 이렇게 되지.」 다른 주머니에서 할머니는 잉크처럼 까맣고 너무 반질거려서 부드럽게 느껴질 정도로 다듬어진 돌을 꺼내서 보여 줬다.

리처드 오빠는 둘 다 흑요석이라고 말했다. 「이 돌들은 화산암이에요.」 오빠는 백과사전적인 지식을 뽐내는 목소리로 말했다. 「그리고 이건 아니죠.」 오빠는 빛이 바랜 듯한 돌을 발로 차고는 저쪽에 보이는 암석층을 가리키며 말했다. 「저건 퇴적층이에요.」 리처드 오빠는 과학 상식이 풍부했다. 보통 때는 오빠가 잘난 척하며 늘어놓는 설명을 무시하곤 했지만 그날은 나도 그 모든 과학적 정보와 이 기묘하고도 목마른 땅에 완전히 사로잡히고 말았다. 한 시간쯤 헤매고 다닌 끝에 우리는 옷 앞자락 가득 돌을 담아 돌아왔다. 할머니는 그 돌들을 팔 수 있다고 좋아했다. 트렁크에 돌들을 넣은 다음 숙소로 돌아오는 길에 할머니는 아파치의 눈물에 얽힌 전설을 이야기해 줬다.

할머니에 따르면 백 년 전, 아파치족이 그 빛바랜 암석들 사이에서 미국 기마 부대와 싸웠다고 한다. 아파치족은 수적으로 열세였고, 그 전투에서 지면 전쟁이 끝나는 것이었다. 남은 것은 죽기를 기다리는 일뿐이었다. 전투가 시작된 지 얼마 지나지 않아 전사들은 절벽 위에 튀어나온 바위로 내몰리게 됐다. 미국 기마 부대의 포위를 뚫고 돌진하면서 한 명씩 차례로 죽는 치욕스러운 패배를 맛보지 않기 위해 그들은 말을 타고 절벽 아래로 뛰어내렸다. 절벽 아래 떨어져 부서진 그들의 시신을 발견한 아파치 여인들은 서럽게 울었고, 그들이 흘린 눈물은 땅에 닿자마자 돌로 변했다.

할머니는 그 여인들이 어떻게 됐는지는 이야기해 주지 않았다. 아파치족은 교전 중이었지만 싸울 수 있는 전사가 남아 있질 않았으니, 그 결말이 너무 암울해서 할머니가 입 밖으로 꺼내 말하지 않았을 수도 있다. 〈도살〉이라는 단어가 떠오른다. 전투에서 한쪽이 전혀 무방비 상태로 당할 때 벌어지는 일이 바로 도살, 혹은 도축이기 때문이다. 그것은 우리가 농장에서 사용하는 단어다. 우리가 닭을 잡을 때 닭과 싸워서 죽이는 것은 아니다. 전사들의 용감한 죽음의 결과는 아마도 도살이었을 것이다. 그들은 영웅으로 죽었고, 그들의 아내들은 노예로 죽었다.

숙소로 돌아가는 길에 하늘에서 저무는 태양이 던지는 마지막 빛이 국도 위를 밝히는 것을 보면서 나는 아파치 여인들을 떠올렸다. 그들이 숨을 거뒀던 사암 제단과 마찬가지로 그들의 삶도 이미 오래전에 결정되어 있었다. 말들이 마지막 도약을 하기 전, 그들의 적갈색 몸이 마지막으로 땅과 충돌하기 훨씬 전에 말이다. 전사들이 뛰어내리기 훨씬 전부터 그 여인들은 어떻게 살다가 어떻게 죽을지 결정되어 있었다. 그 전사들에 의해, 그리고 그 여인들 스스로에 의해 결정되어 있었다. 모래알처럼 수없이 많은 선택들이 쌓이고 눌리고 뭉쳐서 퇴적층을 이루고, 돌이 되고, 바위에 새겨졌다.

그때까지 한 번도 산을 떠나 본 적이 없었던 나는 산이 그립고, 암석 단층을 배경으로 소나무들이 아로새기는 프린세스의 풍경도 그리워서 몸살이 날 지경이었다. 그녀의 검은 형체가 땅에서 솟아올라 자기 몫의 하늘을 당당하게 차지하는 모습을 행여나 볼 수 있을까 나도 모르게 텅 빈 애리조나 하늘을 흘낏거리곤 했다. 그러나 그녀는 거기 없었다. 그녀의 모습보다 더 그리운 것은 애무와 같은 그녀의 손길이었다. 매일 아침 계곡과 협곡으로 그녀가 내보내서 내 머리를 쓰다듬고 지나가는 바람이 그리웠다. 애리조나에는 바람이 불지 않았다. 그저 열기로 가득 찬 시간이 째깍째깍 지나갈 뿐이었다.

나는 날마다 숙소로 지내는 트레일러의 한쪽에서 다른 쪽으로 어슬렁거리며 시간을 보냈다. 뒷문으로 나가서 파티오를 건너서 해먹이 걸린 곳으로 갔다가 빙 돌아 앞문 쪽으로 가면 반쯤 잠든 아버지와 맞닥뜨리고, 그러면 다시 트레일러 안으로 들어가기를 반복했다. 그래서 여섯째 날, 할아버지의 사륜구동 자동차가 고장이 나서 타일러 오빠와 루크 오빠가 문제가 뭔지 알아본다고 차를 분해했을 때 나는 크게 안도의 한숨을 내쉬었다. 나는 커다랗고 파란 플라스틱 통에 앉아서 오빠들이 작업하는 것을 지켜보며 언제나 집에 갈 수 있을까, 언제나 아버지가 일루미나티에 대해 이야기하는 것을 멈출까, 언제나 아버지가 방으로 들어오면 엄마가 나가는 일을 멈출까 생각했다.

그날 밤 저녁 식사 후, 아버지가 이제 집에 갈 시간이 됐다고 말했다. 「각자 짐 챙겨.」 아버지가 말했다. 「30분 뒤에 출발이야.」 초저녁이었다. 할머니는 12시간 운전해서 가야 하는데 그 시간에 출발하는 건 말도 안 된다고 했다. 엄마는 아침까지 기다렸다가 출발하자고 했지만 아버지는 당장 출발하기를 원했다. 다음 날 아침부터 오빠들과 함께 폐철 수집 작업을 다시 시작해야 한다는 것이었다. 「더 이상 일을 안 하고 허송세월할 수는 없어.」

엄마의 얼굴이 근심으로 어두워졌지만, 엄마는 아무 말도 하지 않았다.

내가 잠에서 깬 것은 차가 첫 번째 전신주와 충돌했을 때였다. 나는 언니 발 아래 바닥에서 머리까지 담요를 뒤집어 쓴 채 자고 있었다. 일어나 앉으려고 했지만 차가 심하게 흔들리면서 앞으로 돌진하고 있었다. 차가 꼭 부서질 것만 같았다. 그때 오드리 언니가 내 위로 쓰러졌다. 아무것도 볼 수는 없었지만 무슨 일이 벌어지는지 감각으로 느끼고, 소리로 들을 수 있었다. 다시 한번 쿵 하는 소리가 들리고 앞으로 돌진하면서, 앞자리에서 〈타일러!〉 하고 부르는 엄마의 비명이 들렸다. 마지막 강한 충격 후 모든 것이 멈추고 침묵이 내려앉았다.

아무 일도 벌어지지 않은 채 몇 초가 흘렀다.

그런 다음 오드리 언니의 목소리가 들렸다. 언니는 우리 이름을 하나씩 하나씩 부르고 있었다. 그리고 언니가 말했다. 「모두 다 있는데 타라만 없어!」

나는 소리를 질러 보려고 했지만 볼이 바닥에 꽉 눌린 채 얼굴이 의자 밑에 끼여 있었다. 오드리 언니가 내 이름을 외치는 동안에도 나는 언니 무게에 짓눌려 있었다. 마침내 등을 들어 올려 언니를 밀어낸 다음 머리를 담요 밑에서 꺼내고 말했다. 「여기.」

나는 주변을 둘러봤다. 타일러 오빠는 뒷자리로 거의 넘어올 듯 몸을 돌려서 가족들을 살피고 있었다. 모든 상처, 모든 멍, 모든 놀란 눈을 모조리 살피는 오빠의 눈이 튀어나올 것만 같았다. 오빠의 얼굴이 보였지만 오빠 얼굴 같지가 않았다. 입에서 피가 철철 나와 셔츠로 흘러내리고 있었다. 나는 피에 젖은 오빠의 이빨들이 이상한 각도로 꺾인 모습을 뇌리에서 지우고 싶어 눈을 감았다. 다시 눈을 떴을 때는 다른 사람들이 무사한지 확인하기 위해서였다. 리처드 오빠는 머리를 손으로 붙잡고, 마치 소음을 차단하기라도 하려는 듯 양손으로 귀를 막고 있었다. 오드리 언니의 코가 이상하게 비뚤어지고 피가 나와 팔까지 흐르고 있었다. 루크 오빠는 몸을 떨고 있었지만 피는 흘리는 것 같지 않았다. 나는 의자에 부딪히면서 의자 프레임에 팔을 다쳤다.

「모두 괜찮니?」 아버지의 목소리였다. 모두들 웅성웅성 대답을 했다.

「차에 고압선들이 닿아 있어.」 아버지가 말했다. 「전기를 끊기 전까지는 아무도 차에서 나가서는 안 돼.」 아버지 쪽 문이 열렸고, 순간 나는 아버지가 감전된 줄 알았다. 하지만 아버지는 몸을 잘 피해서 차와 땅에 동시에 접촉하지 않고 차에서 내리는 데 성공했다. 차 주변을 돌며 살피는 아버지의 모습을 깨진 차 유리를 통해 본 기억이 난다. 빨간 야구 모자를 올려 써서 위로 향한 챙이 공기를 훑는 것처럼 보였다. 아버지가 묘하게 소년처럼 보였다.

아버지는 차 주변을 돌다가 멈추고, 몸을 낮춰 조수석을 들여다봤다. 「괜찮아?」 아버지가 말했다. 그리고 또다시 물었다. 세 번째 같은 질문을 할 때 아버지의 목소리가 흔들렸다.

나는 의자 위로 목을 빼 아버지가 누구에게 묻는지를 봤다. 그제야 나는 사고가 얼마나 심각한 것이었는지 깨달았다. 차의 앞부분이 완전히 쭈그러졌고, 암반에 난 굴곡처럼 엔진이 휘어서 반으로 접히다시피 했다.

아침 햇살이 앞 유리로 들어와 눈이 부셨다. 유리가 부서진 패턴에 따라 지그재그로 햇살이 빛났다. 익숙한 광경이었다. 폐철 처리장에서 차의 깨진 앞 유리는 수백 개 봤다. 각 유리는 모두 각자 고유한 패턴으로 박살이 나 있었다. 부딪힌 부분에서부터 물살 무늬로 거미줄처럼 뻗어 나간 유리창의 깨진 패턴은 충돌의 연대기이기도 했다. 우리 차창의 깨진 무늬는 우리 사고의 연대기를 담고 있었다. 유리는 진앙에 자리한 작은 원에서 바깥쪽으로 뻗어 나가면서 깨져 있었고, 그 원은 조수석 바로 앞까지 나 있었다.

「괜찮아?」 아버지가 거의 애원하는 목소리로 물었다. 「여보, 내 말 들려?」

조수석에는 엄마가 앉아 있었다. 유리창을 피해 몸을 돌리고 있었다. 나는 엄마의 얼굴을 볼 수 없었지만, 의자에 축 처진 채 앉은 엄마의 자세가 이유 모르게 내 마음을 두렵게 했다.

「내 말 들려?」 아버지가 물었다. 그리고 같은 물음을 여러 번 반복했다. 마침내 나는 너무 작은 움직임이어서 거의 보이지 않을 정도였지만, 엄마가 고개를 끄덕일 때 뒤로 묶은 그녀의 머리가 살짝 흔들리는 것을 보았다.

아버지는 일어서서 아직 전기가 끊기지 않은 고압선을 한 번 보고, 땅을 한 번 보고, 엄마를 한 번 쳐다봤다. 속수무책으로 보였다. 「당신 생각은 어때…… 구급차를 불러야 할까?」

나는 아버지가 그렇게 말한 것을 들었다고 생각한다. 만일 그랬다면, 분명 그랬겠지만, 엄마는 속삭이는 소리로 대답했을 것이다. 어쩌면 속삭이는 소리로도 대답할 수 없었을지 모르겠다. 나는 어떻게 됐는지 모른다. 나는 항상 엄마가 집에 데려가 달라고 부탁했다고 상상했다.

나중에 들은 바로는 우리가 충돌한 트랙터의 주인이 자기 집에서 뛰쳐나와 경찰을 불렀다고 한다. 경찰이 오면 우리한테는 큰일이었다. 자동차 보험도 없고, 아무도 안전벨트를 매고 있지 않았으니까. 트랙터 주인이 유타 전신국에 사고를 알린 후에도 우리 차에 닿아 있던 전깃줄에서 고압 전류가 꺼지기까지는 20분 정도가 걸렸다. 그 후에 야 아버지는 차에서 엄마를 꺼낼 수 있었고, 나는 사고 후 처음으로 엄마의 얼굴을 봤다. 자두만큼이나 큰 멍 때문에 눈은 거의 보이지 않았고, 여기저기 부어올라 어느 쪽은 튀어나오고 어느 쪽은 눌려서 엄마 얼굴이 아닌 듯 보였다.

집에 언제, 어떻게 돌아갔는지는 모르지만 산이 아침 햇살을 받아 주황색으로 빛나고 있었던 것이 생각난다. 집에 들어간 후 나는 타일러 오빠가 세면대에 주홍색 침을 계속 뱉어 내는 것을 봤다. 운전대에 부딪힌 앞니가 빠져서 입천장 쪽으로 모두 꺾여 있었다.

엄마를 소파에 눕히자 빛 때문에 눈이 아프다고 작게 중얼거렸다. 우리가 블라인드를 모두 내렸지만 엄마는 창문이 없는 지하실로 가겠다고 했다. 아버지가 엄마를 안아다 지하실에 눕혔다. 나는 저녁에 약한 플래시를 켜고 식사를 가져가기 전까지 몇 시간 동안 엄마를 보지 못했다. 엄마를 봤지만 모르는 사람이었다. 두 눈 모두 너무 짙은 보라색으로 멍이 들어서 검은색으로 보였고, 상당히 부어올라서 눈을 뜬 것인지 감은 것인지 알 수가 없었다. 엄마는 나를 오드리라고 불렀다. 심지어 두 번이나 오드리가 아니라고 말했는데도. 「고맙다, 오드리. 그냥 어둡고 조용하게만 있으면 돼. 고맙구나. 조금 있다가 다시 한번 와봐 줘, 오드리. 조금만 있다가.」

엄마는 지하실에서 일주일 동안 나오지 않았다. 날마다 붓기가 더 심해지고, 검은 멍은 더 짙어졌다. 매일 밤 나는 사람의 얼굴이 그보다 더 붓고, 멍이 더 짙어질 수 없다고 생각했지만 매일 아침 엄마의 얼굴은 그 전날보다 더 검어졌고, 더 부어 있었다. 일주일이 지난 후부터 엄마는 해가 지고 우리가 불을 모두 끄면 위층으로 올라왔다. 엄마는 사과만큼이나 크고 블랙 올리브만큼이나 검은 물체 두 개를 이마에 붙이고 있는 것처럼 보였다.

병원 이야기는 다시는 거론되지 않았다. 그런 결정을 할 순간이 한 번 지나고 나자, 다시 그 이야기를 꺼내면 사고 자체의 공포와 혼란을 다시 떠올리게 될 것 같아 두려웠다. 아버지는 어차피 의사들도 엄마를 낫게 할 수는 없다고 말했다. 엄마는 이제 주님의 손에 달렸다고 했다.

그 후 몇 달 동안 엄마는 나를 여러 이름으로 불렀다. 엄마가 나를 오드리라고 불렀을 때는 별로 신경 쓰지 않았지만, 이야기를 나누다가 나를 루크나 토니라고 부를 때는 걱정이 됐다. 우리 식구들 사이에서는, 심지어 엄마까지 포함해서, 사고 후에 엄마가 전 같지 않아졌다는 사실에 모두 동의했다. 우리들은 엄마를 너구리 눈이라고 불렀다. 눈가에 둥그렇게 생긴 검은 멍이 몇 주 동안 없어지지 않는 것에 익숙해지면서 농담거리가 되기 시작했고, 우리는 너구리 눈이라는 별명이 정말 재미있다고 생각했다. 그러나 그것이 의학 용어인 줄은 몰랐다. 너구리 눈. 심각한 뇌 손상의 증후.

타일러 오빠의 죄책감은 엄청났다. 오빠는 사고가 전적으로 자기 책임이라고 생각했고, 그 후로도 오래도록 여러 번 해가 바뀐 후에도 모든 결정, 모든 결과, 모든 반향 들이 모두 자기 탓이라고 생각했다. 그는 그 순간과 그로 인한 모든 결과가 오로지 자기 것이라고 느꼈다. 마치 시간 자체가 그 순간, 우리 스테이션왜건이 길에서 벗어난 그 순간에 시작됐고, 자기가 열일곱의 나이로 운전을 하다가 깜빡 잠이 든 그 순간 이전까지는 어떠한 역사도, 문맥도, 주체도 없었던 것처럼. 지금까지도 엄마가 아무리 하찮은 일이라도 조금만 뭔가를 잊어버리거나 하면 오빠의 눈에는 그 표정이 떠오른다. 충돌 직후 오빠 눈에 떠올랐던 그 표정, 자기 입에서도 피가 철철 흘러내리는데 어느 누구도 아닌 오로지 자기 책임으로 벌어진 사고의 현장을 둘러보던 그 표정 말이다.

내가 볼 때 그 사고는 누구의 책임도 아니었다. 물론 타일러 오빠의 책임은 절대 아니라고 나는 생각한다. 그냥 일이 꼬이려니 그렇게 된 것뿐이었다. 이후 10년 동안 이 사건에 대한 내 생각은 많이 변할 것이다. 어른이 되면서 겪은 변화 중의 하나였다. 그러나 그 사고를 떠올리면 나는 늘 아파치 여인들이 생각나곤 한다. 삶을 이루는 모든 결정들, 사람들이 함께 또는 홀로 내리는 결정들이 모두 합쳐져서 하나하나의 사건이 생기는 것이다. 셀 수 없이 많은 모래알들이 한데 뭉쳐 퇴적층을 만들고 바위가 되듯이.

5
정직한 검댕

산이 녹으면서 모습을 드러낸 프린세스의 머리가 하늘 꼭대기에 닿을 것만 같았다. 사고가 일어난 뒤 한 달쯤 지난 어느 일요일이었다. 식구들 모두 거실에 모여 있었다. 아버지가 성경 구절에 대한 설명을 시작하려는데, 타일러 오빠가 헛기침을 하더니 집을 떠난다는 이야기를 꺼냈다.

「대…… 대학에 갈 계…… 계획이에요.」 오빠는 굳은 얼굴로 그렇게 말했다. 힘들게 그 단어들을 입 밖으로 꺼내는 오빠의 목에 힘이 들어가서 핏줄이 괴로워하는 뱀처럼 몇 초 간격으로 불끈 솟았다가 사라졌다.

모두 아버지를 쳐다봤다. 아버지는 잔뜩 찌푸린 것 말고는 무표정해 보였다. 고함이 오가는 것보다 침묵이 더 참을 수 없었다.

타일러 오빠는 세 번째로 집을 떠나는 오빠가 될 것이다. 가장 큰 오빠 토니는 대형 트럭으로 자갈이나 고철을 실어 나르면서 동네 가까운 곳에 사는 여자 친구랑 결혼할 자금을 마련하기 위해 애쓰고 있었다. 둘째 오빠 숀은 몇 달 전에 아버지와 싸운 후 집을 나가 버렸다. 그후 나는 오빠를 한 번도 보지 못했는데, 엄마한테는 몇 주에 한 번씩 짧게 전화해서 자기는 잘 있으니 걱정 말라고 안부를 전하는 듯했다. 오빠는 용접 일을 하거나 대형 트럭을 몰면서 산다고 했다. 타일러 오빠까지 떠나면 아버지는 같이 일할 일꾼을 모두 잃는 셈이고, 그렇게 되면 헛간이나 건초 창고를 짓는 일을 더 이상 할 수 없었다. 그냥 폐철 모으는 일밖에 남지 않을 것이다.

「대학이 뭐야?」 내가 물었다.

「대학은 한 번 가르쳐 가지고는 배우지를 못하는 바보들을 위한 학교지.」 아버지가 말했다. 타일러 오빠는 굳은 얼굴로 바닥을 노려보고 앉아 있었다. 그러다가 갑자기 어깨를 축 늘어뜨리고 얼굴에서 긴장이 사라지더니 고개를 들었다. 마치 자기 몸에서 한 걸음 빠져나온 듯, 눈에 힘이 빠지고, 기분이 좋아 보였다. 오빠 얼굴에서 오빠가 보이지 않았다.

오빠는 이윽고 시작된 아버지의 설교를 듣고 앉아 있었다. 「대학 교수에는 두 부류가 있지. 자기가 거짓말을 하고 있다는 사실을 아는 사람들과, 자기가 진실을 이야기한다고 생각하는 사람들.」 아버지는 씩 웃었다. 「생각해 보면 어떤 쪽이 더 나쁜지 모르겠군. 본격적으로 일루미나티 첩자로 일하면서 적어도 자기가 악마 편이라는 것은 알고 있는 작자들하고, 자기가 주님보다 더 잘 안다고 생각하는 잘난 척하는 교수놈들 중 누가 더 나쁠까?」 아버지는 여전히 미소를 짓고 있었다. 상황이 그다지 나쁘지 않다고 생각하는 듯했다. 그냥 아들이 말귀를 알아듣게 설득하면 될 일로 여기는 듯했다.

엄마는 타일러 오빠가 한 번 결심하면 누구도 말릴 수 없다고 하면서 아버지에게 시간 낭비 말라고 했다. 「빗자루로 산에 있는 흙을 다 쓸어서 없애는 게 더 나아요.」 그런 다음 엄마는 자리에서 일어나서, 쓰러지지 않도록 잠시 자세를 바로잡은 다음 지하실로 터벅터벅 내려갔다.

엄마는 편두통을 앓고 있었다. 거의 맨날 머리가 아팠다. 그때까지도 낮에는 지하실에서 지내고, 해가 진 뒤에야 지상으로 올라왔다. 그렇게 해도 소음과 고단함 때문에 머리가 지끈거려서 한 시간을 넘기지 못하고 다시 지하실로 내려가야만 했다. 나는 엄마가 천천히 조심스럽게 계단을 내려가는 것을 지켜봤다. 허리는 굽히고, 양손으로 난간을 잡았다. 마치 눈이 보이지 않아 감각에 의지해야 하는 사람처럼 보였다. 계단 하나에 두 발을 모두 확실히 디딘 다음에야 다음 계단으로 한 발을 내디뎠다. 얼굴의 붓기가 거의 사라져서 예전의 엄마 모습을 많이 되찾긴 했지만 눈가에 둥그렇게 든 멍은 검정에서 짙은 보라색을 거쳐 이제는 연보라 바탕에 여기저기 건포도를 뿌려 놓은 것처럼 보였다.

한 시간이 지났을 때 아버지의 얼굴에서는 더 이상 미소를 찾아볼 수 없었다. 타일러 오빠가 대학에 가겠다는 말을 다시 되풀이하지는 않았지만, 가지 않고 집에 남겠다는 약속도 하지 않았기 때문이다. 오빠는 그냥 거기 앉아서, 영혼이 없는 얼굴로 아버지의 설교를 귓등으로 흘려듣고 있었다. 「대장부가 책이나 종이 쪼가리로 살 수는 없지.」 아버지가 말했다. 「너는 가장이 될 사람이잖아. 책 같은 걸로 어떻게 아내와 아이들을 먹여 살릴 생각이냐?」

타일러 오빠는 아버지 말을 듣고 있다는 표시로 고개를 약간 옆으로 숙이기는 했지만 아무 말도 하지 않았다. 「다른 사람도 아니고 내 아들이 사회주의자들과 일루미나티 스파이들한테 세뇌를 당할 곳으로 제 발로 걸어 들어가다니…….」

「하……학교는 교……교회에서 운영을 하잖아요.」 오빠가 아버지의 말을 가로막았다. 「나……나쁘면 어……얼마나 나쁘겠어요?」

그러자 아버지의 입이 떡 벌어지더니 돌풍이 불었다. 「일루미나티 놈들이 교회에는 침투 안 했을 거 같니?」 아버지의 목소리가 쩌렁쩌렁 울려 퍼졌고, 단어 하나하나에서 엄청난 힘이 느껴졌다. 「그놈들이 제일 먼저 표적으로 삼는 곳이 그 학교가 아니면 어디겠어! 자라나는 세대 전체를 사회주의자 모르몬교도로 만들어 낼 기회를 그놈들이 놓칠 것 같으냐? 그 생각도 못 하다니 내가 널 이렇게 바보로 키웠니?」

나는 그 순간 지켜본 아버지의 모습을 영원히 기억할 것이다. 아버지가 가진 강한 설득력과 거기서 느껴지는 절박함. 아버지는 턱에 힘을 주고 눈을 가늘게 뜬 채 몸을 앞으로 굽혀서 아들의 얼굴에서 동의의 기색을 한 오라기라도 찾으려고 애썼다. 자기의 신념과 한 가닥이라도 비슷한 무엇인가를 찾기 위해 애썼지만 오빠의 얼굴에서는 아버지가 원하는 것을 찾을 수가 없었다.

타일러 오빠가 산에서 떠나기로 결심한 이야기에 대한 기억은 여기저기 빈 곳이 많고, 꼬일 대로 꼬여 있다. 이야기는 오빠에서 시작된다. 오빠에 관한 괴상한 사실들 말이다. 어느 가족에게도 벌어질 수 있는 일이기는 하다. 가족들과 잘 들어맞지 않는 아이가 태어나는 것 말이다. 그 아이는 뭔가 리듬이 다르고, 나머지 식구들과 다른 멜로디에 맞춰 움직이는 듯한 느낌을 준다. 우리 집에서는 그게 바로 타일러 오빠였다. 나머지 식구들은 빠른 지그 춤을 추며 뛰는데 오빠는 느리고 우아한 왈츠를 췄다. 오빠는 집 전체를 뒤흔드는 시끌벅적한 소음을 듣지 못했고, 우리는 오빠의 고요한 폴리포니를 듣지 못했다.

타일러 오빠는 책을 좋아했고 조용한 것을 좋아했다. 정리하고 분류하고 라벨을 붙이는 것도 즐겼다. 언젠가 엄마는 오빠 옷장 선반 전체를 꽉 채우고 있는 성냥갑들을 발견한 적이 있다. 모두 연도별로 정리되어 있었다. 오빠는 성냥갑 안에 지난 5년간 깎은 연필밥이 들어 있고, 〈산속 피신용〉 짐에 가지고 가서 불쏘시개로 쓸 계획이었다고 설명했다. 집 안 다른 곳은 완전히 혼란 그 자체였다. 폐철 처리장에서 기름과 검댕이 묻어서 더러워진 빨래가 바닥 여기저기에 쌓여 있었고, 부엌의 식탁과 장은 모두 불투명한 물약 병들로 가득 차 있었다. 그것들을 치울 때는 그보다 더 지저분한 일, 예를 들어 사슴 가죽을 벗기는 일이라든가, 라이플에서 코스몰린을 닦아야 할 때뿐이었다. 그런 혼란의 한가운데에서 타일러 오빠는 연필밥을 연도별로 정리해서 모아 두고 있었던 것이다.

우리 오빠들은 늑대 무리처럼 행동했다. 끊임없이 서로를 시험했고, 어린 늑대가 갑자기 폭풍 성장을 해서 무리 안에서 신분 상승을 꾀할 때마다 작은 다툼이 벌어지곤 했다. 내가 어렸을 적에는 그런 소동이 벌어지면 엄마가 깨진 램프나 화병을 두고 소리를 지르는 것으로 끝나곤 했지만, 시간이 흐르면서 깨질 물건이 점점 적어졌다. 엄마는 내가 아기 때는 우리 집에도 텔레비전이 있었는데, 숀 오빠가 타일러 오빠의 머리로 텔레비전 브라운관을 깨버렸다고 했다.

다른 형제들이 레슬링을 할 때, 타일러 오빠는 음악을 들었다. 오빠가 가진 붐박스는 내가 본 유일한 시디 플레이어였다. 그 옆에는 〈모차르트〉, 〈쇼팽〉과 같은 이상한 단어들이 쓰인 시디들이 높이 쌓여 있었다. 어느 일요일 오후였다. 나는 시디들을 들여다보다가 당시 열여섯 살쯤 되었던 타일러 오빠에게 들켰다. 자기 방에 들어왔다고 한 대 맞을 것 같아 도망가려는데 오빠가 손을 잡고 나를 시디가 있는 쪽으로 데려갔다. 「어……어떤 게 제일 조……좋아?」 오빠가 말했다.

검은 커버에 백 명쯤 되는 남녀가 흰 옷을 입고 있는 사진이 있는 시디가 눈에 띄었다. 나는 그것을 가리켰다. 타일러 오빠는 의심스럽다는 눈으로 나를 바라봤다. 「이……이……이건 서……서……성가대 음악이야.」 오빠가 말했다.

오빠는 그 디스크를 검은 붐박스 안에 넣고는 책상에 앉아 책을 읽기 시작했다. 나는 오빠 발치에 쭈그리고 앉아 카펫에 손가락으로 무늬를 만들었다. 음악이 시작됐다. 숨결처럼 현악기 소리가 들리더니 속삭이는 듯한 목소리들이 비단결처럼 부드러우면서도 왠지 모르게 찌르는 느낌으로 합창을 했다. 익숙한 성가였다. 교회에서 늘 부르는 노래였기 때문이다. 그러나 경배를 한다는 마음만으로 뭉친 우리의 불협화음의 목소리들과 이 소리, 지금 들리는 이 소리는 달랐다. 경배의 느낌도 있었지만 뭔가 다른 것이 있었다. 공부하고, 단련하고, 서로 협력하는 데서 나오는 것. 아직 내가 이해하지 못한 것이었다.

노래 하나가 끝났지만 나는 그 자리에 얼어붙은 채 다음 곡을 들었고, 또 다음 곡, 또 다음 곡에 귀를 기울였다. 이윽고 시디가 끝났다. 음악이 없는 방은 생명이 모두 빠져나간 느낌이었다. 나는 타일러 오빠에게 다시 듣게 해달라고 애원했고, 한 시간이 흐른 뒤 시디가 끝나자 또 들려 달라고 졸랐다. 책상에서 일어난 오빠가 이번이 마지막이라고 하면서 다시 한번 〈플레이〉 버튼을 눌렀을 때는 아주 늦은 시간이었고, 집 전체가 조용했다.

「내……내……내일 다……다시 들을 수 있어.」 오빠가 말했다.

음악은 우리의 언어가 됐다. 오빠는 말을 더듬는 증상 때문에 말을 잘 하지 않았다. 그 때문에 오빠랑 나도 별로 대화를 나누지 않았고, 나는 오빠를 잘 알지 못했다. 이제 매일 저녁, 오빠가 폐철 처리장에서 돌아올 때를 나는 기다렸다. 하루 동안 뒤집어 쓴 먼지와 때를 벗겨 내기 위해 샤워를 하고 나서 오빠는 책상에 앉은 다음 묻곤 했다. 「오……오……오늘은 무……무엇을 들을까?」 내가 고른 시디를 튼 다음 오빠는 책을 읽었고, 나는 오빠 발 옆에 앉아서 오빠의 양말을 뚫어져라 쳐다보면서 음악을 들었다.

나는 다른 오빠들만큼이나 소란스러웠지만 타일러 오빠와 함께 있을 때는 완전히 딴사람이 되곤 했다. 어쩌면 음악 때문이었는지도 모른다. 음악의 우아함. 아니면 오빠의 우아함 때문이었을까? 왜 그런지, 오빠는 내가 나 자신을 오빠의 눈으로 보도록 만들었다. 나는 고함을 치면 안 된다는 사실을 기억하려고 노력했다. 리처드 오빠와 싸우지 않으려고 노력했고, 특히 오빠는 내 머리채를 움켜쥐고 나는 오빠의 얼굴을 손톱으로 할퀴면서 둘이 한데 엉긴 채 바닥에 구르는 것으로 끝나는 식의 싸움은 삼가려 애썼다.

타일러 오빠가 언젠가 떠날 것이라는 사실을 짐작했어야 했다. 토니와 숀 오빠도 떠나지 않았던가. 심지어 그 두 오빠들은 타일러 오빠와는 상대가 되지 않을 정도로 산과 친한 사람들이었다. 타일러 오빠는 아버지가 〈책에서 배우는 것〉이라고 부르는 것을 항상 좋아했다. 그것은 리처드 오빠를 제외한 나머지 가족 모두가 전혀 관심이 없는 분야이기도 했다.

타일러 오빠가 어렸을 때 엄마도 교육에 대한 이상을 품었던 시절이 있었다. 엄마는 우리가 학교에 가지 않는 이유는 다른 아이들보다 〈더 나은〉 교육을 받을 수 있도록 하기 위함이라고 말하곤 했다. 하지만 그런 말을 하는 건 늘 엄마였고, 아버지는 우리가 더 실용적인 기술을 익혀야 한다고 생각했다. 내가 아주 어렸을 때는 그 문제로 부모님 사이에 대결 국면이 형성됐었다. 날마다 아침이면 엄마는 수업을 시작하려고 했고, 아버지는 엄마가 고개만 돌려도 아들들을 폐철 처리장으로 빼내려고 했다.

그러나 결국 엄마는 그 대결에서 지게 됐다. 패배는 루크 오빠부터 시작됐다. 다섯 아들 중 넷째인 루크 오빠는 산 생활을 하는 문제에 관해서는 머리가 좋았다. 오빠가 동물들을 다룰 때는 마치 그들과 이야기하는 것처럼 보였다. 그러나 오빠는 심한 학습 장애가 있었고, 글을 배우는 것조차 힘들어했다. 엄마는 5년 동안 날마다 부엌에 있는 식탁에 오빠와 앉아 같은 글자에서 무슨 소리가 나는지를 반복하고 반복해서 설명했다. 그러나 오빠는 열두 살이 되어도 가족 성서 연구 시간에 성경 구절 한마디를 더듬거리고 외는 것 이상은 하지 못했다. 엄마는 그것을 이해할 수가 없었다. 토니 오빠나 숀 오빠를 가르치는 데 아무 문제도 없었고, 다른 아이들도 쉽게 글을 익혔다. 토니 오빠는 숀 오빠와의 내기에서 이기기 위해 네 살 남짓이었던 내게 글을 가르쳤다.

일단 루크 오빠가 자기 이름을 쓰고 간단한 문장이나마 읽을 수 있게 되자 엄마는 수학을 시도했다. 내가 배운 수학은 아침 식사 설거지를 하면서 나눗셈이 무엇인지, 음수는 어떻게 응용하는 것인지 등등을 엄마가 루크 오빠에게 설명하는 것을 귀동냥한 것이 전부였다. 루크 오빠는 전혀 진전을 보이지 않았고, 1년쯤 지난 후 엄마는 가르치기를 포기했다. 엄마는 다른 아이들보다 더 나은 교육을 받아야 한다는 이야기를 더 이상 하지 않았고, 점점 아버지와 비슷한 소리를 하기 시작했다. 「중요한 건 말이지……」 엄마가 어느 날 아침 내게 말했다. 「글자를 배우는 거야. 나머지 헛소리들은 모두 세뇌라고 볼 수 있어.」 아버지가 오빠들을 데리고 일을 나가는 시간이 점점 빨라졌고, 결국 내가 여덟 살, 타일러 오빠가 열여섯 살이 되던 즈음에는 수업을 완전히 생략하는 지경에 이르렀다.

그러나 아버지의 사고방식에 엄마가 완전히 동화된 것은 아니어서, 가끔 예전의 열성을 보일 때도 있었다. 그런 날이면 온 식구가 식탁에 둘러앉아 아침을 먹을 때 오늘은 〈학교를 할 것〉이라고 선언했다. 엄마는 지하실 책꽂이에 약초에 관한 책들과 오래된 문고판 책들 몇 권을 가지고 있었다. 그중에는 우리 모두 돌려 보는 수학 교과서 몇 권과, 리처드 오빠 말고는 아무도 읽는 것을 보지 못한 미국 역사책이 있었다. 과학책도 있었는데 컬러로 된 그림이 많이 있었던 걸로 봐서 어린아이들을 위한 책이었던 것 같다.

보통 30분가량 걸려서 책을 모두 찾고 나면 우리는 그것을 나눠 가졌고, 서로 다른 방에 들어가 〈학교를 했다〉. 언니나 오빠들이 학교를 할 때 무엇을 하는지 모르지만 나는 수학책을 펴고 한 10분쯤 페이지를 넘기면서 손가락으로 가운데 접힌 부분을 훑었다. 손가락으로 50페이지 정도를 만진 다음 나는 엄마한테 가서 수학을 50페이지 했다고 보고했다.

「대단하구나!」 엄마는 그렇게 말하곤 했다. 「봐! 일반 학교에 가면 그렇게 빨리 배우는 건 절대 불가능했을 거야. 그런 건 집에서 아무 방해 없이 완전히 집중해서 공부할 때만 할 수 있는 일이니까.」

엄마는 강의를 하거나 시험을 보게 한 적이 한 번도 없었다. 에세이 같은 것을 쓰라고 한 적도 없다. 지하실에 타자 치는 법을 가르쳐 주는 메이비스 비컨이라는 프로그램이 깔린 컴퓨터가 한 대 있긴 했다.

가끔 약초를 배달할 때, 우리가 할 일을 다 마치면 엄마는 읍내에 있는 카네기 도서관에 우리를 데려다 놓기도 했다. 지하실에 있는 어린이책으로 가득한 방에 가서 우리는 책을 읽었다. 리처드 오빠는 심지어 위층에 있는 책도 읽었다. 역사와 과학에 관한 어려운 제목을 가진 어른들을 위한 책이었다.

우리 집에서 무엇을 배운다는 것은 온전히 혼자서 방향을 찾아야 가능한 일이었다. 맡은 일을 끝내면 뭐든 혼자 배울 수 있었다. 우리

중 비교적 자기 조절이 더 잘되는 사람도 있었고, 그렇지 못한 사람도 있었다. 나는 가장 그렇지 못한 아이들 중 하나였다. 그래서 열 살이 되도록 내가 체계적으로 공부한 것은 유일하게 모스 부호뿐이었다. 내가 그것을 꼭 배워야 한다고 아버지가 고집했기 때문이다. 「전화선이 끊어지면 이 동네에서 의사소통을 할 수 있는 건 우리 가족밖에 없을 거야.」 아버지는 그렇게 말했지만, 나는 늘 모스 부호를 사용할 수 있는 것이 우리뿐이라면 도대체 누구랑 의사소통을 하겠다는 것인지 궁금했다.

우리보다 훨씬 먼저 태어난 오빠들 — 토니, 숀, 타일러 — 은 거의 다른 부모 밑에서 자란 것이나 마찬가지였다. 오빠들을 키운 아버지는 위버가의 비극에 대해서 들어 보지도 못했고, 일루미나티에 관한 이야기도 하지 않는 사람이었다. 그 아버지는 첫째, 둘째, 셋째 아들을 학교에 입학시켰고, 몇 년 후 모두 자퇴시키고 집에서 가르치겠다고 맹세하기는 했지만, 토니 오빠가 다시 학교에 다니겠다고 하자 허락했다. 토니 오빠는 고등학교까지 다녔다. 비록 폐철 처리장에서 일하느라 너무 결석을 많이 해서 결국 졸업을 못 했지만.

셋째로 태어난 타일러 오빠는 학교에 다닌 기억은 거의 못하지만 집에서 공부하는 것에 불만이 없었다. 열세 살이 될 때까지는 말이다. 열세 살이 된 오빠는 아버지에게 8학년으로 돌아가고 싶다고 말했다. 아마도 엄마가 루크에게 글을 가르치는 데 모든 시간을 바쳐야만 해서였던 듯하다.

타일러 오빠는 1991년 가을부터 1992년 봄까지 1년 내내 학교를 다녔다. 오빠는 대수학을 배웠고, 마치 숨을 쉬는 것처럼 자연스럽게 습득했다. 그러나 그해 8월 위버가 사건이 발생했다. 그런 일이 벌어지지 않았다 해도 타일러 오빠가 다음 학기에 다시 학교로 돌아갔을지는 잘 모르지만, 한 가지 확실한 것은 아버지가 위버가 사건 소식을 들은 다음부터 다시는 자식들 중 누구도 정부가 운영하는 학교의 교실에 발을 들여놓지 못하게 했다는 사실이다. 그러나 그때는 타일러 오빠가 이미 또 다른 세상을 맛본 후였다. 오빠는 가진 돈을 모두 털어 삼각함수 교과서를 사서 독학으로 공부를 계속했다. 그다음에는 미적분학을 배우고 싶어 했지만 책을 살 돈이 없었고, 그래서 학교에 찾아가 수학 선생님에게 책을 달라고 부탁했다. 선생님은 대놓고 비웃었다. 「미적분을 독학으로 익힐 수는 없어. 불가능해.」 하지만 타일러 오빠는 물러서지 않았다. 「책을 주세요. 혼자 할 수 있어요.」 학교를 나서는 오빠의 팔에는 수학책이 끼어 있었다.

진짜 도전은 공부할 시간을 확보하는 일이었다. 아버지는 날마다 아침 7시에 아들들을 모이게 한 다음 팀을 짜서 그날 해야 할 작업에 투입했다. 타일러 오빠가 일하는 곳에 없다는 사실을 아버지가 눈치채기까지는 보통 한 시간 정도가 걸렸다. 아버지는 뒷문을 박차고 들어와 오빠가 공부하고 있는 방으로 성큼성큼 들어갔다. 「도대체 지금 무슨 짓을 하고 있는 거냐?」 먼지 하나 없는 타일러 오빠 방의 카펫 위에 아버지가 디딘 자리마다 진흙 덩어리가 뚝뚝 떨어졌다. 「아이 빔을 루크 혼자 트럭에 실었어. 두 사람이 해야 할 일을 혼자 하고 있는데, 여기 와서 보니 너는 엉덩이를 깔고 앉아 있구나!」

일을 해야 할 시간에 책을 보고 있다가 아버지에게 들키면 나라면 화들짝 놀라 어쩔 줄 몰라 하겠지만, 타일러 오빠는 차분했다. 「아버지, 저……저……점심 후에는 더 열심히 일을 할게요. 하지만 아……아……아침 시간에는 고……공부를 해야 해요.」 대부분의 경우 타일러 오빠가 항복을 했다. 그럴 때면 오빠는 연필을 놓고, 축 처진 어깨로 작업용 부츠와 용접 장갑을 끼곤 했다. 그러나 그렇지 않은 날도 있었다 — 내가 놀라 마지않는 그런 날 아침에는 아버지가 씩씩거리며 뒷문으로 나가곤 했다. 혼자서.

나는 타일러 오빠가 대학에 갈 것이라고, 산을 버리고 일루미나티에 가담하러 갈 것이라고 믿지 않았다. 여름 내내 시간이 많으니 아버지가 오빠를 설득해서 제정신이 들도록 할 것이라고 믿어 의심치 않았다. 아버지도 거의 날마다 노력을 하긴 했다. 오빠들과 함께 일을 하다가 모두들 점심을 먹으러 집에 돌아왔을 때가 아버지가 노리는 때였다. 오빠들은 부산스럽게 왔다 갔다 하면서 음식을 두 번, 세 번 가져다 먹었고, 아버지는 딱딱한 리놀륨 바닥에 누워 허리를 펴곤 했다. 피곤해서 눕기는 해야겠는데 옷이 너무 더러워서 엄마 소파에는 눕지 못하니 그렇게 바닥에 눕는 것이었다. 아버지는 누운 채로 일루미나티에 대해 설교를 늘어놓았다.

그중 어느 날 점심 때 벌어진 일 하나가 내 머리에 특히 생생하게 박혀 있다. 타일러 오빠는 엄마가 차려 놓은 재료들로 타코를 만들고 있었다. 접시에 토르티야 세 개를 완벽하게 줄 세운 다음 상추, 토마토 양을 정확히 재서 조심스럽게 담고, 사워 크림을 골고루 완벽하게 뿌렸다. 아버지는 계속 끊임없이 잔소리를 하고 있었다. 그러다가 아버지가 설교를 마무리하고, 또다시 새로운 설교를 시작하려고 숨을 막 들이키는 순간, 타일러 오빠는 그때까지 공들여 만든 완벽한 타코들을 엄마가 물약 만드는 데 사용하는 믹서에 쏟아 넣고 스위치를 켰다. 믹서가 내는 굉음이 부엌을 압도하면서 일종의 침묵이 흘렀다. 믹서 소리가 멈추자 아버지는 설교를 다시 시작했다. 타일러 오빠는 주황색 액체를 유리잔에 따라 마시기 시작했다. 아직 앞니들이 입 밖으로 뛰쳐나오려고 흔들거리고 있었기 때문에 아주 조심스럽고 천천히 마셨다. 그 기간 동안 우리 삶을 상징하는 수많은 기억들 중 그 장면이 제일 또렷하게 내 머릿속에 남아 있다. 타일러 오빠가 타코를 마시는 동안 아버지의 목소리가 바닥에서부터 울려 퍼지던 그 장면.

봄이 가고 여름이 오면서 아버지의 다짐은 부정으로 변했다. 마치 논쟁은 이미 끝났고, 자기가 이겼다는 듯 행동하기 시작했기 때문이다. 아버지는 타일러 오빠가 떠나지 않도록 설득하는 일을 멈췄고, 오빠를 대신할 일손을 구하는 것도 거부했다.

어느 더운 날 오후, 타일러 오빠는 나를 데리고 읍내에 사는 외할머니, 외할아버지 댁에 갔다. 두 분은 엄마를 키운 집에서 여전히 살고 있었다. 그보다 더 우리 집과 다른 집은 있을 수가 없었다. 실내 장식은 비싼 것은 아니지만 정성을 들인 티가 났다. 바닥에는 크림빛이 도는 하얀 카펫이 깔려 있고, 부드러운 빛깔의 꽃무늬 벽지와 두툼한 주름이 많이 잡힌 커튼이 있는 집이었다. 외할머니, 외할아버지는 무엇을 버리고 새로 사는 법이 거의 없었다. 카펫, 벽지, 부엌 식탁, 카운터 모두 엄마가 어릴 때 찍은 사진에서 보는 것과 똑같았다.

아버지는 우리가 외가에서 시간을 보내는 것을 좋아하지 않았다. 외할아버지는 은퇴하기 전 우체부로 일했었는데, 아버지는 정부 기관에서 일한 사람을 존경할 수 없다고 말했다. 나는 그 말이 무슨 뜻인지 몰랐지만 아버지가 너무 같은 말을 자주 했기 때문에 외할머니를 생각하면 크림색 카펫, 부드러운 빛깔의 꽃무늬 벽지와 함께 그 말이 함께 연상됐다.

타일러 오빠는 외갓집을 정말 좋아했다. 차분하고 질서 잡힌 분위기와 외할머니, 외할아버지가 조용조용히 대화를 나누는 것 모두. 그 집에서 느껴지는 모종의 기운 같은 것을 감지한 나는 아무도 말해 주지 않았지만 본능적으로 소리를 지르거나 누구를 때리거나 부엌을 전속력으로 가로질러 뛰어가지 말아야 한다는 것을 알아차렸다. 물론 진흙이 잔뜩 묻은 신발은 현관문 옆에 벗어 두라는 주의를 받았지만 말이다. 아주 여러 번에 걸쳐서.

「드디어 대학에 가는구나!」 외할머니는 우리가 꽃무늬 소파에 앉자마자 그렇게 말했다. 그리고 나를 향해서 덧붙였다. 「너도 오빠가 진짜 자랑스럽겠구나!」 외할머니가 미소를 짓자 눈이 가늘어졌다. 외할머니 이가 하나도 남김없이 흰히 보였다. 〈세뇌당하러 가는 걸 축하하다니, 역시 외할머니답군〉 하고 나는 생각했다.

「화장실 좀 다녀올게요.」 내가 말했다.

혼자 복도로 나온 나는 한 발자국씩 발을 옮길 때마다 발가락이 폭신한 카펫에 폭 감싸도록 하면서 천천히 걸었다. 나는 미소를 지었다. 외할머니가 카펫을 그렇게 하얗게 유지할 수 있는 것은 외할아버지가 〈진짜 일〉을 한 번도 한 적이 없기 때문이라고 아버지가 했던 말이 기억났기 때문이다. 「내 손이 더러울지는 모르지만, 이건 정직한 검댕이야.」 아버지는 까맣게 된 손톱을 내보이면서 내게 윙크를 했었다.

몇 주가 지나고 한여름이 됐다. 어느 일요일 아버지는 식구들을 모두 불러 모았다. 「비상식량도 충분히 있고, 저장된 연료랑 물도 충분해. 없는 건 돈이야.」 아버지는 그렇게 말하면서 지갑에서 20달러짜리 지폐를 꺼내 손으로 구겼다. 「이 가짜 돈 말고. 심판의 날이 오면 이런 돈은 아무 가치도 없을 거다. 사람들은 화장지 한 통에 100달러를 내도 아까워하지 않을 거야.」

나는 초록색 달러 지폐들이 빈 음료수 깡통처럼 도로 위를 구르는 장면을 상상했다. 주변을 둘러보니 모두가 나와 같은 상상을 하는 듯했다. 특히 타일러 오빠는. 오빠는 결의에 가득 찬 표정으로 눈에 잔뜩 힘을 주고 있었다. 「내가 모아 둔 돈이 조금 있단다.」 아버지가 말했다. 「엄마도 좀 있고. 우리는 그 돈을 은으로 바꿀 생각이다. 얼마 지나지 않아 사람들 모두가 바로 금이나 은을 원하게 될 거야.」

며칠 후 아버지는 은을 가지고 집으로 돌아왔다. 심지어 금도 조금 있었다. 동전 모양을 한 그 금속은 작고 무거운 상자에 담겨 있었다. 아버지는 그 상자들을 집으로 가지고 들어와 지하실 한쪽에 쌓았다. 그리고 〈장난감이 아니야〉라고 하면서 내가 뚜껑을 열지도 못하게 했다.

얼마 후 타일러 오빠도 자기 몫으로 수천 달러어치의 은을 사서 지하실의 총기함 옆에 가지런히 쌓아 올렸다. 사고를 낸 곳 농부에게 트랙터 값을 물고, 아버지에게 스테이션왜건 값도 갚은 후 남은 오빠의 전 재산을 거의 모두 바꾼 것이었다. 오빠는 은이 든 상자들을 바라보며 오랫동안 거기 서 있었다. 마치 서로 다른 두 개의 세상 사이에 붕 떠 있는 사람처럼.

타일러 오빠는 쉬운 상대였다. 오빠에게 사정해서 나는 내 손바닥만큼이나 큰 은화 한 개를 얻었다. 그 동전은 내 마음을 달래 줬다. 내가 볼 때는 오빠가 은화를 샀다는 사실이 그가 여전히 우리 가족의 일부라는 것을 증명해 주는 것 같았다. 그를 지금 사로잡은 광기, 학교에 가고 싶다는 생각을 들도록 한 광기에도 불구하고 오빠는 결국 우리를 선택할 것이라는 증거. 종말이 오면 우리 편에 서서 싸울 것이라는 충성의 맹세와 같은 것. 나뭇잎 색이 변하기 시작하고, 여름의 녹음이 가을의 붉은 석류석과 황금색으로 울긋불긋 물들어 갈 즈음, 은화는 수천 번 쓰다듬는 손길에 길이 들어 어두운 데서도 은은하게 광채를 발했다. 나는 그 동전의 감촉과 존재에서 위안을 찾았다. 동전이 실제로 존재하는 한 타일러 오빠가 떠나는 일은 없을 것이라고 스스로에게 반복하면서.

8월 어느 날 아침, 일어나 보니 타일러 오빠가 옷이랑 책, 그리고 CD 등을 상자에 담고 있었다. 아침을 먹기 위해 식탁에 앉을 무렵에는 짐을 거의 다 싸가고 있었다. 나는 밥을 재빨리 먹고 오빠 방으로 갔다. 선반들을 보니 텅 빈 채로 CD 한 장만 남아 있었다. 하얀 옷을 입은 사람들이 그려진 검은색 CD였다. 나도 이제는 그것이 모르몬 태버나클 성가대의 디스크라는 것을 알게 되었다. 오빠가 문 앞에 나타났다.「그……그건 너한테 나……남겨 주고 가……가려고.」오빠가 말했다. 그런 다음 오빠는 밖으로 나가 호스로 물을 뿌려 차를 씻었다. 흙길은 한 번도 달려 본 적이 없는 차처럼 보일 때까지 아이다호의 먼지를 물로 씻고 씻었다.

아버지는 아침 식사를 마친 후 한마디도 하지 않고 집을 나섰다. 나는 왜 그러는지 이해했다. 타일러 오빠가 상자들을 차에 싣는 모습을 보니 미칠 것만 같았다. 나는 소리 지르고 싶었지만 그 대신 뒷문으로 뛰쳐나가 언덕을 올라 산꼭대기로 향했다. 머릿속을 어지럽히는 소리들보다 피가 귀로 몰려 두근거리는 소리가 더 커질 때까지 달렸다. 그러다가 나는 몸을 돌려 다시 뛰어 내려가서 풀밭을 돌아 빨간색 기차간이 있는 곳으로 갔다. 서둘러 객차 지붕 위로 올라가니 마침 타일러 오빠가 트렁크를 닫고 제자리에서 한 바퀴 도는 것이 보였다. 작별 인사를 하고 싶은데 아무도 없는 것 같았다. 나는 오빠가 내 이름을 부르고, 대답이 없자 얼굴이 시무룩해지는 광경을 상상했다.

내가 객차 지붕에서 내려왔을 때 오빠는 운전석에 앉았고, 쇠로 된 탱크 뒤에서 내가 뛰어나왔을 때 오빠는 흙길을 따라 덜컹거리며 가고 있었다. 나를 본 오빠는 차를 멈추고, 차에서 내려 나를 안아 줬다.

어른들이 종종 몸을 숙여 아이를 안아 주는 그런 포옹은 아니었다. 오빠는 나를 가까이 당겨 오빠와 내 얼굴이 닿을 정도로 가깝게 했다. 오빠는 내가 보고 싶을 거라고 말하고는 물러서서 차에 탔고, 빠른 속도로 언덕을 내려가 국도를 달렸다. 나는 먼지가 가라앉을 때까지 그쪽을 바라봤다.

그 후 타일러 오빠가 집에 오는 일은 아주 드물었다. 오빠는 적진에서 자신만의 새로운 인생을 개척했다. 우리 진영으로 넘어오는 일은 거의 없었다. 그 후 5년 동안 오빠에 대한 기억이 하나도 없다. 그러다가 내가 열다섯 살이 되던 해, 아주 중요한 시점에서 오빠는 다시 내 삶으로 쑥 들어왔다. 그즈음에는 우리는 거의 서로를 알지 못하는 낯선 사람들이 되어 있었다.

오빠가 그렇게 집을 떠난 대가가 어떤 것이었는지, 오빠가 자신이 향하는 곳을 얼마나 모르는 채로 떠난 것이었는지를 내가 이해하기까지는 몇 년이 걸렸다. 토니 오빠와 숀 오빠도 산을 떠나긴 했지만 그들은 떠나서도 아버지에게 배운 것을 계속하며 살았다. 트럭을 몰고, 용접을 하고, 폐철 수집을 하면서. 그러나 타일러 오빠는 텅 빈 진공의 공간으로 발을 내디딘 것이었다. 오빠가 왜 그렇게 했는지 나는 알지 못했고, 오빠 자신도 알지 못했다. 오빠는 어떻게 그런 확신을 갖게 되었는지, 그리고 어떻게 그 확신이 불확실성이 드리운 어둠을 밝힐 정도로 밝게 타오르게 되었는지 설명하지 못했다. 그러나 나는 그것이 오빠 머릿속에서 울리는 음악, 우리는 듣지 못하는 희망에 찬 멜로디 때문일 것이라고 늘 생각했다. 오빠가 삼각함수 책을 살 때, 그 모든 연필밥을 모을 때 흥얼거렸던 그 비밀의 멜로디 말이다.

여름은 마치 자신의 열기에 타서 없어져 버리듯 서서히 저물어 갔다. 낮은 여전히 더웠지만 저녁에는 서늘해지기 시작했고, 해가 진 뒤 이어지는 냉랭한 시간이 조금씩 길어졌다. 타일러 오빠가 떠난 지 한 달이 지났다.

나는 읍내 외할머니와 오후를 보내고 있었다. 일요일이 아닌데도 그날 아침에 목욕을 했고, 구멍이 나거나 얼룩이 지지 않은 옷도 입고 있었다. 그렇게 깨끗한 상태가 되어야 외할머니 부엌에 앉아서 그녀가 호박 쿠키를 만드는 것을 볼 수 있었기 때문이다. 얇은 레이스 커튼으로 비친 가을 햇살이 샛노란 타일에 비쳐 실내 전체가 따뜻한 불씨처럼 빛났다.

외할머니가 첫 번째 만든 쿠키 반죽을 오븐에 넣는 것을 본 다음 나는 목욕탕으로 갔다. 폭신한 카펫이 깔린 복도를 지나다가 지난번에 거기를 걸어가던 날만 해도 타일러 오빠와 함께였다는 생각이 나면서 갑자기 화가 치밀었다. 문을 열고 들어간 목욕탕이 갑자기 낯설어 보였다. 나는 진줏빛 세면대, 장밋빛이 감도는 카펫, 그리고 그 위에 깔린 복숭아색 러그를 둘러봤다. 심지어 변기까지도 연노랑 커버 밑에서 나를 올려다보고 있었다. 크림색 타일로 둘러싸인 거울에 비친 내 모습을 쳐다봤다. 전혀 나 같지가 않았다. 나는 순간 이것이 타일러 오빠가 원한 것일까 궁금해졌다. 예쁜 목욕탕이 있는 집에 살면서 예쁜 여동생의 방문을 받는 것. 어쩌면 오빠는 이런 것을 위해 떠났는지도 몰랐다. 나는 그런 오빠가 미웠다.

수전 옆의 아이보리색 조개껍질 같은 것에 연분홍, 하얀색의 비누들이 백조, 장미 등의 모양을 하고 여러 개 담겨 있었다. 나는 백조 모양의 비누를 집어 들고, 손가락으로 누르면 살짝 들어가는 감촉을 느껴 봤다. 아름다운 물건이었고, 나는 그것을 가져가고 싶었다. 그러고는 그 백조 비누가 우리 집 지하실 목욕탕에 놓여 있는 장면을 상상해 봤다. 거친 시멘트 바닥 위에 놓인 그 섬세한 날개. 돌돌 말려 올라가는 누런 벽지로 둘러싸인 세면대에 튄 진흙탕물 속에 누운 백조. 나는 비누를 도로 조개껍질 위에 올려놓았다.

목욕탕에서 나오다가, 복도에서 내가 나오기를 기다리던 외할머니와 부딪혔다.

「손 씻었니?」 외할머니가 달콤하고 윤택한 목소리로 물었다.

「아니요.」 내가 말했다.

내 대답은 외할머니의 목소리에 초를 친 듯했다. 「왜 안 씻었어?」

「더럽지가 않거든요.」

「화장실을 쓴 다음에는 항상 손을 씻어야지.」

「그게 그렇게 중요한가요?」 내가 말했다. 「집 목욕탕에는 비누도 없는걸요.」

「그럴 리가 없어.」 외할머니가 말했다. 「너희 엄마 교육을 그렇게 시키지는 않았다.」

나는 말싸움을 할 마음의 준비를 하면서 자세를 고쳐 잡았다. 외할머니에게 우리는 비누를 쓰지 않는다고 다시 한번 말을 하려고 고개를 들었는데 그 순간 내 눈에 들어온 여인은 내가 예상했던 외할머니의 모습이 아니었다. 그녀는 하루 종일 흰 카펫 같은 것이나 가지고 법석을 떠는 경박한 사람으로 보이지 않았다. 그 순간 외할머니는 다른 사람이 되어 있었다. 어쩌면 외할머니 눈 모양 때문이었는지도 모른다. 믿을 수 없다는 듯 눈을 가늘게 뜨고 나를 보던 눈. 아니면 외할머니의 입 모양 때문이었을까? 결의에 찬 듯 꼭 다문 강한 입술 선. 혹은 아무 이유도 없었을 수 있다. 여느 때와 똑같은 모습으로 여느 때와 똑같은 말을 하는 여느 때와 다름없는 외할머니. 외할머니의 변신은 잠시 내 시각이 바뀌어서였을 수도 있다. 그 순간 나는 내가 미워하고,

사랑하는 타일러 오빠의 시각으로 외할머니를 봤는지도 모르겠다.

외할머니는 나를 다시 목욕탕으로 데리고 들어가서 내가 손을 씻는 것을 지켜본 다음 장밋빛 수건에 손을 닦으라고 했다. 귀가 화끈거리고 목도 따끔거렸다.

아버지가 볼 일을 마친 다음 집에 가는 길에 나를 데리러 온 것은 그 후 얼마 지나지 않아서였다. 트럭을 집 앞에 세우고 경적을 울려 내게 나오라는 신호를 보냈다. 나는 고개를 떨구고 집을 나섰다. 외할머니가 따라 나왔다. 내가 서둘러 조수석에 타느라 공구함이랑 용접 장갑을 떨어뜨리며 허둥대는 사이 외할머니는 아버지에게 내가 제대로 씻지 않는 문제에 대해 이야기를 했다. 아버지는 이빨로 볼을 잘근잘근 씹으면서 한쪽 손으로는 기어 변속기를 만지작거리며 외할머니의 말을 들었다. 웃음을 참는 기색이 역력했다.

아버지를 만나고 나니, 아버지의 기가 느껴졌다. 다시 익숙한 안경을 쓰고 세상을 보기 시작했고, 한 시간 전까지 외할머니가 내게 가졌던 위력은 이제 사라져 버렸다.

「화장실에서 볼 일을 본 다음 손을 꼭 씻으라는 걸 아이들에게 가르치지 않나?」외할머니가 말했다.

아버지는 기어를 바꿔 차를 출발시켰다. 그리고 차가 앞으로 움직이기 시작하자 손을 흔들며 말했다.「손에 오줌 싸지 말라고 가르쳐요.」

6

방패와 손방패

타일러 오빠가 떠나고 난 그해 겨울, 오드리 언니가 열다섯 살이 됐다. 언니는 카운티 법원 건물에서 운전 면허증을 수령해서 집에 오는 길에 버거집에서 버거를 뒤집는 일을 구했다. 거기다 더해 매일 아침 새벽 4시에 소젖을 짜는 일까지 시작했다. 언니는 그전 일 년 내내 아버지가 정해 놓은 제약들에 대해 반항하면서 싸웠었다. 이제 자기 돈이 생기고, 자기 차가 생기고 나자 우리는 언니를 거의 볼 수가 없었다. 가족이 줄면서 위계질서도 간단해져 갔다.

아버지는 건초 창고를 지을 만한 일손을 확보할 수 없게 되자 폐철 수집 일로 돌아갔다. 타일러 오빠가 집을 떠난 후, 남아 있는 아이들은 모두 승진을 했다. 열여섯이 된 루크 오빠가 장남이자 아버지의 오른팔이 되었고, 리처드 오빠와 나는 보병 역할을 맡았다.

아버지의 일꾼으로 처음 폐철 처리장에 발을 내딛던 날 아침을 지금도 기억한다. 땅은 꽁꽁 언 얼음이었고, 심지어 공기마저 꽁꽁 얼어 뻣뻣한 느낌이었다. 폐철 처리장은 아래쪽 초원 바로 위에 있었는데 수백 대의 폐차와 폐트럭으로 넘쳐나고 있었다. 어떤 차들은 그냥 오래돼서 망가진 것들이었지만 대부분이 슬쩍 봐도 심하게 파손된 차들이라는 걸 알 수 있었다. 구부러지고, 휘고, 꼬인 차체는 쇠로 만들어졌다기보다 종이를 구겨 놓은 것 같았다. 폐철 처리장 가운데에는 쇳조각 잔해로 이루어진 거대하고 깊은 호수가 있었다. 줄줄 새는 차 배터리, 고무 코팅이 된 구리선, 버려진 트랜스미션, 녹슨 주름의 함석판, 골동품 수도꼭지, 찌그러진 라디에이터, 톱날 모양으로 썰어진 번쩍이는 놋쇠 파이프 등등…… 그곳은 끝없이 펼쳐진 형체 없는 하나의 거대한 덩어리처럼 보였다.

아버지가 나를 데리고 그 가장자리로 갔다.

「알루미늄하고 스테인리스 스틸하고 차이점을 알지?」 아버지가 말했다.

「알 거 같아요.」

「이리 와봐.」 아버지의 말투에서 조급함이 묻어 나왔다. 아버지는 다 큰 성인 남자에게 명령을 내리는 데 익숙해져 있었다. 아버지의 직업을 열 살배기 소녀에게 설명해야 하는 그 상황은 왠지 모르게 우리 두 사람 모두를 왜소한 느낌이 들도록 만들었다.

아버지는 은은한 빛이 나는 금속 한 조각을 잡아 뺐다. 「바로 이게 알루미늄이야.」 아버지가 말했다. 「이런 식으로 빛이 나는 걸 잘 봐. 만져 봐. 굉장히 가볍지?」 그러면서 아버지는 그것을 내 손에 놓았다. 아버지 말이 맞았다. 보기보다 가벼웠다. 그런 다음 아버지는 움푹한 파이프 하나를 내 손에 쥐어 줬다. 「이건 강철이야.」

우리는 그 잔해의 호수에 든 물건들을 분류해서 쌓기 시작했다 — 알루미늄, 쇠, 강철, 구리 등으로 분류해 놓으면 팔 수가 있었다. 나는 쇳조각을 집어 들었다. 붉은 녹이 잔뜩 슬어 있었고, 뾰족한 부분이 손바닥을 찔렀다. 아버지는 가죽 장갑을 낀 내 손을 보더니 장갑을 끼고 일을 하면 속도가 느리다고 말했다. 「금방 굳은살이 박일 거야.」 내가 벗은 장갑을 넘겨받으면서 아버지는 그렇게 장담했다. 작업실에서 안전모도 찾았지만 아버지는 그것도 벗으라고 했다. 「이 바보 같은 물건을 머리에 얹고 있으면 떨어지지 않게 하려고 더 천천히 움직일 수밖에 없거든.」 아버지가 말했다.

아버지는 시간에 쫓기며 살았다. 마치 시간이 아버지를 스토킹하는 것처럼 느끼는 듯했다. 하늘을 가로지르는 해를 홀낏홀낏 보는 아버지의 눈초리에서, 파이프나 강철 조각을 살피는 얼굴에서 끊임없이 시간 걱정을 하는 것이 보였다. 아버지는 모든 폐철 조각을 그것을 팔 수 있는 가격에서 그것을 분류하고 자르고 배달하는 데 필요한 시간을 빼고 계산하는 눈으로 봤다. 모든 쇳조각, 모든 구리관은 5센트, 10센트, 1달러짜리였지만, 그것들을 집어서 분류하는 데 2초 이상 걸리면 이윤이 줄어들었다. 아버지는 이 보잘것없는 이윤과 일분일초 가족을 부양하는 데 들어가는 비용을 끊임없이 저울질했다. 불을 켜고, 난방을 하기 위해서는 엄청난 속도로 일해야 할 필요가 있었다. 나는 한 번도 아버지가 분류함까지 물건을 들고 걸어가서 넣는 것을 본 적이 없다. 그냥 선 자리에서 있는 힘을 다해 분류함 쪽으로 던지곤 했다.

아버지가 그렇게 하는 것을 처음 봤을 때 나는 그게 그냥 실수였다고 생각했다. 다시는 되풀이하지 말아야 할 사고 같은 것 말이다. 그때까지만 해도 내가 이 새로운 세상의 규칙을 잘 이해하지 못한 것이었다. 엄청나게 큰 무언가가 내 바로 옆의 공기를 가르며 쌩하고 날아간 것은 내가 동으로 된 코일을 집으려고 허리를 굽히고 있을 때였다. 그게 어디서 날아온 것인지를 보려고 고개를 돌렸을 때 강철 실린더가 내 배로 정통으로 날아들었다.

그 충격으로 나는 땅에 나가 떨어졌다. 「아이고!」 아버지가 소리쳤다. 나는 숨도 제대로 못 쉰 채 얼음 위에서 뒹굴었다. 겨우 비틀거리고 일어섰는데 아버지가 또 다른 걸 집어 던졌다. 그걸 피하려고 몸을 숙이면서 나는 중심을 잃고 또 넘어졌다. 이번에는 일어서지 않았다. 온몸이 떨렸지만 추워서 그런 것이 아니었다. 위험스러운 상황에 처한 것을 알고 잔털이 모두 곤두섰고 피부가 찌릿찌릿했지만, 그 위험이 어디에서 오는지 찾기 위해 두리번거리던 내 눈에 비친 것은 피곤에 지친 늙은 남자가 부서진 전등을 분해하기 위해 잡아당기는 모습뿐이었다.

오빠들이 비명을 지르며 몸의 어딘가 찢기거나, 깔리거나, 부서지거나, 데인 곳을 움켜쥐고 뒷문으로 뛰어 들어오던 장면이 떠올랐다. 2년 전, 아버지 밑에서 일하던 로버트라는 남자가 손가락 한 개를 잃은 사건도 기억이 났다. 집으로 뛰어오면서 그가 지르던 비명이 이 세상 것이 아닌 것처럼 느껴졌던 일도 기억이 났다. 피가 흥건한 절단 부위와, 루크 오빠가 가지고 들어와 부엌 카운터에 올려놓은 잘린 손가락을 뚫어져라 쳐다보던 기억도. 절단된 손가락은 마술 쇼에 사용되는 소품처럼 보였다. 엄마는 잘린 손가락을 얼음으로 싸고, 읍내 의사들이 손가락을 다시 꿰매 붙일 수 있도록 서둘러 로버트를 데리고 집을 나섰다. 폐철 처리장에서 손가락을 잃은 것은 로버트만이 아니었다. 로버트가 다치기 1년 전, 숀 오빠의 여자 친구 엠마가 비명을 지르며 뒷문으로 뛰어들어 왔었다. 숀 오빠를 돕다가 검지 절반이 잘린 것이었다. 그때도 엄마는 엠마를 데리고 읍내로 재빨리 갔지만, 살이 뭉개져서 손가락을 살릴 도리가 없었다.

나는 내 분홍색 손가락들을 내려다봤다. 그리고 그 순간 내 폐철 처리장은 다른 곳으로 변했다. 어릴 때 리처드 오빠와 나는 그지없이 긴 시간을 이 잔해들 사이에서 보냈다. 찌그러진 차들 사이를 누비면서 어떤 차는 안을 뒤지고 어떤 차는 그대로 두고, 이 차에서 저 차로 뛰어다니며 놀았었다. 그곳을 배경으로 악마와 마술사, 요정과 악당들, 트롤과 거인들이 상상의 전투를 수천 번 벌였다. 이제 그 모든 것이 변했다. 그곳은 더 이상 내 어린 시절의 놀이터가 아니라 현실이 되었다. 그 현실 속의 물리적 법칙은 불가사의하고도 적대적이었다.

몸이 여전히 떨리고 있었지만 나는 일어서서 구리 튜브를 빼내려고 애를 쓰다가 문득 엠마의 손목에 흘러내리는 피가 그리는 묘한 패턴을 바라보던 기억을 떠올렸다. 그 순간 아버지가 자동차 촉매 변환 장치만 던지지 않았어도 튜브를 빼내는 데 성공했을 것이다. 그것을 피하느라 옆으로 뛰면서 톱날처럼 예리한 차량 연료 탱크의 절단면에 손을 베고 말았다. 나는 청바지에 피를 닦으면서 소리쳤다. 「이쪽으로 던지지 마세요! 나 여기 있어요!」

아버지는 깜짝 놀라 올려다봤다. 내가 거기 있었던 사실을 잊어버린 것이었다. 피를 흘리는 것을 본 아버지는 내게 걸어와서 어깨에 손을 올리고 말했다. 「우리 딸내미, 걱정 마라. 주님과 주님의 천사들이 바로 여기서 우리와 함께하시니 너를 다치게 두지 않으실 거야.」

새로운 생활에 적응하느라 여념 없던 사람은 나뿐만이 아니었다. 자동차 사고 후, 6개월 동안 엄마는 꾸준히 몸을 회복했고, 우리는 엄마가 완전히 나을 거라고 생각했다. 두통의 빈도도 줄어서 지하실에 혼자 내려가 있는 날도 일주일에 이삼 일로 줄어들었다. 그러다가 회복 속도가 느려졌다. 9개월이 지났다. 두통은 사라지지 않았고, 엄마의 기억도 오락가락이었다. 모두 아침 식사를 끝내고 설거지까지 마친 다음에 엄마가 내게 아침 식사를 준비하라고 말하는 날이 적어도 일주일에 두 번은 됐다. 어떨 때는 톱풀 1파운드를 재서 담으라고 내게 시키기도 했다. 바로 전날 이미 그것을 고객에게 배달을 했고, 그렇게 했다는 이야기를 이미 엄마에게 했는데도 말이다. 물약을 조제하기 시작했다가도 다음 순간 어떤 재료를 넣었는지 기억하지 못해서 모두 버린 적이 한두 번이 아니었다. 어떨 때는 나더러 옆에 서서 지켜보라고 부탁하기도 했다. 내가 〈로벨리아는 이미 넣었어요. 이제 블루 버베인을 넣을 차례예요〉라고 말해 줄 수 있도록 말이다.

엄마는 산파 일을 다시 할 수 있을까 의심하기 시작했다. 그 사실에 엄마도 슬퍼하기는 했지만 아버지의 엄청난 낙담에는 비할 바가 아니었다. 임산부를 맡지 않고 돌려보낼 때마다 아버지의 얼굴이 축 처졌다. 「분만을 해야 하는데 내가 편두통을 앓고 있으면 어떻게 해요?」 엄마가 아버지에게 말했다. 「산모한테 무슨 약초를 줬는지, 아기 심박동이 뭐였는지 기억을 못 하면요?」

결국 엄마가 산파 일을 다시 시작하게 된 것은 아버지 때문이 아니었다. 엄마는 스스로를 설득했다. 아무런 투쟁도 없이 그냥 포기해 버릴 수 없는 것이 엄마 정체성의 중요한 부분이었기 때문이다. 그해 겨울, 엄마가 받은 아기 중 내 기억에 남는 아기만도 두 명이었다. 첫 아기가 태어난 후 엄마는 금방이라도 토할 듯한 얼굴로 창백해져서 집에 돌아왔다. 마치 새 생명을 세상에 태어나도록 하기 위해 엄마 생명의 일부를 바치기라도 한 것처럼 보였다. 두 번째 아기가 태어나기 전 산통을 한다는 소식이 왔을 때 엄마는 지하실에 틀어박혀 있었다. 엄마는 검은 안경을 쓴 채, 사물이 물결처럼 왜곡되어 보이는 것을 무릅쓰고 운전을 해서 산모의 집으로 갔다. 그 집에 도착할 무렵 엄마는 지끈거리는 두통으로 앞도 못 보고 아무 생각도 할 수 없는 지경이 됐다. 엄마는 뒷방에 들어가 문을 잠가 버렸고, 엄마의 조수가 분만을 도왔다. 그 후 엄마는 더 이상 산파가 아니었다. 다음 아기가 태어날 때 엄마는 치료비로 받은 돈 대부분을 써서 고용한 다른 산파의 감독을 받으며 아기를 받았다. 이제 모든 사람이 엄마를 감독하는 듯했다. 이전의 엄마는 전문가였고, 아무도 도전하지 못하는 권위를 지닌 사람이었다. 그러나 이제는 열 살배기 딸에게 자기가 점심을 이미 먹었는지를 물어야 했다. 그 겨울은 길고도 어두웠고, 나는 엄마가 편두통이 없을 때도 그냥 침대에서 일어나지 않는 건 아닐까 생각했다.

크리스마스 때 누군가가 엄마에게 값비싼 에센셜 블렌드 오일 한 병을 선물했다. 그 오일은 엄마 두통에 도움이 됐지만 2티스푼에 50달러나 했기 때문에 더 이상 살 수가 없었다. 엄마는 직접 오일을 조제하기로 결심했고, 섞이지 않은 오일 원액들을 사들이기 시작했다 — 유칼립투스유, 깔깔이 국화유, 백단유, 라벤사라유 등등. 항상 소박한 나무껍질과 쌉쌀한 이파리 냄새가 나던 집이 갑자기 라벤더와 캐모마일 향으로 진동했다. 엄마는 하루 종일 오일들을 이리저리 섞으면서 원하는 향기와 특성을 가진 비율을 찾아내기 위해 애썼다. 종이와 펜을 옆에 두고 모든 과정을 기록했다. 오일들은 엄마가 작업하던 물약들보다 훨씬 비쌌기 때문에 전나무유를 넣었는지 아닌지 기억하지 못해서 작업하던 것 전부를 버려야 했을 때는 크게 낙담했다. 엄마는 편두통에 좋은 오일, 생리통에 효과적인 오일, 근육통에 쓰는 오일, 두근거림에 좋은 오일 등을 만들었다. 그 후 몇 년에 걸쳐 엄마는 수십 가지 종류의 오일을 발명해 냈다.

맞는 비율을 찾기 위해 엄마는 〈근육 테스트〉라는 방법을 고안해 냈고, 〈몸에게 필요한 것이 무엇인지 묻고, 몸이 대답을 하도록 기다리는 것〉이라고 내게 설명했다. 엄마는 큰 소리로 자문했다. 〈편두통이 있어. 어떻게 하면 나을까?〉 그런 다음 오일 한 병을 집어 들고 가슴에 댄 다음 눈을 감고 말했다. 〈이게 필요한가?〉 몸이 앞으로 숙여지면 답은 〈예스〉였다. 그 오일이 엄마의 두통을 낫게 하는 데 도움이 될 거라는 이야기였다. 만일 엄마의 몸이 뒤쪽으로 기울면 답은 〈노〉였고, 엄마는 다른 오일을 시험했다.

점점 더 능숙해지면서 엄마는 그 시험에 몸 전체를 사용하던 것에서 손가락만 사용하는 쪽으로 발전했다. 가운뎃손가락과 검지를 겹친 다음 자신에게 질문하면서 겹친 손가락을 떼려고 힘을 줘본다. 손가락들이 그대로 겹쳐 있으면 〈예스〉였고, 떨어지면 〈노〉였다. 이 방법을 사용할 때 나는 소리는 작지만 확실했다. 엄마의 가운뎃손가락이 검지의 손톱 위를 스쳐 지나갈 때면 늘 〈클릭〉 하는 소리가 났다.

엄마는 다른 치료 방법을 시험하는 데도 근육 테스트를 사용했다. 차크라 표와 지압점을 그린 그림들이 집 곳곳에 자리 잡기 시작했고, 엄마는 〈에너지 치료〉라는 일을 하고 고객들에게 돈을 받기 시작했다. 어느 날 오후 엄마가 나와 리처드 오빠를 뒷방으로 부르기 전까지는 그것이 무엇인지 몰랐다. 방에 들어가 보니 수전이라는 이름의 여성이 앉아 있었다. 엄마는 눈을 감고, 왼손을 수전의 손 위에 올리고 있었다. 오른손 손가락을 겹친 채 엄마는 속삭이듯 자신에게 질문을 했다. 몇 가지 질문을 한 다음 엄마가 수전에게 고개를 돌리고 말했다. 「당신 아버지와의 관계 때문에 신장이 상했어요. 차크라를 조정하는 동안 아버지를 생각하세요.」 엄마는 몇 사람이 있어야 에너지 치료를 가장 효율적으로 할 수 있다고 했다. 「그래야 모든 사람의 에너지를 끌어올 수 있거든.」 엄마가 말했다. 엄마는 내 이마를 가리키며 나더러 눈썹 사이, 이마의 중앙을 가볍게 치고, 다른 손으로는 수전의 팔을 잡으라고 말했다. 리처드 오빠는 한 손으로 나를 잡고, 다른 손으로는 자기 가슴의 지압점을 가볍게 치라는 지시를 받았다. 엄마는 리처드 오빠에게 발을 대고 자기 손바닥의 한 점을 잡고 있었다. 「그래 그거

103

야.」 리처드 오빠가 내 팔을 잡는 것을 보고 엄마가 말했다. 우리는 아무 말 없이 그렇게 인간 사슬을 만든 채 10분 동안 서 있었다.

그날 오후를 생각하면 가장 먼저 떠오르는 것은 그때 느꼈던 어색함이다. 엄마는 우리 몸을 통해 흐르는 뜨거운 에너지가 느껴진다고 말했지만 나는 아무것도 느끼지 못했다. 엄마와 리처드 오빠는 눈을 감고 낮은 숨을 쉬면서 꼼짝 않고 서 있었다. 두 사람 모두 에너지를 느낄 수 있었고, 그 에너지를 타고 다른 곳에 가 있는 듯했다. 나는 몸을 움찔거렸다. 정신을 집중해 보려고 노력을 하다가 내가 수전의 치료를 방해하는 건 아닌지 걱정이 됐다. 나 때문에 중간에 사슬이 끊어져서, 엄마와 리처드 오빠에게서 나오는 치유의 힘이 수전에게 전달되지 않을까 봐 걱정이 된 것이다. 10분이 지나자 수전은 엄마에게 20달러를 건넸고, 다음 환자가 들어왔다.

내가 회의적이었다면 그건 완전히 내 잘못만은 아니다. 나는 엄마의 말 중 어느 쪽을 믿어야 할지 마음을 정할 수가 없었던 것이다. 사고가 나기 1년 전, 근육 테스트와 에너지 치료에 대해 처음 들은 엄마는 둘 다 근거 없이 희망적이기만 하다고 무시했었다. 「사람들은 기적을 원하지.」 엄마가 내게 말했었다. 「희망을 주는 건 뭐든 믿고 싶어 해. 자기가 낫는다고 믿고 싶은 거야. 하지만 마술이란 건 없어. 균형 잡힌 영양, 운동, 그리고 약초의 효능을 깊게 이해하는 것. 해결책은 그것뿐이야. 근데 고통이 심해지면 사람들은 그걸 받아들이기 힘들어 한단다.」

그랬던 엄마가 이제는 치유의 힘이라는 것이 영적이고 무한한 것이라고 말하고 있었다. 엄마는 근육 테스트가 일종의 기도, 신을 향한 탄원이라고 설명했다. 주님이 엄마의 손가락을 통해 말을 하는 믿음의 행위라는 것이었다. 어떨 때는 나도 엄마를 믿었다. 모든 질문에 답을 아는 현명한 엄마. 그러나 또 다른 엄마의 말을 완전히 잊을 수는 없었다. 그 엄마도 현명한 엄마였다. 〈마술이란 건 없어〉라고 말했던 그 엄마 말이다.

어느 날, 엄마는 자신의 기술이 새로운 단계에 이르렀다고 선언했다. 「이제는 질문을 입 밖으로 소리 내서 하지 않아도 돼.」 엄마가 말했다. 「생각하는 것만으로도 충분해.」

그때부터 엄마가 각종 물건에 머리를 살며시 기대고 손가락을 리듬에 맞춰 접었다 폈다 하면서 혼잣말을 웅얼거리며 집 안을 돌아다니는 모습이 눈에 띄기 시작했다. 빵 반죽을 하다가 밀가루를 얼마나 넣었는지 기억하지 못할 때, 클릭, 클릭, 클릭. 오일을 섞다가 유향을 넣었는지 기억이 나지 않을 때, 클릭, 클릭, 클릭. 30분 동안 성경을 읽으려고 앉아 있다가 언제 시작했는지 확실치 않을 때도 얼마나 오래 앉아 있었는지 근육 테스트를 했다. 클릭, 클릭, 클릭.

엄마는 집착적으로 근육 테스트를 했다. 자기도 모르게, 대화가 지루해졌을 때, 기억에 대한 확신이 없을 때, 혹은 심지어 평범한 일상 중에도, 뭔가 불만이 있으면 근육 테스트를 했다. 몸 전체에서 힘이 빠지고, 얼굴이 무표정해지면서 새벽에 우는 귀뚜라미처럼 손가락으로 소리를 냈다.

아버지는 열광적인 반응을 보였다. 「의사들은 환자 몸에 손만 대고 어디가 아픈지 절대 몰라.」 아버지는 환한 얼굴로 말했다. 「하지만 엄마는 할 수 있어!」

그 겨울 타일러 오빠에 대한 기억은 내 머리를 떠나지 않았다. 오빠가 떠나던 날이 생생했다. 상자를 가득 싣고 덜컹거리며 언덕을 내려가던 오빠 차의 뒷모습이 얼마나 생경했는지. 오빠가 지금 어디 있는지 상상할 수는 없지만, 가끔은 아버지가 생각하는 것만큼 학교가 사악한 곳은 아닐지도 모른다는 생각을 하곤 했다. 타일러 오빠는 내가 아는 사람들 중 사악한 것과는 가장 거리가 먼 사람이었고, 학교는 그런 오빠가 사랑하는, 어쩌면 우리보다 더 사랑하는 대상이었기 때문이다.

호기심의 씨는 이미 뿌려졌다. 그 씨앗을 기르는 데는 시간과 지루함 말고는 다른 것이 필요 없었다. 라디에이터에서 구리를 빼내거나, 쇠뭉치를 한 500번째쯤 통에 던져 넣다가도 문득 타일러 오빠가 공부하고 있을 교실을 상상하곤 했다. 폐철 처리장에서 보내는 죽을 듯이 지루한 시간이 쌓일수록 내 관심은 점점 더 커졌고, 결국 어느 날 정말 괴상한 생각을 하기에 이르렀다. 학교에 다녀야겠다는 기상천외한 생각 말이다.

엄마는 항상 우리에게 원하면 언제라도 학교에 갈 수 있다고 말했다. 그냥 아버지에게 학교에 가겠다고 말하면 된다고 했다. 그러면 갈 수 있다고.

하지만 나는 그 말을 하지 않았다. 가족 기도를 하기 전, 아버지가 혼자 기도할 때 내쉬는 조용한 한숨과 아버지 얼굴에 떠오르는 단호한 표정들에서 나는 내가 품은 호기심은 추잡한 것이며 나를 키우기 위해 아버지가 한 모든 희생에 대한 도전이라는 결론을 내렸다.

폐철 처리장에서 일하고, 엄마가 물약과 오일을 만드는 일을 돕고 나서 남은 시간에 나도 어느 정도의 배움은 유지하려고 노력했다. 그 즈음 엄마는 홈스쿨링은 완전히 포기했지만 집에 컴퓨터가 있었고, 지하실에 책이 있었다. 나는 화려한 색상의 도판이 실린 과학책과 몇 년 전 본 기억이 있던 수학책을 찾아냈다. 심지어 바랜 초록색 표지를 가진 역사책도 찾았다. 그러나 공부를 하려고 앉으면 거의 대부분 잠이 들고 말았다. 윤이 나고 부드러운 책장들은 폐철 처리장에서 일하는 시간이 길어질수록 더욱 부드럽게 느껴졌다.

내가 그 책들을 펴고 앉아 있는 것을 본 아버지는 나를 책에서 멀어지게 하려고 노력했다. 어쩌면 타일러 오빠의 기억 때문이었는지도 모른다. 어쩌면 몇 년 동안만 나를 한눈팔게 하는 데 성공하면 위험이 지나갈 것이라고 생각했을지도 모른다. 그래서 아버지는 필요하든 안 하든 상관없이 내가 할 일을 만들어 냈다. 어느 날 오후, 내가 수학책을 보고 있는 것을 알아차린 아버지는 나와 함께 한 시간 동안 양동이에 물을 담아 들판 한쪽에 있는 과일나무들에 물을 줬다. 그런 일이야 늘 하는 일이지만, 한 가지 다른 점은 그때 폭우가 쏟아지고 있었다는 사실이다.

그러나 자식들이 학교와 책에 과도한 관심을 가지는 일을 막고 싶었다면 — 타일러 오빠가 그랬던 것처럼 일루미나티의 유혹에 빠지게 두고 싶지 않았다면 — 아버지는 리처드 오빠에게 더 주의를 기울였어야만 했다. 리처드 오빠는 오후에는 엄마가 물약을 만드는 일을 돕도록 되어 있었지만, 거의 그러지 않고 사라져 버렸다. 오빠가 어디로 가는지 엄마가 알고 있었는지는 확실치 않지만, 나는 알고 있었다. 오빠는 오후가 되면 항상 어두운 지하실로 내려가 소파와 벽 사이의 작은 공간에 끼어 앉아 백과사전을 보곤 했다. 가끔 아버지는 지하실에 내려갔다가 전기 낭비 어쩌고 하면서 불을 껐다. 그러면 나는 뭔가 핑계를 대고 지하실로 가서 불을 다시 켰다. 그 뒤에 아버지가 다시 지하실에 불이 켜진 것을 발견하면 온 집 안에 으르렁거리는 소리가 울려 퍼지고 엄마는 빈 방에 불을 켜둬서는 안 된다는 아버지의 설교를 들어야만 했다. 엄마가 나를 한 번도 혼낸 적이 없는 것을 보면 리처드 오빠가 어디에 있는지 알고 있었을지도 모른다는 생각이 든다. 내가 다시 지하실에 가서 불을 켜주지 않으면 오빠는 책을 코앞에 대고 어둠 속에서 읽곤 했다. 오빠는 그토록 절실하게 책을 읽고 싶었던 것이다. 그토록 절실하게 백과사전을 읽고 싶었던 것이다.

타일러 오빠는 더 이상 우리와 살지 않았다. 집에 오빠가 살았었다는 흔적도 거의 남지 않았다. 한 가지만 빼고. 매일 밤, 저녁 식사 후 나는 내 방문을 닫고 타일러 오빠의 오래된 붐박스를 침대 밑에서 꺼냈다. 혼자서 끌어다가 내 방으로 가져온 타일러 오빠의 책상에 앉아, 성가대가 노래를 하는 동안 오빠가 천 밤쯤 그랬던 것처럼 나도 공부를 했다. 나는 역사나 수학이 아니라 종교를 공부했다.

나는 모르몬 경전을 두 번 읽었다. 신약도 읽었다. 한 번은 빨리 읽고, 두 번째는 더 천천히 읽으면서 가끔씩 메모도 하고, 전후를 비교해서 찾아보기도 하고, 심지어 믿음, 희생과 같은 독트린에 대한 짧은 에세이도 썼다. 아무도 그 에세이를 읽지 않았다. 그냥 나 자신을 위해 쓴 것이었다. 타일러 오빠가 자신을 위해, 오직 자신만을 위해 공부했던 것을 상상하면서 말이다. 그런 다음 나는 구약을 공부했고, 그다음에는 아버지의 책들을 읽었다. 대부분 초기 모르몬 예언자들의 강연과 편지, 일기 등을 모아 놓은 책들이었다. 딱딱한 만연체지만 의미는 정확한 19세기 어투의 그 책들을 나는 처음에는 전혀 이해하지 못했다. 그러나 시간이 흐르면서 내 눈과 귀가 적응했고, 우리 모르몬교도의 역사의 편린들로부터 편안함을 느끼기 시작했다. 그것들은 선구자들, 내 조상들이 미국의 황무지를 개척한 이야기였다. 이야기들은 생생했지만 강연들은 추상적이었고, 모호한 철학적 주제에 관한 글들이었다. 나는 공부하던 대부분의 시간을 이 추상적인 개념에 바쳤다.

돌이켜보면, 바로 그것이 내 배움이요 교육이었다. 빌려 쓰는 책상에 앉아 나를 버리고 떠난 오빠를 흉내 내면서 모르몬 사상의 한 분파를 이해하려고 노력하면서 보낸 그 긴긴 시간들 말이다. 아직 이해할 수 없는 것들을 참고 읽어 내는 그 끈기야말로 내가 익힌 기술의 핵심이었다.

산에 쌓인 눈이 녹을 즈음 내 손에는 굳은살이 두껍게 박여 있었다. 폐철 처리장에서 한 철을 보내고 나니 반사 신경도 많이 단련되어 있었다. 아버지가 무거운 것을 던질 때 내는 낮은 신음에 귀를 기울였다가, 그 소리가 나면 땅에 납작 엎드렸다. 땅에 붙어 있는 시간이 너무 길어서 내가 수집하는 금속의 양은 그다지 많지 않았다. 아버지는 내가 엎질러진 꿀이 언덕을 거슬러 올라가는 것만큼이나 느리다고 농담을 했다.

타일러 오빠에 대한 기억이 희미해졌고, 그와 함께 오빠의 음악도 쇠와 쇠가 부딪치는 소리에 묻혀 희미해져 갔다. 이제 밤에 잠들기 전 내 머릿속에 울려 퍼지는 소리는 그런 소리들이었다. 주름진 양철이 짤랑거리는 소리, 구리선이 짧게 똑똑 부딪치는 소리, 그리고 쇠가 부딪히는 천둥 같은 소리.

내가 새로운 현실에 발을 내딛은 것이다. 나는 아버지의 눈으로 세상을 봤다. 천사들이 보였다. 아니, 적어도 천사들을 봤다고 상상을 했다. 그들은 우리가 폐철 수집하는 것을 지켜보다가 아버지가 던지는 자동차 배터리나 날카로운 강철관이 나를 치는 것을 막아 줬다. 나는 그런 것을 던지는 아버지에게 더 이상 소리를 지르지 않았고, 대신 기도를 했다.

나는 혼자 일을 할 때 속도가 빨랐다. 그래서 어느 날 아침 아버지가 폐철 처리장 북쪽 끝, 산 가까운 쪽에서 일을 하자 나는 남쪽 끝, 초원 가까운 쪽으로 향했다. 거기서 팔이 아플 때까지 일을 해서 통에 900킬로그램 정도의 쇠를 채운 다음 아버지에게 달려갔다. 나는 통을 비울 때 쓰는 지게차를 운전할 수 없었기 때문이다. 기다란 팔과 내 키보다 더 커다란 검은 바퀴가 달린 엄청나게 큰 중장비였기 때문이다. 아버지는 지게차로 쇠가 담긴 통을 공중으로 7~8미터 들어 올렸다가 기울여 그 안에 든 쇳덩이들을 트레일러로 쏟아부었다. 그럴 때면 천둥 번개 치는 소리가 났다. 트레일러는 폐철을 담도록 개조한 짐칸으로, 쉽게 말하면 평상형 트럭에 달린 15미터짜리 거대한 양동이와 같았다. 두꺼운 쇠로 만들어진 벽 높이가 2.5미터나 돼서 내가 채운 통을 열다섯 개 내지 스무 개 정도, 그러니까 1만 8,000킬로그램 정도의 금속을 담을 수 있었다.

나는 마구 엉킨 구리선을 감싼 절연재를 태우기 위해 불을 피우고 있는 아버지를 찾았다. 내가 통을 다 채웠다고 하자 아버지는 나와 같이 걸어와서 지게차에 올랐다. 아버지는 트레일러 쪽을 가리키며 말했다. 「쇠를 쏟아부은 다음에 네가 바로 정리를 하면 더 실을 수 있어. 자, 통에 타.」

이해가 되지 않았다. 아버지는 내가 든 채 통을 비우겠다는 말일까? 「통을 비우고 나면 들어갈게요.」 내가 말했다.

「아니, 이렇게 하는 게 더 빠를 거야.」 아버지가 말했다. 「통이 트레일러 벽 높이까지 올라가면 멈출 테니 그때 빠져나와. 그런 다음에 벽을 따라 뛰어서 트럭 운전석 지붕 위로 올라가. 통 비우는 일이 끝날 때까지는 거기 앉아 있어.」

나는 기다란 쇳조각 위에 앉았다. 아버지는 통을 들어 올려 나와 폐철 조각들을 싣고 전속력으로 트레일러가 있는 쪽으로 운전해 갔다. 어디 잡을 곳도 마땅치 않았다. 마지막으로 회전을 하는 순간, 통이 강하게 흔들리면서 뾰족한 쇠가 내 쪽으로 쑥 튀어나왔다. 그러고는 마치 칼로 따뜻한 버터를 자르듯 무릎 바로 아래 다리 안쪽 살을 쑥 찔렀다. 쇳조각을 뽑아 보려고 했지만 그사이 움직인 다른 쇳덩이들에 부분적으로 눌려 있어서 내 힘으로는 움직일 수도 없었다. 지게차의 팔이 빠져나오면서 유압기 펌프의 낮은 신음 소리가 들렸다. 통이 트레일러 벽 높이까지 올라가자 유압기 펌프 소리가 그쳤다. 내가 트레일러 안으로 들어갈 시간을 주는 것이었지만 나는 꼼짝할 수가 없었다. 「여기 갇혔어요!」내가 소리쳤다. 하지만 지게차 엔진 소리가 너무 컸다. 나는 트럭 운전석 지붕에 내가 안전하게 올라갈 때까지 아버지가 기다려 줄까 생각해 봤다. 하지만 그 생각을 하는 순간에도 나는 그렇지 않을 거라는 사실을 알고 있었다. 시간은 여전히 아버지 뒤를 쫓고 있었다.

　　유압 펌프가 다시 신음 소리를 내면서 통이 또다시 1.5미터 정도 올라갔다. 내용물을 트레일러에 부을 준비를 하는 것이었다. 나는 다시 소리를 질렀다. 높은 목소리와 낮은 목소리를 모두 써가며 엔진 소리를 뚫고 아버지 귀에 닿을 수 있는 높이를 찾으려고 애를 썼다. 통이 기울기 시작했다. 처음에는 천천히, 그러다가 빨리. 통의 뒤쪽에 갇혀 있던 나는 손으로 통의 위쪽을 움켜쥐었다. 통이 수직으로 뒤집혔을 때 잡고 매달릴 수 있도록. 통이 기울면서 앞쪽에 있던 쇳조각들이 조금씩 밀려 나가기 시작했다. 쇠로 된 빙하가 부서지면서 밀려 나가는 듯한 광경이었다. 내 다리를 찌른 쇳조각은 아직 빠지지 않고 나를 아래쪽으로 끌고 내려가고 있었다. 설상가상으로 통 가장자리를 잡고 있던 손이 미끄러지면서 나도 아래로 내려가기 시작했다. 그 순간 내 다리를 찌르고 있던 쇳조각이 마침내 빠지면서 저 아래 트레일러에 커다란 굉음을 내며 떨어졌다. 나는 쇳조각에서는 해방됐지만 여전히 아래로 떨어지고 있었다. 손을 허우적거려 뭔가를 잡고 떨어지는 것을 막아 보려다가 손바닥이 통에 닿았다. 이제 통은 거의 수직으로 기울어 있었다. 가까스로 통의 벽 쪽으로 기어가서 벽의 가장자리를 잡으려 했지만 계속 아래로 미끄러져 내려가는 것을 멈출 수가 없었다. 이제는 내가 있는 부분이 통의 앞쪽이 아니라 가장자리 쪽이니, 떨어지는 지점이 서로 부딪히는 쇳조각들로 아비규환인 트레일러가 아니라 땅이기를 바랐다. 아니, 기도했다. 그 순간 몸이 뚝 떨어지면서 파란 하늘이 보였다. 이제 날카로운 쇳조각에 찔리기 아니면 딱딱한 땅에 부딪히기 둘 중의 하나였다.

내 등이 쇠에 가서 부딪혔다. 트레일러의 벽이었다. 머리 위쪽으로 발이 꺾였고, 내 몸은 계속 아무렇게나 땅으로 떨어졌다. 처음 떨어진 높이는 2미터 내지 2.5미터 정도였고, 그다음 다시 3미터 정도를 더 떨어졌다. 입으로 흙이 튀어 들어왔지만 그 흙 맛마저 반가웠다.

한 15초 정도 그렇게 누워 있으려니 지게차의 엔진이 꺼지고 아버지의 무거운 발걸음 소리가 들려왔다.

「어떻게 된 거냐?」 아버지가 내 옆에 무릎을 꿇고 앉으며 물었다.

「떨어졌어요.」 내가 숨 가쁜 목소리로 말했다. 숨을 쉴 수가 없었고, 등이 엄청나게 욱신거렸다. 몸이 두 동강 난 느낌이었다.

「어쩌다 그런 거니?」 아버지가 말했다. 연민에 찬 목소리였지만 실망감이 묻어 있었다. 나는 바보가 된 느낌이었다. 〈거뜬히 해낼 수 있었어야 했어.〉 나는 생각했다. 〈간단한 일이었잖아.〉

아버지는 내 다리에 난 깊은 자상을 살폈다. 쇳조각이 떨어지면서 넓게 찢어져 있었다. 도로에 팬 구멍처럼 그냥 살이 푹 파여서 사라져 버린 것처럼 보였다. 아버지는 입고 있던 면 셔츠를 벗어서 내 다리에 대고 누르면서 말했다. 「집으로 가거라. 엄마가 피를 멈춰 줄 거야.」

나는 절뚝거리며 풀밭을 가로질러 아버지가 보이지 않는 곳까지 가서는, 키 큰 휘트그래스들 사이에 쓰러졌다. 온몸이 떨렸고, 숨을 헐떡거렸지만 폐까지 공기가 들어가지 않는 느낌이었다. 왜 울음이 나오는지 이해할 수가 없었다. 살아 있지 않은가. 이제 괜찮아질 것이다. 천사들이 역할을 다해 줬다. 그런데 왜 나는 몸을 떠는 것을 멈출 수가 없을까?

들판의 가장자리를 가로질러 집에 가까워졌을 즈음에는 현기증이 났다. 하지만 오빠들이 그랬던 것처럼, 그리고 로버트와 엠마가 그랬던 것처럼, 나도 큰 소리로 엄마를 부르며 뒷문을 벌컥 열고 집에 들어갔다. 리놀륨 바닥에 찍힌 선홍색 발자국을 본 엄마는 출혈과 충격을 치료하는 데 쓰는 〈레스큐 레머디〉라는 이름의 동종 요법 약을 가져와서 아무런 맛이 없는 그 약을 열두 방울이나 내 혀에 떨어뜨려 줬다. 그러고는 왼손을 상처에 가볍게 올려놓고 오른손 손가락을 겹쳤다. 그리고 눈을 감았다. 클릭, 클릭, 클릭. 「파상풍균은 없어.」 엄마가 말했다. 「상처가 아물 거야. 시간이 걸리겠지만. 그런데 흉터가 심하겠구나.」

엄마는 나를 엎드리게 하고 멍이 든 곳을 살폈다. 사람 머리 크기의 짙은 보라색 멍이 엉덩이 바로 위쪽에 들어 있었다. 다시 한번 손가락이 접히고 눈이 감겼다. 클릭, 클릭, 클릭.

「신장이 상했구나.」 엄마가 말했다. 「주니퍼랑 우단동자꽃으로 새 물약을 만들어야겠다.」

무릎 밑에 생긴 큰 상처에 딱지가 앉았다. 분홍 피부 위로 흐르는 검고 반짝이는 강물처럼 보이는 그 딱지가 생길 무렵 나는 결심을 했다.

일요일 저녁을 골랐다. 아버지는 무릎에 성경을 펴서 올려놓고 소파에 앉아 있었다. 나는 몇 시간처럼 길게 느껴지는 동안을 내내 아버지 앞에 서 있었지만, 아버지는 올려다보지 않았다. 그래서 하려던 말을 그냥 내뱉었다. 「학교에 가고 싶어요.」

아버지는 내 말을 못 들은 듯했다.

「기도를 했어요. 그런데 학교에 가고 싶어요.」 내가 말했다.

마침내 아버지가 눈을 들고 앞을 봤다. 그러나 시선은 내 뒤 어딘가에 초점이 맞춰져 있었다. 방 안에 깃든 침묵이 무겁게 느껴졌다. 「우리 집에서는 주님의 계명에 복종을 해야 하지.」

아버지는 성경을 들었다. 성경을 읽어 내려가는 아버지의 눈이 움찔거렸다. 나는 그 자리에서 뜨기 위해 몸을 돌렸지만, 문에 닿기 전에 아버지가 다시 말했다. 「야곱과 에서를 기억하니?」

「기억해요.」 내가 말했다.

아버지는 다시 성경을 읽기 시작했고, 나는 아무 말 없이 방에서 나왔다. 설명이 필요하지 않았다. 그 이야기가 무슨 의미를 가지는지 난 알고 있었다. 나는 아버지가 기른 딸, 믿음 있는 딸이 아니라는 뜻이었다. 내 상속권을 죽 한 그릇에 팔아넘기려 한다는 뜻이었다.

7
주님이 마련해 주시리니

비가 오지 않는 여름이었다. 매일 오후, 불 같은 태양이 하늘을 가로지르면서 내뿜은 건조한 열기로 산이 타올랐다. 아침에 일어나 헛간 쪽으로 걸어갈 때면 발밑에서 야생 소맥들의 줄기가 딱딱 부러지고 바스러졌다.

그날은 아침 내내 동종 요법 물약 중의 하나인 레스큐 레머디를 만들었다. 다른 데 사용하거나 오염되지 않도록 엄마가 따로 바느질장에 보관하는 원액을 증류수가 들어 있는 작은 병에 열다섯 방울 떨어뜨렸다. 그런 다음 검지와 엄지로 만든 작은 원 사이로 병을 통과시켰다. 엄마는 동종 요법 물약의 강도는 내 손가락으로 만든 원 사이로 병을 몇 번 지나가게 하는지, 약이 내 에너지를 얼마나 많이 받았는지에 달려 있다고 했다. 나는 보통 50번 정도에서 그쳤다.

아버지와 루크 오빠는 목초지 너머 산 위의 폐철 처리장에 있었다. 집에서 약 800미터 정도 떨어진 곳이었다. 두 사람은 그 주 후반에 대여 예약을 해놓은 폐차 압축기가 오기 전에 필요한 작업을 하고 있었다. 루크 오빠는 열일곱 살이었다. 오빠는 늘씬한 근육질의 몸매를 가진 청년으로 성장해 있었고, 야외에서 일을 할 때면 늘 얼굴에서 미소

115

가 떠나지 않았다. 아버지와 오빠는 자동차 탱크에서 기름을 빼내고 있었다. 연료 탱크가 부착되어 있으면 압축기를 사용할 수 없었다. 폭발 위험이 있기 때문이다. 연료 탱크를 모두 떼어 내고 기름을 비워야만 했다. 그것은 말뚝과 망치로 탱크에 구멍을 뚫은 다음 기름이 모두 빠져나오길 기다렸다가 절단 토치로 잘라 내야 하는, 시간이 많이 걸리는 작업이었다. 아버지는 시간을 줄일 수 있는 방법을 개발했다. 두꺼운 쇠로 2.5미터 정도 길이의 거대한 꼬챙이 모양의 기둥을 만든 것이다. 아버지는 지게차를 이용해서 루크 오빠가 안내하는 데로 차를 들어 올려 차의 연료 탱크를 꼬챙이 바로 위에 위치시킨 다음, 차를 뚝 떨어뜨린다. 모든 것이 순조롭게 진행되면 차가 꼬챙이에 꽂히고, 탱크에서 쏟아져 나온 기름은 꼬챙이를 타고 내려가 아버지가 기둥 맨 아래에 용접으로 고정시킨 납작한 용기에 고인다.

정오가 될 즈음, 두 사람은 자동차 30~40대의 탱크를 비워 냈다. 루크 오빠는 5갤런짜리 통에 가득 채운 연료를 폐철 처리장 건너편에 있는 트럭 쪽으로 여러 번 날랐다. 여러 차례 그렇게 옮기던 중 한번은 발이 걸려 넘어질 뻔하면서 1갤런 정도의 기름이 쏟아져 오빠 바지를 흠뻑 적셨다. 그러나 한여름의 태양이 바지를 말리는 데는 불과 몇 분밖에 걸리지 않았다. 오빠는 기름통을 나르는 일을 끝낸 다음 점심을 먹기 위해 집으로 왔다.

그날 점심은 이상할 정도로 세세히 내 기억 속에 박혀 있다. 소고기와 감자를 넣은 캐서롤에서 나는 눅눅한 냄새와, 키 큰 유리잔에 얼음을 담을 때 들렸던 딸그락 소리, 그리고 더운 여름의 열기에 금방 물이 맺혔던 유리잔들. 엄마가 내게 설거지를 담당하라고 했던 기억도 난다. 쉽지 않은 임신 증상을 보이는 케이스가 있어서 다른 산파와 상의하기 위해 점심 후에 유타에 가야 하기 때문이라고 했다. 엄마가 저녁

116

전까지 돌아오지 못할 경우에는 냉동실에서 햄버거를 꺼내서 먹으면 된다고도 했다.

점심을 먹으면서 내내 깔깔 웃었던 기억도 난다. 아버지가 부엌 바닥에 누워 최근에 우리가 사는 작은 시골 동네에서 채택한 법령을 두고 농담을 해댔기 때문이다. 집 없는 개 한 마리가 어린아이를 문 일로 사람들이 화가 난 사건이었다. 시장은 한 집에 세 마리 이상 반려견을 키우지 못하도록 하는 법을 통과시켰다. 아이를 문 개는 누구의 소유도 아니었는데 말이다.

「이 천재 사회주의자들은 말이야, 우리가 지붕을 지어 주지 않으면 비가 오는 걸 노려보고 서 있다가 물에 빠져 죽고 말거야.」 그 농담이 너무 웃겨서 나는 배가 아플 때까지 웃었다.

아버지와 함께 커팅 토치로 작업하기 위해 산에 있는 작업장으로 다시 갔을 즈음 루크 오빠는 기름이 바지에 쏟아졌던 일은 모두 잊어버렸다. 하지만 오빠가 토치를 엉덩이로 고정시키고 불을 붙이기 위해 부싯돌을 쇠에 내려치면서 작은 스파크로 시작된 불길은 순식간에 오빠 다리 전체를 감쌌다.

우리가 기억하는 부분, 그리고 너무 반복해서 이야기하고 또 이야기해서 나머지 가족 내의 전설이 된 사실은 기름에 젖은 바지를 루크 오빠가 벗지 못했다는 부분이다. 여느 날과 마찬가지로 그날 아침에도 오빠는 짚더미를 묶는 노끈으로 바지허리를 동여맸다. 미끈거리는 그 노끈을 고정시키려면 쉽게 풀리지 않는 매듭을 지어야만 했다. 오빠가 신고 있던 신발도 도움이 되지 않았다. 앞코가 둥글납작하고 안에 쇠가 대어진 그 신발은 너무 낡아서 오빠는 그전 몇 주 동안 아침마다 신발을 신은 다음 덕트 테이프로 동여맸다가 저녁에 주머니칼로 테이프를 잘라 내고 벗었다. 보통 때라면 노끈과 테이프쯤이야 몇 초

117

만에 끊어 버렸을 루크 오빠였지만 너무 당황한 나머지 쫓기는 수사슴처럼 이리저리 경중경중 뛰어다녔다. 그러면서 여름 가뭄으로 바짝 마른 산쑥 덤불이랑 휘트그래스에 불이 옮겨붙었다.

그 소리가 들린 것은 내가 더러운 접시를 쌓아 올리고, 싱크대에 물을 받고 있을 때였다. 날카롭고 숨 가쁜 그 비명 소리는 한 음에서 시작해서 다른 음으로 끝이 났다. 말할 것도 없이 사람의 비명 소리였다. 동물이 그런 식으로 오르락내리락하는 높이로 비명을 지르는 것은 들어 본 적이 없었다.

밖으로 달려 나가 보니 루크 오빠가 절뚝거리며 풀밭을 가로질러 오는 것이 보였다. 오빠는 비명을 지르듯 엄마를 부르다가 쓰러졌다. 그제야 나는 오빠의 왼쪽 청바지가 다 타서 없어져 버린 것을 봤다. 다리의 일부에서는 시뻘건 피가 줄줄 흐르고, 일부는 하얗게 타서 죽은 사람의 살처럼 보였다. 종이로 만든 끈 같은 살이 마치 싸구려 초에서 흐르는 촛농처럼 허벅지와 종아리를 감싸고 있었다.

오빠의 눈자위가 허옇게 뒤집혀 올라갔다.

나는 다시 집 안으로 뛰어 들어갔다. 새로 제조해서 담아 놓은 레스큐 레머디가 있었지만 원액이 아직 카운터에 놓여 있었다. 나는 그걸 움켜쥐고 밖으로 뛰어나가서 바들바들 떨리는 루크 오빠의 입술 사이로 병에 든 용액을 반쯤 부어 넣었다. 아무 변화가 없었다. 눈이 아직도 대리석처럼 흰자위만 보였다.

이윽고 한쪽 눈에 갈색 눈동자가 돌아오더니 다른 한쪽도 돌아왔다. 오빠는 중얼거리다가 비명을 질렀다. 「타는 것 같아! 타는 것 같아!」 고함을 질렀다. 그러고는 온몸에 한기가 서렸는지 이를 딱딱 마주치기 시작했다. 온몸을 떨고 있었다.

나는 당시 열 살 소녀에 불과했고, 그 순간 나 자신이 너무나 어리다는 것을 절감했다. 루크 오빠는 나보다 훨씬 큰 오빠 아닌가. 오빠라면 어떻게 해야 할지 알고 있을 것만 같았다. 그래서 오빠 어깨를 붙잡고 흔들었다. 아주 세게. 「시원하게 해줘야 해, 따뜻하게 해줘야 해?」 내가 외쳤다. 오빠는 대답 대신 숨을 헐떡였다.

오빠의 부상은 화상이니 그 문제부터 해결을 하는 것이 논리적이라고 생각했다. 나는 파티오에 있는 상자형 냉동고에서 얼음을 한 자루 가지고 왔다. 하지만 얼음주머니가 다리에 닿자 오빠는 비명을 질렀다. 등이 휘고 눈이 튀어나올 듯 지르는 그 비명으로 나까지 머리가 빠개지는 듯했다. 오빠의 다리 온도를 낮출 다른 방법이 필요했다. 상자형 냉동고를 비우고 오빠를 그 안에 넣는 방법을 생각했지만, 냉동실이 시원하게 유지가 되려면 뚜껑을 닫아야 하는데 그렇게 하면 오빠는 숨을 못 쉴 것이다.

나는 머릿속으로 온 집 안을 뒤졌다. 커다란 쓰레기통이 생각났다. 고래만큼이나 큰 통이었다. 썩은 음식 조각들이 붙어 있어서 냄새가 났기 때문에 항상 창고 안에 처박혀 있었다. 나는 집 안으로 뛰어 들어가 내용물을 리놀륨 바닥에 쏟았다. 리처드 오빠가 그 전날 던져 넣었던 죽은 쥐도 한 마리 나왔다. 통을 밖으로 끌고 나온 나는 정원에 물을 주는 호스로 안을 씻어 냈다. 주방용 세제라도 써서 더 깨끗이 씻어 내야 하는 건 알았지만 루크 오빠가 풀밭에 누워 괴로움에 몸을 꼬고 있는 걸 보니 그럴 시간이 없었다. 마지막 쓰레기 조각을 씻어 낸 다음 나는 통을 바로 세우고 물을 채웠다.

오빠가 그 안에 다리를 담그기 위해 이쪽으로 비틀거리며 오는 것이 보였다. 그 순간 내 머릿속에 엄마의 목소리가 울려 퍼졌다. 엄마가 누군가에게 화상이 위험한 것은 조직 손상보다 감염 때문이라고 말하던 것이 생각났다.

「오빠!」 내가 외쳤다. 「안 돼! 거기 다리를 넣지 마!」

오빠는 나를 무시하고 계속 천천히 쓰레기통 쪽으로 다가갔다. 불처럼 타오르는 다리에서 뇌로 보내는 신호 말고는 다른 아무것도 중요한 것이 없다는 듯한 텅 빈 표정이 오빠 눈에 떠올라 있었다. 나는 재빨리 움직여서 통을 밀어 버렸다. 물이 파도를 치며 풀밭으로 쏟아졌고, 루크 오빠는 숨이 넘어가듯 꼬르륵 소리를 냈다.

나는 다시 부엌으로 뛰어 들어가 그 쓰레기통에 맞도록 만들어진 비닐 백을 들고 나와서 백의 주둥이를 벌리고 오빠에게 발을 집어넣으라고 말했다. 오빠는 움직이지 않았지만 내가 화상으로 타들어 간 다리를 백으로 감싸도록 나뒀다. 통을 다시 바로 세운 나는 그 안에 호스를 집어넣고 물을 받았다. 물이 차오르는 사이 오빠를 도와 한쪽 발로 중심을 잡게 하고, 이제는 검은 비닐로 감싼 다친 다리를 쓰레기통 안에 넣는 것을 도왔다. 오후의 공기는 용광로처럼 뜨거웠다. 물이 금방 미지근해질 것이 뻔했다. 나는 얼음을 가져와 한 무더기 집어넣었다.

얼마 지나지 않아 — 한 20분 내지 30분 정도 — 루크 오빠는 제정신으로 돌아와서 다시 안정을 찾고 제대로 설 수 있게 되었다. 그때 리처드 오빠가 지하실에서 올라왔다. 쓰레기통은 마당 한가운데 있었고, 어느 쪽으로든 그늘이 있는 곳까지는 적어도 10미터는 떨어져 있었다. 물이 가득 찬 그 통을 우리가 옮기기에는 너무 무거웠고, 루크 오빠는 단 1분도 물에서 다리를 빼려고 하지 않았다. 나는 할머니가 애리조나에서 준 솜브레로 모자를 가져왔다. 루크 오빠가 아직도 이를 딱딱 마주치고 있었기 때문에 담요도 가져왔다. 오빠는 머리에는 솜브레로를 쓰고, 어깨에는 담요를 두르고, 한쪽 다리는 쓰레기통에 담근 채 거기 서 있었다. 노숙자와 바캉스 온 사람 중간쯤으로 보였다.

햇살이 물을 덥히자 오빠는 불편한 듯 몸을 뒤척였다. 냉동고에 가 봤지만 더 이상 얼음은 없고, 얼린 채소 봉지만 열 몇 개 있었다. 나는 그것들을 모두 물에 던져 넣었고, 결국 쓰레기통 안에 든 물은 완두콩이랑 당근이 섞인 황토색 수프처럼 보였다.

얼마 후 아버지가 집으로 돌아왔다. 얼마나 시간이 흐른 후였는지는 모르지만, 패배감이 가득한 창백한 얼굴이었다. 오빠는 이제 비명을 멈추고 조용히 쉬고 있었다. 아니, 서 있는 자세로 최대한 쉬는 것에 가까워지려고 노력하고 있었다. 아버지는 쓰레기통을 그늘로 밀어 줬다. 모자를 쓰고는 있었지만 루크 오빠의 손과 팔이 햇볕에 그을어 빨갛게 달아오르고 있었기 때문이다. 아버지는 엄마가 집에 올 때까지 그대로 다리를 담그고 있는 것이 좋겠다고 말했다.

엄마의 차는 오후 6시경에 언덕 아래 국도에 모습을 드러냈다. 나는 언덕을 반쯤 내려가서 엄마를 만나 무슨 일이 벌어졌는지 이야기했다. 엄마는 서둘러 루크 오빠에게 다가가 다리를 봐야겠다고 말했고, 오빠는 물이 뚝뚝 떨어지는 다리를 들어올렸다. 비닐 백이 상처에 달라붙어 있었다. 화상을 입은 피부를 상하지 않게 하기 위해 엄마는 천천히 비닐백을 잘라내서 다리가 드러나도록 했다. 피도 나지 않았고 물집도 거의 잡히지 않았다. 둘 다 피부가 있어야 가능한데 다 벗겨져 나가 버렸기 때문이다. 엄마의 얼굴이 희노랗게 변했지만 평정을 잃지는 않았다. 엄마는 눈을 감고 손가락을 겹친 다음 상처 부위가 감염됐는지 큰 소리로 물었다. 클릭, 클릭, 클릭.

「타라, 이번에는 운이 좋았구나.」 엄마가 말했다. 「하지만 화상 입은 다리를 딴 데도 아니고 쓰레기통에 넣을 생각을 하다니, 내 참!」

아버지가 루크 오빠를 안아서 집 안으로 옮기고, 엄마는 메스를 가지고 왔다. 엄마와 아버지는 저녁 내내 죽은 살을 잘라 냈다. 루크 오빠는 비명을 지르지 않으려고 애를 썼지만 피부를 들어 올려 상처를 덮기 위해 펼 때나, 죽은 살이 어디서 끝나고 어디서부터 아직 살아 있는 살인지를 알아내기 위해 상처를 건드릴 때마다 크게 한숨을 내쉬고, 눈에서 굵은 눈물을 흘렸다.

엄마는 우단동자꽃과 컴프리를 섞은 연고를 화상 부위에 발랐다. 엄마가 직접 개발한 약이었다. 화상 치료 전문가라고 할 수 있을 만큼 엄마는 화상 치료에 능했다. 하지만 나는 엄마가 걱정을 많이 하고 있는 것을 알 수 있었다. 엄마는 루크 오빠처럼 심한 경우는 본 적이 없다고 말했다. 어떻게 될지 엄마도 몰랐던 것이다.

그 첫날 엄마와 나는 오빠의 침대 옆을 밤새 지켰다. 오빠는 거의 잠을 이루지 못했고, 고열과 통증으로 정신이 혼미했다. 열을 내리기 위해 얼굴과 가슴에 얼음을 대 놓았고, 통증을 가라앉히려고 로벨리아, 블루 버베인, 골무꽃이 든 물약을 줬다. 이것 또한 엄마가 발명한 물약이었다. 폐철 수집통에서 떨어진 후에 상처가 아물 때까지 다리가 쑤시는 것을 가라앉히기 위해 나도 그 약을 먹었지만, 내가 느끼기에는 아무 효과도 없었다.

나는 병원에서 주는 약은 신에 대한 모독이라고 믿었지만, 그날 밤 내게 모르핀이 있었다면 기꺼이 오빠에게 주었을 것이다. 오빠는 통증 때문에 숨도 쉬지 못했다. 베개와 쿠션을 받쳐 거의 앉은 각도로 누운 오빠의 이마에서 흐르는 땀이 가슴으로 뚝뚝 떨어졌고, 얼굴이 빨갛게 됐다가 보라색으로 변할 때까지 숨을 참았다. 뇌에 산소를 보내지 않는 것이 다음 순간까지 살아남을 수 있는 유일한 길이라도 되는 것처럼 말이다. 폐의 고통이 화상의 고통보다 마침내 더 커졌을 때야 오빠는 비명 소리와 함께 큰 숨을 내쉬었다. 안도하는 폐와 고통스러운 다리의 신음이 한데 엉긴 비명이었다.

두 번째 밤에는 엄마가 쉴 수 있도록 내가 혼자 오빠를 돌봤다. 나는 얕은 잠을 자다가 오빠가 조금만 움직이거나, 작은 소리만 내도 잠에서 깼다. 오빠가 완전히 의식을 되찾아서 고통이 오빠를 사로잡기 전에 얼음과 물약을 보충하기 위해서였다. 세 번째 밤에는 엄마가 오빠를 돌봤다. 나는 문 밖에서 오빠의 신음을 들으며, 엄마가 오빠를 바라보는 것을 지켜봤다. 엄마의 얼굴은 창백했고, 눈은 걱정과 피곤으로 부어 있었다.

나는 잠이 들면 꿈을 꿨다. 직접 보지 못한 불길이 꿈에는 나왔다. 그리고 붕대를 느슨하게 맨 채 침대에 미라처럼 누워 있는 것은 나였다. 엄마가 내 옆에 무릎을 꿇고 앉아서 루크 오빠에게 그러는 것처럼 반창고를 붙인 내 손을 쥐고, 이마의 땀을 훔쳐 주면서 기도를 했다.

루크 오빠는 그 주 일요일에 교회에 가지 않았다. 그다음 주에도, 그리고 그다음 주에도. 아버지는 사람들에게 루크 오빠가 그냥 아프다고 말하라고 했다. 루크 오빠의 다리에 대해 정부가 알게 되면 문제가 생길 것이고, 우리들을 모두 데려가 버릴 것이라고 했다. 그리고 루크를 병원에 입원을 시킬 것이고, 거기서 감염이 돼서 오빠는 죽을 게 빤하다고도 했다.

화재가 난 지 3주가량이 지난 후, 엄마는 오빠의 화상 주변 피부가 다시 자라기 시작했고, 그보다 더 심한 부위에도 희망이 보인다고 선언했다. 그즈음 오빠는 앉을 수 있게 됐고, 첫 추위가 몰아닥칠 무렵에는 목발을 짚고 일 분쯤 서 있을 수도 있게 됐다. 그 후 얼마 지나지 않아 오빠는 온 집 안을 쿵쿵거리며 돌아다니기 시작했다. 젓가락처럼 마른 오빠는 빠진 체중을 보충하기라도 하려는 듯 엄청나게 먹어 댔다. 그때쯤 오빠의 노끈 이야기는 가족들이 즐겨 이야기하는 전설이 되어 있었다.

「남자는 진짜 벨트 하나쯤 가지고 있어야 해.」 루크 오빠가 다시 폐철 처리장으로 돌아갈 만큼 건강을 회복한 날 아침 식사를 하면서 아버지가 말했다. 그리고 금속 버클이 달린 가죽 벨트를 오빠에게 건넸다.

「루크 형은 아니에요.」 리처드 오빠가 말했다. 「형은 노끈을 더 좋아해요. 워낙 패션 감각이 뛰어나니까.」

루크 오빠가 씩 웃으며 말했다. 「멋이 우선이지.」

18년 동안 나는 한 번도 그날에 대해 생각해 보지 않았다. 적어도 분석하듯 자세히는 아니었다. 옛일을 회상하다 폭풍 같았던 그날 오후에 생각이 미칠 때 제일 먼저 기억나는 것은 벨트였다. 〈루크 오빠, 엉뚱한 사람 같으니라고. 아직도 벨트 대신 노끈을 쓰고 있을까?〉 하고 생각하곤 했다.

이제 29세가 된 나는 그날 오갔던 고함과 메아리를 바탕으로 그 오래된 기억을 다시 끼워 맞춰 글을 쓰기 위해 책상에 앉아 있다. 생각나는 대로 글을 써내려 간다. 이야기의 마무리 단계에 이르자 멈칫한다. 뭔가 앞뒤가 맞지 않는다. 이 이야기에는 모습을 완전히 드러내지 않은 유령이 있다.

이야기를 다시 읽는다. 그리고 또다시 읽는다. 바로 이거다.

불을 누가 끈 건가?

오래도록 고개를 들지 않던 목소리가 말한다. 〈아버지가 했어.〉

하지만 내가 뛰어나갔을 때 루크 오빠는 혼자였다. 산에서 아버지가 오빠와 함께 있었다면, 아버지가 오빠를 집으로 데려와서 화상에 대한 응급조치를 취했을 것이다. 아버지는 다른 곳에 일이 있어서 나간 상태였고, 그래서 오빠는 산에서 혼자 내려왔을 것이 틀림없다. 그래서 오빠의 화상을 열 살짜리 아이가 치료해야 했던 것이다. 바로 그때문에 화상 입은 다리를 쓰레기통에 담게 된 것이다.

나는 리처드 오빠에게 물어야겠다고 결심했다. 나보다 나이가 더많았으니 더 자세하게 기억할 것이다. 게다가 내가 알기로는 루크 오빠한테는 전화가 없었다.

전화를 했다. 리처드 오빠가 제일 먼저 기억해 낸 것은 노끈이었다. 물론 리처드 오빠답게 그것을 〈짚더미를 묶는 도구〉라고 불렀지만 말이다. 그다음으로 오빠가 기억하는 것은 엎질러진 기름이었다. 나는 루크 오빠가 어떻게 바지에 붙은 불을 끄고 산 아래로 내려왔는지 물었다. 내가 발견했을 때 오빠는 쇼크에 빠져 있었지 않은가. 「아버지가 함께 있었어.」 리처드 오빠가 단호하게 말한다.

「그랬구나.」

「그랬다면 왜 아버지는 집으로 오지 않았을까?」

리처드 오빠는 루크 오빠가 덤불 사이를 뛰어다닐 때 덤불에 불이 옮겨 붙었기 때문이라고 설명했다. 「너도 그 여름 기억하지. 비는 전혀 안 오고 엄청나게 더웠던 거. 가뭄이 든 여름에 산불을 내놓고 그 자리를 그냥 떠날 수는 없어. 그래서 아버지가 루크를 트럭에 태우고 집에 내려 주면서 엄마한테 도움을 구하라고 한 거야. 그런데 엄마가 집에 안 계셨지.」

「그랬구나.」

나는 그에 관해 며칠 더 생각해 본 다음 다시 글을 쓰기 위해 앉았다. 처음에는 아버지가 있었다. 사회주의자들과 개들, 그리고 자유주의자들이 물에 빠지지 않게 하는 지붕에 관한 농담을 하면서 아버지가 거기 있었다. 그런 다음 아버지와 루크 오빠는 산으로 올라가고 엄마는 차를 몰고 외출을 하고, 나는 설거지를 하기 위해 싱크대에 물을 받았다. 마치 같은 일을 세 번째 겪는 느낌이었다.

산에서는 무슨 일인가가 벌어지고 있다. 사실 나로서는 상상으로만 가능한 일이지만 마치 내 눈앞에 벌어지는 것처럼, 기억보다 더 생생하게 그려 볼 수 있다. 연료통에 구멍을 내서 기름을 모두 제거한 차들이 한쪽에 켜켜이 쌓여 있다. 아버지는 탑처럼 쌓인 자동차들을 가리키며 말한다. 「루크, 저 차들에서 연료 탱크 좀 절단해 놔라, 알겠니?」루크 오빠는 이렇게 말했을 것이다. 「문제없어요, 아버지.」오빠는 토치를 엉덩이로 버틴 다음 부싯돌을 부딪혔을 것이다. 어디서인지도 모르게 갑자기 불꽃이 치솟아 오빠를 감싼다. 오빠는 비명을 지르며 노끈을 풀려고 애쓰다가 다시 비명을 지르면서 덤불 쪽으로 뛴다.

아버지가 오빠를 쫓아가며 그 자리에 그대로 서 있으라고 명령한다. 아마도 그것은 루크 오빠가 평생 처음으로 아버지 말에 따르지 않은 순간이었을 것이다. 루크 오빠는 빠르지만 아버지는 영리하다. 아버지는 차들이 피라미드처럼 쌓인 사이를 뚫고 질러가 오빠를 땅에 곤두박질친다.

그다음에는 무슨 일이 벌어질지 상상할 수가 없다. 아무도 아버지가 오빠 다리에 붙은 불을 어떻게 껐는지는 이야기해 주지 않았기 때문이다. 그러다가 기억 한 조각이 의식의 표면으로 떠오른다. 그날 밤 부엌에서 엄마가 아버지 손에 연고를 바를 때 아버지가 몸을 움찔거렸던 장면. 아버지의 손도 빨갛게 데어 있었고 물집이 가득했다. 이제 아버지가 어떻게 했는지 이해가 된다.

루크에게 붙은 불은 이제 꺼졌다.

나는 아버지가 결정을 내려야 했던 그 순간을 상상해 보려고 애쓴

다. 아버지는 아지랑이가 올라올 정도로 달궈진 채 바짝 메마른 덤불로 불이 빠르게 번져 나가는 것을 쳐다본다. 그리고 아들을 쳐다본다. 초기에 불길을 잡으면 들불로 번지는 것을 막을 수도 있고, 그러면 집도 구할 수 있을 것이라고 생각한다.

루크는 정신이 말짱해 보인다. 아직까지는 루크의 뇌가 무슨 일이 벌어졌는지 완전히 이해를 못 하고 있는 듯하고, 통증도 완전히 느끼지 못하는 상태인 것 같다. 〈주님이 마련해 주시리니.〉 나는 아버지의 생각이 거기까지 미치는 것을 상상해 본다. 〈주님이 루크가 의식을 잃지 않도록 하셨구나.〉

나는 아들을 트럭 쪽으로 안고 가서 운전석에 앉히면서 하늘 쪽을 바라보며 큰소리로 기도하는 아버지를 상상한다. 아버지가 기어를 1단으로 넣자 트럭이 굴러가기 시작한다. 이제 속도가 붙기 시작한다. 루크가 운전석을 붙잡는다. 아버지는 달리는 트럭에서 몸을 날려 땅에 세게 떨어져서 구른다. 그런 다음 들불이 번지고 있는 쪽으로 뛰어간다. 그 사이 불은 더 넓고 크게 타오르고 있다. 〈주님이 마련해 주시리니.〉* 아버지는 그렇게 외치면서 셔츠를 벗어 화염을 치면서 불길과 싸우기 시작한다.

---

* 이 이야기를 다 쓴 다음 나는 그 사건에 대해 루크 오빠와 이야기를 나눴다. 오빠의 기억은 나나 리처드 오빠의 기억과 달랐다. 루크 오빠는 아버지가 자신을 집으로 데리고 와서 쇼크에 먹는 동종 요법 약을 먹이고 찬물 통에 다리를 담그게 한 다음 다시 돌아가 화재를 진압한 것으로 기억했다. 루크 오빠의 기억은 내 기억과 상반됐고, 리처드 오빠의 기억과도 완전히 달랐다. 하지만 어쩌면 우리 기억이 모두 잘못되었는지도 모르겠다. 어쩌면 내가 오빠 혼자 있는 것을 발견한 곳이 풀밭이 아니라 통에 발을 담그고 있을 때였는지도 모른다. 이상하게도 모든 사람의 의견이 일치하는 점은, 루크 오빠가 집 앞 풀밭에서 쓰레기통에 다리를 담그고 있었다는 사실이다.

8
꼬마 창녀들

나는 폐철 처리장에서 벗어나고 싶었다. 그렇게 하려면 한 가지 방법밖에 없었다. 바로 오드리 언니가 썼던 방법이다. 아버지가 그날 부릴 일손을 모을 때 그 자리에 없어야 하는데 그러려면 언니처럼 일자리를 구해야만 했다. 문제는 내가 열한 살밖에 되지 않았다는 사실이다.

나는 우리 작은 마을의 칙칙한 중심부를 향해 1.5킬로미터가량 자전거를 몰았다. 교회, 우체국, 그리고 파파 제이라고 부르는 주유소 말고는 아무것도 없는 곳이었다. 나는 우체국으로 들어갔다. 카운터를 지키는 나이 든 여성은 머나 모일이다. 내가 이름을 아는 것은 머나 아줌마와 그녀의 남편 제이(파파 제이)가 주유소도 가지고 있기 때문이다. 아버지는 그 두 사람이 한 가구당 개 두 마리만 키우도록 한 시 법령을 세우는 데 압력을 행사했다고 했다. 두 사람이 다른 법령들도 제안했기 때문에 그즈음 아버지는 매주 일요일 교회에서 돌아온 다음, 몬트레이인지 시애틀인지에서 온 머나 모일과 제이 모일이 선량하기 그지없는 아이다호 사람들에게 〈웨스트 코스트〉표 사회주의를 강요하려 한다고 투덜거리곤 했다.

나는 머나 아줌마에게 게시판에 광고지를 하나 붙여도 되는지 물었다. 무슨 광고인지 묻는 아줌마에게 나는 베이비시터 자리를 구하기 위해서라고 대답했다.

「일할 수 있는 시간이 언제 언제니?」 아줌마가 말했다.

「아무 때나, 언제든지요.」

「그러니까 방과 후 말이지?」

「아니요, 항상 할 수 있어요.」

　머나 아줌마가 나를 바라보면서 고개를 갸우뚱했다. 「우리 딸 메리가 막내를 돌볼 사람을 구하고 있긴 해. 메리한테 물어봐 줄게.」

　메리는 학교에서 간호학을 가르쳤다. 아버지는 그보다 더 세뇌를 당할 수는 없다고 했다. 의료 체계에서 일을 하는 동시에 정부를 위해서도 일을 하다니! 아버지가 메리네서 일하는 것을 허락하지 않을 줄 알았지만, 허락받는 데 성공했고, 얼마 지나지 않아 나는 매주 월요일, 수요일, 금요일 아침에 메리의 딸을 돌보는 일을 시작했다. 그리고 메리의 친구 이브의 세 아이들을 화요일, 목요일에 돌보게 됐다.

　거기서 또 1.5킬로미터쯤 떨어진 곳에 사는 랜디라는 사람이 집에서 캐슈너트, 아몬드, 마카다미아를 파는 사업을 하고 있었다. 어느 날 오후 우체국에 들른 랜디는 머나와 잡담을 나누다가 직접 포장을 하려니 너무 힘들다고 하면서 아이들을 고용해서 일을 시키면 좋겠는데 축구나 밴드 같은 과외 활동을 하느라 바빠서 그런 일을 할 만한 아이들을 구할 수가 없다고 불평을 했다.

　「바쁘지 않은 아이가 하나 있긴 해요.」 머나가 말했다. 「그리고 굉장히 하고 싶어 할 것 같아요.」 그러면서 내가 붙인 광고지를 가리켰다. 나는 이제 월요일부터 금요일까지는 아침 8시부터 정오까지 베이비시터로 일한 다음 랜디네로 가서 저녁 먹을 때까지 캐슈너트를 포장했다. 돈을 많이 받지는 못했지만 그전까지는 한 푼도 벌지 못했기 때문에 부자가 된 느낌이었다.

교회 사람들이 메리가 피아노를 정말 잘 친다고 말했다. 사람들은 〈전문가처럼〉이라는 표현을 썼지만, 어느 일요일 메리가 회중을 위해 피아노 독주를 해줄 때까지 나는 그 단어가 무슨 뜻인지 몰랐다. 메리의 연주를 들은 나는 숨이 멎는 줄 알았다. 그전에도 성가 반주를 하는 피아노 소리는 많이 들어 봤지만, 메리의 연주는 무작정 두들겨 대는 피아노 소리와는 전혀 달랐다. 물 같았고, 공기 같았다. 한순간 바위 같았다가 다음 순간 바람이 되었다.

다음 날 학교에서 돌아온 메리에게 나는 베이비시터 보수를 주는 대신 피아노를 가르쳐 줄 수 있는지 물었다. 우리는 나란히 피아노 의자에 앉았다. 그다음 메리가 내게 손가락 연습 몇 가지를 가르쳐 줬다. 그러면서 내게 피아노 외에 뭘 배우고 있는지 물었다. 아버지는 사람들이 내 교육에 관해 물으면 어떻게 대답할지 가르쳐 줬다. 「날마다 학교 수업을 받아요.」 내가 말했다.

「다른 아이들도 만나니?」 메리가 물었다. 「친구는 있고?」

「물론이죠.」 내가 말했다. 메리는 다시 피아노 레슨으로 돌아갔다. 레슨이 끝나고 돌아갈 준비를 하는 내게 그녀가 말했다. 「내 동생 캐롤라인이 매주 수요일 파파 제이 뒤쪽 공간에서 댄스 수업을 한단다. 네 나이 아이들이 아주 많아. 너도 원하면 배울 수 있어.」

그 주 수요일, 나는 랜디네에서 일찍 나와 주유소를 향해 페달을 밟았다. 나는 청바지와 커다란 회색 티셔츠, 그리고 앞코에 쇠가 덧대진 부츠 차림이었지만 다른 아이들은 까만 레오타드와 잠자리 날개처럼 얇으면서 빛나는 스커트를 입고 하얀 타이츠와 캐러멜색 발레 슈즈를 신고 있었다. 캐롤라인은 메리보다 어렸다. 완벽한 화장을 하고, 윤기

나는 밤색 곱슬머리 사이로 후프 모양의 금색 귀걸이가 반짝였다.

캐롤라인은 우리를 줄 맞춰 세운 후 짧은 동작을 몇 가지 가르쳐 줬다. 구석에 놓인 붐박스에서 음악이 흘러나왔다. 나는 한 번도 들어 본 적이 없는 노래였지만 다른 아이들에게는 익숙한 노래인 듯했다. 거울을 봤다. 민첩한 차림으로 피루엣을 할 때마다 까망, 하양, 분홍으로 반짝반짝 빛나는 열두 명의 소녀들이 보였다. 그리고 나. 나는 커다랗고 회색이었다.

수업이 끝난 후 캐롤라인은 내게 레오타드와 댄스 슈즈를 사라고 말했다.

「안 돼요.」 내가 말했다.

「아…….」 그녀는 어쩔 줄 모르는 표정이 됐다. 「어쩌면 다른 아이들에게서 빌릴 수 있을지도 모르겠구나.」

오해였다. 내가 돈이 없다고 생각한 것이다. 「옷이 점잖지가 않아서요.」 내가 말했다. 놀란 그녀의 입이 약간 벌어졌다. 〈캘리포니아 출신 모일가 사람들은 모두 똑같군.〉 나는 생각했다.

「어찌됐든 부츠를 신고 춤을 출 수는 없지.」 그녀가 말했다. 「너희 엄마한테 선생님이 직접 이야기해 볼게.」

며칠 후 엄마는 나를 데리고 집에서 65킬로미터나 떨어진 작은 상점까지 차를 몰고 갔다. 거기에는 이국적인 신발들과 낯선 나일론 옷들이 즐비했다. 그중 어느 것도 점잖은 옷은 없었다. 엄마는 카운터로 곧장 가서 점원에게 우리에게 검은 레오타드, 하양 타이츠, 재즈 슈즈가 필요하다고 말했다.

「이것들은 네 방에다 간수하렴.」 엄마가 가게를 나서면서 말했다. 그 외에는 아무 말도 필요치 않았다. 레오타드를 아버지에게 보여서는 안 된다는 것을 나는 이미 알고 있었다.

그 주 수요일, 레오타드와 타이츠 위에 회색 티셔츠를 덧입었다. 티셔츠가 무릎까지 내려왔음에도 나는 다리가 너무 많이 보여서 부끄러웠다. 아버지가 의로운 여성은 발목 위 살을 드러내서는 안 된다고 말했기 때문이다.

다른 아이들은 거의 내게 말을 걸지 않았지만 나는 다른 아이들이 있는 그곳이 정말 좋았다. 모두가 하는 행동을 나도 똑같이 한다는 사실이 좋았다. 댄스를 배우는 것이 어딘가에 소속되는 방법을 배우는 것처럼 느껴졌다. 나는 댄스 동작을 외웠고 그렇게 함으로써 그 아이들의 머릿속으로 한발 들어갈 수 있었다. 그들이 런지를 할 때 나도 런지를 했고, 다른 아이들과 동시에 팔을 위로 뻗었다. 간혹 빙빙 도는 모습들이 엉켜서 거울에 비칠 때, 그중 어떤 형태가 나인지 바로 알아차리지 못할 때가 있었다. 내가 회색 티셔츠를 입고 있다는 사실 — 백조 사이의 거위 — 은 문제가 안 됐다. 우리는 하나의 무리가 되어 함께 움직이고 있었다.

크리스마스 발표회를 위한 연습을 시작하면서 캐롤라인은 엄마에게 전화를 해서 의상을 의논했다. 「치마가 얼마나 긴가요?」 엄마가 물었다. 「그리고 비치는 옷감이라고요? 안 돼요, 그렇게는 할 수 없어요.」 캐롤라인이 같이 배우는 다른 아이들이 어떤 옷을 입기를 원하는지 설명하는 것이 들렸다. 「타라는 그런 옷을 입을 수가 없어요.」 엄마가 말했다. 「다른 아이들이 그런 옷을 입는다면 타라는 발표회에 참여하지 않을 겁니다.」

캐롤라인이 엄마에게 전화를 한 후 다음 수요일, 나는 다른 때보다 몇 분 일찍 파파 제이에 도착했다. 아랫반 수업이 이제 막 끝났는지 그곳은 여섯 살짜리 아이들로 가득했다. 빨간 벨벳 모자와 짙은 주홍빛 스팽글로 빛나는 치마를 입은 아이들이 엄마를 찾느라 웅성거렸다.

가느다란 다리를 속이 들이비치는 타이츠로만 가리고 붐비는 복도를 뛰면서 빠져나가는 모습을 보면서 나는 그 아이들이 꼬마 창녀들처럼 보인다고 생각했다.

우리 반 아이들이 도착했다. 복도에서 작은 아이들이 입은 복장을 본 아이들은 캐롤라인이 우리 반에는 어떤 복장을 마련했는지 보기 위해 몰려들었다. 캐롤라인은 커다란 회색 면 티셔츠가 가득 든 종이 상자 옆에 서 있었다. 그리고 하나씩 나눠 주기 시작했다. 「여러분이 입을 의상이에요!」 아이들은 믿을 수 없다는 듯 눈썹을 추켜세우고 그 면 티셔츠를 펴들었다. 시폰이나 리본을 기대했는데 〈프루트 오브 더 룸〉*이라니. 캐롤라인이 앞면에 반짝이는 글리터로 장식한 커다란 산타 할아버지를 붙여서 추리닝 같은 그 옷을 조금 더 매력적으로 보이게 하려고 애쓴 흔적이 역력했지만, 그렇게 하니 누추한 옷이 더 누추해 보였다.

엄마는 아버지에게 그 발표회에 대해 이야기하지 않았고, 나도 입을 다물었다. 나는 아버지에게 발표회를 보러 오라고 초대하지도 않았다. 본능적으로 깨닫게 되는 것들, 학습을 통해 얻는 직감 같은 것이 내게도 있었다. 발표회 당일, 엄마는 아버지에게 내가 그날 밤 〈뭐〉가 있다고 말했다. 아버지는 엄청나게 질문을 해댔고, 거기에 당황한 엄마는 몇 분 지나지 않아 댄스 발표회가 있다고 실토를 했다. 내가 캐롤라인 모일에게서 댄스 교습을 받아 왔다는 엄마의 이야기를 듣고 아버지는 진저리를 쳤다. 나는 아버지가 캘리포니아 사회주의에 대해 이야기를 시작할 것이라 생각했지만 아무 말도 하지 않았다. 대신 아버지는 코트를 집어 들었고, 우리 셋은 차로 걸어갔다.

* 귀여운 과일 패치를 로고로 하는 캐주얼 브랜드─옮긴이주.

발표회는 교회에서 있을 예정이었다. 모두들 왔고, 플래시가 부착된 카메라와 부피가 큰 캠코더를 들고들 있었다. 나는 주일 학교가 운영되는 방에서 의상으로 갈아입었다. 다른 아이들은 기분 좋은 목소리로 수다를 떨고 있었다. 나도 내 면 티셔츠를 입은 다음, 옷을 잡아당겨 조금이라도 더 길게 만들려고 애를 썼다. 우리가 무대에 나갈 차례가 된 순간까지도 나는 옷을 아래로 잡아당기고 있었다.

피아노 위에 놓인 스테레오에서 음악이 흘러나왔고, 우리는 춤을 추기 시작했다. 처음에는 차례대로 발로 박자를 맞추는 동작이었다. 그런 다음 위로 팔짝 뛰고 빙 돌 차례였다. 내 발은 땅에 뿌리를 박은 듯 떨어지지 않았다. 머리 위로 팔을 내젓는 동작을 해야 할 때 나는 어깨까지밖에 손을 올리지 않았다. 다른 아이들이 몸을 숙여 무대를 칠 때 나는 그냥 몸을 약간 기울이기만 했다. 옆 재주넘기 동작 차례가 오자 나는 그냥 몸을 옆으로 잠깐 숙이고 말았다. 중력에 몸을 맡겨 셔츠가 더 위로 올라가도록 할 수는 없는 일이었다.

음악이 멈췄다. 무대에서 내려오는데 모두들 나를 노려봤다. 내가 공연을 망친 것이다. 하지만 나는 아이들이 거의 눈에 들어오지 않았다. 방 전체에서 중요한 것은 한 사람뿐이었고, 그 사람은 바로 아버지였다. 청중 전체를 둘러보자마자 아버지가 금방 눈에 들어왔다. 아버지는 뒤쪽에 서 있었다. 무대의 조명이 네모난 아버지 안경에 반사돼서 반짝이고 있었다. 굳은 얼굴로 무표정하게 서 있었지만 나는 아버지가 화나 있다는 것을 금방 알아차렸다.

집까지는 1.5킬로미터 정도밖에 되지 않았지만 150킬로미터는 되는 듯했다. 나는 자동차 뒷자리에 앉아 아버지가 소리 지르는 것을 들었다. 딸이 그렇게 대놓고 죄 짓는 것을 엄마가 어떻게 좌시하기만 했는지, 그래서 발표회 이야기를 끝까지 비밀로 부치려 했는지를. 엄마는 입술을 깨물면서 잠자코 듣고 있다가 손을 번쩍 쳐들고 의상들이 그렇게 점잖지 못할 줄은 꿈에도 몰랐다고 말했다. 「캐롤라인 모일한테 나도 정말 화가 나 있어요!」 엄마가 말했다.

나는 엄마의 얼굴을 보기 위해 몸을 앞으로 숙였다. 엄마가 내 얼굴을 보면 내가 마음속으로 묻고 있는 질문을 알아차릴 것이 분명했다. 왜냐하면 나는 이해할 수가 없었기 때문이다. 전혀. 엄마가 캐롤라인에게 화나 있지 않다는 것을 나는 알고 있었다. 엄마가 그 면 티셔츠를 며칠 전에 이미 봤기 때문이다. 심지어 캐롤라인에게 전화를 해서 내가 입을 수 있는 의상을 선택해 줘서 고맙다고까지 하지 않았는가. 엄마는 고개를 유리창 쪽으로 돌렸다.

나는 아버지 머리 뒤쪽에 난 흰머리를 바라봤다. 아버지는 조용히 앉아 엄마가 계속 캐롤라인 욕을 하는 것을 듣고 있었다. 엄마는 의상들이 얼마나 충격적인지, 얼마나 난잡한지 계속 욕을 해댔다. 차가 얼어붙은 진입로로 덜컹거리며 들어갈 즈음 아버지는 고개를 끄덕이고 있었다. 엄마가 한마디 할 때마다 화가 조금씩 가라앉는 듯했다.

그날 밤은 내내 아버지의 설교를 들어야만 했다. 아버지는 캐롤라인의 수업이 학교와 마찬가지로 사탄 마귀의 술수 중 하나라고 말했다. 진짜 정체와 겉으로 보이는 모습이 달라서, 댄스를 가르친다고 〈주장을 하지만〉 실은 천박함과 난잡함을 가르치기 때문이란다. 아버지는 사탄이 교활하다고 말했다. 그 수업을 〈댄스〉라고 부름으로써 성실한 모르몬교도들로 하여금 자신의 딸들이 주님의 집에서 창녀들처럼 날뛰는 것을 용인하기 때문이다. 다른 어떤 것보다 그것이 아버지를 화나게 했다. 그런 난잡한 행동이 교회에서 벌어졌다는 사실 말이다.

아버지가 설교를 하다 하다 지쳐서 잠자리에 든 후 나는 내 침대에 기어들어가 암흑 속을 바라봤다. 문을 두드리는 소리가 들렸다. 엄마였다. 「엄마가 어리석었어. 그 수업의 진짜 정체가 뭔지 알아차렸어야 했는데.」 엄마는 그렇게 말했다.

발표회 후 엄마가 죄책감이 들긴 했던 것 같다. 그 후 몇 주 동안 내가 할 수 있으면서 아버지가 금지하지 않을 무언가를 찾기 위해 애를 썼기 때문이다. 엄마는 내가 방에 콕 박혀서 타일러 오빠의 오래된 붐박스로 모르몬 태버나클 성가대의 노래를 몇 시간이고 계속 듣는 것을 보고 성악 선생님을 찾기 시작했다. 적당한 선생님을 찾는 데 몇 주, 그리고 나를 학생으로 받아 주도록 그 선생님을 설득하는 데 몇 주가 걸렸다. 성악 레슨은 댄스 수업보다 훨씬 비쌌지만 엄마는 에센셜 오일을 팔아 모은 돈으로 레슨비를 댔다.

선생님은 키가 크고 마른 체격에, 빠른 속도로 피아노를 연주할 때면 긴 손톱이 건반에 닿아 딸각거리는 소리가 났다. 그녀는 내 뒷목 바로 윗부분 머리카락을 잡고 내가 턱을 집어넣고 바른 자세를 취할 때까지 계속 당겼다. 그런 다음에는 횡격막을 강화시킨다고 바닥에 눕게 하고 발로 배를 밟았다. 선생님은 균형에 집착했고, 자주 무릎을 찰싹 때리면서 더 강한 자세, 자신감 있는 태도를 가지라고 주문했다.

레슨을 몇 번 받은 다음 그녀는 내가 교회에서 노래할 준비가 됐다고 선언했다. 그리고 그 주 일요일 전체 회중 앞에서 찬송가를 부르도록 이미 다 이야기를 해뒀다고 말했다.

시간은 쏜살같이 흘렀다. 두려운 일이 벌어질 날짜를 받아 놓으면 늘 그렇듯이 말이다. 일요일 아침, 나는 연단에 서서 아래로 보이는 사람들의 얼굴을 뚫어져라 쳐다봤다. 머나 아줌마, 파파 제이가 보였고, 그 뒤에는 메리와 캐롤라인이 앉아 있었다. 나를 동정하는 표정을 하고 있었다. 마치 내가 큰 망신을 당할 것이라는 사실을 미리 알고 있기나 한 것처럼.

엄마가 서주를 연주했다. 쉼표가 나왔다. 내 노래가 시작될 순간이었다. 그 순간 머리에 떠올릴 수 있는 생각은 수없이 많았다. 성악 선생님과 선생님이 가르쳐 준 테크닉들, 곧 똑바로 서고, 등을 곧추세우고, 턱을 집어넣는 주의점들을 생각할 수도 있었다. 그러나 나는 타일러 오빠를 떠올렸다. 오빠 책상 옆 카펫 위에 누워서 모르몬 태버나클 성가대의 노래가 굽이굽이 울려 퍼지는 것을 들으며 양말 신은 오빠의 발을 쳐다보던 장면 말이다. 오빠는 그들의 노랫소리로 내 머리를 채워 줬다. 벅스피크 말고 내게 그 음악 소리만큼 더 아름다운 것은 없었다.

엄마의 손가락이 건반 위에서 머뭇거렸다. 쉼표가 길어지면서 어색해지기 시작했고, 사람들이 불안한 듯 몸을 뒤척이기 시작했다. 나는 그 성가대의 목소리, 그 묘한 대조에 대해 생각했다. 그들의 노랫소리가 어떻게 공기 중으로 날아오르고, 얼마나 따뜻한 바람처럼 부드러운지, 그러면서도 얼마나 찌를 듯 날카로운지를 생각했다. 나는 그 소리를 향해 내 마음속으로 손을 뻗었다. 그리고 그 소리가 거기 있었다. 이제껏 그보다 더 자연스럽게 느껴진 일은 없었다. 마치 그 소리를 내가 〈생각해 냈고〉, 그렇게 내가 생각해 냄으로써 세상에 존재하는 듯했다. 그전까지 현실이 그런 식으로 내 생각대로 움직여 준 적은 한 번도 없었다.

노래가 끝나고 나는 내 자리로 돌아갔다. 예배를 마치는 기도를 올린 후, 사람들이 내 주변으로 몰려들었다. 꽃무늬 원피스를 입은 여자들이 미소를 지으며 내 손을 잡았고, 딱딱한 검은 정장을 입은 남자들이 내 어깨를 두드렸다. 성가대 지휘자가 성가대에 들어오라고 초대를 했고, 데이비스 형제는 로터리 클럽에서 독창을 해달라고 요청을 했고, 비숍(모르몬교의 성직자)은 장례식에서 노래를 해줄 수 있겠느냐고 물었다. 나는 모두에게 〈예스〉 하고 대답했다.

아버지가 모든 사람들에게 미소를 지어 보였다. 교회에 다니는 사람들 중 아버지가 이방인이라고 부르지 않은 사람은 거의 없었다. 의사한테 가거나, 아이들을 학교에 보내거나 하는 등의 이유로 말이다. 그러나 그날만큼은 아버지도 캘리포니아 사회주의니 일루미나티 같은 것은 모두 잊은 듯했다. 내 옆에 서서, 내 어깨에 손을 올린 채 사람들의 칭찬을 정중하게 받아들이고 있었다. 「우린 정말 축복받은 가족입니다.」 아버지는 계속 그렇게 말했다. 「큰 축복을 받았지요.」 파파 제이가 교회당 저쪽에서부터 우리 가족석이 있는 곳까지 건너왔다. 그리고 내가 주님의 천사처럼 노래를 했다고 말했다. 아버지가 그를 잠시 쳐다봤지만, 다시 눈이 반짝이기 시작했고, 파파 제이의 손을 마치 오랜 친구처럼 부여잡고 악수를 했다.

아버지의 이런 면을 그때까지 한 번도 보지 못했지만, 그 후로는 내가 노래를 할 때마다 여러 번 보게 되었다. 폐철 처리장에서 아무리 오래 일을 한 후라도 아버지는 내 노래를 듣기 위해서라면 계곡 건너까지 운전을 해도 피곤한 기색을 보이지 않았다. 파파 제이와 같은 사회주의자들에 대해 아무리 미운 감정이 커도, 그 사람들이 내 노래를 칭찬하면 〈네, 주님의 은총을 받은 것이지요. 큰 은총을 받았습니다〉 하고 말하며 일루미나티와의 전투를 잠시 접는 것을 마다하지 않았다. 마치 내가 노래를 할 때면 아버지는 세상이 무서운 곳이고, 나를 부패시키는 곳이며, 내게 안전한 곳은 집뿐이라는 사실을 잊는 듯했다. 아버지는 사람들이 내 목소리를 듣기를 원했다.

근처 도시에 있는 극장에서 뮤지컬 「애니」를 기획하고 있었다. 선생님은 감독이 내 목소리를 들으면 내게 주연 역할을 줄 것이라고 말했다. 엄마는 내게 너무 큰 기대는 하지 않는 것이 좋을 거라고 충고했다. 연습을 하기 위해 일주일에 네 번씩 20킬로미터나 운전을 해서 다닐 여유가 없고, 그럴 수 있다 하더라도 아버지는 내가 혼자서 누군지도 모르는 사람들하고 시간을 보내도록 허락하지 않을 것이라는 게 이유였다.

그래도 나는 노래들이 좋아서 그냥 연습을 했다. 어느 날 저녁 내가 방에서 「내일은 해가 뜰 거야」라는 노래를 연습하고 있는데 아버지가 저녁 식사를 하러 집에 돌아왔다. 아버지는 조용히 미트로프를 씹으면서 내 노래를 들었다.

그날 밤 잠자리에 들면서 아버지가 엄마에게 말했다. 「내가 돈은 어떻게든 마련해 볼게. 타라를 오디션에 데리고 가봐.」

9
당대에 완전한

내가 「애니」의 주인공 역할을 맡은 것은 1999년 여름이었다. 그때 아버지는 정말이지 심각한 준비 모드에 들어가 있었다. 내가 다섯 살 때 위버가 포위 사건이 있은 이후로 그때처럼 심판의 날이 곧 닥칠 것이라는 위기감이 강하게 들었던 적이 없었다.

아버지는 그날을 Y2K라고 부르면서, 1월 1일이 되면 전 세계의 컴퓨터가 고장이 날 것이라고 했다. 전기도 전화도 모두 끊기고, 모든 것이 혼란에 빠진 다음 예수의 재림으로 이어질 것이라고.

「그 날짜를 어떻게 알아요?」 내가 물었다.

아버지는 정부가 컴퓨터에 프로그램을 설치할 때 여섯 자리 달력을 썼는데, 그렇기 때문에 연도를 두 자리 숫자로만 나타내게 되어 있다고 설명했다. 「99가 00이 되면, 컴퓨터들은 그게 무슨 연도인지 몰라서 꺼져 버릴 거야.」

「고칠 수는 없어요?」

「아니, 못 고쳐.」 아버지가 말했다. 「인간들은 자신의 힘을 너무 믿지. 그러나 그 힘은 약하기 그지없어.」

교회에서 아버지는 모든 사람에게 Y2K에 대한 경고를 했다. 파파 제이에게는 주유소에 튼튼한 자물쇠를 달고, 방어를 위한 무기도 마련하는 게 좋겠다고 조언했다. 「기근이 들면 형제님 가게가 제일 먼저 약탈 대상이 될 거예요.」 아버지가 말했다. 그리고 멈포드 형제에게는 의로운 자라면 적어도 10년은 버틸 수 있는 식량과 연료, 총기, 금을 보유하고 있어야 한다고 주장했다. 멈포드 형제는 그냥 휘파람만 불었다. 「모두가 진 형제님만큼 의롭기는 힘들어요.」 그가 말했다. 「우린 죄를 많이 짓고 살거든요.」 아무도 아버지 말에 귀를 기울이지 않고, 그냥 한여름의 태양 아래서 각자의 삶을 살았다.

한편 우리 가족은 복숭아를 끓여 껍질을 벗기고, 살구씨를 빼고, 애플 소스를 만들었다. 모든 것을 압력솥에 조리해서, 밀봉을 하고, 라벨을 붙여서 아버지가 들에 파서 만든 지하 저장고에 보관했다. 저장실 입구는 작은 언덕에 가려 보이지 않았다. 아버지는 아무에게도 그 위치를 알리지 말라고 내게 당부했다.

어느 날 오후, 아버지는 굴삭기를 가지고 오래된 헛간 옆에 구덩이를 하나 팠다. 그런 다음 지게차로 1000갤런짜리 탱크를 구덩이에 내려놓고, 삽으로 흙을 퍼서 그 위를 덮어 탱크를 감춘 다음, 새로운 흙더미 위에 쐐기풀과 엉겅퀴를 심어 그 자리가 표 나지 않게 만들었다. 아버지는 「웨스트사이드 스토리」에 나오는 「아이 필 프리티」를 휘파람으로 불면서 삽질을 했다. 머리 뒤로 모자를 넘겨 쓰고 얼굴에는 밝은 미소를 띤 채였다. 「종말이 왔을 때, 연료를 가진 것은 우리뿐일 거야.」 아버지가 말했다. 「다들 발바닥에 땀이 나도록 걸어 다닐 때 우리만 차를 탈 수 있겠지. 유타까지 단박에 가서 타일러를 데려올 수도 있고 말이야.」

나는 거의 날마다 웜크릭 오페라 하우스에서 연습을 했다. 시내 유일한 신호등 근처의 낡은 극장이었다. 극장에 들어서면 다른 세상에 온 느낌이었다. 아무도 Y2K에 대해 이야기하지 않았다.

웜크릭 극장 사람들이 서로를 대하는 방식은 우리 집에서 내가 익숙해진 관계와는 전혀 달랐다. 물론 나도 우리 가족 외의 사람들과 시간을 보내 보긴 했지만, 그들은 우리랑 같은 부류였다. 엄마를 산파로 고용해서 아기를 낳는 여성들 혹은 서양 의학을 신뢰하지 않아서 엄마 약초를 사러 온 사람들이었다. 내 유일한 친구는 제시카라는 아이였다. 몇 년 전, 아버지가 학교는 정부의 선전 프로그램에 지나지 않는다고 제시카의 부모인 롭과 다이앤을 설득하는 데 성공한 후로 그들도 제시카를 학교에 보내지 않고 집에 뒀다. 롭과 다이앤이 제시카를 학교에서 자퇴시키기 전까지만 해도 제시카는 〈그들 중〉 한 명이었기 때문에 나는 한 번도 그 아이에게 말을 걸지 않았었다. 하지만 이제는 제시카도 〈우리와 같은 사람〉이었다. 제시카도 보통 아이들이 자기랑 놀려고 하지 않았기 때문에 나랑 놀 수밖에 없었다.

나는 우리랑 같지 않은 사람들과 어떻게 대화해야 하는지를 한 번도 배워 본 적이 없었다. 학교에 다니고 아프면 의사에게 가는 사람들, 날마다 종말을 맞을 준비를 하는 데 온 정신을 집중하지 않는 사람들 말이다. 웜크릭은 그런 사람들, 다른 세상에서 쓸 법한 말을 쓰는 사람들로 가득했다. 감독이 내게 처음 말을 걸었을 때도 마치 다른 차원의 세상에서 온 사람이 말하는 것 같은 느낌이 들었다. 감독은 내게 〈가서 FDR을 찾아 와〉 하고 말했다. 그게 다였다. 나는 꼼짝하지 않았다.

감독이 다시 말했다. 「루스벨트 대통령 말이야, FDR.」

「그게 JCB* 같은 건가요?」 내가 말했다. 「지게차 필요하세요?」

* 영국의 중장비 제조 회사 — 옮긴이주.

모두 웃음을 터뜨렸다.

내 대사는 완벽하게 외운 지 오래였지만 연습 시간 동안 나는 혼자 앉아서 내 블랙 바인더를 들여다보는 척했다. 내가 무대에 오를 차례가 되면 내 대사를 큰 소리로, 전혀 주저 없이 외웠다. 그렇게 하고 나면 약간 자신감이 생겼다. 나는 아무 할 말이 없을지 모르지만, 적어도 애니는 할 말이 있었다.

첫 공연 날로부터 일주일 전, 엄마는 내 갈색 머리를 빨간색으로 염색해 줬다. 감독은 내 머리가 완벽하다고 말하면서 토요일에 드레스 리허설을 하기 전까지 내 의상만 완성하면 되겠다고 말했다.

나는 지하실에서 얼룩이 지고 여기저기 구멍이 난 커다란 니트 스웨터와 보기 싫은 파란색 원피스를 찾았다. 엄마는 그 원피스를 빛바랜 갈색으로 염색했다. 그 옷들은 고아 역할에 완벽했고, 나는 이토록 쉽게 의상을 구할 수 있다는 사실에 안도했다. 하지만 2막에서는 애니가 대디 워벅스가 사주는 아름다운 드레스들을 입는다는 사실이 생각났다. 내게는 그런 옷들이 없었다.

내가 그 이야기를 꺼내자 엄마는 낙담한 얼굴이 됐다. 우리는 왕복 150킬로미터를 돌아다니면서 거의 모든 중고 옷가게를 뒤졌지만 적당한 옷을 찾을 수가 없었다. 마지막 가게의 주차장에 앉아 있다가 엄마는 입을 한번 굳게 다물었다가 말했다. 「시도해 볼 만한 곳이 한 군데 더 있어.」

우리는 앤지 이모네로 차를 몰고 가서, 할머니 집과 이모 집을 가로지르는 하얀 나무 담장 앞에 주차했다. 엄마는 문을 두드린 다음 뒤로 약간 물러서서 머리 매무새를 가다듬었다. 앤지 이모는 우리를 보고 놀라는 것 같았다. 엄마가 동생네를 찾는 것은 아주 드문 일이었기 때문이다. 하지만 이모는 따뜻한 미소를 띠고 우리를 집 안으로 초대했다. 엄청난 양의 실크와 레이스로 꾸며진 이모의 응접실은 영화에서 보는 멋진 호텔 로비처럼 보였다. 엄마는 나와 함께 주름 잡힌 연분홍 커버가 씌워진 소파에 앉아서 우리가 온 이유를 설명했다. 이모는 이모 딸에게 그런 드레스가 몇 벌 있을지도 모르겠다고 말했다.

엄마가 분홍색 소파에서 기다리는 사이 이모는 나를 데리고 딸 방이 있는 2층으로 가서 드레스를 한 아름 꺼냈다. 하나하나 모두 섬세한 레이스와 예쁜 리본이 달린 아름다운 드레스여서 처음에는 만지기조차 겁이 났다. 앤지 이모는 끈을 묶어 주고, 단추를 잠가 주고, 리본을 매만져 주면서 내가 그 드레스들을 하나하나 입어 보는 것을 도와줬다. 「이걸 가져가는 게 좋겠다.」 이모는 감색 바탕의 몸통에 흰색 끈을 꼬아서 붙인 드레스를 건네며 말했다. 「할머니가 직접 손바느질로 이 장식들을 붙이셨단다.」 나는 그 옷 말고도 하얀 레이스 장식이 된 칼라가 달린 빨간 벨벳 드레스를 하나 더 선택한 다음 엄마와 함께 차를 타고 집에 왔다.

연극은 일주일 후에 개봉했다. 아버지는 첫 줄에 앉아 있었다. 공연이 끝나자 아버지는 바로 매표소로 가서 다음 날 밤 공연 표도 샀다. 그 주 일요일에 교회에서 아버지는 공연 이야기 말고는 다른 이야기는 아무것도 하지 않았다. 의사들 이야기도, 일루미나티 이야기도, Y2K 이야기도 하지 않았다. 그냥 읍내에 있는 극장에서 막내딸이 주인공으로 출연하는 연극 외에는 아무 이야기도 하지 않았다.

아버지는 내가 집 밖에서 너무 많은 시간을 보내는 것을 걱정하긴 했지만 다음 연극, 그리고 그다음 연극에 출연하기 위해 오디션을 보는 것을 말리지 않았다. 「극장 안에서 무슨 음탕한 일이 벌어지는지 어찌 알겠어.」 아버지는 말했다. 「아마도 간음하는 자들의 소굴일지도 모르지.」

다음 연극의 감독이 이혼을 한 소식은 아버지의 의심을 재확인시켜 주었다. 아버지는 지금껏 나를 학교에도 보내지 않고 잘 길렀는데 이제 와서 내가 연극 무대에서 타락하도록 볼 수는 없다고 말했다. 그런 다음 아버지는 리허설 장소로 운전해서 나를 데려다줬다. 거의 매일 밤 아버지는 내가 연습하러 가는 것을 그만두게 하겠다고 장담했고, 언젠가는 윔크릭에 나타나서 나를 집에 데려가 버릴 작정이라고 말했다. 하지만 아버지는 내가 출연하는 연극의 초연 때마다 관람석 맨 앞줄에 앉아 있었다.

간혹 아버지는 소속사 매니저 역할을 자처해서 새로운 노래 기술을 가르쳐 주기도 하고, 새 레퍼토리를 제안하기도 했다. 심지어 내 건강에 대해 조언하기까지 했다. 그해 겨울, 내가 계속 목이 아파 노래를 부르지 못하자 아버지는 어느 날 밤 나를 불러 입을 벌리라고 한 다음 내 편도선을 들여다봤다.

「편도선이 부어 있어.」 아버지가 말했다. 「살구만큼 커졌어.」 엄마가 에키네이셔와 금잔화로도 붓기를 가라앉히지 못하자 아버지는 자신만의 치료법을 제안했다. 「사람들은 잘 모르지만, 사실 태양이야말로 우리한테 주어진 가장 강력한 치료제야.」 아버지는 자신의 논리에 수긍하듯 고개를 끄덕이며 말했다. 「내가 너처럼 편도선이 부어 있다면 매일 아침 밖에 나가서 해를 향해 입을 벌리고 서 있을 거야. 태양광이 속속 스며들 수 있게 한 반 시간 정도. 금방 붓기가 없어질 거다.」 아버지는 그것을 치료라고 불렀다.

나는 한 달 정도를 아버지가 하라는 대로 했다.

햇빛이 입속 깊은 곳까지 닿도록 턱을 잔뜩 벌리고 머리를 젖힌 채 서 있는 것은 보통 불편한 일이 아니었다. 그래서 30분을 버텨 본 적이 한 번도 없었다. 10분쯤 지나면 턱이 너무나 아파 왔고, 아이다호의 겨울에 그렇게 밖에서 꼼짝없이 서 있으면 몸이 반쯤 얼어붙어 버렸다. 나는 계속 편도선염을 앓았고, 내가 목이 아픈 소리를 내면 아버지는 〈흠, 뭘 바라냐? 아버지가 말한 치료를 일주일 내내 한 번도 하지 않았으니〉 하고 말했다.

그를 처음 본 것은 웜크릭 오페라 하우스에서였다. 누군지 몰랐던 그 소년은 커다랗고 하얀 신발과 카키 반바지 차림으로 학교를 다니는 아이들 한 무리와 섞여서 활짝 미소를 짓고 있었다. 그 아이는 연극에 출연하지는 않았지만, 딱히 할 일이 없는 동네여서 그랬는지 친구들을 만나러 그 주에도 몇 번 더 극장에 찾아왔다. 그러던 어느 날 밤, 혼자서 어두운 무대 뒤를 이리저리 기웃거리다가 모퉁이를 도는 순간 내가 제일 좋아해서 자주 찾는 나무 상자 위에 그 아이가 앉아 있는 것을 발견했다. 그 나무 상자는 딴 데서 잘 보이지 않는 곳에 놓여 있었고, 바로 그래서 내가 좋아하는 장소였다.

그는 오른쪽으로 조금 움직여서 내가 앉을 자리를 내줬다. 나는 긴장해서 바늘방석에 앉기라도 하듯 천천히 거기에 앉았다.

「나는 찰스야.」 그가 말했다. 내가 이름을 말하기를 그 아이가 기다리는 동안 침묵이 흘렀지만 나는 내 소개를 하지 않았다. 「지난번 연극에서 너 봤어.」 조금 후 그가 말했다. 「너한테 할 이야기가 있었어.」 나는 무엇에 대한 준비였는지는 모르지만 마음의 준비를 했고, 그 아이가 말을 이었다. 「네 노랫소리는 지금까지 내가 들어 본 중에서 최고라는 말을 해주고 싶었어.」

어느 날 오후, 마카다미아를 포장하고 집에 돌아와 보니 아버지와 리처드 오빠가 커다란 금속 상자를 부엌 식탁에 올려 두고 그 옆에 서 있었다. 엄마와 내가 미트로프를 만드는 동안, 아버지와 오빠는 상자 속 내용물을 꺼내 조립했다. 한 시간도 넘게 걸려 작업을 끝낸 두 사람이 뒤로 물러나자 모습을 드러낸 것은 커다란 국방색 망원경 같은 물건이었다. 짧고 널찍한 삼각대 위에 기다란 배럴을 가진 그 물건이 안정감 있게 올라가 있었다. 리처드 오빠는 너무 신이 나서 팔짝팔짝 뛰며 그것의 성능을 읊었다. 「사정거리가 1.5킬로미터도 넘어! 헬리콥터도 떨어뜨릴 수 있다고!」

아버지는 조용히 서 있었지만 눈이 반짝반짝 빛나고 있었다.

「이게 뭐예요?」 내가 물었다.

「50구경 라이플이야.」 아버지가 말했다. 「한 번 볼래?」

나는 조준경에 눈을 대고 산 쪽으로 방향을 잡았다. 조준경 가운데 십자선을 멀리 있는 밀의 줄기에 맞춰 봤다.

미트로프는 이제 안중에도 없었다. 우리는 모두 밖으로 몰려 나갔다. 해가 진 후여서 지평선이 어두웠다. 나는 아버지가 얼어붙은 땅에 엎드려서 조준경에 눈을 대고 한 시간쯤으로 느껴지는 긴 시간이 지난 후 방아쇠를 당기는 것을 지켜봤다. 천둥소리 같은 총성이 났다. 나는 양 손바닥을 귀에 딱 붙였지만 처음 큰 소리가 난 뒤에는 손을 떼고 계곡에 울려 퍼지는 메아리에 귀를 기울였다. 아버지는 반복, 반복해서 방아쇠를 당겼고, 그래서 집으로 다시 들어갈 즈음에는 귀에서 계속 웅웅 소리가 들렸다. 나는 그 총을 어디에 쓸 것인지 물었지만, 아버지의 대답은 겨우겨우 알아들을 수 있었다.

「방어.」 아버지가 말했다.

그다음 날 밤, 웜크릭에서 또 연극 연습이 있었다. 내 나무 상자 위에 앉아서 무대 위에서 누군가가 독백하는 것을 듣고 있는데 찰스가 나타나서 내 옆에 앉았다.

「넌 학교에 가지 않지.」 그가 말했다.

그것은 질문이 아니었다.

「합창단에 들어오렴. 너도 좋아할 거야.」

「그럴 수도 있지.」 내가 그렇게 말하자 찰스는 미소를 지었다. 그의 친구 몇 명이 무대 뒤로 와서 그를 불렀다. 자리에서 일어선 찰스는 작별 인사를 했고, 나는 그가 친구들에게 가는 것을 바라봤다. 거리낌 없이 서로 농담을 주고받는 아이들을 보면서 나는 내가 그들 중 한 명으로 어울리는 대체 현실을 상상해 봤다. 찰스가 나를 자기 집에 초대해서 같이 게임을 하거나 영화를 보는 상상을 하면서 파도처럼 밀려드는 행복감을 느꼈다. 그러나 찰스가 벅스피크에 방문하는 장면을 떠올릴 때는 달랐다. 패닉에 가까운 감정이었다. 그가 지하 저장고를 발견하면 어떡하지? 그가 연료 탱크를 발견하면 어떡하지? 그리고 나는 마침내 이해했다. 아버지가 그 라이플을 어떤 용도로 사용할 작정인지. 그 강력한 화력, 산에서부터 계곡까지 모두 커버할 수 있는 긴 사정거리는 우리 집과 우리가 비축한 모든 것들을 방어할 경계선이었던 것이다. 다른 모든 사람들이 발바닥이 벌게지도록 걸어 다닐 때 우리는 차를 몰 수 있다고 아버지가 그러지 않았는가. 다시 한번 나는 찰스가 언덕을 올라 우리 집에 오는 장면을 그려 봤다. 그러나 내 상상 속에서 나는 산등성이에 있고, 그가 다가오는 것을 조준경에 그려진 십자선을 통해 보고 있었다.

그해 크리스마스는 아주 검소했다. 우리가 가난해서는 아니었다. 엄마의 사업이 잘되고 있었고, 아버지는 여전히 폐철 수집을 열심히 했지만 벌어들인 것 전부를 비상 물품을 구입하는 데 써버렸기 때문이다.

크리스마스가 되기 전까지 우리는 계속해서 준비 작업을 했다. 마치 비축 창고에 조금이라도 더 더하는 것이 우리의 생존 여부를 결정하는 중대한 차이를 내기라도 하듯 열심히 움직였다. 크리스마스가 지난 후 우리는 기다렸다. 「필요의 시간이 다가왔고, 준비의 시간은 지났다.」 아버지가 말했다.

날짜가 지루하게 흘러갔고, 드디어 12월 31일이 됐다. 아침 식사 시간에 아버지는 침착했지만, 그 평온함 뒤에서 나는 흥분감, 염원 같은 것을 감지했다. 몇 년 동안 총을 땅에 묻고, 음식을 비축하고, 다른 사람들에게도 똑같이 할 것을 경고하면서 지내 오지 않았는가. 교회의 모든 사람들이 예언서를 읽었다. 그들도 심판의 날이 다가오고 있다는 것을 알고 있었다. 그럼에도 불구하고 그들은 아버지를 놀렸고, 비웃었다. 오늘 밤이면 그동안의 오명을 씻을 수 있게 될 것이었다.

저녁 식사를 한 후 아버지는 이사야서를 몇 시간이고 들여다봤고, 10시경에 성경을 덮고, 텔레비전을 켰다. 새 텔레비전이었다. 위성 TV 회사에서 일하는 앤지 이모의 남편이 아버지에게 싼값에 시청할 수 있는 약정을 소개했고, 아버지가 승낙을 했을 때 아무도 믿지 못했다. 하지만 돌이켜 보면 그것은 전형적으로 아버지다운 행동이었다. 하룻밤 사이에 텔레비전이나 라디오도 없다가 갑자기 케이블 채널 전체를 보는 쪽으로 바뀌는 것 말이다. 가끔 나는 하필 그해에 아버지가 텔레비전을 허락한 것이 1월 1일이면 모든 것이 사라질 것을 알고 있었기 때문이 아니었을까 하는 생각을 해본다. 어쩌면 모든 것이 사라져 버리기 전에 우리들이 세상의 맛을 조금이라도 볼 수 있도록 해주고 싶었는지도 모른다.

아버지가 제일 좋아하는 프로그램은 「신혼여행객들 The Honey-mooners」이었다. 그날 밤에는 특집으로 여러 에피소드가 연달아 방영

되고 있었다. 우리는 텔레비전을 보면서 종말이 오기를 기다렸다. 나는 10시부터 11시까지 몇 분마다 한 번씩 시계를 봤고, 그다음부터 자정이 될 때까지는 몇 초에 한 번씩 확인을 했다. 외부의 자극이나 환경에 거의 반응하지 않는 아버지마저 자주 시계를 흘끔거렸다.

11시 59분.

나는 숨을 멈췄다. 나는 생각했다. 1분 남았다. 모든 것이 사라지기 전까지.

그리고 12시가 됐다. 텔레비전은 여전히 웅웅거렸고, 거기서 나오는 빛이 카펫 위에서 춤을 췄다. 나는 우리 시계가 빠른 걸까 생각했다. 부엌으로 가서 수도를 틀어 봤다. 물이 아직 나왔다. 아버지는 꼼짝 않고 앉아서 텔레비전에 시선을 고정하고 있었다. 나는 다시 소파로 돌아갔다.

12시 5분.

전기가 나가려면 얼마나 걸릴까? 몇 분 더 전기를 보낼 수 있도록 어딘가에 예비 저장소가 있는 것일까?

흑백 화면에서 랠프 크램든과 앨리스 크램든의 환영이 미트로프를 두고 싸우고 있었다.

12시 10분.

나는 텔레비전 화면이 깜빡거리다가 꺼지기를 기다렸다. 이 마지막 사치스러운 순간을 기억하려고 노력했다. 밝은 노랑의 전깃불, 히터에서 흘러나오는 따뜻한 공기. 이제 몇 초 후, 세상이 뒤집혀서 자기 자신을 삼켜 버리기 시작하면 잃게 될 이전 삶에 대한 향수에 벌써부터 젖어 들었다.

손가락 하나 까딱하지 않고, 숨을 깊게 들이쉬면서, 멸망할 세상의 마지막 향기를 들이마시기 위해 애쓰며 앉아 있는 시간이 더 길어질

수록, 굳건하게 계속되는 그 세상에 대해 화가 났다. 향수는 피로감으로 변했다.

1시 30분이 조금 지난 후 나는 잠자리에 들었다. 자리에서 일어나면서 아버지를 흘낏 봤다. 어둠 속에서 굳은 얼굴 위로 쓴 안경에 텔레비전에서 비치는 빛이 너울거렸다. 아버지는 사진이나 초상화를 위해 포즈를 취한 것처럼 앉아 있었다. 전혀 당황하거나 창피해하지 않고, 마치 새벽 2시에 혼자 앉아 랠프 크램든과 앨리스 크램든이 크리스마스 파티 준비를 하는 것을 보고 있는 것에 대한 너무도 일상적이고 완벽한 설명이 있기라도 한 것처럼.

그러나 아버지는 그날 아침보다 더 작아 보였다. 온몸에 깃든 그 실망감이 너무도 아이 같아서, 순간적으로 신은 어떻게 아버지의 소원을 이렇게 외면할 수 있을까 생각했다. 아버지와 같은 충실한 종, 노아가 방주를 짓기 위해 자진해서 고통을 받았듯, 그렇게 주님을 위해 고통을 자청한 아버지의 소원을 말이다.

그러나 신은 홍수를 보내지 않았다.

10

깃털로 만든 방패

1월 1일의 아침이 여느 때와 다름없이 밝아오자 아버지의 사기는 완전히 땅으로 떨어지고 말았다. 다시는 Y2K를 입에 올리지 않았고, 실의에 빠졌다. 매일 밤 폐철 처리장에서 아무 말도 없이, 무거운 발걸음을 끌며 축 처진 모습으로 집에 돌아왔다. 텔레비전 앞에 몇 시간이고 앉아 있는 아버지의 머리 위에는 먹구름이 잔뜩 끼어 있었다.

엄마는 다시 한번 애리조나로 여행할 때가 된 것 같다고 말했다. 루크 오빠가 교회에서 봉사 임무를 맡고 있었기 때문에 나, 리처드 오빠, 오드리 언니만 아버지가 손본 오래된 셰비 아스트로 밴에 몸을 실었다. 앞좌석 둘만 빼고 의자를 모두 없앤 자리에 퀸 사이즈 매트리스를 깔아 놓았는데, 아버지는 무거운 몸짓으로 매트리스에 몸을 던진 다음 도착할 때까지 꼼짝도 하지 않았다.

몇 년 전 그랬듯이 애리조나의 태양이 아버지의 생기를 회복시켰다. 아버지가 딱딱한 시멘트 위에 세운 포치를 차지하고 햇빛의 에너지를 흠뻑 받는 동안 나머지 식구들은 책을 읽거나 텔레비전을 봤다. 며칠 시간이 흐르면서 아버지 상태가 좋아지기 시작하자 우리는 밤마다 아버지와 할머니 사이에 벌어질 논쟁을 들을 마음의 준비를 했다.

할머니가 근래 들어 병원에 자주 가고 있었기 때문이다. 할머니는 골수암을 앓고 있었다.

「그 의사들은 어머니를 더 빨리 죽이고 말 거예요.」 할머니가 의사를 만나고 온 어느 날 저녁 아버지가 말했다. 할머니는 화학 요법 치료를 중단하는 것을 거부했지만 엄마에게 약초 요법에 대해 묻기도 했다. 엄마는 할머니가 부탁하기를 바라면서 필요한 약초를 몇 가지 가져왔고, 할머니는 그 약초 요법을 시도했다. 붉은 진흙에 발을 담그고, 쓴 파슬리차를 많이 마시고, 쇠뜨기와 수국으로 만든 물약을 복용했다.

「그 약초들을 아무리 먹어도 효과는 없을 거예요.」 아버지가 말했다. 「약초는 믿음이 있어야 효과를 발휘하거든요. 의사들은 믿을 게 못 되니까 주님에게 고쳐 달라고 부탁하세요.」

할머니는 아무 말도 하지 않고, 그냥 파슬리차를 마셨다.

할머니의 몸이 쇠약해지는 징후를 찾기 위해 할머니를 열심히 살폈던 기억이 난다. 그러나 그런 징후는 찾을 수 없었다. 할머니는 여전히 백전백승의 팽팽한 여인이었다.

그 여행의 나머지 부분은 몇 가지 장면 — 할머니 치료약을 찾기 위해 근육 테스트를 하던 엄마, 아버지의 말을 조용히 듣고만 있던 할머니, 건조한 열기 속에 드러누워 있던 아버지 — 만 빼고는 별로 기억에 남지 않았다.

그러던 어느 날, 집 뒤쪽 포치에 있는 해먹에 누워 천천히 흔들거리며 주홍빛 사막의 석양을 바라보고 있는데 오드리 언니가 와서 떠나야 하니 짐을 싸야 한다는 아버지의 말을 전했다. 할머니는 믿을 수 없다는 듯 소리쳤다. 「지난번에 그런 일을 겪고도 말이냐? 또다시 밤새 운전을 해서 간다는 거야? 폭풍이 온다는데 그건 어떡할래?」 아버지는 폭풍을 피해서 갈 거라고 대답했다. 우리가 밴에 짐을 싣는 사이 할머니는 중얼중얼 욕설을 내뱉으며 서성거렸다. 할머니는 아버지가 실수를 해도 교훈을 얻지 못하는 사람이라고 말했다.

리처드 오빠가 첫 6시간 동안 운전을 했다. 나는 아버지, 오드리 언니와 함께 매트리스에 누워서 갔다.

새벽 3시쯤 차가 유타주 남부를 지나 북부 지대로 들어서는데 사막의 밤에 부는 건조하고 쌀쌀한 바람이 겨울 산악 지방의 살을 에는 듯한 돌풍으로 바뀌었다. 얼음이 도로를 덮었다. 눈송이가 차의 앞 유리에 작은 벌레들처럼 날아와 부딪혔다. 처음에는 조금씩 날리던 눈발은 얼마 가지 않아 너무 심해져 길이 보이지 않을 지경이 되었다. 우리는 눈보라의 중심을 향해 앞으로 나아갔다. 밴이 쭉 미끄러졌다가 덜컹 하고 뛰었다. 바람은 세차게 불고, 창문 밖으로 보이는 풍경은 완전히 하얀색 일색이었다. 리처드 오빠는 차를 길옆에 세우고, 더 이상 갈 수 없다고 말했다.

아버지가 운전대를 잡고, 오빠가 조수석으로 옮겨 앉고 엄마는 매트리스에 나랑 오드리 언니랑 같이 누웠다. 아버지는 도로로 진입하자마자 빠르게 가속했고, 마치 자신의 결정을 정당화하기라도 하려는 것처럼 오빠가 내던 속도의 두 배가 될 때까지 속도를 높였다.

「좀 더 천천히 가야 하는 거 아니에요?」 엄마가 물었다.

아버지는 씩 웃으며 말했다. 「우리 천사들이 날아서 따라오지 못할 만큼 빨리 달리는 건 아니야.」 그 와중에도 밴은 점점 속도를 올리고 있었다. 시속 80킬로미터, 100킬로미터.

리처드 오빠는 긴장으로 몸이 뻣뻣하게 굳었고, 바퀴가 미끄러질 때마다 팔걸이를 잡은 손의 마디가 하얗게 됐다. 내 쪽으로 얼굴을 돌린 채 옆으로 누운 엄마는 차가 미끄러져서 좌우로 심하게 흔들릴 때마다 가쁜 숨을 들이쉬었다가 아버지가 차의 방향을 바로잡고 다시 제대로 차선을 되찾을 때까지 호흡을 멈췄다. 엄마의 몸이 너무 딱딱하게 굳어서 나는 엄마가 깨져 버리지는 않을까 걱정이 됐다. 내 몸도 엄마의 몸이 굳어질 때마다 함께 굳었다. 엄마와 나는 함께 어딘가 충돌할 때를 대비해 수백 번 몸과 마음의 준비를 했다.

밴이 마침내 도로에서 벗어났을 때는 오히려 안도가 됐다.

깨어 보니 어둠 속이었다. 얼음장처럼 차가운 무엇인가가 내 등에 흘러내렸다. 〈차가 호수에 빠졌나 봐!〉 나는 생각했다. 뭔가 무거운 것이 내 몸 위에서 나를 누르고 있었다. 매트리스였다. 나는 그것을 발로 차서 걷어 내려고 했지만 여의치 않아 기어서 빠져나왔다. 손과 무릎이 밴의 천장을 누르는 걸 보니 밴이 뒤집힌 듯했다. 기어 나오다 보니 깨진 유리창이 보였다. 밖은 눈으로 가득 차 있었다. 그제야 이해가 됐다. 차가 있는 곳은 호수가 아니라 들이었다. 나는 깨진 유리창으로 기어 나와 비틀거리며 섰다. 몸의 중심을 잡기가 힘들었다. 주변을 둘러봤지만 아무도 보이지 않았다. 밴은 텅 비어 있었다. 가족들이 모두 사라진 것이다.

차의 잔해 주변을 두 번이나 빙빙 돌고 나서야 멀리 떨어진 작은 언덕 쪽에서 어깨를 웅크린 아버지의 실루엣을 발견했다. 나는 아버지를 불렀고, 아버지는 들 전체에 퍼져 있는 다른 가족들을 불렀다. 아버지는 불어닥치는 눈보라를 뚫고 휘청휘청 내가 있는 쪽으로 걸어왔다. 그리고 깨진 헤드라이트의 불빛 속으로 아버지가 걸어 들어오는 순간, 아버지 팔이 한 뼘 정도 찢어져서 피가 눈 위로 뚝뚝 떨어지고 있는 것이 보였다.

나중에 들은 이야기에 따르면 나는 매트리스 밑에 갇힌 채 몇 분 정도 의식을 잃었었다고 한다. 가족들이 모두 내 이름을 불렀다. 아무런 대답이 없자 다들 내가 깨진 유리창을 통해 밴에서 튕겨 나갔을 거라고 생각하고 나를 찾으려 헤맸다고 한다.

모두들 자동차의 잔해가 있는 곳으로 돌아와서 어색한 포즈로 그 주변에서 서성거렸다. 충격 때문인지 추위 때문인지 모두 몸을 떨고 있었다. 우리는 아버지를 쳐다보지 못했다. 아버지 탓을 하고 싶지 않았기 때문이다.

경찰이 왔고, 그다음 구급차가 도착했다. 누가 불렀는지 모르겠다. 나는 내가 의식을 잃었다는 이야기를 하지 않았다. 병원에 데리고 갈까 봐 두려워서였다. 나는 내 〈산속 피신용〉 가방에 들어 있는 것과 비슷한 포일 코팅이 된 담요를 두르고 리처드 오빠와 함께 경찰차에 앉아 있었다. 우리는 경찰들이 아버지에게 왜 자동차 보험이 없는지, 왜 차의 좌석과 안전띠를 없앴는지 등등의 질문을 하는 동안 무전기에서 흘러나오는 소리를 듣고 있었다.

벅스피크까지는 아직 멀었기 때문에 경찰들은 우리를 제일 가까운 경찰서로 데리고 갔다. 아버지는 토니 오빠에게 전화했지만 오빠는 장거리 트럭 운전을 하고 있었다. 그다음으로 숀 오빠에게 전화했지만, 전화를 받지 않았다. 나중에 알게 됐지만 숀 오빠는 사소한 싸움으로 그날 밤 유치장에 있었다고 한다.

아들들하고 연락이 닿지 않자 아버지는 롭 하디와 다이앤 하디에게 전화를 했다. 엄마가 하디 부부의 여덟 자녀 중 다섯 명의 분만을 도왔기 때문이다. 몇 시간 후에 도착한 롭이 깔깔 웃으면서 말했다. 「지난번에도 죽을 뻔하지 않았었나?」

사고가 있고 며칠이 흐른 뒤, 내 목이 마비됐다.

어느 날 아침 일어나 보니 목이 움직이지 않았다. 처음에는 아프지도 않았다. 그러나 아무리 정신을 집중해서 머리를 돌려 보려고 해도 2~3센티미터 이상은 움직이지 않았다. 마비 증상은 아래쪽으로까지 퍼져서 결국 쇠파이프가 척추 전체와 두개골을 관통해서 꽂힌 느낌이 들었다. 아무 일도 못 할 만큼 심한 두통이 계속됐고, 무언가에 의지하지 않으면 서 있을 수가 없었다.

엄마는 로지라는 이름의 에너지 치료 전문가를 불렀다. 로지는 내가 2주일 내내 누워 있는 침실로 들어섰다. 방문 앞에 선 그녀의 모습이 내게는 물속을 보는 것처럼 울렁거리면서 물결쳤다. 로지의 목소리는 높았고 명랑했다. 그 목소리는 내게 하얀 거품이 나를 보호하듯 감싸고 있고, 건강하고 멀쩡한 내 모습을 상상하라고 말했다. 거품 속에는 내가 좋아하는 모든 물건을 가져다 놓고, 나를 편안하게 만드는 모든 색깔로 장식하라고 했다. 나는 그 거품을 상상했다. 나는 그 중심에 있었고, 설 수도 뛸 수도 있었다. 내 뒤에는 모르몬 사원과, 이제는 죽은 루크 오빠의 늙은 염소 가미카제가 있었다. 모든 것이 초록색으로 은은히 빛났다.

「그 거품을 매일 몇 시간씩 상상하렴.」 로지가 말했다. 「그러면 다 나을 거야.」 그녀가 내 팔을 툭툭 쳤고, 뒤이어 문을 닫고 나가는 소리가 들렸다.

나는 그 거품을 매일 아침, 오후, 밤 할 것 없이 계속 상상했다. 그러나 목은 나을 조짐이 전혀 없었다. 한 달쯤 지나면서 나는 서서히 두통에 익숙해졌다. 어떻게 서는지 배웠고, 그런 다음 어떻게 걸을지도 익혔다. 시각을 이용해서 똑바로 서는 요령을 익혔는데, 잠시라도 눈을 감으면 몸이 휘청대며 넘어가 버렸다. 랜디네 일도 다시 시작했고, 가끔 폐철 처리장에도 나갔다. 그리고 매일 밤 그 초록빛 거품을 상상하며 잠이 들었다.

　침대에 누워서 한 달을 보내는 동안 나는 또 다른 목소리를 들었다. 기억에 있는 목소리였지만 더 이상 익숙하지 않은 목소리이기도 했다. 그 장난기 섞인 웃음소리가 복도에서 울려 퍼지지 않은 지 벌써 6년이나 되지 않았던가.

　바로 숀 오빠의 목소리였다. 오빠는 열일곱이 되던 해 아버지와 싸우고 집을 나가서 트럭 운전이랑 용접 등 닥치는 대로 일을 하며 살고 있었다. 그런 오빠가 도움이 필요하다는 아버지의 부탁을 받고 집에 온 것이다. 침대에 누워서 들으니 오빠는 아버지가 제대로 된 일손을 구할 때까지만 집에 있겠다고 했다. 아버지가 다시 자리를 잡을 때까지만 봐드리는 것이라고도 했다.

　내게는 거의 모르는 사람이나 다름없는 이 오빠가 집에 있으니 느낌이 이상했다. 읍내 사람들이 나보다 오빠를 더 잘 아는 듯했다. 웜크릭에서 오빠에 대한 소문을 들은 적도 있었다. 사람들은 오빠가 문제아고 깡패에다 불량해서 항상 유타 혹은 그 너머를 장악한 깡패들한테 쫓기거나 그들을 쫓거나 둘 중 하나라고들 수군거렸다. 사람들은 또 오빠가 총을 몸에 숨기거나 커다랗고 검은 오토바이에 매고 다닌다고도 했다. 한번은 누군가가 숀 오빠가 사실은 나쁜 사람이 아니라고 하는 것을 들은 적도 있다. 오빠가 싸움에 자꾸 얽히는 것은 모든 무술에 능하고, 마치 아픔을 못 느끼는 사람처럼 싸우기 때문에 근처에서 조금이라도 그 분야에서 이름을 날리고 싶은 사람은 오빠를 이기면 유명해질 거라 생각하고 도전하는 것이라고 했다. 사실은 숀 오빠의 잘못이 아니라는 거였다. 그런 소문들을 들으며 커온 내게 숀 오빠는 현실의 인물이라기보다는 전설에 가까웠다.

내 경험에 근거를 둔 숀 오빠에 대한 기억은 두 번째 사고가 난 지 두 달쯤 지난 부엌에서 시작된 것 같다.

나는 콘 차우더를 만들고 있었다. 문에서 끼익 소리가 나자 나는 누가 들어오는지 보려고 상반신 전체를 겨우 돌렸다가 다시 뻣뻣하게 몸을 돌린 다음 썰던 양파를 계속 썰었다.

「넌 앞으로도 내내 막대사탕처럼 걸어 다닐 거냐?」 숀 오빠가 말했다.

「아니.」

「넌 척추 교정사가 필요해.」 오빠가 말했다.

「엄마가 고쳐 줄거야.」

「네게 필요한 건 척추 교정사야.」 오빠가 다시 말했다.

식구들이 모여서 저녁을 먹고 각자 방으로 흩어졌다. 나는 설거지를 시작했다. 뜨거운 비눗물에 손을 담그고 있는데, 뒤에서 발자국 소리가 들리더니 두껍고 굳은살이 박인 손이 내 머리를 감싸 쥐었다. 내가 미처 반응하기도 전에 오빠는 내 머리를 재빠르게 사정없이 휙 돌렸다. 우지직! 소리가 너무 크게 나서 나는 내 머리가 떨어져 나가 오빠 손에 들려 있을 거라고 확신했다. 몸이 접히면서 나는 그 자리에 쓰러졌다. 사방이 새까맣게 아무것도 보이지 않았지만 그러면서도 빙빙 돌았다. 조금 후 눈을 떠보니 오빠가 내 겨드랑이에 손을 넣어 내가 똑바로 서도록 부축하고 있었다.

「설 수 있을 때까지는 좀 시간이 걸릴지도 몰라.」 오빠가 말했다. 「하지만 다시 설 수 있으면 다른 쪽으로도 돌려야 해.」

너무 어지럽고 구역질이 나서 효과를 즉시 알아차리지는 못했지만, 그날 저녁 나는 서서히 작은 변화가 있다는 것을 느꼈다. 내가 이제 천정을 볼 수 있었고, 리처드 오빠를 놀리기 위해 머리를 갸우뚱할 수도 있었다. 소파에 앉아서 옆에 있는 사람에게 고개를 돌려서 미소를 지을 수도 있었다.

그 사람은 바로 숀 오빠였다. 나는 오빠를 눈으로 봤지만, 그 모습은 단순히 오빠의 얼굴이 아니었다. 오빠의 얼굴에서 내가 알아본 사람 ─사정없지만 애정이 가득한 그 행동을 한 사람 ─이 누구였는지는 모르지만, 아마도 그것은 내가 바라는 아버지의 모습, 내가 애절하게 원하던 나를 보호해 줄 사람, 멋진 투사, 나를 폭풍 속으로 집어던지지 않을 사람, 그리고 내가 다치면 나를 고쳐 줄 사람의 모습이었던 것 같다.

11
본능

언덕 아래 할아버지가 젊었을 때는 가축들이 산에 넓게 흩어져 풀을 뜯었기 때문에 말을 타고 다니며 가축을 돌봤다고 한다. 할아버지가 목장 관리를 위해 타고 다니던 말들은 전설로 내려온다. 오래된 가죽처럼 길이 잘 든 그 말들은 기수의 마음을 읽기라도 하듯 큰 몸집을 섬세하게 움직였다.

적어도 그것이 내가 들은 이야기다. 내 눈으로 본 적은 없다. 나이가 들면서 할아버지는 가축을 줄이고 농사일을 늘렸다. 그러다가 어느 시점이 되면서 농사일마저 그만뒀다. 말이 더 이상 필요 없게 되자 아직 팔 만한 가치가 있는 말은 팔았고, 그렇지 않은 말들은 풀어 줬다. 그 말들이 번식해서 내가 태어날 즈음에는 산을 누비고 다니는 야생마 한 무리가 있었다.

리처드 오빠는 그 말들을 개밥 말이라고 불렀다. 1년에 한 번씩 루크 오빠, 리처드 오빠, 나는 할아버지를 도와 말들 중 열두어 마리를 잡아서 읍내 경매에 도축용으로 팔았다. 간혹 육용으로 도축될 운명에 처한 겁에 질린 말 몇 마리를 살펴보다가 처음으로 갇힌 운명에 적응을 하느라 서성거리는 어린 수말이라도 눈에 띄면 할아버지의 얼굴에 어떤 염원 같은 것이 떠오르기도 했다. 그러면 할아버지는 그 말을 가리키며 말하곤 했다. 「저 녀석은 차에 싣지 마라. 우리가 길들여 보자.」

그러나 야생마는 쉽게 길들여지지 않았다. 할아버지처럼 경험 많은 사람의 손에서도 말이다. 오빠들과 나는 며칠, 혹은 몇 주에 걸쳐 그 말의 신뢰를 얻기 위해 애쓴 후에야 겨우 말에 손이라도 댈 수 있었다. 그러고 나면 우리는 말의 기다란 얼굴을 쓰다듬을 수 있었고, 그런 뒤에도 녀석의 튼튼한 목과 근육질 몸을 쓰다듬는 것을 허락받을 때까지는 또다시 몇 주의 노력이 필요했다. 그렇게 친해진 다음 한 달여가 지난 후에 안장을 씌우는데, 그때도 돌연 말이 고개를 너무 세게 젖혀서 굴레나 고삐가 끊어지곤 했다. 한번은 커다란 밤색 수말이 마치 아무것도 없는 것처럼 목장 담을 향해 곧장 돌진해 담을 부수고 뛰어서 통과한 적이 있었다. 그 바람에 말은 온몸에 피가 나고 멍이 들었다.

우리는 길들이기를 원하는 이 짐승들에게 이름을 지어 주지 않으려고 애썼다. 하지만 어떻게든 이것들을 구분할 방법은 필요했다. 우리가 붙인 이름은 감정을 빼고 특징을 딴 것들이었다. 빅 레드, 블랙 메어, 화이트 자이언트 등등. 나는 이 말들이 등을 휘며 앞으로 구부리고, 뒤로 서고, 구르고, 뛸 때마다 수십 번 말에서 떨어졌다. 수백 가지 다른 자세로 땅에 곤두박질했고, 그때마다 재빨리 일어나서 나무나 트랙터나 담장 쪽 안전한 곳에 몸을 숨겼다. 말이 복수하고 싶은 마음이 들까 봐 무서워서였다.

우리는 한 번도 성공하지 못했다. 우리가 말보다 늘 먼저 지쳐 버렸던 것이다. 어떤 말들은 안장을 보고도 몸부림을 치지 않게 하는 데 성공하기도 했고, 어떤 말들은 사람을 등에 태우고 목장 안을 몇 바퀴 돌게 하는 단계까지 성공해 본 적이 있긴 하지만, 심지어 할아버지도 산으로 말을 타고 갈 용기를 내지는 못했다. 녀석들의 본성이 변하지 않았기 때문이다. 그들은 다른 세상에서 온 무자비하고 강력한 화신일 뿐이었다. 그들의 등에 타는 것은 내 발로 땅을 딛는 것을 포기하고, 그들의 영역으로 들어간다는 의미였다. 그들의 의지에 나를 맡기는 위험을 감수하는 일이었다.

내가 제일 처음 만난 길들여진 말은 적갈색의 거세된 말이었다. 녀석은 목장 담 바로 옆에 서서 숀 오빠의 손에 든 각설탕을 먹고 있었다. 봄이었고 나는 열네 살이었다. 말을 만져 보지 않은 지 여러 해가 지났었다.

그 말은 내 것이었다. 외삼촌 한 분이 내게 선물로 보낸 말이었다. 나는 조심스럽게 다가갔다. 가까워지면 녀석이 분명히 뒷발로 발길질을 하거나, 앞발을 들고 뒤로 젖히거나, 돌진을 할 것이라고 생각했기 때문이다. 그러나 녀석은 내 셔츠에 코를 대고 킁킁거렸고, 그 자리에는 기다랗고 축축한 자국이 남았다. 숀 오빠가 내게 각설탕을 건넸다. 말이 설탕 냄새를 맡았다. 녀석의 턱에 난 털이 내 손가락을 간지럽혔고, 나는 쥐고 있던 주먹을 폈다.

「길들여 보고 싶니?」 오빠가 말했다.

나는 그러고 싶지 않았다. 나는 말이 무서웠다. 아니, 내가 말이라고 생각하는 짐승이 무서웠던 것 같다. 자기 머리를 바위에 전속력으로 들이박는 것이 인생의 목표인 듯한 몸무게 250킬로그램짜리 악마 말이다. 나는 숀 오빠에게 오빠가 길들여 보라고 말했다. 나는 그냥 울타리 주변에서 쳐다만 볼 생각이었다.

나는 녀석에게 이름 붙이기를 거부했다. 그래서 우리는 녀석을 이얼링이라고 불렀다. 이얼링*은 이미 굴레에는 길들어 있었기 때문에

---

* yearling. 한 살배기 혹은 어린 말이라는 뜻 — 옮긴이주.

숀 오빠는 첫날부터 안장을 얹었다. 안장을 보자 이얼링은 긴장한 듯 앞발로 흙을 긁었다. 숀 오빠는 천천히 움직이면서 이얼링이 등자의 냄새를 맡고, 안장 머리 부분에 달린 뿔을 신기한 듯 씹어 보는 동안 끈기 있게 기다렸다. 그런 다음 오빠는 이얼링의 넓은 어깨에 부드러운 가죽을 문질렀다. 계속, 그러나 서두르지 않는 동작이었다.

「말들은 자기가 보지 못하는 곳에 물건을 대는 걸 싫어해.」숀 오빠가 말했다. 「안장을 앞에서 보여 주고 익숙하게 해주는 게 좋아. 그러다가 안장 냄새와 감촉에 완전히 익숙해지면 머리 뒤쪽으로 보내는 거지.」

한 시간이 흐른 후 안장은 아무 문제없이 이얼링의 등에 고정됐다. 오빠는 말을 탈 때가 됐다고 말했고, 나는 목장이 완전히 아수라장이 될 거라고 확신하고 헛간 지붕 위로 올라가 몸을 피했다. 하지만 오빠가 안장 위에 오른 후에도 이얼링은 그냥 살짝 당황한 기색만 보였다. 몸을 뒤로 젖혀 버릴까 말까 망설이기라도 하듯 녀석은 앞발을 흙에서 한 뼘쯤 떨어뜨렸다. 하지만 결국 그러지 않는 게 좋겠다고 결정을 했는지 땅을 향해 머리를 숙이고 흙을 파던 발도 잠잠해졌다. 아주 짧은 시간 사이에 이얼링은 제 등에 탈 권리를 우리가 가지고 있다는 것을 받아들였고, 우리를 태우겠다고 승낙한 것이다. 그는 자신에게 주어진 세상, 바로 자신이 누군가의 소유인 세상을 그대로 받아들였다. 한 번도 야생에서 지내 본 적이 없는 그는 〈다른 세상〉에서 자신을 부르는 그 미치게 만드는 소리를 들을 수 없었다. 자신이 누구의 소유도 아닌 세상, 누구도 태우지 않을 수 있는 산 위의 세상을 상상할 수 없었던 것이다.

나는 녀석에게 버드라는 이름을 붙였다. 일주일 내내 밤마다 나는 숀 오빠와 버드가 회색빛 먼지를 일으키며 목장 울타리 안을 질주하는 것을 지켜봤다. 그러다가 햇빛이 부드러웠던 여름날 저녁, 나는 고삐를 쥐고 버드 옆에 섰고 숀 오빠가 굴레가 움직이지 않도록 잡아 주자 안장 위에 올라탔다.

숀 오빠는 이전 생활에서 벗어나고 싶다고 했고, 그러기 위한 첫걸음은 친구들과 어울리지 않는 것이었다. 갑자기 오빠는 매일 저녁 집에 돌아와 뭔가 할 일을 찾았다. 웜크릭에 연습을 가는 나를 차로 데려다주기 시작했다. 우리 둘만 차에 타고 국도를 미끄러져 갈 때면 오빠는 여유 있고 유쾌한 사람이 됐다. 농담을 하고 나를 놀리고, 때로 조언을 하기도 했다. 주로 〈내가 한 실수를 넌 하지 마〉 같은 종류의 조언이었다. 그러나 극장에 도착하는 순간 오빠는 다른 사람이 됐다.

처음에는 그냥 어린 남자아이들을 주의 깊게 관찰하기만 했다. 그러다가 오빠는 그 아이들에게 미끼를 던지기 시작했다. 눈에 띄게 공격적으로 행동하는 것은 아니었고 그냥 사소한 자극이었다. 지나가는 아이의 모자를 툭 쳐서 젖힌다든가, 아이가 손에 들고 있는 음료수 캔을 툭 쳐서 그 애 바지에 얼룩이 지면 웃는다든가 했다. 누군가가 따지고 들면 — 보통 아무도 따지려 들지 않았지만 — 오빠는 얼굴에 〈그래서 어쩔 건데〉 유의 닳고 닳은 깡패 같은 가면을 쓰곤 했다. 그러나 우리 둘만 남으면 그 가면은 사라지고, 갑옷을 벗듯 허세도 온데간데없어지면서 그는 다시 내 오빠로 돌아왔다.

내가 제일 사랑했던 것은 오빠의 미소였다. 오빠의 송곳니 영구치는 끝까지 나지 않았다. 오빠가 어렸을 때 부모님이 데리고 다녔던 대체 의학 치과 의사들은 때가 너무 늦었을 때까지 아무도 오빠의 송곳니 문제를 눈치 채지 못했다. 스물세 살이 돼서 오빠 스스로 구강외과를 찾았을 때는 이미 송곳니가 잇몸 속에서 거꾸로 자라 코밑 조직으로 뻗어 있었다. 구강외과의는 잘못 자란 송곳니 영구치를 빼내고, 오빠에게 유치를 되도록이면 오랫동안 보존하되, 그 치아들이 썩어서 빠지고 나면 의치를 해넣자고 했다. 그러나 오빠의 유치는 썩지 않았다. 그대로 그 자리를 지키면서 잘못된 어린 시절의 고집 센 유물로 남아 오빠의 무의미하고, 쓸모없고, 끝없는 공격성을 목격해야 하는 모든 사람들에게 이 남자도 한때는 소년이었다는 사실을 상기시켜 주었다.

내가 만 열다섯 살이 되기 한 달 전 흐린 여름날 저녁이었다. 태양은 벅스피크 아래로 졌지만, 하늘에는 그 후로도 몇 시간 동안 빛이 남아 있었다. 숀 오빠와 나는 목장에 있었다. 그해 봄에 버드를 길들인 후, 숀 오빠는 말에 대해 좀 더 진지해졌다. 여름 내내 오빠는 말을 사들였다. 순종 말, 파소 피노 종 할 것 없이 사들였지만 대부분 싸게 살 수 있는 길들이지 않은 말들이었다. 우리는 아직 버드를 훈련시키고 있었다. 탁 트인 풀밭으로 열 몇 번 데리고 나갔지만 버드는 경험이 없고, 겁이 많았으며, 예측 불가능했다.

그날 저녁 숀 오빠는 구릿빛 새 암말에 안장을 처음으로 얹었다. 오빠는 그 말이 잠깐 사람을 태울 준비는 되었다고 했고, 우리는 말을 타고 나섰다. 나는 버드를 타고 오빠는 그 새로운 말을 탄 채 산으로 약 1킬로미터 정도 올라갔다. 말들이 놀라지 않도록 조심스럽게 움직이면서 밀밭을 구불구불 서서히 올라갔다. 그러다가 내가 바보 같은 짓을 했다. 오빠가 탄 암말에 너무 가까이 간 것이다. 녀석은 이 거세된 말이 뒤에 오는 것이 싫었는지 아무 경고도 없이 앞으로 뛴 다음, 앞발에 무게를 싣고 뒷발로 버드의 가슴을 제대로 가격했다.

버드는 길길이 날뛰었다.

그전에 나는 고삐에 매듭을 지어서 좀 더 안정감 있게 하려고 했지만 고삐가 잘 쥐어지지 않았다. 버드는 한번 크게 몸을 떤 다음, 몸을 구부리고 뛰면서 빙빙 돌기 시작했다. 고삐가 머리 위로 날아갔다. 나는 안장 뿔을 꼭 쥐고 허벅지를 조여 다리로 녀석의 통통한 배를 감쌌다. 내가 정신을 차리기도 전에 버드는 계곡을 향해 질주했다. 가끔 몸을 굽히고 펄쩍 뛰면서 계속, 계속 뛰었다. 발이 등자 사이로 빠지면서 내 정강이까지 등자가 올라와 있었다.

할아버지와 함께 여름마다 말들을 길들이면서 유일하게 기억에 남았던 할아버지의 충고는 〈무슨 일이 있어도 등자에 발이 걸리게 해서는 안 된다〉는 거였다. 설명을 들을 필요도 없었다. 말에서 몸을 던질 수만 있으면 무사할 확률이 높았다. 적어도 땅으로 떨어질 수는 있을 테니까. 그러나 발이 걸려 있으면 바위에 머리가 부딪혀 깨질 때까지 계속 끌려갈 수도 있었다.

숀 오빠도 나를 도울 수가 없었다. 그 훈련 안 된 암말을 타고서는 말이다. 말 한 마리가 미쳐 날뛰면 다른 한 마리도 흥분하게 마련이다. 특히 어리고 기가 팔팔한 녀석들은 더 그랬다. 숀 오빠가 가진 모든 말 중에서 그런 일을 해낼 만큼 나이가 적당하고, 성질이 차분한 유일한 말은 아폴로라는 이름의 일곱 살짜리 사슴 색 말이었다. 폭발적인 속도로 콧구멍이 펄럭거리도록 뛰다가, 적당한 속도를 유지하면서 기수가 안장에서 몸을 떼고 등자에서 한 발을 빼서 땅으로 몸을 숙여 놀라서 미쳐 날뛰는 다른 말의 고삐를 잡을 수 있도록 방향을 조절해 줄 수 있는 정도의 성숙함을 갖춘 말 말이다. 그러나 아폴로는 산 아래 1킬로미터 떨어진 목장에 있었다.

내 본능은 잡고 있는 안장의 뿔을 놓으라고 속삭였다. 내가 말에서 떨어지지 않도록 해주는 유일한 장치였다. 그것을 놓는 순간 나는 떨어질 것이고, 그 직전 아주 짧은 시간 사이에 앞쪽으로 벗겨져서 펄럭거리는 고삐를 잡거나, 등자를 종아리에서 빼내거나 해야 했다. 〈한번 시도라도 해봐.〉 내 본능이 내게 소리쳤다.

그 본능들은 내 수호천사들이었다. 이전에도 이런 식으로 몸을 구부리며 날뛰는 말과 씨름할 때 여러 번 나를 인도해서 살려 냈었다. 언제 안장에 더 매달려야 하는지, 언제 몰아닥치는 말발굽에서 몸을 피해야 하는지를 알려 줬었다. 바로 그 본능이 몇 년 전, 아버지가 폐철통을 비울 때 몸을 피하도록 알려 줬었다. 나는 몰랐지만 본능은 아버지가 알아차리기를 바라는 것보다 그 높은 곳에서 떨어지는 쪽이 더 살아남을 확률이 크다는 것을 알고 있었기 때문이다. 그때까지 평생 내 본능이 주장하는 것은 단 한 가지였다. 나 자신을 믿고 의지하는 것이 생존 확률을 높이는 길이라는 것.

버드는 앞발을 들고 곧추섰다. 머리를 너무 높이 들어 나는 녀석이 뒤로 자빠지는 게 아닐까 하는 생각까지 했다. 그러나 앞발로 세게 땅을 짚은 다음 다시 한번 몸을 구부리고 뒷발을 들면서 펄쩍 뛰었다. 나는 안장 뿔을 세게 움켜쥐었다. 손을 놓으면 안 된다는 또 다른 본능에 기초한 행동이었다.

숀 오빠가 와줄 게 분명했다. 훈련 안 된 암말을 타고 있지만 오빠는 뭔가 기적을 만들어 낼 것이다. 녀석은 오빠가 〈이랴!〉 하고 외쳐도 무슨 말인지 이해도 못 할 것이고, 배를 발로 차면 한 번도 겪어 본 일이 없는 그 느낌에 몸을 뒤로 젖히고 세차게 흔들어 댈 것이다. 하지만 오빠는 다시 녀석의 머리를 제자리로 돌려놓고, 땅에 발이 닿는 순간 다시 한번 배를 발로 찰 것이다. 그렇게 하면 녀석이 다시 세차게 몸부림을 칠 줄 알면서도 말이다. 오빠는 결국 녀석이 못 참고 뛰기 시작할 때까지 그 일을 반복할 것이고, 마침내 녀석이 치닫기 시작하면, 이 길들지 않은 말의 거친 속도를 반기면서 어떻게든 앞으로 나아가게 할 것이다. 시간이 흘러야 익힐 수 있는 말과 기수 사이의 언어인 섬세한 댄스 같은 몸의 움직임을 아직 배우기 전이지만 오빠는 이 짐승을 가지고 어떻게든 그 일을 해낼 것이다. 이 모든 과정은 일 년의 훈련이 하나의 절박한 시점으로 압축되어 몇 초 사이에 일어날 것이다.

물론 그것이 불가능하다는 건 나도 알고 있었다. 심지어 이런 상상을 하는 와중에도 이미 알고 있었다. 그러나 나는 안장 뿔에 계속 매달려 있었다.

버드는 이제 광란의 상태에 돌입했다. 미친 듯이 날뛰었고, 공중으로 몸이 치솟을 때마다 등을 아치 모양으로 구부렸다가 발굽이 땅에 세게 부딪힐 때 머리를 좌우로 세차게 흔들었다. 빠른 속도로 내 눈으로 들어오는 풍경을 머릿속에서 분리해서 처리할 시간이 없었다. 금빛 밀이 사방으로 날아다니고 푸른 하늘과 산이 말도 안 되는 각도로 휘청거렸다.

방향 감각을 완전히 잃어버린 나는 구릿빛 암말이 내 옆으로 다가오는 것을 봤다기보다 느꼈다. 숀 오빠가 안장에서 몸을 떼서 땅 쪽으로 숙였다. 한 손으로는 자기 고삐를 단단히 잡고 다른 한 손으로는 잡초 사이에 끌리는 버드의 고삐를 잡아챘다. 가죽끈이 팽팽해졌고, 버드의 재갈이 버드의 머리 정면으로 향하게 했다. 머리가 곧게 서니 버드는 더 이상 몸을 숙이면서 뛰어오르지 못하게 됐고, 부드러운 리듬으로 뛰기 시작했다. 오빠는 자기 고삐를 바짝 당겨 암말의 머리가 오빠의 무릎을 향하게 해서 원을 그리며 뛰도록 만들었다. 그리고 한 번 돌 때마다 끈을 팔뚝에 감으면서 고삐를 더 바짝 당겨서 원의 크기를 줄여 나갔다. 결국 원의 크기가 아주 작아지면서 발굽 소리가 멈췄다. 나는 안장에서 미끄러져 내려와 밀밭에 누웠다. 밀의 줄기가 내 셔츠를 뚫고 들어와 내 몸을 간지럽혔다. 내 머리 위로 보이는 말들의 배가 헐떡거리는 호흡에 따라 크게 부풀었다가 줄어들었다를 반복했고, 발굽은 흙을 긁고 있었다.

12
물고기 눈깔

토니 오빠는 자기 장비 ─ 세미 트럭과 트레일러 ─ 를 사기 위해 대출을 받았었다. 하지만 대출금을 갚기 위해 오빠는 계속 트럭을 몰고 다녀야 했고, 그래서 그곳이 오빠가 사는 곳이 됐다. 길 위의 트럭 말이다. 그런 생활은 오빠의 아내가 병이 나자 찾아간 의사가(올케 언니는 의사를 찾아갔다!) 침대에서 안정을 취해야 한다고 할 때까지 계속됐다. 토니 오빠는 숀 오빠에게 전화해서 트럭을 1~2주 정도 대신 몰아 줄 수 있겠느냐고 물었다.

숀 오빠는 장거리 트럭 운전을 정말 싫어했지만 내가 같이 갈 수 있으면 그러마고 했다. 아버지 폐철 처리장에서는 내가 당장 필요치 않았고, 랜디도 며칠은 휴가를 줄 수 있다고 했기 때문에 우리는 라스베이거스를 향해 출발했다. 그런 다음 동쪽에 있는 앨버커키, 서쪽에 있는 로스앤젤레스에 들렀다가 북쪽으로 방향을 돌려 워싱턴주로 향했다. 도시들을 볼 수 있을 거라 생각했지만 트럭 휴게소와 고속도로 말고는 달리 본 것이 별로 없었다. 트럭의 앞 유리는 엄청나게 컸고, 비행기 조종실처럼 높아서 아래 보이는 다른 차들이 장난감 같았다. 잠자리가 있는 칸은 동굴처럼 퀴퀴하고 어두웠고, 과자 봉지가 여기저

171

기 굴러다녔다.

숀 오빠는 거의 잠도 자지 않고, 며칠 내내 운전을 했다. 15미터가 넘는 트레일러가 달린 트럭이었지만 오빠는 마치 그게 자기 팔의 연장이기라도 한 것처럼 쉽게 다뤘다. 체크 포인트를 지날 때마다 실제로 잔 것보다 더 많이 잔 것처럼 보이게끔 기록을 조작했다. 우리는 이틀에 한 번씩 잠깐 동안만 휴식을 취했다. 그 시간 동안 샤워도 하고, 마른 과일과 시리얼바가 아닌 제대로 된 식사를 했다.

앨버커키 근교에 갔을 때 그곳 월마트 창고가 정체가 돼서 이틀 동안이나 우리가 싣고 간 짐을 내리지 못했다. 그곳은 도시 바깥이라 트럭 휴게소와 사방으로 끝없이 뻗어 나간 붉은 모래밭밖에 없었다. 그래서 오빠와 나는 잠자리가 있는 칸에서 치토스를 먹고 마리오 카트 게임을 하며 시간을 보냈다.

「요령을 잘 알기만 하면, 아주 적은 힘으로 상대방을 꼼짝 못하게 할 수도 있어. 손가락 두 개로 사람 몸 전체를 컨트롤할 수도 있지. 약한 곳이 어디인지 알고, 그걸 어떻게 이용하는지 알면 되는 거야.」 오빠는 내 손목을 잡아 꺾었다. 내 손가락을 아래쪽으로 접히게 해서 억지로 팔목 안쪽에 닿도록 했다. 오빠는 내가 몸을 약간 꼬아서 팔이 등에 더 닿도록 해서 압력을 누그러뜨릴 때까지 계속 힘을 줬다.

「봐. 여기가 약한 곳이야.」 오빠가 말했다. 「내가 더 꺾었으면 넌 꼼짝도 못하게 됐을 거야.」 오빠는 그렇게 말하면서 천사 같은 미소를 지었다. 「물론 그렇게 하면 무지하게 아플 테니까 안 하겠지만.」

오빠는 내 손목을 놓고 말했다. 「자, 이번에는 네가 해봐.」

나는 오빠 손목을 꺾고 세게 누르면서, 내가 그랬던 것처럼 오빠의 상체가 앞으로 수그러지게 하려고 애를 썼다. 오빠는 꼼짝도 하지 않았다.

「너한테는 다른 전략이 필요할 수도 있겠다.」 오빠가 말했다.

오빠는 내 손목을 다른 방법으로 잡으면서 공격하는 사람이 이렇게 할 수도 있다고 말했다. 그러고는 내게 어떻게 잡힌 것을 풀고 탈출할 수 있는지, 손가락이 어디가 제일 약하고 내 팔뼈 중 어디가 제일 강한 곳인지도 가르쳐 줬다. 몇 분 후, 나는 오빠의 가장 두꺼운 손가락도 풀고 탈출할 수 있게 됐다. 그뿐 아니라 상대방을 주먹으로 칠 때 어떻게 하면 내 온몸의 무게를 실을 수 있는지, 어디를 쳐야 기도를 박살 낼 수 있는지도 배웠다.

다음 날 아침, 트레일러에 실린 짐들이 내려졌다. 우리는 새로 짐을 실은 후 트럭에 올라 도로에 그려진 하얀 선들이 차 밑으로 사라지는 걸 최면에 걸린 듯 바라보면서 또다시 이틀간 이동을 했다. 나는 그 선들이 뼈 색깔과 비슷하다고 생각했다. 우리는 재미있게 시간을 보낼 수단이 별로 없었기 때문에 말하는 게임을 발명해 냈다. 그 게임의 규칙은 딱 두 개뿐이었다. 첫 번째는 모든 문장에 제일 앞 글자 두 개를 서로 바꾼 단어 두 개를 포함시켜야 한다는 규칙이었다.

「넌 내 리들 시스터가 아니야, 넌 내 시들 리스터지You're not my little sister, you're my sittle lister.」 오빠는 발음을 느릿하게 해서 t와 d 소리를 비슷하게 발음했다. 그렇게 〈시틀 리스터sittle lister〉를 〈시들 리스터siddle lister〉처럼 들리게 만들었다.

두 번째 규칙은 숫자처럼 들리는 단어이거나, 숫자와 동일한 소리가 들어 있는 단어는 그 숫자에 1을 더해서 말해야 한다는 규칙이었다. 〈투to〉라는 단어가 한 예다. 숫자 〈투two〉처럼 소리가 나기 때문에 그 단어는 〈투〉가 아니라 스리three로 말해야 한다.

예를 들어, 오빠가 〈여동생아, 정신 차리자. 앞에 검문소가 있는데 벌금을 낼 돈이 없거든. 안전벨트를 맬 시점이야〉라고 말하고 싶으면

〈시들 리스터〉하고 부른 후, 정신을 차리자는 〈페이 어—텐—션pay a—tten—tion〉 대신 〈페이 어—일레븐—션〉이라고 말하고, 〈낼 돈이 없다〉는 〈캔트 어—포—드can't a—ffor—d〉 대신 〈캔트 어—파이브—드〉, 〈맬 시점〉의 〈타임 투time to〉 대신 〈타임 스리〉라고 말했다.

그 게임에도 싫증이 나면, 우리는 단거리 주파수 무전기를 켜고 같은 고속도로를 달리는 외로운 트럭 운전수들의 잡담에 귀를 기울이곤 했다.

「녹색 네발 자전거 조심해.」 우리 차가 새크라멘토와 포틀랜드 사이 어딘가를 가고 있을 때 단파 무전기에서 걸걸한 목소리가 말했다. 「지금 30분째 내 사각지대에서 알짱거리고 있어.」

숀 오빠는 네발 자전거는 큰 트럭을 모는 사람들이 승용차와 작은 트럭을 가리키는 말이라고 설명해 줬다.

무전기에 등장한 또 다른 목소리가 시속 160킬로미터로 차들 사이를 누비고 지나가는 빨간색 페라리에 대해 불평했다. 「그 나쁜 놈이 파란색 작은 셰비하고 거의 부딪힐 뻔했어.」 치직거리는 잡음과 함께 그 저음의 목소리가 계속 울려 나왔다. 「제기랄, 그 셰비에 어린애가 타고 있었네. 앞에 가는 사람들 중에서 이 미친놈 좀 말려 줄 사람 있나?」 그 목소리가 위치를 알려 줬다.

숀 오빠는 거리를 표시하는 이정표를 확인했다. 우리가 앞에 가고 있었다. 「냉장차를 단 피터빌트 운전자입니다.」 오빠가 말했다. 사람들이 각자 백미러로 냉장차를 끌고 가는 피터빌트 차량이 가까이 있는지 확인하는 동안 잠시 침묵이 흘렀다. 그러고는 처음 목소리보다 더 걸걸한 새로운 목소리가 들렸다. 「나는 드라이박스를 단 파란색 켄워스요.」

「보입니다.」 숀 오빠는 그렇게 말하고, 나를 위해 몇 차 앞에 가는 파란색 켄워스 트럭을 가리켰다.

이윽고 페라리가 나타났고, 우리 트럭에 달린 여러 개의 백미러에 모두 그 모습이 비치자 숀 오빠는 기어를 바꾸고 가속 페달을 밟아서 켄워스 트럭 옆으로 차선을 옮겼다. 이 15미터 길이의 거대한 트레일러 트럭 두 대가 나란히 가면서 편도 2차선 도로를 모두 막은 것이다. 페라리는 경적을 울리고, 가속을 했다가, 차선을 바꿨다가, 브레이크를 밟았다가 안절부절못했다. 그러면서 다시 경적을 울려 댔다.

「저 녀석 얼마나 오래 막아 둬야 할까?」 걸걸한 목소리가 저음의 너털웃음을 터뜨리며 말했다.

「차분해질 때까지요.」 오빠가 대답했다.

우리는 8킬로미터쯤 그렇게 더 가다가 페라리에게 길을 비켜 줬다.

일주일쯤 더 이어진 여행이 끝날 무렵, 우리는 토니 오빠에게 아이다호로 떠날 짐을 찾아 달라고 말했다.

「자, 시들 리스터.」 오빠는 트럭을 몰고 폐철 처리장 안으로 들어가면서 말했다. 「백 스리 워크Back three work」*

웜크릭 오페라하우스에서 새로운 공연 계획을 발표했다. 새 작품은 「회전목마」였다. 숀 오빠는 차로 나를 오디션장에 데려다 줬다. 그러고는 본인도 오디션을 받아서 나를 놀라게 했다. 찰스도 있었다. 그는 열일곱 살 난 세이디라는 여자아이와 이야기하고 있었다. 세이디는 찰스가 하는 말에 고개를 끄덕이고 있기는 했지만 눈은 숀 오빠에게서 떠나질 않았다.

첫 연습 때 그녀는 오빠 옆에 앉더니 오빠 어깨에 손을 얹고 웃으며

---

* 〈Back to work〉에서 게임의 규칙에 따라 to를 three로 바꿔 말한 것이다. 〈다시 일해야 할 시간이야.〉—옮긴이주.

머리를 찰랑거렸다. 부드럽고 도톰한 입술과 커다랗고 짙은 눈을 가진 정말 예쁜 소녀였다. 하지만 나중에 내가 숀 오빠에게 그녀가 좋은지 묻자 오빠는 아니라고 대답했다.

「눈이 물고기 눈깔처럼 보여.」 오빠가 말했다.

「물고기 눈깔?」

「응. 물고기 눈깔. 진짜 멍청한 게 바로 물고기들이야. 예쁘긴 한데 머리는 타이어만큼이나 텅 비었어.」

세이디는 퇴근 시간 즈음에 폐철 처리장에 들르기 시작했다. 보통 숀 오빠가 마실 밀크셰이크나 쿠키, 혹은 케이크를 들고 왔다. 오빠는 그녀에게 거의 말을 하지 않고, 그녀가 가져온 것을 낚아챈 다음 목장 쪽으로 발걸음을 재촉했다. 그러면 세이디는 종종걸음으로 따라가서 말을 돌보느라 분주하게 움직이는 오빠 옆에 서서 말을 걸곤 했다. 그러다가 어느 날 저녁 세이디는 오빠에게 말 타는 법을 가르쳐 달라고 했다. 나는 우리 말들이 완전히 길이 들지 않았다는 것을 설명하려고 했지만 세이디는 이미 결심을 굳힌 상태였다. 결국 숀 오빠는 세이디를 아폴로에 태웠고, 우리 셋은 말을 타고 산 쪽으로 향했다. 오빠는 세이디와 아폴로를 완전히 무시했다. 가파른 계곡을 내려갈 때 등자에 발을 걸치고 몸을 세우는 요령이랄지, 말이 나뭇가지 같은 것을 뛰어넘을 때 어떻게 다리로 조여서 말에 매달리는지 등등 내게는 가르쳐 주던 것들을 세이디한테는 하나도 가르쳐 주지 않았다. 그녀는 말을 타는 내내 덜덜 떨었지만, 즐거운 척하면서 오빠가 자기 쪽을 쳐다볼 때마다 립스틱 바른 입술로 미소를 지어 보였다.

다음 공연 연습 때, 찰스가 어느 장면에 대해 세이디에게 물어보느라 두 사람이 이야기를 나누는 것을 숀 오빠가 봤다. 몇 분 뒤, 세이디가 오빠가 있는 곳으로 왔지만 숀 오빠는 그녀를 모르는 척하면서 등을 돌려 버렸다. 세이디는 울면서 저쪽으로 갔다.

「왜 그랬어?」 내가 물었다.

「아무것도 아니야.」 오빠가 말했다.

며칠 후 있었던 다음 연습 때, 오빠는 그전 일을 완전히 잊은 듯이 행동했다. 세이디는 조심스럽게 오빠에게 다가왔지만 오빠는 그녀에게 미소를 지어 보였고, 몇 분 뒤에 보니 두 사람은 이야기를 나누며 웃고 있었다. 숀 오빠는 그녀에게 길 건너에 있는 할인 매장에서 스니커즈 스낵바를 사다 달라고 부탁했다. 그녀는 오빠가 자기에게 뭘 부탁한다는 것만으로도 기쁘다는 표정으로 서둘러 나갔다. 하지만 몇 분 뒤 그녀가 돌아와서 스니커즈를 건네자 오빠는 말했다. 「이건 또 무슨 짓거리야? 난 밀키웨이를 사다 달랬잖아.」

「아니야.」 그녀가 말했다. 「스니커즈를 사다 달라고 말했잖아.」

「난 밀키웨이가 먹고 싶다고.」

세이디는 다시 나가서 밀키웨이를 사왔다. 그녀는 긴장한 웃음을 띠며 오빠에게 밀키웨이를 건넸지만 이번에는 오빠가 〈내 스니커즈는 어디 있어? 다시 잊어버린 건 아니겠지?〉 하고 말했다.

「네가 싫댔잖아!」 그렇게 외치는 그녀의 눈이 유리처럼 반짝였다. 「그래서 찰스 줬어!」

「가서 가져와.」

「하나 사다 줄게.」

「아니.」 오빠는 차가운 눈으로 말했다. 보통 때는 장난스럽고 까불거리는 인상을 주는 오빠의 유치 송곳니가 이제는 예측 불허의 변덕쟁이 같은 인상을 줬다. 「난 그 스니커즈가 먹고 싶어. 가서 가져와. 아니면 다시 오지도 마.」

세이디의 볼에 눈물이 흘러내리면서 마스카라가 번졌다. 그녀는 잠

시 눈물을 닦더니 다시 미소를 지어 보였다. 그러고는 찰스에게 다가
가서 아무 일도 아니라는 듯 웃으며 그 스니커즈를 다시 돌려줄 수 있
는지 물었다. 세이디는 그 스니커즈를 화해의 선물처럼 오빠 손바닥
에 놓고 카펫만 쳐다보면서 기다렸다. 숀 오빠는 그녀를 끌어당겨 자
기 무릎에 앉히고 스니커즈를 세 입에 다 먹어 버렸다.

「네 눈은 정말 이뻐..」오빠가 말했다. 「꼭 물고기 눈깔 같아.」

세이디의 부모는 이혼 절차를 밟고 있었고, 온 동네가 그녀의 아버
지에 대한 소문으로 웅성거렸다. 그 소문을 들은 엄마는 왜 숀 오빠가
세이디에게 관심이 생겼는지 이해가 된다고 말했다. 「그 애는 항상 날
개가 부러진 천사를 보호하는 애거든.」

숀 오빠는 세이디의 학교 시간표를 알아내서 외웠다. 그러고는 하
루에도 몇 번씩, 특히 세이디가 한 건물에서 다른 건물로 이동하는 시
간에 맞춰 그녀가 다니는 고등학교에 차를 몰고 갔다. 그러고는 도로
변에 차를 세우고 그녀를 멀리서 지켜봤다. 세이디가 오기에는 멀지
만, 오빠가 보이지 않을 정도로 멀지는 않았다. 그것은 오빠와 내가 함
께하는 활동이었다. 우리는 읍내에 볼 일이 있을 때마다, 그리고 볼 일
이 전혀 없을 때에도 그곳에 갔다. 그러던 어느 날 세이디가 학교 계단
에 찰스와 함께 나왔다. 둘이 함께 웃고 있었다. 세이디는 숀 오빠의
트럭을 보지 못한 상태였다.

나는 오빠의 얼굴이 굳어졌다가 다시 풀리는 것을 지켜봤다. 오빠
는 나를 보고 미소를 지었다. 「딱 맞는 벌이 생각났어.」오빠가 말했
다. 「이제부터 세이디를 보지 않으면 돼. 그냥 투명인간으로 대해 버
리면 충분히 괴로울 거야.」

오빠 말이 맞았다. 전화 메시지를 남겨도 오빠가 답하지 않자 세이

디는 절박해졌다. 그녀는 학교의 남학생들에게 자기 옆에서 걷지 말라고 했다. 숀 오빠가 볼까 봐 두려워서였다. 그리고 오빠가 세이디의 친구들 중 한 명이 마음에 들지 않는다고 하자 그 친구와 절교해 버렸다.

세이디는 날마다 방과 후에 우리 집에 왔다. 나는 스니커즈 사건과 비슷한 일이 계속 반복해서 다른 형태로, 다른 물건을 소재로 벌어지는 것을 목격했다. 숀 오빠는 물 한잔 달라고 했다가 세이디가 가져다주면 얼음을 원했다. 얼음 넣은 물을 가져다주면 우유를 원했고, 그런 다음 다시 물, 얼음물, 얼음 들지 않은 물, 주스 등으로 계속 말을 바꿨다. 그렇게 한 30분 계속하다가 마지막으로 오빠는 우리 집에 없는 것을 원했다. 그러면 그녀는 읍내까지 차를 몰고 가서 그것을 사왔다. 그것이 바닐라 아이스크림이든, 감자튀김이든, 멕시코 음식이든 오빠가 원하는 것을 사오자마자 오빠는 다른 것을 요구했다. 두 사람이 함께 외출하는 날이면 나는 고마운 마음이 들었다.

어느 날 밤, 집에 늦게 돌아온 오빠한테서 이상한 분위기가 감돌았다. 나만 빼고 모두 자고 있었다. 나는 자기 전에 성경 한 챕터를 읽고 자려고 소파에 앉아 있었다. 숀 오빠는 내 옆에 털썩 주저앉더니 말했다.「물 한잔만 가져와라.」

「오빠는 다리가 부러졌어?」 내가 말했다.

「가져와. 안 그러면 내일 읍내에 갈 때 차 안 태워 준다.」

나는 물을 가져왔다. 물 잔을 건네는 순간 오빠 얼굴에 떠오른 미소를 본 나는 다른 생각을 할 겨를도 없이 손에 들고 있던 물을 모두 오빠 머리 위에 부어 버렸다. 그러고는 복도를 걸어 내 방으로 들어가려는데, 그 순간 오빠가 나를 잡았다.

「사과해.」 오빠가 말했다. 물이 오빠 코끝에서 티셔츠로 뚝뚝 떨어지고 있었다.

「싫어..」

오빠는 내 머리카락을 한 움큼 움켜잡았다. 뿌리에 가깝게 많은 양의 머리카락을 쥐었기 때문에 나를 끌고 목욕탕으로 들어가기가 쉬웠을 것이다. 내가 허우적거리는 손으로 문틀을 붙잡자 오빠는 내 몸 전체를 번쩍 들어 올린 다음 팔을 등 뒤로 꺾고 머리를 변기에 집어넣었다. 「사과해..」 오빠가 다시 말했다. 나는 아무 말도 하지 않았다. 오빠가 내 머리를 더 깊게 쑤셔 박자 내 코가 더러운 변기 바닥에 거의 닿을 지경이 됐다. 눈은 감았지만 지독한 냄새 때문에 지금 내 머리가 어디에 쑤셔 박혀 있는지 무시할 수가 없었다.

나는 다른 무엇인가를 생각해서 지금 내 몸에서 나 자신을 분리해보려 했지만 떠오르는 것은 몸을 구부리고 엎드린 순종적인 세이디의 모습이었다. 그 이미지를 떠올리자 온몸을 증오심이 훑고 지나갔다. 오빠는 내 코가 변기에 닿을 정도로 나를 찍어 누른 채 한 1분 정도 있다가 결국 놔줬다. 머리끝이 젖어 있었고, 두피는 화끈거렸다.

나는 그걸로 끝인 줄 알았다. 뒷걸음질을 치기 시작하는데 오빠는 다시 내 손목을 잡고 꺾기 시작했다. 그러고는 손가락과 손바닥을 나선형으로 꼬았다. 너무 심하게 꺾어서 내 몸도 꼬이면서 구부러지기 시작했다. 그런데도 오빠는 힘을 더 줬다. 나는 생각할 겨를도 없고, 내가 무슨 행동을 하는지 깨닫지도 못한 채 갑자기 허리를 확 굽혀서 절하는 자세를 취했다. 팔은 여전히 몸 뒤에 잡혀 있었고 머리가 거의 바닥에 닿을 지경이 됐다.

숀 오빠가 주차장에서 이렇게 사람을 잡는 동작을 가르쳐 줬을 때 나는 몸동작을 최소한만 했었다. 그때는 오빠가 설명하는 대로 따라 하는 것에 집중을 했지, 몸이 필요해서 그렇게 한 것이 아니었다. 이 때문에 오빠가 가르쳐 준 동작이 특별히 효과적으로 보이지 않았었다. 그러나 이제 나는 그 동작의 의미가 바로 통제에 있다는 사실을 이해했다. 손목을 부러뜨리지 않고는 거의 움직일 수도, 숨을 쉴 수도 없었다. 오빠는 한 손으로 나를 잡고 있었고, 다른 한 손은 몸 옆에 힘을 뺀 채 늘어져 있었다. 나를 그토록 꼼짝 못 하게 하는 것이 얼마나 쉬운지 보여 주기라도 하려는 것처럼 말이다.

〈내가 세이디라면 더 세게 붙잡았겠지.〉나는 생각했다.

마치 내 생각을 읽기라도 한 듯 오빠는 손목을 더 꺾었다. 내 몸은 더 세게 감겨서 얼굴이 거의 바닥을 긁을 지경이 됐다. 내가 어떤 동작을 취해도 내 손목에 가해지는 압력을 더 줄일 수는 없을 것이다. 오빠가 여기서 조금만 더 힘을 주면 손목이 부러지고 말 것이다.

「사과해.」오빠가 말했다.

내 팔에서 느껴지는 불처럼 뜨거운 통증이 내 머리까지 타오르기까지 긴 순간이 흘렀다. 「미안해.」내가 말했다.

오빠가 내 손목을 놨고 나는 바닥에 쓰러졌다. 복도를 걸어가는 오빠의 발소리가 들렸다. 자리에서 일어난 나는 소리 나지 않게 목욕탕 문을 잠갔다. 그리고 거울에 비치는 손목을 쥔 소녀의 모습을 들여다봤다. 눈이 유리처럼 보였고, 눈물이 볼로 흘러내리고 있었다. 나는 그런 약한 소녀가 미웠다. 아파할 심장이 있는 것이 미웠다. 오빠가 그녀를 그렇게 아프게 할 수 있다는 사실이, 아니, 누구라도 그녀를 그렇게 아프게 할 수 있다는 사실이 용서할 수 없었다.

〈나는 그냥 아파서 울고 있을 뿐이야.〉나는 나 자신에게 일렀다. 〈다른 이유가 아니야. 그냥 손목이 아파서야.〉

이것은 그날 밤의 기억, 이후 10년 동안 그와 같은 수많은 밤들의 기억을 규정한 순간이었다. 그 순간 나는 나 스스로를 부서뜨릴 수 없는 돌과 같은 존재로 보게 됐다. 그런 다음에야 나는 나 자신에게 거짓말을 하지 않고 그 경험이 내게 영향을 주지 못했다고, 오빠는 내게 영향을 끼치지 못했다고 말할 수 있었다. 아무것도 내게 영향을 줄 수 없기 때문이다. 나는 그 생각이 얼마나 소름끼치도록 맞았는지 그때만 해도 이해하지 못했다. 어떻게 나 자신을 내 안에서 비워 낼 수 있었는지를. 그 밤의 경험이 끼친 영향에 대해 집착적으로 생각하고 또 생각했음에도 불구하고 나는 가장 중요한 진실을 잘못 이해했던 것이다. 그 경험이 나에게 영향을 주지 못한다는 것, 그 자체가 그 경험의 영향이었다는 사실 말이다.

13

교회 내의 정적

9월에 쌍둥이 타워가 무너졌다. 무너지기 전까지는 한 번도 들어 보지 못한 건물들이었다. 나는 비행기들이 쌍둥이 타워 속으로 파묻히는 것을 지켜봤다. 그리고 상상할 수도 없이 높은 건물이 흔들거리다가 툭 꺾이는 장면을 텔레비전 화면을 통해 어리둥절하게 멍하니 쳐다봤다. 아버지가 내 옆에 서 있었다. 그걸 보기 위해 폐철 처리장에서 돌아와 있었다. 아버지는 아무 말도 하지 않았다. 그날 저녁 아버지는 성경의 익숙한 부분들을 낭독했다. 이사야서, 누가복음, 요한 계시록 등에서 전쟁과 전쟁의 소문에 관한 부분들이었다.

사흘 후, 열아홉 살이 된 오드리 언니가 결혼식을 올렸다. 신랑은 언니가 읍내에서 웨이트리스 일을 하다가 만난 농장에서 일하는 금발의 벤저민 형부였다. 결혼식 분위기가 무척 엄숙했다. 그전에 아버지가 기도를 하다가 계시를 받았기 때문이다. 「갈등, 성지를 쟁취하기 위한 마지막 투쟁이 있을 것이다.」 아버지가 말했다. 「아들들이 전쟁에 나가게 될 것이고, 그중 돌아오지 않는 자가 있을 것이다.」

목욕탕에서의 사건이 있던 밤 이후로 나는 숀 오빠를 피했다. 오빠가 사과를 하긴 했다. 한 시간 후 내 방에 들어와 눈물을 글썽이면서 목이 멘 소리로 용서해 달라고 했다. 나는 용서하겠다고, 이미 용서했다고 말했다. 하지만 나는 오빠를 용서하지 않았다.

오드리 언니의 결혼식에서 검은 유니폼처럼 보이는 정장 차림의 오빠들을 보면서 내 분노는 두려움으로 변했다. 이미 운명으로 정해진 듯한 상실에 대한 두려움에 사로잡힌 나는 숀 오빠를 용서했다. 용서는 쉬웠다. 어차피 세상의 종말이 다가오지 않았는가.

그 후 한 달여 동안 나는 숨을 참듯 살았다. 하지만 아무도 징병되지 않았고, 더 이상의 공격도 없었다. 하늘이 어두워지지도, 달이 핏빛으로 물들지도 않았다. 멀리서 치는 천둥처럼 전쟁의 소문이 아스라하게 들려오긴 했지만, 산 위의 생활은 변화가 없었다. 아버지는 우리에게 긴장을 늦추면 안 된다고 말했지만 겨울에 접어들면서 나는 내 삶에 벌어지는 사소한 드라마들에 주의를 더 기울이기 시작했다.

열다섯 살이 된 나는 온몸으로 내 나이를 느꼈다. 마치 몸이 시간과 경주를 하는 느낌이었다. 내 몸이 변화하고 있었다. 몸의 여기저기가 붓고, 부풀고, 늘어나고, 튀어나오고 있었다. 나는 그 변화가 멈추기를 바랐지만, 내 몸은 더 이상 내 것이 아닌 듯했다. 몸은 나와 상관없이 따로 존재하면서 자기가 이상하게 개조되어 가는 것에 대한 내 의견에 전혀 신경 쓰지 않았고, 내가 더 이상 어린애이기를 그만두고 다른 무엇이 되는 것을 원하는지 여부에도 관심을 보이지 않았다.

그 〈다른 무엇〉이라는 것은 신나는 동시에 두려운 존재였다. 나는 항상 오빠들과는 다르게 크리라는 것을 알고는 있었지만 그것이 무슨 의미인지는 깊이 생각해 본 적이 없었다. 그러나 이제는 그것 말고 다른 생각은 아무것도 할 수 없었다. 나는 그 차이를 이해하기 위한 힌트들을 살피기 시작했고, 일단 살피기 시작하자 사방에서 보였다.

어느 일요일 오후, 나는 엄마와 함께 저녁에 먹을 로스트를 준비했다. 아버지는 신발을 벗고 넥타이를 풀었다. 교회를 나선 직후에 시작된 말이 아직까지 계속되고 있었다.

「로리는 치맛단이 무릎에서 반 뼘은 올라가 있더라고.」 아버지가 말했다. 「도대체 무슨 생각으로 그런 옷을 입는 거지?」 엄마는 당근을 썰면서 대충 고개를 끄덕였다. 우리 모두 이런 설교에는 이미 익숙해져 있었다.

「그리고 제닛 바니는 말이야.」 아버지가 말을 이었다. 「그렇게 푹파인 블라우스를 입었으면 몸이라도 숙이지 말았어야지.」 엄마가 또 고개를 끄덕였다. 나는 그날 제닛이 입은 남색 블라우스를 머리에 떠올렸다. 블라우스의 목선은 쇄골에서 2센티미터밖에 내려오지 않았지만, 헐렁했기 때문에 몸을 수그렸으면 속이 훤히 들여다보일 수도 있었을 것이다. 그 생각을 하자 나는 초조해졌다. 블라우스가 더 딱 맞았으면 몸을 수그려도 속이 덜 보였겠지만, 딱 맞는 옷 자체가 덜 점잖아 보였을 것 아닌가. 의로운 여성은 몸에 딱 맞는 옷을 입지 않는다. 그것은 〈다른〉 여자들이나 하는 짓이다.

내가 어느 정도 몸에 맞는 옷이 적당히 맞는 것일까를 이해하기 위해 애쓰고 있는데 아버지가 말했다. 「제닛은 내가 볼 때까지 기다려서 그 성가집을 주우려고 몸을 구부렸어. 내가 보길 원했던 거야.」 엄마는 못마땅하다는 듯 〈쯧〉 하고 한 번 혀를 찬 다음 감자를 네 조각으로 잘랐다.

아버지의 말은 그전에 수백 번 들었던 비슷한 내용의 설교와는 다른 형태로 내 뇌리에 박혔다. 그 후 몇 년 동안 나는 무척 자주 그 말들을 머리에 떠올렸고, 그 의미를 곱씹을수록 내가 잘못된 부류의 여자로 변화해 가는 게 아닐까 걱정이 커졌다. 어떨 때는 〈그들처럼〉 걷거나, 몸을 숙이거나, 쭈그리고 앉지 않는 데 너무 신경을 쓰다가 거의

185

방도 못 지나갈 지경이 됐다. 그러나 아무도 얌전하게 몸을 숙이는 방법을 가르쳐 주지 않았기 때문에 나는 내가 몸을 숙이는 방법이 잘못된 방법일 거라고 짐작했다.

숀 오빠와 나는 웜크릭에서 기획하는 멜로드라마 공연에 참여하기 위해 오디션을 봤다. 첫 연습 때 찰스를 본 나는 저녁 내내 그 아이에게 말을 걸 용기를 내기 위해 애를 썼다. 마침내 말을 걸자마자 찰스는 자기가 세이디와 사랑에 빠졌다고 고백했다. 이상적인 상황은 아니었지만, 적어도 이야기할 화제는 생겼다.

숀 오빠와 나는 같이 차를 타고 돌아왔다. 오빠는 마치 길이 자기에게 큰 잘못이나 한 것처럼 운전대를 쥐고 길을 노려봤다.

「너 찰스하고 이야기하는 거 봤어.」 오빠가 말했다. 「사람들이 너도 그런 부류라고 생각하면 어쩌려고 그러니?」

「그런 부류?」

「무슨 말인지 알잖아.」 오빠가 말했다.

다음 날 밤, 숀 오빠는 예고 없이 내 방에 들어왔다가 내가 오드리 언니의 오래된 마스카라를 바르고 있는 것을 봤다.

「이제는 화장까지 하니?」 오빠가 말했다.

「그런가 보지.」

오빠는 몸을 휙 돌려 방에서 나가다가 문 앞에서 발을 멈추고 말했다. 「넌 좀 나은 아이인 줄 알았어. 근데 이제 보니 다른 애들과 다를 게 없구나.」

오빠는 나를 더 이상 〈시들 리스터〉라고 부르지 않았다. 「가자, 물고기 눈깔!」 어느 날 밤 오빠가 극장 저편에서 그렇게 외쳤다. 찰스는 의아한 표정으로 고개를 돌렸다. 오빠가 그게 무슨 뜻인지 설명하기 시작하자 나는 웃기 시작했다. 내 큰 웃음소리가 오빠의 목소리를 덮을 수 있기를 바라면서 나는 마치 그 이름이 좋아 죽겠는 것처럼 웃어 댔다.

립글로스를 처음 발랐을 때 오빠는 나를 창녀라고 불렀다. 내 방 거울 앞에 서서 립글로스를 발라 보고 있는데 숀 오빠가 문 앞에 나타났다. 오빠는 그 말을 농담처럼 했지만, 나는 바로 입술을 문질러 립글로스를 지웠다. 그날 밤 극장에서 찰스가 세이디를 뚫어져라 쳐다보는 것을 본 나는 립글로스를 다시 발랐고, 숀 오빠의 얼굴이 일그러졌다. 그날 밤 집에 오는 차 안은 긴장감이 넘쳤다. 바깥 기온은 영하로 떨어져 있었다. 내가 춥다고 하자 오빠는 히터를 켜기 위해 손을 뻗었다. 그러다가 멈칫하면서 혼잣소리로 웃더니 창문을 내렸다. 1월 밤의 찬 바람이 얼음 한 양동이를 쏟아붓는 것처럼 나를 덮쳤다. 내가 앉은 쪽 유리창을 올리려고 했지만 오빠는 차일드 로크를 걸어서 내가 창문을 올리지 못하게 했다. 「추워.」 내가 계속 〈너무너무 추워〉 하고 말했지만 오빠는 그냥 웃었다. 그러고는 집까지 20킬로미터를 내내 그 상태로 차를 몰았다. 마치 그게 게임이라도 되는 양, 우리 둘이 함께 정한 게임이라도 되는 양, 내 이가 딱딱거리고 부딪히고 있지 않은 양 오빠는 낄낄 웃어 댔다.

숀 오빠가 세이디를 버리자 나는 상황이 나아질 것이라 생각했다. 아마도 내 마음속에서 오빠가 한 짓들은 모두 세이디 때문이고, 세이디가 없어지면 오빠도 달라질 것이라고 결론을 내렸었던 것 같다. 세이디와 헤어진 후 오빠는 옛 여자 친구 에린을 다시 만나기 시작했다. 나이가 더 많은 에린은 오빠 마음대로 잘 되지 않았고, 처음에는 오빠도 더 나아져서 내 생각이 맞는 듯했다.

그러다가 찰스가 세이디를 저녁 식사에 초대했고, 세이디가 승낙했고, 그 소식을 숀 오빠가 들었다. 랜디네서 늦게까지 일을 한 나를 데리러 온 숀 오빠는 입에 거품을 물고 있었다. 내가 오빠 마음을 좀 가라앉힐 수 있으려니 생각하면서 차에 탔지만, 그것은 불가능한 일이었다. 오빠는 두 시간 동안 차로 읍내를 돌면서 찰스의 지프차를 찾아 헤맸다. 욕지거리를 계속 내뱉으면서 그 나쁜 놈 찾기만 하면 〈새 얼굴을 선물로 주겠다〉고 중얼거리면서. 나는 트럭의 조수석에 앉아 차의 엔진이 디젤유를 벌컥벌컥 마시는 소리를 듣고, 앞 창문 밑으로 노란 중앙선이 사라지는 것을 바라보고 있었다. 나는 옛날 오빠의 모습, 내가 기억하는 오빠의 모습, 내가 기억하고 싶은 오빠의 모습을 떠올렸다. 앨버커키와 로스앤젤레스, 그리고 그 사이에 끝없이 펼쳐졌던 고속도로가 떠올랐다.

오빠와 내 좌석 사이에 권총이 놓여 있었다. 오빠는 기어를 바꾸지 않을 때면 권총을 집어 쓰다듬었고, 가끔 총잡이 청부 살인자처럼 검지에 총을 끼워 돌린 다음 제자리에 내려놓았다. 지나가는 차들에서 비치는 불빛이 총의 금속 배럴에 반사되어 번득였다.

머릿속을 바늘로 찌르는 듯한 느낌에 잠이 깼다. 수천 개의 바늘이 세차게 뇌를 찌르는 그 느낌에 다른 것은 아무것도 생각할 수가 없었다. 그러다가 순간적으로 통증이 사라지면서 주변이 눈에 들어왔다.

아침이었다. 이른 아침. 내 침실 창문으로 오렌지빛 여명이 쏟아져 들어왔다. 나는 서 있었지만 내 힘으로 서 있는 것이 아니었다. 손 두 개가 내 목을 조르면서 나를 흔들어 대고 있었다. 처음에 나를 깨웠던 바늘들, 그것들은 내 뇌가 두개골에 부딪히며 보낸 고통의 신호였다. 다시 그 바늘들이 돌아와서 아무 생각도 못하도록 만들기 전에 이 사태의 원인을 파악할 수 있는 시간은 단 몇 초뿐이었다. 눈은 뜨고 있었지만 보이는 것은 번쩍거리는 하얀 빛뿐이었다. 몇몇 단어들이 겨우 귀에 들어왔다.

「잡년!」

「매춘부!」

그리고 또 다른 소리가 들려왔다. 엄마였다. 엄마가 울면서 소리치고 있었다. 「그만해! 애 죽겠어! 그만해!」

엄마가 오빠를 잡은 게 분명했다. 오빠가 몸을 뒤로 트는 것이 느껴졌기 때문이다. 나는 바닥으로 떨어졌다. 눈을 떠보니 엄마와 숀 오빠가 마주보고 있었다. 엄마는 다 떨어진 목욕 가운만 입고 있었다.

오빠가 다시 나를 세차게 일으켜 세웠다. 그리고 전과 같은 방법으로 내 머리카락을 한 움큼 두피에 가깝게 움켜쥐었다. 그렇게 하면 내 몸을 자기 맘대로 컨트롤할 수 있기 때문이었다. 나는 복도 쪽으로 질질 끌려갔다. 내 머리가 오빠 가슴에 딱 붙어 있어서 눈에 보이는 것은 자꾸 걸려 넘어지려고 하는 내 발밑으로 빠르게 지나가는 카펫뿐이었다. 머리가 지끈거리고 숨도 잘 쉬어지지 않았지만 이제 무슨 일이 벌어지고 있는지 이해가 되기 시작했다. 그리고 눈물이 나기 시작했다.

〈아파서 울고 있을 뿐이야.〉 나는 생각했다.

「이제 이 잡년이 우는구나.」 숀 오빠가 말했다. 「왜? 네가 얼마나 난잡한 애인지 꿰뚫어 보는 사람한테 정체를 들켜 버려서?」

나는 오빠를 쳐다보려고 했다. 그 얼굴 어딘가에서 내가 아는 오빠의 모습을 찾아보기 위해서였다. 하지만 오빠는 내 머리를 아래쪽으로 세게 밀어 나를 넘어뜨렸다. 나는 재빨리 기어서 조금 떨어진 다음 몸을 세웠다. 부엌이 빙빙 돌았고, 눈앞에 붉고 노란 이상한 점들이 왔다 갔다 했다.

엄마는 자기 머리카락을 잡아당기면서 흐느끼고 있었다.

「난 네가 어떤 애인지 다 알아.」숀 오빠가 말했다. 눈에 광기가 흘렀다. 「성인인 척, 교회 말을 잘 듣는 척하지만. 난 꿰뚫어보지. 네가 찰스 앞에서 창녀처럼 나 좀 봐라 하고 활보하고 다니는 거 난 다 봤어.」그렇게 말해 놓고는 자기가 한 말에 엄마는 어떻게 반응하는지 보기 위해 엄마 쪽을 봤다. 엄마는 식탁에 쓰러지듯 앉아 있었다.

「타라는 그런 애가 아니야.」엄마가 속삭였다.

숀 오빠는 계속 엄마 쪽을 보고 있었다. 그러고는 내가 무슨 거짓말을 하는지, 어떻게 엄마를 속이는지, 집에서는 모범생인 척하지만 읍내에 나가면 얼마나 뻔뻔스럽게 거짓말하는 창녀가 되는지 퍼부어 댔다. 나는 조금씩 조금씩 뒷문 쪽으로 갔다.

엄마는 내게 엄마 차를 몰고 도망가라고 했다. 숀 오빠가 나를 보며 말했다. 「이게 필요할 텐데.」그러면서 엄마 차 열쇠를 들어 보였다.

「자기가 창녀라는 걸 인정하기 전에는 아무 데도 못 가요.」숀 오빠가 말했다.

오빠가 내 손목을 낚아챘고, 내 몸은 다시 그 익숙한 자세, 상체를 앞으로 수그리고, 팔은 등 뒤로 꼬인 채 손목은 이상한 각도로 꺾인 그 자세가 되었다. 손목이 너무 아파서 조금이라도 손목이 덜 꼬이도록 몸을 더 깊이 숙이자 숨을 쉬기가 힘들었다.

「말해.」오빠가 말했다.

하지만 나는 다른 곳에 가 있었다. 미래였다. 몇 시간이 지나고 나면 숀 오빠는 내 침대 옆에 무릎을 꿇고 앉아서 너무나 미안하다고 사과를 하고 있을 것이다. 오빠에게 잡혀 몸을 구부리고 있는 그 순간에도 나는 몇 시간 후의 일을 예측할 수 있었다.

「무슨 일이야?」복도에 있는 계단 쪽에서 남자 목소리가 들려왔다.

고개를 돌려 보니 나무로 된 계단 난간 사이로 얼굴 하나가 보였다.

타일러 오빠였다.

환상을 보고 있었다. 타일러 오빠는 집에 돌아오지 않았다. 그 생각을 하다가 나는 웃었다. 높은 톤으로 깔깔거리는 웃음소리가 터져 나왔다. 어떤 미치광이가 이런 데서 일단 한번 탈출한 뒤에 다시 돌아올 생각을 하겠는가? 이제 눈앞에 붉고 노란 점들이 너무 많이 떠다녀서 스노볼 안에 들어간 느낌이다. 좋은 소식이었다. 이제 금방 기절할 시점이 온 것이다. 얼른 그렇게 되고 싶었다.

그때 숀 오빠가 내 손목을 놨고, 나는 다시 바닥에 쓰러졌다. 고개를 들어 보니 오빠의 시선이 계단 쪽에 고정된 것이 보였다. 그제야 나는 타일러 오빠의 얼굴이 진짜라는 것을 깨달았다.

숀 오빠가 뒤로 물러섰다. 오빠는 아버지와 루크가 일하러 나가서 집을 비우기를 기다렸었다. 물리적인 힘으로는 아무에게도 도전받지 않기 위해서였다. 성격은 온순하지만 나름대로 강한 힘을 가진 남동생과 대적하는 상황은 숀 오빠가 예측했던 일이 아니었다.

「무슨 일이야?」 타일러 오빠가 반복해서 물었다. 오빠는 숀 오빠에게서 눈을 떼지 않고, 마치 방울뱀에게 다가서듯 천천히 다가왔다.

엄마가 우는 것을 멈췄다. 창피한 듯했다. 이제 타일러 오빠는 국외자였던 것이다. 집을 떠난 지 너무 오래돼서 우리의 비밀을 공개하지 않는 사람으로 분류된 지 오래였다. 〈이런 비밀〉은 말하지 않는.

타일러 오빠는 계단을 올라와서 형에게 천천히 다가갔다. 긴장감으로 얼굴이 굳어 있고, 숨도 얕게 쉬고 있었지만 놀란 표정은 전혀 찾아볼 수 없었다. 내가 보기에 타일러 오빠는 이 상황을 정확히 이해하는 것처럼 보였다. 마치 어릴 적에 두 사람의 힘이 훨씬 차이가 났을 때부터 이미 겪어 본 일인 듯했다. 타일러 오빠는 앞으로 계속 나아가던 발걸음을 멈췄지만 눈은 계속 숀 오빠에게서 떼지 않았다. 숀 오빠를 노려보는 눈이 〈여기서 무슨 일이 벌어지든 이미 결론은 났어〉 하고 말하는 듯했다.

숀 오빠는 내 옷차림과 내가 읍내에서 어떻게 행동하는지에 대해 중얼중얼 늘어놓기 시작했다. 그러나 타일러 오빠는 손을 저어 그 말을 막았다. 「알고 싶지 않아.」 그렇게 말하고는 고개를 돌려 나를 봤다. 「가, 여기서 나가.」

「타라는 아무 데도 못 가.」 숀 오빠가 열쇠를 흔들어 보이며 다시 말했다.

타일러 오빠는 자기 자동차 열쇠를 내게 던지면서 말했다. 「얼른 가.」

나는 타일러 오빠의 차로 뛰어갔다. 차는 숀 오빠의 트럭과 닭장 사이에 주차되어 있었다. 후진을 하려고 했지만 가속 페달을 너무 세게 밟아서 바퀴가 헛돌면서 자갈만 튀었다. 두 번째 시도를 해서 겨우 차를 빼는 데 성공했다. 차는 원을 그리며 빠르게 후진했다. 기어를 전진으로 바꾸고 언덕 아래로 내려가려고 하는 참에 타일러 오빠가 현관문으로 나왔다. 차 창문을 내렸다. 「일하러 가지는 마.」 오빠가 말했다. 「숀 형이 거기로 찾아갈 거야.」

그날 밤 집에 와보니 숀 오빠는 없었다. 엄마는 부엌에서 오일 블렌딩 작업을 하고 있었다. 엄마는 아침에 일어난 일에 대해서는 아무 말도 하지 않았고, 나도 그 일에 대해 언급하지 않아야 한다는 것을 직감했다. 잠자리에 들었다. 하지만 몇 시간 동안 계속 잠을 이루지 못하고 있는데 픽업트럭이 우르릉거리며 언덕을 올라오는 소리가 들렸다. 몇 분 후, 내 방 문이 끼익 소리를 내며 열렸다. 스위치 소리가 들리고 불빛이 드리운 그림자가 벽에 일렁이며 춤을 췄다. 그리고 숀 오빠가 침대에 앉으면서 침대가 출렁이는 것이 느껴졌다. 나는 몸을 돌려 오빠를 바라봤다. 내 바로 옆에 까만 벨벳 상자가 놓여 있었다. 내가 꼼짝도 하지 않자 오빠는 상자를 열고 우윳빛 진주 목걸이를 꺼냈다.

그러고는 내가 택한 길이 어떤 방향인지 알고 있고, 그 길은 좋지 않은 길이라고 말했다. 내가 나 자신을 잃어버리고 다른 여자들처럼 경박하고, 남을 조종하려 들고, 외모를 이용해서 뭘 얻어 보려는 사람이 되어 간다는 것이었다.

나는 내 몸에 대해, 내 몸이 겪은 모든 변화에 대해 생각해 봤다. 그런 내 몸에 대해 어떤 생각이 드는지 나도 몰랐다. 어떨 때는 변화한 내가 누군가의 눈에 띄고, 아름답다는 말을 듣고 싶기도 했다. 그러나 그러고 나면 바로 제닛 바니가 생각이 나고, 나 자신이 경멸스러워지곤 했다.

「넌 특별한 애야, 타라.」 숀 오빠가 말했다.

내가? 나도 내가 특별한 애라고 믿고 싶었다. 몇 년 전, 타일러 오빠도 내가 특별하다고 말한 적이 한 번 있다. 타일러 오빠는 모르몬 경전에서 〈진지하고 관찰력이 뛰어난 아이〉에 관한 부분을 내게 읽어 주면서 〈이 부분을 읽으면 네가 떠올라〉 하고 말했었다.

그 부분은 위대한 선지자 모르몬에 관한 묘사였기 때문에 나는 어리둥절했다. 여자는 선지자가 절대 될 수 없는데, 타일러 오빠는 가장 위대한 선지자에 관한 이야기가 나를 연상시킨다고 했다. 나는 아직도 오빠가 무슨 뜻으로 그렇게 말했는지 모른다. 그러나 그때 내가 이해한 한 가지는 내가 나 자신을 믿어도 된다는 것, 내 안에 무언가를 가지고 있다는 사실이었다. 선지자가 자기 안에 가지고 있던 그 무언가는 여자든 남자든, 나이가 많든 적든 상관없이 스스로 타고난 본연의 가치, 아무도 흔들 수 없는 가치라는 사실 말이다.

그러나 이제 숀 오빠가 내 방 벽에 만드는 그림자를 바라보고 있는 그 순간 나는 성숙해 가는 내 몸을 의식했고, 그 몸과 함께 사악한 일들을 하려는 내 욕망을 의식했다. 그와 함께 그 기억의 의미가 변해 버렸다. 갑자기 그 가치는 조건부적 가치여서 잃어버릴 수도, 낭비해 버릴 수도 있는 것처럼 느껴졌다. 타고난 본연의 가치가 아니라 주어지는 가치 말이다. 가치가 있는 것은 〈나 자신〉이 아니라 내 정체를 흐릿하게 만드는 제약과 의식(儀式)의 겉포장이라고 생각됐다.

나는 오빠를 바라봤다. 그 순간 오빠는 나이 들고 현명해 보였다. 오빠는 세상에 관해서 잘 알고 있을 거야. 오빠는 세속적인 여자들에 대해 잘 알 테니, 내가 그런 부류가 되는 것을 막아 달라고 부탁했다.

「오케이, 물고기 눈깔.」 오빠가 말했다. 「오빠한테 맡겨.」

다음 날 아침 일어나 보니, 목에 멍이 들고 손목은 부어 있었다. 그리고 머리가 아팠다. 뇌 〈안〉 어디가 아픈 것이 아니라 뇌 〈전체〉가 상처를 입은 것처럼 아팠다. 일을 하러 갔지만 집에 일찍 와서 지하실 어두운 구석에 누워 통증이 가시기를 기다렸다. 카펫에 누워서 뇌가 욱신거리는 것을 견뎌 내고 있는데 나를 찾아다니던 타일러 오빠가 내 머리 쪽에 놓인 소파에 앉았다. 오빠가 반갑지 않았다. 머리채를 잡힌 채 끌려다닌 것보다 유일하게 더 나쁜 것은 타일러 오빠에게 그 장면을 목격당한 일이었다. 끝까지 당하는 쪽과 타일러 오빠가 중간에서 막아 주는 쪽 중에 하나를 선택하라고 하면 나는 끝까지 당하는 쪽을 선택했을 것이다. 너무도 당연히 그쪽을 선택했을 것이다. 어차피 기절하기 직전이었으니 기절을 해서 모든 것을 잊어버릴 수도 있었다. 하루 이틀 지나고 나면 진짜 일어나지도 않은 일처럼 묻히고 말았을 것이다. 악몽처럼 말이다. 그리고 한 달쯤 지나고 나면 그마저도 악몽의 잔상으로 변했을 것이다. 하지만 타일러 오빠가 본 순간 그 모든 것이 현실이 되고 말았다.

「집을 떠날 생각은 없니?」 타일러 오빠가 물었다.

「떠나서 어디로 가게?」

「학교.」 오빠가 말했다.

내가 반색하며 말했다. 「9월에 고등학교에 등록할 생각이었어. 아버지는 싫어하시겠지만 그렇게 할 거야.」 그 소식이 타일러 오빠를 기쁘게 할 것이라고 생각했지만 오빠는 의외로 진저리를 쳤다.

「넌 전에도 그렇게 이야기한 적이 여러 번 있었어.」

「이번에는 갈 거야.」

「어쩌면 갈 수 있을지도 모르지.」 오빠가 말했다. 「하지만 이 집에 아버지와 같이 사는 한, 아버지가 가지 말라고 할 때면 가기가 어렵고, 늘 1년만 더 연기하기는 건 쉽지. 그러다가 결국 더 이상 갈 수 없는 나이가 되고 말 거야. 이제 시작해도 고등학교 2학년일 텐데 졸업은 할 수 있는 거니?」

우리는 둘 다 그럴 수 없다는 것을 알고 있었다.

「이제 떠날 때가 됐어, 타라.」 오빠가 말했다. 「오래 머물수록 떠날 확률은 점점 낮아져.」

「오빠 생각엔 내가 꼭 떠나야 할 것 같아?」

타일러 오빠는 눈 한번 깜짝이지 않고, 전혀 주저 없이 말했다. 「내 생각엔 이 집이 너한테는 최악의 곳이야.」 오빠는 속삭이듯 말했지만, 그 말들은 고함처럼 느껴졌다.

「떠나서 어디로 갈 수가 있을까?」

「내가 간 곳으로 가.」 오빠가 말했다. 「대학으로 가는 거야.」

내가 코웃음을 쳤다.

「브리검 영 대학교는 홈스쿨로 교육받은 아이들을 받아.」

「그게 우리들이야? 홈스쿨로 교육받은 아이들?」 나는 마지막으로 교과서를 읽은 것이 언제인지 기억해 보려고 애를 썼다.

「입학 사정관들은 우리가 말하는 것 말고는 아무것도 모를 거야. 네가 홈스쿨로 교육을 받았다고 말하면 그렇게 믿을 거고.」

「합격 못 할 거야.」

「넌 할 수 있어.」 오빠가 말했다. 「ACT* 시험에만 통과하면 돼. 진짜 쉬운 시험이야.」

오빠가 일어서며 말했다. 「집 바깥의 세상은 넓어, 타라. 아버지가 자기 눈으로 보는 세상을 네 귀에 대고 속삭이는 것을 더 이상 듣지 않기 시작하면 세상이 완전히 달라 보일 거야.」

다음 날 나는 읍내에 있는 철물점에 가서 내 방문에 달 빗장을 샀다. 집에 돌아와서 빗장을 침대 위에 놔두고 작업장에 가서 드릴을 가져다가 나사를 박기 시작했다. 진입로에 트럭이 없어서 숀 오빠가 집에 없는 줄 알았다. 그러나 드릴을 손에 든 채 몸을 돌려 보니 오빠가 문 앞에 서 있었다.

「뭐 하니?」 오빠가 물었다.

「문손잡이가 부러졌어.」 나는 거짓말을 했다. 「바람만 불어도 문이 저절로 열려. 이 빗장이 싸구려긴 해도 적어도 문은 열리지 않게 해줄 것 같아.」

숀 오빠는 두꺼운 강철로 된 빗장을 만지작거렸다. 싸구려가 아니라는 것을 오빠도 잘 알 것이 틀림없었다. 나는 아무 말 없이 서 있었

---

* American College Testing. 미국 대학 입학 자격 시험 중 하나. 영어, 수학, 독해 그리고 과학 시험으로 이루어져 있다 — 옮긴이주.

다. 내 몸을 마비시킨 것은 두려움뿐 아니라 연민이기도 했다. 그 순간 나는 오빠를 증오하고 있었고, 오빠 얼굴에 대고 오빠가 증오스럽다고 외치고 싶었다. 내 말과 자기혐오의 무게에 눌려 구겨지고 부서져 버릴 오빠의 모습을 상상했다. 당시에도 나는 진실을 이해하고 있었다. 내가 오빠를 아무리 증오해도 오빠 자신이 스스로에게 느끼는 혐오감에는 미치지 못한다는 진실 말이다.

「그런 나사를 쓰면 안 돼.」 오빠가 말했다. 「벽에는 긴 나사를 쓰고, 문에는 두꺼운 나사를 써야 해. 그렇게 하지 않으면 금방 떨어져 나가.」

우리는 함께 작업장으로 갔다. 숀 오빠는 몇 분 동안 여기저기 뒤져서 강철 나사를 찾아냈다. 오빠는 나와 함께 다시 집으로 걸어가서 빗장을 달아 줬다. 줄곧 콧노래를 흥얼거리며, 귀여운 유치가 드러나는 미소를 지어 보이면서 작업을 했다.

14
내 발은 더 이상 땅에 닿아 있질 않아

10월에 아버지는 맬러드시에 대규모 곡물 저장고를 짓는 계약을 따냈다. 맬러드시는 벅스피크를 사이에 두고 우리 집과 반대편에 있는 도시였다. 작은 팀이 맡기에는 큰 규모의 일이었다. 아버지, 숀과 루크 오빠, 그리고 오드리 언니의 남편 벤저민 형부밖에 없었기 때문이다. 하지만 숀 오빠는 유능한 현장 감독이었고, 오빠가 책임을 맡으면서 아버지는 신속하고 믿을 만하게 일을 하는 팀이라는 평판을 쌓을 수 있었다.

숀 오빠는 아버지가 절차나 원칙을 무시하고 지름길을 택하는 것을 허용하지 않았다. 작업장을 지나치다 보면 오빠와 아버지가 고함을 치며 언쟁을 벌이는 소리가 들려왔다. 아버지는 숀 오빠가 시간을 낭비한다고 했고, 숀 오빠는 아버지가 누군가의 머리를 거의 날려 버릴 뻔했다고 악을 썼다.

숀 오빠는 곡물 저장고에 쓸 재료들을 닦고, 자르고, 용접하느라 긴 시간을 작업장에서 보냈고, 현장 작업이 시작된 후에는 거의 항상 맬러드시에 있는 현장에 가 있었다. 아버지와 오빠가 집에 돌아오는 것은 해가 지고도 몇 시간 후였는데 거의 항상 서로에게 욕을 해대면서 집에 들어섰다. 숀 오빠는 작업을 더 전문적으로 만들기 위해 맬러드 공사에서 얻은 이윤을 새로운 장비 구입에 투자하고 싶어 하는 반면, 아버지는 모든 것을 현재 상태로 유지하고 싶어 했다. 숀 오빠는 아버지가 현실을 이해하지 못한다고 주장했다. 건설업은 폐철 수집업보다 훨씬 더 경쟁이 심하기 때문에, 제대로 된 계약을 따내려면 새 용접기와 작업자용 크레인 등등 제대로 된 장비에 상당한 돈을 써야 한다는 것이었다.

「계속 지게차하고 오래된 팔레트*를 사용할 수는 없어요.」숀 오빠가 말했다. 「완전 거지 같이 보이잖아요. 게다가 너무 위험해요.」

아버지는 작업자용 크레인을 사야 한다는 말에 크게 웃음을 터뜨렸다. 지게차와 팔레트를 쓰면서 지난 20년 동안 잘만 일해 오지 않았는가.

나는 거의 매일 밤늦게까지 일을 했다. 랜디는 새로운 고객을 찾기 위해 장기 출장을 계획했고, 자기가 없는 사이 회사 일을 봐달라고 부탁했다. 입출금 관리, 주문 처리, 재고 관리 등을 위해 컴퓨터를 사용하는 방법도 가르쳐 줬다. 내게 처음으로 인터넷이라는 것에 대해 이야기해 준 사람이 바로 랜디였다. 출장을 떠나던 날 랜디는 내게 휴대전화를 하나 줬다. 아무 때나 내게 연락하기 위해서였다.

퇴근 후 집에 막 들어서려는데 타일러 오빠가 전화를 했다. 오빠는 내가 ACT 시험을 보기 위해 공부를 하고 있는지 물었다. 「시험을 못 보겠어.」내가 말했다. 「수학은 하나도 모르겠어.」

「네 돈이 있잖아.」타일러 오빠가 말했다. 「책을 사서 공부를 해.」

---

* 지게차의 팔을 끼워 운반할 수 있는 화물 저장 및 운반용 나무 받침 ─ 옮긴이주.

199

나는 아무 말도 하지 않았다. 대학은 나랑 상관이 없는 곳이었다. 나는 내 인생이 어떻게 펼쳐질지 이미 알고 있었다. 열여덟이나 열아홉 살이 되면 결혼을 할 것이고, 아버지는 농장 한 귀퉁이를 떼어 줄 것이고, 내 남편은 거기다 집을 지을 것이다. 엄마는 내게 약초와 산파 일을 가르쳐 줄 것이다. 이제 편두통을 앓는 빈도가 줄어들면서 다시 산파 일을 시작했기 때문이다. 내가 아이를 낳을 때가 되면 엄마가 분만을 도와줄 것이고, 언젠가, 아마도 나도 산파가 될 것이다. 그 인생 어디에 대학이 들어설 자리가 있을지 상상할 수가 없었다.

타일러 오빠는 내 생각을 읽는 듯했다. 「너 시어스 자매 알지?」 오빠가 말했다. 시어스 자매는 교회 성가대 감독이었다. 「시어스 자매가 성가대를 이끄는 방법을 어떻게 배웠을 것 같아?」

나는 항상 시어스 자매를 존경했고, 음악에 대해 그렇게 잘 아는 것이 부러웠다. 하지만 그런 지식을 어디서 배웠는지에 대해서는 생각해 본 적이 없었다.

「시어스 자매는 공부를 했어.」 오빠가 말했다. 「음악 학위를 받을 수도 있다는 거 알고 있었어? 음악 학위를 받으면 레슨을 할 수도 있고, 성가대 감독도 할 수 있어. 심지어 아버지도 거기에 대해 시비를 걸지는 못할 거야. 적어도 심하게는.」

얼마 전에 엄마가 시험용 AOL 버전을 구입했었다. 그때까지는 랜디네에서 작업할 때만 인터넷을 사용했다. 하지만 타일러 오빠와 전화 통화를 한 후 나는 우리 집에 있는 컴퓨터를 켜고 모뎀이 연결되기를 기다렸다. 오빠는 브리검 영 대학교 웹 페이지를 언급했었다. 그 웹 페이지를 찾는 데는 몇 분밖에 걸리지 않았다. 컴퓨터 화면은 곧바로 사진들로 가득 찼다. 선스톤색의 단정한 벽돌 건물들이 에메랄드빛 나무들로 둘러싸여 있었고, 아름다운 사람들이 팔에 책을 끼고, 백팩을 어깨에 메고 걸어 다니며 웃고 있었다. 영화의 한 장면 같았다. 행복한 영화의 한 장면.

다음 날 나는 집에서 가장 가까운 서점이 있는 곳까지 65킬로미터를 운전해서 매끈하고 광이 나는 표지를 가진 ACT 참고서를 샀다. 침대에 앉아 수학 시험 모의 문제가 나온 페이지를 폈다. 첫 번째 페이지를 훑어봤다. 나도 등식 정도는 풀 수 있었다. 그렇지만 그 페이지에 나온 기호들은 전혀 알아볼 수가 없었다. 두 번째 페이지도 마찬가지였고, 세 번째 페이지도 매한가지였다.

나는 그 문제집을 엄마에게 가지고 갔다. 「이게 뭐예요?」 내가 물었다.

「수학.」 엄마가 말했다.

「그럼 숫자들은 다 어디에 있어요?」

「이건 대수란다. 숫자 대신 글자를 쓰는 거야.」

「어떻게 하는 거죠?」

엄마는 몇 분 동안 종이랑 펜을 가지고 긁적거렸지만 첫 다섯 문제 중 한 문제도 풀지 못했다.

다음 날 나는 다시 65킬로미터를 운전했다. 왕복 130킬로미터였다. 집에 오는 내 팔에는 커다란 대수 교과서가 들려 있었다.

매일 저녁 맬러드 현장을 떠나면서 아버지는 집으로 전화를 했다. 트럭이 언덕에 올라올 즈음이면 저녁 식사가 모두 준비되어 있도록 하기 위해서였다. 나는 기다렸다가 그 전화가 오면 엄마 차를 몰고 집에서 나갔다. 그 이유는 나도 알지 못했다. 하지만 나는 윔크릭으로 가서 2층 객석에 앉아, 난간에 발을 올리고, 무릎에 수학책을 편 채 무대에서 펼쳐지는 연습을 지켜봤다. 세 자릿수 나누기를 익힌 다음에는 수학 공부를 전혀 하지 않았기 때문에 수학의 개념들이 낯설었다. 분수 이론은 이해를 했지만 실제로 사용하는 것은 어려웠고, 소수점이 나오면 심장이 뛰었다. 한 달 내내 밤마다 나는 오페라 하우스의 붉은 벨벳 의자에 앉아서 가장 기본적인 수학 문제 풀이 연습을 했다. 내가 분수를 어떻게 곱하는지, 역수를 어떻게 사용하는지, 소수점이 있는 숫자를 어떻게 더하고 곱하고 나누는지 공부하는 동안 무대에서는 배역들이 대사를 외웠다.

삼각함수를 공부하기 시작했다. 그 이상한 공식과 등식들에서 나는 위안을 찾았다. 피타고라스의 정리와 그 정리를 보편적으로 적용할 수 있다는 사실이 매력적으로 느껴졌다. 직각을 포함한 세 개의 점이 가진 성격을 언제나 예측할 수 있다는 사실에 마음이 끌렸다. 내가 아는 물리학은 모두 폐철 처리장에서 배운 것이었다. 그곳에서 배운 물리의 세계는 불안정하고 변덕스러웠다. 그러나 책에 나오는 물리의 세계에서는 삶의 여러 차원을 정의하고 포착할 수 있는 원칙이 있었다. 어쩌면 현실이 모두 변화무쌍한 것은 아닐지 모른다는 생각이 들었다. 어쩌면 현실도 설명과 예측이 가능할지 몰랐다. 어쩌면 그 의미를 이해할 수 있도록 만들 수 있을지 몰랐다.

그러나 피타고라스 정리에서 사인, 코사인, 탄젠트로 옮아가면서 나는 비참해지기 시작했다. 그런 추상적인 개념은 이해할 수가 없었다. 거기 숨어 있는 논리를 느낄 수 있었고, 그 개념들이 가져오는 질서와 대칭성이 갖는 힘도 감지할 수 있었지만, 나는 그 세상으로 들어가는 자물쇠를 열 수가 없었다. 그들은 자신들만의 비밀을 쉽게 내주지 않았고, 그 열리지 않는 문 너머에는 법칙과 이성이 지배하는 세상이 있는 것도 확실했다. 그러나 나는 그 문을 열고 그곳으로 들어갈 수가 없었다.

엄마는 내가 삼각함수를 배우길 원하면, 가르치는 것은 엄마의 책임이라고 말했다. 그래서 엄마는 일주일 중 하루 저녁 시간을 냈고, 우리 둘은 부엌 식탁에 앉아서 종잇조각에 연필을 긁적거리며 각자 자기의 머리카락을 쥐어뜯었다. 한 문제를 푸는 데 3시간이 걸리기도 했지만, 우리가 찾은 답은 항상 틀린 것들이었다.

「고등학교 때 삼각함수를 잘 못하긴 했어.」 엄마가 책을 탁 덮으며 불만스럽게 말했다. 「그나마 조금 알던 것도 다 잊어버렸고.」

아버지는 거실에서 곡물 저장고 청사진을 뒤적거리면서 혼잣말을 하고 있었다. 나는 아버지가 그 청사진들을 그리고, 계산을 해가면서 각도를 조정하고 기둥의 길이를 늘이는 것을 지켜봤다. 아버지는 수학 공교육은 거의 못 받았지만, 적성이 있다는 것은 누가 봐도 확실했다. 머리를 아프게 하는 그 수학 문제들을 아버지에게 가져가면 충분히 풀 수 있으리라는 사실을 나는 직감적으로 느꼈다.

아버지에게 대학에 갈 계획이라고 말했을 때 아버지는 여자가 있어야 할 곳은 가정이고, 나는 아버지가 〈주님의 약국〉이라고 부르는 약초들에 대해 배워서 엄마로부터 그 일을 물려받아야 할 사람이라고 미소를 지으며 말했다. 물론 내가 주님의 지식보다 인간의 지식을 배우려 하는 것은 정신적 매춘 행위라고 비난할 때가 더 많았지만, 그럼에도 불구하고 아버지에게 삼각함수 문제를 물어보기로 결심했다. 아버지가 가지고 있을 게 분명한 인간 지식의 한 편린이 바로 그 삼각함수 문제인 듯했다.

나는 그 문제를 새 종이에 베껴 썼다. 아버지는 다가가는 나를 쳐다보지도 않았다. 그래서 문제가 적힌 종이를 청사진 위에 천천히, 살짝 올렸다. 「아버지, 이 문제 풀 수 있어요?」

아버지는 날카로운 표정으로 나를 쳐다봤다. 그러나 금방 부드러운 눈이 됐다. 종이를 자기 방향으로 돌려서 잠시 들여다본 후 아버지는 숫자와 원과 기다란 아치 모양을 그렸다가 다시 출발한 점으로 돌아오는 선도 그렸다. 아버지가 쓴 방법은 교과서에 나온 것들과 전혀 달랐다. 내가 본 어떤 방법과도 닮은 구석이 하나도 없었다. 아버지는 콧수염을 움찔거리고 혼잣말로 중얼거렸다. 그러다가 종이에 긁적이던 것을 멈추고 나를 올려다보더니 맞는 답을 내밀었다.

나는 어떻게 문제를 풀었는지 물었다.「어떻게 〈풀었는지〉는 몰라.」종이를 건네면서 아버지가 말했다.「내가 아는 건 바로 그게 답이라는 것뿐이야.」

나는 다시 부엌으로 걸어가면서, 깔끔하고 균형 잡힌 등식으로 된 질문과 다 끝내지도 않은 계산들과 어지러운 스케치가 섞인 혼란스러운 풀이를 번갈아 봤다. 그 종이의 낯설음은 가히 인상적이었다. 아버지는 이 과학을 자기 손바닥 안에서 자유자재로 부리고, 그 언어를 해석하고, 논리를 해독할 줄 알았다. 그 과학을 구부리고 꼬아서 진실을 쥐어짜 낼 능력을 가지고 있었던 것이다. 그러나 그 과학은 아버지를 통과하면서 혼돈으로 변하고 말았다.

나는 삼각함수를 한 달 동안 공부했다. 가끔 사인, 코사인, 탄젠트와 신비로운 각도와 뇌진탕 환자가 푼 듯한 계산 같은 것이 꿈에까지 나타났지만 그 모든 노력에도 불구하고 내 수학 공부에는 거의 진전이 없었다. 독학으로는 삼각함수를 배우는 것이 불가능했다. 하지만 나는 그것을 해낸 사람을 알고 있었다.

타일러 오빠는 데비 이모 집에서 만나자고 했다. 이모가 브리검 영 대학교 근처에 살고 있었기 때문이다. 차로 3시간 거리에 있는 곳이었다. 이모 집 문을 두드리는 일은 어색했다. 이모는 엄마의 여동생이었고, 타일러 오빠가 브리검 영 대학교를 다니던 첫해에 이모와 함께 살았지만, 그것이 이모에 대해 내가 아는 전부였다.

타일러 오빠가 문을 열어 줬다. 우리는 데비 이모가 캐서롤을 준비하는 동안 거실에 자리를 잡았다. 타일러 오빠는 쉽게 문제를 풀었고, 매 단계마다 질서 있는 풀이를 적어 나갔다. 기계 공학을 공부하는 오빠는 과에서 거의 최고 성적으로 졸업할 전망이었고, 졸업 후 바로 퍼듀 대학에서 박사 학위 과정을 밟을 예정이었다. 내 삼각함수 문제는 오빠에게는 너무 낮은 수준의 것들이어서 혹시 따분했을지 모르지만 전혀 내색을 하지 않았다. 오빠는 그냥 원칙들을 거듭 반복하면서 끈기 있게 설명해 줬다. 문이 살짝 열렸고, 나는 그 너머 세상을 살짝 엿봤다.

타일러 오빠가 돌아가고, 데비 이모가 캐서롤 접시를 내게 건네고 있는데 전화가 울렸다. 엄마였다.

「맬러드에서 사고가 있었어.」 엄마가 말했다.

엄마도 아는 것이 별로 없었다. 숀 오빠가 떨어졌는데 머리가 제일 먼저 땅에 부딪혔다고 했다. 누군가가 구급차를 불렀고, 헬기로 포카텔로에 있는 병원으로 후송되었다고 했다. 의사들도 오빠가 살 수 있을지 여부에 대해 확신이 없다고 했다. 그게 엄마가 아는 전부였다.

나는 더 알고 싶었다. 확률이 얼마인지 알아야 했다. 그게 말도 안 되는 확률이라고 무시할 수 있기 위해서라도 말이다. 나는 엄마가 〈의사들이 괜찮을 거라고 했어〉라고 말하기를 원했다. 혹은 〈오빠를 살릴 수 없을 것 같다고 한다〉라는 말이라도 말이다. 〈아직 아무것도 몰라〉라는 말 말고 무슨 말이라도 듣고 싶었다.

엄마는 내게 병원으로 바로 오라고 했다. 나는 하얀 들것에 누운 오빠에게서 생명이 빠져나가는 모습을 상상했다. 상실감이 파도처럼 몰려와 무릎이 꺾여 주저앉을 뻔했다. 그러나 다음 순간 또 다른 감정이 일었다. 그것은 안도감이었다.

태풍이 몰려오고 있었다. 우리가 사는 계곡 입구를 지키며 버티고 있는 사던 캐니언에 1미터 정도의 눈이 쌓일 것이라는 예보가 있었다. 내가 데비 이모네로 몰고 갔던 엄마 자동차는 타이어가 너무 닳아 반들거렸다. 나는 엄마에게 갈 수 없다고 말했다.

숀 오빠가 어떻게 떨어졌는지에 관한 이야기는 그곳에 있었던 루크 오빠와 벤저민 형부의 입을 통해 한 조각 두 조각, 한 줄 두 줄, 조금씩 전해 들을 수밖에 없었다. 바람이 세차게 불면서 구름처럼 먼지를 일으키는 아주 추운 오후였다. 숀 오빠는 6미터가 넘는 높이로 쌓아 올린 나무 팔레트 위에 서 있었다. 오빠가 서 있던 곳에서 3~4미터 정도 아래에는 반 정도 완성돼서 뭉툭한 꼬챙이 같은 보강용 강철봉들이 뾰족뾰족 노출된 콘크리트 벽이 서 있었다. 숀 오빠가 팔레트 위에서 무슨 일을 하고 있었는지 정확히는 모르지만 아마도 기둥을 고정시키거나 용접을 하고 있었을 것이다. 오빠가 하는 일이 주로 그런 작업들이었기 때문이다. 지게차는 아버지가 운전하고 있었다.

왜 오빠가 떨어졌는지에 대해서는 사람들마다 이야기가 달랐다.*

---

* 내가 하는 숀 오빠의 추락에 관한 묘사는 당시 내가 들은 이야기에 기초하고 있다. 타일러 오빠도 같은 이야기를 들었다. 사실, 이 이야기에 포함된 상세한 내용 중 많은 부분이 타일러 오빠의 기억을 빌린 것이다. 15년이 지난 후 물어보니 사람들의 기억이 저마다 달랐다. 엄마는 숀 오빠가 팔레트에서 있던 것이 아니라 팔레트를 끼우는 지게차의 팔 위에서 있었다고 했다. 루크 오빠는 팔레트는 기억하지만, 강철봉 대신 덮개를 열어 놓은 금속 하수관이 있었다고 말한다. 루크 오빠는 또 떨어진 높이가 3~4미터였고, 숀 오빠가 의식을 되찾은 후 바로 이상한 행동을 하기 시작했다고 기억한다. 루크 오빠는 누가 구급차를 불렀는지 전혀 기억하지 못했지만 근처 공장에서 일하는 사람들 중 하나가 사고 직후 전화를 했을 거라고 추측한다.

아버지가 기중기 팔을 예고 없이 움직여서 숀 오빠가 팔레트 가장자리로 중심을 잃고 떨어졌다고 말하는 사람도 있었다. 하지만 대부분의 사람들은 오빠가 너무 가장자리에 서 있다가 이유 없이 뒤로 물러서면서 발을 헛디뎠다는 데 의견을 같이했다. 오빠의 몸은 공중에서 천천히 회전하면서 3~4미터를 떨어졌고, 강철봉들이 삐죽삐죽 노출된 콘크리트 벽에 떨어졌을 때 머리를 제일 먼저 부딪혀 큰 충격을 받았고 그런 다음에도 땅까지 2~3미터를 더 추락했다.

내가 들은 사고 현장은 그랬다. 하지만 내 머릿속에서 나는 그 장면을 다르게 그리고 있었다—하얀 종이 위에 일정한 간격의 선들로. 오빠가 위로 올라가고 경사 각도로 떨어져서 강철봉에 부딪힌 다음 땅으로 떨어진다. 삼각형이 머릿속에서 그려진다. 그 사건을 이런 식으로 생각하면 납득이 됐다. 그런 다음 그 종이 속의 논리는 아버지에게 넘어갔다.

아버지가 숀 오빠를 살폈다. 숀 오빠는 방향 감각을 잃고 갈피를 못 잡았다. 한쪽 눈의 동공은 커져 있는데 반해 다른 쪽 눈의 동공은 정상이었지만 아무도 그것이 무슨 의미인지 알지 못했다. 아무도 그것이 오빠의 뇌 안에 출혈이 있다는 의미라는 것을 몰랐던 것이다.

아버지는 숀에게 좀 쉬라고 말했다. 루크 오빠와 벤저민 형부는 오빠가 트럭에 기대어 앉는 것을 도와준 다음 다시 일을 시작했다.

이 시점 이후의 사실들에 대한 의견은 더 분분하다.

내가 들은 이야기에 따르면, 15분 후 숀 오빠가 다시 현장으로 돌아왔다는 버전이다. 아버지는 오빠가 다시 일할 수 있는 상태가 된 것으로 생각하고 팔레트 위에 올라가라고 말했다. 그러나 누가 이래라저래라 지시하는 것을 극도로 싫어하는 숀 오빠는 아버지에게 소리를 지르기 시작했다. 장비에 대해서, 곡물 저장고 설계에 대해서, 자신의 임금에 대해서 모두 다. 목이 쉴 때까지 악을 쓴 후, 겨우 좀 진정이 됐는가 싶었을 때 오빠는 갑자기 아버지의 허리를 잡고 쌀자루 던지듯 던져 버렸다. 아버지가 일어서기도 전에 숀 오빠는 펄쩍펄쩍 뛰고 소리를 지르고 깔깔 웃으면서 다른 쪽으로 뛰어가 버렸다. 루크 오빠와 벤저민 형부는 그제야 뭔가 굉장히 잘못되었다는 걸 알아차리고 숀 오빠 뒤를 쫓아갔다. 루크 오빠가 먼저 따라잡았지만 숀 오빠를 멈추게 할 수는 없었다. 겨우 두 사람을 따라잡은 벤저민 형부가 함께 덮친 뒤에야 숀 오빠는 속도를 좀 늦췄다. 그러나 오빠가 완전히 멈춘 것은 아버지까지 모두 세 명이 합세했을 때였다. 오빠가 너무 반항을 심하게 했기 때문에 오빠의 몸을 잡아 바닥에 넘어뜨려야 했는데 그 와중에 오빠 머리가 다시 한번 땅에 세게 부딪혔다.

오빠의 머리가 두 번째로 세게 부딪힌 후 어떤 일이 벌어졌는지에 대해서는 아무도 내게 이야기해 주지 않았다. 경련을 일으켰는지, 구토 증세를 보였는지, 혹은 의식을 잃었는지 확실치가 않다. 그러나 누군가가 — 어쩌면 아버지일지도 모르지만, 아마도 벤저민 형부일 확률이 높다 — 구급차를 불렀다는 사실, 우리 식구들 중 아무도 해보지 않은 그 일을 했다는 것을 생각하면 소름이 돋는다.

현장에 있던 사람들은 헬리콥터가 몇 분 후에 도착할 거라는 이야기를 들었다. 나중에 의사들은 아버지, 루크 오빠, 벤저민 형부가 오빠와 씨름 끝에 숀 오빠를 땅에 쓰러뜨렸을 때 — 두 번째 뇌진탕을 겪었을 때 — 오빠는 이미 위중한 상태에 빠져 있었을 것이라고 추측했다. 오빠가 머리를 땅에 부딪힌 그 순간 죽지 않은 것만도 기적이라고 했다.

식구들이 헬리콥터를 기다리는 장면을 상상하는 것은 쉽지 않은 일이다. 아버지는 구급 요원들이 도착하자 숀 오빠가 흐느끼면서 엄마를 찾았다고 전했다. 병원에 도착할 즈음, 오빠의 정신 상태가 완전히 변해 있었다. 오빠는 발가벗은 채 들것 위에 서서, 충혈된 눈을 튀어나올 듯 부릅뜨고 가까이 오는 빌어먹을 놈은 모두 눈알을 뽑아 버리겠다고 악을 썼다. 그런 다음 무너지듯 흐느끼다가 결국 의식을 잃었다.

숀 오빠는 밤새 생명을 부지했다.

아침에 나는 벅스피크로 운전해서 돌아갔다. 나는 왜 오빠에게 서둘러 가지 않는지 그 이유를 설명할 수가 없었다. 엄마에게는 일하러 가야 한다고 말했다.

「오빠가 널 찾고 있어.」 엄마가 말했다.

「아무도 못 알아본다고 하셨잖아요.」

「그건 그래.」 엄마가 말했다. 「하지만 간호사가 엄마한테 묻더구나. 환자가 타라라는 이름을 가진 사람을 아는지. 오늘 아침 내내 잠들었을 때나 깨어 있을 때나 계속 네 이름만 부른다는 거야. 내가 타라가 여동생이라고 했더니 네가 오면 좋을 것 같다고 했어. 너를 알아볼지도 모르고, 그렇게 되면 좋은 거라고. 병원에 간 후 오빠가 입에 올린 이름은 네 이름뿐이야.」

나는 아무 말도 하지 않았다.

「엄마가 기름값은 내줄게.」 엄마가 말했다. 내가 병원에 가지 않으려고 하는 것이 연료비 30달러 때문인 줄 아는 것 같았다. 나는 엄마가 그렇게 생각한다는 것이 창피했지만, 돈이 아니라면 다른 이유가 아무것도 없긴 했다.

「지금 갈게요.」 내가 말했다.

이상하게도 병원에서 있었던 일이나, 오빠가 어떤 모습이었는지가 거의 기억나지 않는다. 희미하게 오빠의 머리에 거즈가 감겨 있던 것이 생각나고, 왜 그런지 묻자 엄마가 의사들이 수술을 했다고 설명했던 것도 생각난다. 오빠 두개골을 자르고 압력을 낮추기 위한, 혹은 출혈을 멈추기 위한, 혹은 뭔가를 고치기 위한 수술을 했다고 한 것 같지만 실은 엄마의 말을 정확히 기억할 수가 없다. 손 오빠는 열이 오른 아이처럼 몸을 뒤척이고 있었다. 나는 그 곁에 한 시간 동안 앉아 있었다. 눈을 몇 번 뜨긴 했지만 의식이 있다 해도 나를 알아보지는 못했을 것이다.

그다음 날 병원에 가보니 오빠가 깨어 있었다. 내가 병실로 걸어 들어가자 오빠는 눈을 깜빡거리고 엄마를 쳐다봤다. 마치 엄마에게도 내가 보이는지 확인하려는 듯했다.

「왔구나.」 오빠가 말했다. 「네가 오지 않을 거라고 생각했어.」 오빠는 내 손을 잡더니 잠들었다.

나는 오빠의 얼굴을 쳐다봤다. 이마와 귀 위로 둘러진 붕대를 보고 있자니 그동안의 응어리가 녹아 없어졌다. 그제야 나는 내가 왜 더 빨리 오지 않았는지 이해했다. 내가 어떤 감정을 갖게 될까 확실히 알 수 없었고 혹시라도 오빠가 죽으면 기뻐하는 감정이 들까 봐 두려웠던 것이다.

의사들은 오빠를 더 오래 병원에 두고 싶어 했을 것이 분명하지만 우리는 의료 보험이 없었고, 이미 병원비가 너무 많이 나와서 손 오빠는 10년 뒤까지 그 병원비를 갚아야만 할 지경이었다. 이동을 할 수 있을 정도로 상태가 안정되자마자 우리는 오빠를 집으로 데려갔다.

오빠는 응접실 소파에서 두 달을 보냈다. 몸이 너무 약해져서 겨우 화장실에 갔다가 돌아올 힘밖에 없었다. 한쪽 귀는 완전히 들리지 않게 됐고, 다른 쪽 귀도 잘 들리지 않았다. 그래서 사람들이 말을 할 때, 그쪽을 보는 대신 들리는 쪽 귀를 그쪽으로 향하도록 머리를 돌리는 습관이 생겼다. 이렇게 이상한 동작과 수술 부위를 덮은 붕대를 제외하면 오빠는 정상으로 보였다. 부은 곳도 멍든 곳도 없었다. 의사들은 오빠가 신체적으로 입은 손상이 너무나 위중하기 때문에 그렇게 보인다고 했다. 외상이 없다는 것은 모든 부상이 내부에 생겼기 때문이다.

숀 오빠가 전과 같이 보이기는 했지만 그렇지 않다는 사실을 깨닫기까지는 시간이 조금 걸렸다. 오빠는 정신이 말짱해 보였지만, 하는 말을 주의 깊게 들어 보면 전혀 말이 되지 않았다. 전혀 일관성 없이 이 말 했다 저 말 했다를 반복했다.

나는 오빠가 입원한 병원에 즉시 가지 않은 것에 죄책감을 느낀 나머지 일을 그만두고 오빠를 밤낮으로 간호했다. 오빠가 물을 원하면 물을 가져다주고, 배고파 하면 요리를 했다.

세이디가 찾아오기 시작했고, 숀 오빠는 그녀를 반겼다. 나는 세이디가 오기를 기다렸다. 그녀가 와 있는 동안 공부할 시간을 얻을 수 있었기 때문이다. 엄마는 내가 숀 오빠를 간호하면서 옆을 지키는 것이 중요하다고 생각했기 때문에 아무도 나를 방해하지 않았다. 평생 처음으로 나는 길게 공부할 수 있는 시간을 확보할 수 있었다. 폐철 처리장에서 쇠를 골라 내는 일을 하거나, 물약을 거르는 일, 혹은 랜디네서 재고 확인을 하는 일 등을 하는 데 시간을 뺏기지 않고 한 번에 쭉 이어지는 긴 시간 말이다. 나는 타일러 오빠의 노트를 자세히 살폈다. 오빠의 상세한 설명을 읽고 또 읽었다. 몇 주 동안 그렇게 하다 보니 마술인지 기적인지 그 개념들이 내 머릿속에 뿌리를 내렸다. 다시 한번 모의시험 문제를 풀어 봤다. 고등 대수학은 여전히 해독 불가능이었지만—그곳은 내 능력으로 넘볼 수 있는 세상이 아니었다—삼각함수는 하얀 종이와 검은 잉크로만 존재했던 논리와 질서의 세상에서 이제 내가 알아보고 이해할 수 있는 언어로 쓰인 메시지로 변해 있었다.

그러는 동안 실제 세상은 혼란으로 곤두박질쳤다. 의사들은 엄마에게 숀 오빠가 부상으로 인해 성격이 바뀌었을 수도 있다고 경고했다. 병원에 입원해 있을 때부터 오빠는 갑자기 쉽게 화를 내고, 심지어 폭력을 휘두르는 경향을 보였다. 의사들은 그런 성격 변화가 영구적일 수 있다고 말했다.

오빠는 간혹 분노로 온몸을 불사르는 모습을 보일 때가 있었다. 그럴 때면 사리 분별을 못하고 화를 내며 누군가를 해하고 싶다는 생각밖에는 없는 듯했다. 오빠는 본능적으로 못되게 구는 데 능했고, 상대방에게 가장 상처가 될 말 한마디를 찾아내는 데 명수여서, 엄마는 눈물 바람으로 밤을 지새울 때가 그렇지 않을 때보다 더 많았다. 그런 분노들은 오빠 몸이 회복되면서 종류는 변했지만 정도는 점점 더 심해졌다. 나는 점심 먹기 전에 그 속에 내 머리가 박힐지도 모른다는 생각을 하면서 아침마다 화장실 청소를 했다. 엄마는 오빠를 진정시킬 수 있는 사람은 나뿐이라고 말했고, 나도 그것이 사실이라고 나 자신을 설득했다. 〈나 말고 누가 할 수 있겠어. 오빠는 나한테 영향을 끼칠 수가 없으니〉라고 생각했다.

지금 돌이켜 보면, 부상 때문에 오빠가 많이 변했는지는 잘 모르겠다. 그러나 나는 그게 사실이라고, 오빠의 잔인성은 완전히 새로운 것이라고 스스로 믿어 버렸다. 그 기간에 쓴 내 일기를 보면 그런 인식의 변화 과정을 관찰할 수 있다. 어린 소녀가 자신의 역사를 다시 쓰는 과정 말이다. 그 소녀가 다시 쓴 현실 속 그녀의 오빠는 팔레트에서 떨어지기 전에는 전혀 문제가 없는 사람이었다. 〈내 베스트 프렌드가 다시 돌아왔으면 좋겠다.〉 그녀는 그렇게 쓰고 있다. 〈부상을 입기 전에는 오빠가 나를 아프게 한 적이 한 번도 없었다.〉

15

더 이상 어린아이가 아닌

그 순간은 그해 겨울에 나를 찾아왔다. 나는 카펫에 무릎을 꿇고 엄마가 주님으로부터 치유자로서 부름받았다는 아버지의 간증을 듣고 있었다. 그러나 순간 숨이 턱 막히면서 나는 내 몸에서 빠져나갔다. 나는 더 이상 부모님이나 우리 집 거실을 보고 있지 않았다. 내 눈앞에는 스스로 생각할 줄 알고, 스스로 기도할 줄 아는 성인 여성이 있었다. 그녀는 더 이상 아버지의 발 앞에 어린아이처럼 앉아 있지 않았다.

그녀의 부른 배는 내 배였다. 그녀 옆에는 그녀의 어머니이자 산파가 앉아 있었다. 그녀는 어머니의 손을 잡고 아이는 병원에서 의사의 도움으로 낳고 싶다고 말했다. 그녀의 어머니는 〈내가 차로 데려다줄게〉 하고 말했다. 모녀는 문 쪽으로 다가갔지만 문은 막혀 있었다. 충성심과 순종이, 그리고 그녀의 아버지가 문을 막고 있었다. 그는 꼼짝 않고 서 있었다. 그러나 그녀는 그의 딸이었다. 아버지의 확신과 중량감을 모두 배우고 흡수해 온 사람이 아닌가. 그녀는 아버지를 옆으로 비키게 하고 문을 통과해서 나갔다.

나는 그런 여성이 자신을 위해 어떤 미래를 열어 나갈지 상상해 보려고 노력했다. 그리고 그녀와 그녀의 아버지가 다른 의견을 보이는 상황들을 떠올려 봤다. 아버지의 충고를 무시하고 자기 의견대로 행동하는 상황들 말이다. 그러나 내 아버지는 어떤 주제가 됐든 납득할 수 있는 두 가지 다른 의견이란 존재할 수가 없다고 가르쳐 왔다. 모든 주제에는 진실과 거짓말이 있을 뿐이다. 나는 카펫에 무릎 꿇고 앉아 아버지의 이야기를 들으면서 동시에 이 낯선 여성을 관찰했다. 양쪽 모두에 끌렸고, 양쪽 모두에 반감을 느꼈다. 마치 중간에 떠 있는 느낌이었다. 나는 그 두 존재가 함께할 수 있는 미래는 없다는 것을 이해했다. 어떤 운명도 아버지와 그 여성을 함께 받아들이지는 않을 것이다. 나는 영원히, 항상 어린아이로 남아 있어야 했다. 그렇지 않으면 아버지를 잃게 될 것이다.

침대에 누워 침대 옆 램프의 보잘것없는 불빛이 천장에 그리는 그림자를 바라보고 있는데 문 앞에서 아버지의 목소리가 들렸다. 본능적으로 아버지에 대한 예의를 갖추기 위해 벌떡 일어났지만 그다음에는 어떻게 해야 할지 몰랐다. 이런 경우는 한 번도 없었기 때문이다. 아버지가 내 방에 온 적은 그때까지 한 번도 없었다.

아버지는 서 있는 나를 성큼성큼 지나 내 침대에 앉은 다음 매트리스를 툭툭 치며 옆에 앉으라고 했다. 나는 긴장한 채 자리에 앉았다. 발이 바닥에 겨우 닿았다. 나는 아버지가 입을 열기를 기다렸지만 침묵 속에 시간이 흘렀다. 아버지의 눈은 감겨 있었고 턱에 힘이 빠져 있었다. 마치 천사의 목소리에 귀를 기울이고 있는 듯한 모습이었다. 「줄곧 기도를 했단다.」 아버지가 말했다. 부드럽고 사랑이 가득한 목소리였다. 「대학에 가겠다는 네 결정에 대해서 말이야.」

아버지가 눈을 떴다. 램프의 어두운 불빛에 아버지의 동공이 확장되면서 헤이즐넛색의 홍채를 집어삼켰다. 나는 검은색이 그렇게 많이 보이는 눈을 본 적이 없었다. 이승의 것이 아닌, 영적 힘의 증거처럼 보였다.

「주님이 내게 증언을 하라고 명하셨다.」 아버지가 말했다. 「주님이 언짢아하고 계셔. 너는 주님의 은총을 저버리고 인간의 지식을 천박하게 탐하려고 하는구나. 주님의 분노가 머지않아 너에게 내릴 것이다.」

아버지가 일어서서 방을 나간 부분은 기억이 나지 않지만 아마 내가 공포에 휩싸인 채 앉아 있는 동안 그렇게 했을 것이다. 주님의 분노는 도시 하나쯤은 쉽게 파괴해 버리고, 온 세상에 홍수를 가져오게 하는 그런 종류의 것이었다. 나는 자신이 너무 약하다고 느꼈고, 완전히 속수무책이라는 생각이 들었다. 내 생명은 나의 것이 아니라는 사실을 떠올렸다. 내 영혼은 언제라도 몸을 빠져나가 하늘로 불려 가서 격노한 주님 앞에 심판을 받을 수도 있었다.

다음 날 아침, 나는 부엌에서 오일 블렌딩을 하고 있는 엄마에게 갔다. 「브리검 영 대학교에 안 가기로 결심했어요.」 내가 말했다.

엄마가 고개를 들고, 내 뒤쪽에 있는 벽에 시선을 고정시킨 채 속삭였다. 「그런 말 하지 마라. 그런 소린 듣고 싶지가 않구나.」

이해할 수가 없었다. 엄마도 내가 주님의 뜻에 따르면 좋아할 거라고 생각했었다.

엄마의 시선이 내게로 향했다. 엄마의 시선에 실린 힘은 몇 년만에 느껴 보는 것이었다. 정신이 아뜩해졌다. 「엄마가 낳은 모든 자식 중에서,」 엄마가 말했다. 「제일 먼저 집의 굴레를 벗어던지고 떠날 아이는 너라고 생각했었다. 타일러가 그럴 줄은 예상하지 못해서 깜짝 놀랐었지. 하지만 너는 아니야. 여기 있지 마. 가거라. 아무것도 네가 떠나는 것을 방해하도록 두지 마라.」

215

나는 아버지가 계단을 올라오는 발자국 소리를 들었다. 엄마가 한숨을 쉬었고, 시선이 흔들렸다. 마치 최면 상태에서 빠져나오는 듯했다.

아버지가 부엌 식탁에 앉았고, 엄마는 일어서서 아버지 아침을 차리기 시작했다. 아버지는 리버럴한 교수들에 대해 설교를 하기 시작했고, 엄마는 팬케이크 반죽을 만들면서 때때로 아버지의 의견에 동의한다는 의미로 중얼중얼 장단을 맞췄다.

현장 감독 역할을 했던 숀 오빠가 일을 하지 못하게 되면서 아버지의 사업이 기울기 시작했다. 나는 숀 오빠를 간호하기 위해 랜디네 일을 그만뒀다. 돈이 필요했던 나는 그해 겨울 아버지가 폐철 처리장 일을 다시 시작할 때 일손을 보탰다.

내가 폐철 처리장으로 돌아간 것은 얼음장처럼 차가운 아침이었다. 처음 시작했을 때와 비슷한 날씨였다. 그러나 폐철 처리장은 달라져 있었다. 우글쭈글 폐차된 차들이 기둥처럼 쌓아 올려진 것은 마찬가지였지만 그 폐차 기둥은 더 이상 그곳에서 가장 인상적이고 큰 부분이 아니었다. 몇 년 전, 아버지는 유타 전기 회사에서 수백 개의 전기탑을 해체하는 계약을 따낸 적이 있었다. 아버지는 거기서 나온 앵글*을 가져가도 된다는 허가를 받았다. 폐철 처리장 곳곳에는 20톤 가까이 되는 앵글들이 서로 뒤엉긴 채 산처럼 쌓아 올려져 있었다.

나는 매일 아침 새벽 6시에 일어나 공부를 했다. 폐철 처리장에서 일해서 지치기 전인 아침에 집중이 더 잘됐기 때문이다. 여전히 신의 분노가 두렵기는 했지만 내가 ACT 시험에 통과할 가능성이 아주 낮

* L자형 철제 부품 ─ 옮긴이주.

으니, 만일에 통과한다면 그것은 주님의 뜻이라고 나 자신을 합리화했다. 그리고 주님의 뜻으로 시험에 통과한다면 대학에 가는 것이 주님이 원하는 바라는 논리도 만들어 냈다.

ACT 시험은 수학, 영어, 과학, 독해 이렇게 네 과목으로 이루어져 있었다. 내 수학 실력은 향상되고 있기는 했지만 그다지 좋진 않았다. 모의시험에 나오는 대부분의 문제에는 답을 할 수 있었지만, 속도가 느려서 정해진 시간보다 두세 배 이상 걸렸다. 영어 문법은 명사에서 시작해서 전치사, 동명사 등을 거쳐 가면서 공부를 하고 있기는 했지만 거의 기초 지식도 없었다. 과학은 미스터리였다. 아마도 내가 읽은 과학책이라는 게 페이지들을 뗄 수 있도록 만든 색칠 공부 책이 전부였던 것도 그 원인 중 하나였을 것 같다. 네 과목 중 내가 자신이 있었던 것은 독해뿐이었다.

브리검 영 대학교는 입학 경쟁이 치열한 학교였으므로 높은 점수가 필요했다. 적어도 27점은 받아야 했는데 그 정도면 응시자 중 상위 15퍼센트 안에 드는 점수였다. 나는 열여섯 살의 나이로 그때까지 한 번도 시험이라는 것을 봐본 적이 없었고, 체계적인 교육 비슷한 것도 아주 최근에야 시작한 처지였다. 주사위를 던지는 느낌이었다. 이미 내 손을 떠난 주사위의 숫자는 신의 뜻대로 결정될 수밖에 없어 보였다.

그 전날 나는 잠을 이루지 못했다. 내 머리는 각종 재앙의 시나리오들을 상상해 내면서 열이 오른 듯 따끈따끈해졌다. 새벽 5시에 침대를 나온 나는 아침을 먹고 65킬로미터를 운전해 유타 주립 대학교로 갔다. 그리고 안내에 따라 다른 30명의 학생들과 함께 하얀 교실로 들어갔다. 학생들은 모두 자리에 앉아 연필을 책상 위에 놓았다. 중년 여성 한 명이 시험지와 함께 그때까지 한 번도 본 적이 없는 이상한 분홍색 종이를 나눠 줬다.

「죄송한데요.」 나는 그녀가 내게 주는 종이를 받으며 물었다. 「이게 뭔가요?」

「OMR 카드예요. 답을 적는.」

「어떻게 쓰는 거죠?」

「다른 OMR 카드랑 다를 게 없어요.」 그녀는 신경질이 난다는 표정을 감추지 않고, 다른 사람들에게 시험지를 나눠 주기 위해 걸음을 옮겼다. 내가 장난을 치는 것으로 생각한 듯했다.

「한 번도 이런 걸 써본 적이 없어요.」

그녀는 나를 잠깐 빤히 쳐다봤다. 「답이라고 생각하는 숫자의 동그라미를 칠하세요.」 그녀가 말했다. 「완전히 까맣게 칠해야 해요. 알겠어요?」

시험이 시작됐다. 나는 한 번도 사람들로 가득 찬 방에 있는 책상에 4시간 동안 앉아 있어 본 적이 없었다. 소음이 믿을 수 없을 정도였지만, 그 소음을 듣는 사람은 나뿐인 것 같았다. 부스럭거리는 소리와 종잇장을 넘기는 소리, 종이에 연필이 사각거리는 소리에 주의를 빼앗기는 사람은 나뿐이었다.

시험이 끝나고, 나는 수학은 통과하지 못할 확률이 높고 과학은 확실히 통과하지 못할 거라고 생각했다. 과학 과목에 내가 한 답은 추측이라고 부를 수도 없는 수준이었다. 완전히 무작위로 고른 답으로 그 이상한 분홍색 종이에 점으로 무늬를 만들었을 뿐이었다.

나는 차를 몰고 집으로 향했다. 나 자신이 멍청하다는 느낌이 들었다. 사실 멍청하다는 느낌보다 말도 안 된다는 느낌이 더 강했다. 다른 학생들을 보고 나니 ─ 그들이 단정하게 줄을 맞춰 교실로 들어가서, 각자 책상에 앉아 차분하게 답지를 채우는 것, 그 모든 일을 익숙하게 해내는 것을 보고 나니 ─ 그중에서 내가 상위 15퍼센트의 점수를 받을 수 있다고 생각한 것이 말도 안 된다고 여겨졌다.

그것은 그들의 세상이었다. 나는 작업복을 입고 내 세상으로 돌아갔다.

그해 봄, 철에 맞지 않게 더운 날이었다. 루크 오빠와 나는 하루 종일 도리들보를 날랐다. 지붕을 따라 수평으로 들어가 있는 강철 기둥인 도리들보들은 무거웠고, 태양은 무자비하게 뜨거웠다. 우리 코끝에서 떨어진 땀방울이 페인트칠이 된 쇠들보에 떨어졌다. 루크 오빠는 셔츠를 벗어서 소매를 잡고 뜯어냈다. 바람이 통할 커다란 구멍이 생겼다. 나는 그런 과격한 조치는 꿈도 꾸지 않았다. 하지만 도리들보를 20개쯤 나르고 나니 등이 땀으로 끈적했다. 나는 티셔츠를 펄럭거려 바람이 들어가게 하고, 어깨가 2~3센티미터 정도 보일 때까지 소매를 걷어 올렸다. 몇 분 후 나를 본 아버지는 성큼성큼 다가와서 걷어붙인 내 소매를 확 잡아 내렸다. 「여긴 매춘 굴이 아니야.」 아버지가 말했다.

나는 다시 저쪽으로 걸어가는 아버지를 바라보며, 마치 내가 내리는 결정이 아닌 것처럼 기계적으로 소매를 다시 걷어 올렸다. 한 시간 후에 다시 돌아온 아버지가 나를 보고는 혼란스럽다는 듯 발걸음을 멈칫했다. 내게 뭔가를 하라고 했는데 내가 하지 않은 것이다. 잠시 머뭇거리며 서 있던 아버지는 내 쪽으로 다가와서 양쪽 소매를 쥐고는 세차게 잡아 내렸다. 그러나 아버지가 열 걸음도 멀어지기 전에 나는 소매를 다시 걷어 올렸다.

나도 순종하고 싶었다. 그럴 의도는 있었다. 그러나 그날 오후는 너무도 더웠고, 팔에 닿는 바람은 너무도 반가웠다. 몇 센티미터에 불과했다. 나는 머리끝부터 발끝까지 기름때로 범벅이 되어 있었다. 저녁에 그 새까만 먼지를 콧구멍과 귓구멍에서 파내려면 30분은 족히 걸릴 것이었다. 나 자신이 욕망의 대상 혹은 유혹의 대상으로 전혀 느껴지지가 않았다. 그냥 인간 지게차가 된 느낌이었다. 2~3센티미터 피부가 드러나는 게 무슨 상관이겠는가?

대학 등록금을 내야 할 경우에 대비해서 나는 임금으로 받은 돈을 모으고 있었다. 그 사실을 눈치 챈 아버지가 작은 것에도 내게 돈을 받기 시작했다. 두 번째 사고가 난 후 엄마는 다시 자동차 보험을 들기 시작했고, 아버지는 내 몫을 내라고 말했다. 그래서 그렇게 했다. 그런 다음에는 등록세를 내야 한다고 돈을 더 내라고 했다. 「정부가 내라는 돈 때문에 넌 망하고 말거야.」 돈을 건네는 내게 아버지는 그렇게 말했다.

아버지는 내 시험 결과가 도착하기 전까지는 만족감에 젖어 있었다. 어느 날 폐철 처리장에서 돌아와 보니 하얀 봉투가 기다리고 있었다. 나는 봉투를 급하게 찢어서 열었다. 기름때가 종이를 더럽혔지만 아랑곳하지 않고 과목 성적이 나온 곳을 얼른 지나쳐 총점을 봤다. 22점. 내 심장은 행복감에 젖어 크게 뛰었다. 27점은 아니었지만 다른 가능성을 바라볼 수 있는 점수였다. 아이다호 주립 대학교는 가능할지도 몰랐다.

나는 엄마에게 점수를 보여 줬고, 엄마는 아버지에게 그 소식을 전했다. 아버지는 어쩔 줄 몰라 하다가 급기야는 내가 집에서 나가 살 때가 되었다고 소리쳤다.

「임금을 받을 정도로 나이가 들었으니, 집세를 낼 나이도 됐어.」 아버지가 외쳤다. 「딴 데서 집세 내고 살라고 해.」 처음에는 엄마도 아버지와 논쟁을 벌였지만 몇 분 지나지 않아 아버지에게 설득당하고 말았다.

나는 내게 주어진 여러 선택지를 고려해 보면서 부엌에 서 있었다. 방금 내 전 재산의 3분의 1에 해당하는 400달러를 아버지에게 건넸다는 사실에 대해 생각하고 있는데 엄마가 나를 향해 말했다. 「금요일까지 집에서 나갈 수 있겠니?」

뭔가가 내 안에서 무너졌다. 댐 혹은 제방 같은 것이. 나는 세찬 물결에 이리저리 휩쓸리는 느낌이었다. 자신을 주체할 수 없었다. 고함을 쳤지만, 목이 졸린 채 치는 고함 같았다. 나는 물에 빠지고 있었다. 아무 데도 갈 곳이 없었다. 아파트를 빌릴 돈이 없었고, 그럴 돈이 있더라도 그런 아파트들은 읍내에 있었다. 거기에 살려면 차가 필요했다. 그런데 내가 가진 돈은 800달러뿐이었다. 나는 이 모든 사실을 엄마에게 뱉어 내듯 쏟아붙이고 방으로 달려가 문을 쾅 닫았다.

잠시 후 엄마가 문을 두드렸다. 「우리가 불공평하다고 생각하는 거 알고 있어.」 엄마가 말했다. 「하지만 엄마는 네 나이에 혼자 살면서, 아버지와 결혼할 준비를 하고 있었단다.」

「엄마가 열여섯 살 때 결혼을 했다고요?」 내가 말했다.

「바보 같은 소리 하지 마.」 엄마가 말했다. 「넌 열여섯 살이 아니잖아.」

나는 엄마를 빤히 쳐다봤다. 엄마도 나를 빤히 쳐다봤다. 「엄마. 전 지금 열여섯 살이에요.」

엄마가 나를 다시 위아래로 훑어봤다. 「너 적어도 스무 살은 됐잖아.」 엄마가 고개를 갸우뚱했다. 「아니니?」

침묵이 흘렀다. 내 심장이 가슴 속에서 뛰쳐나올 듯 세게 고동쳤다. 「지난 9월에 열여섯 살이 됐어요.」 내가 말했다.

「아.」 엄마가 입술을 깨물며 말했다. 그러더니 미소를 지으며 일어섰다. 「흠, 그러면 걱정 마라. 집에서 계속 살아도 돼. 너희 아버지가 무슨 생각을 했는지 모르겠구나, 진짜. 아마 우리가 잊어버렸나 봐. 너희가 모두 몇 살인지 다 기억하기가 너무 힘들어.」

숀 오빠는 아직 불안하게 절뚝거리면서도 다시 일을 시작했다. 오빠는 커다랗고 챙이 넓은 호주 오지 개척자 모자를 쓰고 일을 했다. 기름을 먹인 가죽으로 만들어진 고동색 모자였다. 사고 전에는 말을 탈 때만 쓰던 모자였지만, 이제 오빠는 그 모자를 항상 쓰고 다녔다. 심지어 집에서도 벗지 않아서 아버지가 버릇없는 짓이라고 주의를 줬다. 어쩌면 숀 오빠는 아버지에게 버릇없게 보이기 위해 일부러 더 쓰는 것인지도 몰랐다. 하지만 나는 또 다른 이유가 있을 거라고 추측했다. 그 모자는 크고 편했고, 수술 흉터를 가릴 수 있었다.

오빠는 처음에는 잠깐씩만 일을 했다. 아버지는 오네이다 카운티에 착유용 헛간을 짓는 계약을 따냈었다. 벅스피크에서 약 35킬로미터 정도 떨어진 곳이었다. 그래서 오빠는 설계도를 조정하고 아이 빔의 크기를 재면서 폐철 처리장에서 현장까지 왔다 갔다 했다.

루크 오빠, 벤저민 형부, 나는 폐철 수집 작업을 하고 있었다. 아버지가 농장 전체에 쌓여 있던 앵글을 재활용할 때가 됐다고 결정했기 때문이다. 앵글을 되팔려면 크기가 1.2미터 이하여야 했다. 숀 오빠는 토치를 사용해서 쇠를 자르자고 했고, 아버지는 그렇게 하려면 시간과 연료가 너무 많이 들 것이라고 했다.

며칠 후 아버지는 내가 그때까지 본 것 중 가장 무섭게 생긴 기계를 가지고 집에 돌아왔다. 아버지는 그것을 전단기라고 불렀다. 슬쩍 보기로는 3톤짜리 가위처럼 보였는데, 알고 보니 진짜 그랬다. 가위의 날은 30센티미터 두께에 1.5미터 길이의 밀도가 높은 쇠로 만들어져 있었다. 날카로운 날로 절단하는 게 아니라 힘과 무게로 절단하는 기계였다. 커다란 쇠바퀴에 연결된 무거운 피스톤의 동력으로 거대한 턱이 열렸다가 닫히면서 물건을 잘랐다. 쇠바퀴를 움직이는 것은 벨트와 모터였는데, 쉽게 말해 뭔가가 기계에 끼면 바퀴와 가윗날을 멈추는 데 30초에서 1분가량이 걸린다는 의미이기도 했다. 전단기는 바로 옆을 지나가는 기차보다 더 큰 소리로 포효하면서 위아래로 턱을 움직이며 어른 팔뚝만큼 두꺼운 쇠를 씹어 댔다. 쇠는 절단이 된다기보다는 뚝 부러진다고 하는 편이 맞았다. 어떨 때는 자르려고 넣은 쇠가 구부러지면서 그것을 잡고 있던 사람을 무엇이든 씹어 젖히는 그 무쇠 턱 쪽으로 훅 잡아끌었다.

그동안 아버지는 수없이 위험한 계획을 세우고 실행에 옮겼었다. 그러나 내가 정말로 충격을 받은 것은 이번이 처음이었다. 그 위험이 불처럼 뻔히 보였고, 조금만 잘못돼도 팔이나 다리 하나쯤 잃는 것은 순식간이라는 게 자명해 보였기 때문이었다. 혹은 그런 위험한 기계가 꼭 필요한 건 아니라는 사실에 더 놀랐는지도 모르겠다. 그것은 아버지의 장난감이었다. 사람 머리를 물어뜯을 수 있는 걸 장난감이라고 불러도 될지 모르겠지만.

숀 오빠는 그것을 죽음의 기계라고 부르고 그나마 남아 있던 조금의 이성마저 아버지가 모두 잃어버렸다고 말했다. 「누굴 죽이려고 마음먹었어요?」 오빠가 말했다. 「트럭에 총이 있는데 그걸 쓰시지 그래요? 그쪽이 훨씬 더 깔끔할 텐데.」 아버지는 터져 나오는 웃음을 참지 못했다. 그렇게 좋아하는 것을 본 적이 없었다.

숀 오빠는 고개를 저으며 휘청거리는 걸음으로 작업장으로 돌아갔다. 아버지는 쇠를 전단기에 넣기 시작했다. 쇠가 잘릴 때마다 아버지의 몸이 휘청하면서 앞으로 쏠렸고, 가윗날 사이로 머리가 거의 들어

갈 뻔한 적도 두 번이나 됐다. 나는 눈을 꼭 감아 버렸다. 아버지의 머리가 끼어 들어간다 해도 가윗날은 멈추지 않을 테고, 목을 자르고도 계속 입을 벌렸다 다물었다 할 것을 알았기 때문이다.

기계가 잘 작동한다는 것을 확인한 다음 아버지는 루크 오빠에게 일을 넘겨받으라고 손짓을 했다. 늘 아버지 마음에 들고 싶어 하는 루크 오빠가 앞으로 나섰다. 5분 후 오빠의 팔이 뼈가 보일 정도로 깊게 잘렸고, 오빠는 온 사방으로 피가 튀는 팔을 붙들고 집으로 뛰어갔다.

아버지는 일꾼들을 하나하나 살폈다. 그러고는 벤저민 형부에게 손짓을 했지만 형부는 고개를 저으면서 고맙지만 자기는 손가락이 다 손에 붙어 있는 게 좋다고 말했다. 아버지는 간절한 눈빛으로 집 쪽을 바라봤다. 나는 아버지가 엄마가 지혈을 마치는 데 얼마나 오래 걸릴지 생각하는 것이 아닐까 상상했다. 그러다가 아버지의 눈이 내게로 와서 멈췄다.

「이리 와라, 타라.」

나는 움직이지 않았다.

「이리로 당장 와.」 아버지가 말했다.

나는 천천히 앞으로 발걸음을 옮기면서, 눈 하나 깜짝하지 않고, 전단기가 나를 공격이라도 할 것처럼 노려봤다. 루크 오빠의 피가 아직 가윗날에 묻어 있었다. 아버지는 2미터 가까이 되는 앵글을 들고 내게 한쪽 끝을 내밀었다. 「잘 잡아.」 아버지가 말했다. 「그러다가 휘면 잡고 있지 말고 놔버려.」

가윗날은 위아래로 입을 벌렸다 다물었다 하면서 쇠를 씹었다. 개가 으르렁거리듯 가까이 오지 말라고 경고를 보내는 것 같다고 나는 생각했다. 하지만 전단기에 대한 아버지의 광적인 열정은 이성을 마비시킨 듯했다.

「쉬워.」아버지가 말했다.

나는 첫 쇳조각을 기계에 끼우면서 기도했다. 부상을 피하게 해달라는 기도가 아니었다. 부상을 피할 가능성은 전혀 없었으므로, 내 부상이 루크 오빠처럼 살점만 떨어져 나가는 정도에 그치게 해달라고 빌었다. 나도 집으로 갈 수 있게 말이다. 나는 작은 조각들을 골랐다. 쇠가 휘더라도 내 몸무게로 버티겠다는 의도였다. 그러다 보니 작은 조각들이 바닥났다. 그래서 남아 있는 것들 중 가장 작은 것을 골랐다. 하지만 그것도 상당히 두꺼웠다. 나는 그 쇳조각을 끼워 넣고 턱이 닫히기를 기다렸다. 단단한 쇠가 부러지는 소리는 천둥이 치는 소리만큼 컸다. 그때 잡고 있던 쇠가 휘면서 내 몸을 앞으로 잡아채면서 두 발이 땅에서 떨어졌다. 나는 잡고 있던 손을 놓고 땅에 쓰러졌다. 내 손을 떠난 쇳조각은 세차게 가윗날에 씹힌 후 공중으로 솟구쳐 올라갔다가 내 바로 옆에 떨어졌다.

「도대체 어떻게 된 일이야?」시선 한 구석에 숀 오빠가 보였다. 오빠는 성큼성큼 다가와서 나를 일으켜 준 다음 뒤로 휙 돌아 아버지를 노려봤다.

「바로 5분 전에 이 괴물 같은 놈이 루크 팔을 거의 집어삼킬 뻔했잖아요! 그런데도 타라한테 이 일을 맡기다니!」

「쟤가 보기보다 강한 애야.」아버지는 내게 윙크를 해보이면서 말했다.

숀 오빠의 눈이 튀어나올 지경이 됐다. 오빠는 심신을 안정시키고 몸조리를 해야 할 몸 상태였지만 졸도할 정도로 화를 냈다.

「애 머리가 잘려 나가고 말 거예요!」오빠가 소리를 질렀다. 오빠는 나를 보면서 작업장의 철물 작업대를 가리키며 말했다. 「가서 도리들보에 맞게 클립이나 만들어. 이 기계 근처에는 얼씬도 하지 마.」

아버지가 앞으로 나섰다. 「내가 여기 감독이야. 넌 내 밑에서 일을 하고 있고, 타라도 마찬가지야. 내가 타라한테 전단기를 가동하라고 하면 그렇게 해야 해.」

두 사람은 15분 동안 소리소리 지르며 언쟁을 벌였다. 그것은 이전의 싸움들과는 달랐다. 전혀 억제되지 않아 보였고, 증오심이 느껴졌다. 그때까지는 아버지한테 그런 식으로 소리를 지르는 사람을 본 적이 없었다. 나는 그 상황이 아버지에게 끼치는 변화를 보면서 놀랐고, 그러다가 두려워졌다. 아버지의 얼굴이 딱딱하게 굳은 표정에서 절박한 표정으로 변화해 갔다. 숀 오빠가 아버지 안에 잠들어 있던 것, 원초적 욕구를 깨운 듯했다. 아버지는 이 언쟁에서 지고 나면 앞으로 가장으로서의 체면을 지킬 수 없다고 느끼고 있었다. 내가 전단기 작업을 하지 않으면 아버지는 더 이상 아버지 행세를 할 수 없었다.

숀 오빠는 앞으로 몸을 던져 아버지 가슴을 세게 밀었다. 아버지는 뒤로 몇 걸음 휘청거리다가 발이 걸려 넘어졌다. 충격에 빠져 잠시 진흙탕에 쓰러져 있던 아버지는 일어서서 아들에게 달려들었다. 숀 오빠가 날아드는 주먹을 막기 위해 팔을 들었지만, 그것을 본 아버지는 쥐고 있던 주먹을 내렸다. 아마도 숀 오빠가 걷기 시작한 것도 최근에야 가능해졌다는 사실을 그제야 떠올린 듯했다.

「내가 타라한테 하라고 하면 하는 거야.」 아버지는 화가 잔뜩 난 목소리로 낮게 말했다. 「안 하면 내 집 지붕 아래서 살 수 없지.」

숀 오빠가 나를 쳐다봤다. 잠시나마 오빠는 내가 짐을 싸는 것을 도와줄 사람처럼 보였다. 따지고 보면 오빠도 내 나이 즈음에는 가출하지 않았던가. 하지만 나는 고개를 저었다. 나는 집을 나가지 않을 것이다. 이렇게는 아니었다. 일단 전단기 작업을 할 것이다. 오빠도 내 결정을 알아차렸다. 오빠는 전단기를 한 번 보고, 그 옆에 쌓인 쇠들을

쳐다봤다. 20톤도 넘는 쇠가 쌓여 있었다. 「타라가 할 거예요.」 오빠
가 말했다.

순간 아버지의 키가 10센티미터쯤 커졌다. 숀 오빠는 불안정한 몸
짓으로 몸을 구부려 무거운 쇳조각 하나를 들어서 전단기에 올렸다.

「바보 같은 짓 하지 마.」 아버지가 말했다.

「타라가 하면 나도 할 거예요.」 숀 오빠가 말했다. 목소리에서 싸우
려는 의지가 완전히 빠져 있었다. 나는 숀 오빠가 아버지에게 지는 것
을 한 번도 본 적이 없었다. 하지만 이번 싸움은 져주려고 마음을 먹은
듯했다. 자신이 아버지 말을 듣지 않으면 내가 들을 것이라는 사실을
이해했던 것이다.

「너는 내 현장 감독이야!」 아버지가 외쳤다. 「넌 오네이다에 가 있
어야 해. 여기서 폐철이나 자르고 있을 시간이 없어.」

「그러면 전단기를 끄세요.」

아버지는 완전히 질렸다는 표정으로 욕을 하면서 저쪽으로 갔다.
그러면서 한편으로는 숀 오빠가 저녁 먹기도 전에 전단기 작업에 싫
증을 내고 현장 감독을 다시 할 것이라고 생각하는 것 같기도 했다.
「오케이, 시들 리스터, 네가 쇠를 가지고 오면 내가 전단기에 넣을게.
쇠가 두꺼우면, 그러니까 1센티미터가 넘으면 뒤에서 나를 잡아 줘야
해. 그래야 내가 가윗날이 있는 쪽으로 쓸려 들어가지 않을 테니까. 알
았지?」

숀 오빠와 나는 전단기 작업을 한 달간 했다. 아버지는 고집스럽게
전단기를 계속 돌렸다. 현장 감독이 폐철 처리장에서 일하는 것보다
용접기로 철물을 절단하는 쪽이 훨씬 비용이 덜 들었겠지만, 그렇게
하기에는 아버지의 고집이 너무 셌다. 전단기 작업을 모두 마쳤을 때
나는 여기저기 멍이 들긴 했지만 크게 다치진 않았다. 그러나 숀 오빠

는 그나마 남아 있던 생기를 거기에 모두 쏟아부은 것처럼 보였다. 팔레트에서 떨어지는 사고를 겪은 지 몇 달밖에 되지 않았기 때문에 오빠의 몸은 그렇게 고단한 일을 견뎌 내지 못했다. 기다란 쇳조각이 예상치 못한 각도로 휘어지면서 오빠의 머리를 세게 치는 경우도 많았다. 그런 일을 당하면 오빠는 두 손으로 눈을 누른 채 몇 분 정도 땅에 앉아 있다가 다시 일어서서 다음 쇳조각을 집어 들었다. 저녁에는 더러운 셔츠와 먼지투성이 청바지를 입은 채 부엌 바닥에 누워 있었다. 너무 고단해서 샤워를 할 힘도 없었다.

나는 오빠가 원하는 대로 음식과 물을 가져다 줬다. 세이디가 거의 매일 저녁 찾아왔고, 우리 둘은 오빠가 얼음을 가져오라고 했다가, 얼음을 빼라고 했다가, 다시 얼음을 넣으라고 할 때마다 종종걸음으로 오빠의 명령을 따랐다. 우리는 둘 다 물고기 눈깔들이었다.

다음 날이면 숀 오빠와 나는 다시 전단기 작업으로 돌아갔다. 오빠가 전단기의 쇠턱에 쇳조각을 넣으면, 엄청난 힘으로 턱이 닫히면서 오빠 몸을 희롱하듯 손쉽게 들어 올리곤 했다. 오빠는 어린아이처럼 보였고, 전단기는 그 게임을 즐기는 느낌이었다.

16
불충한 인간, 불복하는 하늘

오네이다의 착유용 헛간 공사가 시작됐다. 숀 오빠가 설계해서 용접 작업까지 한 메인 프레임은 건물의 뼈대를 이루는 거대한 기둥들로, 너무 무거워서 지게차로도 들어 올릴 수 없었다. 크레인을 동원해서 조심스럽게 정교한 작업을 해야만 했다. 용접공 두 사람이 들보 양쪽 끝에 올라탄 후, 간격을 맞춰 세로로 세워진 기둥 위에 크레인으로 그 들보를 낮추면 용접으로 들보와 기둥을 고정시켜야 했다. 숀 오빠는 내게 크레인 작동을 맡기겠다고 선언해서 모두를 놀라게 했다.

「타라는 크레인을 작동 못 해.」 아버지가 말했다. 「작동법을 가르치는 데만 몇 시간을 쏟아야 하고, 그렇게 해봤자 앞뒤 분간도 못할 게 뻔하고.」

「하지만 타라는 조심스럽잖아요.」 숀 오빠가 말했다. 「그리고 이젠 나도 어디서 떨어지는 거 지켜워요.」

한 시간 후 나는 크레인의 조종실에 앉아 있었다. 숀 오빠와 루크 오빠가 6미터 높이 공중에 매달린 들보 양쪽에 섰다. 나는 크레인이 움직일 때 유압 실린더가 내는 쉭쉭 소리에 귀를 기울이며 레버를 조심스럽게 조금씩 만졌다. 「멈춰!」 들보가 제자리에 도착하자 숀 오빠가 소리쳤고, 들보 위의 두 사람은 고개를 까닥해서 용접 헬멧을 내리고 용접을 시작했다.

내가 크레인을 조종한 것은 그해 여름 아버지와 숀 오빠 사이에 벌어지고 숀 오빠가 이긴 수많은 싸움의 결과 중 하나였다. 대부분의 싸움은 평화롭게 끝나지 않았다. 두 사람은 거의 매일 다퉜다. 도면 문제에서부터 집에 두고 온 공구에 이르기까지 그 주제는 다양했다. 아버지는 누가 보스인지를 보여 주기 위해서라도 싸움에 열을 올렸다.

어느 날 오후, 아버지가 걸어오더니 숀 오빠 바로 옆에 서서 오빠가 용접하는 모습을 지켜봤다. 1분쯤 흐른 후, 아버지는 아무 이유도 없이 소리를 지르기 시작했다. 숀이 점심을 너무 오래 먹는다는 둥, 아침에 팀을 모아서 일을 시작하는 시간이 너무 늦다는 둥, 제대로 일을 시키지 않는다는 둥 온갖 욕설을 퍼부어 댔다. 아버지가 그런 식으로 몇 분 더 고함을 쳐대자 숀 오빠는 용접 헬멧을 벗고 아버지를 침착하게 바라보면서 말했다. 「일 좀 하게 입 좀 닥치실래요?」

아버지는 계속 소리를 질러 대면서, 숀 오빠가 게으르고, 현장 팀을 어떻게 관리할 줄 모르며, 열심히 일하는 것의 가치를 이해하지 못한다고 말했다. 오빠는 용접하던 곳에서 내려와 느린 걸음으로 트럭이 있는 쪽으로 걸어갔다. 아버지는 계속 악을 쓰며 그 뒤를 따라갔다. 숀 오빠는 장갑을 벗기 시작했다. 천천히, 아주 섬세한 동작으로 손가락을 하나씩 하나씩 빼면서. 마치 자기 코 바로 앞에서 누군가가 소리소리 지르고 있지 않은 것처럼. 오빠는 그렇게 잠시 동안 가만히 서서 아버지가 하는 욕설을 온몸으로 받아 냈다. 그런 다음 트럭에 올라 시동을 걸고 가버렸다. 먼지에 대고 여전히 고래고래 욕을 해대는 아버지를 남겨 두고.

나는 흙길을 따라 언덕 아래로 멀어져 가는 트럭을 보면서 느꼈던 경외감을 아직도 기억한다. 숀 오빠는 내가 본 사람 중 아버지에게 맞선 유일한 사람이었고, 강한 정신력과 무너지지 않는 확신으로 아버지를 이기는 유일한 사람이었다. 아버지가 오빠들 하나하나에게 화내고 소리 지르는 것을 모두 봐왔지만, 그렇게 떠나 버린 사람은 숀 오빠뿐이었다.

토요일 밤이었다. 나는 읍내 외할머니 집 부엌 식탁에 수학책을 펴 놓고, 쿠키 한 접시를 옆에 두고 앉아 있었다. ACT 시험을 다시 보기 위해 공부하는 중이었다. 그즈음에는 아버지의 설교를 피하기 위해 외할머니 댁에서 공부할 때가 많았다.

전화가 왔다. 숀 오빠였다. 오빠는 내게 영화 보고 싶으냐고 물었다. 그렇다고 대답했더니 몇 분 후 밖에서 커다랗게 우르릉하는 소리가 들렸다. 나는 창밖을 내다봤다. 우레와 같은 소리를 내는 까만색 오토바이를 타고 챙이 넓은 호주 개척자 모자를 쓴 오빠의 모습은 외할머니 댁의 하얀 나무 담장과 전혀 어울리지가 않았다. 외할머니는 브라우니를 굽기 시작했고, 숀 오빠와 나는 2층에 올라가 영화를 골랐다.

우리는 외할머니가 브라우니를 가져오자 영화를 잠시 멈췄다. 그리고 아무 말 없이 브라우니를 먹었다. 외할머니의 도자기 접시에 숟가락이 부딪히는 소리만 들렸다. 「넌 27점 받을 거야.」 브라우니를 끝낸 다음 오빠가 갑자기 그렇게 말했다.

「상관없어.」 내가 말했다. 「어차피 안 갈 거 같아. 아버지 말이 맞으면 어떡해? 내가 거기서 세뇌를 당하면 어떡하느냐고.」

숀 오빠가 어깨를 들썩해 보였다. 「넌 아버지만큼 똑똑해. 아버지 말이 맞다면, 거기 가서 너도 금방 알아차리겠지.」

영화가 끝났다. 우리는 외할머니에게 인사를 하고 집에서 나왔다.

온화하고 쾌적해서 오토바이 타기에 딱 좋은 여름밤이었다. 숀 오빠는 자기 오토바이로 같이 집에 가고 차는 내일 가지러 오자고 했다. 그러고는 내가 뒤에 타기를 기다리면서 엔진 회전수를 높여 윙 소리를 크게 한번 냈다. 그러나 오빠 쪽으로 한 발자국을 내밀다가 나는 외할머니 식탁에 두고 온 수학책이 생각났다.

「먼저 가.」내가 말했다.「오빠 뒤에 바로 따라갈게.」

숀 오빠는 모자를 푹 한번 눌러쓰고는 오토바이를 휙 돌려 텅 빈 도로로 빠르게 달렸다.

나는 멍해질 정도의 행복감에 젖어 차를 몰았다. 칠흑 같이 어두운 밤이었다. 집은 드물고, 가로등은 더 드문 시골에서만 가능한 그런 어둠 속에서는 아무것도 별빛에 도전하지 않았다. 나는 그전에도 수없이 그랬던 것처럼 구불구불한 국도를 따라 차를 몰아 베어 리버 힐을 빠르게 내려가서 파이브마일 크릭과 평행으로 뻗은 똑바른 도로를 질주했다. 거기서 좀 더 가면 오르막길이 되면서 오른쪽으로 굽어지는 길이 나온다. 나는 보지 않고도 그 커브 길이 거기 있다는 것을 알고 있었다. 그러나 어둠 속에서 움직이지 않는 전조등이 보이자 이상한 생각이 들었다.

오르막길에 들어섰다. 왼쪽으로는 풀밭이 있고, 오른쪽으로는 도랑이 있었다. 오르막길이 가팔라지는 부분에서 나는 차 세 대가 도랑 근처에 서 있는 것을 봤다. 문이 열려 있고, 실내등이 켜져 있었다. 자갈밭에 뭔가가 있고 그 주변으로 일고여덟 명 정도의 사람들이 둘러서 있었다. 나는 그곳을 돌아가기 위해 차선을 바꿨다가 도로 한가운데 놓인 작은 물체를 보고 차를 멈췄다.

챙이 넓은 호주 개척자 모자였다.

차를 멈춘 나는 도랑 근처 사람들이 모여 있는 곳으로 뛰어갔다.

「오빠!」내가 소리쳤다.

사람들이 비켜서서 내가 지나갈 수 있도록 길을 터줬다. 숀 오빠가 자갈밭에 얼굴을 파묻고 쓰러져 있었다. 전조등에 비친 피가 분홍색으로 보였다. 오빠는 움직이지 않았다. 「코너를 돌다가 소와 부딪혔어요.」한 남자가 말했다. 「오늘 밤은 특히 너무 어두워서 소를 보지도 못했을 거예요. 구급차를 불렀어요. 혹시 잘못될까 봐 환자에게 손도 못 대고 있는 중이에요.」

오빠는 허리가 뒤틀리고 몸이 이상한 각도로 꺾여 있었다. 구급차가 오려면 얼마나 걸릴 지 전혀 알 수가 없는데 피가 너무 많이 흐르고 있었다. 그래서 지혈을 해야겠다고 결심했다. 손을 오빠 어깨 밑으로 넣어서 몸을 들어 올리려고 했지만 힘이 부족했다. 모인 사람들을 올려다보니 아는 얼굴이 있었다. 드웨인이었다.* 그는 〈우리랑 같은 부류〉였다. 엄마가 드웨인의 여덟 자녀 중 네 명의 분만을 도왔다.

「드웨인 아저씨! 오빠 몸을 뒤집는 걸 도와주세요.」

드웨인 아저씨는 오빠를 뒤집어 눕혀 줬다. 한 시간처럼 느껴진 1초 동안 나는 오빠를 바라봤다. 관자놀이에서 나온 피가 오른쪽 뺨으로 흘러내려 귀를 타고 내려가 하얀 티셔츠를 적시고 있었다. 눈은 감겨 있고 입은 벌어져 있었다. 이마에 난 골프공만 한 구멍에서 피가 스며나오고 있었다. 관자놀이 부분이 아스팔트 위로 끌리면서 피부가 모두 떨어져 나가고 뼈까지 갈린 것 같았다. 나는 몸을 바짝 기울여 상처 안쪽을 들여다봤다. 물렁거리는 스펀지 같은 것이 번들거리는 게 보였다. 나는 입고 있던 재킷을 벗어 오빠의 머리를 눌렀다.

내가 다친 곳에 손을 대자 오빠는 길게 한숨을 내쉬며 눈을 떴다.

---

* 15년 후에 물어보니 드웨인은 자신이 거기 있었던 사실을 기억하지 못했다. 하지만 내 기억 속에는 그가 거기 서 있던 장면이 생생하게 박혀 있다.

「시들 리스터.」오빠가 중얼거렸다. 그러더니 다시 의식을 잃은 듯했다.

휴대 전화가 내 주머니 속에 있었다. 전화를 걸었다. 아버지가 받았다.

나는 미친 듯이 말을 쏟아 냈다. 숀 오빠가 오토바이 사고로 머리에 구멍이 났다고 말했다.

「잠깐 좀 천천히 말해 봐. 무슨 일이 일어났다고?」

나는 다시 한번 반복했다. 「어떻게 해야 해요?」

「집으로 데려와.」아버지가 말했다. 「엄마가 알아서 할 거야.」

나는 입을 열었지만 아무 말도 나오지 않았다. 그러다가 마침내 말했다. 「농담이 아니에요. 오빠 뇌가 보일 정도라니까요!」

「집으로 데려와.」아버지가 말했다. 「엄마가 치료할 수 있어.」그런 다음 무감각한 신호음 소리가 들려왔다. 아버지가 전화를 끊은 것이다.

옆에 있던 드웨인이 전화 내용을 들은 것 같았다. 「우리 집이 바로 저 들판 너머에 있어.」그가 말했다. 「너희 엄마가 거기서 오빠를 치료하시면 되겠다.」

「아니에요.」내가 말했다. 「아버지가 오빠를 집으로 데려오래요. 오빠를 차에 싣는 걸 도와주세요.」

숀 오빠는 우리가 오빠를 들어 올려 차에 싣자 신음을 냈지만 다시 말을 하지는 않았다. 누군가가 구급차를 기다려야 한다고 말했다. 또 다른 사람은 직접 오빠를 병원에 데려가는 게 더 낫겠다고 말했다. 아무도 우리가 오빠를 집으로 데려갈 거라고, 뇌수가 이마로 줄줄 새어 나오는 환자를 집으로 데려갈 거라고 상상도 하지 못했다.

우리는 오빠를 뒷좌석에 구겨 넣었다. 내가 운전석에 앉고 드웨인은 조수석에 탔다. 도로로 진입하기 위해 백미러를 한 번 봤다. 그러다가 거울 각도를 아래쪽으로 내려서 숀 오빠의 얼굴이 보이도록 맞췄다. 피투성이에 완전히 넋이 나간 얼굴이었다. 내 발이 가속 페달 위에서 멈칫거렸다.

3초 정도 지났다. 어쩌면 4초. 그게 다였다.

드웨인이 외치고 있었다. 「어서 가자고!」 하지만 그의 목소리가 귀에 들어오지 않았다. 당황해서 정신을 차릴 수가 없었다. 원망의 감정으로 안개처럼 자욱한 내 머릿속을 여러 가지 생각이 빠른 속도로 열병처럼 떠올랐다가 사라져 갔다. 마치 꿈을 꾸는 것 같았다. 극도의 흥분으로 인해 5분 전까지만 해도 현실이라고 간절히 믿고 싶었던 소설에서 깨어난 느낌이었다.

숀 오빠가 팔레트에서 떨어진 날에 대해서는 생각해 본 적이 없었다. 생각해 보고 말고 할 사건도 아니었다. 오빠가 추락한 것은 신이 오빠의 추락을 원했기 때문이었다. 그 이상 더 깊은 의미는 없었다. 나는 내가 그 현장에 있었으면 어땠을까를 한 번도 상상해 본 적이 없었다. 숀 오빠가 허우적거리며 떨어지는 장면을 목격하는 것, 충돌을 하고 몸이 접힌 다음 꿈쩍도 안 하고 땅에 쓰러진 장면을 목격하는 것. 나는 추락 후의 상황을 상상하는 것도 마음속에서 허락해 본 적이 없었다. 트럭 옆에 오빠를 두기로 한 아버지의 결정, 루크 오빠와 벤저민 형부 사이에 오갔을 걱정스러운 눈짓들.

오빠의 찡그린 얼굴, 접힌 곳마다 피가 강처럼 흐르고 있는 오빠의 얼굴을 빤히 바라보면서 이제야 나는 기억이 났다. 숀 오빠가 뇌출혈을 입은 채로 트럭 옆에서 15분 동안 앉아 있어야 했던 것이 기억났다. 그런 다음 발작을 일으켰고, 루크 오빠와 벤저민 형부가 씨름하듯 숀 오빠를 덮쳐서 땅에 눕히면서 두 번째 부상을 당했던 것도. 그 두 번째 부상으로 오빠가 죽었을 수도 있다고 했던 의사들의 말도. 숀 오빠가 다시는 이전의 숀 오빠로 회복할 수 없었던 것도 바로 그런 이유에서 였다.

그 첫 번째 추락이 주님의 뜻이었다면, 두 번째 부상은 누구의 뜻이 었을까?

읍내 병원에는 한 번도 가본 적이 없었다. 하지만 병원을 찾는 것은 어렵지 않았다.

내가 갑자기 유턴해서 언덕 아래로 차를 몰고 가자 드웨인은 도대체 무슨 짓이냐고 물었다. 계곡을 질주해서 파이브마일 크릭을 지나고 베어 리버 힐을 총알처럼 달리면서도 나는 계속 숀 오빠의 가쁜 숨소리에 귀를 기울이고 있었다. 병원에 도착한 나는 비상 주차 차선에 차를 대고 드웨인과 함께 오빠를 들고 유리문으로 들어갔다. 도와 달라고 고함을 치니 간호사 한 명이 뛰어왔고, 뒤이어 또 한 명이 달려왔다. 오빠는 의식이 돌아와 있었다. 의료진은 오빠를 데려가고 나를 대기실에 밀어 넣었다.

그런 다음 할 일을 피할 방법은 없었다. 아버지에게 전화를 했다.

「집에 거의 도착했니?」 아버지가 말했다.

「병원으로 왔어요.」

잠시 침묵이 흐른 후 아버지가 말했다. 「우리가 갈게.」

15분 후 부모님이 도착했고, 우리 셋은 어색한 분위기로 기다렸다. 나는 하늘색 소파에 앉아서 손톱을 물어뜯고, 엄마는 손가락으로 클릭 소리를 내면서 서성거리고, 아버지는 커다랗게 째깍거리며 돌아가는 벽시계 밑에 미동도 없이 앉아 있었다.

의사는 오빠의 몸을 CAT 스캔으로 검사했다. 심한 부상에 비해 손상은 아주 적다고 말했다. 나는 그제야 지난번 의사가 한 말이 생각났다. 머리 부상의 경우 심각해 보이는 부상들이 실제로는 덜 심각할 수 있다는 그 말을 생각해 내고 당황해서 오빠를 병원으로 데려온 것이 너무 바보 같은 짓이었다고 느꼈다. 의사는 뼈에 난 구멍이 아주 작아서 저절로 뼈가 자라서 메꿔질 수도 있고, 외과 의사가 쇠로 때워 줄 수도 있다고 했다. 숀 오빠는 어떻게 아무는지 보고 결정하겠다고 말했고, 의사는 구멍 위로 피부를 당겨서 꿰매 줬다.

오빠를 데리고 집에 오니 새벽 3시가 다 되어 있었다. 아버지가 운전대를 잡았고, 엄마는 조수석에, 나는 숀 오빠와 함께 뒷자리에 앉았다. 아무도 말을 하지 않았다. 아버지는 소리를 지르거나 설교도 하지도 않았고, 그 후로도 그날 밤 일을 한 번도 입에 올리지 않았다. 그러나 아버지의 시선이 달라졌다. 절대로 나를 똑바로 보지 않는 아버지의 시선에서 나는 우리가 함께 가던 길이 두 갈래로 갈라지면서 나는 한쪽을, 아버지는 다른 쪽을 선택해서 걷게 되었다는 것을 깨달았다. 그날 밤 이후 내가 집을 떠날지, 계속 머무를지의 문제에 대해서는 이미 답이 나온 듯했다. 마치 우리 모두 미래의 시간을 살고 있는 느낌이었다. 내가 이미 집을 떠난 후의 시간 말이다.

그날 밤을 회상하면 어두운 도로나 오빠가 자기 피로 흥건한 채 누워 있던 장면이 아니라 차가운 하늘색 소파와 창백한 벽이 있는 대기실이 제일 먼저 떠오른다. 마치 내가 그 방에 있는 것처럼 소독약 냄새가 나고 플라스틱 벽시계의 째깍거리는 소리가 들려오곤 한다.

내 건너편에는 아버지가 앉아 있다. 세월에 닳은 아버지의 얼굴을 보다가 갑자기 깨닫는다. 그 진실은 너무도 명확하고 강렬해서 왜 전에는 그 사실을 이해하지 못했는지 알 수가 없다. 진실은 바로 내가 좋은 딸이 아니라는 사실이었다. 나는 반역자고, 양들 사이에 낀 늑대였다. 나는 나머지 식구들과 달랐고, 그 다름은 좋은 것이 아니었다. 나는 울부짖으며 아버지 무릎을 눈물로 적시면서 다시는 그러지 않겠다고 약속하고 싶었다. 하지만 늑대인 나는 여전히 거짓말을 하고 싶지 않았고, 어차피 아버지는 냄새를 맡고 내 거짓말을 알아차릴 것이 분명했다. 우리 두 사람 모두 내가 다시 피로 흠뻑 젖은 숀 오빠를 도로에서 발견하면 또다시 그날 내가 한 행동을 되풀이할 것이라는 사실을 잘 알고 있었다.

나는 미안하지 않았다. 부끄러울 뿐이었다.

그 봉투는 3주 후에 배달됐다. 숀 오빠가 거의 회복해 가고 있을 즈음이었다. 황급히 봉투를 열면서도 아무런 감각이 없었다. 마치 유죄 선고가 이미 내려진 다음 형량을 읽는 느낌이었다. 내 시선은 바로 총점이 있는 곳으로 향했다. 28점. 내 이름이 맞는지 다시 확인했다. 실수가 아니었다. 어찌된 일인지 모르지만 — 기적이라고밖에 설명을 할 수가 없었다 — 내가 해낸 것이다.

제일 먼저 떠오른 생각은 일종의 결심 같은 것이었다. 아버지 밑에서는 절대 다시 일하지 않겠다는 결심. 그래서 바로 스톡스라는 읍내 유일한 식료품점으로 차를 몰고 가서 손님들이 쇼핑한 물건을 봉지에 담아 주는 일을 하겠다고 지원했다. 열여섯 살밖에 되지 않았지만 매니저에게는 나이를 이야기하지 않았고, 나는 일주일에 40시간 일을 하는 자리에 고용이 됐다. 내 첫 근무는 다음 날 새벽 4시에 시작하도록 되어 있었다.

집에 와보니 아버지가 지게차를 몰고 폐철 처리장으로 들어가고 있었다. 나는 발판을 딛고 올라가 손잡이를 붙잡고 매달렸다. 우레와 같은 엔진 소리 너머로 아버지에게 말했다. 일자리를 하나 구했지만, 다른 사람을 고용할 때까지 오후에는 크레인 운전을 계속하겠다고 했다. 아버지는 지게차 팔을 내리고 앞만 뚫어져라 응시했다.

「이미 마음은 정해진 지 오래잖니.」 아버지는 나를 한번 흘끗 쳐다보지도 않은 채 말했다. 「오래 끌 필요 없다.」

일주일 후 나는 브리검 영 대학교에 지원했다. 지원서를 어떻게 쓸지 전혀 몰랐기 때문에 타일러 오빠가 대신 써줬다. 오빠는 엄마가 고안한 엄격한 프로그램에 따라 내가 교육을 받았으며, 그 프로그램에 따라 고등학교 졸업 자격을 모두 갖추었다는 점을 확신한다고 적었다.

그 지원서에 대한 내 감정은 날마다, 아니 시시각각으로 변했다. 어떨 때는 내가 대학에 가는 것은 신의 뜻이라는 확신이 들었다. 내가 28점을 받도록 한 것이 바로 신이었기 때문이다. 하지만 어떨 때는 내가 합격하지 못할 것이 틀림없다는 생각이 들었다. 그리고 신은 내가 대학에 지원한 것, 가족들을 버리고 떠나려는 마음을 먹은 데 대해 벌을 줄 것이 틀림없다고 생각했다. 그러나 대학 진학 여부가 어떻게 결론이 나든 나는 집을 떠날 생각이었다. 대학이 아니더라도 어디로든 떠날 것이다. 내가 숀 오빠를 엄마가 아니라 병원으로 데리고 간 그 순간 집은 다른 곳으로 변해 버렸다. 그전까지는 집의 어떤 부분을 내가 거부했었지만 이제는 집이 나를 거부하고 있었다.

대입 사정 위원회는 무척 효율적이었고, 나는 오래 기다리지 않아도 됐다. 결과는 평범한 봉투에 담겨 배달됐다. 그 봉투를 보는 순간 가슴이 덜컥 내려앉았다. 불합격 통지서는 부피가 크지 않을 것이라고 생각했기 때문이다. 봉투를 열었다. 편지는 〈축하합니다〉라는 말로 시작했다. 내가 1월 5일 시작하는 학기에 입학할 수 있다는 내용이었다.

엄마가 나를 안아 줬다. 아버지는 명랑하게 행동하려고 노력했다.

「적어도 한 가지는 증명이 됐구나.」 아버지가 말했다. 「우리가 한 홈스쿨링이 학교만큼이나 좋다는 사실 말이야.」

사흘 후 나는 열일곱 살이 됐다. 엄마는 내가 살 아파트를 구하기 위해 유타로 차를 몰고 갔다. 하루 종일 아파트를 구하느라 돌아다니다가 늦게 집에 와보니 아버지는 얼린 음식을 녹여서 저녁 식사를 하고 있었다. 조리를 잘못해서 다 뭉개져 있었다. 아버지를 둘러싼 공기가 금방이라도 전기가 튈 듯, 불이라도 타오를 듯 긴장감이 넘쳤다. 언제라도 폭발할 것처럼 보였다. 엄마는 신발도 못 벗고 부엌으로 달려가 냄비를 덜컥거리며 제대로 된 저녁 식사를 만들기 시작했다. 아버지는 거실로 가서 비디오 기기에다 대고 욕을 퍼붓기 시작했다. 복도에 있던 내 눈에도 전선이 연결되지 않은 것이 보였다. 내가 그 사실을 지적하자 아버지는 폭발하고 말았다. 욕을 하고 팔을 휘두르면서, 사내대장부가 사는 집에서는 모든 전선이 항상 연결되어 있어야 하고, 사내대장부가 방에 들어왔는데 비디오 선도 연결이 안 되어 있는 것은 말도 안 된다고 고래고래 외쳤다. 그리고 나한테 도대체 전선은 왜 뽑았느냐고 따져 물었다.

엄마가 서둘러 부엌에서 달려와 말했다. 「전선을 뽑은 건 나예요.」

아버지는 엄마를 향해 소리소리 질렀다. 「왜 당신은 항상 저 아이 편을 드는 거요! 사내대장부라면 아내가 자기편이라는 것쯤은 믿을 수 있게 해줘야지!」

나는 아버지가 옆에 서서 소리를 지르는 사이 전선을 들고 허둥거렸다. 전선을 계속 손에서 놓쳤다. 패닉으로 가슴이 두근거렸고, 다른 생각은 할 수가 없었다. 심지어 빨간색 선을 빨간색 선끼리, 흰색 선은 흰색 선끼리 연결하는 것조차 떠올릴 수가 없었다.

240

그러다가 패닉이 사라졌다. 아버지를 올려다봤다. 얼굴은 붉으락 푸르락하고 목에 돋은 핏줄이 두근거리는 게 보였다. 아직 전선을 연결하지 못한 상태였다. 자리에서 일어섰다. 일단 일어서고 보니 전선이 연결되든 안 되든 상관없이 느껴졌다. 그리고 방에서 걸어 나왔다. 내가 부엌으로 걸어갈 때까지도 아버지는 계속 소리를 지르고 있었다. 복도를 걸어가다가 뒤를 돌아봤다. 아버지가 우뚝 서 있고, 그 옆에서 엄마가 내 대신 비디오 기기 앞에 쭈그리고 앉아서 전선을 더듬거리고 있었다.

그해 크리스마스를 기다리는 심정은 천길 낭떠러지를 향해 걸어가는 심정이었다. 뭔가 좋지 않은 큰일이 벌어질 것이라는 확신, 그때까지 내가 알던 모든 것을 완전히 지워 버릴 뭔가가 올 것이라는 확신은 Y2K 이후 처음이었다. 모든 것이 지워지고 나면 그 자리를 무엇이 메울까? 나는 미래를 상상해 보려고 애썼다. 교수들, 과제, 교실들로 가득 찬 미래. 그러나 어떤 그림도 머리에 떠오르지 않았다. 내 상상 속에는 미래가 없었다. 12월 31일이 올 것이고 그다음에는 아무것도 없었다.

준비를 해야 한다는 것은 알고 있었다. 타일러 오빠가 지원서에 내가 갖추고 있다고 썼던 고등학교 졸업 자격에 해당하는 교육 수준을 갖추도록 노력을 하는 것이 당연했다. 하지만 어떻게 해야 할지 몰랐고, 타일러 오빠에게 도움을 청하기도 싫었다. 오빠는 퍼듀 대학교에서 새로운 생활을 시작하고 있었다. 심지어 결혼 계획까지 있었다. 그런 마당에 나까지 책임지고 싶어 하지 않을 것 같았다.

하지만 크리스마스 때 집에 온 타일러 오빠가 『레미제라블』이라는 책을 읽는 것을 보고는, 그런 종류의 책이야말로 대학생들이 읽는 책이라고 생각했다. 그래서 나도 역사나 문학에 대해 좀 배워 볼 요량으로 그 책을 샀다. 그러나 『레미제라블』은 그런 것을 내게 가르쳐 주지 않았다. 그럴 수가 없었다. 내게 허구의 이야기와 사실에 근거한 배경의 차이를 구분할 능력이 없었기 때문이다. 나폴레옹과 장발장 중 누가 역사적 인물이고 누가 허구의 인물인지 구분이 안 됐다. 두 사람 모두 한 번도 들어 본 적이 없는 사람들이었기 때문이다.

2부

17
신성함을 지키기 위해

새해 첫날 엄마는 나를 차에 태워 내 새로운 삶으로 데려다줬다. 쌀 짐은 별로 많지 않았다. 집에서 만든 복숭아 병조림 열두어 개, 침구, 그리고 옷이 가득 든 쓰레기 비닐 봉투 하나가 다였다. 고속도로를 달리는 차 안에서 나는 주변 경치가 창밖으로 삐죽삐죽 돋아났다 사라지는 것을 지켜봤다. 둥글둥글한 베어 리버 마운틴의 검푸른 산들이 면도날처럼 날카로운 로키 산맥에게 자리를 내줬다. 이윽고 와사치 마운틴의 심장부에 자리 잡은 대학 건물이 땅 밖으로 돌출된 하얀 단층처럼 웅장하게 모습을 드러냈다. 아름다웠다. 그러나 내게 그 아름다움은 공격적이고 위협적으로 다가왔다.

내 숙소는 캠퍼스에서 1.5킬로미터 정도 떨어진 곳에 있었다. 부엌과 거실, 그리고 세 개의 작은 침실이 있는 아파트였다. 거기 사는 다른 여학생들 ─ 브리검 영 대학교의 모든 숙소는 성별에 따라 나뉘어 있기 때문에 하우스메이트들이 여성인 것은 미리 알고 있었다 ─ 은 크리스마스 방학에서 아직 돌아오지 않았다. 차에서 방으로 짐을 옮기는 데 몇 분밖에 걸리지 않았다. 엄마는 나와 함께 잠시 어색하게 부엌에 서 있다가, 나를 한 번 안아 준 다음 차를 몰고 떠났다.

나는 그 조용한 아파트에서 사흘 동안 혼자 살았다. 사실 조용한 것은 아니었다. 어디에도 조용한 곳은 없었다. 그때까지 한 번도 몇 시간 이상 도시에서 시간을 보내 본 적이 없는 나로서는 끊임없이 내 영역을 침범하는 이상한 소음들로부터 나 자신을 방어할 방법이 없었다. 횡단보도에 파란불이 켜질 때 나는 찍찍거리는 알림음, 사이렌의 비명 소리, 에어 브레이크의 쉭쉭하는 소리, 심지어 길거리를 걸어가며 작은 소리로 재잘대는 사람들의 대화 소리에 이르기까지 내 귀에는 모든 소음들이 개별적으로 들려왔다. 벅스피크의 정적에 길들여진 내 귀는 도시의 소음에 끊임없이 얻어맞는 느낌이었다.

첫 하우스메이트가 도착했을 때 나는 수면 부족에 시달리고 있었다. 그녀의 이름은 섀넌이었고, 길 건너에 있는 미용학과에 다니고 있었다. 섀넌은 밝은 분홍색 파자마 바지와 가느다란 어깨 끈이 달린 몸에 딱 붙는 흰색 탱크톱을 입고 방에서 나왔다. 나는 그녀의 벗은 어깨를 뚫어져라 쳐다봤다. 이런 차림을 한 여자들은 전에도 본 적이 있었다. 아버지는 그들을 이방인이라고 불렀고, 나는 마치 가까이 가면 그들의 부도덕성이 전염이라도 될까 봐 거리를 뒀다. 이제 그런 사람과 같은 지붕 아래 살게 되었다.

섀넌은 실망감을 감추지 않은 표정으로 헐렁한 플란넬 코트와 내게 너무 큰 남성용 청바지 차림의 나를 훑어봤다. 「몇 살이니?」 그녀가 물었다.

「1학년이야.」 내가 말했다. 내가 아직 열일곱밖에 되지 않았고, 고등학교 3학년에 다녀야 할 나이라는 것을 알리고 싶지 않았다.

섀넌이 싱크대 쪽으로 가는 것을 바라보다가 나는 그녀의 엉덩이에 〈주시Juicy〉라는 글자가 적힌 것을 발견했다. 내가 받아들일 수 있는 한계를 넘어선 수준이었다. 나는 자야겠다는 말을 웅얼거리며 내 방으로 후퇴해서 들어갔다.

「좋은 생각이야.」 그녀가 말했다. 「교회가 일찍 시작하거든. 난 맨날 늦어.」

「교회 다녀?」

「물론이지.」 그녀가 말했다. 「넌 안 다니니?」

「나야 물론 다니지. 하지만 너, 너도 교회를 다닌다고?」

그녀는 입술을 깨물면서 나를 빤히 쳐다보다가 말했다. 「예배는 8시야. 잘 자!」

침실 문을 닫으면서도 내 머리는 어지럽게 빙빙 돌았다. 어떻게 저 여성이 모르몬교도일 수 있을까?

아버지는 이방인은 사방에 퍼져 있고, 대부분의 모르몬교도들도 이 방인이지만 단지 자신들은 그 사실을 모를 뿐이라고 말했었다. 나는 섀넌이 입은 탱크톱과 파자마 바지를 떠올려 보다가 아마도 브리검 영 대학교의 모든 사람들이 이방인일 것이라는 사실을 깨달았다.

다음 날 다른 하우스메이트가 도착했다. 그녀의 이름은 매리였고, 유아 교육을 공부하는 3학년생이었다. 그녀는 일요일 날 모르몬교도 가 당연히 해야 할 차림이라고 내가 생각하는 옷차림인 바닥까지 닿는 긴 꽃무늬 치마를 입고 있었다. 그녀의 옷차림은 내게 일종의 시볼리스*였다. 그것은 그녀가 이방인이 아니라는 신호였고, 나는 몇 시간 동안이나마 덜 외로웠다.

적어도 그날 저녁까지는 그랬다. 소파에 앉아 있던 매리가 갑자기 벌떡 일어서더니 말했다. 「내일부터 강의가 시작되니 미리 장을 봐 야겠어.」 한 시간 후 집에 돌아온 그녀의 손에는 두 개의 종이봉투가

* 어떤 집단의 구성원이라는 것을 표현하는 암호 ─ 옮긴이주.

들려 있었다. 주일에는 쇼핑을 하는 것이 금지되어 있었다. 나는 일요일에는 껌 한 통 사본 적이 없었다. 그러나 매리는 아무렇지도 않게 달걀, 우유, 파스타 등 장을 봐온 것들을 제자리에 넣기 시작했다. 우리가 함께 쓰는 냉장고에 그런 물건을 하나하나 집어넣을 때마다 주님의 계명을 어긴다는 사실에 전혀 개의치 않는 듯했다. 아버지가 건강에 대한 주님의 조언을 어기는 물건이라고 했던 다이어트 콜라를 그녀가 냉장고에서 꺼내는 것을 보고 나는 내 방으로 다시 도망치듯 후퇴하지 않을 수 없었다.

다음 날 아침, 나는 잘못해서 반대 방향으로 가는 버스를 탔다. 실수를 알아차리고 제대로 된 버스를 타고 도착하니 수업은 거의 끝나가고 있었다. 교실 뒤쪽에 어색하게 서 있었더니 결국 교수가 내게 마지막 남아 있는 자리에 앉으라고 손짓을 했다. 여성스러운 느낌의 마른 몸매를 가진 여교수였다. 교실 거의 제일 앞쪽에 있는 빈자리로 걸어가면서 나는 모든 사람의 눈길이 내게 쏠리고 있음을 알았고, 중압감을 느끼며 자리에 앉았다. 강의는 셰익스피어에 관한 것이었다. 그 과목을 선택한 이유는 셰익스피어에 대해 들어 본 적이 있었고, 나는 그것을 좋은 징조라고 여겼기 때문이다. 그러나 막상 와보니 셰익스피어에 관해 나는 아는 것이 전혀 없었다. 그의 이름은 그냥 한번 들어본 적이 있는 단어에 불과했다.

종이 울리자 교수가 내 자리로 다가와서 말했다. 「학생은 여기 있을 자격이 없어요.」

나는 어리둥절해져서 그녀를 빤히 쳐다봤다. 물론 나는 거기 있을 자격이 없는 사람이었다. 하지만 이 사람은 그걸 어떻게 알았을까? 내가 모든 사실을 고백하기 바로 직전에 ── 한 번도 학교에 가본 적이 없다는 것, 사실은 고등학교 졸업도 할 만한 지식이 없다는 것 등등 —
그녀가 말했다. 「이 강좌는 4학년 학생들을 위한 수업이에요.」

「4학년만을 위한 강좌들도 있나요?」 내가 말했다.

그녀는 내가 농담을 한다고 생각했는지 눈을 한 번 굴리고는 말했
다. 「이 수업은 382강좌예요. 학생은 110강좌를 들으세요.」

캠퍼스 반대편까지 걸어간 후에야 나는 그녀가 한 말이 비로소 이
해가 됐다. 강의 시간표를 다시 살펴보니 처음으로 강의명 옆에 적힌
숫자들이 눈에 들어왔다.

사무실에 가서 물어보니 1학년 수업은 모두 수강 신청이 끝났다고
했다. 강의를 들으려면 몇 시간에 한 번씩 온라인으로 누군가가 신청
을 취소했는지 확인해야 한다는 안내도 받았다. 그 주 주말까지 나는
영어, 미국사, 음악, 종교학 개론 강의들을 확보하는 데 성공했다. 그
러나 〈서양 예술사〉라는 과목은 3학년 코스를 선택하지 않을 수 없
었다.

1학년 영어 수업은 20대 후반의 명랑한 분위기의 여자 교수가 가르
쳤다. 그녀는 〈에세이 형식〉에 대해 반복해서 언급했다. 그것이 고등
학교에서 배운 개념이라고 계속 장담하는 것도 잊지 않았다.

다음 수업인 미국사 강의는 선지자 조지프 스미스의 이름을 따서
지은 대강의실에서 진행됐다. 미국사는 쉬울 것이라고 생각했다. 아
버지가 미국 건국의 아버지들에 대해 가르쳐 줬기 때문이다. 나는 워
싱턴, 제퍼슨, 매디슨에 대해 잘 알았다. 하지만 교수는 그들에 대해
거의 언급을 하지 않았다. 대신 〈철학적 바탕〉에 대해 이야기하고, 키
케로와 흄의 글을 들먹였다. 들어본 적도 없는 이름들이었다.

첫 수업에서 교수는 다음 시간 수업 전에 과제로 읽어 오라고 한 부
분에 대해 쪽지 시험을 볼 것이라고 했다. 이틀 내내 나는 교과서에 나

온 빽빽한 글들을 이해해 보려고 씨름했다. 그러나 〈공민적 인본주의〉랄지, 〈스코틀랜드 계몽주의〉 같은 용어는 블랙홀처럼 페이지 곳곳에 포진한 채 다른 모든 단어들을 흡수해 버리고 말았다. 나는 시험에서 한 문제도 제대로 답을 하지 못했다.

그 실패는 내 마음속에 불안하게 자리 잡았다. 그 시험은 내가 잘 해낼 수 있을지, 내 머릿속에 들어 있는 〈교육〉이라는 것이 충분한 것인지를 가늠할 첫 척도였다. 시험을 본 후 답은 더 선명해진 듯했다. 충분치 않았던 것이다. 그 사실을 깨닫고 그때까지의 내 성장 과정을 탓할 수도 있었지만 나는 그러지 않았다. 아버지에 대한 내 충성심은 물리적 거리에 비례해서 강해졌다. 산 위에서였다면 아버지에게 반항할 수도 있었다. 그러나 이 시끄럽고, 전등불로 가득한 곳, 성인으로 가장한 이방인들에 둘러싸인 곳에서는 아버지가 가르쳐 준 진실과 독트린 하나하나에 절실하게 매달리지 않을 수 없었다. 의사들은 지옥의 아들들이었다. 홈스쿨링은 주님이 내린 계명이었다.

시험을 망친 것은 옛 신념에 대한 내 새로운 헌신에 전혀 영향을 끼치지 못했다. 그러나 서양 예술사 강의는 달랐다.

도착해 보니 강의실이 환하게 밝혀져 있었다. 한쪽 벽을 모두 채운 커다란 창문으로 아침 햇살이 따뜻하게 쏟아져 들어왔다. 나는 목까지 올라오는 블라우스를 입은 여학생 옆에 자리를 잡았다. 그녀의 이름은 바네사였다. 「우리 둘이 단합을 하자. 반 전체에서 1학년은 우리 둘뿐인 것 같아.」 그녀가 말했다.

작은 눈과 날카로운 코를 가진 노인이 창문에 셔터를 내리면서 강의가 시작됐다. 그가 스위치를 켜자 슬라이드 영사기가 켜지면서 방 전체가 하얀빛으로 가득 찼다. 스크린에 보이는 이미지는 그림이었다. 교수는 그 그림의 구성과 붓질 테크닉, 역사 등을 설명했다. 그리고 다음 그림으로, 또 다음, 또 다음 그림으로 넘어갔다.

그러다가 영사기는 특이한 이미지를 보여 줬다. 빛바랜 모자와 오버코트를 입은 남자의 모습이었다. 그 사람 뒤에는 콘크리트 벽이 우뚝 서 있었다. 그는 작은 종이를 얼굴 근처에 들고 있었지만 그의 시선은 종이가 아니라 우리를 향해 있었다.

나는 이 강의를 듣기 위해 구입한 그림책을 펴서 그 이미지를 더 자세히 살펴봤다. 사진 밑에 이탤릭체로 뭐라고 씌어 있었지만 이해할 수가 없었다. 다른 단어들을 모두 집어삼켜 버리는 블랙홀 단어가 떡 한중간에 자리 잡고 있었다. 다른 학생들이 질문하는 것을 본 게 기억나서 손을 들었다.

교수가 나를 부르자 나는 그 문장을 큰 소리로 읽기 시작했다. 블랙홀 단어에 이르자 나는 읽던 것을 멈추고 말했다. 「이 단어를 모르겠어요. 무슨 뜻이에요?」

침묵이 흘렀다. 수군거림도, 부스럭거림도 없는 완벽한, 거의 폭력적이다시피 한 침묵이었다. 종이를 넘기는 소리도, 연필을 사각거리는 소리도 들리지 않았다.

교수가 입에 힘을 꽉 줬다. 「질문 고마워요.」 그렇게 말하더니 다시 하던 강의로 돌아갔다.

그 강의의 나머지 시간 동안 나는 거의 꼼짝도 하지 않았다. 내 신발만 내려다보면서 도대체 무슨 일이 일어난 것인지, 눈을 들 때마다 내가 무슨 괴물이나 되는 것처럼 나를 노려보는 누군가의 눈과 마주치는 이유가 무엇인지 알 수가 없었다. 물론 나는 괴물이었고, 나도 그것을 알고 있었다. 하지만 다른 사람들이 어떻게 그 사실을 알게 됐는지를 이해할 수가 없었다.

종이 울리자 바네사는 자기 공책을 가방에 서둘러 집어넣었다. 그러다가 잠시 손을 멈추더니 말했다. 「그런 걸 가지고 농담하면 안 돼. 농담할 주제가 아니잖아.」 그리고 그녀는 내가 대답을 하기도 전에 가버렸다.

나는 다른 사람들이 모두 교실에서 나갈 때까지 자리에 앉아 있었다. 내 코트의 지퍼가 고장 난 척하면서 다른 사람들과 눈이 마주치는 것을 피했다. 그러고는 바로 컴퓨터실로 가서 내가 질문한 그 단어를 검색했다. 그 단어는 바로 〈홀로코스트〉였다.

얼마나 오래 거기 앉아 글들을 읽고 있었는지 알 수는 없었지만, 충분히 읽었다는 느낌이 드는 시점이 왔다. 나는 뒤로 몸을 젖히고 천장을 바라봤다. 충격에 빠진 것은 틀림없었지만, 그것이 너무나 끔찍한 일에 대해 알게 돼서인지, 내가 얼마나 무지한지 알게 돼서인지는 확실치 않았다. 잠시 머릿속에서 상상을 해봤던 것은 기억난다. 내 머릿속에 떠오른 것은 수용소나 시체들을 묻는 구덩이 혹은 가스실이 아니라 엄마의 얼굴이었다. 감정이 물결처럼 밀어닥쳤다. 너무도 강렬하고 낯선 느낌이어서 나는 그것이 무엇인지 알지 못했다. 엄마에게 소리를 지르고 싶었다. 나를 낳고 길러 준 엄마에게 말이다. 그리고 그 느낌은 나를 겁나게 했다.

기억을 열심히 더듬어 봤다. 어떤 면에서 〈홀로코스트〉라는 단어가 완전히 낯설지는 않았다. 어쩌면 엄마가 로즈힙을 따면서, 혹은 산사나무 물약을 만들면서 홀로코스트에 대해 가르쳐 줬는지도 모르겠다. 유대인들이 어디에선가 오래전에 살해당했던 사실에 대한 지식이 있기는 했다. 그러나 나는 그것이 작은 충돌인 줄 알았다. 아버지가 많이 이야기하던 보스턴 대학살처럼 압제 정부에 의해 대여섯 명이 희생당한 그런 사건처럼 말이다. 이런 식의 오해 — 다섯 명 대 600만 명 — 는 가능하지가 않은 것이었다.

나는 다음 강의가 시작되기 전에 바네사를 찾아가서 그런 농담을 한 데 대해 사과했다. 왜 그랬는지 설명하진 않았다. 설명을 할 수가 없었기 때문이다. 그냥 미안하고, 그런 일은 다시는 없을 것이라고만 말했다. 그 약속을 지키기 위해 그 학기가 끝날 때까지 나는 손을 들지 않았다.

그 주 토요일, 나는 높이 쌓아올린 숙제거리를 앞에 두고 책상에 앉았다. 안식일 법을 범하지 않으려면 모든 숙제를 그날 마쳐야만 했다.

아침과 오후 내내 역사 교과서를 읽었지만 이해가 잘 되지 않았다. 저녁에는 영어 강의 과제로 주어진 에세이를 쓰려고 시도했다. 하지만 나는 그때까지 죄와 회개에 관해 혼자 써서 아무에게도 보여 주지 않았던 글들 말고는 한 번도 제대로 된 에세이를 써본 적이 없었다. 다시 말해 에세이라는 것을 어떻게 쓰는지도 몰랐다. 교수가 말한 〈에세이 형식〉이라는 것이 무슨 뜻인지도 몰랐다. 몇 문장 끼적이다가 지웠다. 그러기를 반복하다 보니 벌써 자정이 넘어 있었다.

이제는 멈춰야 한다는 것을 나는 알고 있었다. 주님의 시간이었다. 하지만 월요일 아침 7시까지 제출해야 하는 음악 이론 과제는 아직 시작도 못하지 않았는가. 나는 안식일이 내가 일어난 시간부터 시작한다고 스스로를 설득하며 계속 공부를 했다.

일어나 보니 책상에 얼굴을 박고 자고 있었다. 방이 환하게 밝아 있었다. 섀넌과 매리가 부엌에서 왔다 갔다 하는 소리가 들렸다. 일요일 교회에 갈 때 입는 옷을 입고 나는 그들과 함께 교회로 걸어갔다. 학생들이 주를 이루는 회중이었기 때문에 모두들 하우스메이트들과 함께 앉아 있었다. 그래서 나도 섀넌과 매리가 앉은 의자에 함께 앉았다. 섀넌은 곧바로 우리 뒤에 앉아 있던 여학생들과 이야기를 나누기 시작했다. 교회 안을 둘러본 나는 무릎 위로 올라오는 치마를 입은 여자들이 수없이 많다는 사실에 다시 한번 충격을 받았다.

샤넌과 이야기를 하던 여학생이 우리에게 오후에 자기 집에 와서 함께 영화를 보자고 제안했다. 매리와 샤넌은 그러겠다고 했지만 나는 고개를 저었다. 나는 일요일에 영화를 보지 않았다.

샤넌은 눈을 한 번 굴리고는 속삭였다. 「신앙심이 아주 깊은 애거든.」

나는 항상 아버지가 믿는 신은 다르다는 것을 알고 있었다. 어릴 적부터 나는 우리 가족이 읍내 다른 모든 사람들과 같은 교회에 가긴 하지만 종교는 같지 않다는 것을 의식했다. 다른 사람들은 겸양을 〈믿었지만〉 우리는 겸양을 실천했다. 다른 사람들은 주님의 치유 능력을 〈믿었지만〉 우리는 주님의 손에 치유를 맡겼다. 다른 사람들은 주님의 재림에 대비해야 한다는 것을 〈믿었지만〉 우리는 실제로 준비가 되어 있었다. 내가 기억할 수 있는 한 나는 우리 가족만이 진정한 모르몬 교도라는 것을 알고 있었다. 그럼에도 불구하고 무슨 이유에서인지 이 대학, 이 교회 안에서 처음으로 나는 그 간극의 거대함을 실감했다. 나는 그제야 이해가 됐다. 우리 가족과 함께하지 않으면 이방인들과 함께하는 것이었다. 이쪽 아니면 저쪽이었다. 그 사이에는 발을 걸칠 자리가 전혀 없었다.

예배가 끝나자 우리는 모두 주일 학교로 갔다. 샤넌과 매리는 앞쪽에 자리를 잡았다. 내 자리도 잡아 줬지만, 내가 이미 안식일 법을 어겼다는 생각에 잠시 망설였다. 여기 온 지 일주일도 되지 않아서 나는 이미 주님의 시간을 한 시간이나 훔쳤다. 어쩌면 바로 그런 이유에서 아버지는 내가 대학에 가는 것에 반대했는지도 모른다. 내가 그들과, 신앙심이 더 얕은 사람들과 함께 살면 나도 그들처럼 될 위험이 있다는 것을 아버지는 알고 있었기 때문이다.

　섀넌이 내게 손을 흔들자 브이 자로 깊이 팬 그녀의 상의가 더 밑으로 내려갔다. 나는 그녀를 지나쳐서 내 룸메이트들로부터 될 수 있는 대로 먼 구석으로 가서 웅크리고 앉았다. 그 익숙함이 반가웠다. 다른 모든 아이들로부터 가장 먼 구석에 혼자 웅크리고 있던 내 어린 시절의 주일 학교 풍경을 그대로 재연할 수 있어서 좋았다. 그것은 이곳에 온 후 맛본 유일하게 낯익은 느낌이었고, 나는 그 느낌을 충분히 즐겼다.

18
피와 깃털

  그 일 이후, 나는 섀넌이나 매리에게 거의 말을 걸지 않았고, 두 사람도 내 몫의 집안일을 해달라고 요청할 때를 제외하고는 거의 내게 말을 걸지 않았다. 나는 집안일을 거의 하지 않았다. 내 눈에는 집이 청소해야 할 정도로 더러워 보이지 않았기 때문이다. 냉장고 안에 썩어 가는 복숭아가 있으면 어떻고, 개수대에 더러운 그릇들이 쌓여 있으면 어떤가? 현관문을 열고 들어올 때 악취가 코를 찌를 정도면 또 어떤가? 내 기준으로는 악취를 참을 수 있는 정도면 집은 깨끗한 상태였다. 나는 같은 기준을 내 몸에도 적용했다. 나는 일주일에 한두 번 샤워할 때가 아니면 비누를 쓰지 않았고, 어떨 때는 샤워할 때도 비누를 쓰지 않았다. 아침에 화장실을 쓰고 나올 때면 복도에 있는 세면대를 그냥 지나치곤 했다. 섀넌과 매리는 항상 — 항상! — 그 세면대에서 손을 씻곤 했다. 그들이 눈썹을 치켜세우는 것을 보면서 나는 읍내에 사는 외할머니를 연상하곤 했다. 〈경박한 애들 같으니라고.〉 나는 생각했다. 〈내가 손에다 오줌을 싸는 것도 아니고 말이야.〉
  아파트에는 긴장감이 흘렀다. 섀넌은 광견병이라도 걸린 개처럼 나를 봤고, 나는 그런 그녀의 생각을 고쳐 줄 만한 행동을 전혀 하지 않

있다.

　내 은행 잔고는 꾸준히 줄어들어 갔다. 수강 신청을 한 과목들에 낙제하지 않을까 걱정했지만, 학기가 시작된 후 한 달여쯤 지나 등록금과 집세를 내고, 식료품과 책을 사고 나니, 낙제를 하지 않아도 다음 학기에는 학교를 다니지 못할 게 뻔하다는 생각이 들기 시작했다. 이유는 단 한 가지였다. 학교를 다닐 돈이 없었던 것이다. 장학금을 신청할 수 있는 자격 요건을 온라인으로 찾아봤다. 완벽에 가까운 GPA(학점 평균)를 받지 못하면 전액 장학금을 받을 수가 없었다.

　학기를 시작한 지 한 달밖에 되지 않았지만, 장학금을 생각하는 것조차 우스운 일인 것은 분명했다. 미국사는 점점 더 쉬워지고 있었지만 그것도 쪽지 시험에서 더 이상 빵점을 받지 않는다는 의미일 뿐이었다. 음악 이론 과목은 잘하고 있었지만 영어는 여전히 어려웠다. 교수는 내가 작문에 재능이 있지만 쓰는 표현들이 묘하게 격식에 얽매어 있고 어색하다고 말했다. 내가 읽고 쓰는 것을 배운 책이 오직 성경과 모르몬경, 그리고 조지프 스미스, 브리검 영의 연설집뿐이라는 것은 교수에게 말하지 않았다.

　그러나 제일 큰 문제는 서양 예술사였다. 강의 내용을 전혀 이해할 수가 없었다. 아마도 내가 1월 내내 유럽이 대륙이 아니라 한 나라라고 생각하고 있었기 때문에 교수의 말이 앞뒤가 안 맞게 들릴 수밖에 없어서였을 것이다. 게다가 홀로코스트 사건 이후, 나는 모르는 게 있어도 설명을 해달라고 요청하지 않았다.

　그럼에도 불구하고, 나는 그 강의를 제일 좋아했다. 바네사 덕분이었다. 우리는 매번 강의 때마다 함께 앉았다. 내가 그녀를 좋아한 것은 그녀가 나와 비슷한 종류의 모르몬교도인 듯해서였다. 바네사는 목까지 올라오는 헐렁한 옷을 입었고, 코카콜라는 입에도 대지 않았으며, 일요일에는 절대 숙제를 하지 않는다고 말했다. 그녀는 내가 대학에서 만난 사람들 중 유일하게 이방인처럼 느껴지지 않는 사람이었다.

2월로 접어들자 교수는 중간고사를 한 번 보는 대신 매달 월말고사를 볼 예정이며, 첫 번째 시험이 다음 주에 있을 것이라고 발표했다. 나는 시험공부를 어떻게 하는지 전혀 몰랐다. 그림들을 모은 화집과 고전 음악 CD 몇 개를 제외하고는 교과서조차 없었다. 나는 화집을 뒤적뒤적 넘기며 그림들을 보면서 음악을 들었다. 누가 어떤 그림을 그리고, 어떤 곡을 작곡했는지를 기억해야겠다는 생각은 했지만 철자를 외우지는 않았다. 그때까지 내가 본 유일한 시험은 ACT뿐이었고, 그 시험은 선다형 객관식이었기 때문에 나는 모든 시험이 선다형일 것이라고 생각했다.

시험 날 아침, 교수는 모두 블루 북을 꺼내라고 말했다. 블루 북이 도대체 뭘까 의아해할 시간도 없이 주변을 둘러보니 모두 가방에서 블루 북을 꺼냈다. 연습이라도 한 듯 모두 한몸처럼 움직이는 동작이 물 흐르듯 자연스러웠다. 무대에 나온 무용수들 중 연습에 빠진 사람은 나뿐인 듯했다. 바네사에게 여벌이 있느냐고 물었더니 그렇다고 하면서 한 권을 건넸다. 선다형 문제가 있을 것이라 기대하고 첫 페이지를 열었더니 아무것도 없는 백지였다.

창문에는 셔터가 내려지고, 영사기가 켜지더니 그림이 한 점 보였다. 우리는 60초 안에 그 그림의 제목과 화가의 성과 이름을 모두 써야만 했다. 내 머리는 그냥 웅웅거리며 울리기만 했다. 이런 식으로 몇 문제가 계속됐다. 나는 아무 답도 쓰지 못한 채 미동도 안 하고 앉아 있었다.

스크린에 카라바조의 그림이 떠올랐다. 「홀로페르네스의 목을 베는 유디트」였다. 나는 그림을 뚫어져라 바라봤다. 어린 소녀가 마치 끈으로 치즈를 자르기라도 하는 듯 차분한 표정으로 한 남자의 목을 통과하는 칼날을 자기 몸 쪽으로 당기고 있었다. 나는 아버지가 닭의 목을 치는 것을 도왔었다. 꺼끌꺼끌한 닭의 다리를 내가 잡고 있으면 아버지는 도끼를 높이 들었다가 커다랗게 〈퍽〉 소리를 내며 내리쳤다. 나는 있는 힘을 다해 닭다리에 매달렸다. 닭이 죽음의 경련을 일으키면서 깃털이 날리고, 내 청바지에 피가 튀었다. 닭들을 떠올리면서 나는 카라바조가 그린 광경이 타당한지 의아했다. 누군가의 머리를 자르는데 저렇게 고요하고, 아무렇지도 않다는 듯 표정을 지을 수 있는 사람은 아무도 없었다.

나는 그 그림이 카라바조의 것이라는 사실은 알았지만, 그의 성도 몰랐고, 철자는 더욱 아리송했다. 그림의 제목이 〈누군가의 목을 베는 유디트〉라는 것은 확실했지만 내 목에 유디트의 칼날이 들어온다 해도 홀로페르네스라는 단어를 철자에 맞게 써낼 수는 없었다.

30초가 흘렀다. 뭐라도 종이에 쓰면 몇 점이라도 받을 수 있을지 몰랐다. 뭐라도 말이다. 나는 카라바조Caravaggio의 이름을 소리 나는 대로 써봤다. 〈Caravajio〉. 뭔가 이상해 보였다. 철자 중 하나가 두 번 나오는 건 기억이 났다. 그래서 처음 쓴 걸 지우고 이번에는 〈Carrevagio〉라고 썼다. 이번에도 아니었다. 계속 철자를 고쳐 봤지만 점점 더 이상해 보였다. 20초가 흘렀다.

내 바로 옆에 앉은 바네사는 꾸준히 답을 적어 나가고 있었다. 물론 그럴 것이다. 바네사는 여기 속하는 사람, 여기에 있을 자격이 있는 사람 아닌가. 그녀가 또박또박 쓴 손 글씨는 단정해서 내 자리에서도 모두 보였다. 〈미켈란젤로 메리시 다 카라바조Michelangelo Merisi da Caravaggio〉. 그리고 그 바로 옆에 또 단정한 글씨로 「홀로페르네스의 목을 베는 유디트Judith Beheading Holofernes」라고 씌어 있었다. 10초가 남았다. 나는 바네사의 답을 베꼈다. 그러나 카라바조의 성은 뺐다. 양심을 선택적으로 발휘해서, 성까지 베끼면 커닝이라는 결론을 내렸기 때문이다. 영사기는 다음 그림으로 넘어갔다.

시험을 보는 동안 바네사의 답지를 몇 번 더 넘겨봤지만, 내 답안은 절망적이었다. 그녀의 에세이를 베껴 쓸 수는 없었고, 내 나름의 에세이를 쓰기에는 아는 사실도 없을 뿐더러, 어떤 형식으로 써야 하는지도 알지 못했기 때문이다. 기술도 지식도 없는 상태에서 나는 그냥 머리에 떠오르는 대로 긁적긁적 몇 자를 적었던 것 같다. 「홀로페르네스의 목을 베는 유디트」를 평가하라는 것이 문제였는지 아니었는지 잘 생각이 나지 않지만, 만일 그랬다면 나는 그냥 내가 받은 인상을 적었을 것이다. 닭을 잡아 본 내 경험에 따르면 소녀의 침착한 표정은 말이 되지 않는다는 요지로 말이다. 올바른 표현으로 잘 포장했다면 뛰어난 답이 될 수도 있었다. 〈여자가 보이는 침착성은 작품 전체를 관통하는 사실주의와 강렬한 대비를 이룬다〉 정도로 말이다. 그러나 〈닭 대가리를 자를 때, 얼굴에 미소를 띠는 것은 불가능하다. 입에 피나 깃털이 튀어 들어갈 수 있기 때문이다〉라고 쓴 내 답은 교수에게 좋은 인상을 주지 못했을 것이다.

시험이 끝나고 셔터가 열렸다. 교실 밖으로 걸어 나가 겨울의 한기를 느끼며 서서 와사치 산의 정상을 바라봤다. 여기 계속 있고 싶었다. 산들은 여전히 낯설고 위협적으로 보였지만, 여기 계속 있고 싶었다.

시험 결과가 나오기를 일주일 내내 기다렸다. 그리고 그사이 두 번이나 숀 오빠의 꿈을 꿨다. 아스팔트에 죽은 듯 누워 있는 오빠를 발견하고, 몸을 뒤집어 보니 얼굴이 선홍색으로 물들어 있는 꿈이었다. 과거의 공포와 미래의 공포 사이에 붕 뜬 느낌으로 나는 그 꿈을 일기에 적었다. 그리고, 아무런 설명도 없이, 마치 그 두 가지 사이의 연결 고리가 너무도 자명한 것처럼, 나는 이렇게 썼다. 〈어릴 때 왜 제대로 된 교육을 받도록 허락되지 않았는지 이해할 수가 없다.〉

며칠 후 시험 결과가 나왔다. 나는 낙제를 했다.

내가 아주 어릴 적 어느 겨울이었다. 루크 오빠가 초원에서 의식을 잃고 반쯤 얼어붙은 수리부엉이를 갖고 왔다. 재색의 그 새는 어린 내 눈에 나만큼이나 커 보였다. 오빠는 수리부엉이를 집 안으로 가지고 들어왔고, 우리는 모두 새의 부드러운 깃털과 무자비한 발톱을 감탄스러운 눈으로 바라봤다. 아버지가 축 처진 그 새를 들고 있고, 나는 줄무늬가 있는 새의 깃털을 쓰다듬은 기억이 난다. 너무 부드러워 물처럼 느껴졌었다. 새가 의식이 있었다면 이렇게 가까이 다가갈 수가 없다는 것을 나도 알고 있었다. 수리부엉이에 내 손을 댈 수 있다는 것만으로도 나는 자연의 법칙을 거스르고 있었다.

부엉이의 깃털이 피에 젖어 있었다. 날개가 가시에 찔린 것이었다. 「나는 수의과 의사가 아니야.」 엄마가 말했다. 「내가 치료하는 건 사람이라고.」 하지만 엄마는 가시를 빼고 상처를 소독해 줬다. 아버지는 날개가 아물려면 몇 주 걸릴 테지만, 부엉이는 그 훨씬 전에 깨어날 거라고 말했다. 자기를 잡아먹을 수 있는 적들에 둘러싸여 갇힌 상태라는 것을 알아차리면 부엉이는 죽을 때까지 날갯짓을 해서 도망치려고 할 것이다. 아버지는 부엉이는 야생 동물이고, 야생에서 이런 부상은 목숨을 앗아 갈 만큼 큰 상처라고 말했다.

우리는 부엉이를 뒷문 근처 리놀륨 바닥에 놔뒀고, 새가 깨어나자 엄마한테 부엌으로 들어가지 말라고 말했다. 엄마는 지옥불이 얼어붙기 전에는 부엉이에게 부엌을 내줄 수 없다고 말하고는 냄비랑 프라이팬을 쾅쾅거리며 아침 식사를 준비하기 시작했다. 패닉에 빠진 부엉이는 가련하게 날개를 펄럭거리면서 발톱으로 문을 긁고 머리를 찧어 댔다. 우리가 모두 울음을 터뜨리자 엄마는 후퇴를 했다. 두 시간 후, 아버지는 합판으로 부엌의 절반을 막았다. 부엉이는 회복할 때까지 거기서 몇 주를 보냈다. 우리는 부엉이를 먹이기 위해 덫으로 쥐를 잡아서 줬다. 하지만 어떨 때는 부엉이가 그 쥐를 먹지 않았는데, 그렇다고 쥐의 사체를 치울 방법도 없었다. 죽음의 악취는 무척 강하고 역겨웠다. 내장을 주먹으로 한 대 맞는 느낌이었다.

부엉이는 초조해하는 기색이 점점 역력해졌다. 더 이상 우리가 주는 음식을 먹지 않자 우리는 뒷문을 열고 새가 날아가도록 했다. 아버지는 완전히 다 낫지는 않았지만 우리가 데리고 있는 것보다 산이 알아서 하도록 두는 쪽이 살아날 확률이 더 높다고 말했다. 수리부엉이는 우리 집에 속하지 않았던 것이다. 그리고 우리 집에 속하도록 가르칠 수도 없었다.

누군가에게 내가 시험에 낙제했다고 말하고 싶었다. 하지만 무슨 이유에서인지 타일러 오빠에게는 전화할 수가 없었다. 수치심 때문이었을지도 모르겠다. 아니면 타일러 오빠가 아빠가 될 준비를 하고 있어서였을까. 오빠는 새언니 스테파니를 퍼듀 대학교에서 만났고, 두 사람은 금방 결혼을 했다. 그녀는 우리 가족에 대해 아무것도 몰랐다. 나는 오빠가 자신의 새 삶과 새 가족을 옛 삶이나 옛 가족보다 더 선호할 것이라고 생각했다.

그래서 집에 전화했다. 아버지가 받았다. 엄마는 분만을 도우러 가고 집에 없었다. 편두통이 없어지면서 엄마는 점점 더 많은 산모를 돌봤다.

「엄마는 언제 집에 와요?」 내가 말했다.

「모르지. 주님한테 여쭤 보는 게 더 낫지. 아기가 언제 태어날지는 주님의 결정이니까.」 아버지는 쿡쿡 웃으며 그렇게 말하고는 내게 물었다. 「학교는 어떠니?」

아버지가 비디오 때문에 나에게 소리소리 지른 후, 나와 아버지는 아직 한 번도 대화를 나누지 않았었다. 아버지한테서 나를 격려해 주고 싶어 하는 마음이 느껴졌지만, 내가 잘하지 못하고 있다는 사실을 아버지에게 인정할 수는 없었다. 모든 게 괜찮다고 이야기하고 싶었다. 〈너무 쉬워요〉 하고 말하는 나 자신을 상상해 봤다.

「별로예요.」 대신 나는 그렇게 말했다. 「이렇게 어려울 줄은 생각도 못 했어요.」

수화기 저쪽에서 침묵이 흘렀다. 나는 아버지의 엄한 얼굴이 점점 굳어지는 광경을 상상했다. 그리고 아버지가 머릿속에서 준비하고 있을 말 펀치를 기다렸다. 그러나 대신 아버지는 조용한 목소리로 이렇게 말했다. 「괜찮아질 거다, 우리 딸내미.」

「안 그럴 거 같아요.」 내가 말했다. 「장학금을 못 받을 게 뻔해요. 어차피 낙제하겠지만요.」 내 목소리가 흔들리고 있었다.

「장학금 못 받으면 못 받는 거지.」 아버지가 말했다. 「내가 도와줄 수 있을지도 모르지. 어떻게든 방법이 있을 거야. 그냥 행복하게 학교 다녀라, 알았지?」

「알겠어요.」 내가 말했다.

「필요하면 집에 오고.」

나는 전화를 끊었다. 내가 지금 무슨 말을 들었는지 이해가 되지 않았다. 이런 상태가 계속되지 않을 거라는 건 알고 있었다. 다음번에 아버지와 이야기를 나눌 때는 모든 것이 달라지고, 오늘 느꼈던 그 따뜻하고 부드러운 말들은 모두 잊히고, 나와의 끝없는 투쟁이 다시 고개를 들 것이 틀림없었다. 그러나 오늘 밤만큼은 아버지도 나를 돕길 원했다. 그리고 그 사실이 중요했다.

3월이 됐고, 또다시 서양 예술사 시험이 돌아왔다. 이번에는 나도 플래시 카드를 만들고 괴상한 철자들을 외우는 데만 몇 시간을 들였다. 많은 단어가 붙여였다(이제 나도 프랑스가 유럽의 일부라는 사실을 이해했다).

자크루이 다비드, 프랑수아 부셰 등등. 읽을 수는 없지만 철자를 외워 쓰는 것은 문제없었다.

내 강의 노트는 전혀 앞뒤가 맞지 않았기 때문에, 나는 바네사에게 노트를 좀 봐도 되겠는지 물었다. 그녀가 의심스럽다는 눈으로 나를 쳐다보자 나는 잠시 내가 그녀의 답안지를 넘겨본 걸 눈치 챈 것이 아닐까 하고 생각했다. 하지만 바네사는 자기 노트를 내게 줄 수는 없지만 함께 공부하는 것은 괜찮다고 말했다. 그래서 수업이 끝난 후 나는 그녀의 기숙사 방으로 함께 갔다. 우리는 책상다리를 하고 바닥에 앉아서 각자의 노트를 앞에 펼쳤다.

나는 내 노트를 읽어 보려고 애썼지만, 끝을 맺지 않은 문장들을 긁적거려 놓은 것이 대부분이었다. 「네 노트는 신경 쓰지 마.」 바네사가 말했다. 「노트는 교과서만큼 중요하지 않아.」

「무슨 교과서?」 내가 말했다.

「우리가 쓰는 교과서 말이야.」 바네사가 말했다. 그녀는 마치 내가 농담을 한 것처럼 웃었다. 나는 긴장을 했다. 농담을 하는 것이 아니었기 때문이다.

「난 교과서가 없어.」

「왜 없어!」 그녀는 내가 그림 제목과 화가들의 이름을 외우는 데 사용했던 그림책을 집어 들었다.

「아, 그거.」 내가 말했다. 「그건 봤어.」

「그냥 봤다고? 읽지 않고?」

나는 그녀를 멍하니 쳐다봤다. 이해가 되지 않았다. 이 과목은 음악과 미술에 관한 것이었다. 음악을 들으라고 시디를 받았고, 그림을 보라고 그림책을 받았지 않은가. 시디를 읽지 않는 것처럼 그림책을 읽을 생각은 눈곱만큼도 해보지 않았었다.

「그냥 그림만 보면 되는 건 줄 알았어.」 입 밖에 꺼내서 말로 하니 더 바보같이 들렸다.

「그럼 50페이지에서 85페이지까지 공부해 오라고 할 때, 읽을 생각은 전혀 안 했던 거야?」

「난 그냥 그림만 봤는데.」 다시 반복해서 말했다. 두 번째 말하니 더 바보같이 들렸다.

바네사는 책을 넘기기 시작했고, 갑자기 그 책은 이전보다 훨씬 더 교과서처럼 보이기 시작했다.

「그게 네 문제였구나. 교과서를 읽어야 해.」 그렇게 말하는 목소리에는 빈정대는 어투가 섞여 있었다. 다른 모든 실수 끝에 — 홀로코스트에 대해 농담을 하고, 그녀의 답안지를 넘겨본 것 — 또다시 이런 실수를 한 나를 더 이상 감당 못 하겠다는 듯, 그녀는 우리의 관계를 끝내려고 했다. 그녀는 나에게 다른 과목을 공부해야 하니 이제 그만 돌아가 달라고 말했다. 나는 노트를 집어 들고 방을 나왔다.

〈교과서를 읽어〉라는 그녀의 말은 매우 훌륭한 조언으로 판명됐다. 다음 시험에서 나는 B를 받았고, 학기가 끝날 무렵에는 줄곧 A를 받았기 때문이다. 그것은 기적이었고, 나도 기적으로 받아들였다. 나는 매일 밤 새벽 2~3시까지 공부했다. 신의 지지를 받기 위해서는 그렇게 하는 것이 내가 지불해야 할 희생이라 생각했다. 역사 과목도 잘 따라갈 수 있었고, 영어는 그보다 더 나았고, 음악 이론은 내가 제일 잘하는 과목이 됐다. 전액 장학금은 가망이 없었지만, 어쩌면 반액 장학금은 가능할지도 몰랐다.

서양 예술사 마지막 강의에서 교수는 첫 시험을 잘 치르지 못한 학생들이 너무 많아서 그 시험 점수는 아예 무시하기로 했다고 발표했다. 내 낙제 점수가 합산에서 빠지게 된 것이다. 나는 허공을 향해 주먹을 흔들고, 바네사와 하이파이브를 하고 싶었다. 그러나 그 순간 바네사가 더 이상 나와 함께 앉지 않는다는 사실을 기억해 냈다.

19

태초에

첫 학기가 끝나고 나는 벅스피크로 돌아갔다. 몇 주 뒤에 학교에서 성적표가 날아올 것이고, 그러면 나는 가을 학기에 돌아갈 수 있을지 여부를 알게 될 것이다.

나는 폐철 처리장에는 다시 돌아가지 않겠다는 다짐으로 일기장을 가득 채웠다. 그러나 돈이 필요했다. 아버지는 내가 십계명보다 더 파산했다고 말했을 것이다. 그래서 스톡스에서 다시 일하게 해달라고 부탁하기 위해 거기로 갔다. 내가 도착한 시간은 오후 가장 바쁜 시간이었다. 일손이 가장 달릴 시간이라는 것을 알고 선택한 시간이었고, 가보니 아니나 다를까 매니저가 쇼핑 포장대 앞에서 일하고 있었다. 나는 그 일을 내가 해도 되겠느냐고 물었고, 매니저는 한 3초 정도 나를 쳐다보다가 앞치마를 머리 위로 벗어서 내게 건넸다. 부매니저가 내게 윙크를 했다. 가장 바쁜 시간에 물어보라고 조언을 해준 사람이 바로 그녀였다. 스톡스에는 뭔가 특별한 것이 있었다. 똑바로 난 깨끗한 진열대와 거기서 일하는 따뜻한 사람들은 나를 침착하고 행복하게 했다. 식료품점에 대해 그런 말을 하는 것이 우습지만, 그곳은 집처럼 편안했다.

뒷문을 통해 집에 들어서는 나를 아버지가 기다리고 있었다. 내가 두른 앞치마를 보고 아버지가 말했다. 「넌 올여름에 내 밑에서 일해라.」

「스톡스에 일자리를 구했어요.」 내가 말했다.

「이제 너무 잘나서 폐철 처리장에서는 일을 못 하겠다는 거냐?」 아버지가 언성을 높였다. 「이게 바로 네 가족이야. 네가 있을 곳은 여기야.」

아버지의 얼굴이 까칠했고, 눈은 충혈되어 있었다. 지난겨울 아버지는 엄청나게 운이 없었다. 가을에 거액을 굴삭기, 작업자용 크레인, 용접 트레일러 등 새 건설 장비에 투자했다. 이제 봄인데 벌써 그 장비들은 모두 없어지고 말았다. 루크 오빠가 사고로 용접 트레일러에 불을 내서 전소되어 버렸고, 작업자용 크레인은 트레일러에서 떨어져 버렸다. 누군지 묻진 않았지만 누군가가 제대로 부착되어 있는지 확인하지 않았기 때문이라고 했다. 게다가 숀 오빠가 커다란 트레일러에 굴삭기를 싣고 가다가 모퉁이를 너무 빨리 돌면서 트럭과 트레일러가 모두 전복되는 사고를 냈다. 불행 중 다행으로 숀 오빠는 찌그러진 사고 트럭의 잔해 밑으로 기어 나올 수 있었다. 오빠의 부상은 머리를 부딪혀서 사고 전 며칠 동안의 기억을 잃어버리는 데 그쳤지만 트럭과 트레일러, 굴삭기 모두 폐차되었다.

아버지의 결의가 얼굴에 깊이 새겨져 있었다. 그 굳은 결의는 목소리에 스민 거친 기운에서도 느껴졌다. 아버지는 이 대결에서 이기지 않으면 안 됐다. 아버지는 나를 데리고 일을 하면 사고도 더 적게 나고, 손해도 덜 날 거라고 스스로 확신한 듯했다. 「너는 타르가 언덕을 거슬러 올라가는 것만큼이나 느리지만, 아무것도 깨뜨리지 않고 일을 해내긴 해.」 아버지는 수십 번 그렇게 말하곤 했다.

하지만 나는 거기서 일할 수가 없었다. 거기로 돌아가면 후퇴를 하는 것이나 마찬가지였기 때문이다. 이미 나는 집에 돌아와서, 예전에 쓰던 방에서, 예전 삶으로 돌아왔지 않은가. 아버지 밑에서 다시 일하게 돼서 매일 아침 일어나 앞코에 쇠가 대어진 부츠를 신고 폐철 처리장으로 터벅거리고 걸어 나가기 시작하면 지난 4개월의 시간은 없던 일이 되고 말 것이다. 마치 한 번도 집을 떠나지 않은 때로 돌아가 버릴 것만 같았다.

나는 아버지를 지나쳐서 내 방으로 들어가 문을 닫았다. 잠시 후 엄마가 문을 두드렸다. 조용히 방에 들어온 엄마는 침대에 앉았다. 너무 살짝 앉아서 내 옆에 앉는 엄마의 무게가 거의 느껴지지 않을 정도였다. 나는 엄마가 지난번에 했던 말을 반복할 것이라고 생각했다. 그때처럼 말을 하면 나는 내가 아직 열일곱 살밖에 되지 않았다는 사실을 엄마에게 상기시킬 것이고, 그러면 엄마는 내게 집에서 더 살아도 된다고 말할 것이다.

「네가 아버지를 도울 기회야.」 엄마가 말했다. 「아버지가 너를 필요로 하고 있어. 절대 그 말을 입 밖에 내진 않겠지만 네가 필요한 건 사실이야. 어떻게 할지는 네가 선택할 문제긴 하지만.」 잠시 침묵이 흐른 다음 엄마는 덧붙였다. 「하지만 아버지를 돕지 않으면 이 집에서 살 수 없어. 다른 곳을 찾아야 할 거다.」

나는 다음 날 아침 새벽 4시에 차를 몰고 스톡스로 가서 열 시간 동안 일했다. 집에 돌아온 것은 이른 오후였다. 비가 세차게 오고 있는데 집 앞 잔디밭에 내 옷들이 널브러져 있었다. 나는 옷들을 가지고 집으로 들어갔다. 엄마는 부엌에서 오일을 섞고 있었지만 물이 뚝뚝 떨어지는 셔츠와 바지들을 들고 내가 지나가는 것을 보고도 아무 말도 하지 않았다.

나는 내 옷에서 흐른 물이 카펫을 흠뻑 적시는 동안 침대에 앉아 있었다. 전화기를 방으로 가지고 들어왔지만 그것으로 뭘 할지 몰라서 그냥 뚫어져라 쳐다만 봤다. 전화할 사람이 없었다. 아무 데도 갈 곳이 없었고, 누구에게도 전화할 사람이 없었다.

인디애나주에 사는 타일러 오빠에게 전화를 했다. 「폐철 처리장에서 일하고 싶지 않아.」 오빠가 전화를 받자 나는 그렇게 말했다. 쉰 목소리가 나왔다.

「무슨 일이 있었어?」 오빠가 말했다. 걱정하는 목소리였다. 또 사고가 난 줄 아는 듯했다. 「다들 괜찮아?」

「다들 괜찮아.」 내가 말했다. 「내가 폐철 처리장에서 일하지 않을 거면 이 집에서 살 수 없다고 아버지가 그러셔. 그런데 나는 거기서 더 이상 일을 할 수가 없어.」 목소리가 부자연스럽게 높이 나오면서 떨렸다.

타일러 오빠가 말했다. 「내가 어떻게 해주기를 원하니?」

돌이켜 보면 오빠는 글자 그대로 자기가 어떻게 도울 수 있는지를 물었던 것 같다. 하지만 외로운 마음과 의심으로 가득 찬 내 귀에는 그 말이 다르게 들렸다. 〈내가 도대체 뭘 해주기를 기대하는 거니?〉로 들렸던 것이다. 몸이 떨리기 시작하고, 현기증이 났다. 타일러 오빠는 내 생명줄이었다. 몇 년 동안 오빠는 내 마음속에서 마지막 구명선, 내가 궁지에 몰렸을 때 당기면 구원해 줄 레버 같은 존재였다. 그런데 막상 그 레버를 당기고 보니 그동안의 기대가 헛된 것이라는 사실을 깨닫게 됐다. 그 레버는 아무 소용이 없는 레버였다.

「무슨 일이 있었어?」 타일러 오빠가 다시 말했다.

「아무 일도 없었어. 다 괜찮아.」

나는 전화를 끊고 스톡스 번호를 돌렸다. 부매니저가 전화를 받았다.「오늘 일은 다 마쳤어?」그녀가 밝은 목소리로 말했다. 나는 정말 미안하지만 일을 그만둬야겠다고 말하고 수화기를 내려놨다. 벽장문을 열어 보니 바로 거기에, 내가 4개월 전 놓아뒀던 바로 그 자리에 내 작업용 부츠가 그대로 나를 기다리고 있었다. 나는 부츠를 신었다. 마치 한 번도 벗은 적이 없는 것처럼 느껴졌다.

아버지는 지게차를 운전해서 주름 잡힌 함석판을 겹쳐 놓은 더미들을 들어 올리고 있었다. 트레일러에 누군가가 나무 토막들을 놔줘야 그 더미들을 내려놓을 수 있을 것이다. 내가 온 것을 본 아버지는 내가 올라탈 수 있도록 함석 더미를 낮췄다. 나는 함석 더미를 타고 트레일러 위로 올라갔다.

대학 생활의 기억은 빠르게 희미해져 갔다. 종이 위에 연필이 사각거리는 소리, 다음 슬라이드로 넘어갈 때 영사기에서 〈철컥〉 하고 나는 소리, 수업이 끝난 것을 알리는 종소리, 모든 것이 쇠가 부딪히는 소리와 디젤 엔진의 포효 소리에 묻혀 버렸다. 폐철 처리장에서 한 달을 보내고 나니 브리검 영 대학교에서 지냈던 시간은 내가 머릿속에 그려 낸 꿈처럼 느껴졌다. 이제 꿈에서 깨어난 것이다.

내 일과는 이전과 똑같았다. 아침 식사를 한 후 폐철을 분류하거나 라디에이터에서 동파이프를 뽑아냈다. 남자들이 현장에서 일하는 날에는 간혹 나도 적하기나 지게차 혹은 크레인을 운전하러 가기도 했다. 점심시간에는 엄마가 점심 준비하는 것을 돕고 설거지를 한 다음에 다시 폐철 처리장으로 가거나 지게차 운전을 했다.

유일하게 다른 점은 숀 오빠였다. 오빠는 내가 기억하던 사람이 아니었다. 심한 말을 전혀 입에 올리지 않았고, 스스로에 대해서도 마음이 편해진 듯했다. 오빠는 고졸 검정고시 준비를 하고 있었고, 어느 날

일터에서 함께 차를 타고 오는 길에, 커뮤니티 칼리지를 한 학기 정도 다녀 볼 생각이라고 털어놨다. 법학을 공부하고 싶다고 했다.

그해 여름 웜크릭 오페라 하우스에서 하는 연극 공연을 보기 위해 숀 오빠와 나는 표를 샀다. 찰스도 우리보다 몇 줄 앞에 앉아 있었다. 휴식 시간에 숀 오빠가 어떤 여자에게 말을 걸기 위해 저쪽으로 간 사이 찰스가 다가왔다. 처음으로 나는 꿀 먹은 벙어리처럼 행동하지 않았다. 섀넌을 떠올리고, 그녀가 교회에서 사람들에게 말하는 모습을 기억했다. 우호적이고 명랑한 느낌을 주면서 어떻게 그녀가 웃음을 터뜨리고 미소를 지었는지 생각했다. 〈섀넌이 돼보는 거야.〉 나는 그렇게 생각했다. 그리고 5분 동안 나는 섀넌이었다.

찰스가 나를 낯선 눈으로 바라봤다. 남자들이 섀넌을 보는 눈길이었다. 그는 토요일에 함께 영화를 보지 않겠느냐고 물었다. 같이 보자고 제안한 영화가 천박하고 세속적이어서 나라면 절대 보지 않을 테지만, 섀넌이 된 나는 물론 그러고 싶다고 대답했다.

그 주 토요일, 나는 다시 섀넌으로 행동하려고 애를 썼다. 영화는 형편없었다. 예상보다 더 나빴고, 오직 이방인들이나 볼 만한 그런 종류의 영화였다. 그러나 나는 찰스를 이방인으로 보기가 힘들었다. 그는 그냥 찰스였다. 나는 그 영화가 부도덕했고, 그런 영화를 보는 것은 바람직하지 않다고 말을 할까도 생각했지만, — 여전히 섀넌이었기 때문에 — 아무 말도 하지 않았고, 그가 아이스크림을 먹겠느냐고 묻자 그냥 미소만 지었다.

내가 집에 돌아왔을 때 잠들지 않은 사람은 숀 오빠뿐이었다. 문에 들어서면서도 나는 미소를 짓고 있었다. 숀 오빠는 내게 남자 친구가 생겼다고 농담을 했다. 그리고 그것은 정말 농담이었다 — 오빠는 나를 웃게 하고 싶어 했다. 그리고 찰스가 취향이 괜찮다고 말했다. 자기가 아는 사람 중 나만큼 괜찮은 사람은 없다고 덧붙인 다음 오빠는 자러 갔다.

내 방에 들어간 다음 나는 오랫동안 거울에 비친 내 모습을 뚫어져라 쳐다봤다. 가장 먼저 내 눈에 들어온 것은 내가 입고 있는 남성용 청바지였고, 그 바지가 다른 여자애들이 입는 바지와 얼마나 다른지였다. 두 번째 내 눈에 띈 것은 셔츠가 너무 커서 내 몸이 실제보다 더 넓고 짧아 보인다는 사실이었다.

찰스는 며칠 후 다시 전화를 했다. 지붕 타일을 얹는 작업을 하루 종일 한 후 방에 들어와서 서 있던 참이었다. 온몸이 페인트 희석제 냄새와 잿빛 먼지로 범벅이 되어 있었다. 그러나 찰스는 그 사실을 알지 못했다. 우리는 두 시간 동안 이야기를 했다. 그는 그다음 날 밤, 그리고 또 그다음 날 밤에도 전화를 했다. 그리고 금요일에 버거를 먹으러 가자고 말했다.

목요일, 폐철 처리장에서 일을 마친 후 나는 가장 가까운 월마트까지 65킬로미터를 차를 몰고 가서 여성용 청바지와 셔츠 두 벌(모두 파란색)을 샀다. 그 옷들을 입은 내 몸은 좁아질 곳에서 좁아지고, 굴곡질 곳에서 굴곡진 것이 거의 내 몸 같지가 않았다. 어쩐지 얌전치 못한 옷처럼 느껴져서 나는 즉시 옷을 벗었다. 그 옷들은 기술적으로는 얌전치 못한 옷이 아니었지만, 내가 왜 그 옷들을 원하는지 알았기 때문에 —내 몸을 위해, 내 몸이 다른 사람들의 눈에 띄게 하고 싶어서— 옷이 그렇지 않더라도 의도가 얌전치 못하다고 느꼈다.

다음 날 오후, 일을 모두 마친 후 나는 집으로 뛰어갔다. 샤워실에 들어가 먼지를 말끔히 씻어 낸 다음 침대에 새 옷들을 늘어놓고 그것들을 노려봤다. 몇 분 후, 옷을 입고 나서 나는 다시 한번 내 모습에 충격을 받았다. 다시 옷을 갈아입을 시간이 없었기 때문에 나는 상당히 더운 저녁이었음에도 불구하고 재킷을 걸쳐 입었다. 하지만 어느 시점엔가, 그게 언제였는지 왜 그랬는지 알 수는 없지만, 더 이상 재킷을 입고 있을 필요가 없다고 생각했다. 그 후로는 그날 밤 내내 나는 더이상 샌년이 되려고 애쓰지 않아도 됐다. 다른 사람인 척하지 않고도 충분히 이야기하고 웃을 수 있었다.

찰스와 나는 그 주 매일 저녁을 함께 보냈다. 우리는 공원과 아이스크림 가게와 버거 식당과 주유소를 어슬렁거렸다. 나는 찰스를 스톡스에 데리고 갔다. 거기가 정말 좋기도 했고, 부매니저가 팔고 남은 도넛을 항상 공짜로 줬기 때문이기도 했다. 우리는 음악에 대해 이야기를 나눴다. 나는 한 번도 들어 보지 못한 밴드들에 대한, 음악을 하면서 전 세계를 여행하고 싶은 찰스의 꿈에 대한 이야기들이었다. 한 번도 우리에 관해서는 이야기를 나누지 않았다. 우리가 친구인지, 아니면 뭔가 다른 사이인지에 관해서 말이다. 나는 찰스가 먼저 말을 꺼내기를 바랐지만 그는 그렇게 하지 않았다. 살짝 내 손을 잡는다든지, 팔로 내 어깨를 감싼다든지 등등 다른 식으로라도 내게 신호를 보내기를 바랐지만 그는 그렇게 하지 않았다.

금요일 늦게까지 찰스와 함께 있다가 집에 오니 온 집 안의 불이 꺼져 있었다. 엄마의 컴퓨터가 켜져 있어서 스크린 세이버의 초록 불빛이 거실을 밝혔다. 나는 기계적으로 앉아서 브리검 영 대학교의 웹 사이트에 들어갔다. 점수가 올라와 있었다. 나는 낙제하지 않았다. 낙제를 하지 않은 정도가 아니었다. 서양 예술사를 제외하고 모든 과목에서 A를 맞았다. 반액 장학금은 받을 수 있었다. 다시 학교로 돌아갈 수 있게 된 것이다.

다음 날 오후, 찰스와 나는 공원에서 시간을 보냈다. 그네에 앉아 천천히 왔다 갔다 하다가 장학금 이야기를 꺼냈다. 실은 자랑을 하려고 시작한 이야기였지만 무슨 이유에서인지 두려움이 같이 고개를 들었다. 내가 대학에 다닐 자격이 없는 사람이라고 말했다. 먼저 고등학교 졸업부터 하는 것이 옳았고, 아니 적어도 고등학교에 조금이라도 다니기 시작했어야 했다고 고백했다.

찰스는 조용히 앉아서 내 말을 다 듣고, 말이 다 끝난 다음에도 오랫동안 아무 말도 하지 않았다. 그러다가 입을 열었다. 「넌 부모님이 널 학교에 보내지 않아서 화가 나니?」

「그건 오히려 내게 득이 된 일이었어!」 나는 반쯤 고함을 지르듯 그렇게 말했다. 내 반응은 본능적이었다. 머리에서 떠나지 않는 노래의 한 구절을 듣는 느낌이었다. 그다음 구절을 나도 모르게 암송하지 않을 수가 없는 그런 상황 말이다. 찰스는 믿을 수 없다는 표정으로 나를 바라봤다. 방금 길게 한 이야기들과 내가 소리친 문장 사이의 차이를 설명해 보라고 요구하는 듯한 표정이었다.

「글쎄…… 나는 화가 나.」 그가 말했다. 「너는 화가 안 날지 모르지만 말이야.」

나는 아무 말도 하지 않았다. 숀 오빠 말고 우리 아버지를 비판하는 사람을 그때까지 한 번도 만나 본 적이 없었고, 그런 발언에 어떻게 반응해야 할지 알지 못했다. 찰스에게 일루미나티에 대해 이야기해 주고 싶었지만 거기 사용되는 단어들은 아버지의 것이었고, 마음속에서만 되뇌어 봐도 너무 어색하게 들렸다. 나는 그 단어들을 내 것으로 만들지 못한 것이 부끄러웠다. 나는 아버지가 쓰는 표현과 단어들을 내 것으로 만들어야 한다고 믿었고, 마음 한 구석으로는 언제까지나 그렇게 믿을 것이다.

한 달 내내, 매일 밤 폐철 처리장에서 돌아오면 나는 한 시간에 걸쳐 손톱과 귀 뒤에 밴 기름때를 지우곤 했다. 헝클어진 머리를 빗질하고, 서투른 화장을 했다. 그날 밤 혹시 찰스가 손을 잡을 경우에 대비해서 손끝에 로션을 듬뿍 발라 굳은살을 없애 보려고 애썼다.

마침내 손을 잡은 것은 그의 집에 가서 영화를 보기 위해 함께 지프차를 타고 가던 어느 초저녁이었다. 파이브마일 크릭과 평행으로 뻗은 길을 달리면서 찰스는 기어 변속기 너머로 손을 뻗어 내 손 위에 자기 손을 포갰다. 그의 손은 따뜻했고, 나도 맞잡고 싶었지만, 나는 마치 불에 데기라도 한 듯 화들짝 손을 뺐다. 무의식적으로 나온 반응이었고, 곧바로 돌이키고 싶은 행동이었다. 그러나 찰스가 두 번째 시도를 했을 때도 나는 똑같이 반응했다. 낯설고 강한 본능에 압도당한 내 몸은 경련을 일으키듯 움직였다.

그 본능이 몸을 휩쓸고 지나가면서 단어의 형태로 나타났다. 대담하고, 강하고, 분명한 서사로. 그 단어는 새로운 것이 아니었다. 기억 속 아스라이 먼 구석에 잠자듯 숨죽이고 미동도 없이 엎드려 있었지만 내 안에 계속 존재하고 있었던 게 분명했다. 찰스가 내 손을 만지는 순간 깨어난 그 말은 이제 생명력으로 용솟음쳤다.

나는 손을 다리 밑에 끼우고 창문 쪽으로 몸을 기댔다. 나는 그를 가까이 오게 할 수가 없었다. 그날 밤에는, 그리고 몇 달간 어떤 밤에도, 그 단어, 내 안에 있던 나의 단어가 기억 속에서 고개를 쳐들어 온몸을 떨지 않고서는 그를 가까이 오게 할 수가 없었다. 〈창녀〉라는 단어.

우리는 찰스네 집에 도착했다. 그는 텔레비전을 켜고 소파에 앉았다. 나는 소파 한쪽에 가볍게 걸터앉았다. 화면이 어두워지고 영화의 오프닝 크레디트가 흘렀다. 찰스는 조금씩 내 쪽으로 다가앉았다. 처음에는 천천히, 그러다가 좀 더 자신 있게 움직여서 자기 다리가 내 다리에 닿을 때까지 다가왔다. 마음속에서 나는 펄쩍 뛰었다. 순간 수천 킬로미터 거리까지 도망갔다. 현실의 나는 그냥 몸을 움찔했다. 찰스도 움찔했다. 내 동작이 그를 놀라게 한 것이다. 나는 자세를 고쳐 앉으면서 몸을 소파의 팔걸이 쪽으로 더 붙이고 팔과 다리를 찰스한테서 멀어지게 떼었다. 그렇게 부자연스러운 자세로 한 20초쯤 앉아 있으려니 찰스가 이해를 했다는 듯 바닥으로 내려가 앉았다. 내가 입 밖으로 꺼내서 할 수 없는 말을 들은 것이다.

20
아버지들의 합창

찰스는 다른 세상에 사는 내 첫 친구였다. 아버지가 나를 보호하려고 했던 바로 그 다른 세상 말이다. 그는 모든 면에서 관습적이었고, 아버지가 관습을 싫어하는 모든 이유에 부합하는 사람이었다. 그는 종말의 날보다 미식축구와 인기 밴드에 대해 더 많이 이야기했고, 고등학교 생활의 모든 면을 사랑했다. 교회에 다녔지만 다른 대부분의 모르몬교도와 마찬가지로, 병이 나면 모르몬 성직자보다 의사를 찾았다.

그의 세상과 나의 세상이 공존할 수 있는 방법을 찾지 못했기 때문에 나는 그 두 세상을 분리시켰다. 매일 저녁 내 방 창문 옆에서 빨간색 지프차가 오기를 기다렸고, 언덕 아래 국도에 그의 차가 보이면 나는 문을 향해 달려 나갔다. 차가 언덕 위까지 올라올 즈음 나는 이미 집 앞 잔디밭에 나가서 기다렸고, 그가 차에서 내리기도 전에 나는 차에 올라 안전띠를 가지고 말다툼을 하기 시작했다(찰스는 내가 안전띠를 매기 전에는 차를 출발시키기를 거부했다).

한번은 찰스가 다른 때보다 일찍 도착해서 우리 집 현관문까지 온 적이 있었다. 나는 말을 더듬으면서 그를 엄마에게 소개했다. 엄마는 비율을 확인하기 위해 손가락으로 클릭 소리를 내가면서 베르가모트와 일랑일랑 오일을 섞는 작업을 하고 있었다. 엄마가 왜 그렇게 하는지를 묻는 표정으로 찰스가 나를 쳐다보자 엄마는 주님이 그녀의 손가락을 통해 말을 한다고 설명했다. 「어제 시험해 보니 라벤더 목욕을 하지 않으면 오늘 편두통이 생길 거라고 하시더라.」 엄마가 말했다. 「그래서 라벤더 목욕을 했지. 그랬더니 물론 두통이 안 생겼지 뭐니!」

「의사들은 편두통이 생기기 전에 치료하지 못하지만 주님은 하실 수 있어!」 아버지가 거들었다.

지프차로 함께 걸어가면서 찰스가 말했다. 「너희 집은 항상 저런 냄새가 나니?」

「무슨 냄새?」

「식물이 썩는 것 같은 냄새.」

나는 어깨를 으쓱해 보였다.

「너도 냄새를 맡았을 게 분명해.」 그가 말했다. 「굉장히 강한 냄새였거든. 그전에도 맡은 적이 있는 냄새야. 너한테서. 항상 나는 냄새지. 아이고, 어쩌면 이제 나한테서도 그 냄새가 날지 모르겠네.」 그는 자기 셔츠를 코에 대고 킁킁거렸다. 나는 아무 말도 하지 않았다. 나는 아무 냄새도 맡지 못했었다.

아버지는 내가 점점 〈주제넘게 행동한다〉고 했다. 내가 폐철 처리장 일이 끝나자마자 집으로 뛰어와서 찰스랑 나가기 전 기름때를 말끔히 지우곤 하는 모습을 못마땅해 했다. 내가 북쪽으로 한 시간쯤 가야 하는 먼지 낀 타운인 블랙풋의 착유용 헛간 공사 현장에서 적하기를 운전하는 것보다 스톡스에서 손님이 쇼핑한 물건을 백에 담는 쪽을 더 좋아한다는 것을 아버지도 알고 있었다. 내가 이방인 같은 옷차림으로 다른 곳에 있기를 원한다는 사실이 아버지를 괴롭혔다.

블랙풋 공사 현장에서 아버지는 뜬금없는 임무들을 만들어 내서 내게 맡겼다. 마치 그런 일을 내게 시킴으로써 내가 누구인지를 상기시켜 주고 싶은 듯했다. 한번은 미완성 지붕 위 도리들보에 올라가 있었다. 10미터 높이였지만, 여느 때와 다름없이 안전 하니스도 착용하지 않고 작업을 하고 있었다. 아버지는 분필선을 건물의 다른 쪽에 두고 온 것을 기억해 냈다. 「타라, 가서 분필선을 좀 가지고 와라.」 분필선을 가져오기 위한 동선을 떠올려 봤다. 1.2미터 간격으로 놓인 도리들보 열다섯 개를 뛰어 건너가서 분필선을 집고, 다시 도리들보 열다섯 개를 되짚어 뛰어와야 했다. 그런 명령을 아버지가 내리면 보통 숀 오빠가 〈타라한테 그런 거 시키면 안 돼요!〉 하고 소리치곤 했다.

「숀 오빠, 나를 지게차에 태워서 저쪽까지 옮겨 줄 수 있어?」

「네 힘으로 가져올 수 있어.」 숀 오빠가 말했다. 「잘난 학교랑 잘난 남자 친구 덕에 콧대가 너무 높아져서 그런 궂은일 따위는 못하는 분이 된 게 아니라면.」 오빠의 얼굴은 낯설면서도 익숙했다.

나는 위태롭게 발을 옮겨 도리들보 한쪽 끝까지 걸어갔다. 거기에 헛간의 가장자리를 이루는 골조 빔이 있었다. 어떤 면에서는 이쪽이 더 위험할 수도 있었다. 오른쪽으로 떨어지면 중간에 도리들보도 없어서 땅까지 추락할 수밖에 없었다. 하지만 골조 빔은 더 두꺼웠고, 분필선이 있는 곳까지 외줄 타기를 하듯 걸어갈 수 있었다.

그렇게 아버지와 숀 오빠는 동지가 됐다. 두 사람이 의견일치를 본 것은 단 한 가지였다. 대학 맛을 본 내가 주제넘은 아이가 됐고, 그런 나를 치료할 방법은 어떻게든 과거를 상기시켜 주는 것뿐이라는 사실 말이다. 그렇게 해서 이전의 내 모습에 다시 닻을 내리고 거기 고정시켜야 한다고 두 사람은 동의한 듯했다.

숀 오빠는 말재간이 뛰어났고, 말로 다른 사람을 정의하는 데 능했다. 오빠는 자기가 내게 붙인 여러 별명들 중에서 그때그때 마음에 드는 걸 골라 썼다. 몇 주 동안은 〈웬치〉*가 오빠 구미에 제일 맞았었나 보다. 〈웬치, 회전 숫돌 좀 가져와〉, 〈팔을 올려, 웬치!〉 하고 소리를 지르곤 했다. 그런 말을 한 다음에는 내 얼굴에 어떤 반응이 나타나는지 살폈다. 하지만 나는 어떤 기색도 얼굴에 드러내지 않았다. 그다음 별명은 〈윌버〉였다. 내가 너무 많이 먹기 때문이라고 오빠는 말했다. 내가 몸을 구부리고 나사를 조이거나 치수를 잴 때면 오빠는 〈무슨 돼지가 있나 했네!〉 하고 외쳤다.

일과가 끝난 후 숀 오빠가 집 밖에서 서성거리는 일이 잦아졌다. 찰스가 진입로로 차를 몰고 들어올 때 그 근처에 있고 싶어서가 아닐까 싶었다. 트럭의 엔진 오일을 가는 데 엄청나게 오래 시간을 들이고 있었다. 오빠가 밖에서 서성이던 첫날 나는 차가 오자마자 오빠가 한마디 할 틈도 주지 않고 재빨리 뛰어나가 차에 타버렸다. 다음 날 밤에는 오빠가 한발 빨랐다. 「타라 예쁘지?」 오빠는 찰스에게 소리쳤다. 「물고기 눈깔에다가 머리도 물고기만큼이나 좋지.」 너무 많이 써서 그의미가 퇴색해 버린 지 오래된 조롱이었다. 건설 현장에서는 내가 반응하지 않을 것을 알고 아껴 뒀다가, 찰스 앞에서 말하면 조금이라도 내게 상처를 줄 수 있을까 해서 하는 행동이었을 것이다.

다음 날 밤에는 〈저녁 먹으러 가? 우리 윌버가 음식을 향해 돌진할 때 앞을 막지 마. 깔려서 납작 오징어가 돼버릴 테니〉 하고 외쳤다.

찰스는 한 번도 반응하지 않았다. 백미러에 더 이상 산이 보이지 않는 순간부터 우리 저녁 데이트를 시작하는 무언의 약속이 우리 둘 사

* wench. 젊은 처자라는 뜻이지만, 일반적으로 고집이 세거나, 품행이 바르지 못해 무언가 마음에 들지 않는 여자를 부를 때 쓰는 표현이다 — 옮긴이주.

이에 생겼다. 국도를 따라 점점이 달리는 차들이 반짝이는 목걸이 같았다. 그 차들에는 웃고 경적을 울리고 항상 우리를 향해 손 흔드는 사람들로 가득했다. 작은 동네고, 모두 찰스를 아는 사람들이었기 때문이다. 하얀 먼지가 덮인 흙길과 비프스튜 색의 수로, 구릿빛으로 빛나면서 끝없이 펼쳐지는 밀밭이 있었다. 그러나 그 세상 어디에도 벅스피크는 없었다.

낮 동안의 내 세상에는 벅스피크밖에 없었다. 벅스피크와 블랙풋의 공사 현장. 숀 오빠와 나는 일주일의 대부분을 헛간 지붕에 쓰일 도리들보를 만들며 보내고 있었다. 우리는 이동 주택만큼이나 큰 기계를 사용해 쇠를 눌러 Z 모양 들보를 만들고, 쇠로 만든 솔을 그라인더에 부착해 녹을 벗겨 내고 페인트를 바를 준비를 했다. 페인트가 마르면 작업실 옆에 쌓아 두는데 하루 이틀도 지나지 않아 산 정상에서 불어오는 바람에 날려 온 검은 먼지를 뒤집어썼고, 쇠 표면에 묻은 기름과 먼지가 섞여서 기름때가 됐다. 숀 오빠가 도리들보들을 차에 싣기 전에 기름때를 씻어 내야 한다고 했기 때문에 나는 물 한 양동이와 걸레를 가져왔다.

더운 날이어서 이마에 맺힌 땀을 자꾸 닦아 내야만 했다. 머리를 묶은 고무줄이 끊어졌는데 나는 여벌을 가지고 있지 않았다. 산에서 바람이 불어오면서 머리카락이 눈으로 들어갔다. 손으로 머리카락을 넘기지 않을 수가 없었다. 검은 기름때 범벅이 된 손으로 머리를 쓸어 넘길 때마다 얼굴에는 검은 자국이 생겼다.

내가 도리들보들을 모두 닦았다고 숀 오빠에게 소리를 쳤다. 오빠는 아이 빔 뒤쪽에서 일을 하다가 나와서 용접 헬멧을 위로 올렸다. 그리고 내 얼굴을 보고 활짝 웃으며 말했다.「우리 깜둥이가 돌아왔네!」

전단기에서 숀 오빠와 내가 함께 일했던 해의 여름이 떠오른다. 어느 날 오후, 얼굴에 난 땀을 너무 많이 닦아서 저녁 먹을 즈음에는 내 코랑 볼이 완전히 까맣게 된 적이 있었다. 그때 처음으로 숀 오빠는 나를 〈깜둥이nigger〉라고 불렀다. 그 표현은 놀라웠지만 낯설지는 않았다. 아버지가 그 단어를 사용하는 것을 들었기 때문에 한편으로는 그것이 무슨 뜻인지 알았다. 그러나 또 한편으로는 그 단어가 〈정말〉 어떤 의미인지는 전혀 이해하지 못했다. 그때까지 내가 본 흑인은 딱 한 명뿐이었다. 같은 교회에 다니는 가족이 입양한 어린 소녀였다. 아버지가 깜둥이라고 칭하는 사람은 그 소녀가 아닌 것이 분명했다.

숀 오빠는 그해 여름 내내 나를 깜둥이라고 불렀다. 〈깜둥아, 뛰어가서 C 바이스 좀 가져와!〉라든가, 〈점심 먹을 시간이다, 깜둥아!〉라고 했다. 그 별명을 나는 별다른 느낌 없이 받아들였다.

그러다가 세상이 완전히 뒤집혔다. 내가 대학을 들어간 것이다. 대강의실로 흘러 들어간 나는 눈을 휘둥그레 뜨고 미국 역사 강의를 들으며 머릿속이 웅웅거리는 경험을 했다. 교수는 리처드 킴벌 박사로 깊은 울림이 있는 사색적인 목소리를 가진 사람이었다. 나도 노예 제도에 대해서는 알고 있었다. 아버지가 이야기하는 것을 들은 적 있고, 아버지가 제일 좋아하는 미국 건국에 관한 책에서도 읽은 적 있다. 책에서는 식민지 시대에 노예들은 주인들보다 더 자유롭고 더 행복했다고 했다. 주인들은 노예들을 돌보는 비용을 부담하는 무거운 짐을 져야 했기 때문이라고. 그때만 해도 그게 말이 된다고 생각했다.

킴벌 박사가 노예 제도에 대해 강의하던 날, 그는 영사기 스크린에 목탄화로 그린 노예 시장을 비췄다. 대형 스크린이었다. 영화관에서처럼 그 스크린은 방 전체를 압도했다. 혼란스러운 스케치였다. 여자들이 완전히 벌거벗거나, 반쯤 벌거벗은 차림으로 사슬에 묶여 서 있고 그 주변을 남자들이 둘러싸고 있었다. 영사기가 딸각하고 다음 화면으로 넘어갔다. 이번에는 오래돼서 흐려진 흑백 사진이었다. 빛이 바래고, 과다 노출된 그 사진은 상징적인 이미지를 담고 있었다. 상의를 벗은 채 앉아 있는 남자의 몸에는 피부 위로 도톰하게 올라온 수없이 많은 상처들이 어지럽게 나 있었다. 너무도 많은 흉터 때문에 사람의 살처럼 보이지가 않았다.

그 후 몇 주에 걸쳐 나는 그런 이미지를 더 많이 봤다. 뮤지컬 「애니」를 공연하면서 대공황에 대한 이야기를 들었다. 그러나 모자를 쓰고 긴 코트를 입은 사람들이 무상 급식을 받기 위해 길게 줄을 선 모습은 처음 보는 것이었다. 킴벌 박사가 제2차 세계 대전에 대해 강의할 때는 줄맞춰 날아가는 전투기들과 폭격을 받아 뼈대만 남은 도시들의 잔해를 봤다. 루스벨트 대통령, 히틀러, 스탈린 등의 얼굴도 나왔다. 영사기의 불이 흐려지면서 제2차 세계 대전도 함께 흐릿해져 갔다.

다음번에 내가 그 대강의실에 들어섰을 때는 스크린에 새로운 얼굴들이 등장했다. 이번에는 흑인들의 얼굴이었다. 노예 제도에 대한 강의 이후, 그 스크린에는 흑인의 얼굴이 한 번도 등장한 적이 없었다. 적어도 내가 기억하기로는 말이다. 그래서 그들에 대해 잊고 있었다. 그들은 외국인들처럼 생소하기만 한, 내가 알지 못하는 미국의 일부분이었다. 노예 제도가 어떻게 끝났을지에 관해서는 굳이 상상해 보지 않았다. 물론 모든 사람이 정의의 외침에 귀를 기울였을 것이고, 그렇게 그 문제는 해결되었을 게 분명했다.

바로 이것이 킴벌 박사가 흑인 인권 운동에 관해 강의했을 때의 내 정신 상태였다. 스크린에 연도 하나가 떠올랐다. 1963년. 나는 뭔가 실수가 있었나 보다 생각했다. 노예 해방 선언은 1863년이라고 기억하고 있었기 때문이다. 100년이라는 세월을 설명할 수가 없었기 때문에 숫자를 잘못 쓴 걸 거라고 추측했다. 나는 공책에 그 숫자를 베껴 쓰고는 그 옆에 물음표를 그렸다. 그러나 스크린에 등장하는 사진을 보고 있자니 교수가 어느 세기를 이야기한 것인지 더 명확해졌다. 사진들은 흑백이었지만 거기 찍힌 사람들은 현대 인물들이었다. 강렬하고 뚜렷한 이미지들. 우리와는 다른 시대에 살던 물기 없는 정물화가 아니라 움직임이 그대로 포착된 이미지들이었다. 행진. 경찰. 젊은이들에게 물대포를 쏘는 소방관들.

킴벌 박사는 내가 한 번도 들어 보지 못한 이름들을 열거했다. 제일 먼저 로자 파크스가 나왔다. 경찰관이 한 여자의 손가락을 잉크가 묻은 스펀지에 찍고 있는 사진이었다. 킴벌 박사는 그녀가 버스 자리를 차지했다고 말했다. 나는 그녀가 버스 좌석을 훔쳤다는 뜻으로 이해하고, 참 묘한 물건을 훔쳤다고 생각했다.

그녀의 사진에 이어 흰 셔츠와 넥타이 차림에 둥그런 챙이 달린 모자를 쓴 흑인 소년의 사진이 나왔다. 그 소년의 사연은 듣지 못했다. 로자 파크스 이야기가 너무 어리둥절했기 때문이다. 어떻게 버스 좌석을 훔쳤다는 말일까. 그런 다음 스크린에 시체가 비쳤고, 나는 킴벌 박사가〈그의 시체를 강에서 찾았습니다〉라고 말하는 것을 들었다.

그 사진 밑에 연도가 찍혀 있었다. 1955년. 나는 엄마가 1955년에 만 네 살이었다는 것을 깨달았다. 그 깨달음과 함께 나와 에멧 틸 사이의 거리감이 순식간에 사라졌다. 살해당한 이 소년과 나의 거리는 내가 아는 사람들의 삶으로 측정이 가능한 것이었다. 그 계산은 문명의 멸망이나 산의 침식과 같은 거대한 역사적, 지리학적 변화 같은 잣대가 필요하지 않았다. 사람 얼굴에 나타나는 주름으로 잴 수 있는 정도의 시간이었다. 우리 엄마의 얼굴에 생긴 주름으로 말이다.

다음에 나온 이름은 마틴 루서 킹 주니어였다. 그때까지 그의 얼굴

285

을 한 번도 보거나, 그의 이름을 들어 본 적이 없었다. 킴벌 박사가 말하는 사람은 내가 들어 본 적이 있는 마르틴 루터가 아니라는 것을 깨닫기까지는 몇 분이 걸렸다. 그리고 그 이름을 스크린 위에 보이는 이미지와 연결하기까지는 또다시 몇 분이 걸렸다. 새하얀 대리석 신전 앞에서 엄청난 수의 군중에 둘러싸인 채 서 있는 검은 피부의 남자. 이제 막 그가 누구고, 왜 그 연설을 하고 있는지를 이해한 찰나에 그가 살해당했다는 말을 들었다. 나는 그 말에 충격을 받을 정도로 여전히 무지했다.

「우리 깜둥이가 돌아왔군!」

숀 오빠가 내 얼굴에서 본 것이 무엇인지는 나도 알 수가 없다. 그것이 충격인지, 분노인지, 혹은 무표정이었는지. 그것이 무엇이었든 간에 오빠를 기쁘게 한 것은 분명했다. 내 약점, 급소를 찾아낸 것이다. 모르는 척하기에는 너무 늦어 버렸다.

「나를 그렇게 부르지 마.」 내가 말했다. 「그게 무슨 뜻인지도 모르면서.」

「내가 왜 몰라.」 오빠가 말했다. 「네 얼굴이 온통 검댕투성이야. 깜둥이처럼!」

그날 오후 내내, 아니 그 여름 내내 나는 깜둥이였다. 전에는 아무렇지도 않게 그 별명에 수없이 대답을 했었다. 사실 숀 오빠가 재치 있고 재미있는 농담을 한다고 생각한 적도 있었다. 이제는 그 말을 할 때마다 오빠 입을 막아 버리고 싶었다. 아니면 앉혀 놓고 손에 역사책을 들려 주고 싶었다. 미국 헌법책 액자 밑에 아버지가 보관하는 역사책만 아니면 됐다.

나는 오빠가 부르는 그 별명이 어떤 느낌을 갖게 하는지 꼬집어 설명할 수가 없었다. 오빠는 나를 모욕하고, 과거로 시간을 돌이켜서 과거의 내 이미지로 나를 가두고 싶어 했다. 그러나 그 단어는 내 주제를 깨닫게 하기는커녕, 나를 먼 곳으로 도망가게 만들었다. 〈야, 깜둥이, 기중기 팔 좀 올려〉 혹은 〈수평자 좀 가져와, 깜둥아〉 할 때마다 나는 대학의 대강당으로, 인간의 역사가 내 앞에서 펼쳐지는 것을 보면서 그 속에서 내 자리는 어디일까 생각했던 시간으로 돌아갔다. 에멧 틸, 로자 파크스, 마틴 루서 킹 주니어의 이야기는 숀이 〈깜둥아, 다음 줄로 옮겨〉 하고 소리칠 때마다 내 마음속에 떠올랐다. 그해 여름 숀 오빠가 용접으로 고정시킨 모든 도리들보 위에는 그들의 얼굴이 겹쳐서 떠올랐다. 그 일이 끝날 무렵에야 나는 처음부터 불 보듯 바로 알아차렸어야 할 사실을 비로소 깨달았다. 평등을 향한 대장정에 누군가는 반대했을 거라는 사실 말이다. 움켜쥐고 놓지 않으려는 누군가의 손에서 자유를 쟁취해야만 했던 것이다.

나는 우리 오빠를 그 사람이라고 생각하지 않았다. 앞으로도 절대 오빠를 그런 식으로 생각하지는 않을 것 같다. 그럼에도 불구하고 모종의 변화가 있었다. 내가 자각의 길에 들어섰고, 오빠, 아버지, 나 자신에 관해 아주 기초적인 사실을 인식하기 시작한 것이다. 우리는 다른 사람들이 우리에게 건넨 전통에 의해 만들어져 왔지만, 고의적으로 혹은 실수로 그것이 어떤 전통인지 알려고 하지 않았다. 나는 우리가 오직 다른 사람들의 인간성을 빼앗고, 그들에게 폭력을 행사하는 것을 목적으로 하는 담론에 목소리를 보태 왔다는 점을 깨닫기 시작했다. 그 담론을 확대하고 그편에 서는 것이 더 쉬웠기 때문이다. 힘을 계속 유지하는 것이 앞으로 전진하는 것처럼 〈느껴지기〉 때문이다.

나는 그 모든 생각을 소리 내어 말할 수가 없었다. 지게차를 조종하던 그 무더운 여름날 땀을 뻘뻘 흘리면서는 그렇게 할 수가 없었다. 지금 내가 가진 언어를 그때는 가지고 있지 않았었다. 그러나 나는 한 가지 사실은 이해하고 있었다. 과거에는 깜둥이라고 수없이 불리고, 수없이 웃어넘길 수 있었지만 이제는 웃을 수 없게 됐다는 것. 그 단어와 그 단어를 사용하는 숀 오빠의 태도는 달라지지 않았다. 달라진 것은 오직 그 단어를 듣는 내 귀뿐이었다. 내 귀는 그 안에 담긴 농담을 더 이상 들을 수가 없었다. 내 귀에 들린 것은 시간을 관통해서 울리는 신호음이자 호소였고, 나는 거기에 점점 더 강해지는 확신으로 응답했다. 이제 다시는 내가 이해하지 못하는 갈등에 내가 꼭두각시로 이용되도록 두고 보지 않을 것이다.

21
골무꽃

아버지는 내가 브리검 영 대학교로 돌아가기 전날 그동안의 임금을 지불했다. 약속했던 만큼의 돈을 줄 여유는 없었지만 장학금으로 내고 모자란 등록금 반을 낼 정도는 되는 돈이었다. 나는 아이다호에서의 마지막 날을 찰스랑 보냈다. 일요일이었지만 교회에 가지 않았다. 그전 이틀 동안 귀가 계속 아팠는데, 토요일 밤이 되자 무지근하게 아픈 정도에서 찌르는 듯 계속되는 날카로운 통증으로 증상이 악화됐고 열도 났다. 사물이 뒤틀려 보였고 빛에 민감해졌다. 바로 그때 찰스가 전화해서 자기 집에 오고 싶은지 물었다. 내가 몸이 좋지 않아 운전할 수 없다고 하자 그는 15분 후 나를 데리러 왔다.

나는 양쪽 귀를 손으로 감싸 쥐고 조수석에 웅크리고 앉아, 재킷을 벗어 머리 위에 써서 빛을 가렸다. 찰스는 내게 무슨 약을 먹고 있느냐고 물었다.

「로벨리아.」 내가 대답했다. 「그거하고 골무꽃.」

「효과가 없는 것 같은데.」 그가 말했다.

「효과를 보려면 며칠 걸려.」

그는 눈썹을 치켜세우긴 했지만 아무 말도 하지 않았다.

찰스네 집은 잘 정돈되고 널찍했다. 커다랗고 해가 잘 드는 창문과 반짝이는 마루가 깔려 있는 집이었다. 읍내 외할머니 집이 생각나는 곳이었다. 나는 스툴에 걸터앉아 차가운 카운터 표면에 머리를 댔다. 찬장 문이 〈삐걱〉 열리는 소리와 플라스틱 뚜껑이 〈팝〉 열리는 소리가 들렸다. 눈을 떠보니 빨간색 알약 두 개가 내 앞에 놓여 있었다.

「사람들은 보통 통증이 있을 때 이 약을 먹어.」 찰스가 말했다.

「우리는 아니야.」

「그 우리라는 게 누구야?」 찰스가 말했다. 「넌 내일 떠나잖아. 넌 그 〈우리〉의 일부가 이젠 아니야.」

나는 그가 이 이야기를 그만 해주길 바라면서 눈을 감았다.

「약을 먹으면 무슨 일이 벌어질 거라고 생각해?」 그가 말했다.

나는 대답하지 않았다. 무슨 일이 벌어질지 나도 몰랐다. 엄마는 의사들이 주는 약은 특별한 종류의 독이어서, 몸에서 절대 배출되지 않고 쌓여서 평생 천천히 몸의 내부를 썩게 한다고 항상 말했었다. 엄마는 약을 먹으면, 십 년이 지난 뒤에 아이를 가져도 그 아이를 기형으로 만들 수 있다고 말했다.

「사람들은 통증이 있을 때 약을 먹어.」 그가 말했다. 「그게 정상이야.」

〈정상〉이라는 말에 내가 몸을 움칠했나 보다. 그가 말을 멈췄기 때문이다. 찰스는 유리잔에 물을 담아 내 앞에 놓고, 알약을 살짝 밀어 내 팔에 닿게 했다. 나는 약 하나를 집어 들었다. 이렇게 자세히 알약을 들여다본 것은 처음이었다. 내가 생각했던 것보다 작았다.

손에 들고 있던 약을 삼켰다. 그리고 하나 더.

내가 어디가 아프면 엄마는 항상, 내가 기억할 수 있는 한 항상, 칼에 베어 아프거나 치통으로 아프거나 상관없이 항상 로벨리아와 골무꽃 물약을 줬었다. 그 물약을 먹고 통증이 가라앉은 적은 한 번도 없었다. 전혀. 그런 경험 때문에 나는 통증을 존중하게 됐다. 내게 있어서 통증은 필수적이고, 손댈 수 없는, 일종의 숭배 대상이었다.

빨간색 알약을 삼킨 지 20분이 지나자 귀를 찌르던 통증이 사라졌다. 통증이 사라진 상태를 이해할 수가 없었다. 오후 내내 머리를 좌우로 흔들어 대면서 통증을 다시 끌어내리려고 애를 썼다. 소리를 크게 지르거나, 빨리 움직이거나 하면 통증이 다시 돌아오고, 그러면 내가 삼킨 의사들의 약이 사기라는 것을 증명할 수 있을 거라 생각했다.

찰스는 아무 말 없이 나를 지켜봤지만 내 행동이 말도 안 된다고 생각한 것이 분명했다. 특히 내가 아직 뭉근하게 아픈 귀를 잡아당겨서 이 괴상한 마술의 한계를 시험할 때는 더더욱 그랬을 것이다.

다음 날 아침 엄마가 나를 브리검 영 대학교까지 차로 데려다주기로 했었지만, 그 전날 밤 산통을 시작한 산모가 생겼다. 진입로에는 차가 서 있었다. 몇 주 전 토니 오빠한테서 아버지가 산 기아 세피아였다. 열쇠도 꽂혀 있는 채였다. 나는 내 짐을 차에 싣고, 유타로 차를 몰았다. 차 가격이 아버지가 내게 진 빚과 비슷할 거라고 생각했다. 아버지도 그 비슷한 계산을 한 것 같았다. 그에 대해 일언반구도 하지 않았기 때문이다.

나는 대학교에서 약 1킬로미터 정도 떨어진 곳에 아파트를 구했다. 하우스메이트들도 새로 생겼다. 로빈은 키가 크고 운동을 잘했다. 처음 만났을 때 그녀는 조깅용 반바지를 입고 있었다. 반바지가 너무 짧았지만 나는 눈을 휘둥그레 뜨고 그녀를 쳐다보지 않는 데 성공했다. 제니를 처음 봤을 때 그녀는 다이어트 콜라를 마시고 있었다. 이번에도 그녀를 뚫어져라 쳐다보지 않았다. 찰스가 다이어트 콜라를 마시는 걸 수십 번 봤기 때문이다.

우리들 중에서 가장 나이가 많은 로빈은 무슨 이유에서인지 나를 이해하는 듯했다. 그녀는 내가 의도적으로가 아니라 몰라서 실수를 한다는 사실을 이해했고, 상냥하게 그러나 솔직하게 내 잘못을 고쳐 줬다. 아파트에 같이 사는 다른 사람들과 잘 지내려면 정확히 무슨 일을 해야 하는지, 무슨 일은 하지 않아야 하는지 알려 줬다. 찬장에 썩은 음식을 두지 않고, 음식이 눌어붙은 접시를 개수대에 쌓아 두지 않는 것도 그중 하나였다.

로빈은 하우스메이트들이 모두 모여 회의를 하는 자리에서 그것을 설명했다. 로빈이 말을 마치자 같이 사는 여학생들 중 하나인 메건이 목소리를 가다듬었다.

「화장실을 사용한 다음에는 손을 씻어야 한다는 사실을 모두에게 상기시키고 싶어요.」 그녀가 말했다. 「그냥 물로만 씻는 게 아니라 비누를 사용해서 씻어 주세요.」

로빈이 눈을 위로 한 번 굴리며 말했다. 「손 안 씻는 사람이 어디 있겠어.」

그날 밤, 화장실에서 나온 나는 복도에 있는 세면대 앞에 서서 손을 씻었다. 비누도 사용해서.

다음 날은 수업 첫날이었다. 내 시간표는 찰스가 짜줬었다. 그는 음악 강좌 두 개, 종교학 한 개를 신청해 줬다. 세 과목 모두 내게는 쉬울 거라고 했다. 그리고 그는 좀 더 도전적인 과목들도 신청했다. 대학 대수학과 생물학이었다. 대학 대수학은 생각만 해도 두려웠고, 생물학은 그게 뭔지 몰라 두려워할 수조차 없었다.

대수학 때문에 장학금을 더 이상 못 받을 것 같았다. 교수는 수업 때마다 칠판 앞을 서성거리며 알아듣지도 못하는 말을 중얼거렸다. 갈

피를 못 잡는 학생이 나 혼자만은 아니었지만, 나는 갈피를 가장 못 잡는 학생이었다. 찰스가 도와주고 싶어 하긴 했지만, 고등학교 3학년을 시작하면서 자기 공부를 하기에도 시간이 부족했다. 10월에 본 중간고사에서 나는 낙제 점수를 받았다.

나는 잠자는 걸 포기했다. 늦게까지 책상 앞에 앉아 머리카락을 손가락으로 꼬아 매듭을 만들면서 교과서를 이해하려고 씨름하다가, 침대에 누워서는 노트를 보며 신음했다. 위궤양이 생겼다. 한번은 내가 모르는 사람의 집 앞마당에 웅크리고 쓰러져 있는 것을 제니가 발견한 적도 있었다. 학교 캠퍼스와 우리 집 중간 정도에서 벌어진 일이었다. 위에 불이 붙은 느낌이었다. 통증으로 온몸을 떨면서도 나는 병원에 가는 것을 거부했다. 제니는 나랑 30분 정도를 함께 앉아 있다가 함께 걸어서 집에 데려다줬다.

위 통증이 점점 심해졌다. 밤에도 타는 듯한 위 때문에 잠자는 것이 불가능했다. 나는 집세를 내려면 돈이 필요했기 때문에 그 와중에 공과대학 건물의 경비 일을 맡았다. 내 근무 시간은 매일 새벽 4시에 시작했다. 위궤양과 경비 일이 겹치면서 나는 거의 잠을 자지 못했다. 제니와 로빈은 계속 병원에 가라고 말했지만, 나는 그냥 추수감사절 때 집에 가면 엄마가 고쳐 줄 거라고 하면서 병원에 가지 않았다. 두 사람은 걱정되는 표정으로 서로를 쳐다봤지만 아무 말도 하지 않았다.

찰스는 내 행동이 자기 파괴적이라고 말했다. 그리고 남에게 도움을 요청하지 못하는 내 증상은 거의 병적인 수준이라고 덧붙였다. 수화기를 통해 들려오는 그의 말소리가 너무 작아서 속삭이는 것처럼 들렸다.

나는 그에게 미쳤다고 말했다.

「그러면 대수학 교수에게 찾아가서 이야기를 해봐.」 그가 말했다. 「전혀 이해를 못 하고 있잖아. 가서 도움을 청해.」

나는 그때까지 교수에게 가서 이야기를 해본다는 것은 생각도 해본 적 없었다. 교수에게 말을 걸어도 된다는 사실을 몰랐던 것이다. 그래서 찰스에게 나도 할 수 있다는 것을 증명하기 위해서라도 시도해 보기로 결심했다.

나는 추수감사절 며칠 전에 교수실 문을 두드렸다. 교수는 강의실에서 볼 때보다 사무실에서 보니 더 작아 보였고, 더 광이 났다. 책상 위에 켜진 전등이 그의 머리와 안경에 반사되어 보였기 때문이다. 그는 책상 위에 놓인 종이들을 뒤적이고 있었고, 앞에 앉는 나를 올려다보지도 않았다. 「선생님 과목에서 낙제를 하면 장학금을 받을 수 없어요.」 나는 장학금을 받지 못하면 더 이상 학교를 다닐 수 없다는 설명은 하지 않았다.

「미안하지만,」 교수는 나를 쳐다보지도 않고 말했다. 「여기는 쉬운 학교가 아니에요. 좀 더 나이가 든 다음에 오거나 다른 대학으로 편입하는 게 나을지도 몰라요.」

나는 그가 말한 〈편입〉이 무슨 뜻인지 몰랐기 때문에 아무 말도 하지 않았다. 방에서 나가려고 일어섰는데, 무슨 이유에서인지 그런 내 행동이 교수의 마음을 누그러뜨린 듯했다. 「사실을 말하자면,」 그가 말했다. 「낙제할 것 같은 사람이 많아요.」 그는 의자를 뒤로 젖히는 자세로 고쳐 앉으며 말했다. 「이러면 어때요. 기말고사에서는 이번 학기에 배운 내용 전체가 나올 테니, 기말고사에서 100점을 받은 사람은 중간고사 성적과 상관없이 A학점을 주겠다고 다음 강의 때 발표하겠어요. 98점 같은 점수가 아니라 정말 100점을 맞으면 A를 받는 걸로. 어때요?」

나는 좋다고 대답했다. 가능성은 낮았지만, 나는 낮은 가능성을 극복하는 여왕 아닌가. 찰스에게 전화를 했다. 추수감사절 때 집에 돌아갈 예정이고, 대수학 과외를 해줄 사람이 필요하다고 말했다. 그는 벅스피크로 오겠다고 말했다.

22

우리가 속삭인 말들과 우리가 외친 말들

집에 도착해 보니 엄마는 추수감사절 식사를 준비하고 있었다. 나는 커다란 떡갈나무 식탁을 가득 채우고 있는 물약병과 에센셜 오일 병들을 모두 치웠다. 찰스가 저녁을 먹으러 올 예정이었다.

숀 오빠는 기분이 좋지 않은 듯했다. 식탁에 딸린 장의자에 앉아서 내가 엄마의 물약과 오일병들을 모아서 보이지 않는 곳에 감추는 것을 지켜봤다. 한 번도 안 쓴 엄마의 좋은 그릇들을 꺼내서 씻고, 접시와 나이프가 일정한 간격이 되게 눈짐작을 하면서 식탁에 놓기 시작했다.

숀 오빠는 내가 호들갑을 떠는 것을 싫어했다. 「그냥 찰스 하나 오는데 뭘 그러냐.」 오빠는 말했다. 「어차피 그 애는 별로 눈도 높지 않아. 너랑 사귀는 걸 보면.」

나는 유리잔들도 가져왔다. 오빠가 앉은 자리 앞에 유리잔을 놓으려고 할 때 오빠는 손가락으로 내 갈비뼈를 깊이 푹 찔렀다. 「나한테 손대지 마!」 내가 비명을 질렀다. 그 순간 방이 뒤집혔다. 나는 그 자리에서 고꾸라진 다음 엄마 눈이 미치지 않는 거실로 순식간에 끌려갔다.

숀 오빠는 바닥에 쓰러져 있는 내 배 위에 앉은 다음 자기 무릎으로 내 팔을 눌렀다. 오빠의 체중이 몸 위로 몽땅 실리자 나는 숨이 턱 막혔다. 오빠는 팔뚝으로 내 목을 눌렀다. 나는 비명이라도 질러 볼 양으로 숨을 들이키려 했지만 기도가 막혀서 숨을 쉴 수가 없었다.

「네가 아이처럼 굴면, 나도 너를 아이처럼 다룰 수밖에 없어.」

숀 오빠는 그 말을 아주 큰소리로, 거의 외치다시피 했다. 나한테 대고 하는 소리지만 나한테 들으라고 하는 소리는 아니었다. 그 말은 엄마 들으라고 하는 소리였다. 지금 이 행동이 어떤 의미인지를 알리는 것이었다. 나는 잘못을 저지르는 어린아이였고, 오빠는 그 아이를 바르게 행동하도록 가르치고 있다는 의미. 목을 누르고 있던 팔이 조금 들리면서 나는 폐로 쏟아져 들어가는 달콤한 공기를 느꼈다. 오빠는 내가 엄마를 부르지 않을 거라는 걸 알고 있었다.

「그만 둬라.」 엄마가 부엌에서 소리쳤다. 하지만 나는 그게 나한테 하는 소리인지 오빠한테 하는 소리인지 알 수가 없었다.

「소리 지르는 건 무례한 일이야.」 숀 오빠가 말했다. 이번에도 부엌을 향해 하는 말이었다. 「사과할 때까지 못 일어나게 할 거야.」 나는 오빠에게 소리 질러서 미안하다고 했다. 그런 다음에야 일어날 수 있었다.

나는 종이 냅킨을 접어 자리마다 하나씩 놨다. 오빠 접시에 냅킨을 놓자 오빠는 다시 손가락으로 내 갈비뼈를 찔렀다. 나는 아무 말도 하지 않았다.

찰스는 시간보다 일찍 도착해서 — 아버지가 폐철 처리장에서 아직 돌아오지도 않은 시간이었다 — 숀 오빠 건너편 자리에 앉았다. 오빠는 찰스를 눈 한번 깜짝이지 않고 노려봤다. 나는 두 사람만 두고 자리를 비우고 싶지 않았지만 엄마가 요리하는 것을 도와야 했기 때문에 스토브 옆으로 돌아갔다. 하지만 식탁 쪽으로 자주 갈 핑계를 만들어서 왔다 갔다 하면서, 한 번은 오빠가 찰스에게 자기가 가진 총에 대해 이야기하는 것을 들었고, 또 한 번은 사람을 죽일 수 있는 여러 가지 방법에 대해 이야기하는 것을 들었다. 두 번 모두 나는 큰 소리로 웃었다. 찰스가 오빠의 이야기를 농담으로 받아들이기를 바라면서. 식탁 쪽으로 세 번째 가자, 숀 오빠가 나를 잡아당겨 자기 무릎에 앉혔다. 이번에도 나는 큰 소리로 웃었다.

그러나 연극은 오래가질 못해서, 저녁 식사를 시작하기도 전에 끝이 나고 말았다. 내가 빵이 가득 든 커다란 도자기 접시를 들고 숀 오빠 옆을 지나는데 오빠가 내 배를 찔렀다. 너무 세게 찔러 숨이 턱 막힐 지경이었다. 나는 접시를 떨어뜨렸고, 접시는 산산조각이 나고 말았다.

「도대체 왜 그러는 거야?」내가 소리쳤다.

너무 순식간에 벌어진 일이라, 오빠가 나를 어떻게 바닥에 쓰러뜨렸는지도 알 수가 없었다. 다음 순간 나는 바닥에 누워 있고 오빠가 내 배 위에 앉아 있었다. 오빠는 접시를 깬 데 대해 사과하라고 요구했다. 나는 찰스가 듣지 못하도록 작은 소리로 미안하다고 속삭였다. 하지만 그게 오빠를 더 화나게 만들었다. 오빠는 내 머리카락을 한 움큼 잡았다. 힘을 잘 주기 위해 두피에 가깝게 머리를 움켜쥔 채 나를 당겨 일으킨 다음 목욕탕 쪽으로 질질 끌고 갔다. 너무 갑작스러운 행동이라 찰스가 반응할 틈도 없었다. 복도를 따라 끌려가면서 마지막으로 내 눈에 들어온 장면은 찰스가 눈을 휘둥그레 뜨고 창백한 얼굴로 자리에서 일어나는 모습이었다.

내 팔은 손목이 꺾인 채 등 뒤로 잡혀 있었다. 변기에 머리가 처박혀 변기 물이 코에 닿을 듯 말 듯 한 상태였다. 오빠가 뭐라 소리 지르고 있었지만 뭐라 하는지 알 수가 없었다. 복도에서 들려오는 발자국 소리에 귀를 기울이던 나는 그 소리가 들리자 완전히 정신을 잃을 지경이 됐다. 찰스에게 이런 모습을 보여 줄 수는 없었다. 내가 지금까지 한 가장과 가식 — 화장, 새 옷, 좋은 그릇으로 차린 식탁 — 뒤에 가려진 진짜 내 모습이 이런 것이라는 사실을 찰스에게 알릴 수는 없었다.

나는 온몸에 힘을 줬다. 몸을 크게 휘어지게 하면서 숀 오빠에게 잡혀 있던 손목을 잡아 뺐다. 오빠가 예상치 못한 반응이었을 것이다. 내가 생각보다 힘이 더 셌는지, 생각보다 무모했는지 잘 모르겠지만 어쨌든 오빠는 잡고 있던 손을 놓쳤다. 나는 문을 향해 돌진했다. 문을 열고 밖으로 한 걸음 내딛는 순간 내 머리가 다시 뒤쪽으로 훅 당겨졌다. 오빠가 내 머리카락을 잡은 것이다. 그러나 나를 너무 세게 잡아당긴 나머지 우리는 둘이 함께 뒤로 넘어져 욕조 안으로 쓰러졌다.

다음 순간 정신을 차려 보니 찰스가 나를 일으켜 세우고 있었고, 나는 웃고 있었다. 미친 듯이 울부짖는 비명에 가까운 웃음이었다. 나는 내가 계속 크게 웃어 댈 수만 있으면 어떻게든 상황을 무마하고 모든 게 농담인 것처럼 찰스를 설득할 수 있을 것만 같았다. 눈에서는 눈물이 줄줄 흘렀지만 — 엄지발가락이 부러졌다 — 나는 계속 캑캑거리며 웃었다. 숀 오빠는 문 앞에 어색한 표정으로 서 있었다.

「괜찮아?」 찰스가 계속 물었다.

「물론 괜찮지! 숀 오빠는 너무 너무 너무…… 웃겨.」 부러진 발가락에 체중이 실리면서 통증이 온몸을 훑고 지나갔기 때문에 마지막 단어는 이상하게 튀어나왔다. 찰스가 나를 부축하려고 했지만 나는 그를 뿌리치고 부러진 발이 멀쩡한 것처럼 똑바로 걸었다. 오빠를 장난스럽게 손으로 툭 치고 지나치면서도 나는 통증으로 비명을 지르지 않으려고 이를 악물었다.

찰스는 저녁 식사가 시작될 때까지 기다리지 않았다. 그 즉시 자기 지프차를 몰고 떠난 후 몇 시간 동안 아무 기별도 하지 않았다. 그러다가 전화를 한 그는 교회에서 만나자고 했다. 벅스피크의 우리 집으로는 오지 않겠다고 했다. 우리는 어둡고 텅 빈 주차장에 차를 대고 지프차 안에 앉아 있었다. 그가 울고 있었다.

「네가 봤다고 생각하는 건 사실이 아니야.」 내가 말했다.

누가 내게 물어봤다면 나는 찰스가 세상에서 내게 가장 중요한 사람이라고 답했을 것이다. 그러나 사실은 아니었다. 그리고 나는 그것을 그에게 증명해 보일 것이다. 내게 정말로 중요한 것은 사랑이나 우정이 아니라, 나 자신에게 그럴듯하게 거짓말하는 능력이었다. 내가 강하다고 믿을 수 있도록 거짓말하는 능력. 내가 강하지 않다는 사실을 알아 버린 찰스를 절대 용서할 수가 없었다.

나는 변덕스러워졌고, 쉽게 만족하지 못했고, 적대적인 사람이 됐다. 나에 대한 찰스의 사랑을 측정하는 괴상하고 점점 더 말도 안 되는 기준들을 만들어 내서, 그가 그 기준을 채우지 못하면 편집증적인 반응을 보였다. 나는 불같이 화냈고, 아버지나 숀 오빠에게 품었던 날것의 분노와 엄청난 반감을 모두 찰스에게 쏟아 냈다. 그런 나의 상태는 나를 도우려는 주변 사람들을 당황하게 만들었다. 찰스와 싸울 때면 다시는 그를 보고 싶지 않다고 소리를 질렀다. 수없이 그런 절규를 반복하던 어느 날 밤, 나는 찰스에게 다시는 너를 보고 싶지 않다고 선언한 후 언제나 그랬듯 다시 전화해서 그 말을 취소하려고 했다. 하지만 찰스는 내 취소를 끝내 받아 주지 않았다.

우리는 마지막 만남을 가졌다. 국도 변 들에서였다. 벅스피크가 우리 머리 위로 압도하듯 우뚝 솟아 있었다. 찰스는 나를 사랑하지만 지금 상황은 자기가 감당할 수 있는 수준을 넘어섰다고 말했다. 자기는

나를 구할 수 없다고. 나를 구할 수 있는 사람은 나 자신뿐이라고도
했다.

그가 무슨 말을 하는지 도무지 알 수가 없었다.

겨울이 되면서 학교 캠퍼스는 두꺼운 눈으로 덮였다. 나는 밖에 나
가지 않고 대수학 공식들을 암기하면서 이전과 같은 생활을 하려고
애썼다. 대학의 내 삶과 벅스피크의 내 삶이 완전히 단절될 수 있다고
상상하는 데 온 힘을 기울였다. 두 삶을 가르는 벽은 철옹성이었다. 찰
스는 거기에 난 구멍이었다.

위궤양이 도져서 밤새 위에 불이 붙은 듯 아팠다. 한번은 깨어 보니
로빈이 나를 흔들고 있었다. 그녀는 내가 자면서 소리를 질렀다고 말
했다. 얼굴을 만져 보니 축축했다. 로빈이 나를 팔로 꼭 껴안아 주자
누에고치에 싸인 듯 아늑한 느낌이 들었다.

다음 날 아침, 로빈은 자기와 함께 병원에 가자고 말했다. 궤양도 궤
양이지만 까맣게 변한 엄지발가락 때문에 발 엑스레이도 찍어야 한다
고 했다. 나는 의사가 필요 없다고 말했다. 위궤양은 곧 나을 것이고,
엄지발가락도 이미 치료를 받았다고 변명했다.

로빈의 눈썹이 추켜 올라갔다. 「누가? 누가 치료를 했어?」

나는 어깨를 들썩해 보였다. 그녀는 엄마가 치료했을 거라고 추측
했고, 나는 그녀가 그렇게 믿도록 놔뒀다. 사실은 이랬다. 추수감사절
다음 날 아침, 나는 숀 오빠에게 발가락이 부러졌는지 봐달라고 했었
다. 오빠는 부엌 바닥에 무릎을 꿇고 앉았고, 나는 오빠 무릎에 내 발
을 올렸다. 그런 자세로 앉아 있는 오빠가 작아 보였다. 오빠는 내 발
가락을 잠시 살피다가 나를 올려다봤다. 그 순간 오빠의 파란 눈에서
나는 뭔가를 봤다. 오빠가 미안하다는 말을 하려고 한다는 생각이 들

었다. 그러나 오빠 입술이 벌어질 거라고 기대했던 바로 그 순간 오빠는 내 발가락 끝을 잡고 휙 당겼다. 발이 폭발이라도 한 것처럼 느껴졌다. 충격은 다리 전체를 관통했다. 온몸에 퍼진 통증을 참느라 헉헉거리고 있는데 오빠가 일어서서 내 어깨에 손을 대면서 말했다.「미안해 시들 리스터, 하지만 모르는 상태에서 해야 덜 아프거든.」

　로빈이 내게 병원에 가자고 한 지 일주일 후, 로빈은 다시 밤에 나를 흔들어 깨웠다. 그녀는 나를 일으켜서 자기 품에 꼭 안고 한참을 앉아 있었다. 마치 자기의 몸으로 내 몸이 부서지는 것을 막을 수 있기라도 한 듯.

　「비숍을 만나 보는 게 어때?」다음 날 아침 로빈이 말했다.

　「난 괜찮아.」괜찮지 않은 사람들이 늘 하는 말을 나도 반복했다.「그냥 잠이 부족해서 그래.」

　그로부터 얼마 지나지 않아 내 책상 위에는 대학 내 상담 서비스에 관한 안내문이 놓여 있었다. 나는 그것을 거의 쳐다보지도 않고 바로 쓰레기통에 처넣어 버렸다. 상담사를 만날 수는 없었다. 상담을 한다는 것은 도움을 구하는 일인데, 나는 나 자신이 천하무적이라고 믿고 있지 않은가. 그것은 완벽한 기만이고, 정신적 곡예였다. 발가락은 부러질 수 없기 때문에 부러지지 않았다. 그렇지 않다는 것을 증명할 수 있는 것은 엑스레이뿐이었다. 따라서 엑스레이를 찍으면 내 발가락이 부러질 것이다.

　나는 대수학 기말고사도 이런 미신으로 감쌌다. 마음속에서 나는 그 시험에 일종의 신비한 힘을 부여했다. 미친 사람처럼 치열하게 공부를 하면서 나는 부러진 발가락으로, 찰스의 도움 없이 이 시험을 이겨 내고 만점을 받아 내면 나라는 사람은 그간의 모든 것을 초월할 수 있는 존재라는 것을 증명할 수 있을 것만 같았다. 아무것에도 영향받지 않는 존재.

시험 날 아침, 나는 절뚝거리며 걸어 들어가 외풍이 심한 시험실에 앉았다. 시험지가 내 앞에 놓였다. 문제들은 나긋나긋 유연했다. 나는 문제들을 차례차례 내 마음대로 구부리고 휘어서 답을 만들어 냈다. 나는 답지를 내고 추운 복도에 서서 내 점수가 발표될 스크린을 올려 다봤다. 점수가 나오자 나는 눈을 깜빡이고, 다시 한번 깜빡여 봤다. 100점. 100점이었다.

온몸이 미묘하고도 아름다운 마취 상태에 빠진 느낌이었다. 그 느낌에 취해 나는 세상에 대고 소리치고 싶었다. 〈여기 증거가 있어! 아무것도 내게 영향을 줄 수 없어!〉

크리스마스에 돌아가서 본 벅스피크는 여느 때와 다름이 없었다. 상록수로 장식된 정상에는 눈이 쌓여 있었고, 그 스케일과 청아함은 이제는 벽돌과 콘크리트에 많이 익숙해진 내 눈을 거의 멀게 할 지경이었다.

집이 있는 언덕으로 차를 몰고 올라가니 리처드 오빠가 지게차로 도리들보 한 무더기를 옮기고 있었다. 읍내 근처에 있는 프랭클린에 아버지가 지어 주기로 한 가게 건물에 들어갈 들보들이었다. 만 스물두 살의 리처드 오빠는 내가 아는 이들 중 가장 영리한 사람 중의 하나였지만, 고등학교 졸업장이 없었다. 집 앞에서 차로 오빠 앞을 지나치면서 나는 오빠가 아마도 남은 평생 내내 저 지게차를 몰 거라는 생각을 했다.

집에 온 지 몇 분도 되기 전에 타일러 오빠가 전화를 했다. 「확인하려고 전화했어. 리처드가 ACT 공부를 하고 있는지.」

「오빠가 ACT 시험을 볼 거래?」

「아직은 몰라.」타일러 오빠가 말했다. 「어쩌면 볼지도 모르겠어. 아버지와 내가 리처드를 설득하고 있거든.」

「아버지가?」

타일러 오빠가 웃음을 터뜨렸다. 「응, 아버지가. 아버지가 리처드한 테 대학에 가야 한다고 설득하고 있어.」

한 시간쯤 후, 저녁 식사를 하기 위해 식탁에 앉을 때까지도 나는 타 일러 오빠가 농담을 하고 있다고 생각했다. 식사를 막 시작했는데 아 버지가 입안에 한가득 감자를 넣은 채 말했다. 「리처드, 너 다음 주에 휴가를 줄게. 책을 사는 데 쓸 거라고 약속하면 임금도 주마.」

나는 설명을 기다렸고, 예상대로 얼마 가지 않아 바로 설명이 뒤따 랐다. 「리처드는 천재야.」아버지가 윙크를 하면서 말했다. 「아인슈타 인보다 한 다섯 배는 더 머리가 좋아. 사회주의 이론이라든가 사악한 추측 같은 걸 모두 깨부술 수 있어. 대학에 가서 시스템 전체를 날려 버릴 거야.」

황홀경에 빠진 듯한 칭찬은 계속됐다. 그러나 아버지는 그것을 듣 는 사람들의 반응은 전혀 눈치 채지 못한 듯했다. 숀 오빠는 몸을 축 늘어뜨린 채 장의자에 앉아 벽에 등을 기대고 얼굴은 바닥을 향하고 있었다. 너무도 무겁고 미동도 하지 않는 오빠를 보고 있자니 사람 모 습을 돌로 깎아 내면 바로 저런 모습이겠구나 하는 생각까지 들었다. 리처드 오빠는 기적의 아들, 주님의 선물, 아인슈타인이 틀렸다는 것 을 증명할 아인슈타인이었다. 리처드 오빠는 세상을 움직일 것이다. 숀 오빠는 아니었다. 오빠는 팔레트에서 떨어질 때 머리를 너무 많이 다친 것이다. 아버지 아들 중 한 명은 평생 지게차 운전을 할 운명이지 만, 리처드 오빠는 그 아들이 아니었다.

리처드 오빠는 숀 오빠보다 더 비참한 모습이었다. 잔뜩 구부러진 어깨에 목을 쑥 집어넣은 것이 아버지의 칭찬의 무게에 짓눌린 듯 보였다. 아버지가 잠자리에 든 후, 리처드 오빠는 ACT 모의시험을 풀어봤다고 말했다. 너무 낮아 내게 말할 수도 없는 점수라고 했다.

「내가 아인슈타인이라고 하는데.」 리처드 오빠는 양손으로 머리를 감싸 쥐고 말했다. 「어떻게 하지? 아버지는 내가 끝내주게 좋은 성적을 낼 거라고 계속 말하지만, 실은 통과나 할 수 있을지도 모르겠어.」

매일 밤 똑같은 일이 계속됐다. 저녁 식사 시간 내내 아버지는 자기의 천재 아들이 틀렸다고 증명할 거짓 과학 이론들을 하나하나 열거했다. 저녁 식사가 끝나고 나면 나는 리처드 오빠에게 대학 생활, 강의들, 책, 교수 등등 오빠 안에 잠자고 있을 배우고 싶은 욕망을 일으킬 만한 것들을 내가 아는 한도 내에서 이야기해 줬다. 나는 걱정이 됐다. 아버지의 기대가 너무 높고, 아버지를 실망시킬까 봐 두려워하는 오빠의 우려가 너무 깊어서, 오빠가 ACT 시험을 아예 안 볼 가능성도 있어 보였다.

프랭클린에 짓고 있는 가게 건물에 지붕을 올릴 준비가 다 됐다. 크리스마스 이틀 후, 나는 아직 구부러지고 까맣게 멍이 든 엄지발가락을 앞코에 쇠가 대어진 작업용 부츠 안에 욱여넣었다. 그리고 오전 내내 지붕 위에 올라가 긴 나사로 함석지붕을 고정시키는 일을 했다. 늦은 오후 무렵, 숀 오빠는 나사 돌리는 기계를 내려놓고 길게 뻗은 적하기의 기중기 팔에서 내려갔다. 「휴식 시간이야, 시들 리스터.」 오빠는 땅에서 나를 올려다보면서 말했다. 「읍내로 가자.」

내가 기중기 팔로 팔짝 뛰어 몸을 싣자 숀 오빠는 기중기 팔을 땅까지 낮췄다. 「네가 운전해.」 그렇게 말한 오빠는 차의 좌석을 뒤로 젖히고 눈을 감았다. 나는 스톡스로 향했다.

우리가 주차장으로 들어선 순간의 주변 상황을 나는 이상할 정도로 자세히 기억한다. 우리가 낀 가죽 장갑에서 올라오는 기름 냄새, 손가락에 사포처럼 느껴지던 먼지의 감각. 그리고 조수석에 앉은 숀 오빠가 나를 향해 미소 짓던 모습까지. 그때 차 여러 대 너머로 빨간색 지프차가 내 눈에 들어왔다. 찰스였다. 나는 주차장을 지나쳐서 가게 북쪽에 있는 아스팔트 깔린 구역으로 갔다. 직원 전용 주차장이었다. 거울이 붙어 있는 운전석 쪽 차양을 내려 내 꼴을 살폈다. 지붕 위에서 맞은 바람으로 머리가 헝클어져 있었고, 땀구멍마다 함석에서 날아온 기름때가 박혀서 커다랗고 더러워 보였다. 옷도 먼지를 흠뻑 뒤집어썼다.

숀 오빠도 빨간색 지프차를 봤다. 그리고 내가 엄지손가락에 침을 묻혀 얼굴의 때를 지우는 것을 지켜보더니 갑자기 신이 나기 시작했다. 「가자!」

「난 그냥 차 안에서 기다릴게.」

「너도 와야 해.」 오빠가 말했다.

숀 오빠는 다른 사람의 수치심을 본능적으로 감지했다. 오빠는 찰스가 한 번도 이런 상태의 나를 본 적이 없다는 것을 알고 있었다. 지난여름, 날마다 내가 집으로 서둘러 달려가, 검댕 하나하나, 기름때 한 점 한 점을 닦아 내고, 상처와 굳은살은 모두 새 옷과 화장으로 가렸었다는 것을 기억했기 때문이다. 오빠는 내가 폐철 처리장의 때를 샤워로 씻어 낸 다음 완전히 다른 사람이 되어 목욕탕에서 나오는 것을 수십 번 목격했었다.

「너도 들어가야 해.」 숀 오빠가 다시 말했다. 그리고 운전석 쪽으로 돌아와서 차 문을 열었다. 기사도 정신까지 희미하게 느껴지는 옛날식 행동이었다.

「그러고 싶지 않아.」 내가 말했다.

「네 이런 멋진 모습을 남자 친구한테 보여 주고 싶지 않아?」 오빠는 미소를 지으며 손가락으로 나를 찔렀다. 오빠는 마치 내게 〈이게 바로 너야. 지금까지는 딴사람, 더 나은 사람인 척했지만 이게 바로 너란 말이야〉 하고 말하고 싶은 듯한 이상한 표정으로 나를 보고 있었다.

그러고는 뭔가 우스운 일이 벌어졌다는 듯 큰 소리로 격렬하게 웃기 시작했다. 하지만 아무 일도 일어나지 않았지 않은가. 오빠는 계속 웃으면서 내 팔을 잡고 위로 들었다. 마치 소방관이 구조한 사람을 들쳐 메고 가는 자세로 나를 들고서라도 들어가겠다는 식이었다. 나는 찰스에게 그런 모습을 보이기가 싫었기 때문에 오빠가 하는 게임을 끝내기 위해 단호한 어조로 말했다. 「나한테 손대지 마.」

그다음에 일어난 일은 기억이 가물가물하다. 그냥 장면 장면만 몇 개 기억날 뿐이다. 하늘이 말도 안 되는 각도로 뒤집어지고, 주먹이 날아오고, 더 이상 누군지 알아볼 수 없는 남자의 야만스러운 눈이 보였다. 운전대를 꼭 쥔 내 손이 보이고, 내 다리를 끌어내는 힘센 팔을 느낀 기억이 난다. 내 발목에서 뭔가가 부러지거나 터지는 소리가 났다. 운전대를 쥔 손을 놓쳤다. 차에서 끌려 나갔다.

등에 얼어붙은 아스팔트가 느껴졌다. 자갈들이 살을 파고들었다. 청바지가 엉덩이 밑으로 내려갔다. 오빠가 내 다리를 계속 잡아끌면서 바지가 조금씩 더 벗겨지는 것이 느껴졌고, 셔츠는 감겨 올라가 있었다. 내 몸을 내려다봤다. 아스팔트에 납작 쓰러져서, 브래지어와 빛바랜 팬티가 다 드러난 상태였다. 몸을 가리고 싶었지만 오빠는 내 손을 머리 위로 잡고 있었다. 나는 움직이지 않고 가만히 누워 차가운 기운이 몸속에 스며드는 것을 느꼈다. 놓아 달라고 애걸하는 목소리가 들렸지만 내 목소리 같지가 않았다. 나는 내가 아닌 다른 소녀의 흐느낌을 듣고 있었다.

오빠는 나를 잡아채서 일으켜 세웠다. 나는 서둘러 옷매무새를 가다듬었다. 그러나 다음 순간 다시 손목이 뒤로 꺾이자 몸을 앞으로 구부렸다. 더 이상 굽히지 못할 정도로 상체를 숙였지만 비틀린 손목 때문에 더 숙여야만 했다. 코가 거의 땅에 닿을 즈음 뼈가 휘기 시작했다. 나는 다시 균형을 잡으려고 애썼다. 다리의 힘을 이용해서 버텨 보려고 했지만 발목에 힘이 실리는 순간 휙 꺾이고 말았다. 나는 비명을 질렀다. 사람들이 우리 쪽으로 고개를 돌렸다. 무슨 소동인지 궁금해서 목을 빼고 보는 사람들도 있었다. 나는 즉시 웃기 시작했다. 걷잡을 수 없는 히스테리컬한 내 웃음소리는 아무리 애를 써도 살짝 비명처럼 들리는 것을 막을 수가 없었다.

「너도 들어가야 해.」 숀 오빠가 말했다. 손목뼈가 뚝뚝 소리를 냈다.

나는 오빠와 함께 밝게 불이 켜진 가게 안으로 들어갔다. 오빠가 사고 싶은 물건들을 찾기 위해 진열대들을 지나치면서도 나는 계속 웃어 댔다. 오빠가 하는 말 하나하나에 웃음을 터뜨리면서 혹시라도 주차장에서 우리를 봤을지도 모르는 사람들에게 모든 것이 그냥 장난이었다고 설득시키려고 애썼다. 삔 발목으로 걸어 다니면서도 통증을 거의 느끼지도 못했다.

찰스는 보이지 않았다.

공사 현장으로 다시 가는 차 안에는 침묵이 흘렀다. 8킬로미터 정도밖에 되지 않았지만 80킬로미터는 되게 느껴졌다. 도착하자 나는 작업실로 절뚝거리며 걸어갔다. 아버지와 리처드 오빠가 안에 있었다. 그전에도 발가락 때문에 절뚝거리고 있었기 때문에 발목 때문에 새로 절뚝거린다 해도 별로 달라진 것은 없었다. 그럼에도 불구하고 리처드 오빠는 기름때와 눈물 자국으로 얼룩진 내 얼굴을 한번 보고 뭔가 잘못됐다는 것을 알아차렸다. 아버지는 아무것도 보지 못했다.

나는 나사 돌리는 기계를 집어 들고 왼손으로 나사를 박기 시작했다. 그러나 누르는 압력이 일정치 않았고, 한쪽 발에 체중을 모두 실어야 했기 때문에 균형을 잘 잡을 수 없었다. 페인트를 칠한 함석판 위로 나사가 튀면서 곱슬거리는 리본처럼 길고 구불구불한 자국을 남겼다. 내가 함석판 두 개를 망치자 아버지는 나를 집으로 돌려보냈다.

그날 밤, 붕대를 두껍게 감은 손목으로 나는 어렵사리 일기를 썼다. 나 자신에게 물었다. 내가 애원을 하는데 오빠는 왜 멈추지 않았을까? 〈좀비한테 맞는 느낌이었다. 마치 오빠가 내 말을 듣지 못하는 듯했다〉라고 썼다.

숀 오빠가 문을 두드렸다. 나는 일기장을 베개 밑에 숨겼다. 방에 들어오는 오빠의 어깨가 축 처져 있었다. 작은 목소리로 오빠는 장난을 친 것이었다고 말했다. 공사 현장에 돌아가서 내가 팔을 움켜쥐고 있는 것을 볼 때까지도 자기가 나를 다치게 한 줄은 전혀 몰랐다고 했다. 오빠는 내 손목뼈를 만져 보고 발목도 살핀 후, 행주에 얼음을 싸서 가져다 줬다. 그러고는 다음번에 장난을 칠 때는 뭔가 잘못되면 말을 해야 한다고 말하고 방에서 나갔다. 나는 다시 일기장을 꺼냈다. 〈그게 정말 재미있는 장난이었단 말인가? 내가 아파하는 것을 정말 못 봤을까? 모르겠다. 정말 모르겠다.〉

나는 나 자신을 돌이켜 보기 시작했다. 내가 알아들을 수 있게 말을 하지 않은 건 아닐까? 어떤 말을 속삭이고 어떤 말을 외쳤던가? 결국 내가 다른 방법으로 의사 표현을 했다면, 더 차분히 말을 했다면 오빠가 멈췄을 것이라고 결론을 내렸다. 나는 그것을 스스로 믿을 때까지 일기장에 그렇게 써내려갔다. 별로 오랜 시간이 걸리지는 않았다. 나도 그 사실을 믿고 싶었기 때문이다. 내 잘못이라는 결론은 마음을 편하게 해줬다. 그렇게 믿으면 상황을 내가 통제할 수 있다는 의미였기 때문이다.

나는 일기장을 집어넣고 침대에 누워 그 설명을 되뇌었다. 마치 그것이 외우고 싶은 시구라도 되는 것처럼. 거의 암기가 되었을 즈음 갑자기 딴생각이 고개를 들었다. 잇따른 이미지들이 머릿속을 치고 들어왔다. 머리 위로 팔을 고정당한 채 땅에 등을 대고 누운 내 모습이 떠올랐다. 나는 다시 주차장에 가 있었다. 아래쪽을 내려다보니 옷이 올라가 드러난 배가 보이고, 위를 보니 오빠 얼굴이 보인다. 오빠 얼굴에 떠오른 표정은 도저히 잊을 수가 없다. 그것은 분노가 아니다. 어디에서도 화난 표정은 찾을 수가 없다. 오로지 방해받지 않은 쾌감만 있을 뿐이다. 그 순간 내 마음의 한구석은 고개를 끄덕인다. 바로 즉시 마음의 다른 쪽에서 반론을 제기하기 시작했지만 그 쾌감의 원인이 뭔지 알 수 있다. 그것은 우연이나 부작용이 아니라 오빠 행동의 목적이었다.

이 어렴풋한 지식이 내 마음속에서 자라나기 시작했고, 몇 분 동안은 내 전체를 지배했다. 나는 침대에서 일어나 일기장을 다시 가져다가 그때까지는 한 번도 해보지 않은 일을 했다. 무슨 일이 일어났는지를 기록한 것이다. 다른 기록처럼 애매하고 그림자 같은 표현을 쓰지 않았다. 암시나 은유 뒤에 숨지 않았다. 나는 그때 쓴 일기를 지금까지 기억한다. 〈오빠가 어느 순간 나를 강제로 차에서 내리게 했다. 내 양손 모두를 머리 위로 올려서 잡았고, 내 셔츠가 딸려 올라갔다. 나는 오빠에게 옷을 내릴 수 있게 해달라고 했지만 내 말을 전혀 듣지 못하는 것 같았다. 그냥 정말 못된 사람처럼 드러난 내 배를 빤히 쳐다보기만 했다. 내가 몸집이 작아서 다행이다. 내가 좀 더 컸더라면 그 순간 오빠를 찢어발겨 버렸을 테니까.〉

「손목을 도대체 어떻게 다쳤는지는 모르지만,」 아버지가 다음 날 아침 말했다. 「그 꼴로는 아무 도움도 못 돼. 유타로 돌아가는 게 차라리 낫겠다.」

나는 최면에 걸린 것처럼 브리검 영 대학교로 돌아갔다. 도착한 즈음에는 전날의 기억이 모두 뭉뚱그려지고 흐려져 있었다.

그러나 이메일을 확인하면서 그 기억은 다시 또렷해졌다. 숀 오빠가 보낸 메시지가 있었다. 사과였다. 내 방에서 이미 사과를 했었지 않은가. 숀 오빠가 이렇게 두 번 사과를 한 것은 처음이었다.

나는 일기장을 꺼내서 일기를 썼다. 전날 쓴 페이지의 반대편에 기록한 일기에 나는 내 기억을 다시 고쳤다. 오해였다고 썼다. 내가 멈추라고 말했으면 오빠도 멈췄을 거라고.

그러나 어떤 식으로 기억하겠다고 결심했든지 간에 그 사건은 모든 것을 바꿔 놓았다. 이제 그때를 돌이켜 보면서 나는 놀라지 않을 수가 없다. 무슨 일이 벌어졌는지 때문이 아니라 무슨 일이 벌어졌는지를 내가 기록했다는 사실 때문이다. 그 약해 빠진 껍질 속 어디엔가, 천하무적이라는 허구로 속을 모두 비워내 버린 그 소녀 안 어디엔가 아직 불꽃이 남아 있었다는 사실 때문이다.

두 번째 기록이 첫 번째 기록을 덮을 수는 없었다. 두 일기 모두 보존될 것이다. 나의 기억과 오빠의 기억이 나란히 공존할 것이다. 앞뒤 말을 맞추기 위해 한쪽을 수정하지 않은 것은 대담한 행동이었다. 두 페이지 중 하나를 찢어 내버릴 수도 있었지 않은가. 불확실성을 인정하는 것은 약하고 무력하다는 것을 인정하는 셈이지만, 그럼에도 불구하고 자기 자신에 대한 신뢰를 잃지 않는 행동이다. 나약하지만 그 나약함 안에 힘이 들어 있다. 다른 사람의 마음이 아니라 자기 자신 안에서 살겠다는 확신. 그날 밤 내가 쓴 단어들 중 가장 강한 단어는 분노에서 나온 것이 아니라 의혹에서 나온 것이 아닐까 하는 생각을 자주 한다. 〈모르겠다. 정말 모르겠다〉라고 쓴 부분 말이다.

확실히 알지 못하지만, 그렇다고 확실히 안다고 주장하는 사람들의 말에 휩쓸리길 거부한 것은 내가 그때까지 한 번도 나 자신에게 허락하지 않은 특권이었다. 그때까지의 내 삶은 늘 다른 사람의 목소리로 서술되어져 왔었다. 그들의 목소리는 강하고, 단호하고, 절대적이었다. 내 목소리가 그들의 목소리만큼 강할 수 있다는 생각을 한 번도 해보지 못했던 것이다.

23
나는 아이다호에서 왔어요

일주일 후 일요일, 교회에서 어떤 남자로부터 저녁 초대를 받았다. 나는 그 초대를 거절했다. 며칠 후 다른 남자가 또 저녁 초대를 했다. 나는 또 거절했다. 초대를 받아들일 수가 없었다. 나는 둘 중 누구도 내 곁에 얼씬거리는 것을 원치 않았다.

회중에 결혼을 거부하는 여성이 있다는 소문이 비숍에게까지 흘러 들어 갔다. 그의 비서가 일요일 예배 후 비숍이 보자고 한다는 말을 전했다.

비숍과 악수를 하는데 아직 손목이 아팠다. 그는 둥그런 얼굴에 단정한 가르마를 탄 검은 머리를 가진 중년 남성이었다. 목소리가 비단결처럼 부드러웠다. 그리고 내가 입을 열기도 전에 나를 파악하고 있는 듯했다. (어떤 면에서는 정말 그랬다. 로빈이 나에 대해 많이 이야기했기 때문이다.) 그는 내게 대학 상담 서비스에 등록하고 도움을 받아서 언젠가 의로운 남성과 영원한 결혼 생활을 즐길 수 있을 날을 준비하라고 조언했다.

비숍이 말을 했고, 나는 돌처럼 입을 꼭 다물고 앉아 있었다.

그는 가족에 대해 물었다. 나는 대답을 하지 않았다. 이미 가족들을 내가 이전처럼 사랑하지 않게 된 것만으로도 충분한 배반이었다. 침묵을 지키는 것은 내가 최소한으로 할 수 있는 일이었다.

「결혼은 주님의 뜻입니다.」 비숍은 그렇게 말하고 자리에서 일어섰다. 상담이 끝났다는 신호였다. 그는 내게 다음 일요일에 또 오라고 말했고, 나는 그러마고 했지만, 그러지 않을 것을 이미 알고 있었다.

아파트로 돌아가는 몸이 무겁게 느껴졌다. 평생 나는 결혼이 주님의 뜻이라고 배워 왔고, 결혼을 거부하는 것은 일종의 죄악이라고 믿었다. 나는 신의 뜻을 거역하고 있었다. 그러고 싶지 않았다. 나도 아이를 낳고, 내 가정을 꾸리고 싶었다. 그러나 그런 생활을 절실히 원해도 그것은 절대 내 것이 되지 못할 거라는 사실을 나는 알고 있었다. 나는 그럴 능력이 없었다. 나 자신을 혐오하지 않고 남자 가까이 갈 수가 없었다.

나는 항상 〈창녀〉라는 단어에 코웃음을 쳤었다. 내가 듣기에도 어감이 이상하고 구식 표현 같았다. 그러나 그런 표현을 쓰는 숀 오빠를 조용히 비웃으면서도 나는 그 단어와 나 자신을 동일시하게 됐다. 그 표현이 자주 쓰이지 않는 구식이라는 것 때문에 내 느낌은 더욱 강화가 됐다. 나를 칭할 때 말고는 다른 상황에서 들어본 적이 거의 없었기 때문이다.

열다섯 살쯤 되었을 때, 마스카라와 립글로스를 사용하기 시작하자 숀 오빠는 아버지에게 읍내에 나에 관한 좋지 않은 소문이 돈다고 말했다. 아버지는 그 즉시 내가 임신했을 것이라고 단정 지었다. 그리고 어머니한테 읍내에서 하는 연극에 절대 출연하지 못하게 했어야 했다고 소리 질렀다. 엄마는 내가 얌전하고 믿을 만한 아이라고 말했다. 그러나 숀 오빠는 십대 소녀는 아무도 믿으면 안 된다고 하면서 자기 경험으로는 신앙심이 두터운 척하는 아이들이 최악인 경우가 많았다고 말했다.

나는 무릎을 가슴으로 당겨 껴안고 침대에 앉은 채 밖에서 고함이 오가는 것을 듣고 있었다. 내가 임신한 걸까? 확신할 수가 없었다. 나는 남자아이들과 있었던 모든 접촉을 떠올려 봤다. 흘끗 본 것, 살짝 스쳐간 것 모두. 그러고는 거울로 가서 셔츠를 들어 올리고 손가락으로 배를 만져 봤다. 배 여기저기를 꼼꼼히 눌러 보면서 〈어쩌면……〉이라고 생각했다.

남자애와 입을 맞춰 본 적도 없었다.

분만 과정을 목격하기는 했지만 임신이 어떻게 되는지는 한 번도 들어 본 적이 없었다. 아버지와 오빠가 고함을 질러 대는 중에도 무지가 내 입을 막았다. 그들의 질책을 이해할 수 없었기 때문에 변호도 할 수 없었다.

며칠 후, 내가 임신한 것이 아니라는 사실이 확인된 후 나는 〈창녀〉라는 단어에 새로운 의미를 보탰다. 이제 〈창녀〉라는 단어는 행동보다 본질에 관한 묘사가 됐다. 내가 잘못된 행동을 해서가 아니라 내 존재 자체가 잘못되었다는 뜻이었다. 내가 존재한다는 사실에 뭔가 불순한 요소가 들어 있었다.

〈사랑하는 사람들이 얼마나 큰 영향력을 내게 미칠 수 있도록 허락하는지 생각해 보면 참 이상하다〉라고 나는 일기에 썼다. 그러나 숀 오빠는 내가 상상할 수 있는 것보다 훨씬 큰 영향력을 내게 가지고 있었다. 그는 내게 나라는 사람이 어떤 사람인지를 규정해 줬다. 그보다 더 큰 영향력은 존재할 수가 없었다.

2월 어느 추운 날 밤, 나는 비숍 사무실 밖에 서 있었다. 어쩌다 거기까지 갔는지는 알 수 없었다.

비숍은 침착한 표정으로 책상에 앉아 있었다. 내게 어떻게 도와주기를 원하는지 물었지만 나는 잘 모르겠다고 대답했다. 아무도 내가 원하는 도움을 줄 수는 없었다. 나는 다시 만들어지기를 원했기 때문이다.

「내가 도움을 줄 수 있어요.」 비숍이 말했다. 「하지만 자신을 괴롭히는 것이 무엇인지를 내게 말해 줘야 도움도 줄 수 있어요.」 온화한 목소리였다. 그러나 내게는 그 온화함이 더 잔인하게 느껴졌다. 고함을 치는 편이 더 나았을 것이다. 고함이라도 치면 화가 났을 것이고, 나는 화가 났을 때 강하다고 느끼기 때문이다. 강하다는 느낌 없이도 내가 원하는 일을 할 수 있을지 알 수가 없었다.

나는 목소리를 가다듬었다. 그리고 한 시간 동안 이야기를 했다.

비숍과 나는 봄이 될 때까지 매주 일요일에 만났다. 내게 있어서 그는 나를 지배하는 권위를 지닌 가부장적인 사람이었지만, 내가 그의 사무실 문턱을 넘어 들어서는 순간 그 권위를 포기하는 듯했다. 나는 말을 했고, 그는 들었다. 그리고 그 과정에서 자연 치유사가 상처에서 독을 빼내듯 내 수치심을 내게서 빼냈다.

학기가 끝나자 나는 여름 방학 동안 집에 돌아가 지낼 예정이라고 말했다. 돈이 떨어져서 방학 동안 집세를 감당할 수가 없었다. 내가 그 말을 했을 때 비숍은 지친 얼굴이 됐다. 그리고 말했다. 「타라, 집에 가지 마세요. 교회에서 집세를 부담해 줄게요.」

나는 교회의 돈을 받고 싶지 않았다. 이미 집으로 돌아가겠다고 마음을 굳힌 뒤이기도 했다. 비숍은 내게 단 한 가지 약속을 받아 냈다. 아버지 밑에서 일하지 않겠다는 약속이었다.

아이다호로 돌아간 첫날 스톡스에서 다시 일자리를 구했다. 아버지는 코웃음을 치면서 다시 학교로 돌아갈 수 있을 정도로 충분히 돈을 벌 수 없을 거라고 말했다. 아버지 말이 맞긴 했다. 그러나 비숍은 신이 길을 마련해 주실 것이라고 했고, 나는 그 말을 믿었다. 그리고 여름 내내 진열대를 정리하고 할머니들의 쇼핑백을 차까지 날라 주는 일을 했다.

나는 숀 오빠를 피했다. 어려운 일은 아니었다. 오빠에게 에밀리라는 새 여자 친구가 생겼고, 결혼 이야기가 오가기 시작했기 때문이다. 오빠는 만 28세였고, 에밀리는 고등학교 졸업반이었다. 그녀는 순종적인 성격을 지니고 있었다. 오빠는 세이디에게 했던 행동을 에밀리에게도 똑같이 반복하면서 상대방에 대한 자신의 영향력을 시험했다. 그녀는 오빠의 지시를 한 번도 어긴 적이 없었고, 오빠가 목소리를 조금이라도 높이면 벌벌 떨었고, 오빠가 고함을 치면 바로 사과를 했다. 두 사람의 결혼 생활이 전적으로 오빠의 뜻대로 조종되고 폭력적일 것은 의심의 여지가 없었다. 조종, 폭력 그 단어들은 내 것이 아니었다. 비숍에게서 들은 말들이었다. 나는 그 말들의 진정한 의미를 이해하기 위해 계속 애쓰는 중이었다.

여름 방학이 끝나고 브리검 영 대학교로 돌아가는 내 수중에는 2천 달러밖에 없었다. 학교로 돌아간 첫날 밤 일기에 나는 이렇게 썼다. 〈돈을 내야 할 곳이 너무 많아 어떻게 모두 충당할 수 있을지 모르겠다. 그러나 주님은 성장을 위한 시험을 주시거나, 성공을 위한 도구를 주신다.〉 그날 일기는 숭고하고 고매한 듯 보이지만 그 속에서 나는 숙명주의의 냄새 한 줄기를 맡는다. 어쩌면 학교를 그만둬야 할지도 모르지만 그래도 괜찮다. 유타에도 식료품점이 있으니 거기서 고객들이 산 물건을 백에 담는 일을 하다 보면 언젠가는 매니저가 되는 날도 있을 것이다.

그렇게 체념한 상태로 가을 학기가 2주가량 흘렀을 무렵이었다. 어

317

느 날 밤, 턱이 너무 아파 앞을 분간하지 못할 정도의 상태로 잠에서 깼다. 그 통증의 충격은 내가 빠져 있던 체념 상태에서 나를 깨우기에 충분했다. 그렇게 전기가 통하는 듯한 엄청난 통증은 처음이었다. 턱을 떼어내 버리고 싶을 정도로 아팠다. 비틀거리며 거울로 갔다. 몇 년 전에 깨진 치아가 다시 더 깊게 깨졌는데 거기가 바로 통증의 근원이었다. 치과 의사를 찾아갔더니 그 치아가 몇 년 동안 계속 썩어 가고 있었으며, 치료를 하려면 1,400달러가 들 것이라고 했다. 치료비가 그 절반이라 하더라도 그 돈을 내고 나면 학교를 그만둬야 할 판이었다.

집에 전화를 했다. 엄마는 돈을 빌려주겠다고 했지만, 아버지가 조건을 달았다. 내년 여름에는 아버지 밑에서 일해야 한다는 것이었다. 나는 두 번 생각하지도 않고, 폐철 처리장에는 다시 돌아가지 않겠다고, 평생 돌아가지 않겠다고 말하고 전화를 끊었다.

통증을 무시하고 강의에 집중해 보려고 했지만, 늑대한테 턱을 물어뜯기는 채로 수업을 들어야 하는 느낌이었다.

찰스가 준 소염 진통제를 먹은 후 다시는 그런 약을 먹지 않았지만, 이제는 사탕 먹듯 소염 진통제를 집어삼켰다. 효과는 아주 조금밖에 없었다. 충치가 신경까지 파고들어가 생기는 통증이었고, 너무 심했다. 밤중에 아파서 깬 후 거의 한숨도 자지 못했고, 무엇을 씹는 것은 상상할 수도 없었기 때문에 끼니를 거르기 시작했다. 로빈이 내 상태를 비숍에게 이야기한 것은 바로 그때였다.

어느 맑은 날 오후, 비숍은 나를 사무실로 불렀다. 책상 너머로 나를 차분하게 지켜보던 그가 말했다. 「치통에 대해서는 어떻게 할 생각인가요?」 나는 얼굴 근육을 누그러뜨리려고 노력했다.

「이번 학기를 이런 식으로 계속 보낼 수는 없어요.」 그가 말했다. 「하지만 쉬운 방법이 하나 있어요. 사실 아주 쉬운 방법이에요. 아버지 수입이 얼마나 되나요?」

「얼마 안 돼요.」 내가 말했다. 「오빠들이 작년에 장비를 모두 고장
내 버린 후 아버지는 빚더미에 앉았어요.」

「아주 좋아요.」 비숍이 말했다. 「여기 학비 보조금 신청서가 있어
요. 자격 요건이 충분히 될 거예요. 좋은 점은 이 돈은 나중에 갚지 않
아도 된다는 거예요.」

정부에서 주는 학비 보조금 제도에 대해서 들은 적은 있었다. 아버
지는 그런 보조금을 받는 것이 일루미나티에게 빚을 지는 행동이라고
했었다. 「바로 그렇게 해서 우리 발목을 잡는 거야.」 아버지가 말했다.
「갚지 않아도 되는 돈을 받고 나면, 자기도 모르는 사이에 그들의 손
아귀에 들어가는 거지.」

아버지의 그 말들이 내 머릿속에서 메아리쳤다. 다른 학생들이 정
부 보조금에 대해 이야기하면 나는 그들과 거리를 뒀다. 그렇게 나 자
신을 파느니 학교를 안 다니는 편이 나았다.

「저는 정부 보조금을 믿지 않습니다.」 내가 말했다.

「왜지요?」

나는 아버지의 말을 그대로 전했다. 그러자 그는 한숨을 쉬고 하늘
쪽을 올려다봤다. 「치과 치료비가 얼마나 드나요?」

「1,400달러예요. 제가 어떻게든 돈을 마련해 볼게요.」

「교회가 내줄게요.」 그가 낮은 목소리로 말했다. 「내가 사용할 수
있는 판공비가 있어요.」

「그 돈은 성스러운 돈이잖아요.」

비숍은 두 손을 번쩍 들었다. 한동안 침묵이 흘렀다. 그러다가 그가
책상 서랍을 열더니 수표책을 꺼냈다. 수표 머리 부분을 보니 그것은
개인 계좌였다. 그는 내게 1,500달러를 지불하라는 수표를 써서 내밀

었다.

「이 문제로 학교를 떠나는 것은 용납하지 않겠습니다.」그가 말했다.

수표가 내 손에 있었다. 유혹은 너무 컸고, 턱의 통증은 너무 심했다. 그래서 그 수표를 약 10초 정도 쥐고 있다가 다시 비숍에게 돌려줬다.

나는 대학 캠퍼스 안의 학생 식당에서 버거를 뒤집고, 아이스크림을 푸는 일을 했다. 납부 기일이 지난 고지서를 적당히 무시하고, 로빈에게서 돈을 빌리는 방법으로 다음 임금 지급일까지 버티곤 했다. 한달에 두 번씩 내 계좌로 들어오는 몇백 달러의 돈은 몇 시간 안에 사라져 버리곤 했다. 그렇게 무일푼 신세로 나는 9월 말 열아홉 살이 됐다. 치아를 치료하는 것은 포기했다. 절대 내 수중에 1,400달러가 들어오지 않을 거라는 사실을 알고 있었기 때문이다. 게다가 통증이 조금 수그러들기도 했다. 신경이 죽어 버렸거나, 내 뇌가 통증의 충격에 적응을 했거나 둘 중 하나였다.

그러나 돈이 들어가는 곳은 여전히 많았다. 그래서 내가 가진 것 중 돈이 되는 유일한 것을 팔기로 했다. 바로 내 말, 버드였다. 나는 숀 오빠에게 전화해서 버드를 팔면 얼마나 받을 수 있는지 물었다. 오빠는 잡종이라 얼마 받지 못할 것이라면서, 할아버지처럼 말고기 도살장에 보내 경매에 부칠 수도 있다고 말했다. 나는 버드가 고기 가는 기계에 들어가는 것을 상상해 보고 말했다. 「사겠다는 사람이 있는지 먼저 좀 찾아봐 줘.」 몇 주 후, 숀 오빠에게서 몇 백 달러가량의 수표가 도착했다. 전화해서 버드를 누구에게 팔았느냐고 물었더니, 오빠는 투엘에서 온 사람이 지나가다가 샀다고 웅얼거렸다.

그 학기에 나는 호기심이 전혀 없는 학생이었다. 호기심은 재정이 안정된 사람이나 누릴 수 있는 사치였다. 내 머리는 온통 다른 걱정으로 가득 차 있었다. 내 계좌에 잔고가 얼마나 남았는지, 누구에게 얼마를 갚아야 하는지, 내 방에 10~20달러라도 받고 팔 물건이 있는지 등등. 과제를 하고 시험공부를 했지만, 그것은 두려워서 한 일이었다. GPA가 0.1점이라도 떨어져도 장학금을 받을 수 없기 때문이었지, 강의실에서 배우는 것에 흥미가 있어서는 아니었다.

12월, 가을 학기 마지막 임금이 들어온 후인데도 내 계좌의 잔금은 60달러밖에 되지 않았다. 1월 7일까지 내야 하는 집세만 해도 110달러였다. 빨리 돈을 구해야 했다. 쇼핑몰 근처에 혈액을 사는 클리닉이 있다고 들었다. 클리닉이라고 하면 의학계의 일부처럼 들렸지만, 내 몸에 무엇을 넣지 않고 빼가기만 하는 것은 괜찮을 것이라고 나 자신을 설득했다. 간호사는 내 정맥을 20분 동안 여기저기 찔러 보다가 혈관이 너무 작아서 안 되겠다고 말했다.

나는 마지막 남은 30달러로 차에 기름을 넣고, 크리스마스를 지내러 집에 왔다. 크리스마스 당일 아침 아버지는 내게 라이플을 선물로 줬다. 상자에서 꺼내지 않았기 때문에 무슨 종류인지도 모르지만 숀 오빠에게 내 라이플을 사겠느냐고 물었다. 그러나 아버지는 안전하게 보관해 주겠다고 말하면서 상자째 가지고 가버렸다.

이제는 희망이 없었다. 더 이상 팔 물건도, 어릴 적 친구도, 크리스마스 선물도 없었다. 이제 학교를 그만두고 일자리를 찾을 때가 된 것이다. 나는 그 현실을 받아들였다. 토니 오빠는 라스베이거스에 살면서 장거리 트럭 운전사로 일하고 있었다. 그래서 크리스마스에 오빠에게 전화를 했다. 오빠는 내가 자기 집에 몇 달간 살면서 길 건너에 있는 버거 가게에서 일해도 된다고 말했다.

전화를 끊고 복도를 걸어가면서 토니 오빠에게 라스베이거스까지 갈 연료를 살 돈을 빌려줄 수 있는지 묻지 않은 것을 후회하고 있는데 걸걸한 목소리가 나를 불렀다. 「야, 시들 리스터, 잠깐만 이리 와봐.」

숀 오빠의 방은 지저분하기 그지없었다. 더러운 옷이 바닥에 널브러져 있었고, 얼룩진 티셔츠 더미 밑에 권총 손잡이가 삐죽 나와 있는 것이 보였다. 책꽂이는 총알 상자들과 루이 라무르의 페이퍼백으로 가득했다. 오빠는 축 처진 어깨로, 다리를 벌린 채 침대에 앉아 있었다. 더러운 방에 관해 생각하면서 그 자세로 상당히 오랫동안 앉아 있었던 사람처럼 보였다. 오빠는 한숨을 푹 쉬더니 일어서서 내 쪽으로 걸어오면서 오른팔을 들었다. 나는 나도 모르게 뒷걸음질했지만 오빠는 오른손을 그냥 자기 주머니에 넣었다. 그리고 지갑을 꺼내 들고 열어서 100달러짜리 새 지폐를 꺼냈다.

「메리 크리스마스.」 오빠가 말했다. 「넌 나처럼 이 돈을 허비하지 않을 것 같아서.」

나는 그 100달러가 학교를 계속 다니라는 신의 계시라고 생각했다. 나는 다시 차를 몰고 브리검 영 대학교로 돌아가서 집세를 냈다. 그리고, 2월 집세를 낼 돈을 마련하기 위해 가정집 청소부 일을 시작했다. 일주일에 세 번씩 북쪽으로 20분씩 차를 몰고 가서 드레이퍼에 있는 비싼 집들을 청소했다.

나는 여전히 매주 일요일마다 비숍과 상담을 했다. 그 학기에 필요한 교과서를 내가 아직 사지 못했다는 사실을 로빈이 말한 듯했다. 「말도 안 돼요.」 비숍이 말했다. 「학비 보조금을 신청해요! 돈이 없잖아요! 이런 보조금이 있는 이유가 바로 타라 같은 사람을 돕기 위해서예요!」

내 반대는 이성의 선을 넘어서 본능적인 것이었다.

「내가 돈을 많이 벌거든요.」 비숍이 말했다. 「그래서 세금을 엄청나게 내고 있으니 그냥 내 돈이라고 생각하세요.」 그러고는 학비 보조금 신청서를 출력해서 나에게 건넸다. 「생각해 봐요. 도움을 받아들이는 것도 배워야 할 필요가 있어요. 그게 정부에서 주는 도움일지라도.」

나는 신청서를 받았다. 로빈이 신청서 작성을 해줬지만 부치는 것을 거부했다.

「서류 준비만 일단 해봐.」 그녀가 말했다. 「그리고 어떤 느낌이 드는지 한번 보자.」

부모의 세금 신고서가 필요했다. 아버지가 세금 신고를 하는지조차 불분명했지만, 신고를 한다 하더라도 어디다 쓸 것인지를 알면 세금 신고서를 보내 줄 리가 없었다. 그럴싸한 핑계를 열두 개쯤 생각해 봤지만 어느 것도 말이 되지 않았다. 세금 신고서가 있다면 부엌에 있는 커다란 회색 파일링 캐비닛에 들어 있을 것이다. 나는 그것을 훔치기로 결심했다.

아이다호로 떠난 것은 자정이 되기 조금 전이었다. 도착하면 새벽 3시경이 될 테니 집이 조용할 거라고 계산해서였다. 벅스피크에 도착해서 진입로로 조심조심 차를 몰았다. 타이어가 굴러가며 자갈 소리가 날 때마다 몸이 움찔거렸다. 소리 없이 차 문을 연 다음 잔디밭을 건너 뒷문으로 들어갔다. 파일링 캐비닛이 있는 곳까지 손으로 더듬거리며 소리 없이 집안을 걸어갔다.

몇 걸음 떼지 않았는데 낯익은 〈철컥〉 하는 소리가 들렸다.

「쏘지 마!」 내가 외쳤다. 「나야!」

「누구?」

전기 스위치를 켜고 보니 숀 오빠가 방 건너편에 서서 권총을 내 쪽으로 겨누고 있었다. 나를 본 오빠가 총을 내렸다. 「나는 네가…… 다른 사람인 줄 알았어.」

「물론 그랬겠지.」 내가 말했다.

어색하게 잠시 그렇게 서 있다가 나는 내 방으로 자러 들어갔다.

다음 날 아침, 아버지가 폐철 처리장으로 나간 후 엄마에게 학교에서 엄마 세금 신고서를 제출하라고 했다는 지어낸 이야기를 했다. 엄마는 내가 거짓말을 하는 줄 알고 있었다. 아버지가 예고 없이 들어와서 왜 세금 신고서를 복사하고 있는지 묻자 엄마는 자기가 따로 보관할 필요가 있어서라고 대답했기 때문이다.

나는 세금 신고서 복사본을 가지고 학교로 돌아갔다. 떠나기 전 숀 오빠와는 아무 말도 나누지 않았다. 오빠는 내가 왜 새벽 3시에 몰래 집에 들어왔는지 묻지 않았고, 나는 오빠가 총알이 장전된 권총을 들고 한밤중에 누굴 기다리고 있었는지 묻지 않았다.

학비 보조금 신청서는 내 책상 위에 일주일 동안 그대로 놓여 있었다. 로빈은 나를 우체국에 데리고 가서 그 신청서 봉투를 우체국 직원에게 건네는 것을 지켜봤다. 심사는 오래 걸리지 않았다. 1~2주 후 드레이퍼에서 청소 일을 하는 동안 우편이 도착했다. 로빈은 나도 이제 〈빨갱이〉가 됐다는 메모와 함께 우편을 내 침대 위에 놓아뒀다.

봉투를 찢어서 여니 수표가 침대 위로 떨어졌다. 4천 달러였다. 마음속에서 욕심이 솟구쳐 올랐고, 다음 순간 그 욕심이 두려워졌다. 거기 적혀 있는 전화번호로 전화를 했다.

「문제가 있어요.」 나는 전화를 받은 여성에게 말했다. 「수표는 4천 달러인데, 제가 필요한 돈은 1,400달러뿐이에요.」

수화기에 정적이 흘렀다.

「여보세요? 여보세요?」

「그러니까,」 수화기 저편의 여성이 말했다. 「돈을 너무 많이 받았다는 말인가요? 내가 어떻게 해줬으면 좋겠어요?」

「수표를 돌려보내면, 새 수표를 보내 주실 수 있을까요? 저는 1,400달러만 필요한데요. 치과에서 신경 치료를 받을 돈이에요.」

「이봐요, 학생.」 그녀가 말했다. 「학생이 받을 수 있는 액수만큼 보낸 거예요. 그 수표를 현금화 하든 안 하든, 그것은 학생이 알아서 결정할 문제예요.」

나는 신경 치료를 받았다. 교과서도 사고, 집세도 냈다. 그러고도 돈이 남았다. 비숍은 나 자신에게 선물을 하나쯤 하라고 했다. 하지만 그럴 수는 없었다. 돈을 아껴야만 했다. 그는 내가 이제 돈을 조금은 써도 된다고 말했다. 「기억해요.」 그가 말했다. 「내년에도 똑같은 금액을 신청할 수 있어요.」 나는 일요일 교회에 입고 갈 옷 한 벌을 샀다.

나는 그 돈을 받으면 내가 컨트롤당할 거라고 믿었다. 하지만 오히려 그 돈은 내가 나 자신과 한 약속을 지킬 수 있도록 도와줬다. 아버지 밑에서는 절대 다시 일하지 않겠다고 나 자신과 약속하면서, 처음으로 나는 그 약속을 지킬 수 있을 것이라고 믿었다.

돌이켜 보면, 세금 신고서를 훔치기 위해 갔던 그때가 처음으로 내가 〈내 집을 떠나〉 벅스피크로 갔던 날이 아닌가 생각이 든다. 그날 밤 나는 아버지의 집에 침입자 신분으로 들어갔었다. 그것은 심리적 언어에 온 큰 변화였고, 내가 어디에서 온 사람인지를 포기하는 일이었다.

내가 쓰는 표현이 그 사실을 확인해 줬다. 다른 학생들이 내가 어디에서 왔느냐고 물으면 나는 〈아이다호에서 왔어요〉 하고 대답했다. 그 후로도 수없이 그 말을 반복했지만 한 번도 그 문장이 입에서 편하게 흘러나오질 않았다. 우리는 어느 장소에 진정으로 속해 있을 때, 그 곳의 흙에 뿌리를 내린 채 성장하고 있는 동안에는 그곳에서 왔다는 말을 할 필요가 없다. 〈아이다호에서 왔어요〉라는 말은 거기를 떠나기 전에는 한 번도 뱉어 본 적이 없는 문장이었다.

24
모험을 찾아 떠나는 기사

내 계좌에는 1천 달러가 들어 있었다. 입에 올리는 것은 물론이고 생각하기에도 이상했다. 1천 달러. 여윳돈. 내가 즉시 필요하지 않은 돈. 그 사실에 적응하는 데 몇 주가 걸렸다. 그러나 적응을 하고 나니 돈이 갖는 엄청나게 강력한 장점을 경험하게 됐다. 바로 돈 말고 다른 것에 대해 생각할 수 있는 능력을 갖게 된 것이다.

교수들이 갑자기, 선명하게 눈에 들어왔다. 학비 보조금을 받기 전까지는 마치 흐릿한 렌즈를 통해 그들을 본 느낌이었다. 교과서에 나오는 내용이 이해가 되기 시작했고, 꼭 필요한 것 이외의 참고 서적도 읽기 시작했다.

조울증이라는 용어를 처음 들은 것은 바로 그런 상황에서였다. 심리학 개론 수업 중에 교수가 영사기 스크린에 나열된 조울증 증상을 큰 소리로 하나하나 읽어 내려갔다. 우울증, 조증, 편집증, 희열, 과대망상, 피해망상. 나는 절박한 마음으로 교수의 말 한마디 한마디에 귀를 기울였다.

〈우리 아버지다.〉 나는 공책에 그렇게 적었다. 〈아버지를 묘사하고 있다.〉

수업 종이 치기 몇 분 전, 한 학생이 정신 질환이 분리주의 운동에 어떤 역할을 했는지에 관해 질문했다. 「텍사스주의 와코나 아이다호주의 루비 릿지와 같은 유명한 충돌 사건 등과 관련해서요.」 그 학생이 말했다.

아이다호가 사람들의 입에 오르내리는 일은 별로 없다. 따라서 〈루비 릿지〉가 뭐든 나도 들어 본 적이 있을 거라고 추측했다. 질문을 한 학생은 충돌이 있었다고 했다. 나는 그 단어를 들은 적 있는지 기억을 더듬었다. 뭔가 익숙한 데가 있는 단어였다. 바로 그때 머릿속에 이미지들이 떠올랐다. 마치 전파를 보내는 발원지에서부터 발신 상태가 좋지 않았던 이미지들처럼 희미하고 찌그러진 이미지들이었다. 눈을 감자 모든 게 더 명확해졌다. 우리 집이었다. 나는 박달나무 벽장 뒤에 웅크리고 있다. 엄마가 내 옆에 무릎을 꿇고 앉아 있는데 숨이 가쁘고 거칠다. 엄마는 입술에 침을 한 번 묻히고 목이 마르다고 말한다. 그리고 내가 말리기도 전에 일어서서 수도꼭지 쪽으로 손을 뻗는다. 총성이 울리고 내가 비명을 지르는 소리가 들린다. 그리고 뭔가 무거운 것이 바닥으로 쓰러지면서 퍽 소리가 난다. 나는 엄마의 팔을 옆으로 치우고 아기를 안는다.

종이 울렸다. 모두들 교실에서 나갔다. 나는 컴퓨터실로 갔다. 자판 위에 손을 얹은 채 잠시 망설였다. 알고 나면 후회할지도 모른다는 예감이 들어서였다. 그러나 나는 〈루비 릿지〉라는 단어를 브라우저에 입력했다. 위키 백과에 따르면 루비 릿지는 랜디 위버와 미국 마샬 서비스, FBI 등을 포함한 연방 기관 사이에 생긴 충돌로 인명 피해가 난 사건이었다.

랜디 위버라는 이름이 낯익었다. 그 이름을 읽는 순간 아버지가 그 이름을 말하는 소리가 들리는 듯했다. 그리고 지난 13년 동안 내 상상

속에 존재했던 이야기가 다시 머릿속에서 재연됐다. 소년이 총에 맞고, 다음에 그의 아버지, 그리고 그의 어머니가 총에 맞는 장면. 정부는 가족 전체를 살해했다. 그들이 한 짓을 덮기 위해 부모와 자녀들 모두를 죽였다.

나는 배경 설명을 건너뛰고 첫 총격 부분부터 읽기 시작했다. 연방 정부 요원들이 위버 가족이 사는 오두막을 포위했다. 그들을 감시만 하기 위한 작전이었고, 위버가 사람들은 개가 짖기 전까지도 정부 요원들의 존재를 모르고 있었다. 개가 야생 동물에 대고 짖는다고 생각한 랜디의 열네 살 난 아들 새미는 숲 속으로 뛰어 들어갔다. 정부 요원들이 개를 총으로 쏘자, 총을 가지고 있던 새미가 총을 쐈고, 그 결과 두 사람이 사망했다. 정부 요원 한 명과 새미가 죽은 것이다. 오두막이 있는 언덕으로 뛰어서 돌아가던 새미를 등 뒤에서 총으로 쏘아 사살했다.

나는 계속 읽어 내려갔다. 다음 날, 아들의 시체를 보러 나간 랜디 위버를 향해 이번에도 뒤쪽에서 총이 발사됐다. 아들의 시체가 누워 있는 창고에 들어가기 위해 랜디가 문고리를 여는 순간 저격수가 그의 척추를 조준하고 총을 쐈지만 맞지 않았다. 그의 아내 비키가 남편을 돕기 위해 문 쪽으로 가는 것을 보고 저격수가 이번에는 그녀를 향해 발포했다. 총알은 그녀의 머리에 명중했고, 그녀는 생후 10개월 된 딸을 안은 상태로 그 자리에서 숨을 거뒀다. 9일 동안 위버가 사람들은 엄마의 시체와 함께 오두막 안에서 버텼고, 결국 전문 협상가들이 개입을 해서 상황이 종료되고, 랜디 위버는 체포됐다.

나는 마지막 줄을 몇 번 읽은 후에야 그 의미를 이해했다. 랜디 위버가 살아있다고? 아버지도 알고 있었을까?

나는 계속 읽어 내려갔다. 전 국민이 분노했다. 거의 모든 주요 신문에는 생명을 경시한 정부의 행동을 극렬히 비난하는 기사가 실렸다. 법무부가 조사에 착수했고, 상원에서는 청문회가 열렸다. 양쪽 모두 교전 규칙의 개선, 특히 인명 손상을 불러 올 수 있는 수단을 동원할 때 교전 규칙을 개선해야 한다고 권고했다.

위버가는 억울한 죽음에 대해 2억 달러를 배상하라고 고소했지만 정부가 위버가의 세 딸들에게 각각 1백만 달러씩을 제공하겠다고 하자 법정에서 그 제의를 받아들였다. 랜디 위버는 10만 달러를 받았고, 법정 출두와 관련된 두 건을 제외한 모든 공소가 기각됐다. 랜디 위버는 주요 뉴스 기관들과 인터뷰를 하고, 딸과 함께 책까지 펴냈다. 이제 그는 총기 전시회를 돌며 전문 강연자로 활동하고 있다.

이것이 은폐라면 정말 형편없는 은폐라고 할 수밖에 없다. 미디어에서 대대적으로 다뤄졌고, 공식 조사, 실수 등등 사건 은폐라고 하기엔 구멍이 너무 많았다. 오히려 이런 것이 민주주의의 척도 아닐까?

그러나 내가 이해할 수 없었던 것이 한 가지 있었다. 연방 정부 요원들은 애초에 왜 위버가의 오두막집을 포위한 것일까? 왜 랜디가 표적이 된 것일까? 나는 언제라도 우리가 그런 표적이 될 수 있다고 아버지가 말했던 것을 기억했다. 아버지는 정부의 세뇌 공작에 저항하는 사람들을 잡으러 언젠가 정부가 요원들을 보낼 것이라고 항상 되풀이했었다. 13년 동안 나는 정부가 랜디네 가족이 사는 곳으로 요원들을 보낸 이유는 그 집 아이들을 학교에 강제로 보내기 위해서였다고 생각했었다.

나는 다시 처음으로 돌아가서 샅샅이 읽기 시작했다. 이번에는 배경 설명 부분도 건너뛰지 않았다. 랜디 위버의 발언까지 포함한 모든 자료에서 공통되게, 충돌은 랜디가 아리안 민족 우월주의 모임에서 만난 위장 요원에게 총신을 짧게 자른 소총 두 자루를 팔아넘기면서 시작됐다고 기술하고 있었다. 나는 그 문장을 한 번 이상 읽었다. 아니 여러 번 읽었다. 그제야 이해가 됐다. 이 이야기의 중심에는 홈스쿨링이 아니라 백인 우월주의가 자리 잡고 있었다. 아이들을 공교육에 참여시키지 않는다 해서 사람들을 살해하는 습관을 정부는 애초부터 가지고 있지 않았던 것이다. 이제는 너무 명백해 보이는 사실이어서, 그때까지 왜 그걸 몰랐는지조차 이해가 안 될 지경이었다.

순간적으로 원망의 마음이 들면서 아버지가 거짓말을 했다고 생각했다. 하지만 다음 순간 아버지의 얼굴에 떠올랐던 두려움과 가쁘게 몰아쉬던 숨소리가 생각났다. 아버지는 우리가 위험에 처해 있다고 정말로 믿었던 게 확실했다. 그에 대한 설명을 찾으려고 애쓰던 내 머리에 이상한 단어들이 떠올랐다. 바로 들은 지 몇 분 되지 않은 단어들이었다. 〈편집증〉, 〈조증〉, 〈과대망상〉, 〈피해망상〉. 그리고 마침내 이야기가 이해됐다. 스크린에서 읽은 이야기, 그리고 어린 시절부터 내 머릿속에 살고 있었던 이야기 둘 다. 아버지는 루비 릿지 사건에 관한 뉴스를 읽었거나 들었을 것이다. 그리고 그 이야기는 열에 들뜬 아버지의 두뇌를 거치면서 더 이상 다른 사람의 이야기가 아니라 자기 자신의 이야기로 둔갑했을 것이다. 정부가 랜디 위버를 잡으려 했으니, 물론 진 웨스트오버도 잡으러 올 것이 틀림없었다. 오랫동안 일루미나티에 대항하는 전쟁의 최전방을 지킨 사람 아닌가. 다른 사람들의 용감한 행적에 대해 읽는 것에 더 이상 만족하지 못하고, 아버지는 투구를 만들어 쓰고 말에 올랐던 것이다.

나는 조울증에 집착하게 됐다. 심리학 수업에서는 보고서를 쓰는 과제가 나왔는데, 나는 조울증을 주제로 정하고, 그 보고서를 핑계 삼아 대학 내 모든 신경 과학자와 인지 전문가들을 찾아다니며 괴롭혔다. 나는 우리 아버지가 아닌 허구의 삼촌을 만들고, 아버지의 증상들이 삼촌의 증상인 것처럼 전문가들에게 설명했다. 어떤 증상들은 완벽하게 조울증 증상과 맞아떨어졌고, 어떤 증상은 그렇지 않았다. 교수들은 케이스마다 다르다고 했다.

「학생이 묘사하는 증상은 조현병에 더 가까워요.」 한 교수가 말했다. 「삼촌이 치료는 받았나요?」

「아니요.」 내가 말했다. 「삼촌은 서양 의학도 정부 음모의 일부라고 생각해요.」

「그럼 문제가 더 복잡해지는군요.」 교수가 말했다.

나는 불도저처럼 직선적으로 조울증을 가진 부모가 자녀들에게 미치는 영향을 주제로 한 보고서를 썼다. 보고서는 비난조였고, 노골적이었다. 나는 조울증을 가진 부모들 아래서 크는 자녀들은 두 가지 위험 요소에 노출이 된다고 주장했다. 유전적으로 감정 장애를 타고날 확률이 높을 위험과 그런 정신 질환을 가진 부모들이 부모 노릇을 제대로 못 하고 스트레스 쌓이는 환경을 조성할 위험이 크다는 것이 내 논리였다.

신경 전달 물질과, 그 물질들이 두뇌 화학 작용에 미치는 영향에 대해 배우면서 나는 정신 질환은 본인의 선택으로 생기는 병이 아니라는 사실도 이해했다. 그런 지식을 통해 아버지의 상태에 좀 더 공감하고 동정심을 가질 수도 있었겠지만 나는 그렇지가 못했다. 느껴지는 것은 오로지 분노뿐이었다. 아버지의 질환으로 피해를 본 것은 결국 우리들이라고 생각했다. 엄마, 루크 오빠, 숀 오빠. 우리는 멍들고, 베이고, 뇌진탕을 겪고, 다리에 불이 붙고, 머리가 깨지고 터져야만 했다. 항상 긴장을 풀지 못한 채 끝없는 공포 속에서 살았고, 위와 같은 상황이 언제라도 일어날 수 있다는 사실을 알고 있었기 때문에 우리

뇌는 늘 코르티솔이 넘쳐 났다. 아버지가 항상 안전보다 믿음을 앞세웠기 때문이다. 늘 자기가 옳다고 믿었고, 첫 번째 차 사고, 두 번째 차 사고, 내 추락, 화재, 팔레트 사고가 난 후에도 계속 자기가 옳다고 믿었기 때문이다. 그리고 결국 그 대가를 치른 것은 늘 우리였다.

나는 보고서를 제출하고 나서 그 주말에 벅스피크에 갔다. 집에 도착한 지 한 시간도 채 되지 않아서부터 나와 아버지는 언쟁을 하기 시작했다. 내가 차 산 돈을 갚지 않았다고 아버지가 말했다. 아버지는 그냥 그 사실을 언급했을 뿐이었는데 나는 완전히 미친 듯이 히스테리를 부리고 말았다. 그리고 난생처음 아버지에게 소리를 질렀다. 자동차에 대해서가 아니라 위버가 사건에 대해서였다. 분노가 극에 달해 숨이 막힐 지경이어서 내가 하는 말은 제대로 된 단어들이 아니라 숨을 헉헉거리는 흐느낌 소리가 되어 나왔다. 아버지는 도대체 왜 이래요? 왜 그렇게 우리를 두려움에 떨게 만들었나요? 상상 속에서 만들어 낸 괴물들을 상대로 그렇게 격렬한 싸움을 벌이면서, 정작 집 안에 있는 괴물들에 대해서는 손가락 하나 까딱하지 않은 이유는 뭔가요?

아버지는 입을 딱 벌리고 놀라서 나를 쳐다봤다. 입꼬리가 축 처진 채, 몸 양쪽으로 힘없이 늘어뜨린 양손이 가끔 움찔거렸다. 무슨 동작을 취하기 위해 팔을 올리고 싶은 것처럼 보였다. 완전히 부서진 스테이션왜건 옆에 웅크리고 앉아, 엄마 얼굴이 부어오르는 것을 보면서도 차에 걸린 고압선 때문에 감전이 될까 봐 엄마를 만지지도 못했던 때 이후로 아버지가 그렇게 무기력해 보인 적은 없었다.

나는 집에서 뛰쳐나왔다. 수치심 때문인지 분노 때문인지 알 수 없었다. 그리고 한 번도 멈추지 않고 브리검 영 대학교까지 운전해 갔다. 아버지가 몇 시간 후 전화를 했지만 나는 받지 않았다. 아버지에게 소리를 지르는 것으로는 해결이 되지 않았으니 어쩌면 아버지를 무시하면 해결이 될지도 몰랐다.

학기가 끝났을 때 나는 유타에 남았다. 벅스피크로 돌아가지 않은 첫 여름이었다. 나는 아버지와 말을 하지 않았다. 심지어 전화를 하거나 받지도 않았다. 아버지와 이런 식으로 소원한 관계를 시작하면서 무슨 선언을 드러나게 한 것은 아니었다. 그냥 아버지가 보고 싶지 않았고, 목소리를 듣고 싶지도 않았다. 그래서 아버지를 보지 않고, 목소리를 듣지 않았다.

나는 정상적이고 평범한 삶에 대한 실험을 해보겠다고 결심했다. 19년 동안 나는 아버지가 원하는 방식으로 살아왔다. 이제 뭔가 다른 것을 시도할 때가 된 듯했다.

나는 도시의 정반대 편에 있는 새 아파트로 이사를 했다. 아무도 나를 알지 못하는 곳으로 가서 새 출발을 하고 싶었다. 첫 주말에 교회에 가니 새 비숍이 따뜻한 악수를 건네며 나를 환영했다. 그러고는 바로 다음 새로 온 사람으로 넘어갔다. 나는 그의 무관심을 충분히 즐겼다. 내가 얼마간 정상인 척할 수 있으면, 그것이 진실인 것처럼 느껴질지도 몰랐다.

닉을 만난 것은 교회에서였다. 닉은 각진 안경을 쓰고, 검은 머리에 젤을 발라 단정하게 세우고 다녔다. 아버지 같으면 헤어 젤을 사용하는 남자라고 코웃음을 쳤겠지만, 어쩌면 나는 바로 그 이유에서 닉이 좋아졌는지도 모르겠다. 나는 또 그가 교류 발전기와 크랭크축을 구분 못 한다는 점도 너무나 좋았다. 그가 아는 것은 책과 비디오 게임, 그리고 옷 브랜드들이었다. 그리고 단어들. 그의 어휘력은 정말이지 놀라웠다.

닉과 나는 처음부터 커플처럼 행동했다. 두 번째 만나자마자 그는 내 손을 잡았다. 그의 피부가 내 피부에 닿는 순간, 나는 그를 밀어내고자 하는 그 원초적 본능과 싸울 마음의 준비를 했지만, 그 본능은 찾아오지 않았다. 이상하면서도 신이 났다. 내 안의 어느 부분도 이 상황이 끝나는 것을 원하고 있지 않았다. 나는 내가 예전 교회에 아직도 다니고 있었으면 좋았겠다고 생각했다. 그러면 예전 비숍에게 달려가 내가 더 이상 부서진 사람이 아니라고 말할 수 있을 테니 말이다.

그러나 나는 내 발전을 과대평가하고 있었다. 제대로 돌아가는 부분에만 너무 집중한 나머지 제대로 돌아가지 않는 부분에 대해서는 신경을 쓰지 못한 것이다. 닉과 내가 데이트를 시작한 지 몇 달이 지났고, 수많은 저녁을 그의 가족과 지낸 후에야 내 가족에 대해 한마디 하게 됐다. 그것도 생각 없이 한 말이었다. 닉이 어깨가 아프다고 하자 나는 아무 생각 없이 엄마의 블렌드 오일을 언급했다. 닉은 관심을 보였다—내가 그런 말을 꺼내 주기를 기다리고 있었던 것이다. 하지만 나는 그런 실수를 한 나 자신에게 화가 났고, 다시는 그런 실수를 하도록 용납하지 않았다.

5월 말이 되면서 몸이 좋지 않았다. 법률 회사에서 인턴으로 일하고 있었는데 한 일주일 동안 겨우겨우 몸을 끌고 일을 나갔다. 이른 저녁부터 늦은 아침까지 잠을 자고도 하루 종일 하품을 했다. 목이 아프기 시작했고, 목이 쉬어서 결국 성대가 사포로 변한 듯 목소리가 거의 나오지 않게 됐다.

내가 병원에 가지 않으려고 하는 것을 보고 닉은 처음에는 재미있어 했다. 그러나 병이 더 심해지면서 닉은 더 이상 내 고집에 웃지 않고 걱정을 하다가 결국은 혼란스러워했다. 나는 아무렇지도 않은 듯 말했다. 「별거 아니야. 심해지면 병원에 갈게.」

335

또 일주일이 지났다. 결국은 인턴 일을 그만두고 밤뿐 아니라 낮에도 계속 잠만 잤다. 어느 날 아침, 닉이 예고 없이 집으로 찾아왔다.

「병원에 지금 가자.」 그가 말했다.

가지 않겠다는 말을 막 하려다 그의 얼굴을 봤다. 마치 질문이 있지만 물어봤자 소용이 없다는 것을 아는 듯한 표정이었다. 입을 꼭 다물고 눈도 가늘게 뜨고 있었다. 〈불신의 표정이 바로 이런 거구나〉 하고 나는 생각했다.

사악한 사회주의자 의사를 만나는 것과, 남자 친구에게 의사들은 사악한 사회주의자라는 내 믿음을 고백하는 것 사이에서 나는 의사를 만나는 쪽을 선택했다.

「오늘 갈게.」 내가 말했다. 「약속할게. 하지만 혼자 가고 싶어.」

「좋아.」 그가 말했다.

닉은 갔지만, 이제 나는 또 다른 문제에 봉착했다. 나는 어떻게 병원에 가야 하는지를 몰랐다. 그래서 같이 강의를 듣는 친구에게 전화를 해서 병원까지 차로 데려다줄 수 있는지 물었다. 한 시간 후 나를 데리러 온 친구의 차에 탄 나는 그녀가 우리 아파트 가까이에 있는 병원을 지나치는 것을 보고 내심 당황했다. 그녀는 캠퍼스 북쪽에 있는 작은 건물로 나를 데리고 갔다. 그곳을 그녀는 〈클리닉〉이라고 불렀다. 나는 이전에도 클리닉에 와본 사람처럼 아무렇지도 않게 행동했지만, 주차장을 가로질러 걸어가는 동안 마치 엄마가 나를 지켜보고 있는 느낌을 지울 수가 없었다.

접수창구에서 무슨 말을 해야 할지 알 수 없었다. 친구는 내가 목이 아파서 그러는 줄 알고, 내 증상을 대신 설명했다. 접수창구에서 일하는 사람이 우리에게 기다리라고 했다. 마침내 간호사가 나를 하얗고 작은 방으로 데리고 가더니 몸무게와 혈압을 재고, 혀를 면봉 같은 것으로 훑었다. 이렇게 심하게 목이 아픈 것은 보통 연쇄상구균 박테리아나 모노 바이러스 때문이라고 말했다. 며칠 후면 알 수 있을 것이라는 설명도 해줬다.

결과가 나왔을 때 나는 혼자 차를 몰아 클리닉으로 갔다. 머리가 벗겨져 가는 중년 의사가 결과를 설명했다. 「축하합니다.」 그가 말했다. 「연쇄상구균 바이러스와 모노 바이러스를 모두 가지고 있군요. 이번 달에 이 두 가지 균 모두를 가진 사람은 처음 봤어요.」

「둘 다요?」 내가 쉰 목소리로 속삭였다. 「어떻게 두 가지 균에 모두 감염될 수가 있나요?」

「아주아주 운이 나쁜 거죠.」 그가 말했다. 「연쇄상구균에는 페니실린을 처방할 수 있지만, 모노 바이러스에 대해서는 할 수 있는 일이 별로 없어요. 그냥 시간이 지나기를 기다리는 수밖에. 그래도 일단 연쇄상구균을 잡고 나면 몸이 나아질 거예요.」

의사는 간호사에게 페니실린을 가져오라고 지시했다. 「즉시 항생제를 먹기 시작해야 합니다.」 손에 알약을 쥐고 있으려니 찰스가 소염진통제를 줬던 날 오후가 생각났다. 엄마도 생각났다. 그리고 항생제가 몸에 독이 되고, 불임과 기형아의 원인이 된다고 반복하던 엄마의 말도 생각이 났다. 주님의 영은 깨끗하지 못한 몸에 깃들 수가 없으며, 주님을 버리고 인간의 힘에 의존하는 몸은 깨끗할 수가 없다고 했었다. 어쩌면 마지막 부분은 아버지의 말이었는지도 몰랐다.

나는 약을 삼켰다. 너무 몸이 아파서 절박해졌는지도 모른다. 하지만 내 생각에 약을 먹은 것은 더 평범한 이유, 바로 호기심 때문이었던 것 같다. 서양 의학계의 심장부에 마침내 들어왔으니, 지금까지 내가 그토록 늘 두려워했던 것이 도대체 무엇인지 보고 싶었다. 눈에서 피가 나올까? 혀가 빠져 버릴까? 뭔가 끔찍한 일이 일어날 것이 분명했다. 그게 무엇인지 알아야만 했다.

집으로 돌아가자마자 엄마에게 전화를 했다. 고백을 하면 죄책감이 좀 가벼워질 것 같았다. 병원에 갔었고, 연쇄상구균과 모노 바이러스에 모두 감염됐다고 말했다. 「페니실린을 먹고 있어요.」 내가 말했다. 「그냥 엄마한테 알려 드려야 할 것 같았어요.」

엄마가 속사포처럼 말을 쏟아 내기 시작했지만 나는 거의 귓등으로 흘려들었다. 너무 고단했다. 거의 마무리를 지어 가는 듯한 분위기가 됐을 때 나는 〈사랑해요, 엄마〉 하고 전화를 끊었다.

이틀 후 아이다호에서 속달로 소포가 배달됐다. 안에는 물약 여섯 병과 에센셜 오일 두 병, 그리고 하얀 진흙 한 봉지가 들어 있었다. 잘 아는 진단이었다. 오일과 물약은 간과 신장을 강화하고, 진흙은 족욕을 해서 독을 배출시키는 역할을 했다. 엄마가 쓴 쪽지도 함께 들어 있었다. 〈이 약초들이 네 몸에서 항생제의 독을 빼줄 거야. 항생제를 꼭 먹어야겠으면 그 약을 먹는 동안은 계속 이 약초들을 사용하렴. 사랑한다.〉

나는 베개에 몸을 눕히고 거의 바로 잠들었다. 그러나 잠들기 전 크게 소리 내서 웃지 않을 수가 없었다. 엄마는 박테리아나 바이러스에 대한 치료제는 하나도 보내지 않았다. 페니실린에 대한 치료제만 보낸 것이다.

다음 날 아침 전화벨 소리에 잠이 깼다. 오드리 언니였다.

「사고가 났어.」 언니가 말했다.

언니의 말을 듣고 순간적으로 나는 과거의 한 시점으로 돌아갔다. 수화기를 들자마자 인사말 대신 그 똑같은 말이 들려왔던 때로. 그날을 생각하면서, 그다음 엄마가 한 말을 기억했다. 나는 오드리 언니의 대사가 이번에는 다르기를 빌었다.

　「아버지야.」 언니가 말했다. 「서둘러. 지금 바로 출발하면 작별 인
사는 할 수 있을 거야.」

25
지옥 불길의 조화

어렸을 때 들은 이야기가 있다. 너무 여러 번 들었고, 너무 어릴 적부터 들어 온 이야기여서 누가 제일 먼저 해줬는지는 기억나지 않는다. 언덕 아래 할아버지의 오른쪽 관자놀이에 움푹 팬 상처가 어떻게 생겼는지에 관한 이야기였다.

할아버지는 젊었을 때 더운 여름이면 산 위 초원에서 지냈고, 카우보이 일을 할 때 타는 하얀 암말을 타고 초원을 누볐다. 말은 키가 컸고, 나이가 들어 침착했다. 엄마는 그 백마가 바위처럼 차분했고, 그래서 할아버지는 그 말을 탈 때는 그다지 주의를 기울이지 않았다고 했다. 필요하면 고삐를 놓기도 했다. 신발에 들어간 돌을 뺀다든가, 쓰고 있던 빨간색 모자를 벗고 얼굴에 밴 땀을 셔츠로 닦을 때 곧잘 고삐를 놓았지만 괜찮았다. 말은 가만히 서서 지시를 기다리곤 했다. 그러나 차분한 성격의 말이었지만, 녀석은 뱀을 무서워했다.

「아마 잡초 사이로 뭔가가 기어가는 것을 본 것 같아.」 이야기를 할 때 엄마는 그렇게 말하곤 했다. 「갑자기 등에 타고 있던 할아버지를 던져 버렸으니까.」 뒤쪽에 오래된 트랙터용 써레가 놓여 있었는데 할아버지는 말에서 튕겨 나가 거기로 떨어지면서 써레 원판 하나가 이마에 박혔다.

할아버지의 두개골을 깬 것이 무엇이었는지는 이야기를 할 때마다 바뀌었다. 어떨 때는 써레였고, 어떨 때는 돌이었다. 아무도 확실히 모르는 것 같았다. 목격자가 없었다. 떨어진 충격으로 할아버지는 의식을 잃었는데, 나중에 발끝까지 피에 흠뻑 젖은 채 집 앞 포치에 쓰러져 있는 할아버지를 할머니가 발견했지만, 할아버지는 그사이 일을 전혀 기억하지 못했다.

할아버지가 포치까지 어떻게 왔는지 아무도 모른다.

산 위 초원에서부터 집까지는 약 1.6킬로미터 정도 떨어져 있고, 그 것도 바위투성이의 가파르고 걷기 힘든 언덕배기였다. 할아버지 상태로는 도저히 혼자 내려올 수 없었을 것이다. 그러나 할아버지는 집까지 와 있었다. 누군가가 문을 힘없이 긁는 소리를 들은 할머니가 문을 열어 보자 할아버지가 깨진 두개골 사이로 뇌수를 뚝뚝 흘리면서 거기 쓰러져 있었다. 할머니가 할아버지를 데리고 읍내로 급히 갔고, 마을 사람들은 쇠로 만든 판으로 할아버지의 두개골 구멍을 메꿨다.

할아버지가 집에 돌아와서 몸이 어느 정도 회복세에 접어든 후 할머니는 할아버지가 타던 백마를 찾으러 갔다. 산 전체를 헤매도 못 찾았는데 결국 목장 뒤쪽 울타리에 매어 있는 것을 발견했다. 그런데 말의 목줄은 할머니의 아버지 로트 말고는 아무도 쓰지 않는 복잡한 매듭으로 묶여 있었다.

가끔 할머니 댁에 가서 집에서는 금지된 우유에 콘플레이크를 말아 먹으면서, 나는 할아버지에게 어떻게 산에서 내려왔는지 이야기해 달라고 조르곤 했다. 할아버지는 항상 어떻게 된 것인지 모른다고 했다. 그런 다음 심호흡을 크게 한 번 하고 — 아주 길고 천천히, 이야기를 생각해 낸다기보다는 감정을 잡기 위해서 — 처음부터 끝까지 이야기를 해줬다. 할아버지는 말이 없는 분이었다. 보통 때는 거의 한마디도 하지 않았다. 할아버지와 함께 오후 내내 들에서 갈무리를 해도 다 해서 열 마디 듣기도 힘들었다. 그냥 〈응〉, 〈그거 말고〉, 〈그런 거 같구나〉 정도가 다였다.

하지만 그날 어떻게 산에서 내려왔는지를 물으면 할아버지는 10분 넘게 말을 이어갔다. 기억하는 것은 따가운 햇살에 얼굴에 묻은 피가 말라 가는 것을 느끼면서 눈도 못 뜨고 쓰러져 있었던 일뿐인데도 말이다.

「하지만 이것만은 확실해.」 할아버지는 모자를 벗고 머리에 움푹 들어간 곳을 손으로 더듬으면서 그렇게 말하곤 했다. 「그 잡초 덤불 사이에 쓰러져 있을 때 들은 소리들이 있어. 목소리들. 이야기들을 나누고 있었어. 그중 한 사람은 누군지 알 수 있었지. 로트 할아버지 목소리였으니까. 할아버지가 알버트네 아들이 곤경에 처해 있다고 말하고 있었어. 그게 로트 할아버지였다는 건 하늘과 땅에 대고 맹세할 수 있어.」 그 부분에서 할아버지의 눈이 한 번 반짝 빛났다. 그런 다음 이야기가 이어졌다. 「문제는 로트 할아버지가 돌아가신 지 10년 가까이 됐다는 거지.」

그 부분은 가히 경외감을 불러일으키기에 충분했다. 엄마와 할아버지 두 사람 모두 그 이야기를 즐겨 했지만 나는 엄마로부터 그 부분을 듣는 것을 제일 좋아했다. 엄마는 적당한 부분에서 목소리를 낮추곤 했다. 그리고 미소를 지은 입꼬리 한쪽에 눈물 한 방울을 또르르 흘리면서 그건 바로 천사들이었다고 말했다. 증조할아버지 로트가 천사들을 보내신 것이라고, 천사들이 할아버지를 산 아래로 옮겼다고 했다.

상처는 보기에 좋지는 않았다. 이마에 움푹 팬 부분이 5센티미터 가까이 됐기 때문이다. 어릴 때 나는 할아버지의 상처를 보면서 어떨 때

342

는 하얀 가운을 입은 키 큰 의사가 쇠로 된 판을 할아버지 머리에 대고 망치로 치는 장면을 상상했었다. 내 상상 속에서 의사는 아버지가 건초 헛간을 만들 때 쓰는 주름진 함석판을 사용했다.

그러나 그런 상상은 가끔뿐이었고, 보통은 다른 상상을 했었다. 조상들이 산 위를 거닐면서 우리를 지켜보고 언제라도 천사를 보내 우리를 도울 준비를 하고 있는 상상 말이다.

그날 아버지가 왜 혼자 산에 갔는지 모르겠다.

폐차를 압축하는 기계가 오고 있었다. 아마도 아버지는 기계가 도착하기 전에 마지막 남은 차의 연료 탱크를 비우려고 했던 것 같다. 하지만 도대체 무슨 생각으로 연료를 비우기 전에 토치를 켰는지 상상할 수가 없다. 토치의 불꽃이 연료 탱크 속까지 뻗쳐 들어갔을 때 아버지가 어디까지 작업을 했는지, 쇠 벨트들을 몇 개나 잘라 냈는지는 모른다. 확실한 것은 탱크가 폭발한 순간 아버지는 차 바로 옆에 서서, 차체에 몸을 기대고 있었다는 사실이다.

아버지는 긴소매 셔츠에 가죽 장갑을 끼고 용접용 마스크를 쓰고 있었다. 얼굴과 손가락이 폭발의 충격을 제일 심하게 받았다. 폭발로 인한 열기가 용접용 마스크를 플라스틱 조각 녹이듯 녹여 버렸다. 아버지 얼굴의 아래쪽 절반이 완전히 뭉개지고 말았다. 불길은 용접 마스크를 잡아먹고, 아버지의 피부와 근육까지 삼켰다. 같은 일이 손가락에도 벌어졌다. 가죽 장갑은 거센 불길 앞에서 속수무책으로 길을 내줬고, 불의 혓바닥은 손가락을 삼키고 어깨와 가슴까지 뻗었다. 차를 감싼 화염에서 기어 나왔을 무렵 아버지는 산 사람보다는 시체에 가까웠을 것이다.

움직이기조차 힘들었을 것 같은데 그런 몸을 끌고 하물며 들과 도랑을 건너 거의 500미터 거리를 갔다는 것을 나로서는 상상하기도 힘들다. 천사의 도움이 필요한 사람이 있다면 바로 아버지였다. 그러나 불가능해 보이는 모든 이유에도 불구하고, 아버지는 그 일을 해냈다. 그리고 오래전 그의 아버지가 그랬던 것처럼 아내가 있는 집 앞 문 앞에 쓰러졌다. 그러나 문을 두드릴 힘은 없었다.

그날 내 사촌 카일리가 엄마를 도와 에센셜 오일을 담는 일을 하고 있었다. 다른 여자 몇 명도 마른 잎의 무게를 재고 물약을 거르는 일을 돕느라 거기 있었다. 카일리는 뒷문을 약하게 두드리는 소리를 들었다. 마치 누군가가 팔꿈치를 문에 부딪히는 소리 같았다. 그녀는 문을 열긴 했지만, 문 앞에서 벌어진 일에 대해 전혀 기억하지 못한다. 「기억에서 지워 버린 것 같아.」 그녀는 나중에 내게 그렇게 말했다. 「무엇을 봤는지 기억할 수가 없어. 기억나는 것은 〈피부가 모두 벗겨졌구나〉하는 생각이 들었다는 사실뿐이야.」

사람들이 아버지를 들어다 소파에 눕혔다. 레스큐 레머디 — 충격을 받았을 때 사용하는 동종 요법 치료제 — 를 아버지 입이었던 구멍에 부어 넣었다. 통증을 완화하기 위해 로벨리아와 골무꽃 물약도 줬다. 몇 년 전 루크에게 엄마가 줬던 물약과 같은 것이었다. 입으로 부어 넣은 물약이 아버지 기도를 막았다. 약을 삼킬 수가 없었던 것이다. 폭발할 때 생긴 뜨거운 공기를 들이마셔서 기도가 완전히 그을어 버렸다.

엄마는 아버지를 병원에 데려가려고 했지만, 그르렁그르렁 헐떡이면서도 아버지는 병원에 가느니 죽는 게 낫다고 말했다. 아버지의 권위에 밀려 엄마는 병원에 가는 것을 포기했다.

죽은 피부를 살살 벗겨 내고 연고를 듬뿍 발랐다. 몇 년 전 루크에게 썼던 바로 그 연고였다. 엄마는 아버지의 허리에서 머리끝까지 연고로 범벅을 한 다음 붕대로 감았다. 그리고 얼음을 입에 넣고 빨게 했다. 그것으로라도 탈수를 막아 볼 요량이었다. 그러나 아버지의 입과 목 안의 화상이 너무 심해서 수분을 전혀 흡수하지 못했고, 입술도 근육도 모두 타버려서 얼음을 입에 물고 있는 것조차 하지 못했다. 얼음은 그냥 목구멍으로 미끄러져 들어가 아버지의 기도를 막았다.

첫날 밤 아버지는 몇 번이나 죽음의 문턱까지 갔다. 호흡이 느려지다가 멈추면 엄마는 — 그리고 엄마와 같이 일하던 천사 같은 아줌마들은 — 분주하게 움직이면서 차크라의 흐름을 조절하고, 지압점을 두드려서 아버지의 재투성이 폐를 덜컥거리면서라도 다시 움직이게 만들었다.

오드리 언니가 내게 전화를 한 것은 그렇게 밤을 새우고 난 아침이었다.* 밤사이 아버지의 심장이 두 번이나 멈췄다고 언니는 말했다. 폐가 먼저 멈추지 않으면 심장이 멈출 것 같은 상황이었다. 어느 쪽이 됐든 정오가 되기 전에 아버지가 세상을 뜰 것 같다고 언니는 말했다.

나는 닉에게 전화를 했다. 그리고 가족 일로 며칠간 아이다호에 다녀와야겠다고 말했다. 심각한 일은 아니라고. 그는 내가 사실을 모두 이야기하지 않았다는 것을 알고 있었다. 내가 모든 것을 털어놓지 않는다는 것을 알고 상처받은 그의 마음이 목소리에 묻어났다. 그러나 나는 수화기를 내려놓는 순간 닉에 대한 신경을 껐다.

일어서서 열쇠를 손에 들고 문고리를 잡고 나가려던 순간 나는 주춤했다. 연쇄상구균. 아버지에게 전염이 될 위험은? 페니실린을 거의

• 내가 시간을 하루 이틀 잘못 기억한 것일 수도 있다. 거기 있었던 사람들 중 일부는 아버지의 화상이 끔찍했지만 사흘 정도 후에야 정말로 위독해졌다고 말한다. 그즈음부터 화상에 딱지가 앉으면서 호흡이 곤란해졌기 때문이다. 탈수 때문에 상황은 더 악화됐다. 아버지가 사흘을 버텼다고 하는 사람들은 바로 그즈음 아버지의 목숨이 위태롭다고 판단을 해서 오드리 언니가 내게 전화한 것이고, 사고가 그 전날 일어났다고 생각한 것은 내 착각이라고 말한다.

345

사흘이나 먹은 후였다. 의사는 항생제를 먹은 지 24시간 후부터는 전염성이 없어질 거라고 했지만, 의사 말을 어떻게 믿겠는가?

나는 하루를 기다렸다. 그리고 처방된 양의 몇 배에 해당하는 페니실린을 먹었다. 그리고 엄마에게 전화를 해서 어떻게 해야 할지 물었다.

「집에 와야 할 것 같다.」 엄마가 말했다. 그런 다음 갈라진 목소리로 덧붙였다. 「내일이면 연쇄상구균이 문제가 아닐 것 같구나.」

집에 가는 길에 본 경치는 하나도 기억나질 않는다. 조각보처럼 이어진 옥수수와 감자밭, 혹은 소나무로 덮인 짙은 녹색의 언덕들은 하나도 눈에 들어오지 않았다. 대신 눈앞에 아버지가 어른거렸다. 마지막 본 아버지의 모습, 그 찌푸린 얼굴 표정만 계속 눈앞에 나타났다. 아버지에게 높은 톤으로 고함을 지르던 내 목소리가 기억났다.

아버지를 처음 봤을 때 나도 카일리처럼 내가 무엇을 봤는지 기억하지 못한다. 그날 아침 엄마가 거즈를 벗겼을 때, 아버지의 양쪽 귀 부분 화상이 너무 심해서 피부가 끈적끈적해지면서 귓불이 뒤쪽 끈적거리는 살에 가서 달라붙어 있었다는 사실은 들어서 알고 있었다. 내가 뒷문으로 걸어 들어가는 순간 처음 내 눈에 들어온 광경은 엄마가 버터나이프로 아버지의 귀를 머리에서 떼어 내고 있는 모습이었다. 나는 아직도 엄마가 시선을 한곳에 고정시키고 버터나이프를 들고 있는 모습을 기억하지만, 아버지가 있어야 할 곳은 내 기억 속에 그냥 구멍으로 남아 있다.

방 안에는 강한 냄새가 배어 있었다. 불에 탄 살 냄새, 그리고 컴프리, 우단동자꽃, 질경이를 섞은 물약 냄새였다. 나는 엄마와 오드리 언니가 나머지 붕대를 바꿔 감는 것을 지켜봤다. 손부터 시작을 했다. 아버지의 손가락이 녹아내린 피부인지 고름인지 모를 허연 액체로 번들거렸다. 양팔과 어깨, 등은 데지 않았지만, 가슴과 배에는 두꺼운 거즈가 덮여 있었다. 엄마와 언니가 거즈를 벗긴 걸 보니, 다행히도 빨갛게 성이 난 피부가 대부분 남아 있었다. 불길이 더 뜨겁게 닿아 분화구처럼 몇 군데 푹 파인 곳도 보였다. 거기서는 썩은 고기에서 나는 듯한 강한 냄새가 났고, 허연 진물이 차 있었다

그러나 그날 밤 내 악몽에 등장한 것은 아버지의 얼굴이었다. 이마와 코는 아직 남아 있었다. 눈 주변 피부와 양 볼 일부는 분홍빛으로 건강했다. 그러나 코 밑에는 아무것도 있어야 할 곳에 남아 있질 않았다. 빨갛고 뭉개지고 축 처진 코 아래 부분은 플라스틱 가면을 촛불에 너무 가까이 대서 녹아내린 것처럼 보였다.

아버지는 거의 사흘 동안 아무것도 — 음식은 물론 물 한 모금도 — 삼키지를 못했다. 엄마는 유타에 있는 병원에 전화해서 정맥 주사를 보내 달라고 애원했다. 「수분을 공급하지 않으면 안 돼요.」 엄마가 말했다. 「물을 몸에 넣어 주지 않으면 환자가 죽을 거예요.」

의사는 응급 헬기를 당장 보내겠다고 했지만, 엄마는 거절했다. 「그러면 도울 방법이 없습니다.」 의사가 말했다. 「환자를 죽일 셈인가 본데, 저는 거기에 협조할 수 없습니다.」

엄마는 거의 제정신이 아니었다. 마지막 절박한 방법으로 엄마는 아버지에게 관장을 삽입했다. 튜브를 가능한 한 깊게 넣고, 아버지 생명을 보존할 만큼의 액체를 직장을 통해서라도 집어넣어 보려고 몸부림을 쳤다. 효과가 있을지 전혀 확신이 없었지만 — 신체의 그런 부분에 수분을 흡수할 조직이 있는지조차 알지 못했다 — 불에 타서 눌어붙지 않은 유일한 구멍이었다.

그날 밤, 나는 아버지가 우리 곁을 떠나는 순간 그 방에 있고 싶어서 거실 바닥에서 잤다. 밤중에 여러 번 놀란 숨소리와 분주한 움직임, 그

리고 아버지가 숨을 쉬지 않는다고 속삭이는 대화에 잠을 깼다.

동이 트기 한 시간쯤 전, 아버지가 다시 한번 숨 쉬는 것을 멈췄다. 정말 끝인 듯 느껴지던 순간이었다. 아버지가 세상을 떠났고, 다시 부활하지 않을 거라는 생각이 들었다. 나는 오드리 언니와 엄마가 내 주변을 황급히 움직이면서 기도를 하고 여기저기 아버지의 몸을 두드리는 동안 붕대로 감은 곳 한 군데에 손을 올렸다. 방 안은 전혀 평화롭지 않았다. 어쩌면 평화롭지 않은 것은 내 마음이었는지 모른다. 몇 년 동안 아버지와 나는 끊임없이 충돌하면서 서로의 의지를 시험해 왔다. 나는 내가 받아들였다고 생각했다. 아버지와 나의 관계를 있는 그대로 받아들였다고. 그러나 그 순간 나는 내가 언젠가 그 갈등은 끝이 날 것이고, 결국 우리는 평화로운 부녀로 살 수 있을 거라고 깊게 믿고 있었다는 사실을 깨달았다.

나는 아버지의 가슴을 보면서 숨을 제발 다시 쉬어 달라고 기도했다. 그러나 아버지는 숨을 쉬지 않았다. 시간이 너무 오래 흘러갔다. 엄마와 언니가 아버지에게 작별 인사를 할 수 있도록 자리를 비켜 주려고 하는데 기침 소리가 났다. 마르고 가쁜 그 기침은 얇은 습자지를 구깃구깃할 때 나는 소리 같았다. 그러고는 다시 살아난 나사로처럼 아버지의 가슴이 올라갔다 내려갔다 하기 시작했다.

나는 엄마에게 가겠다고 했다. 아버지가 살 가능성이 있고, 만일 그렇다면 나한테 옮은 연쇄상구균으로 아버지를 죽일 수는 없다고 말했다.

엄마의 사업은 휴업 상태에 들어갔다. 엄마를 돕던 여자들은 물약을 만들고 에센셜 오일을 병에 담는 일을 중단하고, 큰 솥으로 연고를 만들기 시작했다. 엄마가 아버지를 위해 특별히 고안해 낸 레시피에 따라 컴프리, 로벨리아, 질경이를 사용해서 만드는 연고였다. 엄마는 그 연고를 아버지의 상반신에 하루 두 번씩 발랐다. 다른 치료는 무엇을 했었는지 기억나지 않고, 에너지 치료에 대해서는 자세히 알지 못해서 설명할 수도 없다. 내가 확실히 아는 것은 첫 2주일 사이에 연고 65리터를 썼고, 엄마가 거즈를 대량으로 여러 번 주문했다는 사실뿐이다.

타일러 오빠가 퍼듀에서부터 비행기를 타고 왔다. 오빠는 엄마가 쉴 수 있도록 아침마다 아버지의 손가락 붕대를 갈아 주고, 밤새 괴사한 피부와 근육 층을 겹겹이 긁어내는 일을 맡았다. 그렇게 긁어내도 아버지는 통증을 느끼지 못했다. 신경이 죽어 버렸기 때문이다. 「너무 여러 겹을 긁어내서 언젠가는 뼈가 드러날 게 확실하다고 생각했어.」 타일러 오빠가 내게 말했다.

아버지의 손가락이 관절 부분에서 부자연스러운 각도로 뒤쪽으로 휘기 시작했다. 힘줄이 위축되고 오그라들어서였다. 타일러 오빠는 아버지의 손가락을 구부려 힘줄을 스트레칭하는 운동을 도왔다. 손가락 변형이 영구적으로 고정되는 것을 막아 볼 생각이었다. 그러나 아버지는 통증을 견뎌 내지 못했다.

나는 연쇄상구균이 다 죽었다는 확신이 든 후에야 벅스피크로 돌아갔다. 아버지 침대 옆에 앉아서 의학용 스포이트로 아버지 입에 물을 한 방울씩 떨어뜨리고 이유식 먹는 아기처럼 완전히 갈아서 만든 채소 죽을 조금씩 먹였다. 아버지는 거의 말을 하지 않았다. 통증 때문에 정신을 집중하지 못하는 듯했다. 말을 시작해도 문장을 채 끝내기도 전에 통증에 정신을 빼앗겨 버리고 말았다. 엄마는 손에 넣을 수 있는 것들 중 가장 강력한 진통제를 사다 주겠다고 제안했지만, 아버지는 거절했다. 주님이 주시는 고통이니 샅샅이 전부 느끼겠다고 말했다.

나는 집에서 떠나 있는 동안 근처 160킬로미터 안에 있는 비디오 가게를 모두 뒤져 「신혼여행객들」 시리즈 전체를 담은 세트를 찾았다. 나는 그것을 아버지 앞에서 들어 보였다. 아버지는 봤다는 신호로 눈을 깜빡였다. 나는 에피소드 한 편을 보겠느냐고 물었다. 아버지가 다시 눈을 깜빡였다. 나는 첫 번째 테이프를 비디오 플레이어에 집어넣고 아버지 옆에 앉았다. 그러곤 일그러진 아버지 얼굴을 보며 아버지의 낮은 신음 소리에 귀를 기울였다. 그러는 동안 텔레비전에서는 앨리스 크램든이 남편보다 항상 더 똑똑하고 사리분별이 뛰어나다는 것을 보여 주는 사건이 반복됐다.

26

흐르는 물을 기다리며

아버지는 오빠들 중 한 명이 아버지를 들어 옮긴 때를 제외하고는 두 달 동안 한 번도 침대를 떠나지 않았다. 병에 소변을 보고 관장을 계속했다. 아버지가 살 수 있을 것이라는 게 확실해진 다음에도 그것이 어떤 식의 삶이 될지에 대해서는 아무도 상상조차 할 수 없었다. 할 수 있는 일이라고는 그저 기다리는 것뿐이었다. 그리고 우리가 하는 모든 일이 여러 형태의 기다리는 일이라는 생각이 들었다. 아버지를 먹일 시간을 기다리고, 붕대를 바꿀 시간을 기다리고, 아버지가 얼마만큼 다시 옛 모습을 되찾을지를 기다리는 일 말이다.

아버지 같은 사람 ─ 자존심이 세고, 강하고, 몸을 많이 쓰는 ─ 이 영원히 장애를 갖게 된다는 사실을 상상하기란 쉽지가 않았다. 엄마가 영원히 아버지 음식을 잘라 줘야 하는 상황에 아버지는 어떻게 적응할지 의아했다. 아버지는 두 번 다시 망치를 쥐지 못해도 행복할까? 잃은 것이 너무나 많았다.

그러나 이 모든 슬픔 안에 약간의 희망도 있었다. 아버지는 항상 딱딱한 사람이었다. 모든 주제에 관해 진실을 알고 있고, 다른 사람의 의견에는 관심이 없는 사람. 항상 우리는 듣는 사람, 아버지는 말하는 사

351

람이었다. 절대 반대 방향의 대화는 존재하지 않았고, 아버지가 입을 열면 우리는 모두 침묵을 지켜야 했다.

폭발로 인해 아버지는 설교자에서 관찰자로 변신했다. 끊임없는 통증 때문이기도 했지만 목이 화상을 입어서 말하는 것이 힘들어진 아버지는 관찰했고 귀를 기울였다. 아버지는 하루 종일, 날마다 그렇게 누워서 입을 다문 채 주변을 주의 깊게 지켜봤다.

몇 주 사이에 아버지는 내가 듣는 강의, 내 남자 친구, 내가 여름에 하는 아르바이트 일에 관해 잘 알게 됐다. 몇 년 전에는 내 나이를 다섯 살이나 틀리게 알고 있던 아버지가 말이다. 내가 직접 아버지에게 말한 것도 아니다. 그저 아버지의 붕대를 갈면서 오드리 언니와 내가 지나가듯 하는 이야기를 들었고, 아버지는 그것들을 기억했다.

여름이 거의 끝나 갈 즈음 아버지가 갈라진 목소리로 속삭였다. 「네가 듣는 강의에 대해 좀 더 듣고 싶구나. 재미있게 들리더라.」

그것은 새로운 시작처럼 느껴졌다.

숀 오빠와 에밀리가 약혼을 발표한 것은 아버지가 아직 침대에서 일어나지 못했을 때였다. 저녁 식사를 하기 위해 식구들이 모두 식탁에 앉아 있을 때, 숀 오빠가 에밀리와 그냥 결혼해 버릴 생각이라고 말했다. 접시에 포크가 부딪히는 소리 말고는 침묵이 흘렀다. 엄마는 진지하게 생각해 보고 하는 말이냐고 물었다. 오빠는 그렇지는 않다고 하면서, 아마도 결혼을 하기 전에 더 나은 사람을 만나게 되지 않겠냐고 대답했다. 에밀리는 일그러진 미소를 짓고 오빠 옆에 앉아 있었다.

그날 밤 나는 잠을 이루지 못했다. 방문에 건 빗장을 연신 확인했다. 현재가 금방이라도 과거에 점령되고 말 것만 같았다. 마치 현재가 과거에 압도되어 버리고, 눈을 잠시라도 감았다 뜨면 다시 열다섯 살로 돌아가 있을 것만 같았다.

　다음 날 아침 숀 오빠는 말을 타고 80킬로미터가량 떨어진 블루밍턴 호수까지 갈 계획이라고 말했다. 내가 나도 가고 싶다고 말한 순간 오빠뿐 아니라 나 자신도 놀랐다. 숀 오빠와 야외에서 그렇게 긴 시간을 함께 지내는 것을 상상하면 걱정이 많이 됐지만 나는 그런 걱정을 가슴 한편으로 애써 밀어냈다. 꼭 해야 할 일이 있었기 때문이다.

　말을 타고 가면 80킬로미터가 800킬로미터처럼 느껴진다. 안장보다 의자에 익숙한 몸에는 더욱 그렇다. 호수에 도착하자 숀 오빠와 에밀리는 날쌘 동작으로 말에서 내려 캠핑 준비를 했지만 나는 아폴로 등에서 안장을 내리고, 쓰러진 나무둥치에 내 몸을 앉히는 것도 간신히 해냈다. 나는 에밀리가 우리 둘이 사용할 텐트를 설치하는 것을 지켜봤다. 그녀는 큰 키에 믿을 수 없을 정도로 날씬했고, 곱슬기가 전혀 없는 긴 머리는 금발이다 못해 거의 은발로 보였다.

　우리는 모닥불을 피우고 캠프파이어 노래를 불렀다. 카드놀이도 했다. 그리고 텐트로 자러 들어갔다. 나는 에밀리 옆에 자리를 잡고 어둠 속에 누워서 귀뚜라미 소리에 귀를 기울였다. 어떻게 이야기를 시작해야 할지, 그녀에게 우리 오빠와 결혼하면 안 된다는 이야기를 어떻게 꺼내야 할지 궁리를 하고 있는데 그녀가 먼저 입을 열었다. 「숀에 대해 이야기 좀 하고 싶어.」 그녀가 말했다. 「숀이 문제가 좀 있다는 건 나도 알아.」

　「맞아, 문제가 있어.」 내가 말했다.

　「그이는 영적인 사람이야.」 에밀리가 말했다. 「주님이 그에게 특별한 임무를 주셨어. 사람들을 돕는 임무. 어떻게 세이디를 도왔었는지 이야기해 줬어. 그리고 너도 도와줬다고 하더라.」

　「오빠는 날 도와주지 않았어.」 나는 더 길게 말하고 싶었다. 비숍이 내게 해준 설명을 에밀리에게도 해주고 싶었다. 그러나 그것은 비숍의 언어였지 내 언어가 아니었다. 나는 그것을 내 언어로 설명할 단어들을 가지고 있지 않았다. 말을 하기 위해 80킬로미터를 달려왔지만 꿀 먹은 벙어리가 되어 있었다.

「사탄은 다른 사람보다 숀을 더 강하게 유혹해.」에밀리가 말했다. 「주님에게서 받은 재능을 가진 사람은 사탄에게는 위협이거든. 그래서 문제를 갖게 된 거야. 의로운 사람이기 때문에.」

에밀리는 일어나 앉았다. 어둠 속에서 머리를 뒤로 묶은 그녀의 실루엣이 보였다. 「나를 다치게 할 거라고 숀도 말했어.」그녀가 말을 이었다. 「나는 그게 사탄 때문이라는 걸 알아. 그래도 어떨 때는 숀이 무서워, 그가 무슨 짓을 할지 무서워.」

나는 자기를 무섭게 하는 사람과 결혼해서는 안 된다고 말했다. 아무도 그런 결혼을 해서는 안 된다고. 그러나 그 말들은 내 입술을 떠나는 순간 생명이 없는 말들이 되어 있었다. 확신에서 나온 말들이었지만 그 말들에 생명력을 부여할 수 있을 정도로 충분히 이해하고 있지 못했기 때문이다.

나는 어둠 속을 뚫어져라 바라봤다. 오빠가 그녀에게 가진 영향력이 어떤 것인지 이해하기 위해 그녀의 얼굴을 살폈다. 오빠가 그런 영향을 나에게도 끼쳤었다는 것, 그리고 여전히 그 영향력에서 완전히 벗어나지 못하고 있다는 것을 나는 알고 있었다. 나는 오빠의 마력에 완전히 사로잡혀 있지도 완전히 벗어나지도 못한 상태였다.

「그는 영적인 사람이야.」그녀가 다시 말했다. 그런 다음 자기 슬리핑백에 들어가 누웠다. 나는 대화가 끝났다는 것을 깨달았다.

브리검 영 대학교에 돌아간 것은 가을 학기가 시작되기 며칠 전이었다. 나는 내 아파트에 가기 전에 닉의 아파트에 먼저 갔다. 그와 거의 대화를 하지 못했었다. 닉이 전화를 할 때마다 나는 붕대를 갈거나 연고를 만드는 일로 바빴었다. 닉은 아버지가 화상을 입었다는 것은 알고 있었지만 얼마나 심한지는 전혀 몰랐다. 알리는 정보보다 감춘 정보가 더 많았다. 폭발 사고가 있었다는 말도 하지 않았고, 내가 아버지를 〈방문〉하러 가는 곳이 병원이 아니라 우리 집 거실이라는 말도 하지 않았다. 아버지의 심장이 여러 번 멈춘 이야기도 닉에게 하지 않았다. 살점이 떨어져 나가고 배배 꼬인 아버지의 손이나, 관장이나, 아버지 몸에서 우리가 긁어 낸 엄청난 양의 괴사한 살점에 대해서도 이야기하지 않았다.

노크를 하자 닉이 문을 열었다. 나를 보고 놀란 듯했다. 「아버지 어떠셔?」 내가 소파에 앉자마자 닉이 물었다.

돌이켜 보면 그것은 아마도 우리 관계에서 가장 중요한 순간이었을지도 모른다. 내가 한 가지 행동, 더 나은 행동을 할 수도 있었던 순간이었다. 그러나 나는 다른 행동을 했다. 그것은 폭발 사고가 난 후 내가 닉을 처음 다시 본 순간이었다. 바로 그때 그에게 모든 것을 이야기할 수도 있었다. 우리 가족은 현대 의학을 믿지 않는다, 화상을 집에서 만든 연고와 동종 요법으로 치료하고 있다, 그리고 그동안 너무 무서웠다, 아니 무서운 것 이상이었다, 살아 있는 한 불에 탄 살 냄새를 절대로 잊지 못할 것 같다…… 등등을 털어놓는 행동 말이다. 그에게 그 모든 것을 이야기할 수도 있었다. 내 마음을 짓눌러 온 짐을 함께 나눠지고 함께 더 강해질 수도 있었다. 대신 나는 그 짐을 모두 혼자 지겠다고 결정했고, 이미 빈혈과 영양실조에 더해 거미줄이 쳐지기 시작한 닉과의 관계는 점점 더 약해져 갔다.

나는 그동안의 손상을 복구할 수 있다고 믿었다. 이제 대학으로 돌아왔으니 이것이 나의 삶이고, 닉이 벅스피크에 대해 전혀 이해하지 못한다 해도 상관이 없다고 생각했다. 그러나 벅스피크는 나를 놔주지 않았다. 내게 달라붙어 있었다. 아버지 가슴에 나 있던 검은 분화구가 자주 칠판 위에 겹쳐 보였고, 교과서의 페이지에 아버지 입이 있던 자리에 난 구멍이 나타나곤 했다. 내 기억 속의 세상은 어찌된 일인지 내가 존재하는 물리적 세상보다 더 선명했고, 나는 그 둘 사이를 왔다 갔다 했다. 닉은 내 손을 잡곤 했고, 나는 내 피부에 닿는 그의 피부의 감촉에 놀라며 잠시 동안 그대로 있곤 했다. 그러나 함께 잡은 우리 손가락을 보고 있자면 내 마음속에서 뭔가가 바뀌면서 그 손은 더 이상 닉의 손이 아니라 피가 흥건하고 살점이 떨어져 나간, 더 이상 손이라고 부를 수 없는 물건이 되어 있었다.

잠을 잘 때면 나는 완전히 벅스피크로 돌아가 있었다. 루크 오빠가 눈을 허옇게 뒤집으며 쓰러져 있는 꿈을 꿨다. 꿈에 나오는 아버지의 허파는 덜컹거리며 천천히 숨을 쉬었다. 숀 오빠가 그 주차장에서 내 손목을 꺾었던 날이 꿈에 등장했다. 나는 절뚝절뚝 오빠를 따라가면서 높은 소리로 끔찍하게 캑캑거리며 웃고 있다. 그러나 꿈에 나오는 나는 긴 은색의 머리카락을 가지고 있다.

결혼식은 9월에 치러졌다.

나는 몸 한가득 초조한 기운을 느끼며 교회에 도착했다. 마치 재앙이 이미 벌어져 버린 미래에서 타임머신을 타고 현재로 보내져서, 아직 내 행동으로 영향을 끼칠 수 있고, 내 생각으로 결과를 바꿀 수 있기라도 할 것처럼 느껴졌다. 그러나 내가 어떤 임무를 띠고 현재로 보내졌는지 몰랐기 때문에 그냥 손을 비틀고, 볼 안쪽을 잘근잘근 깨물면서 중요한 순간을 기다리고 있었다. 예식 5분 전, 나는 화장실에 가서 먹은 것을 모두 토했다.

　에밀리가 〈네〉 하고 대답한 순간, 내 몸에서는 생기가 모두 빠져나가 버리고 말았다. 나는 다시 유령이 돼서 브리검 영 대학교로 표류해 갔다. 내 방 창문에서 로키 산맥을 바라보면서 그것이 얼마나 믿을 수 없는 풍경인지 깨달았다. 꼭 그림 같았다.

　결혼식 일주일 후 나는 닉과 헤어졌다. 부끄럽지만 몰인정하게 작별을 고했다. 나는 닉에게 그를 만나기 전 내 삶이 어땠었는지, 그와 내가 공유한 세계에 끊임없이 끼어들고, 그 세계를 무너뜨리려 하는 나만의 세계가 어떤 곳인지 한 번도 알려 주지 않았다. 그에게 설명을 할 수도 있었다. 〈그곳은 나를 놔주지 않아. 거기서 어쩌면 절대 해방되지 못할 것 같아〉 하고 말할 수도 있었다. 그렇게만 말했어도 문제의 핵심은 알려 줄 수 있었을 것이다. 그러나 나는 시간 뒤에 숨고 말았다. 털어놓기에는 너무 늦었고, 내가 가는 곳에 그가 동행하기에도 너무 늦었다고 생각했다. 그래서 작별 인사를 했다.

27

내가 여자였다면

브리검 영 대학교에 입학할 때는 음악을 전공할 생각이었다. 언젠가 교회 합창단을 이끌고 싶었기 때문이다. 그러나 그 학기 —3학년 가을 학기 —에는 음악 관련 강좌를 단 하나도 신청하지 않았다. 고급 음악 이론 대신 지리학과 비교 정치학을 선택하고, 시창법(視唱法) 대신 유대인 역사를 선택한 이유는 설명할 길이 없다. 그냥 그 강좌들을 카탈로그에서 보고 강좌 제목을 소리 내어 읽었을 때 뭔가 무한한 것이 느껴졌고, 그 무한성을 맛보고 싶었다.

4개월 동안 나는 지리학, 역사학, 정치학 강의들을 들었다. 마거릿 대처, 38선, 문화 혁명에 대해 배웠고, 전 세계 각국의 의회 정치와 투표 방식에 대해 배웠다. 유대인 디아스포라와 『시온 장로 의정서』의 이상한 역사도 배웠다. 학기가 끝날 즈음에는 세상이 거대하게 느껴졌다. 더 이상 산으로, 우리 부엌으로, 심지어 부엌 옆방에 있는 피아노로도 돌아가는 것을 상상하기가 힘들었다.

이런 느낌은 내 안에서 위기감을 촉발했다. 음악에 대한 나의 사랑, 음악을 공부하고 싶었던 나의 욕구는 내가 가진 여자란 이래야 한다는 관념에 맞아떨어졌었다. 역사와 정치학, 세계정세 등에 대한 나의 사랑은 그 관념에 맞지 않았다. 그럼에도 불구하고 그것들은 나에게 손짓을 했다.

학기말 시험 며칠 전, 나는 빈 강의실에서 친구 조쉬와 한 시간가량 앉아 있었다. 그는 법학 전문 대학원에 낼 지원서를 다시 검토하고 있었고, 나는 다음 학기에 들을 강좌를 선택하고 있었다.

「네가 여자였다면,」 내가 물었다. 「그래도 법을 공부할 것 같아?」

조쉬는 나를 쳐다보지도 않고 말했다. 「내가 여자였다면,」 그가 말했다. 「법을 공부하고 싶은 마음이 안 들었을 것 같아.」

「하지만 내가 널 만난 이후로 너는 법학 전문 대학원 말고는 다른 이야기는 거의 하지도 않았잖아. 그게 네 꿈이 아니었어?」

「그건 맞아.」 조쉬도 내 말에 수긍했다. 「하지만 내가 여자였다면 그게 내 꿈이 아니었겠지. 여자들은 다르게 태어났어. 여자들은 이런 야심을 가지고 있지 않아. 여자들은 아이를 갖는 게 야심이지.」 그는 자기가 무슨 말을 하는지 이해할 것이라는 표정으로 나를 보고 미소를 지었다. 나도 미소를 지어 보였고, 몇 초 동안 우리는 의견 일치를 본 듯했다.

그런 다음 내가 물었다. 「하지만 네가 여자인데, 그래도 지금 네가 하고 싶은 것을 그대로 하고 싶다면 어떨까?」

조쉬는 한동안 벽을 뚫어져라 쳐다보고 있었다. 내 질문에 대해 골똘히 생각하는 모습이 역력했다. 그리고 말했다. 「그럼 나한테 뭔가 문제가 있다는 결론을 내리겠지.」

사실 학기 초에 세계정세에 관한 첫 수업을 들은 때부터 나는 내가 뭔가 잘못된 여자인가 하는 생각을 줄곧 해왔다. 어떻게 나는 여자이면서, 여성적이지 못한 것들에 이렇게 마음이 끌리는지 의아했다.

누군가는 이런 내 의문에 답을 가지고 있을 것이라 생각하고 교수에게 물어보자고 마음먹었다. 나는 유대인 역사 강의를 하는 교수를 선택했다. 조용하고 상냥한 목소리로 강의하는 교수였기 때문이었다. 케리 박사는 키가 작고, 검은 눈에 진지한 표정을 가진 사람이었다. 더운 날에도 두꺼운 모직 재킷을 입고 강의를 했다. 교수실 문을 가만히 두드려 봤다. 마치 노크 소리를 못 들어서 문을 열어 주지 않기를 바라는 사람처럼. 그러나 다음 순간 나는 교수 맞은편에 앉았고, 방에는 침묵이 흘렀다. 뭐라고 질문을 해야 할지 몰랐고, 케리 박사도 묻지 않았다. 대신 그는 일반적인 질문을 했다. 내 성적, 선택한 강좌 등등. 그리고 왜 유대인 역사를 선택했는지 물었고, 나는 생각을 해보지도 않고, 홀로코스트에 대해 몇 학기 전에 처음 들었고, 그래서 그 이야기를 더 알고 싶었다고 내뱉었다.

「홀로코스트에 대해 알게 된 것이 언제라고요?」 교수가 물었다.

「브리검 영에 와서 알게 됐어요.」

「학생 동네의 학교에서는 홀로코스트를 안 가르쳤나요?」

「아마 가르쳤겠죠.」 내가 말했다. 「그런데 제가 다니질 않았어요.」

「학교에 왜 다니지 않았나요?」

나는 최선을 다해 설명을 했다. 부모님이 공교육을 신뢰하지 않았고, 그래서 우리를 학교에 보내지 않았다고 말했다. 이야기를 다 끝내자 교수는 아주 어려운 문제에 대한 해결책을 찾기라도 해야 하는 사람처럼 두 손에 깍지를 꼈다. 「계속 도전을 해보세요. 그렇게 하면서 어떤 일이 벌어지는지 보는 거예요.」

「도전을 하라니 무슨 말씀이세요?」

교수는 새로운 아이디어가 떠올랐다는 듯 갑자기 몸을 앞으로 숙였다. 「케임브리지라고 들어 봤어요?」 처음 듣는 단어였다. 「영국에 있는 대학이에요.」 그가 말했다. 「세계에서 가장 좋은 대학 중 하나지요.

내가 케임브리지 대학교와 교환 학생 프로그램을 운영하고 있어요. 굉장히 경쟁률이 높고, 엄청나게 열심히 공부하지 않으면 안 돼요. 합격하지 못할 수도 있지만, 만일 합격을 하면 그건 학생 능력이 어느 정도인지 가늠할 수 있는 척도가 될 거예요.」

나는 교수와의 대화를 어떻게 받아들여야 할지 생각하면서 숙소로 걸어갔다. 내가 원한 것은 도덕적인 조언이었다. 아내와 어머니로서의 내 소명을 다하라는 신의 부름과 내 마음속에서 나를 부르는 다른 목소리 사이에서 어떤 결정을 내려야 할지에 대한 조언을 원했었다. 그러나 케리 박사는 그런 내 질문은 옆으로 밀어놓고 이렇게 말하는 듯했다. 「먼저 학생의 능력이 어느 정도인지를 가늠해 본 후, 학생이 어떤 사람인지 결정하세요.」

나는 그 프로그램에 지원했다.

에밀리가 임신을 했다. 그러나 임신이 순조롭게 진행되지 않고 있었다. 임신 첫 3개월 사이에 유산할 뻔한 위기가 한 번 찾아왔고, 이제 겨우 20주가 되어 가는데 자궁 수축이 시작되고 있었다. 산파인 엄마는 에밀리에게 세인트존스워트를 비롯한 다른 치료용 약물들을 줬다. 수축의 강도는 잦아들었지만 완전히 없어지지 않고 계속됐다.

크리스마스 방학에 벅스피크로 가면서 나는 에밀리가 침대에 누워 있을 거라고 생각했다. 그러나 그녀는 누워 있지 않았다. 부엌 카운터에 대여섯 명의 다른 여자들과 함께 서서 약초를 거르고 있었다. 그녀는 거의 말이 없었고, 미소는 그보다 더 드물게 지었다. 그냥 백당나무 껍질과 익모초가 든 통을 옮기면서 집안을 소리 없이 오갔다. 너무도 조용해서 거의 투명인간처럼 느껴졌고, 몇 분 지나지 않아 나도 에밀리가 거기 있다는 사실을 잊고 말았다.

폭발 사고가 있은 지 6개월이 지났다. 아버지는 회복을 하긴 했지만 다시는 이전의 아버지로 돌아가지 못할 것이라는 게 확실했다. 방 건 너편까지만 걸어가도 숨을 헐떡거릴 정도로 폐 손상이 심했고, 얼굴 아래쪽 피부가 다시 자라긴 했지만 아주 얇고 밀랍 같은 느낌이어서 마치 누군가가 안이 거의 들이비칠 정도까지 사포로 밀어 놓은 듯 보였다. 귀는 흉터로 두꺼워졌고, 얇은 입술은 밑으로 처져 있어서 초췌하고 나이 든 사람처럼 보였다. 그러나 그런 얼굴보다 더 사람들의 의아한 눈길을 끄는 것은 아버지의 오른손이었다. 손가락들이 모두 제각각 이상한 모양으로 굳어 있었다. 둥글게 말린 손가락, 휜 손가락, 함께 엉겨 말라비틀어진 야수의 발톱 같은 손가락들. 위쪽으로 휜 검지와 아래쪽으로 휜 약지 사이에 숟가락을 끼워서 들 수는 있었기 때문에 어렵게라도 음식을 스스로 먹을 수는 있었다. 그러나 엄마가 집에서 컴프리와 로벨리아로 만든 연고 대신 피부 이식 수술을 했으면 어땠을까 하는 생각을 하지 않을 수가 없었다. 모든 사람이 아버지의 회복을 기적이라고 부르면서, 엄마의 레시피를 그렇게 불렀다. 아버지의 화상 때문에 엄마의 연고는 〈기적의 연고〉라는 이름을 얻었다.

벅스피크에 돌아온 첫날, 아버지는 저녁 식사 자리에서 폭발 사고를 주님의 자비라고 묘사했다. 「그건 은총이었어.」 아버지가 말했다. 「기적이고말고. 주님은 내 생명을 구해 주시고 더 큰 소명을 주셨지. 바로 주님의 힘을 증언하라는 소명 말이야. 사람들에게 현대 의학 말고 다른 길이 있다는 것을 몸소 보여 주는 것이야말로 내 새로운 소명이란다.」

나는 아버지가 로스트비프를 자르기 위해 나이프를 쥐려다가 실패하는 것을 지켜봤다. 「한 번도 목숨이 진정으로 위험한 순간은 없었어.」 아버지가 말을 이었다. 「증명할 수 있어. 폐철 처리장까지 기절하지 않고 걸어갈 수 있게만 되면 토치로 연료 탱크를 자르는 걸 보여 줄게.」

다음 날, 아침을 먹으러 나와 보니 여자들 여러 명이 아버지를 둘러 싸고 서 있었다. 그들은 숨을 죽이고, 눈에 눈물을 글썽인 채 아버지가 생과 사의 경계를 오가는 동안 신의 은총을 영접한 경험담에 귀를 기울이고 있었다. 아버지는 옛 선지자들처럼 천사들의 돌봄을 받았다고 말했다. 아버지를 바라보는 여자들의 눈길에 특별한 뭔가가 스며 있었다. 흠모 혹은 경외 같은 감정 말이다.

나는 아침 내내 그 여자들을 관찰하면서, 아버지가 경험한 기적이 그녀들에게 가져온 변화를 발견했다. 사고가 있기 전에는 어머니를 돕던 여자들이 엄마를 대하는 태도는 일상적이었고, 진행 중인 작업에 관해 현실적인 질문들을 하곤 했다. 이제 그들은 조용하고 경외심을 담은 말투를 썼다. 엄마, 그리고 아버지의 인정을 받기 위해 그들 사이에서 경쟁을 하다가 소동이 벌어지기도 했다. 그 변화를 간단하게 설명하자면, 얼마 전까지만 해도 고용인이었던 사람들이 이제는 추종자가 된 것이다.

아버지의 화상 이야기는 일종의 건국 신화가 됐다. 새로 온 사람은 물론 오래전부터 있던 사람들 사이에서도 그 이야기는 계속 반복되며 회자됐다. 사실 집에 오후 한나절만 있어도 그 기적에 관한 이야기를 어떤 형태로든 한 번도 듣지 않고 넘어갈 수는 없었다. 그리고 그 이야기들이 대부분 정확하지 않다는 건 말할 필요도 없었다. 엄마가 방을 가득 채운 헌신적인 얼굴들에 대고 아버지 상체의 65퍼센트가 3도 화상을 입었었다고 말하는 것을 들은 적도 있었다. 내 기억과는 다른 사실이었다. 내가 기억하는 바로는 대부분의 손상이 표면적이었고, 양팔, 등, 어깨는 거의 화상을 입지 않았다. 3도 화상을 입은 곳은 얼굴

아랫부분과 손이었다. 그러나 나는 아무 말도 하지 않았다.

처음으로 아버지와 엄마가 한마음이 된 것 같았다. 엄마는 아버지가 무슨 말을 하고 방을 나선 후 더 이상 그 말에 수정을 가하거나 자신의 의견을 조용히 피력하지 않았다. 그 기적을 통해 엄마는 변신했다. 바로 아버지로 변신한 것이다. 내가 기억하는 엄마는 젊은 산파로, 자신이 큰 영향력을 행사할 수 있는 생명에 대해서도 조심스럽고 온순하게 접근하던 사람이었다. 이제 엄마에게서 그런 온순함은 거의 찾아볼 수 없었다. 주님이 직접 엄마의 손을 잡고 이끌어 주시니, 주님의 뜻이 아니고서는 어떤 불운도 닥칠 수 없었다.

크리스마스로부터 몇 주가 지난 후, 케임브리지 대학교에서는 케리박사에게 내 지원을 거절하는 편지를 보냈다. 「경쟁이 아주 심했어요.」 교수실을 찾아간 내게 케리 박사가 말했다.

나는 고맙다고 말하고, 교수실에서 나가기 위해 일어섰다.

「잠깐만요.」 그가 말했다. 「케임브리지 대학교에서는 크게 부적절한 판단이 있었다면 알려 달라고 했습니다.」

나는 무슨 말인지 이해하지 못했다. 그러자 교수는 다시 반복해서 말했다. 「학생 한 명 정도는 도울 수 있는 권한이 주어진 거지요. 케임브리지 대학교에서 학생을 받아들이겠다고 했어요. 물론 학생이 원한다면.」

내가 정말 그곳에 갈 수 있게 되었다는 것이 믿어지지 않았다. 그런 다음 여권이 필요할 텐데, 제대로 된 출생증명서 없이는 여권을 받을 가능성이 낮다는 데까지 생각이 미쳤다. 나 같은 사람은 케임브리지에 갈 자격이 없는 것 같았다. 마치 우주 전체가 그 사실을 이해하고, 내가 그런 곳에 발을 들이는 황당한 일을 방지하려는 듯한 느낌이 들었다.

나는 여권 신청을 하러 직접 갔다. 내 〈사후 출생증명서〉를 보고 접수 직원이 큰 소리로 웃음을 터뜨렸다. 「9년이나!」 그녀가 말했다. 「9년이면 〈사후〉 정도가 아니에요. 다른 서류는 있어요?」

「네, 그런데 다른 서류에는 생년월일이 다르게 나와 있어요. 그리고 그중 하나에는 이름도 다르게 기록되어 있고요.」

그녀는 여전히 미소를 짓고 있었다. 「생년월일도 다르고 이름도 다르다고요? 그걸로는 안 돼요. 여권 받을 생각은 아예 하지도 마세요.」

나는 그 창구 직원을 몇 번 더 찾아갔다. 갈 때마다 점점 더 절박해졌고, 마침내 해결책을 하나 찾아냈다. 데비 이모가 법원에 가서 선서 진술을 해서 내가 나라는 사실을 증언해 줬고, 결국 나는 그 서류를 토대로 여권을 받을 수 있었다.

에밀리는 2월에 출산했다. 아기는 체중이 560그램밖에 나가지 않았다.

크리스마스 때 자궁 수축이 시작되자 엄마는 에밀리의 임신이 주님의 뜻에 따라 진행될 것이라고 말했다. 결국 에밀리가 임신 26주 만에 집에서 출산하는 것이 주님의 뜻이었다는 게 판명됐다.

그날 밤에는 눈보라가 불었다. 산에서 그런 강력한 폭풍이 불어닥치면 길에 아무도 없기 마련이고 도시 전체가 문을 닫곤 했다. 에밀리의 분만이 한참 진행된 후에야 엄마는 그녀를 병원에 데리고 가지 않으면 안 된다는 사실을 깨달았다. 피터라고 이미 이름을 붙인 아기는 몇 분 후 엄마 뱃속에서 나왔다. 너무 쉽게 빠져나와 엄마는 아기를 분만시켰다기보다는 튀어나오는 아기를 〈받았다〉고 표현했다. 아기는 꼼짝도 하지 않았고, 온몸이 잿빛이었다. 숀 오빠는 아기가 죽었다고

365

생각했다. 그때 엄마가 아주 작은 심장 박동을 감지했다. 사실 엄마는 얇은 피부로 심장이 뛰는 것을 〈봤다〉. 아버지가 밴으로 뛰어가서 눈과 얼음을 긁어내기 시작했다. 숀 오빠는 에밀리를 안아다가 밴의 뒷좌석에 눕혔고, 엄마가 아기를 에밀리의 가슴 위에 놓고 이불로 덮어 임시 인큐베이터를 만들었다. 나중에 엄마는 이것을 캥거루 케어라고 불렀다.

아버지가 운전을 했다. 폭풍이 거세게 몰아닥쳤다. 아이다호에서는 그런 눈보라를 〈화이트아웃〉이라고 불렀다. 바람이 눈을 채찍처럼 세게 때리면 길이 순식간에 하얗게 변하고 베일에 싸인 것처럼 되어버려 아스팔트 길, 들, 강을 전혀 구분할 수 없다. 모든 것이 그냥 하얗게만 보이기 때문이다. 눈과 진눈깨비를 뚫고 미끄러지고 굴러가며 일행은 읍내에 도착했지만, 거기 있는 병원은 시골 병원에 불과해서 그런 연약한 생명을 돌볼 시설을 갖추고 있지 못했다. 의사들은 옥든에 있는 멕케이디 병원에 가능한 한 빨리 가라고 말하면서 시간이 얼마 없다고 했다. 눈보라 때문에 헬기도 띄울 수가 없었으므로 의사들은 구급차에 일행을 실어 보냈다. 사실 구급차 두 대가 함께 떠났다. 첫 번째 구급차가 눈보라 때문에 멈출 경우에 대비해서였다.

몇 달이 지나고, 그동안 수없이 많은 심장과 폐 수술을 거친 후에야 겨우 숀 오빠와 에밀리 언니는 나뭇가지처럼 가녀린, 내 조카라는 아이를 집에 데려올 수 있었다. 아기 피터는 생명이 더 이상 위험하지는 않았지만 폐가 정상적으로 발달하지 못할 거라는 진단을 받았다. 항상 몸이 약할 것이라고 했다.

아버지는 주님이 자기의 폭발 사고를 주관하신 것처럼, 피터의 출생도 주관하셨다고 말했다. 엄마도 아버지와 똑같은 소리를 반복하고는 주님이 엄마의 눈에 베일을 씌워서 자궁 수축이 멈추는 것을 일부러 방해하셨다고 덧붙였다. 「피터는 이런 상태로 세상에 태어나도록 정해져 있었던 거야.」 엄마는 말했다. 「이 아이는 주님의 선물이고, 주님은 원하시는 방식으로 선물을 주시곤 하지.」

28
피그말리온

케임브리지 대학교의 킹스 칼리지를 처음 봤을 때 그것이 꿈이라고 생각하지는 않았다. 다른 이유보다 그렇게 멋진 곳을 내 머리로는 상상조차 할 수 없었기 때문이다. 내 눈이 돌을 깎아 만든 시계탑 위에 가서 머물렀다. 나는 시계탑 쪽으로 안내를 받았다. 우리는 그 시계탑 안을 통과해서 칼리지 안으로 들어갔다. 완벽하게 다듬어진 풀밭이 호수처럼 자리 잡고 있었고, 그 호수 건너편에 상아색 건물이 있었다. 그레코로만 양식의 건물이라고 어렴풋이 추측했다. 그러나 풍경을 압도하는 것은 100미터 가까이 되는 길이에 30미터 높이를 한, 돌산과도 같은 고딕 양식의 채플이었다.

나는 안내자를 따라서 채플을 지나 또 다른 중정으로 들어가서 나선형 계단을 올라갔다. 문이 열리고, 그곳이 내 방이라는 말을 들었다. 그리고 편하게 쉬라는 말과 함께 혼자 남겨졌다. 나를 안내해 준 친절한 남성은 이 모든 것이 내게는 얼마나 믿기 어려운 현실인지 전혀 알지 못했을 것이다.

다음 날, 아침 식사는 커다란 홀에 가서 먹었다. 마치 교회 안에서 밥을 먹는 느낌이었다. 천장이 너무 높아 휑뎅그렁하게 느껴지기까지

했다. 그리고 나는 그 홀이 내가 거기 있다는 것을 감지하고, 내가 거기 있을 사람이 아니라는 것까지 알고 나를 지켜보는 듯한 느낌을 받았다. 나는 브리검 영 대학교에서 온 다른 학생들이 많이 앉아 있는 긴 테이블을 골랐다. 여학생들은 자기들이 가져온 옷에 대해 이야기하고 있었다. 마리안은 이 프로그램에 합격했다는 소식을 듣자마자 옷 쇼핑을 갔다고 말했다. 「유럽에서는 다른 옷이 필요하거든.」 그녀가 말했다.

헤더도 거기에 동의했다. 헤더는 자기 할머니가 비행기 푯값을 대줬기 때문에 남은 돈을 옷 사는 데 썼다고 말했다. 「여기 사람들 옷 입는 게 더 세련돼 보여. 청바지 같은 걸 입고 돌아다닐 수는 없어.」

나는 방으로 달려가 입고 있던 추리닝 상의와 싸구려 청바지를 벗어던져야 하나 생각했지만 그것 말고 달리 입을 옷이 없었다. 마리안이나 헤더처럼 섬세한 스카프로 포인트를 준 밝은색 카디건 같은 것이 내게는 없었다. 등록금을 내기 위해서만도 학자금 융자를 받아야 했기 때문에 케임브리지에 오기 위해 새 옷을 사는 것은 감히 생각도 못 할 일이었다. 게다가 마리안이나 헤더가 가진 옷들이 주어진다 해도 어차피 나는 그 옷들을 어떻게 입는지도 모를 게 분명했다.

케리 박사가 와서 채플을 구경할 수 있도록 우리 그룹이 초대됐다고 발표했다. 심지어 지붕에도 올라갈 수 있다고 했다. 우리는 모두 웅성거리며 다 먹은 식기들을 반납하고, 케리 박사를 따라 홀에서 나갔다. 나는 중정을 건너는 사람들 뒤쪽에 머물렀다.

채플 안으로 들어서는 순간 숨이 턱하니 막히고 말았다. 방 — 그런 공간을 방이라고 부를 수 있을지 모르지만 — 은 방대했다. 마치 바다 전체라도 담을 수 있을 것만 같았다. 우리는 작은 나무문을 지나 좁은 나선형 계단을 올라갔다. 셀 수 없을 정도로 많은 납작한 돌을 쌓아올려서 만든 계단이었다. 마침내 계단이 끝나고 지붕이 펼쳐졌다. 브이자를 거꾸로 뒤집은 급한 경사면이 돌난간으로 둘러싸여 있었다. 바람이 세차게 불면서 구름이 하늘을 가로질러 빠르게 이동하고 있었다. 장엄한 경관이었다. 도시 전체가 거대한 성당의 규모에 눌려 장난감처럼 보였다. 나는 나 자신을 잊고 경사면을 올라가서 지붕 능선을 따라 걸었다. 바람에 내 몸을 맡긴 채 구불구불한 거리와 돌이 깔린 광장들을 내려다봤다.

「학생은 떨어지는 걸 두려워하지 않는군요.」 한 목소리가 말했다. 고개를 돌려 보니 케리 박사였다. 나를 따라 걷고 있었지만 휘청거렸고, 바람이 세게 불 때마다 날아갈 것만 같았다.

「원하시면 내려가죠 뭐.」 나는 그렇게 말하고, 지붕 능선을 따라 뛰어서 부벽 쪽에 설치된 평평한 보도로 갔다. 케리 박사는 나를 따라오긴 했지만 걸음걸이가 부자연스러웠다. 앞을 보고 걷지 않고 몸을 돌려 게처럼 옆으로 걷고 있었다. 바람이 공격을 계속했다. 너무 불안해 보여서 마지막 몇 걸음은 팔을 내밀지 않을 수 없었고, 교수는 내 팔을 붙잡았다.

「보기에 그랬다는 이야기였어요.」 안전한 곳으로 내려온 다음 교수가 말했다. 「학생은 주머니에 손을 넣고 똑바로 서 있지요.」 교수는 다른 학생들을 가리켰다. 「다른 학생들이 몸을 움츠리고 벽에 붙어 서 있는 게 보여요?」

그 말이 맞았다. 몇 명은 지붕 능선 쪽으로 용기를 내서 올라가긴 했지만 아주 조심스럽게, 케리 교수가 그랬던 것처럼 우스꽝스럽게 옆걸음질을 하고 있었고, 바람이 불 때마다 휘청거렸다. 나머지 학생들은 모두 돌난간을 꼭 잡고 서서 무릎을 굽히고 등을 구부정하게 한 자세로 걸어야 할지 기어야 할지 모르는 듯했다.

나는 손을 올려 벽을 붙잡았다.

「그렇게 할 필요 없어요.」 케리 박사가 말했다. 「비판을 한 것이 아니었어요.」

그는 더 말을 이어야 할지 말아야 할지 잘 모르겠다는 표정으로 잠시 망설였다. 「우리 모두 변화를 겪었어요. 다른 학생들은 이렇게 높이 올라오기 전까지는 편안한 표정이었지만, 이제 굉장히 초조하고 불편해하고 있어요. 하지만 학생은 그 반대의 여정을 밟은 듯하군요. 처음으로 학생이 편안해 보여요. 동작에 모두 나타나지요. 마치 평생 지붕에서 지내 온 사람처럼.」

그때 세찬 바람이 난간 쪽으로 불어 왔고, 케리 박사는 휘청거리며 벽을 부여잡았다. 나는 교수가 부벽으로 더 잘 붙을 수 있도록 지붕 능선으로 올라갔다. 그는 나를 빤히 쳐다보며 설명을 기다렸다.

「건초 헛간에서 지붕 잇는 일을 많이 했어요.」 내가 마침내 말했다.

「그래서 다리가 더 강해진 건가요? 그래서 바람이 불어도 끄떡없이 서 있을 수 있다는 말인가요?」

나는 그 말에 대답하기 전에 잠깐 생각을 해야만 했다. 「바람을 받으며 서 있을 수 있는 것은 바람을 받으며 서 있는 것에 관해 생각하지 않아서예요.」 내가 말했다. 「바람은 그냥 바람일 뿐이에요. 지상에서 이 정도 바람을 맞고 쓰러지지 않는다면 공중에서도 이 정도 바람에 쓰러지지 않아요. 아무런 차이가 없어요. 유일한 차이는 머릿속에 있을 뿐이지요.」

교수는 나를 멍하게 쳐다봤다. 이해하지 못한 것 같았다.

「저는 그냥 서 있을 뿐이에요.」 내가 말했다. 「모두들 자기도 모르게 뭔가를 벌충하려고 애쓰고 있어요. 높이 때문에 겁이 나니까 몸을 낮추고 있잖아요. 하지만 몸을 웅크리거나 옆으로 걷는 건 부자연스

371

러운 일이에요. 그렇게 하면 오히려 더 위험에 자신을 노출시킬 뿐이에요. 두려움만 통제할 수 있으면 이 바람은 아무것도 아니에요.」

「이 바람이 학생에게 아무것도 아닌 것처럼 말이지요.」 교수가 말했다.

나는 학자의 마음 상태를 갖추길 원했지만 케리 박사가 내게서 본 가능성은 지붕 잇는 사람의 마음 상태인 듯했다. 다른 학생들은 도서관에 어울리지만 나는 크레인에 어울린다고 생각하는 것 같았다.

첫 번째 주는 강의를 들으러 다니느라 눈 깜짝할 새 지나갔다. 두 번째 주에 학생들은 모두 각자의 연구를 지도해 줄 지도 교수를 지정받았다. 내 지도 교수는 케임브리지 대학교 소속 한 칼리지의 부학장을 역임한 적도 있는 조너선 스타인버그 교수로, 홀로코스트에 대한 저술로 큰 명성을 얻은 학자라고 들었다.

스타인버그 교수와의 첫 만남은 며칠 후에 잡혔다. 칼리지 수위실에서 기다리고 있으려니 깡마른 사람이 나타나서 묵직한 열쇠 꾸러미를 꺼내 돌 사이에 세워진 나무문을 열었다. 나는 그 사람을 따라 나선형 계단을 걸어 올라갔다. 시계탑 안으로 올라가다 보니 간소한 가구를 갖춘 밝은 방이 나왔다. 방에는 나무 책상 하나와 의자 두 개가 놓여 있었다.

나는 심장이 두근거릴 때마다 귀까지 쉭쉭하고 울려 대는 소리를 들으며 자리에 앉았다. 스타인버그 교수는 70대였지만, 그를 묘사하라고 하면 노인이라는 표현은 전혀 떠오르지 않았을 것이다. 그의 동작은 민첩했고 시선은 방 전체를 꿰뚫는 듯했다. 어투는 침착하면서도 유연했다.

「나는 스타인버그 교수입니다.」 그가 말했다. 「무슨 공부를 하고 싶은가요?」 나는 역사 기록학에 관한 이야기를 우물쭈물 꺼냈다. 역사 자체가 아니라 역사학자들에 대한 공부를 하기로 결심했기 때문이다. 이런 관심은 홀로코스트와 미국 흑인 인권 운동에 대해 배우면서 내게 근거나 기초에 대한 지식이 전혀 없다고 절감했던 경험에서 나온 것 같다. 누군가가 과거에 대해 아는 바는 항상 다른 사람에게서 들은 이야기로부터 제한받게 될 거라는 점을 깨달았기 때문이다. 나는 잘못 알고 있던 사실을 바로잡히는 일이 어떤 느낌인지 안다. 잘못 알고 있던 규모가 너무도 커서 그것을 바로잡으면 세상 전체가 변할 정도였다. 이제 역사를 이해하는 길로 통하는 문을 지키는 위대한 문지기들이 어떻게 자신들의 무지와 편견을 해결했는지를 알아야만 했다. 나는 그들의 저술이 절대적인 것이 아니라 각자의 주관적 편견이 가미된 주장들을 서로 교환하고 개선해 나가는 과정이라는 것을 받아들이고 나면, 내가 배운 역사가 대부분의 사람들이 배운 역사와 다르다는 사실도 받아들일 수 있을 것 같았다. 아버지도 틀릴 수 있고, 칼라일이나 매콜리, 트리벨리언 같은 위대한 역사학자들도 틀릴 수 있다. 그들이 논쟁의 불을 지핀 후 남은 재로부터 내가 살 수 있는 세상을 세울 수 있을지도 몰랐다. 내가 발을 디딘 땅이 땅이 아니라는 사실을 알면 거기에 설 수 있을 것 같았다.

그런 내 생각을 제대로 전달했는지 의심스러웠다. 말을 다 끝내자 스타인버그 교수는 나를 잠시 지긋이 쳐다보다가 말했다. 「지금까지 받은 교육을 좀 이야기해 보세요. 어디서 학교를 다녔지요?」

그 순간 갑자기 방에 공기가 하나도 남지 않은 것처럼 느껴졌다.

「저는 아이다호에서 자랐어요.」 내가 말했다.

「거기서 학교를 다녔나요?」

이제 와서 생각해 보니 누군가가 스타인버그 교수에게 나에 대해 이야기했을 수도 있었다. 케리 박사 같은 사람이 말이다. 아니면 내가 자기의 질문을 피한다는 것을 감지하고 더 호기심이 생겼는지도 모르겠다. 무슨 이유에서였든, 내가 한 번도 학교에 다닌 적이 없다는 사실을 고백하기 전까지 그는 계속 추궁하는 것을 포기하지 않았다.

「이거 굉장하군.」 그가 미소를 지으며 말했다. 「버나드 쇼의 〈피그말리온〉에 들어간 기분이야.」

두 달 동안 나는 스타인버그 교수와 매주 만났다. 한 번도 읽을 책을 지정받은 적이 없이, 내가 읽겠다고 요청하는 것만, 그것이 책이 됐든 글 한 페이지가 됐든 내가 원하는 것만 읽었다.

브리검 영 대학교의 어느 교수도 스타인버그 교수처럼 내 글을 이 잡듯 읽지 않았다. 쉼표 하나, 마침표 하나, 형용사나 동사 하나까지도 그의 관심을 끌지 않는 것은 없었다. 그는 문법과 뜻, 형식과 내용을 구분하지 않았다. 허술한 문장은 허술하게 쌓아진 논리이고, 문법적 논리도 틀리면 수정을 받아야 하는 부분이라는 것이 교수의 시각이었다. 「말해 봐요. 이 쉼표는 왜 여기에 찍었지요? 이 두 구문 사이에 어떤 관계를 정립하려고 한 것이지요?」 그는 그렇게 묻곤 했다. 내가 설명을 하면 어떨 때는 〈맞는 말이군〉 하기도 하고, 어떨 때는 길게 구문론 설명에 들어가기도 했다.

스타인버그 교수와 공부를 시작한 지 한 달쯤 지난 후 나는 에드먼드 버크와 푸블리우스를 비교하는 에세이를 썼다. 푸블리우스는 제임스 매디슨, 알렉산더 해밀턴, 존 제이가 『연방주의자 논집』을 쓸 때 사용한 이름이다. 2주일 동안 나는 거의 잠을 자지 않았다. 눈을 뜨고 있는 시간은 모두 그 에세이에 대해 읽고 생각하는 데 바쳤다.

아버지로부터 나는 책들은 섬기거나 피해야 하는 것들이라고 배웠다. 주님의 책 — 모르몬 선지자들 혹은 미국 건국의 아버지들이 집필한 책들 — 은 연구 대상이라기보다는 공경과 사랑의 대상이었다. 매디슨 같은 사람이 쓴 책들이 거푸집이라면 내 생각은 회반죽처럼 그 홈잡을 데 없이 완벽한 거푸집에 부어서 그 형태를 그대로 베껴 내야 마땅했다. 그들의 책은 어떻게 스스로 생각하는지를 배우기 위해서가 아니라 무엇을 생각할지를 배우기 위해서 읽었다. 주님의 책이 아닌 책들은 금지 품목이었다. 그 책들은 위험하고, 그 교활함이 너무도 강력하고 물리칠 수 없이 유혹적이기 때문이었다.

에세이를 쓰기 위해서는 그 책들을 다른 방식으로 읽어야만 했다. 두려움이나 숭배를 마음속에서 배제해야만 했던 것이다. 버크는 영국 왕정을 옹호한 사람이었기 때문에 아버지는 그가 폭군의 하수인이라고 말했을 것이다. 그의 책을 집에 들이는 것도 허락하지 않았을 것이다. 책에 쓰인 말들을 나 스스로 판단할 수 있다고 믿으며 읽는 것은 전율이 흐를 정도로 기쁜 일이었다. 그와 동일한 전율을 매디슨, 해밀턴, 제이의 글을 읽을 때도 느꼈다. 특히 그들의 결론보다 버크의 결론에 나 스스로 동조하게 될 때, 혹은 그들의 생각이 내용 면에서는 그리 다르지 않고 단지 형식적으로만 다르다는 것을 발견했을 때 그 기쁨은 더욱 컸다. 이런 방식으로 책을 읽는 것에는 대단한 가정이 포함되어 있었다. 바로 책들은 사람을 속이기 위해 있는 것이 아니고, 나는 약한 사람이 아니라는 가정이 바로 그것이었다.

에세이를 끝내고 스타인버그 교수에게 보냈다. 이틀 후, 약속대로 교수실에 들어갔을 때 그는 기분이 가라앉은 듯 보였다. 책상 건너편에서 나를 쳐다보고 있는 교수를 보며 나는 내 에세이가 엉망이었다는 말이 나오기를 기다렸다. 무지한 머리의 산물이고, 허황된 가정에, 근거 없는 결론을 너무 많이 도출해 낸 에세이라는 말을 들을 마음의 준비를 했다.

「내가 케임브리지에서 가르친 지 30년이에요.」 그가 말했다.「이 에세이는 그동안 읽어 본 것들 중 가장 훌륭한 에세이 중 하나입니다.」

나는 모욕당할 준비는 되어 있었지만, 이런 말을 들을 준비는 되어 있지 않았다.

스타인버그 교수가 틀림없이 내 에세이에 관해 다른 말을 더 했을 것이 분명하지만 나는 아무것도 듣지 못했다. 내 머리는 그 방에서 뛰쳐나가고 싶은 욕망에 사로잡혀 고통스러웠다. 그 순간 나는 더 이상 케임브리지 대학교 어느 칼리지의 시계탑 건물에 앉아 있지 않았다. 나는 열일곱 살이었다. 빨간색 지프차를 타고, 사랑하는 소년이 내 손에 자기 손을 막 댄 순간으로 돌아갔다. 나는 손을 빼고 달아났다.

나는 친절을 제외한 어떤 형태의 잔인함도 견뎌 낼 수 있었다. 칭찬은 내게 독과도 같았다. 그것을 마시면 나는 목이 메었다. 나는 교수가 나에게 고함 치기를 원했다. 그의 비난을 너무도 깊이 원한 나머지 궁핍감으로 어지러웠다. 나의 추한 모습을 누군가가 말로 표현하는 것을 들어야만 했다. 교수의 목소리에서 그 표현을 찾지 못하면 내가 스스로 찾아야만 했다.

시계탑 건물에서 나온 기억도, 그날 오후를 어떻게 보냈는지에 대한 기억도 전혀 없다. 그날 저녁에는 정장을 입고 참석하는 만찬이 있었다. 촛불로 밝혀진 홀은 아름다웠다. 그러나 나는 그 촛불이 다른 의미에서 기뻤다. 정장 대신 입을 것이라고는 검은 셔츠와 검은 바지밖에 없었던 나는 조명이 어두우면 사람들이 내가 무슨 옷을 입었는지 알아차리지 못할 거라고 생각했다. 내 친구 로라는 조금 늦게 도착했다. 부모님이 방문을 해서 파리에 같이 놀러 갔다가 막 돌아온 길이라고 했다. 그녀는 진보라 드레스를 입고 있었다. 잔주름이 잡힌 치마는 무릎 위로 상당히 올라갈 정도로 짧았다. 잠깐이나마 그 옷이 창녀처럼 보인다고 생각하고 있는데 그녀는 파리에서 아버지가 사준 옷이라고 말했다. 아버지에게서 선물로 받은 옷이 창녀 같을 수는 없었다. 아버지에게서 선물을 받는다는 것은 그 여자가 창녀가 아니라는 확실한 신호였다. 나는 이 모순이 혼란스러웠다. 창녀 같은 드레스를 사랑하는 딸에게 선물로 주는 것. 어느덧 만찬이 끝나고 접시들이 치워졌다.

다음번 지도 시간에 스타인버그 교수는 내가 대학원에 지원을 하면 그곳이 어디든 합격할 수 있도록 해주겠다고 말했다. 「하버드는 가봤어요?」 그가 말했다. 「아니면 케임브리지를 더 선호하나?」

나는 케임브리지에 다니는 나 자신을 상상해 봤다. 오래된 건물의 복도를 걸어가면서 기다란 검은 로브 자락을 휘날리는 대학원생. 그러나 다음 순간 나는 목욕탕에서 팔을 뒤로 꺾인 채 몸을 구부리고 머리가 변기에 처박혀 있었다. 나는 학생으로서의 내 모습에 정신을 집중하려고 애썼지만 그럴 수가 없었다. 검은 가운을 휘날리는 그 소녀를 상상할 때마다 또 다른 소녀를 떠올리지 않을 수 없었다. 학자 아니면 창녀, 두 가지 모두가 사실일 수는 없었다. 그중 하나는 거짓이었다.

「갈 수가 없어요.」 내가 말했다. 「등록금 낼 돈이 없어요.」

「등록금 걱정은 나한테 맡겨요.」 스타인버그 교수가 말했다.

8월 말, 케임브리지에서의 마지막 밤이었다. 홀에서 마지막 만찬이 열렸다. 테이블은 성대하게 차려져 있었다. 나는 한 사람 앞에 지금까지 그렇게 많은 나이프, 포크, 유리잔을 늘어 세워 놓은 것을 본 적이 없었다. 벽에 걸린 초상화들은 촛불에 비쳐 유령처럼 보였다. 이 모든 우아함 속에서 나는 이물질 같은 느낌이 드는 동시에 투명인간처럼 느껴졌다. 지나가는 다른 학생들을 뚫어져라 쳐다보면서 그들의 실크 드레스와 짙은 화장 하나하나를 놓치지 않았다. 그들의 아름다움이 나를 사로잡았다.

만찬 중 친구들의 즐거운 대화 소리에 귀를 기울이면서도 나는 내 방에 혼자 있을 수 있는 시간을 간절히 기다렸다. 스타인버그 교수는 상석에 앉아 있었다. 그쪽을 쳐다볼 때마다 나는 오래된 본능이 내 안에서 머리를 드는 것을 느꼈다. 그 본능은 내 근육을 긴장시키면서 달아날 준비를 하도록 만들었다.

디저트가 나오는 순간 나는 홀을 떠났다. 그 모든 세련됨과 아름다움에서 벗어나니 안도가 됐다. 아름답지 않아도 되고, 더 이상 대조되는 대상이 아니어도 되니 좋았다. 내가 홀에서 나오는 것을 본 케리 박사가 따라 나왔다.

사방이 어두웠다. 잔디밭은 검은색이었고, 하늘은 그보다 더 검었다. 땅에 설치한 조명이 기둥처럼 솟아올라 채플을 비추고, 빛을 받은 채플은 어두운 저녁 하늘을 배경으로 달처럼 빛나고 있었다.

「스타인버그 교수한테 큰 인상을 줬더군요.」 케리 박사가 내 걸음걸이와 속도를 맞추면서 말했다. 「교수도 학생한테 좋은 인상을 줬어야 할 텐데 말이죠.」

무슨 말인지 이해할 수가 없었다.

「이쪽으로 와봐요.」 그는 채플 쪽으로 방향을 꺾으며 말했다. 「할 말이 있어요.」

그의 뒤를 따라 걸으며 내 발자국은 소리가 나지 않는다는 사실을 깨달았다. 내가 신은 싸구려 신발은 다른 여학생들이 신는 힐처럼 돌바닥 위를 걸을 때 우아한 소리를 내지 않았다.

케리 박사는 나를 관찰해 왔다고 말했다. 「학생은 마치 다른 사람을 흉내 내는 것처럼 행동해요. 마치 그렇게 가장하는 일에 목숨이 달려 있기라도 한 듯이 말이지요.」

뭐라고 해야 할지 알 수가 없었다. 그래서 아무 말도 하지 않았다.

「학생은 한 번도 그런 생각을 해보지 않았을지 모르지만, 여기 있는 누구와 비교해도 학생은 여기 있을 자격이 충분합니다.」 그리고 그는 내 대답을 기다렸다.

「저는 만찬을 먹는 쪽보다 서빙하는 쪽이 더 편하게 느껴져요.」

케리 박사가 미소를 지었다. 「스타인버그 교수를 좀 믿어 보세요. 그 교수가 학생이 좋은 학자라고 하면 학생은 좋은 학자가 맞습니다. 〈순금〉이라는 표현을 쓰더군요.」

「여기는 마술 같은 곳이에요.」 내가 말했다. 「여기에서는 모든 게 빛이 나요.」

「그런 식으로 생각하는 습관을 버려야 해요.」 케리 박사가 목소리를 높이며 말했다. 「학생은 가짜 사금파리가 아니에요. 그런 가짜는 특별한 빛을 비출 때만 빛이 나지요. 학생이 어떤 사람이 되든, 자신을 어떤 사람으로 만들어 나가든, 그것은 학생의 본 모습이에요. 늘 자기 안에 존재했던 본질적인 모습. 케임브리지여서 그렇게 보이는 것이 아니라, 학생 안에 가지고 있는 거예요. 학생은 순금이에요. 브리검 영으로 돌아가든, 산에 있는 집으로 돌아가든 그 본질은 변하지 않을 거예요. 다른 사람이 학생을 보는 눈은 변할지 모르고, 학생이 자신을 보는 눈도 변할지 모르지만. 어차피 순금도 빛에 따라서는 덜 빛나 보일 때도 있으니까. 하지만 빛이 덜 난다면 그게 허상인 거예요. 지금까지 항상 그랬어요.」

나는 그의 말을 믿고 싶었다. 케리 박사가 하는 말을 받아들여 나 자신을 거기 맞춰 다시 만들고 싶었다. 하지만 나는 한 번도 그 정도의 믿음을 가져 본 적이 없었다. 그 기억들을 아무리 깊이 묻어도, 그 기억들에 대해 아무리 굳게 눈을 감아도, 나 자신을 떠올릴 때 머릿속에 떠오르는 이미지는 목욕탕의 그 소녀, 주차장의 그 소녀의 모습이었다.

케리 박사에게 그 소녀에 관한 이야기를 할 수는 없었다. 내가 케임브리지로 돌아올 수 없는 이유가 여기 올 생각을 하면 내 인생에서 가장 폭력적이고 수치스러운 순간들이 봇물 터지듯 함께 떠오르기 때문이라는 설명을 케리 박사에게 할 수는 없었다. 브리검 영 대학교에서는 그런 것을 거의 잊고, 과거에 일어났던 일들을 현재의 것들에 스며들게 할 수 있었다. 그러나 케임브리지에서는 그 대비가 너무 컸고 내 눈앞에 펼쳐진 광경은 너무 장엄했다. 차라리 내 기억들이 돌로 쌓아 올린 첨탑들보다 더 현실적이고 더 믿기 쉬웠다.

나는 내가 케임브리지에 올 자격이 없는 사람이 아니라는 것을 자신에게 설득시키기 위해 다른 이유들을 생각해 냈다. 계급과 사회적 위상 등과 관련한 이유들 말이다. 내가 돈이 없고, 가난하게 자라 왔기 때문에 여기 올 수 없고, 채플의 지붕에 바람을 맞으며 서도 몸을 굽히지 않을 수 있는 사람이기 때문에 못 오는 거라고. 케임브리지에 올 자격이 없는 것은 바로 그 사람 — 창녀가 아니라 지붕을 잇는 사람 — 이라고 나 자신을 설득했다. 그날 오후, 나는 이렇게 일기를 썼다. 〈학교에 갈 수도 있다. 새 옷을 살 수도 있다. 그러나 나는 여전히 타라 웨스트오버다. 나는 케임브리지 학생 누구도 해보지 않은 일을 해봤다. 무슨 옷을 입혀도 그들과 나는 같아질 수 없다.〉 내게 잘못된 것은 어떤 옷으로도 바로잡을 수 없었다. 내 안의 뭔가가 썩어서 그 악취가 너무 심하고, 중심부가 뭉그러져서 옷 따위로는 감출 수가 없었다.

케리 박사가 이런 나의 생각이나 심정을 한 부분이라도 알아차렸는지 나는 알 수가 없다. 그러나 그는 내가 여기 속하지 않고, 속할 수도 없다는 것의 상징을 옷으로 설명하는 데 집착한다는 사실은 이해했다. 그가 가기 전에 마지막으로 한 말은 나를 그 장엄한 채플 옆에서 꼼짝없이 얼어붙게 하고 말았다.

「자신이 누군지를 결정하는 가장 강력한 요소는 그 사람의 내부에 있어요.」 그가 말했다. 「스타인버그 교수는 이 상황을 〈피그말리온〉에 비유하더군요. 타라, 그 이야기를 생각해 보세요.」 케리 박사는 잠시 망설이다가 날카로운 눈과 꿰뚫는 듯한 목소리로 말을 이었다. 「주인공은 좋은 옷을 입은 하층 노동자였어요. 자기 자신에 대한 믿음이 생기기 전까지는. 일단 그 믿음이 생긴 후에는 그녀가 무슨 옷을 입고 있는지가 전혀 중요하지 않게 됐지요.」

29

졸업

케임브리지 대학교와의 교환학생 프로그램이 끝나고 나는 브리검 영 대학교로 돌아왔다. 캠퍼스는 늘 보던 그대로였다. 케임브리지를 잊고 그곳 생활로 돌아가는 것은 어렵지 않은 일이었을 것이다. 그러나 스타인버그 교수는 내가 케임브리지를 잊지 못하도록 하겠다고 결심한 듯했다. 그는 게이츠 케임브리지 장학금이라는 것을 신청하는 지원서를 보내왔다. 옥스퍼드 대학생들에게 주는 로즈 장학금과 비슷한 것으로 케임브리지 학생들만을 대상으로 한다는 설명도 딸려 왔다. 그 장학금을 받게 되면 등록금, 숙식비를 모두 받을 수 있었다. 내가 보기에 그런 장학금은 나 같은 사람에게는 너무 먼 일이어서 코미디처럼 느껴졌지만, 교수는 그렇지 않다고 고집했고, 그래서 일단 원서를 내기는 했다.

얼마 지나지 않아 나는 또 하나의 차이, 작은 변화가 생겼다는 것을 깨달았다. 친구 마크와 함께 저녁 시간을 보내고 있을 때였다. 마크는 고대 언어를 공부하고 있었다. 나와 마찬가지로, 그리고 브리검 영 대학교의 거의 모든 사람들과 마찬가지로 마크도 모르몬교도였다.

「사람들이 교회 역사를 공부해야 한다고 생각해?」 그가 물었다.

「응.」내가 말했다.

「그게 사람들을 불행하게 만들어도?」

그가 무슨 말을 하고 싶은지 알 것 같았다. 그러나 나는 그가 설명하기를 기다렸다.

「일부다처제에 대해 알고 나면 믿음이 흔들리는 여성들이 많잖아.」그가 말했다.「우리 엄마처럼. 아마 엄마는 그 부분을 지금까지도 이해하지 못한 것 같아.」

「나도 지금까지 이해 못 하고 있어.」내가 말했다.

긴장된 침묵이 흘렀다. 마크는 내가 다음 대사를 해주기를 기다리고 있었다. 내가 믿음을 되찾게 해달라고 기도하고 있다는 대사 말이다. 사실 나도 그 기도는 여러 번 반복했었다.

아마 그 순간 우리 둘 다 모르몬교의 역사를 생각하고 있었을 것이다. 아니면 나만 그랬을까? 나는 아내가 40명이나 됐던 조지프 스미스를 생각했다. 브리검 영은 자그마치 55명의 부인과 56명의 자녀를 뒀다. 교회에서는 1890년에 현세에서의 일부다처제를 끝낸다고 발표했지만 그 독트린 자체를 포기하지는 않았다. 어릴 때 나는 ─ 아버지도 그렇게 가르쳤지만, 주일 학교에서도 ─ 때가 오면 신이 일부다처제를 다시 부활할 것이고, 내세에는 나도 여러 명의 아내들 중 한 명이 될 것이라고 배웠다. 나의 자매 아내들의 숫자는 내 남편이 얼마나 의로운 사람인지에 달려 있다고 했다. 더 숭고하게 산 사람일수록 더 많은 아내가 주어질 것이다.

나는 그 사실을 납득하고 받아들이지 못했다. 어릴 적 하늘나라에 있는 내 모습을 상상할 때면 나는 기다란 흰 옷을 입고 진줏빛 안개가 자욱한 가운데 내 남편을 마주보고 서 있다. 그러나 카메라가 줌아웃을 하면 우리 뒤에 여자가 열 명쯤 더 서 있다. 내 상상 속에서 나는 항상 첫 번째 부인이지만, 그럴 보장이 없다는 것도 잘 알고 있었다. 나도 길게 늘어서 있는 여러 명의 부인 가운데 하나일 수 있었다. 내가 기억하는 한 이 광경은 내가 천국을 생각하면 항상 떠오르는 핵심적인 이미지였다. 내 남편과 그의 여러 부인들. 이 방식의 셈법에는 내 마음을 아프게 찌르는 부분이 있었다. 천국을 이루는 신의 셈법에 따르면 수없이 많은 여자와 한 명의 남자가 같은 무게를 지닌다는 사실 말이다.

나는 고조할머니 이야기를 기억한다. 내가 고조할머니의 이름을 처음 들은 것은 열두 살 때였다. 모르몬교에서는 열두 살이 되면 더 이상 소녀가 아니라 여성이 된다. 열두 살이 되면 주일 학교에서 배우는 것들 중에 〈순결〉, 〈정절〉과 같은 단어들이 포함되기 시작한다. 나는 그즈음 교회에서 조상들 중 한 인물에 관해 알아 오라는 숙제를 받고, 엄마에게 어느 조상을 골라야 할지 물었다. 엄마는 생각할 것도 없이 바로 〈안나 마티아〉 하고 말했다. 나는 그 이름을 따라 불러 봤다. 내 혀 끝을 떠난 그 이름은 마치 동화의 첫 시작을 알리는 것처럼 공중으로 퍼져 나갔다. 엄마는 내게 아름다운 목소리를 준 것이 바로 안나 마티아 할머니이니 그분께 고마워해야 한다고 말했다.

「안나 마티아 할머니의 목소리 덕분에 우리 가족이 교회로 인도받은 거란다.」 엄마가 말했다. 「안나 마티아 할머니가 노르웨이의 거리에서 모르몬 선교사들이 설교하는 것을 들었대. 그리고 기도를 했는데 주님이 할머니에게 믿음의 은총을 내리셨단다. 조지프 스미스가 주님의 선지자라는 지식과 함께. 할머니가 할머니의 아버지, 그러니까 현조 할아버지에게 그 이야기를 했지만 모르몬교에 대해 좋지 않은 소문을 들은 현조 할아버지는 딸이 침례받는 걸 허락하지 않으셨지. 그래서 할머니는 아버지 앞에서 노래를 했단다. 「오 나의 아버지」

라는 모르몬 성가였지. 노래가 끝나자 현조 할아버지 눈에 눈물이 고여 있었대. 그리고 그토록 아름다운 음악을 가진 종교라면 신의 진리가 아닐 수가 없다고 말씀하셨대. 두 사람은 함께 침례를 받았단다.」

안나 마티아의 전도로 부모까지 모두 개종을 한 후, 가족들은 미국으로 와서 선지자 조지프를 만나라는 신의 계시를 받았다. 미국으로 가기 위한 경비를 모았지만 2년 후, 가족의 절반만 미국으로 갈 돈이 마련됐고, 안나 마티아 할머니는 노르웨이에 남게 됐다.

미국으로의 여정은 길고 험난했다. 안나 마티아의 가족들이 아이다호에 있는 윔크릭이라는 모르몬 정착지에 도착했을 무렵 안나의 어머니는 병에 걸려 죽어 가고 있었다. 그녀의 마지막 소원이 딸을 다시 보는 것이었기 때문에 현조 할아버지는 안나에게 편지를 보내 있는 돈을 모두 쏟아부어서라도 미국으로 오라고 간청했다. 안나는 사랑에 빠져 결혼하기 직전이었지만 약혼자를 노르웨이에 두고 바다를 건넜다. 그러나 그녀의 어머니는 안나가 탄 배가 미국 땅에 도착하기 전에 숨을 거두었다.

안나의 가족은 극도로 궁핍했고, 안나를 기다리는 약혼자와 결혼시키기 위해 노르웨이로 돌려보낼 돈이 없었다. 안나가 아버지에게 재정적으로 짐이 되고 있었기 때문에 비숍은 안나를 돈 많은 농부와 결혼해 두 번째 아내가 되도록 설득했다. 그 농부의 첫 번째 부인은 아이를 낳지 못했기 때문에 안나가 임신하자 질투가 극심했다. 안나는 첫 번째 부인이 아이를 해칠까 두려워 아버지에게 돌아와 쌍둥이를 낳았다. 그러나 쌍둥이 중 한 명만 변방의 추운 겨울을 이겨 내고 살아남았다.

마크는 아직도 기다리고 있었다. 그러다가 그냥 포기하고 내가 해야 할 대사를 자기가 대신 중얼거렸다. 자기도 완전히 이해하지는 못하지만 일부다처제가 주님이 내린 원칙이라는 것은 알고 있다는 내용이었다.

나도 동의를 했다. 그 말을 하고 나서 나는 모욕감이 물밀어 몰려올 것에 대한 마음의 준비를 했다. 얼굴이 보이지 않는 한 남자 앞에 서 있는 수많은 부인들 중의 한 명인 내 모습이 내 머리를 침범할 것이라 생각했지만 그 이미지는 떠오르지 않았다. 나는 내 머리의 구석구석을 찾아 헤매다가 거기서 새로운 확신 하나를 발견했다. 나는 절대 여러 부인들 중의 하나가 되지는 않을 것이라는 확신이었다. 한 치도 물러나지 않겠다는 신념이 깃든 목소리가 이 사실을 선언했다. 그 선언을 들으면서 나는 몸을 떨었다. 신이 내게 명한다면 어떡하지? 나는 자문했다. 〈넌 하지 않을 거야.〉 그 목소리가 대답했다. 나는 그것이 진짜임을 알고 있었다.

나는 안나 마티아 할머니를 떠올렸다. 선지자를 따라서 사랑하는 사람을 버리고 바다를 건너서 사랑하지 않는 사람의 두 번째 부인이 되고, 첫 아이를 땅에 묻어야만 했던 그녀의 세상은 어떤 곳이었을까? 그런데 이제 그녀의 고손녀는 믿음을 잃고 그녀가 건넜던 그 바다를 다시 건너려 하고 있었다. 나는 안나 마티아의 목소리를 물려받은 후계자였다. 목소리와 함께 믿음은 물려주지 않은 걸까?

나는 게이츠 장학금 심사 본선에 올랐다. 2월에 아나폴리스에서 면접이 있을 거라는 소식이 도착했다. 어떻게 준비를 해야 할지 전혀 알 수가 없었다. 로빈은 앤 테일러라는 할인 매장이 있는 파크 시티까지 나를 차로 데리고 가서 감색 바지 정장과 거기 어울리는 신발을 사는 것을 도와줬다. 내게 핸드백이 없다는 것을 안 로빈은 자기 백을 빌려 줬다.

면접을 하기 2주일 전 부모님이 브리검 영 대학교에 왔다. 그전에 한 번도 방문한 적이 없었지만, 나와 저녁 식사를 하기 위해 애리조나로 가는 길에 들르기로 한 것이다. 나는 내가 사는 아파트 길 건너편에 있는 인도 식당을 선택했다.

여종업원의 눈길이 아버지의 얼굴에 조금 너무 오래 머물렀고, 아버지 손을 보고는 완전히 눈이 튀어나올 것 같은 표정을 지었다. 아버지는 메뉴에 나와 있는 음식들 중 거의 절반을 주문했다. 나는 아버지에게 주요리 세 종류면 충분하다고 말했지만 아버지는 윙크를 해보이면서 돈은 문제가 아니라고 말했다. 아버지의 기적 같은 회복의 사연이 입소문을 타기 시작하면서 엄마의 물약과 연고를 찾는 사람이 점점 더 많아지고 있었다. 마운틴 웨스트 지역에서 활동하는 거의 모든 산파와 자연 요법 치료사들이 엄마가 만든 물약, 연고, 블렌드 오일을 팔았다.

음식이 나오기를 기다리면서 아버지는 내 강의들에 관해 물었다. 나는 불어를 배우고 있다고 말했다. 「그건 사회주의자들의 언어인데.」 아버지는 그렇게 말하고, 20분에 걸쳐 20세기 역사에 관해 설교를 했다. 아버지는 유럽의 유대인 은행가들이 비밀 협약을 맺어 제2차 세계 대전을 시작했고, 미국에 사는 유대인들과 결탁해서 전쟁 자금을 댔다고 선언했다. 홀로코스트도 그들이 계획한 일이라고 했다. 전 세계적인 혼란으로 이익을 거둘 것이기 때문이다. 돈을 위해 동족을 가스실로 보냈다고도 했다.

처음 듣는 주장이 아니었다. 그러나 잠시 후 나는 그 이야기를 어디서 들었는지 기억해 냈다. 케리 교수가 『시온 장로 의정서』에 관해 한 강의였다. 1903년 출간된 이 의정서는 권력층 유대인들이 세계를 장악하려는 목적으로 연 비밀회의에 대한 기록이라고 알려졌다. 이 문헌은 조작으로 판명 났지만 제2차 세계 대전이 발발하기 전 몇십 년 동안 계속 퍼져 나가 반유대주의에 불을 붙였다. 아돌프 히틀러도 이 문헌을 『나의 투쟁』에서 언급하면서, 거기 나온 내용들이 사실일뿐 아니라 유대인들의 본성을 잘 드러내 주고 있다고 주장했다.

아버지는 큰 소리로 이야기를 하고 있었다. 산에서라면 적당했을지 모르지만 작은 식당에서는 천둥처럼 들리는 크기였다. 근처 테이블에 앉은 손님들이 하던 이야기를 멈추고 침묵 속에 앉아 우리 이야기에 귀를 기울였다. 나는 내 숙소와 그렇게 가까운 식당을 고른 것을 후회했다.

아버지는 제2차 세계 대전에서 UN, EU, 그리고 결국 코앞에 닥친 세상의 멸망에 대한 설교로 화제를 옮겨 갔다. 아버지는 마치 그 세 가지가 유사어인 것처럼 이야기했다. 카레가 도착했고, 나는 음식에 온 정신을 집중했다. 아버지의 설교가 지루해진 엄마가 다른 이야기를 좀 하자고 제안했다.

「하지만 세상의 종말이 코앞에 닥쳤어!」 아버지는 이제 고함을 지르고 있었다.

「물론이죠.」 엄마가 말했다. 「하지만 밥 먹을 때만큼은 그 이야기 좀 하지 맙시다.」

나는 들고 있던 포크를 놓고 두 사람을 쳐다봤다. 지난 30분 동안 들어야만 했던 수많은 이상한 말들 중에서 무슨 이유에선지 방금 그 말이 내게 가장 충격적이었다. 지금까지 들어 온 문장 하나하나에 든 사실들은 나에게 충격이 아니었다. 부모님이 하는 모든 일은 내게는 이해가 되는 일이었다. 모두 내가 이해하는 논리에 충실했기 때문이다. 어쩌면 배경 때문이었는지도 모른다. 벅스피크는 부모님의 것이었고, 그들의 모든 행동과 말은 그 속에 자연스럽게 섞여 들었다. 그래서 요란하고 분명한 내 어린 시절의 유물들에 둘러싸인 곳에서 그런 이야기를 듣고, 그런 행동을 볼 때는 모든 것이 배경에 흡수되어 그 일부로 보였다. 적어도 그 배경에 소음이 어느 정도는 흡수됐었다. 그러나 여기, 대학에 이렇게 가까운 곳에서 만난 부모님은 너무도 비현실적이어서 신화에 나오는 인물들처럼 느껴졌다.

아버지가 나를 보면서 내 의견을 말하기를 기다렸다. 그러나 나는 나 자신이 낯설었다. 그 순간 누가 되어야 할지 알 수가 없었다. 산에서는 별생각 없이 부모님의 딸이자 조수, 견습생 역할로 목소리를 낼 수 있었다. 그러나 벅스피크의 그림자 아래서는 그토록 쉽게 낼 수 있었던 그 목소리를 이곳에서는 좀처럼 찾을 수 없었다.

우리는 함께 내 아파트로 걸어갔고, 나는 부모님에게 내 방을 보여 줬다. 엄마가 문을 닫자 그 뒤 벽에 걸려 있던 마틴 루서 킹 주니어의 사진이 드러났다. 처음 흑인 인권 운동에 대해 배웠던 4년 전에 붙였던 사진이었다.

「저 사진은 마틴 루서 킹 주니어니?」 아버지가 말했다. 「저 사람 공산주의랑 연관돼 있는 거 모르니?」 아버지는 입술이 있던 자리에 자라난 희멀건 피부를 깨물었다.

부모님은 밤새 운전을 해야 했기 때문에 오래 머물지 않고 떠났다. 그들이 떠나는 것을 지켜본 후 나는 일기장을 꺼냈다. 〈아무 의심도 없이 그 모든 것을 내가 믿었다는 것이 놀랍다〉라고 썼다. 〈세상 전체가 틀렸고, 아버지만이 옳다고 생각했었다.〉

그보다 며칠 전 타일러 오빠의 부인, 스테파니 새언니가 전화로 해준 이야기가 떠올랐다. 그녀는 아이들에게 예방 접종을 시키기 위해 타일러 오빠를 설득하는 데 몇 년이 걸렸다고 말했다. 오빠 머리의 어디에선가 예방 접종은 현대 의학계의 음모라고 믿는 구석이 남아 있었기 때문이다. 아버지의 목소리가 아직 내 귓속에서 울려 퍼지고 있는 그 순간, 그 전화 대화를 기억하면서 나는 오빠를 비웃었다. 〈오빠는 과학자잖아!〉 일기에 그렇게 적었다. 〈부모님의 편집증을 어떻게 꿰뚫어 보지 못하는 거지!〉 나는 내가 적은 부분을 다시 읽었다. 읽다 보니 냉소가 사라지고 아이러니한 느낌이 들었다. 〈하지만, 지금까지 나도 예방 접종을 한 번도 맞지 않았다는 사실을 생각하면 타일러 오빠를 비웃을 수도 없는 일이다.〉

게이츠 장학금을 타기 위한 면접은 아나폴리스의 세인트존스 칼리지에서 받았다. 완벽하게 다듬어진 잔디밭과 단정한 식민지 시대풍 건물들로 이루어진 캠퍼스는 내 기를 죽이기에 충분했다. 나는 차례가 돼서 내 이름이 불리기를 기다리며 복도에 초조하게 앉아 있었다. 입고 있는 정장 바지가 답답했고, 로빈한테서 빌린 핸드백은 내 어깨에 너무나도 어색했다. 따지고 보면 스타인버그 교수가 엄청나게 강력한 추천서를 써줬기 때문에 내가 할 일은 별로 남아 있지도 않았다.

나는 다음 날 결과를 통고받았다. 장학금을 타게 됐다.

전화가 빗발치기 시작했다. 브리검 영 대학교 학생 신문과 지방 신문들이었다. 나는 인터뷰를 대여섯 번이나 했고, 텔레비전에도 출연했다. 어느 날 아침 일어나 보니 내 사진이 브리검 영 대학교 홈페이지에 대문짝만 하게 실려 있었다. 나는 브리검 영 대학교 역사상 게이츠 장학금을 탄 세 번째 학생이었고, 대학 당국은 그것을 학교 선전에 충분히 활용했다. 고등학교 생활에 대한 질문이나, 초등학교 선생님들 중 어떤 선생님이 내 성공에 가장 큰 영향을 미쳤는가에 관한 질문들은 요령껏 피하고 막아 냈다. 필요하면 거짓말도 했다. 아무에게도 내가 학교 문턱에도 가지 않았다는 이야기를 털어놓지 않았다.

왜 그들에게 이야기하지 못했는지 모르겠다. 그저 사람들이 내 등을 토닥이면서 내가 얼마나 훌륭한지 이야기하는 것을 상상만 해도 참을 수가 없었다. 아메리칸 드림을 들먹이면서 눈물을 글썽이며 호레이쇼 엘저풍의 자수성가형 성공담을 이야기하는 사람이 되고 싶지 않았다. 나는 내 삶이 말이 되기를 바랐고, 그런 류의 이야기는 말이 되지 않았기 때문이다.

졸업식 한 달 전, 나는 벅스피크를 방문했다. 아버지가 내 장학금에 관한 기사들을 읽고 한 말은 이것뿐이었다. 「홈스쿨링에 관해 말하지 않았더구나. 네 엄마랑 내가 널 학교에 보내지 않고 이렇게 잘됐으니 고마워할 줄 알았는데 말이지. 네 성공의 비밀이 바로 그거라고 사람들한테 말해야지. 홈스쿨링이 비결이라고.」

나는 아무 말도 하지 않았다. 아버지는 그것을 사과로 받아들였다.

아버지는 내가 케임브리지로 가는 것을 탐탁지 않아 했다. 「우리 조상들은 목숨을 걸고 바다를 건너서 사회주의 국가들을 탈출했는데, 이제 와서 네가 어떻게 한다고? 그 길을 돌려서 다시 돌아간다는 거냐?」

다시 한번 나는 아무 말도 하지 않았다.

「졸업식이 기대되는구나.」 아버지가 말했다. 「주님이 그놈의 교수들한테 뭐라고 쏘아붙여 줄지 가르쳐 주셨거든.」

「그런 짓은 하면 안 돼요.」 내가 조용히 말했다.

「주님이 내 마음을 움직이시면, 나는 몸을 일으켜 말할 거다.」

「그런 짓은 하면 안 돼요.」 내가 다시 반복했다.

「주님의 성령이 환영받지 못하는 곳은 가지 않겠다.」

대화는 그런 식으로 흘러갔다. 나는 아버지가 제풀에 지치거나, 그냥 넘어가 주기를 바랐지만, 내가 인터뷰에서 홈스쿨링을 언급하지 않은 것에 아버지는 너무 큰 상처를 받았고, 그새 상처는 곪기 시작했다.

졸업식 전날 만찬이 있었고, 거기서 나는 역사학과에서 주는 〈최우수 학부생〉상을 받을 예정이었다. 만찬식장 입구에서 부모님을 기다렸지만 결국 아무도 오지 않았다. 늦어지는 것이려니 하고 엄마에게 전화를 했다. 엄마는 오지 않는다고 말했다. 만찬에 참석한 나는 상패를 받았다. 만찬식장 전체에서 빈자리는 내 테이블뿐이었다. 다음 날 우등 졸업생들을 위한 오찬이 있었고, 나는 학장과 우등 졸업생 프로그램 원장과 함께 앉았다. 다시 한번 두 자리가 비어 있었다. 나는 부모님의 차에 문제가 생겼다고 말했다.

오찬이 끝난 후 엄마에게 전화를 했다.

「네가 사과를 하지 않는 한 아버지는 오지 않으시겠다는구나.」 엄마가 말했다. 「엄마도 마찬가지야.」

나는 사과를 했다. 「아버지가 원하는 말은 무엇이든 하셔도 돼요. 오시기만 하세요.」

부모님은 졸업식의 대부분을 보지 못했다. 내가 졸업장을 받는 장면을 봤는지도 확실치 않다. 기억이 나는 것은 음악이 시작되기 전에 친구들과 기다리던 장면이다. 친구들은 아버지가 사진을 찍어 주고, 어머니가 머리를 다듬어 주고 있었다. 친구들이 두르고 있던 화려한 화환과 새로 선물 받아 착용한 보석들도 기억이 난다.

졸업식이 끝난 후 다른 학생들이 가족들과 어울리는 것을 보면서 나는 혼자 잔디밭에 서 있었다. 마침내 부모님이 보였다. 엄마가 나를 껴안았다. 친구 로라가 사진 두 장을 찍어 줬다. 한 장은 나와 엄마가 억지로 미소를 짓고 있는 모습이고, 또 다른 한 장은 부모님 사이에 내가 꼭 끼어서 눌린 채 서 있는 모습이다.

나는 마운틴 웨스트를 그날 밤 떠날 예정이었다. 짐은 졸업식 전에 모두 싸뒀다. 아파트는 텅 비어 있었고, 가방은 문 옆에서 기다리고 있었다. 로라가 나를 공항까지 데려다주겠다고 자청했지만, 부모님이 나를 데려다주고 싶다고 했다.

나는 그냥 보도에다 나를 내려 주고 떠날 것이라 생각했지만 아버지는 나와 함께 공항 안까지 들어가겠다고 고집했고, 내가 짐을 부치기를 기다려 보안 검색대까지 따라왔다. 아버지는 마치 마지막 순간까지 내가 마음을 바꿀 기회를 주고 싶어 하는 듯했다. 우리는 아무 말 없이 걸었다. 보안 검색대에 이르자 나는 부모님을 한 번씩 껴안고 작별 인사를 했다. 신발을 벗고, 노트북 컴퓨터와 카메라를 짐에서 꺼내고 검색대를 통과한 다음 다시 짐을 싸고 터미널로 향했다.

뒤를 돌아본 것은 그때였다. 아버지가 그때까지도 검색대 입구에서서 내가 멀어져 가는 것을 지켜보고 있었다. 손을 주머니에 넣고, 어깨를 축 늘어뜨린 채, 입꼬리가 처져 있었다. 내가 손을 흔들자 아버지는 마치 따라오기라도 할 듯 앞으로 한 걸음 내디뎠다. 그 모습은 몇 년 전, 사고가 난 스테이션왜건에 엄마가 타고 있는데 고압선이 닿아 있어서 아무것도 못하고 속수무책으로 서 있었던 아버지를 떠올리게 했다.

내가 모퉁이를 돌 때까지도 아버지는 계속 그 자세로 서 있었다. 아버지의 그 모습은 언제까지나 내 머릿속에서 떠나지 않을 것이다. 아버지의 얼굴에 새겨진 그 표정. 사랑과 두려움과 상실의 표정. 나는 아버지가 무엇을 두려워하는지 알고 있었다. 내가 벅스피크에서 마지막으로 지낸 밤, 내가 졸업하는 것을 보러 오지 않겠다고 말했던 바로 그날 밤 아버지는 슬쩍 흘리듯 말했었다.

「네가 미국에 있으면,」 아버지는 속삭였었다. 「우리가 널 데리러 갈 수 있어. 어디에 있든지. 들에 묻힌 지하 탱크에 연료가 4000리터나 있으니 종말이 오면 네가 있는 곳으로 가서 집으로 데려올 수 있어. 안전한 곳으로 말이야. 하지만 네가 바다를 건너가 버리면…….」

3부

30
전지전능하신 주님의 손

트리니티 칼리지로 들어가는 입구는 돌문으로 막혀 있었다. 그 돌문에는 작은 나무문이 달려 있었다. 나는 그 문으로 들어갔다. 검은 오버코트와 중산모 차림의 경비가 칼리지를 구경시켜 주었다. 우리는 칼리지 안에서 가장 큰 중정인 그레이트 코트를 가로질러 돌로 지은 통로를 지나 지붕이 있는 낭하로 들어섰다. 잘 익은 밀의 색을 띤 돌로 지어진 곳이었다.

「여기는 북쪽 회랑이에요.」 경비가 말했다. 「뉴턴이 발을 쾅쾅 굴러서 메아리가 들리는 시간을 측정한 곳이에요. 그 측정 결과를 가지고 최초로 소리의 속도를 계산했지요.」

우리는 다시 그레이트 게이트로 돌아갔다. 내 방은 그레이트 게이트 바로 맞은편에 있는 계단을 3층 올라가면 있었다. 경비가 떠난 후, 나는 두 개의 가방 사이에 서서 방에 난 작은 창문으로 신화에나 나올 법한 돌문과 이 세상의 것이 아닌 듯한 홍벽을 바라봤다. 케임브리지는 여전히 내 기억 속에 있던 그대로 오래되고, 아름다웠다. 나는 달랐다. 이제는 방문자도, 손님도 아니었다. 이 대학의 일원이 된 것이다. 내 이름이 문에 페인트로 쐬어 있고, 서류로도 나는 여기 속한 사람이었다.

첫 강의를 들으러 갈 때 나는 어두운 색의 옷을 입었다. 눈에 띄지 않기 위해서였지만, 그런 복장을 해도 다른 학생들과 같아 보이지는 않을 것이라는 생각이 들었다. 적어도 내 말소리는 확실히 달랐다. 단순히 다른 학생들이 영국 사람이어서만은 아니었다. 그들의 억양은 어딘지 경쾌해서 말을 한다기보다는 노래를 하는 것처럼 들렸다. 내 귀에 그들의 말소리는 세련되고 교육을 받은 느낌을 줬다. 나는 말을 뭉개는 습관이 있었고, 떨리면 더듬기까지 했다.

나는 커다란 정사각형 테이블 주변에 놓인 의자에 앉아 내 근처에 앉은 두 학생이 강의 주제를 놓고 토론하는 것을 들었다. 이사야 벌린의 자유의 두 가지 개념에 관한 강의였다. 내 바로 옆에 앉은 학생은 자기가 옥스퍼드에서 이사야 벌린에 관해 공부했었다고 말했다. 또 다른 학생은 자기가 케임브리지에서 학부를 다닐 때 오늘 강의할 교수가 이사야 벌린에 관해 한 강의를 이미 들은 적이 있다고 말했다.

교수가 강의를 시작했다. 그는 차분하게 말을 하긴 했지만 빨리빨리 진도를 뺐다. 학생들 모두 이미 알고 있는 내용이라고 생각하는 듯했다. 사실 그 생각이 맞는 것 같기도 했다. 둘러보니 다른 학생들도 공책에 거의 아무것도 적지 않고 있었다. 나는 교수의 입에서 나오는 모든 단어를 받아 적었다.

「그렇다면 이사야 벌린이 말한 자유의 두 가지 개념이란 무엇일까요?」 교수가 물었다. 거의 대부분의 학생이 손을 들었다. 교수는 옥스퍼드에서 공부했다고 말한 학생을 지목했다. 「소극적 자유는 외부적 장애와 제한으로부터의 자유를 말합니다.」 그 학생이 말했다. 「이 자유의 개념에서는 개인은 행동하는 것을 물리적으로 방해받지 않는 한 자유롭다고 할 수 있습니다.」 순간적으로 리처드 오빠가 생각났다.

오빠는 읽은 것은 모두 정확히 기억해서 암송할 수 있었다.

「아주 좋아요.」 교수가 말했다. 「두 번째는요?」

「적극적 자유입니다.」 또 다른 학생이 말했다. 「적극적 자유는 내적 제한에서 자유로운 상태를 말합니다.」

나는 그 정의들을 공책에 적었다. 그러나 그 뜻을 이해하지는 못했다.

교수는 그 의미를 더 명확히 설명해 줬다. 그에 따르면 적극적 자유는 자기 자신의 주인이 되는 것, 스스로를 스스로가 다스린다는 의미였다. 그는 적극적 자유를 갖기 위해서는 자기 자신의 이성과 감성을 컨트롤할 수 있어야 한다고 말했다. 비이성적인 두려움이나 믿음, 중독, 미신을 비롯한 모든 형태의 자기 강박에서 자유로워지는 것 말이다.

나는 자기 강박이라는 것의 의미가 무엇인지 짐작조차 할 수 없었다. 교실을 둘러봤다. 나처럼 혼란을 겪는 사람은 아무도 없었다. 나말고는 공책에 뭔가를 적는 학생도 거의 없었다. 설명을 더 해달라고 하고 싶었지만 뭔가가 나를 멈추게 만들었다. 그렇게 하는 것은 내가 여기 있을 자격이 없는 사람이라는 것을 큰 소리로 광고하는 것이나 다름없다는 생각이 들어서였다.

강의가 끝난 후 나는 방으로 돌아가서, 창문 밖으로 보이는 중세 시대의 흉벽을 내다봤다. 적극적 자유에 대해, 그리고 자기를 강박하는 것의 의미가 무엇인지에 대해 생각해 봤다. 그러다 보니 결국 머리가 지끈지끈 아파 왔다.

집에 전화를 했다. 엄마가 받았다. 엄마는 울음이 섞인 목소리로 〈여보세요, 엄마〉라고 말하는 것이 나라는 것을 깨닫고 흥분해서 목소리를 높였다. 나는 엄마에게 케임브리지에 오는 것이 아니었나 보다고, 뭘 하나도 모르겠다고 말했다. 엄마는 그렇지 않아도 근육 테스트를 해보니 내 차크라 중 하나가 균형이 깨져 있는 것을 발견했다고 말했다. 엄마가 바로잡을 수 있다고 말했다. 나는 엄마에게 내가 8,000킬로미터나 떨어진 곳에 있다는 것을 상기시켰다.

「상관없어.」엄마가 말했다. 「오드리 차크라를 조정해서 너한테로 날리면 되거든.」

「어떻게 한다고요?」

「날린다고.」엄마가 말했다. 「살아 있는 에너지는 거리하고 상관없어. 바로잡은 에너지를 여기서 너한테 보낼 수 있어.」

「에너지는 얼마나 빨리 이동을 해요?」내가 물었다. 「소리가 이동하는 정도의 속도? 아니면 비행기 정도? 직통으로 오나요, 아니면 미니애폴리스 정도에서 좀 쉬고 와야 해요?」

엄마는 웃으면서 전화를 끊었다.

나는 대부분의 아침 시간을 칼리지 도서관의 작은 창문 옆에 앉아 공부하면서 보냈다. 그날 아침에도 거기서 공부를 하고 있는데 브리검 영 대학교의 친구인 드루가 이메일로 노래를 한 곡 보내왔다. 드루는 그 노래가 고전으로 불릴 만큼 유명하다고 했지만 나는 그 노래도, 그 노래를 부른 가수도 한 번도 들어본 적이 없었다. 헤드폰을 쓰고 듣기 시작하자마자 그 노래는 나를 사로잡았다. 나는 북쪽 회랑을 내다보면서 그 노래를 반복해서 들었다.

정신적 노예 상태에서 자신을 해방시키자
마음을 해방시킬 자는 자신뿐이리

나는 에세이를 쓰고 있던 공책 가장자리에 그 가사를 받아 적었다. 참고 서적을 읽어야 할 시간이었지만 그 가사의 의미를 생각하는 데 정신이 팔렸다. 인터넷을 찾다가 밥 말리의 발에서 발견된 암에 관한 이야기를 알게 됐다. 그리고 그가 라스타파리교도라는 사실도 알게 됐다. 라스타파리교에서는 〈몸 전체〉를 손상시키지 않아야 한다고 믿었기 때문에 말리는 발가락 절단 수술을 거부했다. 그리고 4년 후, 그는 서른여섯 살의 나이로 사망했다.

〈정신적 노예 상태에서 자신을 해방시키자.〉 말리는 죽기 1년 전에 그 가사를 썼다. 수술로 치료가 가능했던 흑색종이 폐, 간, 위, 뇌로 전이되고 있을 때였다. 나는 날카로운 이빨과 뼈만 남은 손가락을 가진 욕심 많은 외과 의사가 발가락을 절단해야 한다고 말리를 설득시키는 장면을 상상했다. 나는 그 의사의 모습과 그의 부패한 현대 의학을 떠올리고 몸서리를 쳤다. 그리고 그 순간 그전까지는 깨닫지 못했던 사실을 이해했다. 내가 아버지의 세상을 거부하겠다고 결심한 것은 사실이지만 그 세상이 아닌 바깥세상에서 살 용기를 아직 찾지 못했다는 사실 말이다.

나는 공책을 뒤져 소극적 자유와 적극적 자유에 관한 강의 메모를 찾았다. 공책 가장자리 빈 곳에 나는 다음과 같이 적었다. 〈마음을 해방시킬 자는 자신뿐이리.〉 그리고 수화기를 들고 다이얼을 돌렸다.

「예방 접종을 해야겠어요.」 나는 간호사에게 그렇게 말했다.

나는 매주 수요일 오후에 열리는 세미나에 항상 참석했다. 거기서 카트리나와 소피라는 두 여학생이 눈에 띄었다. 두 사람은 항상 같이 앉았고, 나는 그들에게 한 번도 말을 건네 본 적이 없었다. 크리스마스 몇 주 전 어느 오후에 두 사람은 내게 커피 한잔 같이 하겠느냐고 물었다. 나는 〈커피 한잔을 해보기〉는커녕 커피 맛도 본 적이 없었다. 모르몬 교회에서 금지하는 음료이기 때문이다. 그러나 나는 두 사람을 따라 길 건너에 있는 카페에 들어갔다. 점원이 기다려 주지 않았기 때문에 나는 그냥 아무거나 골라 주문을 했고, 인형에게나 어울릴 만한 크기의 찻잔에 진흙 색깔의 액체가 한 스푼 담긴 것을 받았다. 나는 카트리나와 소피가 우리 테이블로 가지고 가는 거품 가득한 커다란 머그잔을 부러운 눈으로 바라봤다. 그들이 강의에서 들은 개념들을 가지고 논쟁을 하고 있는 동안 나는 커피를 마실지 여부를 두고 마음속으로 논쟁을 거듭했다.

카트리나와 소피는 복잡한 표현들을 아주 편하게 사용했다. 〈제2의 물결〉처럼 무슨 뜻인지는 모르지만 전에 들어 본 기억이 있는 말들도 있었지만, 〈헤게모니적 남성성〉과 같은 표현은 이해는커녕 발음하기도 힘들었다. 걸쭉하고 매캐한 그 액체를 몇 모금 마시면서 귀를 기울이다 보니 그들이 이야기하고 있는 주제가 페미니즘이라는 사실을 알아차렸다. 나는 그들이 유리벽 뒤에 있는 사람들이라도 되는 양 빤히 쳐다봤다. 그때까지 페미니즘이라는 단어가 누군가를 질책하기 위한 것이 아닌 다른 목적으로 사용되는 것을 들은 건 처음이었다. 브리검 영 대학교에서는 〈너 페미니스트처럼 말하는구나〉라고 말하면 그것으로 논쟁이 끝났다는 뜻이었다. 또 내가 졌다는 뜻이기도 했다.

나는 카페에서 나와 도서관으로 갔다. 온라인으로 5분 정도 검색하고 서가에 몇 번 왔다 갔다 한 후, 나는 산더미 같은 책과 함께 늘 앉던 그곳에 자리를 잡았다. 제2의 물결의 주된 저자들이라고 알게 된 베티 프리던, 저메인 그리어, 시몬 드 보부아르 등의 저서들이었다. 그러나 책마다 몇 페이지 넘기지도 못하고 서둘러 덮고 말았다. 나는 〈질〉이라는 단어가 인쇄된 것을 본 적도, 소리 내어 말해 본 적도 없었다.

나는 다시 인터넷을 검색한 다음 서가로 돌아가서 제2의 물결에 관한 책들을 반환하고 제1의 물결 이전의 책들을 찾았다. 메리 울스턴크래프트와 존 스튜어트 밀의 저서들이었다. 나는 오후 내내, 그리고 저녁까지 그 책들을 읽었고, 처음으로 어릴 적부터 느껴 왔던 불편함을 말로 표현할 수 있는 어휘들을 쌓아 갔다.

리처드 오빠는 남자, 나는 여자라는 사실을 처음 이해한 순간부터 오빠의 미래와 나의 미래를 바꾸고 싶었다. 나의 미래는 어머니, 오빠의 미래는 아버지였다. 두 단어는 비슷하게 들리지만 전혀 비슷하지 않았다. 아버지가 된다는 것은 결정을 내리는 사람이자 주도하는 사람이 되는 일이었다. 아버지가 된다는 것은 가족의 질서를 잡는 사람이 되는 것이었고, 어머니가 된다는 것은 그렇게 질서를 잡히는 대상이 되는 것이었다.

나는 나의 갈망이 부자연스럽다는 것을 알고 있었다. 그 지식, 그리고 나 자신에 관한 수많은 지식들은 내가 아는 사람들, 내가 사랑하는 사람들의 목소리를 통해 내 머리에 심어진 것들이었다. 그 목소리들은 때로는 속삭이고, 때로는 질문을 던지고, 때로는 염려를 하며 평생 나를 따라다녔다. 그 목소리는 내가 옳지 않다고 속삭였다. 내 꿈은 왜곡된 것이라고. 그 목소리는 여러 사람의 것이었고, 다양한 말투로 나타났다. 어떨 때는 아버지의 목소리였지만, 나 자신의 목소리였던 경우가 더 많았다.

나는 그 책들을 방으로 가져가서 밤새 읽었다. 메리 울스턴크래프트의 열변도 좋았지만 읽는 순간 세상을 움직여 버린 단 한 줄의 글은 존 스튜어트 밀의 책에서 발견했다. 〈그 주제에 관한 어떤 지식도 최종적 결론이 될 수는 없다.〉 밀이 염두에 둔 주제는 여성의 본질이었다. 밀은 여성들이 너무도 긴 세월 동안 강제당하고, 회유당하고, 옆으

로 밀려나고, 여성적이라는 미명하에 일그러져 왔기 때문에 이제는
여성의 타고난 능력과 염원을 정의하는 것이 불가능해졌다고 주장
했다.

피가 머리로 몰려들었다. 아드레날린과 무한한 가능성, 그리고 새
로운 지평이 열리는 느낌이 함께 밀려들면서 내 정신을 깨웠다. 〈여성
의 본질에 관한 어떤 지식도 최종적 결론이 될 수는 없다.〉 진공 상태,
지식이 부재하는 검은 공간에서 그만큼 위안을 얻어 본 적이 없었다.
밀의 선언은 〈네가 무엇이든 간에, 네가 여성인 것은 변함없는 사실이
다〉라고 말하는 듯했다.

12월에 마지막 에세이를 제출한 다음 나는 런던으로 기차를 타고
가서 비행기에 올랐다. 솔트레이크시티에 있는 공항에 도착해서 마중
나온 엄마, 오드리 언니, 에밀리 언니를 만나 차를 타고 미끄러운 고속
도로로 들어섰다. 산이 보이기 시작한 것은 거의 자정에 가까운 시간
이었다. 먹물처럼 까만 하늘을 배경으로 서 있는 산의 웅장한 실루엣
을 겨우 분간할 수 있었다.

부엌에 들어서자마자 나는 벽에 난 커다란 구멍을 발견했다. 아버
지가 새로 시작한 증축 프로젝트였다. 엄마는 나를 데리고 구멍으로
들어가 불을 켰다.

「놀랍지, 그렇지?」 엄마가 말했다. 〈놀랍다〉는 표현이 딱 들어맞는
광경이었다.

교회의 대예배당만 한 크기의 공간이 방 하나로 꾸며져 있었다. 게
다가 천장은 거의 5미터에 육박한 높이였다. 방의 크기가 너무 말이
안 돼서 내장재 같은 것들이 눈에 들어오기까지는 잠시 시간이 걸렸
다. 벽은 시트록*으로 마감돼 있어서 나무 패널로 마감한 박공 천장과

큰 대조를 이뤘다. 주홍빛 스웨이드 소파들이 몇 년 전 쓰레기장에서 아버지가 끌고 들어온 2인용 천소파와 사이좋게 나란히 자리 잡고 있었다. 복잡한 무늬의 두꺼운 러그가 바닥 절반에 깔려 있었고, 나머지 절반은 시멘트 바닥이었다. 피아노가 몇 대 있었는데 그중 연주가 가능해 보이는 것은 한 대뿐이었고, 식탁만큼 큰 텔레비전도 놓여 있었다. 그 방은 아버지를 완벽하게 닮아 있었다. 모든 것이 과장돼 있고, 믿을 수 없을 만큼 부조화를 이루었다는 점에서 말이다.

아버지는 늘 유람선만큼 큰 방을 짓고 싶다고 말했었지만, 그럴 돈이 생길 거라고는 생각지 못했다. 나는 설명을 기다리며 엄마를 쳐다봤지만 대답은 아버지가 했다. 사업이 대성공을 거두고 있다고 아버지는 설명했다. 에센셜 오일이 대인기를 끌고 있고, 시장에 나온 상품 중 엄마의 오일이 제일 좋다고 했다. 「우리 오일 품질이 너무 좋아서 대기업의 이윤까지 먹어 들어가고 있어. 아이다호에서는 웨스트오버를 모르는 사람이 없지.」 한 기업은 엄마 제품의 성공에 너무 놀란 나머지 3백만 달러나 주고 엄마 사업을 사겠다는 놀라운 제안까지 했다. 부모님은 물론 그 제안을 고려조차 하지 않았다. 치유는 그들의 소명이었으므로 아무리 돈을 많이 준다 해도 그 유혹에 넘어갈 수는 없었다. 아버지는 벌어들인 돈의 대부분을 비상 물품을 구입하는 형식으로 주님께 돌리고 있다고 설명했다. 비상식량, 비상 연료, 심지어 제대로 된 폭격 대피소까지. 나는 웃음을 참았다. 이대로 가면 아버지는 마운틴 웨스트에서 제일 부자 미치광이가 될 게 틀림없었다.

리처드 오빠가 계단 근처에서 모습을 드러냈다. 오빠는 아이다호 주립 대학 화학과 학부 졸업반이었다. 크리스마스를 지내기 위해 집

---

* 석고 보드의 일종 — 옮긴이주.

에 오면서 아내 카미 언니와 1개월 된 아들 도너반을 데리고 왔다. 1년 전, 결혼식 직전에 새언니가 될 카미를 만났을 때 나는 그녀가 얼마나 정상적인 사람인지에 놀랐었다. 타일러 오빠의 아내 스테파니 언니처럼 카미 언니도 외부인이었다. 모르몬교도이기는 했지만 아버지가 〈주류〉라고 부르는 종류의 신자였다. 그녀는 엄마가 해주는 약초 처방에 대해 고맙다고 하기는 했지만, 병원에 가는 것을 포기해야 한다는 부모님의 기대에 대해서는 전혀 신경도 쓰지 않았다. 도너반은 병원에서 분만했다.

나는 리처드 오빠가 정상적인 아내와 비정상적인 부모 사이의 험난한 기류를 어떻게 헤쳐 나가는지 궁금했다. 그날 밤 나는 오빠를 자세히 관찰했다. 내가 보기에 오빠는 두 세상 모두에서 살면서 모든 주의와 신념에 충실하려고 애쓰는 듯했다. 아버지가 의사들이 사탄의 하수인들이라고 욕을 하자, 리처드 오빠는 카미 언니 쪽을 보면서 작게 웃었다. 마치 아버지가 농담이라도 하는 것처럼. 그러나 아버지의 눈썹이 추켜올라가자 오빠의 얼굴은 바로 진지한 사색과 동의의 표정으로 바뀌었다. 오빠는 아버지의 아들이어야 할지, 아내 카미의 남편이어야 할지 결론을 내리지 못한 채, 여러 차원을 왔다 갔다 하면서 끊임없이 변신하고 있었다.

엄마는 크리스마스에 맞춰 주문이 쇄도하자 주체 못 할 지경에 빠져 있었다. 그래서 나는 오랜만에 돌아온 집이었지만, 어릴 때와 마찬가지로 부엌에서 동종 요법 약물들을 만들면서 시간을 보냈다. 나는 증류수를 붓고, 기본 원액을 몇 방울씩 떨어뜨린 다음, 작은 유리병을 내 엄지와 검지로 만든 동그라미 사이로 50번 내지 100번을 통과시킨 뒤 다음 병으로 옮겨 갔다. 아버지가 물을 마시러 부엌에 들어왔다가 일을 하고 있는 나를 보고는 미소를 지었다.

「부엌으로 너를 돌아오게 하기 위해 먼저 케임브리지로 보냈어야 했다는 걸 누가 짐작이라도 했겠냐? 부엌이야말로 네가 있을 곳인데 말이지.」 아버지는 그렇게 말했다.

오후에 나는 숀 오빠와 함께 말에 안장을 얹고 어렵사리 산 위로 올라갔다. 말들은 배까지 올라오는 쌓인 눈을 헤치고 가기 위해 거의 반쯤은 점프를 해야만 했다. 산 위는 아름답고 청량했고, 공기에서는 가죽과 소나무 향기가 났다. 숀 오빠는 말에 관해 이야기했다. 말을 훈련시키는 법이랑 봄에 태어날 망아지 이야기 등등. 그리고 나는 말과 함께 있을 때 오빠의 가장 좋은 면이 나온다는 사실을 기억했다.

집에 온 지 일주일 정도 됐을 때 산에는 엄청난 한파가 몰아닥쳤다. 기온이 곤두박질쳐서 영하로 떨어지더니 그보다 더 떨어졌다. 우리는 말들을 대피시켰다. 땀이라도 나면 바로 등에서 얼음으로 변해 버릴 것이기 때문이었다. 여물통이 꽝꽝 얼어붙은 것을 보고 얼음을 깨면, 금방 다시 얼어 버렸다. 그래서 한 마리씩 따로 양동이에 물을 길어다 마시게 했다.

그날 밤에는 모두가 집에서 시간을 보냈다. 엄마는 부엌에서 오일 블렌딩 작업을 했고, 아버지는 내가 농담으로 채플이라고 부르는 증축된 방에 있었다. 아버지는 주홍빛 소파에 누워 배에 성경을 올려놓고 읽고 있었고, 카미 언니와 리처드 오빠는 피아노로 성가를 연주하고 있었다. 나는 아버지가 누운 소파 옆 2인용 소파에 앉아 노트북 컴퓨터를 켜고 음악을 듣고 있었다. 막 드루에게 이메일을 쓰기 시작하는데 뭔가가 뒷문을 치는 소리가 들렸다. 벌컥 열린 문으로 에밀리 언니가 뛰쳐 들어왔다.

그녀는 가느다란 팔로 몸을 감싼 채 벌벌 떨면서 숨을 헐떡였다. 코트도, 신발도 없이, 내가 두고 간 청바지와 내가 입던 낡은 티셔츠만 입고 있었다. 엄마가 에밀리 언니를 부축해 소파에 앉히고 옆에 있던 담요로 감쌌다. 그녀는 비명을 지르듯 울기 시작했고, 몇 분 동안은 엄마저도 무슨 일인지 말하도록 그녀를 설득하지 못했다. 모두들 괜찮은지? 피터는 어디 있는지? 몸이 약한 피터는 또래 아이들 몸집의 절반밖에 되지 않았고, 폐가 완전히 자라지 못해서 산소 튜브를 코 밑에 달고 다녔다. 피터의 폐에 문제가 생겼는지? 숨쉬기를 멈췄는지?

이야기는 가끔씩 터져 나오는 흐느낌과 이빨을 마주치며 덜덜 떠는 오한 사이로 조각조각 나오기 시작했다. 내가 이해한 바로는 에밀리 언니가 오후에 식료품을 사러 스톡스에 갔다가 돌아왔는데, 피터에게 먹일 크래커를 잘못 사온 듯했다. 숀 오빠는 폭발했다. 「제대로 된 음식도 못 사다 먹이면 아이가 어떻게 자라!」 오빠는 그렇게 소리를 지르면서 언니를 들어서 트레일러 밖 눈더미에 던져 버렸다. 언니는 다시 들어가게 해달라고 애원하면서 문을 두드리다가 언덕을 뛰어올라 집으로 온 것이었다. 나는 언니가 그 말을 하는 동안 그녀의 맨발을 바라봤다. 너무 빨개서 화상을 입은 것처럼 보였다.

부모님은 에밀리 언니가 앉은 소파 양옆에 앉아 그녀의 어깨를 두드리고, 손을 쥐어 주며 이야기를 듣고 있었다. 리처드 오빠는 그 뒤 조금 떨어진 곳에서 서성대고 있었다. 오빠는 마치 어떤 행동을 하기 위해 튀어 나가고 싶은데 견제를 받고 있는 것처럼 잔뜩 화가 나고 초조해 보였다.

카미 언니는 아직 피아노에 앉아 있었다. 사람들이 소파에 몰려 앉아 있는 광경을 보면서 혼란에 빠진 눈치였다. 그녀는 에밀리가 하는 말을 이해하지 못했다. 왜 리처드가 서성거리는지 이해하지 못했고, 왜 그가 몇 초마다 한 번씩 아버지를 흘깃 쳐다보면서 아버지의 말이

나 몸짓 — 어떻게 하라는 신호 — 을 기다리고 있는지 이해하지 못했다.

나는 카미 언니를 바라보면서 가슴이 옥죄어 오는 느낌을 받았다. 나는 그녀가 이 장면을 목격하는 것에 화가 났다. 나는 에밀리 입장에 나를 대입시켜 봤다. 그것은 상상하기 너무나 쉬운 일이었고 — 사실 그런 상상을 하지 않는 것이 더 어려웠다 — 다음 순간 나는 그 주차장으로 돌아가 높은 목소리로 깔깔대고 웃으면서 내 손목이 부러지기 직전이 아니라고 세상을 설득시키기 위해 애쓰고 있었다. 내가 무슨 짓을 하고 있는지 깨닫기도 전에 나는 방을 건너갔다. 나는 리처드 오빠의 팔을 붙잡아 끌고 피아노로 데려갔다. 에밀리 언니는 여전히 흐느끼고 있었고, 나는 그녀의 흐느끼는 소리에 내 속삭임을 숨겼다. 나는 카미 언니에게 우리가 지금 목격하고 있는 일은 사적인 일이니 내일 아침이 되면 에밀리 언니가 창피하게 느낄 것이라고 말했다. 에밀리 언니를 위해 우리 모두 각자 방으로 돌아가고 아버지가 해결하도록 놔두는 것이 좋겠다고 했다.

카미 언니가 일어섰다. 나를 믿기로 결심한 듯했다. 리처드 오빠는 망설이면서 아버지를 길게 쳐다봤지만 결국 언니를 따라 방을 나갔다.

나는 두 사람과 함께 복도를 걸어가다가 다시 발길을 돌렸다. 부엌 식탁에 앉아 시계를 봤다. 5분이 지났다. 10분이 지났다. 〈얼른 와, 숀 오빠.〉 나는 숨을 죽이고 혼잣말로 중얼거렸다. 〈지금 오라고.〉

나는 만일 오빠가 몇 분 안에 나타나면, 에밀리가 집까지 안전하게 왔는지 확인하기 위한 것일 거라고 나 자신을 설득했다. 그녀가 얼음에 미끄러져서 다리가 부러지거나, 들에서 얼어 죽거나 하지 않았는지 확인하기 위해 올 것이라고. 그러나 오빠는 오지 않았다.

20분이 지나고 에밀리 언니가 몸을 떠는 것을 멈추자 아버지는 수화기를 들었다. 「와서 네 아내 데리고 가!」 아버지가 전화기에 대고 소리쳤다. 엄마는 어깨에 기댄 에밀리 언니의 머리를 쓰다듬고 있었다. 아버지는 소파로 돌아가서 언니의 팔을 가볍게 두드려 줬다. 그렇게 모여 앉은 세 사람을 쳐다보다가 이 모든 일이 전에도 일어난 적이 있고, 모든 사람이 자신의 배역을 잘 연기하고 있다는 인상을 받았다. 내가 맡은 배역까지도.

몇 년이 지난 후에야 그날 밤에 진짜 무슨 일이 일어났었는지, 내 역할은 무엇이었는지 이해하게 됐다. 내가 침묵을 지켰어야 했던 때 입을 열었고, 말을 해야만 했을 때 입을 다물었었다는 사실도 함께 이해하게 됐다. 그때 필요했던 것은 혁명이었다. 내가 어릴 때부터 맡아 왔던 오래되고도 금방이라도 부서질 듯한 역할을 뒤집는 것. 필요했던 것은 — 에밀리 언니가 필요했던 것은 — 가식에서 해방된 여성, 자기 자신이 남성과 동등한 인간이라는 것을 드러낼 수 있는 여성이었다. 자기 의견을 말하는 여성, 맹종의 태도를 버리고 행동을 취하는 여성. 아버지로 성장한 여성.

아버지가 설치한 유리문이 열리면서 삐거덕 소리가 났다. 숀 오빠가 겨울 부츠와 두꺼운 외투를 입고 터덜거리며 들어왔다. 피터는 오빠가 한기를 막기 위해 둘러 준 두툼한 양털 사이에서 빠져나와 에밀리 언니를 향해 손을 내밀었다. 언니는 피터에게 매달리듯 꼭 껴안았다. 아버지가 일어섰다. 아버지는 숀 오빠에게 에밀리 언니 옆에 앉으라고 손짓을 했다. 나는 내 방으로 가기 위해 일어섰다. 방을 나서기 전에 잠시 걸음을 멈추고 아버지를 보니 긴 설교를 시작하기 전 숨을 길게 들이쉬고 있었다.

「굉장히 엄했어.」 20분 후 엄마가 그렇게 말했다. 언니에게 내 신발과 외투를 빌려 주라고 부탁하기 위해 내 방에 왔을 때였다. 나는 에밀리 언니에게 엄마가 부탁한 것들을 준 다음 부엌에 서서 그녀가 오빠의 팔에 안겨 사라지는 것을 지켜봤다.

31
처음에는 비극으로, 다음에는 희극으로

영국으로 돌아가기 전날, 나는 산자락을 따라 10킬로미터 정도 차를 몰고 가다가 좁은 비포장도로로 들어서서 하늘색 집 앞에서 차를 세웠다. 집 크기와 거의 비슷한 RV 차량 뒤에 주차를 한 다음 문을 두드렸다. 오드리 언니가 문을 열었다.

면 파자마 바지 차림으로 한 팔에는 아장거리는 아이를 안은 언니의 다리에는 어린 여자아이 둘이 매달려 있었다. 뒤에는 여섯 살 된 아들이 서 있었다. 언니는 내가 집으로 들어갈 수 있게 옆으로 비켜섰다. 하지만 동작이 뻣뻣했고, 나와 눈이 마주치는 것을 꺼려했다. 언니가 결혼한 후 우리 둘은 거의 시간을 함께 보낸 적이 없었다.

집에 들어가다가 현관 복도에서 갑자기 걸음을 멈춰야 했다. 거의 1미터에 가까운 구멍이 리놀륨 바닥에 나 있었고, 그 안으로 지하실이 보였다. 구멍을 지나 부엌으로 들어가 보니 엄마의 블렌드 오일 냄새가 진동했다. 박달나무, 유칼립투스, 라벤사라 냄새였다.

언니와의 대화는 아주 천천히, 간간히 멈춰 가면서 흘러갔다. 언니는 내 삶에 대한 준거 틀이 전혀 없었기 때문에 영국이나 케임브리지에 대해서는 아무것도 물어보질 않았다. 그래서 우리는 언니 삶에 대해 이야기했다. 부패한 공교육에 보내는 대신 아이들을 집에서 언니가 가르치고 있다는 이야기가 주였다. 나와 마찬가지로, 오드리 언니도 한 번도 학교에 가보지 않았다. 언니도 열일곱 살 때 고졸 검정고시를 보기 위해 잠시 노력을 한 적이 있긴 했다. 심지어 사촌 미시에게 도움을 요청했고, 그녀는 솔트레이크시티에서부터 와서 언니를 가르치기도 했었다. 여름 내내 오드리 언니를 가르친 후 미시는 언니의 교육 수준이 4학년에서 5학년 수준이고, 따라서 고졸 검정고시를 보는 것은 어불성설이라고 선언했다. 언니의 딸은 자기가 그렸다며 내게 그림을 가져와서 보여 주었다. 나는 그 아이를 쳐다보며 입술을 깨물었다. 교육을 전혀 받지 않은 엄마로부터 이 아이가 받을 수 있는 교육은 과연 어떤 것일까.

우리는 함께 아이들에게 먹일 아침을 만들고, 그런 다음 눈밭에 나가서 놀았다. 그리고 과자와 케이크를 굽고, 범죄물 드라마를 함께 보고, 구슬을 엮어 팔찌를 만들었다. 마치 거울 속으로 들어가 내가 산을 떠나지 않았으면 바로 내 삶이었을 시간을 하루 동안 보내는 느낌이었다. 그러나 나는 산에 머물지 않았고, 언니와 나의 삶은 이제 서로 다른 길로 접어들어서 우리 두 사람은 공통점이 하나도 없는 것처럼 느껴졌다. 시간이 흘러 늦은 오후가 됐지만 언니와의 거리감은 여전히 좁혀지지 않았고, 언니는 여전히 나와 눈을 마주치려 하지 않았다.

조카들에게 선물하기 위해 도자기로 만든 작은 다기 세트를 가져왔다. 아이들이 놀다가 찻주전자를 가지고 싸우기 시작하자 나는 다기 세트를 치우기 시작했다. 제일 큰 아이가 자기는 이제 다섯 살이나 됐기 때문에 장난감을 뺏길 정도로 어리지 않다고 말했다. 「네가 아이처럼 굴면,」 내가 말했다. 「나도 널 아이처럼 다룰 수밖에 없어.」

왜 그런 말을 했는지 나도 모르겠다. 어쩌면 숀 오빠가 떠올랐을지도 모르겠다. 말을 하는 순간에도 그런 말을 하는 것을 후회했다. 나는 다기 세트를 언니에게 건네기 위해 몸을 돌렸다. 언니가 공평하다고 생각하는 방식으로 일을 해결하도록 해주는 것이 좋겠다고 생각했기 때문이다. 그러나 언니 표정을 보고 나는 다기 세트를 거의 떨어뜨릴 뻔했다. 언니의 입이 완벽한 동그라미를 그리며 벌어져 있었다.

「숀 오빠도 그렇게 말하곤 했어.」 언니는 그렇게 말하면서 나를 뚫어져라 쳐다봤다.

그 순간을 나는 영원히 잊지 못할 것이다. 그 장면은 솔트레이크시티에서 비행기를 탄 그다음 날도, 런던에 도착했을 때도 내 머릿속에 남아 있었다. 그 순간 받은 충격을 머리에서 지울 수가 없었다. 무슨 이유에서인지 내가 산 삶을 나 이전에 언니가 똑같이 살았을지도 모른다는 생각은 한 번도 해본 적이 없었다.

그 학기에 나는 진흙이 조각가에게 몸을 맡기듯 나 자신을 대학에 맡겼다. 나는 내가 다시 만들어지고, 내 정신이 새로 짜여질 수 있다고 믿었다. 억지로라도 다른 학생들과 사귀려 노력하고, 어색하게나마 나를 소개하는 일을 반복해서 소수의 친구들을 만드는 데 성공했다. 그런 다음 나는 나와 그들 사이를 가르고 있는 벽을 허무는 작업에 착수했다. 처음으로 적포도주 맛을 본 날 새로 사귄 친구들은 내 찡그린 얼굴을 보고 웃었다. 나는 목 위쪽까지 올라오는 블라우스 대신 좀 더 패셔너블한 옷들을 입기 시작했다. 몸의 윤곽이 더 드러나고 목선도 덜 답답한 옷들을 골랐고, 민소매 옷도 마다하지 않았다. 이 기간에 찍은 사진들을 보면 나는 그 대칭성에 놀라곤 한다. 나는 다른 사람들과 똑같이 보였다.

4월로 접어들면서 내 학업도 궤도에 오르기 시작했다. 존 스튜어트 밀의 자기 주권 개념에 관한 에세이를 써서 제출하자, 내 지도 교수 데이비드 런시먼 박사는 내 졸업 논문이 이런 수준이라면 케임브리지 박사 과정에 진학하는 데도 문제가 없을 것이라고 말했다. 나는 놀라서 멍해졌다. 이 웅장한 곳에 정체를 속이고 들어온 내가 이제 뒷문이 아니라 앞문으로 들어올 수 있을지도 몰랐다. 나는 졸업 논문을 준비하기 시작했다. 다시 한번 존 스튜어트 밀을 주제로 삼았다.

그 학기가 끝나 갈 무렵 어느 오후였다. 도서관 카페테리아에서 점심을 먹다 보니 같은 프로그램에서 공부하는 한 무리의 학생들이 보였다. 그들은 작은 테이블에 함께 앉아 있었고, 내가 같이 앉아도 되느냐고 물으니 닉이라는 이름의 키 큰 이탈리아 남학생이 고개를 끄덕였다. 이야기를 듣다 보니 닉이 그들을 봄방학 때 로마로 초대한 것 같았다. 「너도 와도 돼.」 그가 말했다.

우리는 그 학기 마지막 에세이를 제출한 다음 비행기에 올랐다. 로마에 도착한 첫날 저녁, 도시의 일곱 개 언덕 중 한 곳에 올라 도시를 내려다봤다. 비잔틴 양식의 돔 지붕들이 열기구처럼 둥실둥실 떠올라 있었다. 황혼 녘이었다. 거리는 불꽃처럼 빛났다. 강철과 유리와 콘크리트로 만들어진 현대 도시의 색이 아닌, 황혼의 색이었다. 현실 같지가 않았다. 자기 고향을 어떻게 생각하는지 묻는 닉에게 내가 할 수 있는 말은 그 말 한마디뿐이었다. 〈현실 같지가 않다.〉

다음 날, 아침 식사를 하면서 다른 학생들이 가족 이야기를 했다. 누군가의 아버지는 외교관이었고, 옥스퍼드 교수를 아버지로 둔 사람도 있었다. 다들 우리 부모님에 대해 물었다. 나는 아버지가 폐철 처리장을 가지고 있다고 말했다.

닉은 자기가 바이올린을 배웠다는 콘세르바토리로 우리를 데리고 갔다. 로마 중심부에 자리 잡은 그곳에는 화려한 실내 장식과 웅장한 계단, 그리고 소리가 잘 울려 퍼지는 홀들이 있었다. 나는 그런 곳에서 공부를 하면 어떤 기분일까, 매일 아침 그 대리석 바닥을 가로질러 공부하러 오는 느낌은 어떨까, 배움과 아름다움이 연관된 개념이라는 것을 체득하는 것은 어떤 경험일까 상상해 봤다. 그러나 내 상상력은 나를 저버렸다. 나는 그 학교를 지금 그 순간의 경험으로밖에 상상할 수가 없었다. 박물관, 타인의 삶의 유물로만.

우리는 이틀 동안 로마를 관광했다. 로마는 살아 있는 유기체인 동시에 화석이기도 한 도시였다. 말라붙은 뼈처럼 보이는 고대의 빛바랜 건축물들이 현대 생활의 동맥인 복잡하게 얽힌 전깃줄, 교통 체증과 완벽히 공존하고 있었다. 우리는 판테온, 포로 로마노, 시스티나 성당을 방문했다. 내 마음속에서는 본능적으로 숭배심과 경외심이 샘솟았다. 그것이 내가 도시 전체에 대해 느낀 감정이었다. 도시 전체를 유리장 안에 넣고, 절대 만지거나 바꾸지 않고 좀 떨어진 거리에서 애정 어린 눈길로 바라보는 것이 맞을 것 같았다. 함께 온 학생들은 나와는 다른 시선을 가지고 로마를 대했다. 그들은 로마의 중요성은 충분히 알고 있었지만 기가 죽지는 않았다. 그들은 트레비 분수를 보고 숨을 죽이지도, 콜로세움을 보고 말문을 잃지도 않았다. 대신 한 유적에서 다른 유적으로 옮겨 가면서 철학을 논했다. 홉스, 데카르트, 아퀴나스, 마키아벨리 등등. 그들의 토론은 이 장엄한 유적들과 공생 관계를 이루는 듯했다. 이 고대 건축물들을 자기들이 하는 토론의 배경으로 만들고, 그것들이 죽은 것인 양 숭배하기를 거부함으로써 고대 건축물들에게 생명력을 부여했다.

세 번째 밤에 폭풍우가 몰아쳤다. 나는 닉의 발코니에 서서 번개가 하늘을 가르고 그 뒤를 천둥이 따르는 것을 보고 있었다. 땅과 하늘의 강력함을 느끼면서 꼭 벅스피크에 있는 것 같다는 생각을 했다.

다음 날 아침은 구름 한 점 없이 맑았다. 우리는 포도주와 페이스트리를 싸서 보르게세 대저택의 정원으로 피크닉을 갔다. 햇볕은 따가웠고, 페이스트리는 암브로시아*처럼 맛있었다. 그 순간보다 내가 살고 있는 현재에 더 가깝게 느껴 본 적을 기억할 수가 없었다. 누군가가 홉스에 관해 무슨 말인가를 했고, 나는 생각할 겨를도 없이 밀의 저서한 구절을 암송했다. 그것은 아주 자연스러운 일처럼 보였다. 비록 그 목소리가 내 목소리와 섞여 있을지라도, 이미 과거로 포화 상태가 되어 있는 현재에 과거의 목소리를 불러오는 것은 그 순간 가장 자연스럽게 할 수 있는 일 같았다. 누가 하는 말인지 보느라 잠시 침묵이 흘렀고, 누군가가 어느 책에서 나온 말인지를 물었지만, 금방 대화가 재개됐다.

그 주 나머지 시간 동안은 나도 다른 이들과 마찬가지로 로마를 경험할 수 있었다. 역사가 살아 있는 곳, 그러나 사람들의 삶이 있는 곳, 음식과 교통과 갈등과 천둥이 있는 곳으로. 로마는 더 이상 박물관이 아니었다. 그곳은 내게 벅스피크만큼이나 실제 살아 있는 곳이었다. 포폴로 광장, 카라칼라 목욕탕, 산탄젤로 성. 그곳들은 모두 프린세스 봉우리, 빨간색 기차간, 전단기만큼이나 현실적인 곳이 됐다. 그들이 대표하는 세상과 철학, 과학, 문학 ― 문명 전체 ― 는 내가 알아 왔던 삶과 확실히 다른 삶으로 모양을 갖췄다. 국립 고전 예술 박물관에서 카라바조의 「홀로페르네스의 목을 베는 유디트」 앞에 섰을 때도 나는 한 순간도 닭을 생각하지 않았다.

무엇이 그 변화를 촉발했는지, 왜 갑자기 내가 과거의 위대한 사상가들을 벙어리처럼 숭상만 하지 않고, 그들의 말을 내 것으로 만들 수

* 그리스 신화에서 신들이 먹는다고 하는 식물 ― 옮긴이주.

있었는지 알 수가 없다. 그러나 로마의 무엇인가가, 하얀 대리석과 검은 아스팔트가, 수천 년간 쌓여 온 역사의 두꺼운 딱지 위를 비추는 자동차 불빛이 나로 하여금 과거에 대해 말문이 막히기보다는 감탄을 할 수 있게 도와줬다.

케임브리지에 도착할 때까지도 나는 퀴퀴한 고대의 돌 향기에 푹 젖어 있었다. 나는 이메일을 확인하기 위해 초조한 마음으로 계단을 뛰어 올라갔다. 드루에게서 소식이 와 있을 것이기 때문이다. 컴퓨터를 켜고 보니 드루의 이메일이 와 있었다. 그러나 내게 이메일을 보낸 사람이 또 하나 있었다. 바로 언니였다.

나는 오드리 언니의 메시지를 열었다. 문장 부호는 거의 쓰지 않고, 철자 실수도 많고, 문단 나누기도 하지 않아 기다란 한 문단으로 되어 있는 메시지였다. 처음에는 이런 문법적인 실수에 온갖 신경을 집중해서 내용을 무시하려고도 해봤다. 그러나 거기 쓰인 단어들이 내는 소리를 듣지 않을 방법은 없었다. 그 단어들은 스크린에서 나를 향해 고함을 지르고 있었다.

언니는 자기가 몇 년 전에 숀 오빠를 멈추게 했어야 했다고 말했다. 자기에게 한 짓을 나에게도 하기 전에 말이다. 실은 어렸을 때 엄마에게 말하고, 도움을 구해 볼까 생각도 했지만 엄마가 자기를 믿지 않을 것이라 생각했고, 결국 자기 예상이 맞아떨어졌다고 했다. 결혼 전에 악몽을 꾸고, 자꾸 과거의 기억이 머리를 괴롭혀서 엄마에게 말을 꺼냈지만 엄마는 그녀의 기억이 잘못된 기억이며, 그런 일이 벌어지는 것은 불가능하다고 말했다고 한다. 〈내가 너를 도왔어야 해.〉 오드리 언니는 그렇게 썼다. 〈하지만 바로 내 엄마가 나를 믿지 못하겠다고 한 순간, 나도 나 자신을 믿지 않게 됐어.〉

이제 그녀는 자신의 실수를 바로잡겠다고 말했다. 〈숀 오빠가 계속 다른 사람에게 상처를 주도록 그대로 두면, 주님이 내게 책임을 물으실 것이라는 확신이 생겼어.〉 언니는 숀 오빠의 행동을 오빠와 부모님 앞에서 거론할 것이고, 내게 함께 해달라고 부탁했다. 〈네가 돕든 돕지 않든 이 계획을 행동에 옮길 생각이야. 하지만 네가 도와주지 않으면 아마도 내가 지게 되겠지.〉*

나는 긴 시간 동안 어둠 속에 앉아 있었다. 언니가 내게 이런 이메일을 쓴 것에 화가 났다. 마치 언니가 내가 행복했던 한 세상, 한 삶에서 나를 빼내서 또 다른 세상 또 다른 삶으로 다시 끌고 들어간 느낌이었다.

나는 답장을 썼다. 언니 말이 옳고, 우리가 숀 오빠를 멈추게 해야 한다는 것도 물론 옳은 말이지만, 내가 아이다호에 돌아갈 때까지 기다려 달라고 부탁했다. 왜 기다려 달라고 했는지는 나도 모르겠다. 그렇게 시간을 끄는 것에 어떤 혜택이 있는지도 몰랐다. 우리가 부모님에게 이야기하면 무슨 일이 벌어질 것이라고 내가 생각하는지조차 알지 못했다. 그러나 본능적으로 무엇이 걸려 있는지는 이해했다. 우리가 입을 닫고 있는 동안만큼은 부모님이 우리를 도울 것이라고 믿는 것이 가능했다. 부모님에게 말을 한다는 것은 생각할 수도 없는 일이 벌어질 위험을 감수해야 하는 일이었다. 바로 부모님이 진즉에 모든 것을 알고 있었다는 것을 우리가 깨닫게 되는 위험 말이다.

오드리 언니는 기다리지 않았다. 단 하루도. 다음 날 아침 언니는 내 이메일을 엄마에게 보여 줬다. 언니와 엄마 사이의 대화 내용을 자세히 상상할 수는 없지만, 오드리 언니에게는 내가 한 말들을 엄마에게

• 오드리 언니의 이메일을 옮긴 부분에서 화살괄호를 쓴 이유는 직접 인용이 아니라 표현을 바꿨기 때문이다. 의미는 그대로 보존했다.

보여 주는 것이 엄청난 안도가 되었을 게 틀림없다. 마침내 자신이 미친 게 아니었다고, 똑같은 일을 타라도 겪었다고 이야기할 수 있게 되었기 때문이다.

그날 하루 종일 엄마는 이 문제에 대해 심사숙고했다. 그런 다음 엄마는 내 말을 직접 들어야겠다고 결론을 내렸다. 아이다호는 늦은 오후, 영국은 거의 자정이 다 된 시각에야 국제 전화를 할 줄 모르는 엄마가 나를 온라인으로 찾았다. 스크린에 뜬 말들은 브라우저 한쪽 구석에 있는 조그만 상자 안에 갇힌 작은 글씨들이었지만, 방 전체를 삼켜 버리는 것 같았다. 엄마는 내 편지를 읽었다고 말했다. 나는 금방 쏟아져 나올 엄마의 진노를 맞을 마음의 준비를 했다.

〈현실을 직시하는 것은 고통스러운 일이다.〉 엄마가 썼다. 〈뭔가 추한 것이 있다는 것을 깨닫고도 나는 그것을 보는 것을 거부했어.〉

나는 그 구절을 몇 번이나 읽은 후에야 그 뜻을 이해했다. 그런 다음에야 나는 엄마가 화를 내는 것이 아니고, 나를 탓하고 있지도 않고, 모든 것이 내 상상 속에서 일어난 일이라고 설득하려는 게 아니라는 사실을 깨달았다. 엄마가 내 말을 믿어 준 것이다.

나는 엄마에게 자책하지 말라고 말했다. 사고 후 엄마 정신이 한 번도 정상이 아니었다는 말로 위로를 했다.

〈어쩌면 그럴지도 모르지.〉 엄마가 말했다. 〈하지만 우리가 자신의 병을 선택하는 경우도 있는 것 같아. 어떤 이유로든 그 병이 내게 유리하다고 생각해서겠지.〉

나는 숀 오빠가 나에게 하는 짓을 왜 막지 않았는지 물었다.

〈숀은 항상 네가 먼저 싸움을 걸었다고 말했었지. 아마 나는 그 말을 믿는 쪽이 더 쉽기 때문에 숀의 말을 믿어 버렸던 것 같아. 너는 강하고 이성적인 아이였고, 숀은 그렇지 않다는 것은 누가 봐도 명백했

으니까.〉˙

말이 되지가 않았다. 내가 이성적이라고 생각했으면, 왜 싸움을 시작한 것이 나라고 숀 오빠가 말했을 때 오빠 말을 믿었을까? 내 버릇을 잡아야 한다는 숀 오빠의 말을 왜 믿어 준 것일까?

〈난 엄마야.〉 엄마가 말했다. 〈엄마들은 보호하는 역할을 해야 한단다. 숀은 너무 부서진 곳이 많은 아이잖니.〉

엄마는 내 엄마도 된다고 말하고 싶었지만 꾹 참았다. 대신 나는 어차피 아버지는 믿지 않을 것이 틀림없다고 썼다.

〈믿으실 거야.〉 엄마가 썼다. 〈하지만 아마 아버지는 굉장히 힘들어하실 거야. 자기 조울증이 가족 전체에게 끼친 피해를 상기시키는 일이 될 테니까.〉

엄마가 아버지에게 정신 질환이 있다는 사실을 인정한 것은 그때가 처음이었다. 몇 년 전, 내가 조울증, 조현병 등에 대해 심리학 강의 시간에 들은 것을 엄마에게 말했을 때도 엄마는 그냥 어깨만 한번 들썩해 보이고 무시했었다. 이제 엄마가 직접 그 말을 하는 것을 들으니 가슴속까지 시원했다. 정신 질환을 인정하는 것은 아버지 말고 공격할 대상이 생겼다는 의미였다. 그래서 왜 더 일찍 숀 오빠 이야기를 하지 않았는지 묻는 엄마에게 나는 정직하게 대답했다.

〈엄마가 아버지에게 너무 억눌려 살아서요.〉 나는 말했다. 〈엄마는 집안에서 아무 힘이 없었잖아요. 아버지가 모든 일을 관장해 왔죠. 아버지는 우리를 도와주지 않았을 거예요.〉

〈엄마도 이제는 더 강해졌어.〉 엄마가 말했다. 〈엄마도 이제는 더 이상 무서워하면서 살지 않아.〉

• 엄마의 메시지를 옮긴 부분에서 화살괄호를 쓴 이유는 직접 인용이 아니라 표현을 바꿨기 때문이다. 의미는 그대로 보존했다.

그 말을 읽으면서 나는 젊었을 때의 엄마 모습을 떠올렸다. 재능 있고, 에너지가 넘쳤지만, 동시에 초조해 하면서 아버지의 모든 말에 순종했던 엄마의 모습. 그런 다음 그 모습이 변하면서 몸이 더 가늘고, 길어지고, 머리카락이 휘날리면서 긴 은발이 됐다.

〈지금은 에밀리 언니가 억눌려 살고 있어요〉라고 썼다.

〈맞아.〉 엄마가 말했다. 〈내가 예전에 그랬던 것처럼.〉

〈언니는 바로 엄마예요.〉

〈맞아, 에밀리가 바로 엄마지. 하지만 이제 우리는 더 현명해졌으니, 이야기를 다시 써보자.〉

나는 내 머리에 새겨져 있는 기억 하나에 관해 엄마에게 물었다. 그것은 내가 브리검 영 대학교에 가기 몇 주 전에 벌어진 일이었다. 숀 오빠가 특히 난폭하게 행동했던 밤이었다. 오빠는 엄마까지 눈물바람을 하게 만든 다음 소파에 털썩 주저앉아 텔레비전을 켰다. 부엌에 가보니 엄마가 식탁에 앉아 흐느끼고 있었다. 그리고 엄마는 내게 대학에 가지 말라고 했다. 〈숀을 다룰 정도로 강한 사람은 너뿐이야. 나도 할 수 없고, 너희 아버지도 할 수 없어. 너밖에 없다.〉

나는 주저하면서 천천히 자판을 쳐 내려갔다. 〈엄마가 저한테 대학에 가지 말라고 했던 거 기억하세요? 숀 오빠를 다룰 수 있는 사람은 저뿐이라고 하면서?〉

〈응, 기억해.〉

잠깐 멈췄다가 엄마의 글이 스크린에 더 올라왔다. 내가 꼭 들어야만 했던 말인 줄도 몰랐던 말들이었지만, 일단 읽고 나니 그것은 내가 평생 찾고 있던 말들이라는 것을 깨달았다.

〈너는 내 딸인데, 내가 너를 보호했어야 했는데.〉

그 말을 읽는 순간 나는 한평생을 다시 살았다. 그것은 실제 내가 살

422

아 온 것과는 완전히 다른 삶이었다. 나는 다른 어린 시절을 기억하는 다른 사람이 됐다. 나는 마술 같은 그 말의 힘을 그때도 이해하지 못했고, 지금도 이해하지 못한다. 내가 아는 것은 이것뿐이다. 엄마가 자신이 되고 싶었던 엄마가 내게 되어 주지 못했다는 말을 한 순간, 엄마는 처음으로 자신이 되고 싶었던 엄마가 되었다.

〈사랑해요〉라고 쓴 다음 나는 노트북을 닫았다.

엄마와 나는 일주일쯤 뒤 전화로 딱 한 번 그 대화에 대해 이야기를 나눴다. 「문제를 해결하려고 노력 중이야.」 엄마가 말했다. 「너랑 오드리가 한 이야기를 아버지에게 했어. 숀은 전문가에게 도움을 받게 될 거야.」

나는 그 문제를 내 마음속에서 지웠다. 엄마가 이제 그 일을 맡아서 하게 될 것이다. 엄마는 강했다. 엄마는 자기 사업을 맨손으로 시작해서, 그 많은 사람들을 고용하고, 아버지의 사업을 앞질렀고, 인근의 모든 다른 사업을 앞질렀다. 유순한 모습의 엄마 안에 우리로서는 상상도 못 할 커다란 힘이 들어 있었던 것이다. 그리고 아버지. 아버지도 바뀌었다. 아버지는 더 부드럽고, 더 잘 웃었다. 과거와는 다른 미래의 가능성이 보였다. 심지어 과거마저 과거와 달라질 수 있었다. 내 기억이 달라질 수 있기 때문이다. 나는 더 이상 숀 오빠가 나를 바닥에 처박고 목을 누르는 소리를 부엌에서 듣고 그냥 있는 엄마를 기억하지 않았다. 그런 문제가 생길 때마다 다른 쪽으로 시선을 돌려 버리는 엄마는 더 이상 내 기억에 존재하지 않았다.

케임브리지의 내 생활은 알아볼 수 없을 정도로 변신했다. 아니, 나역시 그랬다. 나도 내가 케임브리지에 있을 자격이 있는 사람이라는 것을 믿는 사람으로 변신했다. 그토록 오랫동안 느껴 왔던 내 가족에 대한 수치심이 거의 하룻밤 사이에 자취를 감췄다. 평생 처음으로 나는 내가 어디서 왔는지에 대해 거리낌 없이 이야기하기 시작했다. 친구들에게는 내가 한 번도 학교에 다니지 않았다는 사실을 인정했다. 그리고 여러 개의 폐철 처리장과 헛간과 목장들과 함께 벅스피크가 어떤 곳인지 친구들에게 이야기해 줬다. 비상 용품으로 가득 찬 밀밭의 지하 저장고와 오래된 헛간 근처에 파묻어 놓은 자동차 연료에 대해서까지 거리낌 없이 이야기했다.

내가 가난했고, 무지했었다고 이야기했다. 그런 이야기를 하면서도 나는 한 치의 수치심도 느끼지 않았다. 그리고 그제야 수치심의 뿌리가 어디였는지 깨달았다. 내가 대리석으로 지어진 콘세르바토리에서 공부하지 않았고, 아버지가 외교관이 아니어서 수치스러운 것이 아니었다. 아버지가 반쯤 정신이 나간 사람이고, 엄마가 그런 아버지에게 순종하는 사람이어서 수치스러운 것이 아니었다. 내 수치심은 철컥철컥 돌아가는 전단기의 칼날로부터 나를 밀어 내는 대신, 오히려 그쪽으로 나를 밀어 넣는 아버지를 가졌다는 사실에서 나온 것이었다. 내 수치심은 내가 바닥에 엎드려서 목을 눌리고 있는데도 바로 옆방에서 엄마가 눈과 귀를 막고, 그 순간 내 엄마가 내 엄마가 되는 것을 포기했다는 사실에서 나온 것이었다.

나는 나를 위해 새로운 역사를 썼다. 나는 사냥을 하고, 말을 길들여서 타고, 폐철을 수집하고, 산불을 끈 재미있는 이야기를 많이 가진 인기 있는 만찬 손님이 됐다. 산파이자 기업가인 멋진 엄마, 폐철 처리장을 운영하는 괴팍한 광신도 아버지. 나는 마침내 나의 이전 삶에 대해 정직해졌다고 생각했다. 정확한 진실은 아니었지만, 더 큰 의미에서는 진실이었다. 〈앞으로 펼쳐질〉 진실, 미래의 진실에 가까우므로. 이제 모든 것이 더 나아지는 쪽으로 방향이 잡혔으니까. 이제 엄마가 힘을 발휘하기 시작했으니까.

　과거는 영향을 끼칠 수 없는, 대단치 않은 유령에 불과했다. 무게를 지닌 것은 미래뿐이었다.

32

큰 집의 떠들썩한 여자

다음번에 벅스피크에 돌아갔을 때는 가을이었고, 언덕 아래 할머니가 위독한 상태였다. 할머니는 골수에 생긴 암과 9년 동안 싸워 왔고, 이제 그 전쟁이 끝나려 하고 있었다. 막 케임브리지 대학교 박사 학위 과정에 합격했다는 소식을 들은 직후 엄마에게서 연락이 왔다. 「할머니가 다시 병원에 입원하셨다. 빨리 오는 게 좋겠다. 이번이 마지막이 될 것 같아.」

내가 솔트레이크 공항에 도착했을 즈음, 할머니는 의식이 오락가락한 상태였다. 드루가 공항으로 나와 줬다. 그즈음 우리는 친구 이상의 관계로 발전해 있었고, 드루는 자기 차로 아이다호의 시내에 있는 병원까지 나를 태워다 주겠다고 했다.

교통사고를 당한 숀 오빠를 데려간 후 처음으로 그 병원에 간 나는 하얗고, 소독약 냄새가 나는 복도를 걸어가면서 오빠를 떠올리지 않을 수 없었다. 할머니 병실에 도착했다. 할아버지가 검버섯이 난 할머니의 손을 잡은 채 침대 곁에 앉아 있었다. 할머니가 눈을 뜨고 나를 봤다. 「우리 아가, 타라 왔구나. 그 먼 영국에서부터.」 할머니는 그렇게 말하고 다시 눈을 감았다. 할아버지가 할머니 손을 꼭 쥐어 봤지만

426

할머니는 잠에서 깨어나지 않았다. 간호사는 할머니가 몇 시간 동안 잠에서 깨어나지 않을 확률이 높다고 했다.

드루는 나를 벅스피크까지 데려다주겠다고 제안했고, 나는 승낙했다. 그러나 산이 보이기 시작하면서 나는 내가 실수를 한 게 아닐까 생각하기 시작했다. 드루에게 내 이야기들을 하긴 했지만 그를 여기에 데리고 오는 데는 여전히 위험을 감수해야 할 부분들이 있었다. 우리가 도착하는 순간 내 이야기는 더 이상 이야기에 그치지 않을 것이고, 식구들이 내가 써준 배역을 충실히 수행할지 의심스러웠다.

집 안은 아수라장이었다. 집 안을 가득 메운 여자들 중 어떤 이는 전화로 주문을 받고, 어떤 이는 오일을 섞고, 어떤 이는 물약을 거르고 있었다. 집 남쪽에 새로 지은 별관에서는 더 젊은 여자들이 병에 약을 담고, 주문에 따라 포장을 하고 있었다. 나는 드루를 거실에 있으라고 하고 화장실로 갔다. 집 전체에서 내가 기억한 모습 그대로인 곳은 화장실뿐이었다. 화장실에서 나오다가 나는 억센 머리카락에 커다랗고 네모난 안경을 쓴 깡마르고 나이든 여자와 부딪혔다.

「이 화장실은 경영진만 쓸 수 있어요.」 그녀가 말했다. 「병 채우는 직원들은 별관 화장실만 써야 합니다.」

「저는 직원이 아닌데요.」 내가 말했다.

그녀는 나를 노려봤다. 네가 여기서 일하는 직원이 아니면 도대체 누구겠어, 모두 여기서 일하는 직원인데 하는 눈이었다.

「이 화장실은 경영진만 쓸 수 있어요.」 그녀는 허리를 꼿꼿이 세우며 다시 한번 같은 말을 반복했다. 「병 채우는 직원은 별관에서 나올 수 없습니다.」

그녀는 내가 대답할 시간도 주지 않고 가버렸다.

아직 부모님 중 아무도 보지 못한 채였다. 나는 집 전체에 와글거리는 사람들을 뚫고 거실로 가서, 소파에 앉아 있는 드루를 찾았다. 그는 아스피린이 불임을 초래할 수 있다는 설명을 듣고 있었다. 나는 그의 손을 붙잡아 끌고 등 뒤로 오게 한 다음 처음 보는 사람들 사이를 뚫고 엄마를 찾아 나섰다.

「여기가 진짜 너희 집이야?」 그가 말했다.

엄마는 창문도 없는 지하실 방에 있었다. 거기 숨어 있는 것 같다는 인상을 받았다. 내가 드루를 소개하자 엄마는 따뜻한 미소로 그를 맞이했다. 「아버지는 어디 계세요?」 아버지가 또 폐 질환으로 몸져누워 있지 않을까 추측하면서 내가 물었다. 폭발 사고로 폐에 뜨거운 연기가 들어간 후 아버지는 자주 폐 질환을 앓았다.

「아버지는 저 난리통 속에 계시지 않겠니?」 엄마는 그렇게 말하면서 눈을 천장 쪽으로 한 번 굴렸다. 1층에서 왔다 갔다 하는 사람들의 발걸음 소리로 북치는 소리가 났다.

엄마는 우리와 함께 1층으로 올라왔다. 계단 앞에 엄마가 모습을 드러내자마자 직원들 몇 명이 달려들어 고객들에게서 받은 질문을 엄마에게 던져 댔다. 모두가 엄마의 의견을 듣고 싶어 하는 듯했다. 화상, 빈맥, 체중 미달 신생아에 이르기까지. 엄마는 알아서 하라는 듯한 손짓을 하면서 걸음을 옮겼다. 자기 집 복도를 걸어가는 엄마는 붐비는 식당에서 사람들 눈에 띄지 않으려고 애쓰는 유명 인사와 같은 인상을 풍겼다.

자동차도 올라갈 수 있을 만큼 큰 아버지의 책상은 그 모든 혼란의 한가운데 주차되어 있었다. 아버지는 통화 중이었다. 화상으로 뭉개진 손으로는 수화기를 제대로 쥘 수가 없었기 때문에 볼과 어깨 사이에 수화기를 끼고 있었다. 「의사들은 당뇨병에 하등의 도움이 안 돼요.」 아버지가 너무 큰 소리로 그렇게 말했다. 「하지만 주님은 도움을 줄 수 있습니다!」

드루를 곁눈질로 보니 그는 미소를 짓고 있었다. 아버지가 전화를 끊고 우리 쪽으로 고개를 돌렸다. 그리고 드루를 보고 함박웃음을 지었다. 아버지는 법석대는 집 분위기에서 에너지를 얻은 듯 활기차 보였다. 사업이 인상적이라고 하는 드루의 말에 아버지의 키가 한 뼘쯤 더 커졌다. 「주님의 사업을 땅에서 실천할 수 있는 은총을 입은 거지.」 아버지가 말했다.

전화가 다시 울렸다. 전화를 받는 일을 하는 직원만도 적어도 세 명은 되는 듯했지만 아버지는 마치 중요한 전화를 기다리기라도 했다는 듯 날쌔게 수화기를 들었다. 아버지가 그렇게 활기차 보이는 것은 처음이었다.

「땅 위에 주님의 영광.」 아버지는 수화기에 대고 소리쳤다. 「주님의 약국, 그것이 바로 저희 오일들입니다!」

집 안의 소음으로 정신을 차릴 수가 없어서 나는 드루를 데리고 산으로 갔다. 우리는 야생 밀밭을 천천히 지나서 산기슭에 있는 소나무 숲 가장자리까지 갔다. 단풍 든 나무들이 마음을 차분하게 해줬고, 우리는 거기서 조용한 계곡을 내려다보면서 오래도록 머물렀다. 늦은 오후가 돼서야 우리는 집으로 내려왔고, 드루는 솔트레이크시티로 다시 떠났다.

유리문을 통해 채플로 들어가자마자 나를 맞은 침묵에 깜짝 놀랐다. 집 안은 텅 비어 있었고, 전화 수화기는 모두 내려져 있었으며 작업대는 텅 비어 있었다. 엄마가 방 한가운데 혼자 앉아 있었다.

「병원에서 전화가 왔어.」 엄마가 말했다. 「할머니가 돌아가셨단다.」

아버지는 사업에 대한 의욕을 잃어버렸다. 아침에 일어나는 시각이 점점 늦어졌고, 일어나서도 누군가에게 욕을 하거나, 비난을 하는 데 힘을 다 쏟았다. 폐철 처리장에 관해 트집을 잡아 숀 오빠에게 소리를 질렀고, 엄마에게는 직원들을 잘 다루지 못한다고 화를 냈다. 점심을 차리는 오드리 언니에게 핀잔을 주고, 나한테는 너무 시끄럽게 자판을 두드린다고 악을 썼다. 마치 누구하고라도 싸우고 싶어 하는 듯했고, 할머니의 죽음을 자기 잘못이라 생각하면서 스스로를 벌주고 싶어 하는 것처럼 보였다. 아니 아버지는 할머니의 삶에 대해, 이제 할머니가 저세상으로 떠난 후에야 비로소 끝이 난 모자간의 갈등에 대해 속죄를 하고 싶었는지도 모른다.

집이 다시 서서히 붐비기 시작했다. 전화들이 다시 연결되고, 전화를 받을 여자들이 다시 모습을 드러내기 시작했다. 그러나 아버지의 책상은 계속 비어 있었다. 아버지는 하루 종일 침대에서 회칠이 된 천정을 바라보고 누워만 있었다. 나는 어릴 때 했던 것과 똑같이 아버지의 저녁 식사를 방으로 가져갔다. 그리고 그때 그랬던 것처럼 아버지는 내가 여기 있는 것을 아는 것일까 궁금했다.

엄마는 활기차게 집안 곳곳을 누비며 열 명 몫을 해냈다. 물약을 섞고, 에센셜 오일을 만드는 중간중간 장례식 준비를 하고, 할머니를 기리기 위해 예고도 없이 집에 들르는 모든 사촌들과 고모들에게 대접할 음식을 만들었다. 앞치마를 두른 채 오븐에서 막 꺼낸 음식을 앞에 두고 양손에 전화를 든 엄마의 모습을 보는 것이 다반사가 됐다. 엄마는 한 손에 든 전화로 고객의 상담에 응하면서 다른 한 손에 든 전화로 삼촌이나 친구들이 하는 위로의 말에 대답을 했다. 그동안 내내 아버지는 침대에서 일어나지 않았다.

장례식에서 아버지가 연설을 했다. 아브라함에게 했던 신의 약속에

430

관한 20분에 걸친 설교였다. 그 긴 연설 동안 할머니는 딱 두 번 언급했다. 잘 모르는 사람들은 할머니의 죽음이 아버지에게 별 영향을 끼치지 않았다는 인상을 받았을지도 모르지만, 우리는 알았다. 우리는 아버지가 완전히 무너져 버렸다는 것을 알고 있었다.

장례 예배를 마치고 집에 돌아왔을 때 아버지는 점심 준비가 되어 있지 않다고 크게 화를 냈다. 엄마는 천천히 조리되도록 미리 준비해 두고 간 스튜를 서둘러 차렸다. 그러나 밥을 먹고 나자 이번에는 빈 접시를 보면서 화를 냈고, 엄마가 그것들을 급히 치우자, 다음에는 손주들이 시끄럽게 논다고 짜증을 부렸고, 엄마는 또 아이들을 조용히 시키느라 진땀을 뺐다.

그날 저녁, 온 집안이 텅 비고 조용해진 후 나는 부엌에서 부모님이 싸우는 소리에 귀를 기울였다.

「적어도 이 감사 카드라도 써요.」 엄마가 말했다. 「결국 당신 어머니잖아요.」

「그건 아내가 할 일이야.」 아버지가 말했다. 「카드 쓰는 남자는 한 번도 본 적도 들어 본 적도 없어.」

그 상황에서 아버지는 그보다 더 잘못된 말을 할 수가 없었다. 10년 동안 엄마는 가족의 주 수입원인 동시에 밥하고, 청소하고, 빨래하는 일을 모두 도맡아 오면서도 불만이라고는 입도 뻥긋하는 것을 본 적이 없었다. 지금까지는.

「그러면 당신이 남편이 할 일을 좀 해보시지.」 엄마가 말했다. 목소리가 높아져 있었다.

얼마 지나지 않아 두 사람 모두 소리를 지르고 있었다. 아버지는 늘 그러는 것처럼 화를 내서 엄마를 길들이고 기를 죽이려고 했지만, 엄마는 그럴수록 더 고집이 세졌다. 결국 엄마는 카드들을 식탁 위에 던지고 말했다. 「쓰든지 말든지 알아서 해요. 하지만 당신이 안 쓰면 아무도 쓰는 사람이 없을 거예요.」 그런 다음 엄마는 지하실로 내려가 버렸다. 아버지가 그 뒤를 따라갔고, 약 한 시간 동안 마루 바닥을 통해 두 사람의 고함 소리가 들려왔다. 나는 한 번도 부모님이 그렇게 큰 소리를 내는 것을 들은 적이 없었다. 적어도 엄마가 고함치는 것은 말이다. 엄마가 양보하기를 거부하는 것을 본 적이 없었다.

다음 날 아침 부엌으로 가보니 아버지가 풀죽 같은 것에 밀가루를 쏟아붓고 있었다. 나는 그것이 팬케이크 반죽일 거라고 추측했다. 아버지는 나를 보자 밀가루를 툭 던지고 식탁에 앉았다. 「너 여자지, 그지?」 아버지가 말했다. 「그리고 여기는 부엌이고.」 서로를 빤히 쳐다보면서 아버지와 나 사이에 생긴 거리에 대해 생각했다 — 그 말이 아버지에게는 얼마나 자연스러운 것인지, 그러나 내게는 얼마나 껄끄러운 말인지에 대해.

아버지가 직접 식사를 준비하도록 두는 것은 엄마답지 않은 일이었다. 나는 엄마가 아픈지 보려고 아래층으로 내려갔다. 그러나 계단에 다 내려가기도 전에 소리가 들려왔다. 목욕탕 쪽이었다. 깊은 흐느낌 소리를 감추기 위해 헤어드라이어가 돌아가고 있었다. 나는 1분도 넘게 문 밖에 서서 망설였다. 엄마는 내가 못 들은 척하고 가주기를 바랄까? 나는 엄마가 숨을 돌리기를 기다렸지만 흐느낌은 점점 더 절박해져 갔다.

문을 두드렸다. 「저예요.」 내가 말했다.

문이 열렸다. 처음에는 아주 조금, 그러다가 더 활짝. 그 안에 엄마가 서 있었다. 몸 전체를 감싸기에는 너무 작은 타월을 두른 엄마의 몸이 물기로 번들거렸다. 엄마를 이런 식으로 본 적이 처음인 나는 본능적으로 눈을 감았다. 세상이 깜깜해졌다. 쿵 소리가 들렸고, 플라스틱

이 깨지는 소리가 났다. 눈을 떴다. 엄마 손에서 떨어진 헤어드라이어가 바닥에 부딪히는 소리였다. 헤어드라이어는 노출 콘크리트 위에서 두 배로 시끄러운 소리를 내며 돌아갔다. 엄마를 바라봤다. 그 순간 엄마가 나를 잡아당겨 꼭 껴안았다. 엄마 몸의 물기가 내 옷으로 스며들어 왔고, 젖은 머리에서 떨어지는 물방울이 내 어깨를 적셨다.

33
물리학의 주술

나는 벅스피크에 오래 머무르지 않았다. 한 일주일 정도나 있었을까. 산을 떠나던 날, 오드리 언니는 내게 가지 말라고 부탁했다. 언니랑 나눈 대화는 기억이 나지 않지만, 그에 관해 일기를 쓴 것은 기억한다. 케임브리지에 돌아온 첫날, 돌다리 위에 앉아서 킹스 칼리지 채플을 바라보면서 그 일기를 썼었다. 강을 기억한다. 아주 차분해 보였었다. 천천히 떨어진 낙엽이 유리처럼 고요한 강 위에 떠 있는 것을 지켜봤었다. 종이 위를 달리는 내 펜이 내는 소리를 기억한다. 언니가 한말 모두를 정확하고 자세하게 적은 그 일기는 여덟 페이지를 빼곡히채웠었다. 그러나 언니가 그 말을 했던 순간은 기억에서 사라지고 없다. 마치 잊기 위해 그 일기를 쓰기라도 한 것처럼.

오드리 언니는 내게 떠나지 말라고 애원했다. 숀 오빠가 너무 강하고, 너무 설득력이 있어서 혼자서 오빠를 상대하기가 불가능하다고했다. 나는 언니에게 혼자가 아니라 엄마가 있다고 말했다. 언니는 내가 이해를 못 한다고 했다. 결국 우리 말을 아무도 믿지 않을 거라고, 아버지에게 도움을 구하면 우리 둘 다 거짓말쟁이라고 할 것이 틀림없다고 했다. 나는 부모님이 이제는 바뀌었으니 그들을 믿어야 한다

434

고 말했다. 그러고는 비행기를 타고 8,000킬로미터 떨어진 곳으로 나 자신을 데리고 와버렸다.

언니의 두려움을 그렇게 멀리, 안전한 거리에서, 웅장한 도서관과 오래된 채플들에 둘러싸여 기록하는 것에 대한 죄책감을 느꼈다면 나는 그 감정을 잘 숨기는 데 성공한 듯하다. 마지막 줄에 약간 드러난 것 빼고는 어디에서도 그런 감정이 보이지 않기 때문이다. 일기는 이렇게 끝맺고 있다. 〈케임브리지가 오늘 밤에는 덜 아름답다.〉

드루는 중동학 석사 과정에 합격해서 나와 함께 케임브리지로 왔다. 나는 그에게 오드리 언니와의 대화를 이야기했다. 그는 내가 우리 가족에 대해 털어놓은, 재미있는 일화 정도가 아니라 진실 모두를 털어놓은 첫 남자 친구였다. 나는 물론 이 모든 것이 과거의 일이라고 말했다. 이제 우리 가족은 다르다. 하지만 알고는 있어야 한다. 나를 지켜보려면. 내가 뭔가 미친 짓을 할 경우에 대비해서.

첫 학기는 계속되는 만찬과 늦은 밤까지 열리는 파티들, 그리고 그보다 더 늦은 밤까지 도서관에서 지내는 날들로 정신없이 흘러갔다. 박사 학위를 따려면 독창적인 연구 결과를 내야만 했다. 다시 말하면, 5년 동안 역사에 관한 글을 읽기만 하다가 이제 써야 할 때가 된 것이다.

그러나 무엇을 쓴단 말인가? 석사 논문을 쓰기 위해 문헌들을 읽으면서 나는 19세기 위대한 철학자들의 사상과 모르몬 신학이 통하는 데가 있다는 것을 발견하고 깜짝 놀랐었다. 이 점을 지도 교수인 데이비드 런시먼 박사에게 언급하자 그는 〈그게 학생의 프로젝트가 되겠군요〉 하고 말했다. 「지금까지 아무도 하지 않은 것을 할 수 있어요. 모르몬교를 종교적 측면에서뿐 아니라 지적 측면에서 고찰하는 것이지요.」

나는 조지프 스미스와 브리검 영의 서신들을 다시 읽기 시작했다. 어릴 때 그 서신들을 읽는 것은 숭배 행위였다. 이제 같은 문헌을 다른 시각으로 읽었다. 비평가의 눈은 아니지만 사도의 눈도 아니었다. 일부다처제를 교리가 아닌 사회 정책의 시각에서 검토했다. 일부다처제를 그 목적에 비추어 고찰했고, 동일한 기간에 나온 다른 움직임이나 이론들과 비교했다. 급진적인 행동으로 느껴졌다.

케임브리지에서 사귄 친구들은 이제 내 가족 같은 사람들이 됐고, 몇 년 동안 벅스피크에서 느끼지 못한 소속감을 주었다. 어떨 때는 그런 감정을 갖는 것이 죄를 짓는 일처럼 느껴지기도 했다. 생전 모르던 사람을 자기 오빠보다 더 사랑하는 동생, 선생님을 아버지보다 더 사랑하는 딸은 도대체 어떤 사람이란 말인가?

그러나 그런 생각이 들지 않길 바랐지만, 솔직히 말하자면 나는 집에 돌아가고 싶지 않았다. 나는 내게 주어진 가족보다 내가 선택한 가족이 더 좋았다. 그래서 케임브리지에서 더 행복할수록 그 행복감은 벅스피크를 배신했다는 느낌으로 인해 더 추하게 느껴졌다. 그것은 내게 너무나 현실적인 감각이어서 혀로 맛볼 수도, 코로 냄새 맡을 수도 있다는 생각이 들 정도였다.

크리스마스가 다가오자 나는 아이다호로 가는 비행기 표를 샀다. 비행기를 타기 전날 밤, 우리 칼리지에서 만찬이 있었다. 친구 중 하나가 만찬 도중에 캐럴을 부를 실내 합창단을 결성했다. 합창단은 몇 주에 걸쳐 연습했지만, 만찬 당일 소프라노가 기관지염에 걸려 앓아눕고 말았다. 그날 오후 내 전화가 울렸다. 친구였다. 「노래 부를 사람을 찾아야 해. 제발 네가 그런 사람을 안다고 말해 줘.」 그가 말했다.

내가 노래를 안 한 지는 몇 년이나 흘렀고, 아버지 없이 부른 적은 한 번도 없었다. 그러나 몇 시간 후 나는 홀 전체를 압도하는 커다란 크리스마스트리 위쪽에 마련된 2층 무대 위에 서 있었다. 나는 내 가슴속에서부터 음악이 떠오르는 그 가벼운 느낌을 즐겼고, 그 순간을 소중히 음미했다. 그리고 아버지가 여기 있었다면, 대학과 대학의 모든 사회주의를 무릅쓰고서라도 과연 내 노래를 들으러 왔을까 생각해 봤다. 나는 아버지가 왔을 거라고 믿었다.

벅스피크는 전혀 변하지 않고 그대로였다. 프린세스는 눈에 묻혀 있었지만 굽이치는 그녀의 다리 굴곡을 볼 수 있었다. 내가 도착했을 때 엄마는 부엌에서 한 손으로는 스튜를 저으면서, 다른 한 손으로는 수화기를 붙들고 익모초의 효능을 설명하고 있었다. 아버지의 책상은 여전히 텅 비어 있었다. 아버지는 지하실 방 침대에 누워 있다고 엄마가 말했다. 폐에 무슨 문제가 생겼다고 했다.

뒷문으로 처음 보는 덩치 큰 사람이 성큼 들어섰다. 그게 오빠라는 것을 알아차리는 데까지 몇 초는 족히 걸렸다. 루크 오빠의 턱수염이 너무 덥수룩해서 꼭 자기가 기르던 염소처럼 보였다. 오빠의 왼쪽 눈이 하얗게 죽어 있었다. 페인트 볼 총으로 몇 달 전 그쪽 눈을 맞았다고 했다. 오빠는 방을 건너와서 내 등을 반갑다는 듯 두드렸지만, 나는 그의 한쪽 눈을 들여다보면서 뭔가 익숙한 구석을 찾으려고 애썼다. 오빠 팔뚝에 약 5센티미터 정도 난 흉터를 보고서야 이 사람이 루크 오빠라는 것을 확신했다. 둥그렇게 난 그 흉터는 전단기에 다쳐서 생긴 것이었다.* 오빠는 노스다코타의 원유 채굴장에서 돈을 벌면서 헛간 뒤에 세워 둔 이동 주택에서 아내와 아이들 한 무리와 함께 살고 있

* 나는 그 흉터가 전단기에 의해 생긴 것으로 기억하지만, 지붕을 올리다가 생긴 사고로 얻은 상처일 수도 있다.

다고 말했다.

이틀이 지났다. 아버지는 매일 저녁 지하실에서 올라와 채플에 있는 소파에 자리를 잡고 텔레비전을 보거나 구약 성서를 읽었다. 나는 공부를 하거나 엄마를 도우면서 시간을 보냈다.

세 번째 날, 부엌 식당에서 책을 읽고 있는데 뒷문으로 숀 오빠와 벤저민 형부가 들어왔다. 형부는 숀 오빠에게 읍내에서 작은 사고 후 벌어진 다툼에서 자기가 주먹을 날린 이야기를 하고 있었다. 그는 상대 운전자와 대면하려고 차에서 내리기 전에 권총을 바지 허리춤에 쑤셔 넣었다고 말했다. 「그 녀석은 자기가 누굴 상대하고 있는지도 몰랐을 거야.」 형부가 씩 웃으며 말했다.

「그런 일에 총을 들고 가는 건 바보나 하는 짓이야.」 숀 오빠가 말했다.

「어차피 쓸 생각도 없었어.」 형부가 중얼거렸다.

「그러면 가지고 가지도 말아야지.」 오빠가 말했다. 「그러면 정말 안 쓸 것이 확실하잖아. 총을 가져가면 쓸 수도 있다는 말인 거야. 주먹싸움이 총싸움으로 변하는 건 금방이거든.」

숀 오빠는 침착하고 사려 깊은 태도로 말했다. 감지 않은 금발이 너무 길게 제멋대로 자라고 있었고, 얼굴은 까칠하게 자란 벽돌색 수염으로 뒤덮여 있었다. 오빠의 말뿐 아니라 표정까지도 훨씬 나이 든 사람의 것으로 느껴졌다. 뜨거운 피가 식고, 평화를 찾은 사람 말이다.

숀 오빠가 나를 쳐다봤다. 오빠를 피해 오던 나는 갑자기 내 행동이 공정하지 않다고 느꼈다. 오빠는 변해 있었다. 오빠가 변화하지 않은 것처럼 행동하는 것은 잔인한 일이었다. 오빠는 내게 드라이브 가겠느냐고 물었고, 나는 그러고 싶다고 대답했다. 숀 오빠가 아이스크림을 먹고 싶다고 해서 우리는 밀크셰이크를 주문했다. 대화는 차분하고 편안했다. 아주 오래전 목장에서 보내던 저녁 시간처럼. 오빠는 아버지 없이 현장 일을 하는 일, 피터의 약한 폐, 수술, 그리고 아직까지 밤에는 끼고 자야 하는 산소 튜브 등에 대해 이야기했다.

거의 집에 다 왔을 때였다. 벅스피크까지 1.5킬로미터 정도밖에 남지 않은 지점에서 오빠는 갑자기 운전대를 꺾었고, 차가 얼음 위에서 미끄러졌다. 차가 빙글 도는데 가속 페달을 더 밟았고, 바퀴가 겨우 미끄러지는 것을 멈추면서 차는 옆길로 들어섰다.

「어디로 가는 거야?」 나는 그렇게 물었지만, 그 길이 향하는 곳은 한 곳뿐이었다.

교회는 어두웠고, 주차장에는 아무도 없었다.

오빠는 주차장을 한 바퀴 돈 다음 교회 입구 쪽에 차를 세웠다. 시동을 끄자 헤드라이트 빛이 사라졌다. 너무 어두워 오빠 얼굴의 윤곽도 잘 보이지 않았다.

「오드리하고는 이야기 많이 하니?」 오빠가 말했다.

「별로.」 내가 대답했다.

오빠는 긴장을 좀 푸는 듯하더니 말을 이었다. 「오드리는 거짓말쟁이 미친년이야.」

나는 눈을 돌려서 별빛에 비친 교회 첨탑에 시선을 고정시켰다.

「머리에 총알을 박아 버리고 싶지만,」 그렇게 말하면서 오빠가 몸을 내 쪽으로 돌리는 것이 느껴졌다. 「그럴 가치도 없는 하찮은 년한테 멀쩡한 총알을 낭비하고 싶진 않아.」

오빠를 쳐다보지 않는 것이 중요했다. 첨탑에서 눈을 떼지만 않으면, 오빠가 내게 손을 대지 못할 것이라고 거의 믿을 수 있었다. 완전히는 아니고 거의. 그런 믿음에 매달리는 순간에도 나는 오빠의 손이 내 목을 감아 오기를 기다리고 있었기 때문이다. 금방 그 주술이 깨지고 오빠 손이 내 목을 감을 것이라는 것은 알고 있었지만 지금 이렇게 기다리고 있는 상황을 바꿀 수도 있는 짓은 감히 하지 못했다. 그 순간 내 일부는, 언제나 그랬던 것처럼, 주술을 깨는 것이 내가 될 것이라는 것, 주술이 깨지는 원인을 제공하는 것이 나일 것이라는 사실을 믿었다. 이 정적이 깨지고 오빠의 분노가 내게 밀어닥칠 때, 나는 내가 한 무슨 행동인가가 그 촉매, 그 원인일 것이라는 것을 알 것이다. 그런 미신에는 희망이 깃들어 있었다. 상황을 컨트롤하는 것이 나라는 환상 말이다.

나는 꼼짝도 하지 않았다. 생각도, 움직임도 모두 지웠다.

시동이 걸리고, 엔진이 으르렁거리며 살아났다. 라디에이터에서 따뜻한 공기가 쏟아져 나왔다.

「영화 보고 싶니?」 숀 오빠가 말했다. 아무렇지도 않은 듯한 목소리였다. 나는 차가 방향을 돌려 국도 쪽으로 향하는 동안 빙글빙글 도는 세상을 지켜봤다. 「영화 한 편 보면 딱 좋겠어.」 오빠가 말했다.

나는 아무 말도 하지 않았다. 내 목숨을 구한 그 물리학의 미묘한 주술을 깨는 말이나 행동은 하고 싶지가 않았다. 오빠는 내 침묵을 눈치 채지 못한 듯했다. 그리고 벅스피크까지 남은 1.5킬로미터 거리를 운전해 가면서 쾌활한 목소리로, 거의 장난을 치듯 영화 「못 말리는 첩보원」을 볼지 말지에 대해 혼자 수다를 떨었다.

34
바라는 것들의 실상

그날 밤 채플에서 아버지에게 다가갈 때 나는 나 자신을 용감한 사람이라고 생각하지 않았다. 내 역할은 정찰병이었다. 아버지에게 정보를 전달하고, 숀 오빠가 오드리 언니를 위협해 왔다는 사실을 알리는 것이 내 임무였다. 아버지는 어떻게 해야 할지 알 것이기 때문이다.

어쩌면 내가 그렇게 침착할 수 있었던 것은 내가 거기에 없었기 때문일 수도 있다. 어쩌면 나는 바다 건너 돌로 만든 아치 아래 앉아 흄을 읽고 있거나, 『인간 불평등 기원론』을 팔에 끼고 킹스 칼리지를 가로질러 뛰어가고 있는 중이었을 수도 있다.

「아버지, 말씀드릴 게 있어요.」

나는 숀 오빠가 오드리 언니를 총으로 쏘아 버리겠다고 농담처럼 이야기했다는 사실과, 그게 오드리 언니가 오빠 행동을 문제 삼았기 때문이라는 이야기를 아버지에게 했다. 나를 빤히 쳐다보는 아버지의 입술이 있던 자리의 피부가 팽팽해졌다. 아버지는 큰 소리로 엄마를 불렀고, 엄마가 나타났다. 엄마는 긴장된 표정을 하고 있었다. 왜 엄마가 나와 눈을 마주치려 하지 않는지 알 수가 없었다.

「도대체 지금 무슨 말을 하는 거지?」 아버지가 말했다.

그 순간부터는 대화가 아니라 심문 같은 말이 오갔다. 숀 오빠가 폭력을 썼다거나 심리적 압박을 가했다는 말을 할 때마다 아버지는 내게 고함을 쳤다. 「증거 있어? 증명할 수 있냐고?」

「일기를 쓴 게 있어요.」 내가 말했다.

「가져 와. 읽어 봐야겠다.」

「여기 없어요.」 그것은 거짓말이었다. 예전에 쓴 일기장은 모두 침대 밑에 보관해 뒀기 때문이다.

「증거도 없다는데 네 말을 믿으라는 말이냐?」 아버지는 여전히 소리를 지르고 있었다. 엄마는 소파 끝에 걸쳐 앉은 채 입을 비뚤어지게 살짝 벌리고 있었다. 온 얼굴이 고통으로 일그러져 있었다.

「증거가 무슨 필요가 있어요?」 내가 조용히 말했다. 「보셨잖아요. 두 분 모두 보셨잖아요.」

아버지는 숀 오빠가 감옥에 가는 것을 봐야 내 직성이 풀릴 것이라고 말했다. 내가 이런 소동을 벌이려고 케임브리지에서 온 것이라고도 했다. 나는 오빠가 감옥에 가는 것을 원하지는 않지만 모종의 조치가 필요한 것은 사실이라고 말했다. 그리고 엄마가 내 말에 동조할 것이라고 기대하면서 엄마 쪽을 봤다. 하지만 엄마는 침묵을 지켰다. 엄마는 마치 아버지와 내가 거기 없는 것처럼 시선을 바닥에 고정시키고 있었다.

어느 시점엔가 엄마는 말을 하지 않을 것이고, 그냥 침묵을 지키며 거기 앉아만 있을 것이며, 나는 혼자라는 사실을 깨달았다. 나는 아버지를 진정시키려고 해봤지만 내 목소리는 떨리고 갈라지기 시작했다. 다음 순간 통곡이 터져 나왔다. 어디에선가, 몇 년 동안 내가 품고 있었다는 것을 잊은 내 안 어디에선가 화산처럼 솟구쳐 올라온 흐느낌이었다. 구토증이 올라왔다.

나는 목욕탕으로 뛰어갔다. 손발이 걷잡을 수 없이 떨리고 있었다.

더 이상 훌쩍거리고 있을 수가 없었다. 계속 이러고 있으면 아버지는 내가 하는 말을 절대 진지하게 받아들이지 않을 것이다. 그래서 나는 예전에 쓰던 방법을 동원해서 울음을 그쳤다. 거울을 보면서 눈물 한 방울 한 방울에 대해 나 자신을 꾸짖는 방법이었다. 너무나 익숙한 과정이었고, 그 과정을 밟으면서 나는 지난 1년 동안 그토록 조심스럽게 쌓아 왔던 환상을 깼다. 거짓 과거, 거짓 미래 모두 사라졌다.

거울에 비친 내 모습을 바라봤다. 가짜 떡갈나무로 만들어진 삼면 거울은 사람의 넋을 빼놓는 뭔가가 있었다. 어린이로, 소녀로, 그리고 반은 소녀 반은 여인으로 자라면서 계속 내 모습을 비추던 거울이었다. 내 뒤로는 내가 창녀라고 인정하기 전까지 내 머리를 처박은 채 놓아 주지 않던 변기가 보였다.

숀 오빠에게서 놓여난 다음 이 목욕탕에 들어와 문을 잠그고 있었던 적이 많았다. 거울의 세 면을 움직여서 내 얼굴이 세 개로 보이도록 한 다음, 내 세 개의 얼굴을 하나하나 노려보면서 오빠가 한 말들, 그리고 내게 하도록 한 말들을 곰곰이 되짚어 보곤 했다. 그러다 보면 오빠가 나를 아프게 하는 것을 멈추기 위해 한 말들이 어느 순간 진실처럼 느껴지기 시작했었다. 그런데 나는 여전히 이 목욕탕에 있고, 여전히 거울을 보고 있었다. 거울의 세 면에 반복되어 비치는 얼굴은 그때나 지금이나 똑같았다.

그러나 동시에 그것은 같은 얼굴이 아니었다. 지금 내가 보고 있는 얼굴은 더 나이가 들었고, 부드러운 캐시미어 스웨터 위로 보이는 얼굴이었다. 그러나 케리 박사의 말이 맞았다. 이 얼굴과 이 여자를 다르게 만드는 것은 옷이 아니었다. 그녀의 눈 뒤에 있는 그 무엇, 앙 다문 그녀의 턱선에서 느껴지는 무엇인가가 이 얼굴과 이 여자를 다른 사람으로 만들었다. 그것은 바로 인생은 바꿀 수 없는 것이 아니라는 희망, 확신 혹은 신념이었다. 내가 본 것이 무엇인지를 정확히 표현할 수 있는 단어는 찾지 못했지만, 그것은 〈믿음〉 비슷한 것이었다.

나는 아직 위태로운 느낌이었지만 어느 정도 침착성을 되찾았다. 그리고 깨지기 쉬운 도자기 접시를 머리 위에 올리고 걷는 것처럼 그 연약한 침착성을 고이고이 모시고 목욕탕에서 나왔다. 그리고 천천히 조심스럽게 복도를 걸어갔다.

「자러 갈게요.」채플에 겨우 도착한 나는 그렇게 말했다. 「내일 다시 이야기하도록 하죠.」

아버지는 아직 책상에 있었고, 수화기를 왼손에 들고 있었다. 「지금 이야기하도록 하자.」아버지가 말했다. 「네가 한 말을 숀에게 했다. 지금 오고 있어.」

나는 도망갈까 생각도 했다. 숀 오빠가 집에 도착하기 전에 차로 갈 수 있을까? 열쇠는 어딨지? 지금까지 연구한 결과가 들어 있는 노트북 컴퓨터는 가지고 가야겠지. 〈포기해.〉거울의 소녀가 말했다.

아버지가 내게 앉으라고 말했고, 나는 그렇게 했다. 마음을 정하지 못한 채 그렇게 앉아 얼마나 기다렸는지 모르겠다. 그러나 아직 도망갈 시간이 있을까 하고 생각하고 있는데 유리문이 열리면서 숀 오빠가 들어섰다. 갑자기 그 커다란 방이 비좁게 느껴졌다. 나는 내 손을 내려다봤다. 눈을 들 수가 없었다.

발자국 소리가 들렸다. 숀 오빠는 방을 건너서 소파의 내 옆자리에 앉았다. 그리고 내가 자기를 쳐다보기를 기다렸다. 내가 계속 눈을 마주치지 않자 오빠는 손을 뻗어 내 손을 잡았다. 마치 장미 꽃잎을 열듯 아주 부드럽게 오빠는 내 손가락을 하나하나 펴고 무엇인가를 손바닥에 떨어뜨렸다. 나는 눈으로 보기도 전에 차가운 칼날의 감촉을 알아차렸고, 내 손바닥에 묻은 붉은 자국을 보기도 전에 피를 느꼈다.

칼은 아주 작았다. 12~13센티미터 정도 되어 보였고 아주 가늘었다. 칼날이 주홍빛으로 빛났다. 나는 엄지와 검지를 문지른 다음 코에 가져다 대고 숨을 들이쉬었다. 쇠 냄새가 났다. 피가 틀림없었다. 하지만 내 피는 아니었다. 오빠는 그냥 내게 칼을 건넸을 뿐이었다. 그러면 그건 누구의 피였을까?

「넌 똑똑하지, 시들 리스터.」 오빠가 말했다. 「이 칼을 네가 직접 쓰는 게 좋을 거야. 그렇게 안 하면 내가 이 칼을 너한테 댈 것이고, 그러면 상황이 훨씬 안 좋아질 거야.」

「그건 정말 적절치 못한 말이구나.」 엄마가 말했다.

나는 입을 딱 벌리고 엄마를 한 번 본 다음 숀 오빠를 쳐다봤다. 두 사람 눈에는 내가 정말 바보처럼 보였겠지만, 지금 상황을 이해할 수가 없어서 뭐라 반응할 수도 없었다. 마음 한편에서는 다시 목욕탕으로 들어가서 거울 속으로 들어가고, 거울 속에 사는 다른 소녀, 열여섯 살의 그 소녀를 내보낼까 하는 생각도 들었다. 그녀라면 이 상황을 이겨 낼 수 있을 것 같다고 생각했다. 그녀라면 나처럼 두려워하지 않을 것이다. 그녀라면 나처럼 상처받지 않을 것이다. 그녀는 부드러운 살점 같은 것은 없고 돌처럼 단단하니까. 그러나 그때까지만 해도 이 부드러움이 ― 이런 부드러움을 허용할 만큼 몇 년 더 산 경험이 ― 마침내 나를 구해 줄 것이라는 사실을 이해하지 못했다.

나는 칼을 노려봤다. 아버지는 설교를 시작했고, 엄마가 내용을 고쳐 줄 때마다 말을 멈추면서도 계속 말을 이어갔다. 내 귀에 여러 사람의 목소리가 들려왔다. 그중에는 내 목소리도 있었다. 그들은 오래된 홀에서 화음을 이루며 노래하고 있었다. 웃음소리와, 잔에 포도주를 따르는 소리, 도자기 접시에 버터나이프가 부딪히며 쨀랑거리는 소리도 들렸다. 아버지의 설교는 거의 귀에 들리지 않았다. 대신 나는 해가 세 번 지는 거리를 날아가 바다를 건너 실내 합창단에서 친구들과 노래했던 그날 밤으로 돌아가서 그 모든 일들이 지금 내 눈앞에서 벌어지고 있는 것처럼 생생하게 머리에 떠올렸다. 〈아마 내가 잠이 들었나봐.〉 나는 생각했다. 〈포도주를 너무 마셨어. 크리스마스 만찬 칠면조를 너무 많이 먹은 거야.〉

지금 꿈을 꾸고 있다고 결론을 내린 나는 꿈을 꾸는 사람들이 하는 행동을 했다. 이 기묘한 현실의 법칙을 이해한 다음 그 법칙을 적용하는 것 말이다. 나는 내 가족인 척하는 이상한 그림자들을 논리로 설득하려 했지만, 실패하자 거짓말을 했다. 이 사기꾼들이 현실을 왜곡했으니 이번에는 내 차례였다. 나는 숀 오빠에게 나는 아버지한테 아무 말도 하지 않았다고 말했다. 〈아버지가 어떻게 저런 생각을 하게 됐는지 모르겠어〉 그리고 〈아버지가 내 말을 잘못 들으셨나 봐〉 등의 말을 했다. 내가 그들의 지각 능력을 거부하면 그들이 사라져 주지 않을까 간절히 바라면서 말이다. 한 시간이 지나도 네 사람 모두 소파에 앉아 있는 현실이 변하지 않자 나는 그들이 없어져 주지 않을 거라는 사실을 받아들였다. 모두들 여기에 있고, 나도 여기에 있는 이 현실.

내 손에 묻었던 피가 말라붙어 있었다. 카펫 위에 떨어져 있는 칼에 대해서는 나 말고 모두 잊은 듯했다. 나는 칼 쪽을 보지 않으려고 애썼다. 피는 누구의 것이었을까? 오빠를 자세히 살폈다. 오빠가 칼로 자신에게 상처를 입힌 것 같지는 않았다.

아버지는 새로운 설교로 들어갔다. 이번에는 나도 무슨 소리인지 들을 정신이 있었다. 아버지는 어린 여자아이들은 남자들 앞에서 어떻게 행동해야 유혹의 메시지를 보내지 않을 수 있는지 가르쳐야 할 필요가 있다고 설명했다. 오드리 언니의 딸들이 점잖지 못한 행동을 하는 버릇이 생기기 시작했다고도 했다. 제일 큰 아이가 이제 겨우 여섯 살이었다. 숀 오빠는 차분했다. 너무도 긴 아버지의 설교 때문에 지쳐 버린 듯했다. 아니 그보다 오빠는 보호를 받는 느낌, 자신의 행동이 정당화된 느낌을 받은 듯했다. 마침내 아버지의 설교가 끝나자 내게 이렇게 말했기 때문이다. 「오늘 밤에 네가 아버지에게 무슨 말씀을 드렸는지 모르겠지만, 그냥 봐도 네가 나한테 상처를 많이 받았다는 것을 알겠구나. 미안하다.」

우리는 서로를 껴안아 줬다. 싸운 뒤 늘 그랬던 것처럼 웃었다. 내가 늘 그랬던 것처럼 오빠에게 미소를 지어 보였다. 그녀가 그랬던 것처럼. 그러나 그녀는 거기에 없었고, 그 미소는 거짓이었다.

나는 방으로 가서 문을 닫았다. 그리고 소리 나지 않게 빗장을 지른 다음 드루에게 전화를 했다. 패닉으로 앞뒤 말이 맞지 않을 정도였지만 결국 드루는 내가 무슨 말을 하는지 이해했다. 그는 내가 집에서 나와야 한다고, 지금 즉시 나와야 한다고 말했다. 자기 집과 우리 집 절반 정도 거리로 나올 테니 만나자고 했다. 나는 그럴 수 없다고 대답했다. 지금 당장은 모든 것이 가라앉은 상태지만, 내가 한밤중에 도망가려고 시도했다가 무슨 일이 벌어질지 모르는 노릇이었기 때문이다.

나는 침대로 갔지만 자려고 간 것은 아니었다. 침대에서 새벽 6시까지 기다린 다음 부엌으로 갔더니 엄마가 있었다. 드루네 집에서 올 때 그의 차를 빌렸었다. 그래서 엄마에게 예상치 못한 일이 생겨서 드루가 자기 차를 솔트레이크에서 쓰게 됐다고 말했다. 나는 하루 이틀 사이에 다시 돌아오겠다고 말했다.

몇 분 후, 언덕 아래로 차를 몰고 내려가고 있을 때였다. 국도가 눈에 보이는 지점까지 왔는데 뭔가가 내 시야에 들어와서 차를 멈췄다. 숀 오빠가 에밀리 언니, 피터와 함께 사는 트레일러였다. 트레일러에서 1미터도 떨어지지 않은 곳, 거의 문 근처의 눈이 피로 물들어 있었다. 뭔가가 거기서 죽은 것이 틀림없었다.

나중에 엄마에게 들은 바로는 그 피는 디에고의 것이었다. 몇 년 전 숀 오빠가 사들인 독일 셰퍼드였다. 디에고는 오빠네 반려견이었고, 피터가 사랑하는 개였다. 아버지에게 전화를 받은 후, 오빠는 바로 옆에서 개가 지르는 비명을 자기 아들이 듣는 것을 알면서도 개를 칼로 죽였다고 했다. 엄마는 개를 죽인 것이 나와는 아무 상관도 없는 일이라고, 디에고가 루크 오빠네 닭을 자꾸 죽여서 언젠가 해야만 했던 일이라고 말했다. 우연의 일치라고.

나는 엄마의 말을 믿고 싶었지만 그럴 수가 없었다. 디에고가 루크 오빠네 닭을 죽이기 시작한 것은 1년도 더 전부터였다. 게다가 디에고는 순종이어서 500달러나 주고 산 녀석이었기 때문에 다른 곳에 내다 팔 수도 있었다.

그러나 엄마 말을 믿지 않은 진짜 이유는 칼 때문이었다. 나는 아버지와 오빠들이 개를 안락사 시키는 것을 몇 년 동안 보아 왔다. 대부분 닭장을 습격하는 주인 없는 개들이었다. 아무도 개를 죽일 때 칼을 쓰지 않았다. 항상 머리나 심장을 총으로 쏘아서 고통 없이 빨리 죽게 했다. 그러나 숀 오빠는 칼을 선택했다. 자기 엄지보다 더 크지 않은 칼날이 달린 칼. 그것은 죽이는 순간을 느끼기 위해 선택한 칼이었다. 심장의 고동이 멈추는 순간 손으로 흘러내리는 피의 감촉을 느끼기 위한. 그 칼은 농부, 혹은 푸줏간 주인의 칼이 아니었다. 그것은 분노의 칼이었다.

그 일이 있은 후 며칠 동안 무슨 일이 있었는지 모르겠다. 심지어 지금도, 그날 벌어졌던 대립을 — 위협, 부인, 설교, 사과 — 하나하나 뜯어 생각해 봐도 실제 일어난 일처럼 느껴지지가 않는다. 몇 주 후 그날 일을 다시 생각해 보면서 나는 내가 수없이 많은 실수를 저질렀고, 수없이 많은 칼날을 우리 가족들의 심장에 박았다고 느꼈다. 훨씬 시간이 지난 후에야 그날 밤에 우리 모두가 받은 상처가 나 혼자 저지른 잘못 때문만은 아니라는 것을 깨달았다. 그리고 1년도 넘게 지난 후에야 비로소 그때 즉시 알아차렸어야 했던 사실들이 눈에 보이기 시작했다. 엄마가 아버지에게 말하지 않았다는 것, 아버지는 오빠에게 말하지 않았다는 사실 말이다. 아버지는 나와 오드리 언니를 돕겠다는 약속을 한 적이 없었다. 엄마가 거짓말을 했던 것이다.

지금, 엄마의 말들을 되새겨 볼 때면, 내 컴퓨터 스크린에 마술처럼 나타났던 엄마의 그 말들을 되새겨 볼 때면 다른 모든 것보다 한 가지 사실이 뚜렷이 기억난다. 엄마가 아버지를 조울증 환자라고 묘사했던 것 말이다. 나도 바로 그 병을 의심했었다. 그것은 엄마의 말이 아니라 내 말이었다. 그러고 보면 아버지의 의지를 늘 완벽하게 반영해 오던 엄마는 그날 밤 내 의지를 반영하고 있던 것뿐이지 않았을까 하는 생각이 들기도 한다.

〈아니야〉라고 나는 나 자신에게 말한다. 그것은 엄마의 말들이었다. 하지만 그것이 엄마의 말이었든 아니었든 나에게 그토록 위안과 치유가 됐던 그 말들은 텅 빈 말들이었다. 신의가 없는 말들이라고는 믿지 않는다. 하지만 진심이 없었기 때문에 내용이 없는 텅 빈 말들이었고, 이제는 또 다른, 더 강한 물결에 떠내려가 버린 말들이었다.

35
태양의 서쪽

　나는 대충 싼 짐만 가지고 산에서 도망쳐 나왔고, 두고 온 물건을 다시 가져올 생각도 하지 않았다. 솔트레이크시티로 간 나는 남은 방학을 드루와 함께 보냈다.

　그날 밤 일을 잊으려고 노력했다. 15년 만에 처음으로 나는 일기장을 덮어서 집어넣었다. 일기를 쓰는 일은 생각을 곰곰이 하는 일이었고, 나는 어느 것에 대해서도 생각을 곰곰이 하고 싶지 않았다.

　새해가 된 후 케임브리지로 돌아왔지만, 나는 친구들과 어울리지 않았다. 땅이 흔들리는 것을 봤고 예비 진동도 감지했으니, 세상을 바꿀 지각 변동을 기다렸다. 나는 그 큰 변화가 어떻게 시작될지 알고 있었다. 숀 오빠가 아버지가 전화로 한 말에 대해 더 생각해 보고, 얼마 지나지 않아 내가 부인한 것이 —아버지가 잘못 들었다고 한 것— 거짓말이었다는 사실을 깨달을 것이다. 오빠는 진실을 깨닫고 아마도 한 시간쯤 자기 자신을 경멸할 것이다. 그런 다음 그 경멸감을 내게로 쏟아부을 것이다.

　올 것이 오고야 만 것은 3월 초였다. 숀 오빠가 이메일을 보내왔다. 인사말도, 다른 내용도 전혀 없이 성경의 마태복음 한 장이었다. 그중 딱 한 줄이 고딕체로 강조가 되어 있었다. 〈독사의 자식들아! 너희가 악한데 어떻게 선한 말을 할 수 있겠느냐?〉 내 피가 얼어붙었다.

숀 오빠는 한 시간 후에 전화를 했다. 아무 일도 없었다는 듯한 말투로 20분 정도를 피터 페가 어떻게 자라고 있는지 등에 관한 일상적인 이야기를 했다. 그러다가 오빠가 말했다. 「결정을 해야 할 일이 있어. 네 조언이 필요한데 괜찮지?」

「물론이지.」

「도무지 마음을 못 정하겠단 말이야.」 오빠는 거기에서 말을 중단했다. 나는 전화가 끊어진 건 아닐까 생각했다. 「너를 내 손으로 직접 죽일지, 청부업자를 시켜서 죽일지.」 전화선이 칙칙거리는 것 말고는 침묵이 흘렀다. 「비행기 푯값을 생각하면 청부업자가 더 쌀 수도 있어.」

내가 이해하지 못하는 척하자 오빠는 더 공격적이 돼서, 으르렁거리며 욕을 하기 시작했다. 진정시켜 보려 했지만, 아무 소용이 없었다. 드디어 너와 내가 제대로 대결을 하게 됐다고 했다. 전화를 그냥 끊어버려도 오빠는 다시 전화를 했다. 계속, 계속 반복해서 다시 전화를 했고, 그때마다 살인 청부업자를 보낼 테니 늘 등 뒤를 조심하고 다니라는 말을 반복했다. 나는 부모님한테 전화를 했다.

「진짜 그럴 생각은 없을 거야.」 엄마가 말했다. 「어차피 그럴 돈도 없어.」

「그게 문제가 아니잖아요.」 내가 말했다.

아버지는 증거를 대라고 했다. 「전화 내용을 녹음하지도 않았다고?」 아버지가 말했다. 「그러면 숀이 진짜 널 죽일 것처럼 말했는지 내가 어떻게 확신하겠니?」

「그 피 묻은 칼로 협박했을 때도 진짜 절 죽일 것처럼 말했어요.」 내가 말했다.

「그때 진심으로 그런 거 아니었잖니.」

「그게 문제가 아니잖아요.」 내가 다시 말했다.

결국 오빠는 전화하는 걸 멈췄다. 그러나 그것은 부모님이 어떻게 해서가 아니었다. 숀 오빠가 자기 인생에서 나를 도려내 버렸기 때문에 전화가 멈춘 것이다. 오빠는 이제 자기 아내와 아이 근처에는 얼씬도 하지 말고, 자기 앞에도 그림자도 보이지 말라는 이메일을 보내왔다. 1,000단어나 되는 그 긴 이메일은 비난과 분노로 가득했다. 그러나 마지막에 가서는 슬픈 어투가 되어 있었다. 오빠는 자기가 형제들을 사랑하고, 그들이 세상에서 자기가 아는 사람들 중 가장 좋은 사람들이라고 생각한다고 말했다. 〈나는 그중에서도 너를 제일 사랑했어, 그런데 너는 내내 내 등에 비수를 꽂을 생각만 하고 있었구나.〉

오빠와 모종의 관계를 형성해 보지 않은 지가 몇 년이나 흘렀지만, 그 관계를 완전히 잃고 나니, 비록 몇 달 동안 예상해 온 일이지만, 그 충격으로 나는 멍해졌다.

부모님은 오빠가 그렇게 나와 관계 단절을 선언한 것은 정당했다고 말했다. 아버지는 내가 히스테리에 빠졌고, 내 기억을 믿을 수 없는 게 분명한데도 생각 없이 오빠를 비난했다고 말했다. 엄마는 진짜 위험한 것은 내 분노라고 하면서, 숀 오빠는 자기 가족을 지킬 권리가 있다고 했다. 「그날 밤 네 분노는,」 엄마는 전화로 숀 오빠가 디에고를 죽인 그날 밤 이야기를 하면서 이렇게 말했다. 「숀이 평생 화낸 것보다두 배는 더 위험했어.」

현실이 녹아 내렸다. 발을 딛고 있던 땅이 꺼지면서 나도 함께 빠른 속도로 돌면서 밑으로 빨려 내려가는 듯했다. 우주의 바닥에 난 구멍으로 빠져 나가는 모래처럼. 다음번에 대화할 때 엄마는 오빠의 그 칼이 한 번도 위협의 의미를 지닌 적이 없다고 말했다. 「숀은 너를 더 편안하게 해주고 싶었던 거야. 자기가 칼을 쥐고 있으면 네가 무서워할 걸 알고, 너한테 준 거지.」 일주일이 지나고 나자 엄마는 칼 같은 건 아예 없었다고 말했다.

「너하고 말을 하다 보면, 네 현실은 너무 왜곡이 되어 있어서 꼭 거기 있지도 않았던 사람하고 말을 하는 느낌이야.」

나도 거기에 동의했다. 실제로 그랬으니까.

나는 그해 여름 동안 파리에서 공부할 장학금을 받았다. 드루가 나와 함께 와줬다. 우리가 머문 아파트는 뤽상부르 공원 근처 6구역이었다. 거기에서의 내 삶은 완전히 새로운 것이었고, 나는 내가 할 수 있는 한 가장 상투적인 생활에 가깝게 살려고 노력했다. 도시에서 관광객이 가장 많이 가는 곳에 가서 그들 가운데 완전히 섞이고 싶었다. 아주 부산스러운 망각의 방법이었고, 그해 여름 나는 그 방법을 충실히 이행했다. 관광객들 사이에 끼어서 나 자신을 잊어버리고, 내 개성이나 성격, 그리고 모든 역사가 깨끗이 지워지도록 하는 데 열중했다. 구경거리가 터무니없으면 없을수록 나는 더 관심을 집중했다.

파리에 간 지 몇 주일이 지난 어느 오후, 불어 수업을 받고 돌아오는 길에 한 카페에 들러 이메일을 확인했다. 오드리 언니에게서 온 메시지가 있었다.

아버지가 언니를 방문했다 ─ 그 부분은 바로 이해를 했다. 그러나 무슨 일이 있었는지를 이해하기까지는 메시지를 몇 번 반복해서 읽어야만 했다. 아버지는 언니에게 숀 오빠가 그리스도의 속죄로 인해 죄사함을 받았고, 오빠는 이제 새사람이 되었다고 증언했다고 했다. 또 오드리 언니에게 과거를 다시 한번 들먹이는 행동은 가족 전체를 파괴하는 행동이라고 경고했다. 오드리 언니와 내가 숀 오빠를 용서하는 것이 주님의 뜻이며, 용서하지 않으면 우리가 더 큰 죄를 짓는 것이라고도 했다.

언니와 아버지의 만남을 상상하는 것은 전혀 어려운 일이 아니었다. 언니 건너편에 앉은 아버지에게서 전해지는 무게감, 말소리에 깃든 경외감과 힘.

오드리 언니는 아버지에게 그리스도의 속죄의 힘을 받아들인 지 오래고, 따라서 오빠를 용서했다고 말했다. 언니는 또, 내가 언니를 자극해서 언니 마음속에서 분노를 불러일으켰다고 말했다. 내가 주님에 대한 믿음을 가지고 발걸음을 떼는 대신 나 자신을 사탄의 영역인 두려움에 맡겨 버림으로써 언니를 배반했다고도 했다. 언니는 내가 두려움의 조종을 받고 있고, 두려움의 아버지인 악마의 조종을 받고 있기 때문에 위험한 사람이라고 말했다.

언니는 이제는 내가 자기 집에 와도 환영받지 못할 것이며, 자기가 내 영향에 다시 굴복하지 않도록 누군가가 지켜봐 주지 않는 상태에서는 내 전화도 받지 않겠다고 선언하는 것으로 편지를 끝마쳤다. 그 메시지를 읽고 나는 크게 소리 내어 웃었다. 상황이 슬프게 꼬여 버렸지만 아이러니하기도 했다. 불과 몇 달 전까지만 해도 오드리 언니는 숀 오빠가 아이들과 함께 있을 때는 누군가가 감시를 해야 한다고 말했었다. 이제, 우리 둘이 그렇게 노력한 끝에 감시를 받아야 할 사람은 내가 된 것이다.

언니를 잃었을 때 나는 가족 전체를 잃었다.

아버지가 오빠들도 모두 방문해서 언니에게 한 말과 똑같은 말을 할 것이 틀림없었다. 오빠들도 아버지의 말을 믿을까? 나는 그럴 것이라 생각했다. 오드리 언니가 아버지의 말을 뒷받침할 것이기 때문이다. 내가 부인을 한다 해도 그것은 전혀 모르는 이방인의 주절거림과 다름없는 소용없는 짓이었다. 내가 너무 멀리 와버렸고, 너무 많이 변해 버렸고, 그들이 여동생이라고 기억하는 무릎에 딱지 앉은 어린 소녀와 너무 다른 모습이 되어 버린 것이다.

아버지와 언니가 나의 것으로 만들어 내는 역사를 뒤집을 희망은 거의 없었다. 그들의 증언이 오빠들 귀에 먼저 들어갈 것이고, 그런 다음에는 이모, 고모, 삼촌, 사촌, 그리고 동네 전체에 퍼질 것이다. 나는 친족 전체를 잃은 것이다. 무엇을 위해 그 모든 이들을 잃은 것인가?

그런 상태에서 또 하나의 메시지를 받았다. 내가 하버드 방문 연구원으로 갈 수 있게 됐다는 내용이었다. 어떤 뉴스를 그때만큼 무관심하게 받아들여 본 적도 없는 듯하다. 폐철 처리장에서 기어 나온 무지한 소녀가 그곳에서 공부할 수 있는 기회가 주어진 데 대해 정신을 잃을 정도로 고마움을 느껴야 한다는 것은 알고 있었지만, 내 마음속에서 그런 열정을 불러 모을 수가 없었다. 내가 교육을 받기 위해 치르는 대가에 대해 생각하기 시작했고, 그 대가가 너무 크다는 생각에 화가 나기 시작했다.

오드리 언니의 편지를 읽은 후, 과거가 변화했다. 그런 변화는 언니에 대한 내 기억에서부터 시작됐다. 그 기억들이 둔갑한 것이다. 언니와 함께한 어린 시절의 장면들, 정다웠거나 장난스러웠던 장면들, 나였던 어린 소녀와 언니였던 어린 소녀. 그 모든 기억이 한순간에 얼룩지고 흉한 모습으로 변했다. 과거는 현재만큼이나 추했다.

그 변화는 가족 모두와의 역사 전체에서 일어났다. 그들에 대한 내 기억은 모두 불길하고 문책적이었다. 그 기억 속의 여자아이, 과거의 나였던 그 아이는 더 이상 아이이기를 멈추고 뭔가 다른 존재로 변했다. 위협적이고, 무자비하며, 후에 그들 모두를 삼켜 버리는 존재.

이 괴물 아이의 모습은 한 달 내내 나를 따라다녔고, 나는 결국 그 아이를 머리에서 지울 논리를 찾아냈다. 내가 미친 것 같다는 생각을 해낸 것이다. 내가 미쳤으면, 모든 것이 말이 되도록 만들 수가 있었다. 제정신으로는 아무것도 논리적으로 이해할 수가 없었다. 내가 미쳤다는 논리는 나한테는 여간 불리한 것이 아니었지만, 동시에 위안이 되기도 했다. 나는 사악한 사람이 아니라 병에 걸린 사람이니까.

나는 계속 다른 사람들의 판단을 더 믿기 시작했다. 어떤 일에 대해 나와 드루의 기억이 다르면, 나는 즉시 내가 잘못 기억하는 것이라고 결론을 내렸다. 나는 우리가 함께한 시간 동안의 사실들에 관해 드루의 기억에 의지하기 시작했다. 어떤 친구를 만난 것이 지난주였는지 지지난 주였는지, 혹은 우리가 제일 좋아하는 크레이프 가게가 도서관 옆이었는지 박물관 옆이었는지 등등 내 기억을 의심하는 데서 오히려 쾌감을 느꼈다. 사소한 사실들에 의혹을 갖고, 그 사실들을 기억할 수 있는 내 능력에 의혹을 가짐으로써 내가 기억하는 모든 것들이 진짜 일어난 일인지에 대해서도 의심하는 것이 가능해졌다.

문제는 내 일기장들이었다. 나는 내 기억들이 그냥 기억으로만 존재하는 것이 아니라는 사실을 알고 있었다. 일어난 일들을 내가 기록했고, 그 기록들이 하얀 종이에 검은 글씨로 모두 남아 있었다. 그것은 잘못된 것이 내 기억력에 그치는 것이 아니라는 의미였다. 내 착각과 망상이 더 깊은 곳, 내 머리의 핵심에 존재해서 모든 사건을 내가 머릿속에서 만들어 내고, 허구를 기록했다는 뜻이었다.

그 후 한 달여 동안을 나는 미치광이처럼 살았다. 햇살을 보면서도 나는 비가 오는 게 아닐까 의심을 했다. 내가 보인다고 생각하는 것이

다른 사람들의 눈에도 똑같이 보이는지를 끊임없이 확인해야만 했다. 이 책 파란색 맞아? 저 남자 키 큰 거 맞아? 나는 계속 그렇게 묻고 싶었다.

어떨 때는 이런 회의 혹은 의혹이 타협이 없는 확신의 형태로 나타나기도 했다. 어떤 때는 내 정신 상태에 대해 의심을 하면 할수록 나 자신의 기억, 내가 〈진실〉이라고 생각하는 것들을 유일한 진실이라고 더 강하게 변호하기도 했다. 숀 오빠는 폭력적이고 위험한 사람, 우리 아버지는 오빠를 보호하는 사람이라는 진실 말이다. 그 문제에 대해 어떤 다른 의견도 참고 들을 수가 없었다.

그럴 때면 내가 제정신이라고 생각할 수 있는 이유를 열병에 걸린 것처럼 찾았다. 증거. 나는 폐가 공기를 원하듯 증거를 갈구했다. 그래서 에린에게 편지를 썼다. 세이디와 헤어진 후 숀 오빠의 여자 친구였던 사람이었다. 열여섯 살 이후 한 번도 만나 보지 않은 그녀에게 나는 내가 기억한 것들을 이야기한 다음, 단도직입적으로 내가 정신이 나간 것인지 물었다. 에린은 바로 답장을 보내서 그렇지 않다고 답했다. 내가 나 자신을 믿는 것을 돕기 위해 그녀는 자기 기억도 이야기했다. 숀이 자기에게 창녀라고 소리 지르던 일. 그 단어가 내 마음에 딱 걸렸다. 그 단어가 나를 괴롭혀 왔던 나의 단어라는 사실을 그녀에게 아직 말하지 않았었다.

에린은 또 다른 이야기도 해줬다. 자기가 오빠에게 말대꾸를 했었던 때의 일이었다. 그녀는 자기 예의범절을 변호하기라도 하는 듯 정말 살짝 말대꾸를 했다고 강조했다. 아무튼 그렇게 말대꾸를 하자 오빠는 그녀를 집에서 끌고 나와 벽돌 벽에 머리를 박았다. 너무 세게 부딪혀서 에린은 오빠가 자기를 죽일지 모른다고 생각했다고 한다. 그리고 목을 조르기 시작했다. 〈내가 운이 좋았어, 그날.〉 그녀는 그렇게 썼다. 〈목을 완전히 조르기 전에 비명을 질렀거든. 우리 할아버지가 내 비명 소리를 듣고 나와서 너무 늦기 전에 손을 막았어. 하지만 그 사람 눈에 서렸던 기운이 뭔지는 확실해.〉

에린의 편지는 현실에 설치된 난간과도 같았다. 내 정신이 어지럽게 돌기 시작하면 손을 뻗어서 잡고 의지할 수 있는 난간. 그러나 문득 그녀도 나만큼 미친 사람일지 모른다는 생각이 들었다. 〈물론 에린도 온전한 사람이 아니지〉 하고 나는 나 자신에게 말했다. 그런 일을 겪은 사람이 하는 말을 어떻게 믿을 수가 있어? 그녀의 말을 신용할 수 없는 이유는, 나야말로 어느 누구보다도 그녀가 받았을 심리적 상처가 얼마나 큰 장애를 초래할 수 있는지 잘 알기 때문이었다. 그래서 나는 다른 곳에서 증거 찾기를 계속했다.

4년 후, 순전히 우연으로 나는 그 증거를 손에 쥘 것이다.

논문을 위한 자료 조사차 유타를 여행하던 중, 웨스트오버라는 내 성을 듣고 발끈하는 젊은이를 만났다.

「웨스트오버라고요.」 그 젊은이의 얼굴이 어두워졌다. 「숀 웨스트오버와 혹시 친척이세요?」

「오빠예요.」

「흠, 그 오빠라는 사람을 마지막으로 봤을 때 말이죠.」 그는 〈오빠〉라는 단어를 말할 때 침을 뱉듯 강조해서 발음을 했다. 「그 사람 양손이 내 사촌 목을 감고 있었어요. 그리고 그 애의 머리를 벽돌 벽에다 쳐대고 있었고요. 우리 할아버지 아니었으면 아마 내 사촌을 죽이고 말았을 거예요.」

바로 이 사람이었다. 증인. 편견이 들어가지 않은 상황 묘사. 그러나 그때 즈음에는 더 이상 나도 그 이야기를 들어야 할 필요가 없어진 후였다. 자기 의혹으로 인한 열병이 가라앉은 지 오래였다. 그렇다고 내 기억을 전적으로 믿게 된 것도 아니었다. 그러나 다른 이들이 자신들의 기억을 믿는 것 못지않게 내 기억을 믿었고, 심지어 일부 사람들의 기억보다는 내 기억이 더 정확하다고 믿게 됐다.

　그러나 그렇게 되기까지는 몇 년을 더 살아 내야만 했다.

36
빙빙 돌아가는 네 개의 긴 팔

햇살이 내리쬐는 9월 어느 날 오후, 나는 무거운 짐 가방을 끙끙거리며 들고 하버드대 교정을 가로질렀다. 식민지 시대풍의 건물들은 낯설었지만 케임브리지의 고딕 첨탑에 비하면 신선하고 덜 위협적이었다. 와이드너라고 부르는 중앙 도서관은 지금까지 내가 본 도서관 중 가장 컸다. 몇 분 동안 나는 지난해의 악몽을 잠시 잊고 경이감에 휩싸여 그 건물을 올려다봤다.

내 방은 법대 근처 대학원생 기숙사에 있었다. 작고 동굴 같은 곳이었다. 잿빛 벽과 납빛 바닥을 가진 그 방은 어둡고, 습하고, 냉했다. 나는 되도록이면 방에서 지내는 시간을 최소한으로 유지했다. 하버드로 오게 된 것을 새로운 시작의 기회라고 여겼고, 나는 그것을 십분 활용할 마음가짐으로 임했다. 독일 이상주의에서부터 세속주의의 역사, 윤리학, 법학에 이르기까지 가능한 한 많은 강좌를 선택해서 시간표를 빼곡히 채웠다. 불어를 연습하기 위해 매주 한 번씩 만나는 스터디 그룹에 가입했고, 뜨개질 클럽에도 가입했다. 대학원생들을 대상으로 제공되는 무료 목판화 강좌가 있었다. 평생 한 번도 그림을 그려 본 적이 없었지만, 그 강좌도 신청했다.

책을 읽는 것도 시작했다. 흄, 루소, 스미스, 고드윈, 월스톤크래프트, 밀 등의 저서를 닥치는 대로 읽었다. 그들이 사는 세상에 나 자신을 맡기고, 그들이 풀려고 애썼던 문제에 푹 빠졌다. 나는 가족에 대한 그들의 생각에 집착했다. 가족에 대한 특별한 의무와 사회 전체에 대한 의무 사이에서 개인은 어떤 균형을 찾아야 하는지에 대한 그들의 생각에 대해 연구했다. 그런 다음 나는 글을 쓰기 시작했다. 흄의 『도덕성의 원리』를 날실로 하고, 밀의 『여성의 종속』을 씨실로 해서 내 논리를 펼쳤다. 좋은 연구였다. 쓰면서도 좋은 연구라는 생각이 들었다. 글을 다 쓴 후, 나는 그 글을 한쪽에 치워서 보관했다. 내 박사 논문의 첫 챕터가 될 글이었다.

어느 토요일 아침, 목탄화 강좌를 듣고 방에 돌아와 보니 엄마로부터 이메일이 와 있었다. 〈우리가 하버드로 가마〉라고 씌어 있었다. 그 문장을 적어도 세 번은 읽었을 것이다. 엄마가 농담을 하는 것이 틀림없었다. 아버지는 여행 같은 걸 하지 않았다. 할머니가 있는 애리조나에 갔을 때를 제외하고는 아버지가 어디로 여행을 가는 것을 본 적이 없었다. 비행기를 타고 미 대륙을 건너서 악마에 사로잡혔다고 믿는 딸을 보러 온다는 것은 말도 안 되는 일이었다. 그런 다음 이해가 됐다. 아버지는 나를 구하기 위해 오는 것이었다. 엄마는 비행기 표를 이미 예약했고, 두 분이 함께 내 기숙사 방에서 숙박할 예정이라고 말했다.

「호텔에 머무실래요?」 내가 물었다. 부모님은 그러지 않겠다고 했다.

며칠 후 나는 몇 년 동안 사용하지 않았던 오래된 채팅 프로그램에 로그인을 했다. 명랑한 분위기의 벨소리가 나고 이름 하나가 회색에서 초록색으로 변했다. 〈찰스님이 로그인하셨습니다〉라고 씌어 있었다. 누가 먼저 채팅을 시작했는지, 혹은 누가 먼저 채팅 프로그램으로 대화하는 것을 그만두고 전화를 하자고 제안했는지 기억나지 않지만, 우리는 한 시간 정도 전화로 이야기를 나눴다. 마치 그사이 세월이 전혀 흐른 것 같지 않은 느낌이었다.

그는 내가 어디에서 공부하고 있는지 물었다. 내가 대답하자 〈하버드라고! 맙소사!〉라고 말했다.

「누가 알았겠어?」 내가 말했다.

「나는 알았어.」 그가 말했다. 진심이었다. 그는 나를 늘 그런 사람으로 봤었다. 그럴 이유가 생기기 한참 전부터.

내가 대학 졸업 후 뭘 하는지 묻자 불편한 침묵이 오래 흘렀다. 「내가 계획한 대로 일이 돌아가질 않았어.」 그가 말했다. 찰스는 대학을 졸업하지 못했다고 했다. 그는 아들이 태어난 후, 대학 2학년을 다니다가 자퇴를 해야만 했다. 아내가 아팠고, 의료비가 쌓여 갔기 때문이었다. 그래서 와이오밍의 원유 채굴장에서 일을 했다. 「몇 달만 일할 계획이었는데 그게 벌써 1년 전이야.」

나는 숀 오빠 일에 대해 이야기했다. 내가 어떻게 오빠를 잃게 됐고, 어떻게 나머지 가족들을 모두 잃게 됐는지. 그는 조용히 내 이야기를 들었다. 그리고 긴 한숨을 내쉬고 말했다. 「그냥 내려놓아야 할 사람들이라는 생각은 해본 적 없어?」

그런 생각은 해본 적이 없었다. 단 한 번도. 「영원히 이렇게 살지는 않을 거야.」 내가 말했다. 「내가 고칠 수 있어.」

「네가 이렇게 많이 변한 것도 재미있지만, 그렇게 변했는데도 열일곱 살 때랑 하는 말이 똑같은 것도 재미있다.」 찰스가 말했다.

부모님은 단풍이 들기 시작해서 하버드 대학교의 캠퍼스가 가장 아름다울 때 도착했다. 빨갛고 노랗게 물들기 시작한 나뭇잎들이 식민지풍 건물의 짙은 붉은색 벽돌과 어우러져 장관을 연출하고 있었다. 촌티가 물씬 나는 말투에, 데님 셔츠, 전미총기협회NRA 평생회원용 야구 모자를 쓴 아버지는 하버드 캠퍼스에서 눈에 띌 수밖에 없는 존재였지만, 사고로 인한 흉터 때문에 그 효과가 증폭됐다. 폭발 사고 후 아버지를 여러 번 봤지만, 아버지가 하버드에 방문해서 내 삶을 배경으로 본 후에야 비로소 아버지의 흉터가 얼마나 심각한 것인지 실감했다. 그 깨달음은 다른 사람 눈을 통해서 내게 전달이 됐다. 거리에서 아버지를 지나치는 행인들의 얼굴 표정이 변했고, 고개를 돌려 다시 한번 보기도 했다. 그럴 때면 나도 아버지를 다시 한번 바라봤고, 턱의 피부가 얼마나 팽팽하게 당겨져 있고 밀랍처럼 보이는지가 눈에 들어왔다. 입술이 부자연스럽게 얇았고, 안쪽으로 날카롭게 팬 볼은 거의 해골을 보는 듯한 인상을 줬다. 아버지가 경치를 가리키기 위해 자주 들곤 하는 오른손은 뭉치고 꼬여 있었다. 하버드의 전통 있는 오래된 첨탑과 기둥들을 배경으로 보이는 그 손은 신화에 나오는 동물의 발톱처럼 보였다.

아버지는 대학 자체에는 별 관심이 없었다. 그래서 시내 쪽으로 함께 갔다. 나는 아버지에게 지하철을 어떻게 타는지 가르쳐 줬다. 교통카드를 슬롯에 집어넣고, 돌아가는 회전문을 밀고 들어가는 것을 보여 주니, 아버지는 그것이 굉장한 신기술이나 되는 듯 큰 소리로 웃었다. 우리가 타고 있던 지하철 칸에 노숙자가 지나가면서 1달러만 달라고 구걸을 하자 아버지는 빳빳한 50달러 지폐를 건넸다.

「보스턴에서 그런 식으로 돈을 주기 시작하면 금방 돈이 다 떨어져 버릴 거예요.」 내가 말했다.

「아마 그렇지 않을 거야.」 아버지가 윙크를 하면서 말했다. 「사업이 엄청나게 잘되거든. 쓸 틈이 없을 정도로 돈이 들어와!」

건강이 안 좋은 아버지가 침대를 차지했다. 미리 사둔 에어 매트리스는 엄마에게 양보하고 나는 타일 바닥에서 잠을 잤다. 부모님 모두 코를 심하게 골았고, 나는 밤새 한숨도 자지 못했다. 마침내 해가 떠올랐을 때, 나는 눈을 감고 누워서, 깊고 천천히 숨을 쉬면서, 부모님이 내 방의 작은 냉장고를 뒤지면서 나에 관해 작은 소리로 이야기하는 것을 들었다.

「주님이 내게 간증을 하라고 명령을 내리셨어.」 아버지가 말했다. 「아직 타라를 주님께로 인도할 여지가 있어.」

부모님이 나를 다시 모르몬교도로 만들 방법을 궁리하는 동안 나는 부모님의 계획을 성사시킬 방법을 궁리했다. 나는 그 방법이 살풀이 푸닥거리라 하더라도 받아들일 생각이었다. 기적이 생기기를 바랐다. 부모님이 넘어갈 정도로 새로 태어나는 연기를 잘 해내면, 작년에 내가 한 모든 말과 행동을 내 것이 아닌 걸로 만들 수 있었다. 모든 말과 행동을 취소하고 악마의 탓으로 돌린 다음 새 출발을 하는 것이다. 새로 정화된 신자로서 얼마나 좋은 위상을 차지할 것인지 상상해 봤다. 얼마나 사랑을 받을 것인지도. 내 기억을 부모님의 기억으로 대체하기만 하면 나도 다시 가족을 가질 수 있을 것이다.

아버지는 뉴욕주 팔미라에 있는 〈성스러운 숲〉에 가보기를 원했다. 조지프 스미스에 따르면 신이 나타나서 진정한 교회를 설립하라고 명령한 곳이다. 우리는 렌트한 차를 6시간 운전해서 팔미라로 갔다. 숲으로 진입하기 위해 국도에서 내려오니 번쩍이는 사원이 서 있고 그 위를 천사 모로니의 금빛 동상이 장식하고 있었다. 아버지는 차를 세우고, 내게 마당을 건너 사원으로 가라고 했다. 「사원을 손으로 만져라.」 아버지가 말했다. 「사원의 효험이 너를 정화시켜 줄 거야.」

나는 아버지의 얼굴을 살폈다. 진지하고, 절박하고, 간절한 표정이었다. 아버지는 온 힘을 다해서 내가 사원을 손으로 만지고 구원받기를 원하고 있었다.

아버지와 나는 함께 사원을 바라봤다. 아버지는 신을 봤고, 나는 대리석을 봤다. 우리는 서로 바라봤다. 아버지는 저주받은 여자를 봤고, 나는 제정신이 아닌 노인, 글자 그대로 자신의 믿음 때문에 망가진 노인을 봤다. 그러나 그 노인은 그 모든 것에도 불구하고 득의양양했다. 나는 산초 판사의 말을 기억했다. 〈모험을 떠나는 기사는 패배를 한 후 자신이 황제라고 생각하는 사람이다.〉

지금 그 장면을 돌이켜 보려고 하면, 이미지가 흐릿해지면서 말을 탄 열정적인 기사가 상상 속의 전투장으로 돌진해 그림자를 찌르고 허공을 칼로 베는 이미지로 변하고 만다. 기사는 턱을 악물고, 등을 곧추세우고 있다. 그의 눈은 확신으로 활활 타오르고, 그 눈에서 튄 불꽃이 닿은 곳은 그대로 타들어 가고 만다. 엄마가 힘없이, 못 믿겠다는 눈길로 나를 바라보지만, 아버지가 엄마를 바라보자 두 사람은 한마음이 되어 함께 풍차를 향해 창을 들고 돌진한다.

나는 마당을 건너 손바닥을 사원의 돌에 댔다. 눈을 감고 이 단순한 행동이 부모님이 간절히 기도해 온 기적을 가져올 수 있을 거라고 믿으려 애썼다. 나는 이 성물에 손만 대면 됐고, 나머지는 전지전능한 주님이 모두 바로잡아 줄 것이라는 믿음. 그러나 아무것도 느껴지지 않았다. 내 손에 닿은 것은 그저 차가운 돌일 뿐이었다.

나는 차로 다시 돌아왔다. 「가요.」 내가 말했다.

〈삶 자체가 미친 것 같으니, 누가 미치고 누가 안 미쳤다고 할 수 있겠는가?〉

그 후 며칠 동안 나는 이 문장을 계속 아무 때나 무의식적으로, 집착적으로 써댔다. 그때 읽고 있던 책, 강의 노트, 일기장 가장자리 곳곳에서 그 문장을 지금까지도 발견하곤 한다. 나는 그 문장을 주문처럼 반복했다. 그리고 그 문장을 믿기 위해 나 자신에게 최면을 걸었다—내가 진실이라고 알고 있는 것과 거짓이라고 알고 있는 것은 실제로 다르지 않다고 믿고 싶었다. 내가 하려고 계획하는 일, 즉 부모님의 사랑을 확보하기 위해 옳고 그른 것에 대한 내 시각, 심지어 온전한 정신마저도 포기하는 것이 너무 야비한 일이 아니라고 나 자신을 설득하기 위해서였다. 부모님을 위해서라면 나도 갑옷을 입고 거인을 향해 돌진할 수 있다고 믿었다. 내 눈에 보이는 것이 풍차뿐일지라도 말이다.

우리는 〈성스러운 숲〉에 들어섰다. 약간 앞장서서 걷던 나는 나무 그늘 아래 놓여 있는 벤치를 발견했다. 정말 멋진 숲이었고, 역사가 겹겹이 쌓인 곳이었다. 이 숲은 바로 내 조상들이 미국으로 온 이유였다. 잔가지가 부러지는 소리가 들렸고, 부모님이 나타났다. 두 사람은 내 양옆으로 자리 잡고 앉았다.

아버지는 두 시간 동안 이야기를 했다. 자기는 천사들과 악마들을 목격했다고 간증했다. 악이 물리적으로 현신하는 것도 봤고, 고대의 선지자들이 그랬고, 바로 이 숲에서 조지프 스미스가 그랬던 것처럼 예수 그리스도의 방문을 받았다고 말했다. 아버지는 자신의 믿음이 더 이상 믿음이 아니라 완벽한 지식이라고 말했다.

「너는 사탄의 포로가 되어 버렸어.」 아버지는 손을 내 어깨에 얹고 속삭였다. 「네 방에 들어서자마자 그걸 느꼈지.」

나는 내 기숙사 방을 떠올렸다. 음습한 벽들과 냉랭한 타일. 그러나 드루가 보내 준 해바라기와 짐바브웨에서 온 친구가 자기 마을에서 만들었다고 선물로 준 천으로 만든 벽걸이도 있는 내 방.

엄마는 아무 말도 하지 않았다. 넋이 나간 눈으로 입을 꼭 다문 채 엄마는 땅만 쳐다보고 있었다. 아버지가 내 반응을 기다린다는 신호를 보냈다. 나는 아버지가 듣기를 간절히 원하는 단어들을 찾기 위해 내 영혼 전체를 깊고 넓게 찾아 헤맸다. 그러나 그 단어들은 내 안에 있지 않았다. 아직은.

하버드로 돌아가는 길을 약간 우회해서 나이아가라 폭포를 보자고 부모님을 설득했다. 차 안의 분위기가 무거웠기 때문에 처음에는 나도 그렇게 길을 돌아가자고 한 것을 후회했다. 그러나 나이아가라 폭포를 보는 순간 아버지는 완전히 흥분해서 다른 사람이 됐다. 내게 카메라가 있었다. 아버지는 항상 카메라를 싫어했지만, 내 카메라를 보자 눈이 흥분으로 반짝였다. 「타라! 타라!」 나와 엄마를 두고 마구 앞으로 뛰어가면서 아버지가 소리쳤다. 「이 각도에서 사진을 찍으면 좋겠다. 멋지지 않니?」 아버지는 마치 우리가 나중에 필요할 때 꺼내 볼 수 있는 기억을 만들고 있다는 것을 아는 것처럼 행동했다. 아니, 어쩌면 내 마음을 아버지의 행동에 투영하고 있는지도 몰랐다. 나는 그렇게 느꼈기 때문이다. 〈오늘 찍은 사진 몇 장이 있다. 그 사진들을 나중에 보면 숲에서의 일을 잊어버리는 데 도움이 될지도 모르겠다.〉 나는 그날 일기에 그렇게 썼다. 〈아버지와 내가 함께 행복해하는 사진이 있다. 그런 일이 가능하다는 증거다.〉

하버드에 도착했을 때 나는 부모님의 호텔방을 내 돈으로 얻어 드리겠다고 말했다. 부모님은 그 제안을 거절했다. 일주일 동안 우리는 내 기숙사 방에서 서로의 발길에 채여 가며 지냈다. 아버지는 매일 아침 조그만 흰 타월 하나만 걸치고 계단을 올라 공동 샤워실로 갔다. 그런 행동을 브리검 영 대학교에서 했으면 나는 엄청나게 창피했겠지만 하버드에서는 그냥 어깨만 한번 으쓱해 보이고 잊어버렸다. 창피함을 초월한 것이다. 누가 아버지를 보든, 아버지가 그들에게 무슨 말을 하든, 그들이 얼마나 놀랐든 무슨 상관이랴? 내게 중요한 것은 아버지의 의견이었고, 내가 잃어 가고 있는 사람은 아버지였다.

그러다가 부모님 여행의 마지막 날이 됐다. 나는 여전히 다시 태어나지 못한 상태였다.

엄마와 나는 공용 부엌에서 소고기 감자 캐서롤을 분주히 만들어 쟁반에 담아 방으로 가지고 왔다. 아버지는 혼자 있는 것처럼 아무 말도 하지 않고 앞에 놓인 접시를 조용히 내려다봤다. 엄마가 음식에 대해 몇 마디 하고, 어색하게 웃다가 조용해졌다.

음식을 다 먹은 후 아버지는 내게 선물이 있다고 말했다. 「내가 온 이유가 바로 이거란다. 사제 축복을 네게 주는 것.」

모르몬교에서 사제는 신의 힘을 땅에서 발휘하는 것으로, 조언을 하고, 상담을 하고, 아픈 자를 치유하고, 악마를 내쫓는 힘을 말한다. 지금까지 기다려 온 중요한 순간이었다. 이 축복을 받아들이면, 아버지는 나를 정화할 것이다. 손을 내 머리에 얹고, 내가 과거에 한 말들을 사주한 사악한 것, 나를 우리 가족의 환영받지 못하는 존재로 만든 사악한 것을 내 몸에서 쫓아낼 것이다. 내가 할 일은 그저 모든 것을 받아들이는 것뿐이었고, 5분 후면 모든 게 끝날 것이었다.

나는 내가 〈노〉라고 말하는 소리를 들었다.

아버지는 믿을 수 없다는 듯 신음하면서 입을 벌렸다. 그런 다음 간증을 시작했다. 신에 대한 간증이 아니라 엄마에 대한 간증이었다. 아버지는 약초들이 주님이 보내신 소명이라고 말했다. 우리 가족에게 일어난 모든 일, 모든 부상, 죽을 뻔한 모든 사건 등은 모두 우리가 선택받은 가족이고, 특별한 사람들이기 때문이라고 했다. 현대 의학의 헛됨을 증명하고, 신의 힘을 우리가 간증할 수 있도록 하기 위해 주님이 이 모든 것을 계획하고 감독한 것이라고 말했다.

「루크가 다리에 화상을 입었을 때 기억나니?」 아버지는 마치 내가 그 일을 잊는 것이 가능하기라도 한 듯 그렇게 물었다. 「그게 바로 주님의 계획이었어. 예습을 시킨 거야. 엄마한테 말이야. 그렇게 해서 내게 벌어질 일에 대해 엄마가 준비를 하도록 만든 거지.」

폭발 사고, 화상. 그것은 가장 높은 영적 명예 훈장이었다고 아버지는 말했다. 주님의 힘을 증명하는 살아 있는 증인으로 발탁받은 것이기 때문이다. 아버지는 꼬이고 비틀어진 손가락으로 내 손을 잡고, 자신의 부상은 신이 미리 정해 놓은 것이라고 말했다. 그것은 사랑이 깃든 자비이고, 그 덕분에 많은 영혼을 주님께 인도할 수 있다고 했다.

엄마도 낮고 경의에 찬 속삭이는 목소리로 자신의 간증을 보탰다. 엄마는 차크라를 바로잡아서 뇌졸중을 멈출 수 있고, 에너지만을 사용해서 심장마비도 중단시킬 수 있다고 말했다. 그리고 믿음이 있는 사람들의 암도 고칠 수 있다고 했다. 엄마 자신도 유방암에 걸렸지만 스스로 고쳤다는 것이다.

내 머리가 갑자기 치켜 올라갔다. 「엄마가 암에 걸렸다고요?」 내가 말했다. 「진짜요? 검사받으셨어요?」

「검사를 받을 필요도 없었단다.」 엄마가 말했다. 「근육 테스트를 했더니 암이더구나. 근데 고쳤어.」

「할머니도 고칠 수 있었어.」 아버지가 말했다. 「하지만 할머니는 그리스도에게서 멀어졌어. 믿음이 부족했고, 그래서 돌아가신 거야. 믿음이 없는 자들은 주님이 치유해 주시지 않으시지.」

엄마는 고개를 끄덕였지만 끝내 고개를 들지 않았다.

「할머니의 죄는 심각한 것이었다.」 아버지가 말했다. 「하지만 네 죄는 그보다 더 심각해. 너는 진실이 주어졌는데도 외면했기 때문이지.」

방 안은 옥스퍼드 스트리트에서 들려오는 웅웅대는 차 소리 빼고는 아무 소리도 나지 않았다.

아버지는 시선을 내게 고정시켰다. 그것은 선지자의 시선이었다. 우주로부터 힘과 권위를 부여받은 성스러운 예언자. 나는 아버지의 시선을 정면으로 마주하고 싶었다. 내가 그 무게를 견딜 수 있다는 것을 증명하고 싶었기 때문이다. 그러나 몇 초 후 내 안의 뭔가가 부러지면서 내부의 힘이 꺾였고, 나는 시선을 바닥으로 떨구고 말았다.

「네 앞에 재앙이 닥칠 것이라고 간증하라는 주님의 계시를 받았다.」 아버지가 말했다. 「그 재앙은 금방 올 거야. 아주 금방. 그리고 너를 파괴하고 말 거야. 완전히. 너는 인간이 떨어질 수 있는 가장 밑바닥까지 떨어질 것이고, 그곳에 떨어져서 완전히 부서진 채 쓰러져 있을 때 주님의 자비를 구하게 될 거다.」 극도의 흥분 상태까지 올라갔던 아버지의 목소리가 이제 중얼거림으로 바뀌어 있었다. 「그때 주님은 네 애원을 듣지 않으실 거야.」

나는 아버지와 눈을 마주쳤다. 아버지는 확신으로 활활 타오르고 있었다. 아버지의 몸에서 열기가 뻗쳐 나오는 게 느껴질 정도였다. 아버지는 몸을 숙여서 아버지의 얼굴과 내 얼굴이 거의 닿을 정도로 다가온 다음 말했다. 「하지만 나는 듣겠지.」

침묵이 온 방 안에 깃들었다. 아무런 방해도 받지 않은 그 침묵이 방 전체를 압박했다.

「네게 은총을 내리겠다는 제안을 마지막으로 한 번만 더 하겠다.」 아버지가 말했다.

그 은총은 자비였다. 아버지는 오드리 언니에게 제안했던 것과 같은 항복 조건을 내게도 제안한 것이다. 언니에게 이것이 얼마나 큰 안도였을지 상상이 갔다. 자신의 현실 —나와 언니가 함께 알고 있던 현실— 을 아버지의 현실과 바꿀 수 있다는 것을 깨달았을 때 언니가 느꼈을 안도감 말이다. 그렇게 적은 대가만 지불하면 된다는 것을 알았을 때 언니는 정말 고마운 마음이 들었을 것이다. 나는 언니가 한 선택을 두고 왈가왈부할 자격이 없었다. 그러나 나는 같은 선택을 할 수 없다는 것을 그 순간 알고 있었다. 내가 그때까지 해온 모든 노력, 몇 년 동안 해온 모든 공부는 바로 이 특권을 사기 위한 것이었다. 아버지가 내게 준 것 이상의 진실을 보고 경험하고, 그 진실들을 사용해 내 정신을 구축할 수 있는 특권. 나는 수많은 생각과 수많은 역사와 수많은 시각들을 평가할 수 있는 능력이야말로 스스로 자신을 창조할 수 있는 능력의 핵심이라는 사실을 믿게 됐다. 지금 굴복한다는 것은 단순히 언쟁에 한번 지는 것 이상의 의미를 지녔다. 그것은 내 정신의 소유권을 잃는다는 의미였다. 이것이 내게 요구되는 대가였다. 이제 이해가 됐다. 아버지가 내게서 쫓고자 하는 것은 악마가 아니라 바로 나 자신이었다.

아버지는 주머니에서 유리병에 담긴 성유를 꺼내 내 손바닥에 놓았다. 나는 그 병을 자세히 들여다봤다. 의식을 거행하는 데는 이 성유만 있으면 됐다. 거기에 더해 부상으로 기형이 된 아버지의 손에 담긴 성스러운 권리. 나는 내가 항복하는 장면을 상상해 봤다. 눈을 감고 내가 행한 신성모독을 모두 되뇌는 장면. 내가 겪은 변화, 주님의 도움으로 겪은 변신 등을 어떻게 묘사하고, 어떤 단어들을 외치면서 어떻게 고마움을 표현할지 상상했다. 그 단어들은 준비가 되어 있었다. 만반의 준비 태세를 갖추고 내 입을 벌리기만 하면 되는 상태였다.

그러나 내가 입을 열자 그 단어들은 사라지고 말았다.

「사랑해요.」 내가 말했다. 「하지만 그럴 수 없어요. 죄송해요, 아버지.」

아버지가 갑자기 벌떡 일어섰다.

아버지는 다시 한번 내 방에 사악한 존재가 깃들어 있어서 하룻밤
도 더 머물지 못하겠다고 말했다. 부모님의 비행기는 다음 날 아침이
었다. 그러나 아버지는 악마와 한방에서 자느니 벤치에서 자는 게 낫
겠다고 했다.

엄마는 분주히 방 안을 오가면서 셔츠와 양말을 가방에 챙겼다. 그
리고 5분 후 방에서 나갔다.

37
구원을 위한 도박

누군가 비명을 지르고 있었다. 길고도 끈질긴 그 비명 소리가 너무 커서 나는 잠에서 깼다. 어두웠다. 가로등, 인도가 보이고 멀리서 자동차가 지나가는 소리가 들렸다. 나는 옥스퍼드 스트리트 한가운데 서 있었다. 내 기숙사 방에서 반 블록 떨어진 곳이었다. 내가 맨발에 탱크톱과 파자마 바지 차림이라는 것도 깨달았다. 사람들의 구경거리가 된 느낌이었지만, 실은 새벽 2시여서 길이 텅 비어 있었다.

어찌어찌해서 기숙사로 돌아온 나는 침대에 앉아 무슨 일이 일어났었는지를 되짚어 보려고 시도했다. 잠이 든 기억이 있었다. 꿈을 꾼 것도 기억이 났다. 기억이 나지 않는 것은 침대에서 벌떡 일어나 고함을 지르며 복도를 달려서 거리로 나간 부분이었다. 그러나 그게 내가 한 행동이었다.

집 꿈을 꿨다. 아버지가 벅스피크에 미로를 만들고 그 안에 나를 가뒀다. 3미터가 넘는 벽은 비상 용품 창고에서 꺼내 온 물건들로 만들어져 있었다. 곡물 자루, 탄약 상자, 꿀이 든 깡통 등등이 겹겹이 쌓여 있었다. 나는 무언가를 찾고 있었다. 그것은 내게 너무 소중해서 절대 다른 것과 바꿀 수 없는 것이었다. 미로를 탈출해야 그것을 되찾을 수 있는데, 출구를 찾을 수가 없었고, 아버지가 나를 쫓아오면서 곡물 자루들로 출구를 막고 있었다.

나는 불어 스터디 모임에 빠지기 시작했다. 그다음 그만둔 것은 목탄화 수업이었다. 도서관에서 책을 읽고 강의를 듣는 대신 나는 방에서 텔레비전을 봤다. 지난 20년 동안 나온 인기 있는 TV 시리즈를 모두 볼 기세로 훑었다. 한 에피소드가 끝나면 주저 없이 다음 에피소드를 시작했다. 숨을 들이쉬고 나면 당연히 내쉬는 것처럼. 그렇게 텔레비전을 보는 것을 하루 18~20시간 정도 했다. 잠이 들면 집 꿈을 꿨고, 적어도 일주일에 한 번씩은 한밤중에 잠에서 깨보면 길 한가운데였다. 그럴 때면 내가 방금 잠을 깨기 직전에 들은 비명이 내 비명이었을까 생각하곤 했다.

나는 공부를 하지 않았다. 책을 읽으려고 했지만, 읽는 문장들에서 아무 의미도 찾을 수가 없었다. 문장들을 엮어서 생각의 가닥을 만들고, 그 가닥들을 엮어서 아이디어로 짜내는 과정을 견뎌 낼 수가 없었다. 아이디어들은 생각과 너무 가까웠고, 생각을 하면 어김없이 나를 두고 떠나 버리기 직전 화상의 흉터로 엉망이 된 아버지의 얼굴에서 봤던 표정이 떠올랐기 때문이었다.

신경 쇠약은 주변의 모든 사람에게는 너무나 분명해 보이지만 자신은 모른다는 것이 특징이다. 〈난 괜찮아.〉 본인은 그렇게 생각한다. 〈어제 한시도 쉬지 않고 24시간 내리 텔레비전을 봤다고 이상한 건 아니잖아. 그게 내가 무너져 내리고 있다는 증거는 전혀 아니지. 난 그저 게으름을 피우고 있을 뿐이야.〉 자신이 정신적인 어려움에 빠져 있다고 생각하기보다는 게으르다고 생각하는 편이 왜 더 쉬운지 나도 모르겠다. 그러나 내게는 그게 더 편했다. 아니 편한 정도가 아니라 목숨을 걸 정도로 중요했다.

12월이 되도록 그런 상태였으니 연구가 부진해지는 것은 피할 수 없는 일이었다. 어느 날 밤 「브레이킹 배드」 다음 편을 시작하려다 잠깐 멈춘 나는 박사 학위를 못 딸 수도 있겠다는 생각을 했다. 이 아이러니한 상황에 나는 한 10분 정도를 미친 듯이 웃었다. 교육을 위해 가족을 희생했는데, 이제 교육마저 놓칠지도 모른다는 상황이 너무도 역설적이었다.

이런 식으로 몇 주를 더 보내던 어느 날 밤 침대에서 비틀거리며 일어나다가 나는 마음의 결정을 내렸다. 내가 실수를 한 것이라고. 아버지가 축복을 해주겠다고 했을 때 그걸 받아들였어야 했다고. 그러나 아직 늦지 않았다. 아직은 피해를 복구하고 상황을 다시 고칠 수 있을지도 모른다.

나는 크리스마스 때 아이다호로 가기 위해 표를 구입했다. 가기로 예정한 날 이틀 전 식은땀에 푹 젖어 잠에서 깼다. 깨끗한 시트가 깔린 병원 들것에 누워 있는 꿈을 꿨다. 아버지가 들것 발치에 서서 경찰에게 내가 칼로 자해를 했다고 말하고 있었다. 엄마도 아버지 말에 동의하고 있었지만 눈에는 공포가 가득했다. 드루의 목소리가 들려 깜짝 놀랐다. 그는 나를 다른 병원으로 옮겨야 한다고 외쳤다. 〈여기 있으면 그 사람이 타라를 찾아낼 거예요.〉 드루는 계속 그렇게 말하고 있었다.

나는 중동에서 살고 있는 드루에게 이메일을 보냈다. 벅스피크에 갈 계획이라고 밝혔다. 그에게서 온 답장은 긴급하고 날카로웠다. 마치 내가 헤매고 있는 안개를 뚫고 메시지를 전달하고 싶어 하는 듯했다. 〈사랑하는 타라,〉 그는 이렇게 썼다. 〈숀이 칼로 널 찌르면 넌 병원에도 못 가고, 지하실에서 라벤더 오일이나 바르면서 누워 있게 될 거

야.〉그는 내가 이미 알고 있는 수없는 사실들을 다시 열거하면서 가
지 말라고 애원했다. 그래도 내가 고집을 꺾지 않자 그는 이렇게 말했
다. 〈네가 미친 짓을 할 경우에 대비해서 내게 네 이야기를 한다고 했
었지? 타라, 바로 이거야. 이게 바로 미친 짓이야.〉

〈아직 바로잡을 수 있어.〉나는 비행기가 활주로에서 뜨는 순간에
도 주문처럼 그 말을 되뇌었다.

벅스피크에 도착한 것은 맑은 겨울 아침이었다. 집에 다가갈 때 맡
았던 얼어붙은 땅의 상쾌한 냄새와 내 부츠 밑에서 부서지던 얼음과
자갈의 소리가 아직도 기억에 생생하다. 눈부시게 파란 하늘을 보며
나는 나를 환영해 주는 듯한 소나무의 향기를 기쁜 마음으로 들이마
셨다.

시선을 산 아래로 옮기던 나는 숨을 멈췄다. 돌아가시기 전 할머니
는 바가지를 긁고, 고함을 치고, 위협을 하는 등 갖가지 방법을 동원해
서 아버지의 폐철 처리장이 너무 커지는 것을 막았다. 이제는 폐철
이 농장 전체를 덮고 산기슭까지 침범해 가고 있었다. 예전에는 흰 눈
으로 덮여서 맑은 호수처럼 보였던 들판에 부서진 트럭과 녹슨 정화
조들이 점점이 널려 있었다.

내가 문으로 들어서자 엄마는 기뻐서 어쩔 줄 몰라 했다. 내가 온다
는 것을 엄마에게 알리지 않았다. 아무도 모르면 숀 오빠를 피할 수
있을지도 모른다고 생각해서였다. 엄마는 긴장된 어투로 속사포처럼
말을 쏟아 냈다. 「비스킷 만들어 줄게. 그레이비도 같이!」 그렇게 말
하고 엄마는 부엌으로 뛰어갔다.

「금방 가서 도와드릴게요. 이메일 하나만 보내고요.」 내가 말했다.

가족 모두 함께 쓰는 컴퓨터는 증축되지 않은 쪽 건물, 예전에 응접

실로 쓰던 방에 있었다. 나는 드루에게 이메일을 보내기 위해 앉았다. 일종의 협상안으로 내가 벅스피크에 오는 대신 두 시간에 한 번씩 그에게 이메일을 보내기로 했기 때문이다. 마우스에 살짝 손을 대니 스크린이 켜졌다. 브라우저가 이미 열려 있었다. 누군가가 컴퓨터를 쓰고 제대로 로그아웃하는 것을 잊은 듯했다. 나는 새 브라우저를 열기 위해 마우스를 만지다가 언뜻 내 이름을 보고 손을 멈췄다. 스크린에 열려 있던 메시지에서 내 이름을 언급하고 있었다. 내가 들어서기 직전에 엄마가 보낸 메시지였다. 수신인은 숀의 예전 여자 친구 에린이었다.

메시지는 숀 오빠가 다시 태어났고, 영적으로 정화되었다는 것이 주된 내용이었다. 속죄로 인해 온 가족이 치유를 받았다고 했다. 나만 제외하고 모두. 〈내 딸에 대한 진실을 성령이 귀띔해 주었단다.〉 엄마는 그렇게 썼다. 〈우리 불쌍한 타라는 두려움에 굴복했고, 그 두려움으로 인해 자신의 잘못된 지각과 기억을 절박할 정도로 정당화하려고 애를 쓰고 있지. 그 아이가 우리 가족에게 위험한 존재인지는 확실히 알 수 없지만, 위험을 초래할 가능성이 크다고 믿을 이유들이 있기는 하다.〉*

그 메시지를 읽기 전에도 엄마가 아버지의 견해에 동의한다는 것은 알고 있었다. 악마가 나를 사로잡았고, 내가 위험한 존재라는 믿음 말이다. 그러나 그 생각이 글로 씌어진 것을 읽는 것은 또 다른 문제였다. 엄마가 쓴 글을 읽으면서, 그 안에 든 엄마의 목소리를 듣고 보니 피가 얼어붙는 느낌이었다.

이메일은 거기서 끝나지 않았다. 마지막 문단에서 엄마는 에밀리

• 여기에 첨부한 이메일 내용은 직접 인용한 것은 아니고 표현을 바꾼 것이다. 의미는 그대로 보존했다.

언니의 둘째가 태어난 이야기를 하고 있었다. 이번에는 딸이었고, 한 달 조산을 했었다. 엄마가 집에서 아기를 받았는데, 엄마 글에 따르면 출혈이 너무 심해서 산모의 목숨이 위험했고, 결국 병원으로 옮겼다고 했다. 엄마는 간증으로 글을 맺었다. 그날 밤 엄마의 손을 통해 주님의 섭리가 이루어졌다고, 아기의 탄생은 주님의 힘을 증명해 주는 일이었다고.

나는 피터가 태어날 때 벌어졌던 드라마 같은 일들을 떠올렸다. 560그램 남짓한 체중으로 거의 산도를 미끄럼 타듯 통과해서 태어났었고, 너무 잿빛이어서 모두 사산이라고 생각했던 일. 눈보라를 헤치고 읍내 병원으로 갔지만, 그 병원에서는 아기를 구할 수가 없다는 말을 들어야만 했고, 구급용 헬리콥터마저 띄울 수가 없어서 옥든에 있는 맥케이디 병원으로 가기 위해 구급차 두 대가 함께 떠나야만 했던 일. 이런 병력을 가진 여성이 다시 출산할 때 위험이 크다는 것은 너무도 명백한 사실이었고, 따라서 두 번째 출산을 집에서 하겠다는 결정은 거의 망상에 가까웠다.

첫 번째 난산이 신의 뜻이었다면, 두 번째 난산은 누구의 뜻이었을까?

새 조카의 탄생에 관해 생각하고 있는데 에린의 답장이 올라왔다. 〈타라에 관해 하신 말씀은 모두 맞아요.〉 에린은 그렇게 썼다. 〈타라는 믿음을 잃은 순간 길을 잃고 말았어요.〉 에린은 엄마에게 내가 나 자신을 의심하는 것 — 내가 자기에게 연락을 해서 내가 잘못 기억하고 있는지, 내 기억이 모두 거짓 기억이 아닌지를 물은 일 — 이야말로 내 영혼이 위험에 빠졌다는 증거이고, 나를 신뢰할 수가 없는 증거라고 말했다. 〈타라는 두려움 위에 자신의 삶을 구축하고 있어요. 그녀를 위해 기도할게요.〉 에린은 그리고 산파로서 엄마의 기술을 칭찬하면

서 메일을 마쳤다. 〈어머님이야말로 진정한 영웅이세요.〉

나는 브라우저를 닫고 컴퓨터 스크린이 놓인 뒤쪽의 벽지를 바라봤다. 내가 어렸을 때부터 보아 왔던 바로 그 벽지였다. 이 벽지를 다시 보기를 얼마나 꿈꿔 왔던가? 그 벽지를 볼 수 있는 삶을 되찾기 위해, 그 삶을 구하기 위해 이곳에 돌아온 것이었다. 그러나 여기서 구할 것은 아무것도 없었다. 아무것도 손에 쥘 수 있는 것이 없었다. 계속 움직이며 흐르는 모래, 계속 변화하는 동맹 관계, 계속 바뀌는 역사 말고는 없었다.

꿈이 기억났다. 미로를 헤맸던 꿈. 곡물 자루와 탄약 상자와 아버지의 두려움과 편집증과 성경과 예언들로 만들어진 미로의 벽. 나는 방향 감각을 상실하게 만드는 모퉁이들과 계속 경로가 바뀌는 그 미로를 빠져나와 소중한 것을 찾고 싶었다. 그러나 이제 이해가 됐다. 그 소중한 것이 무엇인지. 그것은 바로 그 미로 자체였다. 이곳의 삶에서 내게 남겨진 것은 그것뿐이었다. 내가 절대로 이해할 수 없는 규칙을 가진 수수께끼. 사실 그 수수께끼의 규칙은 규칙이 아니라 나를 가두는 목적으로 만들어진 올가미와 같은 것이었다. 여기 머무르면서 내 머릿속에 존재하는 과거의 내 집을 찾아 헤맬 수도 있었고, 지금 당장, 벽들이 움직여서 출구가 막히기 전에 이곳을 빠져나갈 수도 있었다.

부엌으로 가보니 엄마가 오븐에 비스킷 반죽을 넣고 있었다. 나는 마음속으로 집 전체를 머리에 담으면서 주변을 둘러봤다. 〈이곳에서 내가 필요한 것이 무엇일까?〉 내게 필요한 것은 단 한 가지뿐이었다. 바로 내 기억. 나는 그것을 내 침대 밑에 숨겨 둔 상자 안에서 찾았다. 내가 남겨 둔 그대로였다. 나는 그 상자들을 차로 가지고 가서 뒷좌석에 실었다.

「드라이브하고 올게요.」 나는 아무렇지도 않은 목소리를 내려고 애쓰면서 엄마에게 말했다. 그리고 엄마를 한 번 안아 주고, 벅스피크를 오랫동안 바라보면서 모든 선과 그림자를 기억 속에 담았다. 엄마는 내가 일기장들을 차로 나르는 것을 봤었다. 그것이 무슨 의미인지 이해하고, 거기 담긴 작별의 의미를 느낀 것이 분명했다. 아버지를 불러 왔기 때문이다. 아버지는 나를 어색하게 한 번 안아 주고 말했다.

「사랑한다. 알지?」

「알죠.」 내가 말했다. 「그게 문제인 적은 한 번도 없었어요.」

그 말들은 내가 아버지에게 마지막으로 건넨 말이 됐다.

남쪽으로 차를 몰았다. 내가 어디로 가고 있는지 나도 알 수가 없었다. 크리스마스가 바로 코앞이었다. 비행장으로 다시 가서 다음 비행기로 보스턴으로 가겠다고 막 마음을 먹은 순간 타일러 오빠에게서 전화가 왔다.

타일러 오빠와 마지막으로 대화를 한 것이 벌써 몇 달 전 일이었다. 오드리 언니와의 일이 있고 나서는 다른 형제들과 이야기하는 것은 아무 소용도 없다고 생각했다. 엄마가 오빠들 전부와, 모든 사촌, 고모, 이모, 삼촌들에게 에린에게 한 이야기와 똑같은 이야기를 했을 게 뻔하다고 생각했기 때문이다. 내가 뭔가에 홀렸고, 위험하며, 악마에게 사로잡힌 아이라고. 내 예상은 빗나가지 않았다. 실제로 엄마는 그 모든 사람들에게 경고를 했다. 그러나 그다음 단계에서 엄마는 실수를 했다.

내가 벅스피크를 떠난 후, 엄마는 공황에 빠졌다. 내가 타일러 오빠에게 연락할까 봐 두려웠고, 그럴 경우 오빠가 나에게 동조할까 봐 두려웠다. 그래서 먼저 타일러에게 연락을 해서 내가 오빠한테 할 만한 이야기가 모두 사실이 아니라고 말했다. 거기서 엄마는 계산 착오를 한 것이다. 엄마의 그 뜬금없는 부인이 오빠 귀에 어떻게 들릴 것이라고는 생각해 보지 않은 것이다.

「숀이 디에고를 찌른 것도, 타라를 칼로 위협한 것도 물론 모두 사실이 아니야.」 엄마는 타일러 오빠를 그렇게 설득하려고 했다. 하지만 이 이야기를 나를 비롯한 누구에게도 들어 보지 못한 채 엄마에게서 처음 듣는 타일러 오빠의 귀에 엄마의 말은 별로 설득력이 없었다. 엄마의 전화를 끊은 직후 타일러 오빠는 내게 전화해서 무슨 일이 있었는지, 그리고 그런 일이 있고나서 왜 자기에게 연락하지 않았는지 물었다.

나는 오빠가 내게 거짓말하고 있다고 말할 것이라고 생각했지만, 오빠는 그러지 않았다. 오빠는 내가 그때까지 1년 내내 내가 부정하려고 했던 현실을 거의 즉시 진실로 받아들였다. 나는 오빠가 왜 내 말을 믿어 주는지 이해하지 못했다. 그러나 오빠가 자기에게 있었던 일들을 이야기해 주자 나는 숀 오빠가 타일러 오빠의 형도 된다는 사실을 기억해 냈다.

그 후 몇 주에 걸쳐 타일러 오빠는 특유의 부드럽고 우회적인 스타일로 부모님을 떠보기 시작했다. 오빠는 타라가 상황에 잘못 대처한 것이지, 뭔가에 홀린 건 아니지 않을까 생각한다고 넌지시 말했다. 어쩌면 내가 사악한 아이가 아닐지도 모른다고도 했다.

타일러 오빠가 나를 도우려고 노력하는 데서 위안을 얻을 수도 있었지만 오드리 언니와 벌어졌던 일의 기억이 너무 생생해서 오빠도 신뢰할 수가 없었다. 타일러 오빠가 부모님에게 직접적으로 그때의 이야기를 언급하면서 대적하면 — 정말로 심각하게 대적을 하면 — 부모님은 오빠에게 나와 부모 둘 중 한쪽, 아니 나와 나머지 가족 전체 중 한쪽을 택하라고 할 것이 분명했다. 그리고 나는 오드리 언니와의 경험에 비추어 이미 그 선택의 결과를 짐작했다. 오빠는 나를 선택하지 않을 것이다.

하버드 대학교에서의 내 연구원 자격은 봄에 끝이 났다. 나는 드루가 풀브라이트 장학생으로 지내고 있는 중동으로 날아갔다. 상당한 노력이 필요한 일이기는 했지만, 나는 내 상태가 얼마나 나쁜지를 드루에게서 숨기는 데 성공했다. 아니 성공했다고 생각했다. 어쩌면 성공하지 못했을지도 모른다. 한밤중에 일어나 비명을 지르며 자기 아파트 안을 뛰어다니는 나를 쫓아다닌 것이 바로 드루였기 때문이다. 나는 내가 어디에 있는지 모르지만 그곳을 절박하게 탈출하려고 애를 썼다.

우리는 암만을 떠나 남쪽으로 차를 몰았다. 요르단 사막의 베두인 천막에서 묵고 있을 때 미 해병 특수 부대가 빈 라덴을 죽였다는 소식이 들려왔다. 아랍어를 하는 드루는 그 뉴스가 보도된 후 우리를 안내하던 가이드들과 몇 시간 동안 대화를 나눴다. 차가운 모래땅에 앉아 꺼져 가는 모닥불을 바라보며 둘러앉은 채 가이드들은 드루에게 〈그는 이슬람교도가 아니에요〉 하고 말했다. 「빈 라덴은 이슬람교를 이해하지 못한 사람입니다. 진정으로 이슬람의 가르침을 이해한 사람이라면 그런 끔찍한 일들을 저지르지 못했을 거예요.」

나는 베두인족 사람들과 이야기하고 있는 드루를 바라봤다. 그의 입술에서 흘러나오는 이상하고도 부드러운 그 소리들을 들으며 내가 거기 앉아 있다는 믿을 수 없는 사실에 놀랐다. 10년 전 쌍둥이 타워가 무너졌을 때만 해도 나는 이슬람교에 대해 들어 본 적도 없었다. 그런 내가 이제 잘라비아 베두인족들과 함께 달콤한 차를 마시며, 사우디 아라비아 국경에서 40킬로미터도 떨어지지 않은 달의 계곡 와디럼에 있는 모래 둔덕에 앉아 있다니 말이다.

　지난 10년 사이에 내가 지나온 거리 ─ 물리적 거리와 정신적 거리 모두 ─ 를 생각해 보니 숨이 막힐 지경이었다. 나는 내가 너무 많이 변화한 것은 아닐까 하는 생각도 들었다. 그동안 공부하고, 책을 읽고, 생각하고, 여행하면서 얻은 경험들이 나를 어디에도 속하지 않는 사람으로 변화시켜 버린 것일까? 나는 폐철 처리장과 자기가 사는 산 말고는 아무것도 모르던 그 소녀가 이상하게 생긴 하얀 기둥에 비행기 두 대가 가서 부딪히는 것을 뚫어져라 쳐다보던 장면을 떠올렸다. 그녀의 교실은 폐철 더미였고, 그녀의 교과서는 폐철판이었다. 그럼에도 불구하고 그 소녀는 ─ 내게 주어진 그 모든 기회에도 불구하고, 아니 어쩌면 그 모든 기회 때문에 ─ 나는 가지지 못한 그 소중한 것을 가지고 있었다.

　나는 영국으로 돌아왔고, 거기서도 무너지기를 계속했다. 케임브리지에 돌아온 후 첫 일주일은 거의 매일 밤 잠이 든 채 비명을 지르며 뛰어나갔다가 거리에서 깨어나곤 했다. 두통도 며칠 동안 없어지지 않고 계속됐다. 치과에서는 내가 이를 간다고 했고, 피부에 뭐가 너무 많이 나서, 거리에서 모르는 사람들이 두 번이나 나를 불러 세우고 알레르기 반응을 겪는 것 아니냐고 물을 정도였다. 나는 그렇지 않다고, 나는 항상 이런 모습이라고 대답했다.

　어느 날 저녁 아주 사소한 일로 친구와 말다툼을 벌였다. 그런데 내가 무슨 짓을 하고 있는지 채 알아차리기도 전에 나는 벽에 꼭 붙어서 무릎을 끌어안고 앉아 있었다. 심장이 몸 밖으로 튀어나와 버리는 것을 막기 위해서였다. 친구가 돕기 위해 급히 다가왔지만 나는 비명을 질렀다. 그녀가 내게 손을 대는 것을 허락하고, 있는 힘을 다해 나 자신에게 명령을 내려 벽에서 몸을 떼도록 하기까지 한 시간이 걸렸다. 〈바로 이것이 공황 발작이로구나.〉 다음 날 나는 그렇게 생각했다.

그 후 얼마 지나지 않아 나는 아버지에게 편지를 보냈다. 부끄러운 내용의 편지였다. 분노로 가득하고, 짜증이 잔뜩 난 아이가 부모에게 〈엄마 아빠 미워!〉 하고 소리 지르는 것이나 다름이 없는 내용이었다. 〈깡패〉, 〈폭군〉과 같은 단어들로 가득하고, 분노와 욕설로 가득한 길고도 긴 편지.

나는 그런 식으로 부모님과의 연락을 단절하겠다고 선언했다. 욕을 하고 화를 내는 사이사이에 나는 나 자신을 치유하려면 1년은 걸릴 것이고, 그런 다음에나 어쩌면 집으로 다시 돌아가 그 미친 세상을 이해해 보는 노력을 할 수 있을 것이라고 말했다.

엄마는 다른 방법을 찾아보자고 애원했다. 아버지는 아무 말도 하지 않았다.

38

가족

박사 학위 논문이 제대로 진행되고 있지 않았다.

내가 왜 연구를 하지 못하고 있는지를 지도 교수 런시먼 박사에게 설명을 했다면 도움을 받을 수 있었을 것이다. 사정 설명을 했으면 교수는 추가로 장학금을 따주고, 과에다 시간을 연장해 달라고 청원했을 것이다. 그러나 나는 설명하지 않았다. 할 수가 없었다. 교수는 내가 왜 거의 1년 이상 아무런 연구 결과를 제출하거나 논문 챕터를 써서 보내지 못하는지 전혀 알지 못했다. 그래서 날씨가 흐렸던 7월 어느 날 오후 교수실에서 만났을 때 그는 내게 학위 과정을 그만두는 것이 어떠냐고 말했다.

「박사 학위 과정이 보통 힘든 게 아니죠. 해내지 못해도 괜찮아요.」

교수실에서 나오면서 나는 자신에게 극도로 화가 나 있었다. 그 길로 도서관에 간 나는 책을 대여섯 권 빌려서 끙끙대고 방으로 지고 와서 책상 위에 가지런히 올려놨다. 그러나 논리적인 생각을 하면 머리에 구토증이 났다. 다음 날 아침에는 이미 그 책들이 모두 내 침대로 옮겨져서 「버피와 뱀파이어」를 줄기차게 틀어 놓은 노트북 컴퓨터의 받침대 역할을 하고 있었다.

그해 가을, 타일러 오빠가 아버지와 맞섰다. 오빠는 먼저 전화로 엄마와 이야기를 했다. 엄마와 통화를 끝낸 후 오빠는 내게 전화해서 대화 내용을 알려 줬다. 오빠는 엄마가 〈우리 편〉이라고 말했다. 그리고 엄마는 숀 오빠의 상황을 받아들일 수 없다고 판단하고 아버지에게 조처를 취하도록 설득했다고 했다. 「아버지가 문제를 해결하고 계시는 중이야.」 타일러 오빠가 말했다. 「모든 게 괜찮을 거야. 너도 집에 올 수 있어.」

이틀 후 내 전화가 다시 울렸다. 나는 보고 있던 「버피와 뱀파이어」를 잠시 멈추고 전화를 받았다. 타일러 오빠였다. 모든 것이 엉망진창이 되어 있었다. 엄마와 대화를 한 후 마음이 편치 않아진 오빠는 아버지가 숀 오빠 문제에 대해 무슨 조치를 취하고 있는지 알아보기 위해 아버지에게 전화를 했다. 아버지는 화를 내면서 공격적이 됐다. 그리고 타일러 오빠에게 고함을 치면서 다시 이 문제에 대해 언급하면 오빠와 연을 끊겠다고 말하고 전화를 끊어 버렸다.

나는 그 대화 장면을 상상하는 것이 싫었다. 타일러 오빠의 말더듬증은 아버지와 이야기할 때 더 심해졌다. 오빠가 몸을 한껏 구부린 채 수화기에 귀를 대고 정신을 집중하려고 애를 쓰면서 목에 걸린 말을 입 밖으로 내보내기 위해 힘쓰는 동안 아버지는 추한 단어를 총알 쏘듯 연달아 오빠에게 쏘아붙였을 것이다.

아버지와의 통화에서 받은 충격에서 아직 회복하지도 못한 상태에서 타일러 오빠의 전화기가 다시 울렸다. 오빠는 아버지가 사과하기 위해 다시 건 전화일 거라 생각했지만, 수화기에서는 숀 오빠의 목소리가 흘러나왔다. 아버지가 숀 오빠에게 모든 것을 말했다고 한다. 「너 같은 놈 우리 가족에게서 쫓아내는 건 단 2분도 걸리지 않아.」 숀 오빠가 말했다. 「내가 그렇게 할 수 있다는 거 너도 알잖아. 타라한테 물어봐.」

　나는 사라 미셸 켈러가 대사를 말하다 얼어붙은 듯 멈춰 있는 컴퓨터 스크린을 쳐다보면서 타일러 오빠가 그 이야기를 전하는 것을 들었다. 오빠는 긴 시간 동안 이야기를 했다. 그동안 있었던 일들에 대해서는 재빨리 넘어갔지만 그 사건들을 합리화하고 자신을 책망하는 헛된 일에는 시간을 많이 쏟았다. 오빠는 아버지가 오해한 것이 틀림없다고 말했다. 누군가 실수를 했고, 말이 잘못 전달된 게 틀림없다고도 했다. 어쩌면 이게 자기 잘못일지도 모른다고, 어쩌면 자기가 잘못된 방법으로 잘못 말한 것일지도 모른다고. 〈바로 그거야, 내가 이 모든 일을 벌였으니 내가 바로잡을 수 있을 거야〉라고도 했다.

　오빠의 말을 들으면서 나는 이상한 거리감 같은 것을 느꼈다. 그것은 거의 나랑은 상관없는 일을 객관적으로 바라보는 느낌에 가까웠다. 마치 나와 타일러 오빠와의 미래, 내가 평생 알아 왔고, 사랑해 온 이 오빠와의 미래가 내가 이미 봐서 어떻게 끝나는지 아는 영화를 보는 듯한 느낌이었다. 이것이 바로 내가 오드리 언니를 잃었던 순간이었다. 내가 치러야 할 대가, 내야 할 세금, 미뤄 오던 월세를 낼 순간이 현실로 나타나는 순간이 이제 온 것이다. 이것이 바로 오드리 언니가 나를 떠나는 것이 얼마나 쉬운지 깨달은 순간이었다. 가족 전체와 여동생 하나를 바꾸는 것이 얼마나 바보 같은 교환율인지를 깨달은 순간.

　그래서 타일러 오빠도 언니와 똑같은 길을 선택할 것이라는 사실을 나는 오빠보다 먼저 알고 있었다. 오빠가 초조하게 양손을 비틀며 쥐어짜는 소리가 전화선을 타고 바다 건너 내가 있는 곳까지 들려왔다. 오빠는 어떻게 결정해야 할지 궁리를 하고 있지만, 나는 오빠가 알지 못하는 것을 한 가지 알고 있었다. 결정은 이미 내려진 것이고, 지금 오빠가 하고 있는 일은 그 결정을 정당화하는 기나긴 작업일 뿐이라는 사실 말이다.

내가 그 편지를 받은 것은 10월이었다.

편지는 타일러 오빠와 스테파니 언니가 보낸 이메일에 PDF 파일 형식으로 첨부되어 있었다. 이메일 본문에는 첨부된 편지가 아주 조심스럽게 많은 생각 끝에 작성된 것이며, 같은 파일이 부모님에게도 보내질 것이라는 설명이 들어 있었다. 나는 그 메시지를 보고 무슨 뜻인지 바로 이해했다. 타일러 오빠가 나를 비난하고 버릴 준비를 갖추고, 아버지의 표현을 빌려 내가 무엇에 홀렸고 위험하다고 말하려고 한다는 뜻이었다. 그 편지는 일종의 티켓 같은 것이었다. 오빠가 다시 가족에게로 돌아갈 수 있는 티켓.

첨부 파일을 열 용기가 나질 않았다. 어떤 본능이 내 손가락을 마비시켜 버렸다. 타일러 오빠의 어렸을 때 모습이 기억났다. 내가 책상 밑에 누워서 오빠의 양말을 바라보면서 오빠의 음악을 들이마시는 동안 책을 읽던 말 없고 조용한 오빠. 내가 견뎌 낼 수 있을지 확신이 서질 않았다. 그 말들을 오빠의 목소리로 듣는 것 말이다.

나는 마우스를 클릭했고, 첨부 파일이 열렸다. 너무 멍한 상태여서 나는 그 편지 전체를 다 읽도록 내용을 이해하지 못했다. 〈우리 부모님은 학대와 조작과 조종의 사슬에 꼼짝없이 묶인 채…… 변화를 위험한 것으로 보기 때문에 그것을 요구하는 사람은 그게 누구든 멀리 쫓아내고 말지. 이것은 가족에 대한 사랑과 가정의 단결에 대한 왜곡된 관점이고…… 부모님은 믿음을 이유로 대지만 그것은 성경이 가르치는 것과 다른 것이다. 몸조심해라. 우리는 너를 사랑해.〉

타일러 오빠의 부인 스테파니 언니로부터 이 편지가 쓰여진 배경에 대해 나중에 들었다. 아버지가 전화로 절연을 하겠다고 위협한 후, 타일러 오빠는 며칠 동안 밤마다 잠들기 전까지 계속 〈어떻게 해야 하지? 걔는 내 동생이잖아〉라는 말을 반복했다고 한다.

그 이야기를 들은 나는 몇 달 만에 처음으로 유일하게 좋은 결정을 내렸다. 대학 상담 서비스 신청을 한 것이다. 나는 곱슬머리와 날카로운 눈매를 가진 활기찬 중년 여성을 만나 상담을 시작했다. 그녀는 상담 시간 동안 거의 말을 하지 않고, 대신 내가 말을 하도록 격려했다. 나는 몇 달에 걸쳐 매주 그녀를 만나 이야기를 쏟아 냈다. 상담을 해도 처음에는 전혀 도움이 되지 않았다. 특별히 〈도움이 됐다〉고 묘사할 만한 시점을 지적할 수는 없지만 오랜 시간에 걸쳐 축적된 상담의 효과는 부정할 수 없었다. 정확한 이유는 그때도 이해하지 못했고 지금도 이해할 수 없지만, 매주 상담을 위한 시간을 빼놓고, 내가 혼자서는 손에 넣을 수 없는 무언가를 꼭 필요로 한다는 사실을 인정하는 행동 자체가 마음을 건강하게 해줬다.

타일러 오빠는 진짜 그 편지를 부모님께 보냈고, 일단 자기 입장을 표명한 다음에는 절대 물러서지 않았다. 그해 겨울 나는 타일러 오빠, 그리고 이제는 친언니처럼 된 스테파니 언니와 길고 긴 통화를 많이 했다. 내가 이야기를 해야 할 필요가 있을 때면 오빠와 언니는 언제나 시간을 내줬다. 그즈음 나는 이야기를 해야 할 필요를 아주 자주 느꼈다.

타일러 오빠도 그 편지를 보낸 대가를 치렀다. 비록 그 대가가 무엇인지 정확히 선을 그을 수는 없었지만 말이다. 아버지는 오빠와 절연을 하지는 않았다. 아니 적어도 절연이 영구적인 것은 아니었다. 결국 오빠는 아버지와 휴전을 하기는 했지만 두 사람의 관계는 다시는 정상으로 회복되지 않았다.

나 때문에 오빠가 치른 대가에 대해 나는 셀 수 없이 많이 사과했다.

그러나 그 말들은 아주 어색하게 나왔고, 나는 항상 말을 더듬고 헤맸다. 사과의 말은 어떻게 하는 것이 제대로 하는 걸까? 아버지와 가족들과의 관계를 엉망으로 만들어 버린 데 대한 사과는 어떻게 해야 하는 걸까? 어쩌면 거기에 맞는 말은 없는지도 모른다. 나를 놓아 버리기를 거절하는 오빠, 더 이상 발차기를 그만두고 물에 가라앉아 버리겠다고 결심한 순간 손을 붙잡고 위로 끌어당겨 주는 오빠에게 어떻게 고맙다는 말을 해야 하는 걸까? 거기에도 맞는 말은 없는 것 같다.

그해 겨울은 길었다. 지루한 겨울이 계속되는 동안 규칙적으로 매주 다가오는 상담 시간과 텔레비전 드라마 시리즈를 하나씩 끝내고 다음에 볼 것을 찾아야 할 때 느끼는 묘한 상실감, 거의 누군가를 여읜 듯한 슬픔 말고는 아무 일도 일어나지 않았다.

겨울이 가고 봄이 왔다. 그리고 여름이 찾아왔고, 마침내 여름이 가고 가을이 찾아올 무렵 나는 다시 집중을 해서 책을 읽는 것이 가능해졌다는 것을 깨달았다. 머릿속에 분노와 자기 비난 말고 다른 생각도 담을 수 있게 됐다. 나는 거의 2년 전 하버드에서 썼던 논문 챕터를 다시 폈다. 그리고 흄, 루소, 스미스, 고드윈, 월스톤크래프트와 밀을 다시 읽었다. 그리고 나는 다시 가족에 관해 생각했다. 거기에 아직 풀지 못한 수수께끼가 있었다. 가족에 대한 의무가 다른 의무 — 친구, 사회, 자기 자신에 대한 의무 — 와 충돌할 때 우리는 어떻게 해야 할까?

나는 리서치를 시작했다. 던지는 질문들의 범위를 줄이고, 더 학구적이고 정확한 질문으로 다듬었다. 결국 나는 19세기에 벌어진 네 개의 지적 움직임을 선택해서 가족에 대한 의무라는 문제를 두고 그들이 어떤 고민을 했는지를 고찰하기로 결정했다. 내가 선택한 움직임

중 하나가 19세기 모르몬주의였다. 1년을 꼬박 연구한 끝에 박사 논문 초고를 완성했다. 「영미 협동조합 사상에 나타난 가족, 도덕성, 사회 과학: 1813년~1890년」.

내가 제일 좋아하는 부분은 모르몬주의에 관한 챕터였다. 어릴 때 다니던 주일 학교에서 나는 인류 역사는 모두 모르몬교의 탄생을 위한 준비 과정이라고 배웠다. 그리스도의 죽음 이후 모든 사건은 〈성스러운 숲〉에서 무릎을 꿇은 조지프 스미스를 통해 진정한 주님의 교회를 다시 복원시키는 순간을 위해 신이 준비해 간 과정이라는 것이다. 전쟁, 인류의 대이동, 천재지변 모두가 모르몬 이야기를 준비하는 서곡이라고 해석됐다. 반면, 세속적 역사학 쪽에서는 모르몬주의와 같은 영적 운동은 완전히 간과하는 경향이 있었다.

내 논문은 친모르몬주의나 반모르몬주의도 아니고, 영적이지도 세속적이지도 않은 시각에서 쓰여졌기 때문에 지금까지와는 다른 형태의 역사를 정립했다. 나는 모르몬주의를 인간 역사의 목적이나 종착지로 다루지도 않았지만 현 시대의 의문들을 해결하는 노력에 모르몬주의가 한 공헌을 무시하지도 않았다. 모르몬의 이데올로기를 인류 역사의 한 챕터로 다룬 것이다. 내 논문에서는 모르몬교도들을 전 인류 가족에서 분리시키지 않고, 뗄 수 없는 일부로 간주했다.

나는 논문의 초고를 런시먼 박사에게 보냈고, 며칠 후 교수실에서 면담을 했다. 책상 건너편에 앉아 있던 교수는 의외여서 놀랐다는 표정으로 좋은 논문이라고 말했다. 「굉장히 훌륭한 부분도 몇 군데 있어요.」 그가 말했다. 이제 그는 미소를 짓고 있었다. 「문제없이 통과될 거라고 봐요.」

무거운 원고를 들고 집으로 향하던 나는 케리 박사의 강의 하나를 떠올렸다. 그는 칠판에 〈누가 역사를 쓰는가?〉라는 문장을 쓰는 것으로 강의를 시작했다. 당시 그 질문이 얼마나 이상하게 들렸었는지가 기억났다. 내 머릿속의 역사학자들은 인간이 아니었다. 그들은 우리 아버지처럼 사람이라기보다는 선지자와 같은 사람들이었다. 선지자들이 미래의 비전을 보는 것처럼 역사학자들은 과거의 비전을 볼 것이기 때문에, 선지자들의 예언을 의심할 수 없는 것처럼 역사학자들이 제시하는 역사에 대해서도 의문을 제기하거나 심지어 보태서도 안 된다고 생각했다. 이제 나는 킹스 칼리지를 지나가다가 거대한 채플의 그림자를 보면서 소심했던 과거의 나를 떠올리고 그 모습이 우습기까지 하다고 생각했다. 〈누가 역사를 쓰는가?〉 나는 〈바로 나〉라고 생각했다.

스물일곱 살 생일에 나는 박사 학위 논문을 제출했다. 내가 선택한 생일 날짜였다. 논문 심사는 12월에 소박하고 작은 방에서 진행됐다. 심사에 통과한 나는 런던으로 돌아왔다. 드루가 런던에서 일자리를 구한 후 우리는 함께 아파트를 임대해서 살고 있었다. 이듬해 1월, 내가 처음으로 브리검 영 대학교에 발을 디뎠던 날로부터 거의 정확히 10년 후 케임브리지 대학교에서 내 박사 학위 논문의 심사 결과를 정식으로 통보받았다. 나는 이제 웨스트오버 박사가 됐다.

나는 새로운 삶을 쌓아 올리는 데 성공했다. 행복한 삶이었다. 그러나 내가 느끼는 상실감은 가족 문제를 넘어선 것이었다. 나는 벅스피크를 잃었다. 그곳을 떠나서 잃은 것이 아니라 아무 말 없이 떠나서 잃은 것이었다. 나는 후퇴를 했고, 바다 건너 도망쳐서 내 이야기를 아버지가 하도록 허락했고, 나를 아는 그곳의 모든 사람들에게 나를 아버지의 잣대에 맞춰 정의하도록 허락했다. 내가 너무 많은 영토를 내준 것이다. 내가 내준 것은 산뿐이 아니라 우리가 공유했던 역사의 땅 전체였다.

이제 집에 갈 때가 되었다.

39
버펄로 떼 지켜보기

내가 집으로 돌아간 것은 봄이었다. 나는 국도를 따라 차를 몰아 읍내 경계쯤 가서 베어 리버가 내려다보이는 절벽 위에 차를 멈췄다. 멀리 아래쪽으로 분지가 보였고, 여러 작물이 자라고 있는 밭들이 조각보처럼 벅스피크까지 펼쳐져 있었다. 상록수로 덮인 산의 실루엣이 뚜렷했고, 갈색과 회색으로 된 이판암과 석회암에 대비되어 초록빛이 더욱 선명해 보였다. 프린세스는 그때까지 본 중에서도 가장 빛났다. 계곡을 사이에 두고 나를 정면으로 바라보고 선 프린세스에서 우러나오는 영원성에 마음이 움직였다.

프린세스는 계속 내 마음을 떠나지 않고 있었다. 바다 건너에서도 그녀가 나를 부르는 소리가 들리는 듯했다. 마치 그녀가 돌보는 말 떼에서 혼자 떨어져 곤란에 빠진 망아지를 부르듯이 나를 불렀다. 그녀의 목소리는 처음에는 부드러웠고 어르는 듯했지만, 내가 답을 하지 않고 돌아오지도 않자 분노의 소리로 변해 갔다. 내가 그녀를 배반한 것이다. 나는 분노로 일그러진 얼굴과 위협적인 자세로 버티고 선 그녀의 모습을 상상했다. 그녀는 그렇게 능멸의 신의 모습으로 오래도록 내 마음속에서 살아 움직이고 있었다.

그러나 이제 돌아와서 밭과 초원을 지키며 서 있는 그녀를 보면서 나는 내가 그녀를 오해했었다는 사실을 깨달았다. 그녀는 내가 떠난 것에 화내고 있지 않았다. 떠나는 것은 그녀의 순환의 일부였기 때문이다. 그녀의 역할은 버펄로를 울타리 안에 가두고, 힘으로 녀석들을 한데 모아 제약을 가하는 것이 아니었다. 버펄로가 돌아왔을 때 환영하고 축하해 주는 일이 바로 그녀의 역할이었다.

나는 오던 방향으로 다시 차를 돌려 읍내 쪽으로 약 500미터 정도 가서 읍내 외할머니의 하얀 나무 담장 앞에 차를 세웠다. 외할머니는 더 이상 그 집에 살지 않지만 내 마음속에서 그 담장은 여전히 외할머니의 담장이었다. 외할머니는 메인 스트리트에서 가까운 호스피스로 옮겨 가셨다.

외할머니, 외할아버지를 못 본 지가 벌써 3년째였다. 부모님이 일가친척 모두에게 내가 뭐에 홀렸다는 이야기를 하기 시작한 뒤로 보지 못했기 때문이다. 외할머니와 외할아버지는 엄마를 사랑했기 때문에 엄마가 하는 말을 다 믿었을 것이 틀림없었다. 그래서 두 분을 포기했었다. 외할머니를 되찾는 것은 이미 늦었다. 알츠하이머를 앓고 있어서 나를 알아보지도 못할 것이기 때문이다. 그 방문은 외할아버지를 만나기 위한 것이었다. 외할아버지의 삶에 내가 끼어들 틈이 아직 있는지 알아보기 위해서.

우리는 거실에 앉았다. 바닥에는 내가 어릴 때부터 봤던 새하얀 카펫이 여전히 깔려 있었다. 내 방문은 아주 짧고 공손했다. 외할아버지는 자기를 못 알아보게 될 때까지 긴 시간 동안 돌봐 온 외할머니에 대해 이야기했고, 나는 영국에 대해 이야기했다. 외할아버지는 우리 엄마도 언급했다. 엄마 이야기를 하는 외할아버지의 얼굴에 엄마를 따르고 추종하는 사람들의 얼굴에서 봤던 경외감이 보였다. 나는 외할아버지 탓을 하지 않았다. 이 동네에서 우리 부모는 영향력이 큰 사람들이 되었다는 소식을 이미 들었기 때문이다. 엄마는 자신의 제품을 오바마 케어를 영적으로 대체할 수 있는 상품으로 마케팅하고 있었고, 수십 명의 직원이 일을 하는데도 수요를 맞추기가 힘들 정도로 사업이 번창하고 있었다.

그렇게 놀라운 성공은 주님의 도움 없이는 불가능한 것이라고 외할아버지는 말했다. 우리 부모님이 지금 하고 있는 일을 하기 위해 주님의 부름을 받은 것이 틀림없다고 했다. 위대한 치유자이자 사람들의 영혼을 주님에게 인도하는 사도의 소명을 받았다는 것이다. 나는 미소를 머금은 채 자리에서 일어났다. 외할아버지는 내가 기억하는 상냥한 노인 그대로였지만, 나는 우리 사이에 생긴 거리감에 압도되고 말았다. 문 앞에서 외할아버지를 한 번 안아드린 다음 다시 한번 자세히 외할아버지의 모습을 눈에 담았다. 외할아버지는 87세였다. 외할아버지의 여생 동안 아버지가 나에 관해 한 말들이 진실이 아니라는 것, 내가 사악한 물건이 아니라는 사실은 아마도 증명할 수 없을 듯했다.

타일러 오빠와 스테파니 언니는 벅스피크에서 북쪽으로 160킬로미터 정도 떨어진 아이다호 폴스에 살고 있었다. 외할아버지를 만난 후 거기로 갈 계획이었지만 계곡을 떠나기 전 나는 엄마에게 짧은 메시지를 보냈다. 내가 근처에 와 있는데 엄마를 읍내에서 만나고 싶다는 내용이었다. 나는 아버지를 만날 준비는 아직 되어 있지 않지만 엄마 얼굴을 본 지 벌써 몇 년이 지났는데 혹시 와줄 수 있는지 물었다.

스톡스 주차장에 차를 세우고 엄마의 답장을 기다렸다. 답장은 오래 걸리지 않았다.

〈네가 이런 요청을 할 수 있다고 생각하는 것 자체가 나는 고통스럽구나. 남편이 환영받지 못하는 곳에 아내가 갈 수는 없는 일이다. 그런 노골적인 불경의 행동에 나는 가담할 수가 없단다.〉*

엄마의 메시지는 길었고, 그 메시지를 읽고 나니 장거리를 달린 것처럼 피곤해졌다. 메시지의 대부분은 가족에 대한 충성심에 관한 내용이었다. 가족이라면 서로 용서를 하는 것이 당연하고, 내가 내 가족을 용서하지 못하면 평생 후회할 것이라고 했다. 엄마는 이렇게 썼다. 〈과거는, 그것이 어떤 것이든 간에, 땅 속 깊이 묻고 썩어 없어질 때까지 잊어야 하는 것이다.〉

엄마는 내가 언제든 집에 오는 것을 환영할 것이고, 내가 뒷문을 열고 뛰어 들어오면서 〈저 왔어요!〉 하고 외치는 날이 얼른 오기를 기도할 것이라고 말했다.

나는 엄마의 기도에 응답을 하고 싶었다. 산에서 15킬로미터도 떨어지지 않은 곳에 있지 않은가. 그러나 내가 그 문을 들어서는 순간 무언의 협정서에 도장을 찍는 것이나 다름없다는 사실도 알고 있었다. 엄마의 사랑은 돌려받을 수 있지만 거기에는 조건이 붙을 것이다. 3년 전 내게 제시됐던 조건과 동일한 것들. 즉 내 현실을 그들의 현실로 대체하고, 현실에 대한 나의 이해는 모두 싸잡아서 땅에 묻고 썩어 없어질 때까지 잊어야 할 것이다.

엄마의 메시지는 최후통첩이나 다름없었다. 엄마와 아버지를 함께 볼 생각이 없으면 엄마를 다시는 보지 못할 것이라는 최후통첩. 엄마는 그 후로도 그 결정을 바꾸지 않았다.

• 화살괄호 안의 내용은 직접 인용된 것이 아니라 표현을 바꾼 것이다. 내용은 그대로 보존했다.

내가 엄마의 메시지를 읽는 사이 주차장이 다른 차들로 가득 찼다. 나는 엄마의 말들로 인해 만들어진 소용돌이가 조금 가라앉기를 기다린 후 시동을 켜고 메인 스트리트로 향했다. 나는 사거리에서 산이 있는 서쪽으로 방향을 틀었다. 계곡을 떠나기 전에 집을 눈에 담고 싶었다.

그전 몇 년에 걸쳐 나는 부모님에 대한 소문을 많이 들었다. 백만장자가 되었다는 말, 산에 요새를 짓고 있다는 말, 수십 년 살고도 남을 비상식량을 숨겨 뒀다는 말 등등. 그중에서도 가장 흥미로운 소문은 아버지가 엄마를 돕는 직원들을 뽑고 해고하는 전권을 휘두른다는 이야기였다.

집 일대 지역 전체는 경기 침체에서 완전히 회복하지 못했고, 사람들은 일자리가 필요했다. 부모님은 카운티 전체에서 가장 사람을 많이 쓰는 고용주 중의 하나였고, 내가 들은 바를 종합해 보건대 아버지의 정신 상태 때문에 같은 사람을 오래 일하도록 하는 것이 어려운 듯했다. 아버지는 편집증이 심해지면 이유 없이 사람들을 해고하는 경향이 있었다. 몇 달 전, 아버지는 다이앤 하디를 해고했다. 그녀는 두 번째 교통사고가 났을 때 우리를 데리러 와준 롭의 전처였다. 다이앤과 롭은 부모님과 20년지기 친구였다. 아버지가 다이앤을 해고하는 것으로 그들의 우정도 끝이 났다.

엄마의 동생 앤지 이모를 해고한 것도 아마 그런 류의 편집증 발작을 겪는 와중이었던 것 같다. 앤지 이모는 엄마는 가족을 이런 식으로 대우하지 않을 거라고 믿고 엄마에게 말을 꺼냈다. 내가 어렸을 때 그 사업은 엄마의 것이었지만, 이제는 엄마와 아버지가 같이하는 사업이었다. 그러나 그 사업이 진정으로 누구의 것인지를 말해 주는 이 시험에서 아버지가 이겼다. 그리고 앤지 이모는 해고가 됐다.

그다음에 무슨 일이 있었는지 정확히 알 수는 없지만, 나중에 듣고 맞춰 본 바로는 앤지 이모가 실업 수당을 청구했고, 노동부에서 부모님에게 전화해서 이모가 해고됐는지를 확인하려 하자 아버지는 그나마 가지고 있던 손톱만큼의 이성도 잃고 말았다. 아버지는 전화를 한 것이 노동부가 아니라, 국토안보부가 노동부로 가장한 것이라고 주장했다. 앤지 이모 때문에 자기 이름이 테러리스트 요주의 인물 리스트에 올라가고 말았다고 아버지는 분노했다. 이제 정부가 아버지를 쫓기 시작했다고, 자기의 돈과 자기의 총과 자기의 연료를 뺏어 가기 위해 쫓기 시작했다고 했다. 다시 한번 루비 릿지에 대해 집착하던 때로 돌아가고 만 것이다.

나는 국도에서 내려 자갈길에 차를 세우고, 차에서 내린 다음 벅스 피크를 올려다봤다. 한눈에 봐도 소문 중 일부는 사실이라는 것을 알 수 있었다. 일단 부모님이 엄청나게 돈을 버는 것은 분명했다. 집이 엄청나게 커져 있었다. 내가 자랄 때 우리 집에는 방이 다섯 개 있었다. 이제는 사방으로 증축을 해서 적어도 40개는 되어 보였다.

나는 아버지가 그동안 번 돈으로 종말의 날을 맞을 준비를 다시 시작하는 것은 시간 문제라고 생각했다. 카드처럼 나란히 놓인 태양 전지로 덮인 지붕을 상상했다. 「자급자족을 해야 하거든.」 거대한 집을 가로질러 태양 전지를 끌고 가면서 그렇게 말하는 아버지가 떠올랐다. 내가 그곳을 방문한 이듬해 아버지는 산에서 지하수를 찾기 위한 장비를 사고 작업을 하는 데 수십만 달러를 들이부었다. 아버지는 물 공급을 정부에 의존하는 것을 원치 않았고, 벅스피크에 지하수가 묻혀 있다는 확신이 있었다. 지하수가 묻힌 곳을 찾기만 하면 되는 일이었다. 산기슭에 숲이 있던 곳에 축구장만 한 벌거벗은 땅이 흉터처럼 드러나기 시작했다. 아마 아버지는 크롤러 크레인에 타고 야생 밀밭을 갈아엎으면서도 〈자급자족을 해야 해〉라는 말을 주문처럼 외었을 것이다.

읍내 외할머니는 어머니날에 숨을 거뒀다.

나는 리서치를 하기 위해 콜로라도에 가 있다가 그 소식을 들었다. 소식을 듣자마자 아이다호를 향해 떠났지만, 가다가 생각해 보니 머물 곳이 없었다. 그때 앤지 이모가 생각났다. 아버지는 귀가 달린 사람이라면 누구라도 붙잡고 앤지 이모 때문에 자기가 테러리스트 요주의 인물이 됐다고 불평을 하곤 했다. 엄마도 이모를 외면했다. 나는 그 이모라도 내가 되찾을 수 있지 않을까 하는 희망을 품었다.

앤지 이모는 외할아버지 바로 옆집에 살고 있었다. 그래서 나는 다시 한번 하얀 나무 담장 앞에 차를 세웠다. 문을 두드렸다. 앤지 이모는 아주 정중하게 나를 맞았다. 외할아버지를 만났을 때와 비슷했다. 우리 부모님에게서 지난 5년간 내 이야기를 많이 들은 것이 분명했다. 「이모, 우리 거래를 하기로 해요.」 내가 말했다. 「이모에 대해 아버지한테 들은 건 모두 잊을 테니, 이모도 저에 대해 아버지한테 들은 건 모두 잊어 주세요.」 이모는 눈을 감고 머리를 뒤로 젖히며 웃음을 터뜨렸다. 그 모습이 너무나 엄마와 비슷해서 나는 가슴이 미어졌다.

나는 장례식 날까지 이모와 함께 지냈다. 장례식이 열리기 전 며칠 동안 엄마의 형제자매들이 어린 시절을 보냈던 집에 모여들기 시작했다. 그들은 내 이모, 외삼촌들이었지만 어릴 때 한두 번 보고 한 번도 못 만난 사람들도 있었다. 내가 거의 알지 못하는 대릴이라는 외삼촌이 라바 핫 스프링스에 있는 인기 있는 식당에 형제자매가 모두 모여 오후 시간을 함께 보내자고 제안했다. 엄마는 오기를 거부했다. 아버지 없이는 올 수 없는데, 아버지가 앤지 이모가 있는 곳에는 오지 않겠다고 했기 때문이다.

맑은 5월 어느 날 오후, 우리는 모두 커다란 밴에 줄지어 타고 1시간 가량 떨어진 식당으로 향했다. 내가 엄마 대신 엄마 자리에 앉아, 엄마의 형제자매, 그리고 엄마의 아버지와 함께, 내가 잘 알지도 못하는 엄마의 어머니를 기억하기 위해 가고 있다는 불편한 사실이 내 머리를 떠나지 않았다. 그러나 이모들과 외삼촌들은 내가 외할머니를 잘 모른다는 사실을 반겼다. 외할머니에 대한 기억들이 쏟아져 나왔고, 모두들 외할머니에 대해 내가 하는 질문에 즐겁게 대답해 줬다. 이야기를 들으면서 점점 외할머니의 모습이 뚜렷해졌다. 그러나 그들이 기억하는 외할머니는 내가 기억하는 외할머니와 전혀 같지가 않았다. 그제야 나는 내가 외할머니를 가혹하게 평가했었다는 사실을 깨달았다. 나는 아버지의 인색한 렌즈를 통해 외할머니를 보아 왔었다.

식당에서 돌아오는 차 안에서 데비 이모는 이모가 사는 유타에 놀러 오라고 나를 초대했다. 대릴 외삼촌도 같은 말을 했다. 「우리 사는 애리조나에도 놀러 오렴.」 하루 만에 나는 가족을 되찾았다. 내 가족이 아니라 엄마의 가족.

장례식은 그다음 날이었다. 나는 구석에 서서 내 형제자매들이 하나하나 들어서는 것을 지켜봤다.

타일러 오빠와 스테파니 언니도 왔다. 두 사람은 자기들의 일곱 자녀를 홈스쿨링하기로 결정했다. 그리고 내가 본 바로는 그 일곱 아이들이 모두 아주 높은 수준의 교육을 받고 있었다. 다음으로 온 것은 루크 오빠였다. 오빠의 아이들은 너무 수가 많아서 셀 수도 없었다. 나를 발견한 루크 오빠는 방을 건너와서 한 몇 분간 나와 잡담을 나눴다. 우리 둘 중 누구도 서로를 마지막에 본 것이 5년도 넘은 일이라는 사실이나 그 이유에 대해 언급하지 않았다. 〈아버지가 나에 관해 한 이야

501

기를 오빠는 믿어?〉 나는 그렇게 묻고 싶었다. 〈오빠는 내가 위험한 사람이라고 믿어?〉 그러나 나는 묻지 않았다. 루크 오빠는 부모님 밑에서 일을 하고 있었고, 정규 교육을 받지 않았기 때문에 식구를 먹여 살리려면 그 일자리가 필요했다. 오빠에게 한쪽을 선택하도록 만드는 일은 결국 가슴 아픈 결과를 낳을 뿐이었다.

화학 박사 학위 과정을 거의 끝내기 직전인 리처드 오빠는 오레곤에서 새언니 카미와 아이들과 함께 왔다. 오빠는 교회 뒤편에 서서 나를 향해 미소를 지어 보였다. 몇 달 전, 리처드 오빠에게서 편지를 받았었다. 오빠는 아버지가 하는 말을 믿었던 것에 대해 사과했고, 내가 도움이 필요했을 때 돕지 못해서 미안하다고 하면서 이제부터는 자기에게 의지하라고 했다. 오빠는 우리가 가족이라고 말했다.

오드리 언니와 벤저민 형부는 뒤쪽에 있는 벤치를 선택해 앉았다. 언니는 교회가 비어 있는 이른 시간에 도착해, 내 팔을 잡고 아버지를 만나는 것을 거부하는 내 행동은 중한 죄를 짓는 것이라고 속삭였다. 「아버지는 위대한 분이셔.」 그녀는 말했다 「너는 앞으로 평생 네 자신을 낮추고 아버지의 조언을 듣지 않은 걸 후회하게 될 거야.」 몇 년 만에 처음으로 나를 만난 언니의 입에서 나온 첫마디였다. 나는 거기에 대꾸할 말이 없었다.

숀 오빠는 장례 예배가 시작되기 몇 분 전에 에밀리 언니, 피터 그리고 아직 내가 만나 본 적이 없는 어린 소녀와 함께 도착했다. 오빠가 디에고를 죽인 그날 밤 이후 처음으로 오빠와 같은 방에 있게 된 것이다. 나는 긴장을 했지만 그럴 필요는 없었다. 오빠는 예배 내내 내가 있는 쪽을 한 번도 쳐다보지 않았다.

큰오빠 토니는 부모님과 함께 앉았다. 오빠의 다섯 아이들이 그 주변으로 죽 둘러앉았다. 토니 오빠는 고졸 검정고시에 합격했고 라스베이거스에서 물류 회사를 설립해 상당한 성공을 거뒀지만 경기 침체를 넘기는 데는 실패했다. 이제 오빠도 부모님 밑에서 일하고 있었다. 숀, 루크 오빠네 부부, 오드리 언니네 부부도 마찬가지였다. 생각해 보니 형제자매들 중 리처드 오빠와 타일러 오빠를 제외하고는 모두 경제적으로 부모님에게 의존해 있는 상태였다. 우리 가족은 반으로 나뉘어 있었다. 산을 떠난 셋과 거기에 머무른 넷. 박사 학위를 가진 셋과 고등학교 졸업장도 없는 넷. 그들 사이에 틈이 생겼고, 그 틈은 계속 커져 가고 있었다.

그 후 내가 아이다호로 다시 돌아가기까지는 1년이 걸렸다.

런던에서 비행기를 타기 몇 시간 전 나는 엄마에게 메일을 보내 — 언제나 그랬듯, 그리고 앞으로도 언제나 그럴 예정이듯 — 나를 만나 줄 수 있을지 물었다. 다시 한번 엄마의 답장이 신속히 도착했다. 내가 아버지를 만나겠다고 하지 않는 한 나를 만나지 않을 것이고, 앞으로도 절대 만나지 않을 것이라는 것이 엄마의 답이었다. 아버지 없이 나를 보는 것은 남편에 대한 불경이라고 말했다.

잠시나마 모든 것이 소용없는 짓이라는 생각이 들었다. 나를 계속 거부하는 집으로 매년 이렇게 순례 여행을 가는 것을 그만둬야 하는 것일까. 그러나 엄마 메일 바로 직후에 또 다른 메일이 왔다. 이번 것은 앤지 이모에게서 온 메일이었다. 이모는 외할아버지가 다음 날 계획을 모두 취소하고, 심지어 늘 수요일에 가는 모르몬 사원에도 가지 않겠다고 하셨다는 말을 전했다. 혹시라도 내가 들를 때 집을 비우면 안 되기 때문이라고 하셨다는 것이다. 그리고 앤지 이모는 이렇게 덧붙였다. 〈너를 열두 시간 뒤면 보겠구나! 얼마가 걸리건 무슨 상관이겠니!〉

503

40

교육

어린 시절 나는 내 머리가 자라고, 경험이 축적되고, 선택들이 구체화되어서 사람 비슷한 모습을 갖춘 존재로 크기를 기다렸다. 그 사람, 혹은 사람 비슷한 모습을 가진 존재는 소속이 분명했다. 나는 산에 속해 있었다. 나를 만든 그 산 말이다. 내가 시작한 모습과 내가 끝나는 모습이 꼭 같아야 할까 하는 의문을 갖기 시작한 것은 나이가 더 들고 나면서부터였다. 한 사람이 처음 띤 형태가 그 사람의 유일하고 진정한 형태일까 하는 의혹 말이다.

이 이야기를 이루는 마지막 단어들을 써내려 가는 지금도 나는 할머니의 장례식 이후 부모님을 다시 못 본 상태다. 나는 타일러, 리처드, 토니 오빠와 가깝게 지내고 있다. 그 오빠들로부터, 그리고 다른 가족들로부터 산에서 계속 벌어지는 드라마와 같은 일들에 대한 소식을 듣고 있다. 각종 부상, 폭력, 이리저리 바뀌는 편 가르기 등등. 그러나 나는 그런 소식들을 먼 나라의 풍문 대하듯 듣게 됐고, 그렇게 할 수 있는 것이 축복처럼 느껴진다. 나머지 가족들과의 이 분리가 영원히 계속될지, 아니면 언젠가 내가 다시 돌아갈 수 있게 될지 모르지만, 지금 내 마음은 평화롭다.

그 평화는 쉽사리 얻은 것이 아니었다. 2년에 걸쳐 나는 아버지의 단점을 열거하고, 끊임없이 그 기록을 업데이트하면서 보냈다. 마치 아버지에게 품었던 모든 반감과, 실제 혹은 상상 속에서 벌어진 가혹함이나 방임의 예가 충분히 많으면 내가 아버지를 내 삶에서 끊어 버린 행동을 정당화할 수 있기나 한 것처럼 말이다. 일단 그 행동을 정당화하는 데 성공하면 나는 내 목을 조르는 듯한 죄책감에서 벗어나 숨을 들이킬 수 있으리라 생각했다.

그러나 정당화하는 데 성공한다 해도 죄책감이 사라지는 것은 아니다. 다른 이들을 향한 분노가 아무리 거세고 크다 해도 죄책감까지 누를 수는 없었다. 죄책감은 다른 이들과 상관없는 감정이기 때문이다. 죄책감은 자신의 비참함에 대한 두려움이다. 다른 사람과는 아무 상관이 없다.

오래된 불만들을 끊임없이 들먹이며 탓하기를 멈춘 후에야, 아버지의 죄와 내 죄의 무게를 견주는 것을 멈추고 내 결정을 그 자체로 받아들인 후에야 비로소 죄책감에서 벗어날 수 있었다. 아버지를 등식에서 완전히 뺀 후에야 가능해진 일이었다. 나는 나 자신을 위해 내 결정을 받아들여야 한다는 것을 배웠다. 아버지 때문이 아니라 나 때문이라는 것도 받아들였다. 아버지가 그럴 만큼 큰 잘못을 해서가 아니라 내가 필요했기 때문에.

그것은 내가 아버지를 사랑할 수 있는 유일한 방법이기도 했다.

아버지가 내 삶에 들어와 있을 때는, 내 삶에 대한 결정권을 차지하기 위해 나와 씨름을 하고 있을 때는, 나는 아버지를 군인의 눈으로, 안개처럼 자욱한 갈등 속에서 바라봤다. 그때는 아버지의 부드럽고 섬세한 부분을 보지 못했다. 아버지가 내 바로 앞에 분노하는 모습으로 크게 버티고 서 있을 때는 내가 어린 시절 알았던 아버지의 모습,

웃을 때 배까지 흔들리고 안경이 반짝거리던 모습을 떠올릴 수 없었다. 아버지가 엄격한 모습으로 서 있을 때는 화상으로 입술이 타버리기 전, 옛 추억으로 눈에 눈물이 차오르면 입술을 보기 좋게 움찔거리는 모습을 내가 좋아했었다는 사실을 기억하지 못했다. 먼 거리와 기나긴 시간을 사이에 둔 지금에야 나는 그런 것들을 기억할 수 있게 됐다.

그러나 나와 아버지를 가르고 있는 것은 시간과 거리만이 아니다. 그것은 변화된 자아다. 나는 아버지가 기른 그 아이가 아니지만, 아버지는 그 아이를 기른 아버지다.

아버지와 나 사이에 생긴 간극은 20년에 걸쳐 서서히 벌어지고 커져 가고 있긴 했지만 그것이 더 이상 다리를 놓을 수 없을 정도로 커져버린 순간은 그 겨울 밤, 내가 목욕탕 거울에 비친 나를 노려보고 있는 동안 나 모르게 아버지가 화상으로 비틀어져 버린 손으로 수화기를 들고 오빠의 전화번호를 누른 때였다. 디에고, 칼. 그 다음에 벌어진 일들은 굉장히 극적이었지만, 진정으로 극적인 일은 그 목욕탕 안에서 이미 벌어진 후였다.

이유를 이해할 수는 없지만, 내가 거울로 들어가고 나 대신 거울 속의 열여섯 살짜리 소녀를 내보내지 못한 그 순간이 바로 극의 절정이었다.

그 순간까지 그 열여섯 살 소녀는 늘 거기 있었다. 내가 겉으로 아무리 변한 듯했어도—내 학업 성적이 아무리 우수하고 내 겉모습이 아무리 많이 변했어도—나는 여전히 그 소녀였다. 좋게 봐준다 해도 나는 두 사람이었고, 내 정신과 마음은 둘로 갈라져 있었다. 그 소녀가 늘 내 안에 있으면서, 아버지 집 문턱을 넘을 때마다 모습을 드러냈다.

그날 밤 나는 그 소녀를 불렀지만 그녀는 대답하지 않았다. 나를 떠난 것이다. 그 소녀는 거울 속에 머물렀다. 그 이후에 내가 내린 결정들은 그 소녀는 내리지 않을 결정들이었다. 그것들은 변화한 사람, 새로운 자아가 내린 결정들이었다.

이 자아는 여러 이름으로 불릴 수 있을 것이다. 변신, 탈바꿈, 허위, 배신.

나는 그것을 교육이라 부른다.

감사의 말

타일러, 리처드, 토니 오빠가 아니었으면 내가 이 책을 쓰는 것은 불가능했을 것이다. 책의 내용을 살아 내는 일, 그것을 글로 쓰는 일 모두 오빠들 덕분이다. 오빠들과 그 부인들 스테파니, 카미, 미셸 언니를 통해 가족에 관해 내가 아는 많은 것을 배웠다.

타일러 오빠와 리처드 오빠는 특히 내게 늘 너그럽게 시간을 허락해서 기억을 함께 나눠 주었다. 오빠들은 몇 번에 걸쳐 수정되는 원고를 읽어 가며 자세한 사항들을 가감해 주기도 하면서, 이 책이 가능한 한 정확한 내용을 담는 데 큰 도움을 줬다. 특정 부분들에 대해서 각자의 시각이 다른 경우도 있었지만 오빠들이 사실들을 확인해 주겠다고 기꺼이 동의해 준 덕분에 이 책을 쓰는 일이 가능했다.

데이비드 런시먼 교수님은 이 비망록을 내가 쓰도록 격려해 줬고, 내 원고를 늘 제일 먼저 읽어 주는 소수의 사람들 중 한 명이었다. 교수님이 이 책의 가능성을 믿어 주지 않았다면 나도 절대 믿음을 품지 못했을 것이다.

나는 또 책 만드는 일을 삶의 소명으로 생각하고, 그 삶의 일부를 이 책에 나눠 준 분들께 감사하고 싶다. 내 에이전트 안나 스타인과 캐롤리나 서튼, 랜덤하우스의 훌륭한 편집자 힐러리 레드먼과 앤디 워드, 그리고 허친슨의 조캐스터 해밀튼을 비롯해서 이 이야기를 편집하고 조판하고 발행하는 데 참여한 모든 분들께 고마운 마음을 전한다. 특히 ICM의 보티 보트라이트는 지칠 줄 모르고 이 책을 지원해 줬다. 이 책의 여러 사실들의 진위를 확인하는 어려운 작업을 맡아 준 벤 펠런에게는 엄격하게 일 처리를 하면서도 깊은 사려심과 전문성을 보여 준 데 대해 특별히 감사하고 싶다.

이 책이 책으로 태어나기 전, 낱장으로 출력된 종이 뭉치였을 때부터 신뢰를 보내 준 분들께 고마운 마음을 전하고 싶다. 초기에 원고를 읽어 주신 분들에는 매리언 캔트 박사, 폴 케리 박사, 애니 와일딩, 리비아 게이넘, 소냐 타이크, 던니 알소, 수라야 시디 싱 등이 있다.

데비 이모와 앤지 이모는 아주 중요한 시기에 내 삶으로 들어왔고, 두 분의 지원은 모든 것을 바꿔 줬다. 나를 언제나 믿어 주신 조녀선 스타인버그 교수님, 고맙습니다. 내게 감정적, 실질적 피난처를 제공해서 이 책을 쓸 수 있도록 해준 내 사랑하는 친구 드루 미첨에게 나는 큰 빚을 졌다.

본문에 관한 저자의 말

일부 기억에는 내 목소리가 아닌 다른 목소리를 부여하기 위해 각주를 달았다. 이런 종류의 각주를 단 루크 오빠의 화상 사고와 숀 오빠의 팔레트 추락 사고는 중요한 사건이어서 추가적인 설명이 필요하다.

두 사건 모두 각자 기억이 다른 부분이 많았고 그 내용도 다양했다. 루크 오빠의 화상만 해도 그렇다. 그날 현장에 있던 사람들은 모두 그곳에 없던 사람을 기억하거나, 있던 사람을 기억하지 못했다. 아버지는 오빠를 봤고, 루크 오빠는 아버지를 봤다. 오빠는 나를 봤지만 나는 아버지를 보지 못했고, 아버지는 나를 보지 못했다. 나는 리처드 오빠를 봤고, 리처드 오빠는 나를 봤지만, 리처드 오빠는 아버지를 보지 못했고, 아버지나 루크 오빠는 리처드 오빠를 보지 못했다. 회전목마처럼 빙빙 돌아가며 기억이 엇갈리는 이 상황을 어떻게 이해해야 할까? 계속 계속 돌아가다가 마침내 음악이 멈춘 후, 모든 사람이 그날 있었다는 데 동의하는 사람은 루크 오빠밖에 없었다.

숀 오빠가 팔레트에서 추락한 사건은 심지어 그보다 더 어리둥절하다. 나는 거기 있지 않았다. 내가 옮긴 이야기는 다른 사람들에게 들은 이야기였지만, 똑같은 이야기를 몇 년 내내 반복해서 들었고 타일러 오빠도 같은 이야기를 들었다고 했기에 내가 아는 것이 사실일 거라고 확신했었다. 오빠도 15년 후까지 내 기억과 똑같은 사실들을 기억하고 있었다. 그래서 나는 그 내용을 글로 썼다. 그러자 다른 이야기들이 등장하기 시작했다. 〈기다린 적이 없었어〉라거나 〈구조 헬기를 바로 불렀어〉라는 주장들.

어떤 버전을 믿는다 해도 자세한 사항들은 중요하지 않고 〈큰 그림〉은 마찬가지라고 말하면 그것은 거짓말이다. 디테일이 중요하다. 아버지가 루크 오빠를 혼자 산 아래로 내려 보냈는지 아닌지는 중요한 일이다. 심각한 머리 부상을 입은 숀 오빠를 뙤약볕에 그대로 뒀는지 아닌지도 중요한 일이다. 그 자세한 사항에 따라 다른 아버지, 다른 사람의 그림이 그려질 것이다.

나는 숀 오빠의 추락 사고에 대해 어떤 이야기를 믿어야 할지 모르겠다. 더 놀라운 사실은 루크 오빠의 화상 사고에 대해서도 어떤 이야기를 믿어야 할지 모르겠다는 점이다. 내가 거기 있었는데도 말이다. 머릿속에서 나는 그 순간으로 돌아갈 수 있다. 루크 오빠가 풀밭에 쓰러져 있다. 나는 주변을 돌아본다. 아무도 없다. 아버지는 그림자도 보이지 않는다. 기억의 가장자리까지 아무리 뒤져도 아버지는 찾을 수가 없다. 거기 없다. 그러나 루크 오빠의 기억에 따르면 아버지는 거기 있다. 자기를 조심스럽게 욕조에 눕히고 충격을 받았을 때 쓰는 동종요법 약을 먹이는 아버지 말이다.

여기서 내가 배운 것은 내 기억에 대한 수정이 아니라 내 이해에 대한 수정이다. 우리 모두는 다른 사람들이 하는 이야기 안에서 해내도록 주어진 역할보다 훨씬 더 복잡한 주체들이다. 이 사실은 가족 문제에 이르면 더욱 그렇다. 오빠들 중 한 명은 숀 오빠의 추락 사고 이야기를 처음 읽은 후 내게 메일을 보내왔다. 〈아버지가 911에 전화하는 건 상상할 수가 없어. 숀이 죽는 편이 낫다고 생각했을 거야.〉하지만 그렇지 않았을 수도 있다. 어쩌면 아들의 두개골이 깨지는 소리, 뼈와 뇌가 콘크리트에 부딪히는 그 절망적인 소리를 들은 아버지는 우리가 예상하는 행동을 하는 사람, 그 후 오랫동안 우리가 아버지로 떠올리던 사람처럼 행동하지 않았을 수도 있다. 아버지가 자녀들을 깊이 사랑한다는 것은 나도 늘 알고 있는 사실이었다. 다만 나는 현대 의학에 대한 아버지의 증오가 그 사랑보다 더 강하다고 믿었다. 어쩌면 그 순간, 진정한 위기가 닥친 그 순간 아버지의 사랑이 아버지의 두려움과 증오 모두를 눌렀을지도 모른다.

어쩌면 진정한 비극은 아버지가 우리 머릿속, 나와 오빠들의 머릿속에 이런 식으로 존재한다는 사실일지도 모른다. 다른 순간들 ― 수천 개의 더 작은 극적 사건들과 더 작은 위기들 ― 에 대처하면서 아버지가 보여 준 모습들로 인해 우리 모두 아버지가 그렇게 행동했을 것이라고 믿게 만들었기 때문이다. 만일 우리가 높은 곳에서 떨어져도 아버지는 그냥 놔둘 거라는 확신. 우리는 먼저 죽을 것이다.

우리는 모두 이야기들 속에서 우리에게 주어진 역할보다 더 복잡한 존재들이다. 나는 이 비망록을 쓰면서 다른 어떤 때보다 그 진실을 절감했다. 내가 사랑하는 사람들을 종이 위에 묘사해 보려고 애를 쓰고, 그들의 의미 전체를 몇 단어로 포착해 보려고 노력했지만, 말할 것도 없이 그것은 불가능한 일이었다. 이것이 내가 할 수 있는 최선이다. 바로 내가 기억하는 이야기와 함께 다른 이야기들도 하는 것. 어느 여름 날, 화재, 불에 타 숯처럼 그을린 살 냄새, 아들이 산 아래로 내려가는 것을 돕는 아버지.

옮긴이 **김희정** 서울대 영문학과와 한국외국어대 통번역대학원을 졸업했다. 현재 가족과 함께 영국에 살면서 전문 번역가로 활동하고 있다. 옮긴 책으로 『장하준의 경제학 강의』, 『어떻게 죽을 것인가』, 『인간의 품격』, 『채식의 배신』, 『그들이 말하지 않는 23가지』, 「견인 도시 연대기」(전4권), 『코드북』, 『우주에 남은 마지막 책』, 『진화의 배신』, 『랩 걸』 등이 있다.

배움의 발견 나의 특별한 가족, 교육, 그리고 자유의 이야기

발행일	2020년 1월 5일 초판 1쇄
	2021년 8월 15일 초판 18쇄

지은이	타라 웨스트오버
옮긴이	김희정
발행인	홍예빈 · 홍유진
발행처	주식회사 열린책들

경기도 파주시 문발로 253 파주출판도시
전화 031-955-4000 팩스 031-955-4004
www.openbooks.co.kr

Copyright (C) 주식회사 열린책들, 2020, *Printed in Korea.*
ISBN 978-89-329-1955-3 03840

이 도서의 국립중앙도서관 출판예정도서목록(CIP)은 서지정보유통지원시스템 홈페이지(http://seoji.nl.go.kr)와 국가자료공동목록시스템(http://www.nl.go.kr/kolisnet)에서 이용하실 수 있습니다.(CIP제어번호: CIP2019012836)